VIENNA
HIDING DARKNESS

LARA HOLTHAUS

VIENNA

HIDING DARKNESS

CARLSEN

VORBEMERKUNG FÜR DIE LESER*INNEN:

Liebe*r Leser*in,

dieser Roman enthält potenziell triggernde Inhalte. Aus diesem Grund befindet sich hier eine Triggerwarnung. Am Romanende findest du eine Themenübersicht, die demzufolge Spoiler für den Roman enthält.

Entscheide bitte für dich selbst, ob du diese Warnung liest. Gehe während des Lesens achtsam mit dir um. Falls du während des Lesens auf Probleme stößt und/oder betroffen bist, bleib damit nicht allein. Wende dich an deine Familie, Freunde oder auch professionelle Hilfestellen.

Wir wünschen dir alles Gute und das bestmögliche Erlebnis beim Lesen dieser besonderen Geschichte.

Lara und das Carlsen-Team

Für Phil und Maris.
Weil ich dank euch nie allein bin.

PLAYLIST

Wien – Mayberg
traitor – Olivia Rodrigo
The Winner Takes It All (Acoustic) – Jea Hall
How to Be a Heartbreaker – MARINA
I Can Do It With a Broken Heart - Taylor Swift
Unstoppable – Sia
Zorn & Liebe – Provinz feat. Nina Chuba
No Time to Die – Billie Eilish
Foolish One (Taylor's Version) (From the Vault) – Taylor Swift
I Feel Like I'm Drowning – Two Feet
Ohne mein Team – Bonez MC feat. RAF Camora feat. Maxwell
Schwarzes Herz – AYLIVA
The Last Time – Taylor Swift feat. Gary Lightbody
favorite crime – Olivia Rodrigo
In Flammen – LEA
What Was I Made For – Billie Eilish
champagne problems – Taylor Swift
Lover (Piano Version) – Will Adagio
You Are In Love (Taylor's Version) – Taylor Swift
High for This – The Weeknd
Last Dance – Dua Lipa
Daylight – Taylor Swift

1. KAPITEL

PAPIERFETZEN – HERZZERFETZEN

LIVIA

»Wie war's in der Schule, Knödel?«

Bevor Nora antworten kann, wird sie von Heinz abgelenkt, der ihr freundlich zuwinkt und kurz darauf einen roten Lolli hervorzaubert. Freudestrahlend hopst sie auf ihn zu, nimmt ihn entgegen und will schon die Verpackung aufreißen, da hält sie inne.

»Alles okay?« Verwirrt blicke ich auf sie hinunter.

Sie dreht prüfend den Lolli hin und her und linst dann skeptisch in Heinz' verdutzte Miene. »Da ist aber kein Gift drin, oder?«

»Wie bitte?« Er kratzt sich am Kopf. »Natürlich nicht, junges Fräulein.« Fragend schaut er zu mir.

Ich muss kichern. »Unsere Stiefmutter hat ihr irgendwie einen Floh ins Ohr gesetzt mit der Sache.« Dann wende ich mich an meine Schwester. »Nora, von Heinz darfst du immer Lollis annehmen. Ich schwöre, dass außer der Chemie, die sowieso in diesen Dingern steckt, kein Gift hinzugefügt wurde.«

»Ich frag ja nur«, flötet sie und beginnt mit ihren kleinen Händen an der Plastikverpackung zu pfriemeln.

»Da hast du recht.« Der Portier lacht großväterlich. »Vorsicht ist besser als Nachsicht. Sagt meine Frau immer.«

»Siehst du!« Nora stemmt einen Arm in die Hüfte.

»Okay, okay.« Ich hebe die Hände und gebe mich geschlagen. »Na komm. Ich will dringend auf die Couch und was Gemütliches anziehen.« *Und zu Nick,* ergänze ich stumm. Bei dem Gedanken an ihn wird mir warm.

»Blöd«, holt Nora mich zurück ins Hier und Jetzt.

»Was ist blöd?«

»Die Schule heute. Hast du doch gefragt eben.«

»Oh, ja, stimmt.« Wir gehen zum Aufzug. Meine Schwester schiebt sich den Lutscher zwischen die Zähne. »Und was war blöd?«

»Oscar hat mich ganz dolle geärgert.« Sie verengt ihre Augen zu Schlitzen und schaut sich im Spiegel an, während der Aufzug sich in Bewegung setzt.

»Was hat er gesagt?«

»Dass Papa arme Menschen beklaut hat. Und ein korpulentes Politikerschwein ist.«

Scheiße, Kinder können so fies sein. »Korpulent?«, frage ich verwirrt nach. »Oder meinst du korrupt?«

»Nein, korpulent.«

Ich reibe mir über die Stirn. Am liebsten würde ich jetzt sofort in das Klassenzimmer stiefeln, diesen Oscar finden und ihm eine ordentliche Ansage machen. Kann ich natürlich nicht. Die Wahrscheinlichkeit ist hoch, dass irgendeine panische Lehrerin der Privatvolksschule Phönix sofort die Polizei rufen und ich in Handschellen vom Schulhof geführt werden würde. Die Klatschpresse würde sich vor Freude ins Höschen machen. *Verrücktes, potenziell von Dämonen besessenes It-Girl geht auf unbeholfenen Drittklässler los.* Oder so ähnlich. Oscar hätte nur einen Grund mehr, Nora irgendwelche Sprüche reinzudrücken. Außerdem plappert der Junge eh bloß den Schwachsinn nach, den seine Eltern zu Hause von sich geben.

»Soll ich mal mit Frau Schneider sprechen?«, frage ich Nora

also stattdessen und verwerfe damit meinen Ich-gehe-auf-einen-Drittklässler-los-Plan.

»Nein.« Sie kichert. »Mit Oscar aus der Mülltonne werde ich schon fertig.«

»Okay.« Ich zwinkere ihr zu. Die Aufzugtüren öffnen sich sanft und wir treten in die geräumige Maisonettewohnung.

Ich lasse meinen Blick durch den Flur wandern. An der offenen Garderobe entdecke ich Papas Jacken und Mäntel, meine und die von Nora. Die von Nick und Tanja fehlen. Merkwürdig. Eigentlich ist Tanja um diese Uhrzeit immer zu Hause, um Nora bei den Hausaufgaben zu helfen.

Irgendwas stimmt nicht.

Ich spüre es sofort. Irgendwas ist nicht, wie es sein sollte. Mein Herzschlag verdreifacht sich. Denn ich kenne das Gefühl. Kenne diese unangenehme, finstere Vorahnung, dass ich kurz davor bin, eine Entdeckung zu machen, die mir den Boden unter den Füßen wegziehen wird.

Genau so habe ich mich vor sechzehn Monaten gefühlt.

»Hallo?«, rufe ich in den Wohnraum. Gespenstische Stille antwortet mir. Ein unangenehmes Ziehen breitet sich in meinem Magen aus.

Ganz ruhig, Livia. Keine Panik. Das kann alles Mögliche bedeuten. Nur weil sie seit ein paar Stunden so ungefähr unser gesamtes Vermögen besitzen, heißt das nicht, dass sie damit direkt abgehauen sind. Das sind nur die Schatten der Vergangenheit, die deine Gedanken vernebeln.

Mit schnellen Schritten gehe ich an Nora vorbei.

»Tanja?«, rufe ich nach oben. »Wir sind zu Hause!«

Wieder keine Antwort. Wieder dieses ekelhafte Ziehen in meinem Inneren.

»Vielleicht macht sie Mittagsschlaf.« Nora zuckt mit den Schultern. »Sie sieht müde aus in letzter Zeit.«

»Vielleicht«, sagen meine Lippen impulsartig und ich hoffe,

flehe, bete, dass es stimmt. Dass mein Bauchgefühl mich täuscht. Dass es nur die tief sitzende Angst ist, erneut verlassen und verarscht worden zu sein. Um meinen dunklen Gedanken ein Ende zu bereiten, gehe ich so ruhig ich kann die Treppe nach oben in das Zimmer meiner Eltern, das zu Tanjas und Papas Zimmer geworden ist. Gleich werde ich eine schlafende Tanja vorfinden und meinem geschundenen Herzen beweisen, dass es sich entspannen kann. Dass es umsonst so schnell rast, dass es sich gleich durch meine Rippen quetscht und meine Paco-Rabanne-Bluse zerfetzt.

Alles wird gut. Du reagierst total über.

Mit bebenden Fingern drücke ich die Türklinke herunter.

Kein Schmuck auf dem Nachttisch. Kein Make-up auf dem Schminktisch. Mein Blickfeld beginnt zu flimmern.

Hektisch reiße ich den Kleiderschrank auf. Papas Hemden. Papas Anzüge. Nichts von Tanja. Ich wühle wie im Wahn durch Schubladen, reiße weitere Türen auf, schmeiße mich auf den Boden und schaue unter das Bett. Nichts. Da ist nichts von ihr. Nirgendwo. Nicht mal eine einzelne stinkende Socke. Kein einziger Beweis, dass Tanja Steiner jemals hier gewohnt hat. Jemals in unserem Leben war.

Ich springe auf, klammere mich an den letzten Strohhalm, der mich davor bewahrt, in einen nicht enden wollenden Abgrund zu stürzen. Vielleicht ist Tanja ein Miststück, das nur gewartet hat, bis Papa ihr die Firmenanteile überschreibt. Sie vielleicht, aber nicht Nick. Er würde nicht …

Fast falle ich die Treppe hinunter, als ich wieder nach unten renne. Auf sein Zimmer zu. Das Zimmer, in dem ich ihn so lange nicht haben, aus dem ich ihn regelrecht rausekeln wollte. Jetzt wünsche ich mir nichts sehnlicher, als dass ich gleich die Tür öffne und ihn sehe. *Kommst du wieder, um Vorhänge zu bügeln?*, wird er sagen und mich spöttisch angrinsen. So wird es sein. Bitte. Es *muss* so sein.

Die drei Schritte durch das Wohnzimmer kommen mir vor wie

ein Marathon. Mein Herz stolpert und in meinem Bauch wächst ein Klumpen in der Größe einer Bowlingkugel. Ich habe mich nicht in ihm getäuscht. Er hat das nicht getan. ER HAT MICH NICHT VERLASSEN. Innerlich schreie ich gegen die immer größer werdenden Zweifel an.

Hektisch reiße ich an der Türklinke und stolpere in den Raum.

Ein gemachtes Bett. Daneben ein ebenso leerer Nachttisch. Panik droht mich zu überschwemmen, mich mit sich zu reißen und mir für immer die Luft zum Atmen zu rauben. Wieder öffne ich den Kleiderschrank.

Leere.

Eine gähnende Leere auf Kleiderstangen, in Fächern und Schubladen schreit mich an. Der Boden unter meinen Füßen beginnt zu wanken. Die Welt, alles, woran ich in den letzten Wochen geglaubt, alles, wofür ich gelebt habe, gerät aus den Fugen. Ich wirble herum und starre auf den Schreibtisch.

Nein, nein, nein, nein, nein, nein, nein.

Keine Fotos. Keine Kamera. Nichts, was darauf hindeutet, dass hier ein Mann mit sommergrauen Augen gelebt hat, der mich *gesehen* hat.

Meine Gedanken toben.

Mein Puls hämmert.

Mein Bauch krampft.

Dann fällt mein Blick auf die Pinnwand. Dorthin, wo mal ein Polaroid von mir und einem ausgestreckten Mittelfinger hing. Dorthin, wo jetzt ein Fetzen Papier hängt.

Meine Augen lesen die vier Worte, die es nicht schaffen, mein Hirn zu erreichen.

Es tut mir leid.

Es. Tut. Mir. Leid. Vier Worte. Geschrieben in geschwungener, mir sehr bekannter Handschrift. Ich kann nichts tun außer dastehen und die zwölf Buchstaben anglotzen. Mein Verstand weigert sich anzuerkennen, was mein Herz längst weiß.

Dann, plötzlich, kommt der Gedankensturm schlagartig zum Erliegen. Ich starre auf den Fetzen Papier, der nur einen Wimpernschlag später mein Herz ebenso zerfetzt.

Nick hat mich verlassen.

Mein Herz knüllt sich zusammen.

Nick hat mich betrogen.

Mein Herz zerfällt zu einer Million Schnipsel.

Nichts war echt.

Mein Papierherz wird zu Asche und ich bestehe aus alles vernichtendem Schmerz.

2. KAPITEL

FELSENSCHWER

NICOLAS

Der Himmel vor dem Flugzeugfenster wird langsam orange. Vor einer halben Stunde haben wir Wien verlassen. Normalerweise kommt jetzt der Siegermoment. Diese ganz bestimmte Mischung aus Genugtuung, Machtgefühl und Gerechtigkeitssinn. Normalerweise würde ich jetzt hier sitzen und mir vorstellen, wie die reichen Bonzen vor Wut völlig ausrasten, weil wir sie verarscht haben. Weil wir etwas *bewirkt* haben.

Aber heute nicht. Heute passiert in mir rein gar nichts. Zero Genugtuung. Zero Stolz. Egal wie lange ich in den immer dunkler werdenden Himmel starre.

»Hach, das war herrlich.« Meine Mutter lehnt sich mit einem zufriedenen Lächeln in ihrem extrabreiten Sitz zurück. In ihren Zügen sehe ich genau jenes Gefühl, auf das ich gerade vergeblich warte.

»Alles okay?« Sie sieht mich prüfend an, weil ich nichts erwidere.

»Jaja, alles gut.« Ich weiche ihrem Blick aus. Das Orange vor dem Fenster wird blutrot.

»Ich glaube, das war unser größter Coup bisher.« Zufrieden

nickt sie. »Du warst echt wahnsinnig gut. Wirklich, wie du diese Kratzbürste um den Finger gewickelt hast. Wow.«

Diese Kratzbürste. Eine blonde Kratzbürste mit scharfen Krallen und katzenartigen grünen Augen, in denen immer etwas brodelt. Manchmal Wut und Verachtung. Manchmal Hingabe und Leidenschaft. Manchmal Glücklichsein. Vulkanaugen.

Ein spitzer Schmerz sticht in meinem Brustkorb.

»Du kannst unglaublich stolz auf dich sein«, fährt sie fort und kippt die Lehne des breiten Business-Class-Sitzes nach hinten.

»Bin ich«, sage ich schlicht und wünschte, es würde sich nicht wie eine Lüge anfühlen. Ich wünschte, ich würde wie jedes Mal grinsend davonfliegen und mich für einen Helden halten, weil ich nicht hilflos herumsitze und zugucke, wie die Welt um uns herum immer beschissener wird, sondern etwas dagegen tue. Indem ich das Gegenteil von *ihm* bin. Stiftungen, Jugendhilfeeinrichtungen und Bildungsprogramme mit dem Geld reicher Bonzen zu unterstützen, klingt ja auch extrem heldenhaft. Zumindest tat es das bis vor ein paar Wochen.

Jetzt fühlt es sich beschissen an.

Nach Verrat.

Reiß dich zusammen, sage ich in Gedanken zu meinem eigenen Gesicht, das sich in der Fensterscheibe spiegelt.

Ich sollte so nicht fühlen. Ich darf so nicht fühlen. Ich darf nicht an sie denken. Vor allem darf ich nicht *so* an sie denken. An ihr Gesicht, ihre Augen, die Art, wie sie lächelt und wie sie mich wütend anfunkelt. Und ich darf nicht daran denken, dass sie zerbrechen wird. Wegen mir. Wegen dem, was ich ihr angetan habe. Sie, die niemandem vertraut, hat ihr Vertrauen ausgerechnet mir geschenkt. Der absolut falschen Person.

Bei der Vorstellung wird mein Herz ein scharfkantiger Felsen, der sich von innen gegen meine Rippen drückt.

Fuck. Ich muss damit aufhören!

Ich atme lange aus und dränge die traurigen Augen von Livia

Hohenburg mit aller Macht aus meinem Kopf. Schluss. Sie ist nur eine Zielperson.

Nur. Eine. Stinknormale. Zielperson. Vielleicht muss ich mir das immer wieder sagen, damit mein vernebeltes Hirn und mein Felsenherz es glauben. Sie ist ein verwöhntes reiches Gör, das ich um Geld gebracht habe, weil es zu viel davon hat. Mehr nicht. Sie bedeutet mir nichts. Sie *darf* mir nichts bedeuten. Sonst kann ich alles, was ich in meinem Leben aufgebaut habe, gleich in die Tonne treten.

»Ich liebe es, wenn ein Plan perfekt funktioniert.« Meine Mutter zwinkert mir zu.

Perfekt funktioniert. Ich habe funktioniert und das Hohenburg-Geld wird vielen Menschen helfen. Wen juckt da schon der Obelix-Hinkelstein in meiner Brust? Meine Gefühle sind unwichtig. Es zählt nur das große Ganze.

»Ich habe den Vater geknackt und du die Tochter.«

Ich versuche das siegessichere Grinsen meiner Mutter zu imitieren. *Geknackt.* Bei dem Wort wird mir schlecht.

»Gut, dass du sie so um den Finger gewickelt hast, dass sie dieser überstürzten Hochzeit zugestimmt hat. Sonst wäre es schwierig geworden, die Geschäftsführung der *Hohenburg Immogroup* auf meinen Namen überschreiben zu lassen.« Begeistert nickt sie und stößt einen zufriedenen Seufzer aus. »Außerdem besitzen wir jetzt einen Großteil des Hohenburg-Vermögens.«

»Ja, weiß ich alles.« *Nur finde ich das nicht halb so befriedigend wie du.* »Aber was passiert damit?«

Sie winkt ab. »Darum kümmere ich mich. Ich denke, ich teile das Geld auf mehrere Projekte und Stiftungen auf. Damit wird so viel Gutes getan werden können und ich glaube …«, nachdenklich legt sie den Kopf schief, »… ja, ich glaube, so viel haben wir uns noch nie geschnappt.« Zufrieden nippt sie an einem Glas Rotwein und lächelt selig. »Dafür hat sich doch der ganze Stress wieder gelohnt, oder?«

Ich kann nur stumm nicken. »Und die *Hohenburg Immogroup*? Was stellen wir damit an?«

»Die werde ich an jemanden übertragen, der die Macht, die damit verbunden ist, besser zu schätzen weiß. Mach dir nicht so einen Kopf.« Prüfend lässt sie ihren Wein sinken. »Du fragst doch sonst nicht so viel. Ist wirklich alles in Ordnung?«

»Klar«, sage ich bestimmt. »Ich wollte nur noch mal wissen, warum wir das alles machen.« Und versuche damit Livias Stimme in meinem Kopf zu übertönen. *Ich will alles von dir. Alles.* Geflüsterte Worte in einer Waldhütte, die zu keuchenden Flüchen wurden. Ich habe ihr nie *alles* von mir gegeben.

»Du tust das Richtige und ich bin wirklich so stolz auf dich, Raphael.«

Ihr warmes Lächeln reicht nicht aus, um den Frost zu vertreiben, der sich bei der Erwähnung meines Namens blitzartig in meinem Inneren ausbreitet. *Raphael.* Raphael Ketterbrink. Mein Geburtsname und doch der Name eines Fremden.

»Wie geht's weiter?«, frage ich, denn es geht immer irgendwie weiter.

»Wenn wir in Cancún landen, tauchen wir erst mal unter. Urlaub in der Sonne Mexikos. Das haben wir uns wirklich verdient.«

»Danach, meinte ich.«

»Danach geht's nach New York.« Sie kramt in ihrer Michael-Kors-Handtasche und reicht mir eine schwarze Mappe. »Hier.« Sie deutet auf die Unterlagen in meiner Hand. »Mach dich schon mal mit Nancy Young vertraut. Sie wird unsere nächste Zielperson.«

Ich schlage die Akte auf und schaue in das Gesicht einer dunkelhaarigen Frau Mitte dreißig.

Wien – Cancún – New York City.

Neue Stadt. Neuer Name. Neue Zielperson. Das ist mein Leben. Raphaels Leben.

So war es immer.
Und so wird es
immer
immer
immer
weitergehen.

LIVIA

Blätter werden golden.
Papa wird verhaftet.
Nora ist weg.
Ich bin Schmerz.

Blätter fallen zu Boden.
Vic sagt Ja.
Leander flieht.
Ich bin Schmerz.

Plätzchen werden gebacken.
Die Wohnung ist groß.
Ich schlafe mit Männern.
Ich bin Schmerz.

Feuerwerksraketen explodieren.
Ich will mich zudröhnen.
Ich tue es nicht.
Ich bin Schmerz.

VIENNA SPOTLIGHT

Schwarzer Schwan oder weißer Schwan? Wie präsentiert sich Livia Hohenburg bei der *Schwanensee*-Premiere des Wiener Staatsballetts? Das fragt sich wohl die ganze Stadt. Nachdem das It-Girl monatelang auf keinem roten Teppich zu finden war, kam die Zusage Hohenburgs für alle überraschend. Ob sie nach dem Skandal um ihren Vater nun erhobenen Hauptes darüberschreiten oder wie ein Häufchen Elend -kriechen wird, bleibt abzuwarten.

Zur Erinnerung: Livias Vater, Alexander Hohenburg, wurde bereits vor Monaten wegen mutmaßlicher Veruntreuung von Steuergeldern verhaftet und sitzt seitdem in Untersuchungshaft (hier klicken für: Alexander der Große nun ganz klein). Die Konten des Unternehmers sind eingefroren, solange die Untersuchungen des Veruntreuungsskandals noch andauern. Seine frisch angetraute Ehefrau Tanja wurde seitdem in Wien nicht mehr gesehen. Offenbar war die ganz große Liebe nicht groß genug, um bis ins Gefängnis zu überdauern. Schade, heißt es doch »in guten wie in schlechten Zeiten« – Tanja Steiner war wohl nur für die guten Zeiten zu haben. Böse Zungen behaupten sogar, die liebe Frau Steiner habe von Anfang an nichts Gutes im Sinn gehabt und sich nun mit vollen Taschen davongemacht.

Was auch immer los ist im Hause Hohenburg, insbesondere für Livia scheinen nicht gerade rosige Zeiten zu herrschen. Umso mehr freuen wir uns, dass unser Lieblings-High-Society-Sternchen jetzt zurück ist.

»Für meine Familie da zu sein ist wichtiger als Galas und Empfänge. Uns wurde übel mitgespielt und es ist essenziell, dass wir jetzt Seite an Seite stehen«, teilte Hohenburg in einer Presseerklärung mit.

Für die Familie und offenbar auch für einige Junggesellen. Zumindest wurde Hohenburg in letzter Zeit vermehrt in Gesellschaft verschiedener Männer gesichtet. Zuletzt beim innigen Knutschen mit Lukas Winter, dessen Start-up überraschend von Meta übernommen wurde, wodurch er kürzlich zu hohem Vermögen kam. Davon, dass die beiden eine Beziehung führen, ist jedoch nicht auszugehen. »@livinglivia? Die schnackselt gerade jeden, der bei drei nicht auf dem Baum ist. Das Girl scheint ziemlich verrückt zu sein, wenn Sie mich fragen«, so ein enger Vertrauter Hohenburgs im Gespräch.
Wie es wirklich um das Liebesleben von Wiens inoffizieller Prinzessin bestellt ist, können wir also nur vermuten. Ihr Instagram-Kanal @livinglivia glich schließlich monatelang einem Friedhof. Bis gestern. »See you at Swan Lake«, postete die 21-Jährige in ihrer Story. Für alle ist klar: Livia kommt heute Abend in die Oper. In welcher Verfassung sie sein wird und ob ein attraktiver Mann sie begleitet, lesen Sie morgen in *Vienna Spotlight*.
Leander von Traun, der lange für Hohenburgs heimliche große Liebe gehalten wurde, wird es nicht sein. Dieser wurde seit dem Herbst nicht mehr in Wien gesehen, sondern scheint es sich gerade rund um den Globus gut gehen zu lassen. Zuletzt wurde er auf einer Kink-Party in Saint-Tropez gesichtet und trotzt damit den Gerüchten, dass Bad Boy von Traun zahm geworden sei.
Freuen dürfen wir uns aber über Victoria Everhofen, die heute erstmalig in Begleitung ihres Verlobten den roten Teppich betritt (hier klicken für: <u>JA! Victoria Everhofen wird heiraten. Alle Infos zur Traumverlobung der Sacher-Erbin</u>).
Egal was kommt, der Abend wird auf jeden Fall ein Spektakel.
Bühne frei!

3. KAPITEL

FRAGILES GLAS-ICH

LIVIA

Sechs Monate.

Sechs Monate sind vergangen, seit ich mich aufgelöst habe. Sechs Monate, in denen außen unendlich viel und in mir drin rein gar nichts passiert ist. Papa wurde verhaftet. Nora ist bei Tante Britt. Vic ist verlobt. Bennet ist ständig auf Geschäftsreise. Leander ist weg.

All das ist an mir vorbeigerauscht wie ein Film. Ich habe zugeguckt, aber nicht mitgespielt. War nur eine leblose Puppe in einem stinkenden Kinosessel, während mein Leben zu sommergrauer Asche verbrannte.

»Livi? Bist du noch dran?«, fragt Nora während unseres allabendlichen Telefonats.

»Ja, sorry.« *Ich musste kurz dagegen ankämpfen, an der Einsamkeit zu ersticken, die mich jedes Mal überfällt, wenn ich die erdrückende Dunkelheit unseres Apartments betrete.* Kurz halte ich inne und bleibe einfach im Flur stehen. Hoffe auf ein Wunder, hoffe, dass Nora auf mich zugestürmt kommt und alles nur ein Traum war. Aber da ist nichts. Nur einsame Stille und Nora dreihundert Kilometer entfernt. »Musst du nicht langsam ins Bett, Knödel?«

»Sofort.« Sie schluckt und ich höre trotz der Distanz zwischen uns, dass sie unglücklich ist.

»Alles okay?«, frage ich, obwohl ich weiß, dass absolut gar nichts okay ist.

»Ja, ich …« Ein Seufzer, so tief und schwer, wie ihn die Lippen eines siebenjährigen Kindes nicht ausstoßen sollten. Mein Herz bekommt einen weiteren Riss.

»Hey.« Ich bemühe mich mir nichts anmerken zu lassen. »Was ist los?«

»Es ist nur …« Wieder schluckt sie. »Ich vermisse es, eine Familie zu haben.«

Familie. Die sieben Buchstaben schlitzen meinen Brustkorb auf. Tränen brennen in meinen Augen. »Nora. Du und ich. Wir sind eine Familie. Für immer.«

»Ich meine eine richtige Familie. Mit Papa und …« Sie lässt den Rest des Satzes unausgesprochen, aber ich weiß auch so, was sie sagen will. Mit einem Vater, der nicht im verfluchten Gefängnis sitzt, und einer Mutter. Aber unsere Mutter ist erst abgehauen und dann gestorben. Und die Frau, die eine Mutter hätte werden können, hat sich als betrügerisches Miststück entpuppt.

Mit der freien Hand wische ich mir das Salz aus den Augen. »Wir kriegen das wieder hin, okay? Papa wird zurückkommen. Alles wird wieder gut.« Ich wünschte, ich würde auch nur ein Prozent der Zuversicht, die ich in meine Stimme gelegt habe, wirklich fühlen. »Alles wird gut«, wiederhole ich deshalb. »Und jetzt schlaf, Knödel. Wir reden morgen wieder. Gute Nacht!«

»Gute Nacht, Livi.«

Wir legen auf und ich bleibe für einige Sekunden im dunklen Flur stehen, versuche nicht unter der Last meines Lebens zusammenzubrechen. Irgendwann kicke ich meine Stiefel in eine Ecke und gehe durch das dunkle Wohnzimmer auf eines der Fenster zu.

Draußen schneit es. Ich beobachte die Flocken, die den weiten

Weg vom Himmel gereist sind, um dann von dreckigen Sneakern auf dem Wiener Kopfsteinpflaster festgetreten zu werden. Vielleicht bin ich der Schnee. Abgestürzt und platt getrampelt. Und vielleicht werde ich bald endlich wegschmelzen.

Ich vermisse es, eine Familie zu haben. Der Satz hallt in meinen Ohren wider und ruft Erinnerungen hervor, bei denen jeder Herzriss aufklafft und spürbar wird. Bevor sie mich vollends überwältigen können, wende ich den Blick vom Schneegestöber ab und greife zur Fernbedienung. Lieber höre ich das Gekreische irgendwelcher D-Promis, die bei *Temptation Island VIP* ihre Beziehungen zerstören, als *nichts*.

Das Telefon klingelt und es ist mir egal. Das Letzte, was ich gerade will, ist, von einem übergriffigen Reporter mit Fragen bombardiert zu werden. *Wann wird Ihr Vater entlassen, Frau Hohenburg? Wie geht es Ihnen jetzt, wo Sie ins Bodenlose abgestürzt sind?*

Was soll ich darauf antworten? *Beschissen, danke der Nachfrage. Aber tatsächlich könnte mich mein gesellschaftlicher Status nicht weniger jucken. Vielmehr macht mich die Tatsache fertig, dass ich mich zum ersten Mal in meinem Leben verletzlich gezeigt habe und ausgerechnet an einen verrückten Hochstapler geraten bin. Aber klar, das Getuschel der Menschen ist auch schlimm.*

Nein danke. Mit einem bitteren Geschmack auf der Zunge koche ich Wasser und gieße es über einen Teebeutel. Es klingelt wieder. Ich schnappe mir eine Tüte Erdnussflips, lasse mich auf die Couch fallen und das Telefon einfach Telefon sein. *Willkommen zu eurem zweiten Lagerfeuer,* sagt Lola Weippert zu den Kandidatinnen und ich versuche alles andere aus meinem Kopf zu verbannen.

»Livia?«

Ich erschrecke mich so sehr, dass der heiße Tee, den ich in der Hand halte, über meine Finger schwappt. »Aua! Scheiße!« Ein stechender Verbrennungsschmerz züngelt über meine Haut.

Ein eingemummeltes Wesen, samt Mütze und ultra langem Schal betritt das Wohnzimmer. »Ups. Sorry. Ich wollte dich nicht erschrecken, aber du bist selbst schuld.«

»Vic, bist du es?«

»Ja, wer sonst?«

»Keine Ahnung, der Yeti?« Schockiert deute ich auf das übergroße weiße Ding, das nur entfernt Ähnlichkeit mit einem Mantel hat.

»Den gibt's nicht.«

»Nicht mehr. Weil du ihn zu einem Kleidungsstück verarbeitet hast, du Barbarin.«

»Klappe! Der ist von Hermès und du hast keine Ahnung von Mode.« Sie schält sich aus dem haarigen Ding und legt es auf einen der Sessel.

»Sieht aus, als hättest du dir einen Hund angeschafft.« Skeptisch blicke ich zu dem Pelzhaufen. »Oder einen Schneeleoparden. Hast du Hunger, Snowflake? Hier, friss etwas.« Ich bewerfe den Mantel mit ein paar Flips. »Ja, braves Tier. Das schmeckt dir, was?«

»Das ist natürlich kein echter Pelz.« Vic verdreht die Augen.

»*Wuff.* Braver Hund.« Ich werfe einen weiteren Flip.

»Kannst du bitte aufhören meinen Mantel zu füttern?«

»Aber der Gute ist ganz ausgehungert.« Eine weitere Ladung landet auf Snowflake.

»*Der Gute* ist ein Kleidungsstück.« Sie wirft mir einen verurteilenden Blick zu und pflückt die Flips aka das Hundefutter vom weißen Stoff.

»Langweilerin.« Ich schneide eine Grimasse in ihre Richtung und widme mich wieder *Temptation Island.* Vic richtet sich auf und steht unschlüssig in der Mitte des Raumes.

Ich seufze. »Vic, was willst du? Hat dein Besuch noch einen anderen Grund außer der Raubtierfütterung deines schrägen Mantels?«

»Heinz hat mich reingelassen.«

»Der Mann hat eindeutig seinen Job nicht verstanden. Seit wann lässt ein Portier wildfremde Menschen ohne Ankündigung rein?«

»Er wollte mich ankündigen, aber du hast das Telefon ignoriert, und wildfremd bin ich auch nicht.« Sie setzt sich neben mich und wirft sich einen Flip in den Mund.

»Aha. Und wenn ich nicht rangehe, ist das 'ne Einladung, oder was?«

»Ich habe ihn darauf aufmerksam gemacht, dass du ganz allein da oben bist.« *Wow. Das ist ja was Neues.* »Und niemand es mitbekommen würde, wenn dir was passiert. Deine Leiche könnte seit Tagen hier rumliegen und alles vollstinken.«

»Na, ein Glück, dass ich so positiv denkende Freundinnen habe.« Ich nehme einen Schluck Tee. »Außerdem bin ich gerade erst nach Hause gekommen. Heinz weiß also sehr gut, dass ich weit davon entfernt bin zu verwesen.«

»Ansichtssache.« Mit hochgezogenen Augenbrauen mustert sie mich und bleibt an einem Fleck auf meinem Pulli hängen.

»Was, wenn ich gerade beim Nacktyoga gewesen wäre? Oder Männerbesuch gehabt hätte? Und du wärst einfach reingeplatzt?«

»Das Risiko scheint ja in letzter Zeit öfter zu bestehen, wenn man den Klatschblättern glaubt.«

»Was? Dass ich eine verrückte Nymphomanin bin?«

»Liv, das war so nicht –«

»Ach, schon gut. Ist ja was dran.« Ich winke ab.

»Lukas Winter, im Ernst?« Schockiert schüttelt sie den Kopf. »Seit wann interessiert dich ein Nemo wie er? Der Kerl will doch nur bei seinen versnobten New-Money-Freunden damit angeben, dass er Livia Hohenburg nackt gesehen hat.«

»Und?« Langsam nervt mich ihre Fragerei.

»Und? So ein Typ interessiert sich nicht wirklich für dich. Nur für deinen Namen und vielleicht deinen Körper.«

Ich seufze. »Vielleicht will ich genau das, schon mal darüber nachgedacht?«

»Du willst, dass dich jemand nur wegen Oberflächlichkeiten flachlegt?«

»Ganz genau. Hat immerhin nicht gerade gut geendet, als ich jemandem mehr als meine Oberflächlichkeiten gezeigt habe, falls du dich erinnerst.« Meine Kehle wird eng. Mein Herz schwer. »Also, nein danke.« Ich lasse nicht zu, dass mir noch mal jemand das Gefühl gibt, das verkümmerte Wesen, das ich im Inneren bin, zu einem halbwegs aufrecht stehenden Menschen aufbauen zu können. Nur um wenige Wochen später mit Kanonenkugeln auf mein fragiles Ich zu schießen und mich wie Glas zerplatzen zu lassen.

Vic stößt einen tiefen Seufzer aus. »Glaubst du nicht, dass es dir guttun würde, es noch mal zu riskieren? Lern jemanden kennen, jemand Nettes. Nicht diese famegeilen Nemos. Nur weil Nick dein Vertrauen nicht verdient hatte, heißt das nicht, dass du jetzt nie wieder diese Seite von dir zeigen darfst.«

Ich erwidere nichts, sondern schaue stoisch nach vorn zum Fernseher.

Vic lässt ihren Atem geräuschlos entweichen. »Du warst schon immer zerstörerisch, wenn du verletzt wurdest. Aber statt alles um dich herum zerstörst du immer nur dich selbst.«

»Oder ich überlebe.« Ich schaffe es, den Aschehaufen *formerly known as* mein Leben für einen kurzen Moment zu ertragen.

»Alles okay?«, flüstert sie und rutscht näher an mich heran.

»Ja.« Ich merke selbst, wie schlecht ich lüge.

»Hatten wir dieses alberne Alles-ist-gut-Getue nicht hinter uns?« Sie zieht mich an sich. »Du musst bei mir nicht so tun als ob. Bringt eh nichts. Ich sehe, wie kacke es dir geht.«

Ich versuche noch zwei Sekunden dagegen anzukämpfen, dann breche ich zusammen. »Es tut so weh. Es tut immer noch so weh.« Tränen, die ich nur selten zulasse, kullern meine Wangen hinunter und versauen Vics Kaschmirpullover mit schwarzer Wimperntusche. »Was, wenn es nie wieder aufhört wehzutun?«

»Das wird es. Ich verspreche es dir.« Meine beste Freundin umklammert mich mit festem Griff. Hält mich, als würde ich sonst ertrinken. Was vielleicht stimmt.

»Ich weiß nicht, was ich tun soll, Vic. Jeden Morgen stehe ich auf und weiß nicht, was ich verdammt noch mal tun soll. Die Presse sitzt mir seit Monaten im Nacken. Nora geht's schlecht. Mein Vater sitzt im *fucking* Knast. Ich frage mich echt, was ich getan habe, dass mich irgendein Karma-Jesus so fertigmachen will …«

»Das Leben meint es gerade wirklich nicht gut mit dir.« Vic streicht mir übers Haar. »Aber ich bin stolz auf dich, Liv. Unendlich stolz.«

»Warum?« Ich ziehe die Nase hoch. »Ich kriege nichts hin. Eigentlich ist alles, was ich noch mache, atmen, ungesunde Scheiße essen, Trash-TV gucken und ab und zu einen Nemo abschleppen.« Jetzt, wo ich das so ausspreche, klingt es noch erbärmlicher.

»Das stimmt nicht. Gestern warst du doch in der Uni, oder?«

»Ja, schon. Aber eigentlich weiß ich nicht, warum ich es tue.«

»Wie meinst du das?«

»Na ja, diese ganze BWL-Sache sollte ich doch machen, um irgendwann das ach so unantastbare Hohenburg-Imperium zu übernehmen. Aber so unantastbar war es dann am Ende nicht, falls du es nicht mitbekommen hast.«

»Dann ist das doch jetzt vielleicht die Gelegenheit, etwas anderes zu machen. Etwas, das *du* willst.« Vic stupst mir aufmunternd in die Seite.

»Das geht nicht. Mein Vater hat genug Probleme. Er sitzt im Knast. Eine Tochter, die auf einmal ihr Leben umkrempelt, würde ihm den Rest geben.« Und eine Rückkehr zu einer *Familie* unmöglich machen.

»Hm.«

»Hm.«

»Gott, das klingt echt krass.« Sie vergräbt ihr Gesicht in den Händen. »Diese Mein-Vater-sitzt-im-Knast-Sache.«

»Krass, ja.«

»Besuchst du ihn noch?«

»Einmal im Monat.« Einmal im Monat muss ich durch die Schleuse. Einmal im Monat muss ich meinem Vater ins Gesicht blicken und sehen, wie der stolze Bürgermeister Wiens gebrochen wurde.

Und wie er doch weiter die Zügel meines Lebens in der Hand hält.

»Ich war gestern da«, erkläre ich und bei der Erinnerung werden die Flips in meinem Magen zu Kieselsteinen.

»Und?«

»Wir haben eine neue PR-Strategie besprochen.«

Mein Leben. Eine PR-Strategie.

»Ah, also nicht mehr diese Sache mit ›kein Insta, keine Auftritte‹?«

»Nee. Leider nicht. Eigentlich hat mir mein Leben im Verborgenen ziemlich gut in den Kram gepasst.« Ich stöhne. »Jetzt soll ich *Normalität* vermitteln. Ich soll wieder Storys machen und auf dämliche Veranstaltungen gehen. Gar keinen Bock, sage ich dir. Aber wenn es ihm hilft …«

Dieses ganze Leben kommt mir noch sinnloser vor, seit ich es einmal gewagt habe, an eine Alternative zu denken. Seit ich es gewagt habe zu glauben, dass ich *mehr* sein kann. Aber am Ende war ich doch kein Mehr, sondern ein bedeutungsloses Nichts. Der Traum eines Musikstudiums ist an einen weit entfernten Ort gewandert. Wahrscheinlich hat Nicolas ihn mitgenommen und chillt mit ihm irgendwo in der Sonne.

»Okay, aber trotzdem«, zieht Vic mich aus meinem finsteren Gedankenkarussell.

»Was trotzdem?«

»Trotzdem bin ich stolz auf dich.«

»Aber ich tue absolut nichts, worauf man stolz sein könnte.«

»Na ja, die alte Livia hätte anders reagiert«, gibt Vic zaghaft zu bedenken. »Auf so einen Scheiß. Die alte Livia wäre völlig ausgerastet.«

»Ja, stimmt. Vor ein paar Monaten wäre ich wohl dauerhigh und jeden Tag auf irgendeiner Party gewesen.«

»Aber die neue Livia macht das nicht.«

»Kann sie ja auch nicht.« *So gern sie es auch würde,* aber das verschweige ich. »Wenn ich mir ständig was einwerfen, mich betrinken und feiern gehen würde, könnte ich die Vormundschaft für Nora vergessen und Absturz-Livia in den Medien wäre wohl eher kontraproduktiv in Sachen PR.«

»Außerdem habe ich wirklich keine Lust, noch mal Angst um dein Leben zu haben, weil du dir 'ne Überdosis reingeknallt hast!«

»Ach ja, und das.« Ich muss grinsen und wische mir die Tränen von der nassen Haut.

»Gut.« Vic nickt zufrieden. »Also, was ziehst du an?«

»Heute? Ich hatte an eine gewagte Kombi aus übergroßem Schlafshirt und Thermoleggins gedacht.«

»Das käme irgendwie weird auf dem roten Teppich, oder?«

Ich stöhne genervt. »Muss ich da wirklich hin? Ich stehe überhaupt nicht auf Ballett.«

»Das ist eine Lüge, Livia. Früher hast du Ballett geliebt.«

Früher. Als Mama und ich noch bei jeder Premiere in der ersten Reihe gesessen und zu Hause alles nachgetanzt haben. Früher. Als sie mich noch nicht ohne Abschied verlassen hatte und anschließend gestorben ist. Damals wusste ich noch nicht, dass sie nur das erste Mitglied im Wir-verlassen-Livia-Club war und bloß ein Jahr später eine halbe Fußballmannschaft daraus werden würde.

»Also ja, du musst. Ich habe dir gesagt, dass du dich bis Ende des Jahres in deinem Elend suhlen darfst.« Sie klatscht einmal in die Hände. »Jetzt ist Januar und Schluss damit.«

»Du hast nicht gesagt welche Zählweise«, grummle ich.

»Hä?«

»Das chinesische Kalenderjahr beginnt erst im Februar. Ich bin davon ausgegangen, dass du das meinst.« Ich zucke mit den Schultern und starre geradeaus auf eine wilde Party in der *Temptation-Island*-Villa.

»Wir sind aber nicht in China, sondern in Wien.«

»Du kannst mich noch mal fragen, wenn wir im Jahr des Drachen angekommen sind.«

»Livia Hohenburg.« Ihr Ton klingt streng und sie deutet mit einem ausgestreckten Finger auf mich. »Wenn du nicht gleich aufstehst, werde *ich* zum Drachen, und das willst du nicht erleben.«

»Nice. Ich wollte immer einen Drachen. Dann mache ich 'ne Gang auf mit Daenerys Targaryen und Violet Sorrengail. Stell ich mir chillig vor. Wir fliegen über die Welt, fackeln ab und an irgendwas ab und haben die Zeit unseres Lebens.«

Vic schlägt sich die Hand vor die Stirn. »Bitte, Livia.« Huch, jetzt klingt sie beinahe flehend. »Clément und ich sind seit der Verlobung das erste Mal zusammen auf dem roten Teppich.« Als würde ich die Tragweite dessen, was sie gerade gesagt hat, sonst nicht verstehen, hebt sie ihre linke Hand, an der ein unverhältnismäßig großer Diamantring steckt. Ich gebe mir größte Mühe, das Ding nicht mit Blicken zu verbrennen. »Die Presse wird so viele Fragen zur Hochzeit stellen. Ich will nicht, dass sie merken, wie viel Panik ich vor der ganzen Sache habe. Ich sehe schon die Schlagzeilen. *Kriegt Victoria Everhofen kurz vor der Hochzeit kalte Füße?*« Für eine Sekunde schließt sie die Augen. »Ich brauche echt deine Hilfe, um mir nichts anmerken zu lassen.«

»Warum machst du das dann, Vic? Diese ganze Sache mit der Hochzeit. Du bist so jung. Du musst nicht mit einundzwanzig schon verheiratet sein. Wir sind nicht mehr in den Fünfzigern«, gebe ich zu bedenken, als hätten wir das Thema nicht schon hundertmal durchgekaut.

»Du weißt, dass Clément sein Treuhandvermögen erst bekommt, wenn er verheiratet ist.«

»Das ist so ein veralteter patriarchaler Dreck, wirklich.«

»Ich weiß. Aber er will sein eigenes Hotelimperium aufbauen. Mit mir zusammen. Meine Eltern denken auch, dass …«

»Jaja«, winke ich ab. »Ich weiß, dass sie völlig aus dem Häuschen sind, weil du eine Allianz mit dem Feind eingehst und somit das Imperium vergrößerst. Sei froh, dass sie dich nicht an Paris Hilton verscherbelt haben.«

Schlagartig verändert sich ihr Blick. Traurigkeit schimmert in ihren Augen und ich weiß, dass ich zu weit gegangen bin. »Okay, tut mir leid. Das war nicht fair.«

»Ach, schon gut.« Sie strafft die Schultern. »Ganz unrecht hast du ja nicht. Aber ich liebe Clément wirklich und ich hätte ihn in ein paar Jahren sowieso geheiratet.« Ihre Lippen kämpfen mit einem Lächeln.

»Ihn und seine Grünkohlsmoothies.«

»So schlecht schmecken die gar nicht.«

»Lüge.«

»Hast recht. Sie schmecken furchtbar.«

»Na ja, vielleicht kannst du mir dann Geld leihen, wenn dein neues *Imperium* durch die Decke geht.«

Vic sieht mich fragend an.

»Mein eigenes hat sich ja eine schlecht Bonnie-und-Clyde-Imitation unter den Nagel gerissen.«

»Bonnie und Clyde waren ein Liebespaar.«

»Deswegen ja *schlechte* Imitation.«

»Außerdem braucht es wohl ein bisschen mehr als eine überstürzte Hochzeit, um die Hohenburgs in den finanziellen Ruin zu stürzen. Sorry, aber allein dein Treuhandvermögen müsste doch ausreichen, um die Seychellen zu kaufen.«

»Ist ja schon gut.« Vic hat recht. Obwohl Tanja und Nick, oder wie auch immer sie heißen, sich die *Hohenburg Immogroup* gekrallt und das Konto meines Vaters leer geräumt haben, bin ich weit davon entfernt, pleite zu sein. »Ich denke, ich ziehe das blaue Valentino an.« Der Entschluss hat meinen Mund verlassen, bevor ich ihn aufhalten kann. Aber ich kann es nicht ertragen, Vic so verzweifelt zu sehen. Ich will für sie da sein. Und irgendwie muss ich ja auch. Wegen dieser ganzen PR-Sache. Und wegen der Alles-wird-gut-Sache, die ich Nora versprochen habe.

»Also kommst du mit?« Ihre Augen blitzen erfreut auf.

»Ja, und ich werde den Reportergeiern an die tausend Mal erzählen, wie überglücklich du bist.«

»Ahhhhh!«, kreischt sie. »Danke, danke, danke.« Sie drückt mir einen Knutscher auf die Wange. »Dann kann ich dich jetzt endlich fragen, was ich schon seit Wochen fragen will …«

4. KAPITEL

JUSTICE FOR FIVE

LIVIA

Meine großen Zehen werden von den Louboutins zusammengequetscht. Sie sind diese Art Schuh nicht mehr gewohnt. *Bitte, Livia. Gib uns die gemütlichen Socken und Sneaker zurück, in denen wir die letzten sechs Monate gelebt haben,* würden sie wahrscheinlich sagen, wenn sie keine Zehen wären und sprechen könnten. Das Kleid zwickt ebenfalls am Nacken und durch die Hochsteckfrisur ziept mein Haar. Wie habe ich das all die Jahre täglich ausgehalten? Ein It-Girl zu sein ist tierisch unbequem.

»Du siehst sehr hübsch aus, Livia.« Clément, der mir in der Limousine gegenübersitzt und Vics Hand umklammert hält, lächelt mir anerkennend zu.

»Ähm. Danke. Du auch.« Ich deute auf seinen schwarzen Smoking, der ihm wirklich gut steht. »Und du …«, ich wende mich an Vic, »siehst auch *sehr hübsch* aus.«

Sie streicht einmal über ihr goldenes Dolce-Kleid. »Wir sehen also alle top aus. Gut, dass wir das geklärt haben.« Grinsend zieht sie ihr iPhone aus der schwarzen Clutch.

»Mach mal eine Story von mir«, fordere ich sie auf. »Wegen der PR-Sache und so.«

Sie nickt und hält mir die Kamera vor das Gesicht. Ich mache einen Kussmund.

»Okay, fertig. Siehst hot aus, wie immer.« Eine Sorgenfalte bildet sich plötzlich zwischen ihren Augenbrauen.

»Alles okay?«, frage ich verwirrt.

Sie schüttelt den Kopf. »Hast du mal was von Leander gehört? Er ignoriert meine Nachrichten und Anrufe.«

»Meine auch.«

»Leander ist euer Kumpel, der bei Vic im Hotel wohnt, oder?« Clément sieht fragend zwischen uns hin und her.

»Gewohnt hat«, berichtigt meine beste Freundin ihn. »Bis er vor zwei Monaten vom einen Tag auf den anderen aus Wien verschwunden ist.« Sie tippt einige Male auf ihrem Handy herum und dreht es dann zu mir. »Gestern hat er eine Story aus Saint-Tropez hochgeladen. Da stimmt doch was nicht.«

Die Limousine rollt über ein Schlagloch, sodass ich die Augen zusammenkneifen muss, um zu erkennen, was auf dem Bildschirm vor sich geht.

Leanders oberste drei Hemdknöpfe sind offen. Er schielt leicht in die Kamera. In der einen Hand hält er eine Flasche Moët. In der anderen eine Frau, die locker als Victoria's-Secret-Engel durchgehen könnte.

»Aber hat der Typ nicht immer viel gefeiert?«, fragt Clément.

»Schon.« Vic legt den Kopf schief. »Aber nicht so. Mein Bauchgefühl sagt, dass da was nicht in Ordnung ist.«

Ich bleibe stumm. Denn anders als Vic glaube ich ziemlich genau zu wissen, warum Leander aus Wien getürmt ist und die brutale Wirklichkeit nicht aushält. Er liebt sie. Vic. Er tut es schon lange und kann den Gedanken nicht ertragen, dass sie die Frau eines anderen wird. Aber das sage ich ihr nicht. Es würde nichts bringen. Vic hat sich ihrem Schicksal ergeben und es würde ihr nur wehtun zu wissen, dass ihre Verlobung der Grund für Leanders Absturz ist.

»Wir sind sofort da.« Claus dreht sich zu uns nach hinten. »Möchten Sie, dass ich vorfahre?«

Ich schaue fragend zu Vic. »Bereit?«

»Bereit, Trauzeugin.« Sie lächelt so breit, dass mein Herz einen Hüpfer macht. Denn natürlich habe ich keine Sekunde gezögert, als sie vorhin gefragt hat.

»Warum fragt mich niemand, ob ich bereit bin?«, beschwert sich Clément.

»Du wurdest bereit geboren, mein Schatz«, zieht Vic ihn auf.

Claus fährt noch um eine Ecke, hält dann am Opernring und dreht sich erneut zu mir um. »Ich freue mich, dass Sie wieder da sind, Livia.« Sein Lächeln ist aufrichtig und ich wünschte, ich könnte dasselbe sagen.

Aber als die Wagentür geöffnet wird, meine schreienden Louboutin-Zehen den roten Teppich berühren und die Reporter schnattern, spüre ich keinen Funken Freude.

NICOLAS

Ich sollte aufgeregter sein. Nervöser. Ich sollte *irgendwas* spüren. Aber als ich mir das Jackett meines maßgeschneiderten Anzugs überziehe, spüre ich nur die mir bekannte Leere, die sich seit sechs Monaten weigert, meinen Körper, meinen Kopf und mein Herz zu verlassen.

»Hast du dir alles gemerkt?« Meine Mutter zupft hektisch an meinem Kragen. »Der Tag heute ist wichtig.«

»Nancy Young. Fünfunddreißig Jahre. Republikanerin. Frau von Alfred Young, der in diesem Jahr für das Gouverneursamt des Bundesstaats New York kandidiert«, rattere ich runter.

»Das ist alles, was du weißt? Du observierst diese Frau seit drei Monaten!«

»Es besteht der Verdacht, dass ihr Mann Raubüberfälle von vermeintlichen Lateinamerikanern inszeniert hat, um eine härtere Abschiebepolitik durchzukriegen und seinem Wahlkampf neuen Schwung zu verleihen. Bisher scheint es zu funktionieren. Seine Umfragewerte sind top.«

»Allein das zu hören, macht mich rasend.« Sie blickt finster zu mir hoch. »Und weiter?«

»Nancy ist fünfzehn Jahre jünger als ihr Mann und scheint in dieser Ehe nicht besonders glücklich zu sein. Sie hasst es, in seinem Schatten zu stehen und immer nur die *Frau von* zu sein. Eigentlich würde sie gern selbst politische Karriere machen, aber ihr Mann hat sie ziemlich gut im Griff. Sie ist oft einsam. Ihr Mann ist ständig unterwegs in Sachen Wahlkampf und ich glaube, sie hat keinen einzigen echten Freund.«

»Und das weißt du woher?«

»Ich habe zwar nicht mit ihr direkt gesprochen, aber ihre gehässigen Freundinnen beim Sektfrühstück belauscht, als sie über sie gesprochen haben. Die waren nicht besonders nett.«

Meine Mutter nickt zufrieden. »Also, was ist der Plan für heute?«

»Heute ist der Neujahrsempfang des Frauenvereins, in dem Nancy Mitglied ist. Alfred wird nicht da sein, da er heute beim Senator eingeladen ist. Nancy wird also allein kommen und das Ganze verabscheuen, weil sie den lieben langen Abend auf ihren Mann angesprochen werden wird und niemand sich auch nur eine Sekunde für sie interessiert.«

»Außer dir.« Meine Mutter zwinkert mir zu.

»Genau. Ich habe bereits vor Wochen dafür gesorgt, dass ich auf der Gästeliste stehe. Beziehungsweise Tom Hauser. Ein deutscher Jungunternehmer, der in den USA Fuß fassen will.«

»Okay, Tom. Das klingt gut. Dann hoffen wir mal, dass die gute

Nancy so einsam ist, dass sie dir nach einigen Gläsern Champagner von den kriminellen Machenschaften ihres Mannes erzählt, du das Ganze aufnehmen und im Anschluss der *New York Times* zuspielen kannst. Wenn's klappt, war's das mit der politischen Karriere ihres Mannes.«

»Und sie stürzt mit ihm ab …« Etwas Unangenehmes macht sich in meinem Magen breit. Ein Gefühl, das mir ganz und gar nicht gefällt und das ich in letzter Zeit öfter habe. Wie immer in diesen Momenten muss ich an Livia denken. Wie es ihr wohl geht? Was für eine dumme Frage. Was für ein saudummer Gedanke. Wie soll es ihr schon gehen? Ich habe sie fertiggemacht. Es wird ewig dauern, bis sie sich davon erholt. Wenn überhaupt. Wenn ich nicht längst dafür gesorgt habe, dass ihr Feuer endgültig erloschen ist. *Fuck.* Ich darf nicht an sie denken.

»Raphael?« Bei meinem Namen intensiviert sich das Scheißgefühl in meinem Magen.

»Hm?«

»Du hilfst so vielen lateinamerikanischen Einwanderern. Denk nicht an das Schicksal einer Einzelnen. Denk an die Menschen, denen wir wirklich helfen. Denk daran, was uns passiert ist.«

Was uns passiert ist. Ich denke an meinen Vater und die fünfzig Prozent DNA, die in mir schlummern. Ich denke an Schmerz in den Augen meiner Mutter, der nur für kurze Zeit verschwindet, wenn wir einen weiteren Coup gelandet haben. Und ich denke an das Tattoo *justice for five* und die Narbe auf meinem Oberarm. Gerechtigkeit für meine ersten fünf Lebensjahre.

Also straffe ich die Schultern, hebe das Kinn und setze ein schiefes Lächeln auf, von dem ich weiß, dass es Nancy Young gefallen wird. Ich verdränge das drückende Gefühl im Bauch.

Und werde zu Tom Hauser.

Keine Vulkanaugen.

Nur *justice for five*.

5. KAPITEL

WEISSER LICHTSCHWAN, SCHWARZER SCHATTENSCHWAN

LIVIA

»Livia, hier rüber! Livia!«

Es hat sich nichts geändert.

Gar nichts. Die Reporter kreischen, die Kameras klicken, die Scheinwerfer glühen. Das Blitzlicht brennt sich durch meine Haut in meinen Magen. Gierige Blicke kratzen wie Krallen an meinem bodenlangen Kleid. Alles ist genau wie vor sechs Monaten.

Die Welt dreht und dreht sich, doch in Wien bleibt alles beim Alten. Leanders Worte, die mir in dieser Sekunde durch den Kopf schießen. Leander, den ich schlagartig furchtbar vermisse. Er hat mich verstanden. Mich und mein Leben. Auf eine Weise, wie Vic es wohl nie tun wird. Aber vielleicht hat Leander recht und ich brauche das hier. Ich brauche Livia Hohenburg, um in dieser Abwärtsspirale, zu der mein Leben geworden ist, nicht völlig den Halt zu verlieren.

»Vic, guck mal. Celina Maybach hat den Bruder deines schrecklichen Mantels dabei.« Ich nicke zu einer Wiener Designerin, die einige Meter vor uns auf dem roten Teppich posiert.

»Hä?« Meine beste Freundin guckt sich suchend um. »Haha. Du bist ja so lustig.« Sie schüttelt missbilligend den Kopf, als ihr Blick auf Celina und den weißen Winzhund fällt, den diese auf dem Arm trägt.

»Ihr seid merkwürdig.« Clément, bei dem sich Vic untergehakt hat, seufzt.

»Ich weiß«, stimme ich zu und zucke mit den Schultern.

»Victoria? Wie geht es Ihnen seit der Verlobung? Wissen Sie schon, welchen Designer Sie tragen werden? Und wie wirkt sich der Skandal um die Hohenburg-Familie auf die Feier aus?« Eine junge Journalistin mit einem hohen Pferdeschwanz feuert offenbar jede Frage, die sie sich notiert hat, willkürlich auf uns ab.

Ich schaue zu Vic. Die gräbt bereits die Zähne in die Unterlippe.

»Komm schon«, flüstere ich ihr zu. »Auf sie mit Gebrüll.« Meine Finger umschließen ihre und ich ziehe Vic zu den Journalisten, die aufgereiht wie Hühnchen auf der Stange auf uns warten. Ich entscheide mich direkt zur Pferdeschwanz-Fragenhagel-Frau zu gehen und setze ein breites Lächeln auf. *Komm schon, Livia, du kannst das hier. Du konntest es immer. Dieses ganze Affentheater ist dein Ding.* Selbstbewusster Gang, gerecktes Kinn, gestraffte Schultern. *Oh yes,* ich habe es noch drauf.

Die Journalistin scheint völlig aus dem Häuschen zu sein, als sie mich und Vic näher kommen sieht.

»Katrin Schunck. *Vienna Spotlight.*« Sie hält mir ein rotes Mikro so dicht vor die Nase, dass ich hineinbeißen könnte, wenn ich wollte. Wäre eine lustige Schlagzeile.

»Guten Abend.« Meine Stimme ist ruhig, mein Lächeln fest auf meine Lippen zementiert.

»Livia, darf ich sagen, dass ich mich freue, Sie zurück in der Öffentlichkeit zu sehen?«

»Danke, ich freue mich auch.«

Sie nickt und ich weiß, dass nach dieser Anstandsbemerkung jetzt die brisanten Fragen kommen. Doch obwohl ich sechs Monate komplett raus war aus diesem Zirkus, bin ich immer noch Vollprofi.

»Ihr Vater wird der Veruntreuung bezichtigt. Er soll staatliche Gelder, die für den Bau von Sozialwohnungen gedacht waren, für private Zwecke genutzt haben. Ist der Skandal um die Verhaftung Ihres Vaters der Grund für Ihr Abtauchen?«

Gib ihnen immer nur einen lächerlichen Fetzen der Wahrheit und behalte das große Ganze für dich.

»Ich bin nicht abgetaucht. Ich habe mir nur eine Pause gegönnt. Ständig auf fünfzehn Zentimeter hohen Schuhen über rote Teppiche zu laufen hat meinen Füßen überhaupt nicht gutgetan.« Ich lache. Die Reporterin sieht enttäuscht aus.

»Wie geht es Ihrem Vater? Ein Mann wie er hat es in Untersuchungshaft sicher nicht leicht.«

»Mein Vater ist einer dieser Menschen, die *überall* Freunde finden.« Eine vage Antwort, die fast unmöglich aus dem Kontext gerissen werden kann.

»Wo sind Frau Steiner und ihr Sohn? Wurde die Ehe annulliert, weil Frau Steiner nicht mit einem Knasti verheiratet sein wollte? Oder ist an den Gerüchten etwas dran, dass es sich womöglich um eine Heiratsschwindlerin handelt?«

Die Frage verwandelt sich in unzählige messerscharfe Splitter, die sich durch meine Rippen direkt in mein Herz bohren und mir für einen Zeitfetzen den Atem rauben. Ich habe damit gerechnet, dass so etwas passiert. Dass so eine beschissen übergriffige Frage gestellt wird. Weil für eine Journalistin von *Vienna Spotlight* Übergriffigkeit in der Jobbeschreibung steht. Ich habe gewusst, dass es so kommen würde, und doch hätte mich nichts auf den brutalen Schmerz vorbereiten können, der bei der bloßen Erwähnung seines Namens droht mich in Stücke zu reißen.

Ich sollte etwas sagen. Aber ich kann nichts sagen. Meine Gefühle rasen unaufhaltsam drauflos. Gedanken rattern durch meinen Kopf und ich brauche unmenschliche Kräfte, damit meine

Gesichtszüge nicht aus der Bahn geraten. Ich muss unbedingt etwas sagen. Katrin Schuncks Augen weiten sich wissend. Mein Lächeln verrutscht. Scheiße.

»Über den aktuellen Aufenthaltsort der Steiners können wir nichts sagen, da wir ihren Wunsch nach Privatsphäre schützen wollen«, kommt Vic mir zu Hilfe.

Privatsphäre. Ich lache mich tot. Die Splitter in meinem Brustkorb lachen mit. In Wahrheit habe ich keine Ahnung, wo Nicolas sich aufhält, und ich werde es mit großer Wahrscheinlichkeit auch nie herausfinden, da mein Vater mir verboten hat ihn zu suchen. *Wir können nicht noch mehr schlechte Presse gebrauchen, Livia. Wenn herauskommt, dass sie uns um unser halbes Vermögen gebracht haben, können wir eine Rehabilitation für immer vergessen.*

Also habe ich mich daran gehalten. Wie ich es immer tue. Livia Hohenburg, die hübsche Marionette. Mein Lächeln wird wieder strahlend.

»Frau Everhofen«, wendet sich die Reporterin jetzt Vic zu. »Ich gratuliere herzlich zur Verlobung.«

»Vielen Dank.«

»Sie sind gerade mal einundzwanzig. Was hat Sie dazu bewogen, so jung zu heiraten?«

Ich bin kurz davor, dieser Frau meine Faust ins Gesicht zu schlagen, doch Vic bleibt cool.

»Wenn man weiß, dass man die richtige Person heiratet, gibt es kein ›zu früh‹.« Ihr Blick huscht zur Seite und bleibt an Cléments Gesicht hängen, der in diesem Augenblick mit einem Reporter des *Wiener Kurier* spricht.

»Also ist Clément Bellegarde Ihre große Liebe?«

Die Schultern meiner besten Freundin verspannen sich. Jetzt bin ich es, die einspringt. Weil wir das so machen.

»Nein. Das bin ich.« Ich zwinkere. »Sorry, Clément, aber du wirst wohl immer nur Platz zwei sein.« Lachend zucke ich mit den Schultern.

»Da hat sie recht«, stimmt Vic mir zu, und bevor der Reporterin noch weitere Fragen einfallen, gehen wir zum nächsten Mikro.

Wo werden Sie heiraten? – Hier in Wien. (Ehrliche Antwort: Etwas anderes würden ihre Eltern niemals erlauben. Vics Hochzeit muss *das* gesellschaftliche Ereignis in diesem Jahr werden.)

Mit wem werden Sie zum Opernball gehen? – Das bleibt eine Überraschung. (Ehrliche Antwort: Ich habe keinen blassen Schimmer.)

Gibt es Neuigkeiten im Hohenburg-Prozess? – Zu laufenden Ermittlungen darf ich mich leider nicht äußern. (Ehrliche Antwort: Ich habe keinen blassen Schimmer.)

Welche Schuhe tragen Sie heute? – Louboutins. (Ehrliche Antwort: Louboutins.)

Sind Sie endgültig zurück auf Instagram? – Ich werde wieder regelmäßiger posten, ja. (Ehrliche Antwort: Ich muss, weil das die neue PR-Strategie ist und ich irgendwie retten muss, was zu retten ist.)

Wie oft besuchen Sie Ihren Vater? – So oft ich kann. (Ehrliche Antwort: So oft ich es schaffe, ohne zusammenzubrechen.)

Auf diese Weise bahnen Vic und ich uns unseren Weg an der schnatternden Menge vorbei. Immer mit einem Wahrheitsfetzen auf den Lippen, der morgen in eine Headline verwandelt werden wird. Die Splitter stecken noch immer in meiner Brust, aber sie schaffen es kein zweites Mal, meine Maske zu zerschneiden.

Als wir endlich im Gebäude ankommen, bin ich so ausgelaugt wie nach einem Marathon.

»Mein Gott.« Erschöpft lasse ich mich in einen der roten Polstersitze der Loge fallen. »Ich habe völlig vergessen, wie anstrengend das ist.«

»Ich bin auch am Ende.« Vic setzt sich neben mich.

»Wenn ihr mehr Vitamine supplementieren und nicht immer über meine Grünkohlsmoothies lachen würdet, hättet ihr mehr Energie.« Clément nickt selbstzufrieden.

Ich gebe einen undefinierbaren Laut von mir.

»Sorry, Schatz, aber ich würde lieber Hunderte dieser Interviews führen, als jeden Tag diese Pampe zu mir zu nehmen«, ärgert Vic ihn, küsst ihn aber kurz darauf auf den Hals.

»Wirklich, Victoria, die Mikronährstoffe werden viel zu oft vergessen, sind aber ungeheuer wichtig für unseren Stoffwechsel.«

Ich unterdrücke ein Augenrollen. Wenn Clément wüsste, wie oft Vics Nährstoffzufuhr aus Champagner, Koks und nächtlichem Schnitzel bestanden hat, würde sein Bild von der perfekten Hotelerbin und zukünftigen Ehefrau ziemlich ins Wanken geraten.

Es gongt und im Saal wird es still. Das Licht geht aus. Jedes einzelne Augenpaar ist jetzt auf die Bühne gerichtet. Musik schwillt an. Prinz Siegfried kommt auf die Bühne getanzt und feiert seinen einundzwanzigsten Geburtstag. Er dreht sich und springt und tanzt immer weiter.

Jetzt, wo niemand mehr auf mich achtet und ich mit der Dunkelheit verschmelze, kann ich die Splitter nicht mehr ignorieren. Der Schmerz, den ich vorhin noch so eisern hinter meiner leuchtenden Fassade versteckt habe, bricht aus. Stumm rinnen Tränen über meine Wangen. Die Dunkelheit verbirgt alles. Solange das Licht aus ist, kann ich verletzlich sein. Solange das Licht aus ist, muss ich nicht strahlen.

Eine Stunde und fünf Minuten. Ich kann eine Stunde und fünf Minuten Pause von Livia Hohenburg und ihrem dämlichen Grinsen machen. Ich kann der schwarze Schwan sein und den liebreizend-perfekten weißen Schwan backstage schicken. Für eine Stunde und fünf Minuten.

Dann ist der erste Akt vorbei, das Licht geht an und die Blicke der Wiener High Society werden erneut nach Makeln in meiner Fassade suchen. Und ich werde wieder alles geben, um sie zu verbergen. Der weiße Schwan zu sein.

Maskeradenschönheit. So hat Nicolas es genannt und der Gedanke an ihn und seine Wahrheiten jagt weitere Splitter in mein Herz, weitere Tränen über mein Gesicht.

Prinz Siegfried und Odette tanzen.

Ich bin ein Scherbenhaufen. Man sieht es nicht, weil ich mich irgendwie zusammengeklebt habe. Mit Tesa und Kleister und Panzerband.

Aber ich bin doch zerbrochen.

6. KAPITEL

AUSWEGLOSE AUSWEGLOSIGKEIT

NICOLAS

»Für mich ist es wirklich eine große Ehre, diesen Empfang ausrichten zu dürfen.« Nancy lächelt. Es ist ein kühles und distanziertes, noch kein Ich-lasse-mich-fallen-Lächeln. »Und ich freue mich wirklich sehr, dass sich ein junger internationaler Unternehmer wie Sie für unseren Verein interessiert.« Sie nippt an ihrem Drink.

Was für ein gestelztes Gelaber. Wenn das so weitergeht, wird sie mir nie irgendwelche brisanten Informationen verraten. Ich weiß nicht, ob ihre kühle Fassade einfach schwer zu knacken ist oder ob ich verdammt unkonzentriert bin. Das alles sollte leicht sein. Ein Kinderspiel für jemanden wie mich. Ich sollte nicht eine Sekunde daran zweifeln, dass mein Vorhaben funktioniert.

Tue ich aber. Ich zweifle in einer Tour. An mir, an diesem Leben und an dem, was schon so lange meine Aufgabe ist. Und ich hasse mich dafür.

»Und ich freue mich, dass Sie mich so herzlich empfangen haben, Nancy.« Ich zwinge mich zurück in diese Situation. Eine Situation, die ich schon hundertmal erlebt habe. Nur immer ohne dieses merkwürdige Gefühl in der Magengegend.

Ich sehe mich um. Der Empfang ist genauso langweilig und

spießig, wie ich erwartet habe. Steife Anzugträger stehen neben gepuderten Wangen und halten sich an Champagnerflöten fest. Mein Blick fällt wieder auf meine Zielperson.

Zielperson. Warum ist mir vorher nie aufgefallen, was für ein ekelhaftes Wort das ist? Nancy Young ist hübsch, zart geschminkt, weiß genau, welche Kleidung ihrem zierlichen Körper steht, und zeigt ein selbstbewusstes Auftreten. In jedem Gespräch sagt sie das Richtige. Die perfekte Lady. Höflich, freundlich, scheinbar ohne einen einzigen Fehler.

Es braucht ein geübtes Auge und eine verdammt gute Menschenkenntnis, um ihre Unsicherheiten zu erkennen. Ein hektischer Blick, als ihr der Kaviar auf die Hand tropft. Minimal zitternde Finger, als sie zum Mikrofon greift und die Gäste begrüßt. Ein Schatten, der über ihr Gesicht fällt, wenn sie auf die *großartige Karriere* ihres Mannes angesprochen wird, und den sie sofort wieder hinter einem breiten Lächeln versteckt. All das sehe ich.

Livias Gesicht schiebt sich vor meine Augen. Das passiert ständig und jedes verfluchte Mal ist es ein Schlag in die Fresse. Ich denke an unsere erste Begegnung. Als auch sie nur eine Zielperson war. Nur eine reiche Göre, die ich um den Finger wickeln wollte. Ich habe sie provoziert. Weil ich wusste, dass jeder andere das Gegenteil tun würde. Dass sie die direkte Konfrontation braucht, um aus der Rolle zu fallen. *Du trägst eine Jeans.* Ihr stechender, schockierter Blick und ihr empörter Tonfall wabern durch mein Hirn, obwohl ich doch eigentlich gerade dabei bin, Nancy Young das Gefühl zu geben, sie und *nur* sie wahnsinnig interessant zu finden.

Klappt großartig. Nicht. Sie scheint sich zu Tode zu langweilen und ich kann es ihr nicht mal übel nehmen. Ich bin als Gesprächspartner ungefähr so interessant wie ein Baum.

»Nancy, der Abend war ganz wundervoll!« Eine hochgewachsene Frau samt kleinem Ehemann im Schlepptau hat sich zu uns an den Stehtisch gesellt. Sie küsst Nancy auf beide Wangen. Was haben reiche Menschen immer mit diesem albernen Geknutsche? Ihr Begleitmaterial im braunen Nadelstreifenanzug sieht mit hochgezogenen Augenbrauen zu mir herüber. Ich nicke ihm höflich zu und tue, als würde ich an meinem Champagner nippen.

»Vielen Dank, dass ihr gekommen seid. Geht ihr etwa schon?«

»Wir werden alt, meine Liebe. Richard hier muss morgen früh nach London.« Die Frau winkt ab und deutet kichernd auf ihren Ehemann. »Aber wir sehen uns doch schon nächste Woche bei den Bloombergs wieder, oder?«

»Der Charity-Brunch, natürlich«, stimmt Nancy zu.

»Bringst du Alfred auch mit?«, fragt jetzt der Kerl im Anzug. »Mich würde seine Einschätzung zur Situation im Osten interessieren.«

Mein Blick huscht zu Nancy. Für den Bruchteil einer Sekunde gefrieren ihre Gesichtszüge. Niemand außer mir würde es bemerken. Dann schmilzt das Eis und ihre Mimik wird weicher.

»Leider ist mein Mann die gesamten nächsten Wochen verplant. Der Wahlkampf lässt sich eben nicht ohne ihn vorantreiben.« Sie lächelt entschuldigend. »Aber falls dich meine Meinung zu dem Thema interessiert, Richard, können wir gerne …«

»Ach, schon gut«, unterbricht Nadelstreifen-Richard sie und winkt ab. »Ich nehme Alfred demnächst mit auf die Jagd. Dann kann er nicht zu irgendwelchen Wahlkampfveranstaltungen abhauen.« Sein Bauch wackelt bei seinem dröhnenden Lachen, als er zum Abschied winkt und gemeinsam mit seiner Frau davonstapft.

Nancy dreht sich wieder zu mir. Ihre Mundwinkel sind noch immer nach oben gerichtet, aber ihre Augen sprechen Bände.

Da ist er. Der perfekte Moment. Nancy ist offensichtlich verletzt und das Thema Wahlkampf liegt schon auf dem Präsentierteller. Das ist meine Chance.

»Ich würde Ihre Meinung über die Situation im Osten gerne erfahren«, höre ich mich sagen und frage mich, warum ich mich plötzlich vor mir selbst schäme. Sie lächelt und dieses Mal ist es echt. »Wenn Sie mich fragen, ist dieser Kerl ein ziemlicher Chauvinist, und wer hat ihm zu diesem Anzug geraten?«

»Schrecklich, oder? Die trägt er immer. Er sagt, es sei *britischer Charme*, aber an diesem Kerl ist überhaupt nichts charmant.« Sie gluckst und schlägt sich kurz darauf die Hand vor den Mund. »Entschuldigen Sie.«

Und in dieser Sekunde weiß ich, dass ich sie habe. Die echte Nancy Young. Verletzlich. Roh. Angreifbar.

Wie Livia.

Das schlechte Gewissen kriecht wie Gift durch meine Venen. *Argh.* Warum kann ich einfach nicht aufhören an sie zu denken? Alles war so einfach, so klar. Diese ganze Stiller-Held-auf-Mission-Sache. Und jetzt ist alles anders.

»Ihre Freundin scheint auf den britischen Charme zu stehen.« Ich dränge die Worte aus meinem Mund. Zwinge meine Lippen zu schmunzeln und meine Augen direkt in die von Nancy Young zu blicken. Ihr zu zeigen, dass ich *sie* sehe. Nur, um sie in ein paar Tagen zu zerstören.

»O Gott.« Ihre Schultern werden jetzt von haltlosem Gelächter geschüttelt. »Jeder weiß, dass Francine nur mit diesem geschmacklosen Kerl zusammen ist, weil ihr Ex-Mann ihr einen Haufen Schulden hinterlassen hat.«

»Na dann. Was sind schon ein paar Nadelstreifenanzüge gegen ein volles Konto?« Ich schenke ihr ein breites Grinsen und verabscheue mich selbst.

Sie kichert wieder. »Ich hätte wirklich nicht gedacht, dass ihr Deutschen so humorvoll seid.«

»Oha. Dachten Sie, wir sind alle brummelige Lederhosenträger?« Ich tue empört.

Ihren Lippen entschlüpft ein blubberndes Glucksen. »Es tut mir leid. Normalerweise verliere ich nicht so die Fassung.« Mit einem manikürten Finger reibt sie sich unter den Augen entlang und streicht sich die Lachtränen weg.

»Vielleicht sollten Sie das.« Ich lasse das Grinsen aus meiner Stimme sickern und werde ernst.

»Was?«

»Öfter die Fassung verlieren. Es steht Ihnen.« Diese Sache, dieses Flirten und Sehen und Verstehen, war mein Ding. *Ist mein Ding,* berichtige ich mich. *Konzentrier dich. Denk an das Gute hinter dem, was du tust.* Aber aus irgendeinem Grund fühlt sich das Gute ziemlich scheiße an.

Ihre Wangen werden rot und sie blickt verlegen zu Boden. »Sie verstehen wirklich was von britischem Charme … ähm … deutschem, meine ich.«

»Was ich eben gesagt habe, war ernst gemeint. Ich würde wirklich gern hören, was Sie zu sagen haben. Und da bin ich sicher nicht der Einzige.«

»Schön wär's.« Sie zuckt mit den Schultern. »Wissen Sie, ob einem in dieser Welt jemand zuhört, hängt von zwei Dingen ab.« Mit der freien Hand zählt sie auf. »Erstens: ob man Geld hat. Und zweitens: ob einem etwas zwischen den Beinen baumelt oder nicht.« Kaum hat der Satz ihren Mund verlassen, reißt sie schockiert die Augen auf. »O Gott. Ich kann nicht glauben, dass ich das wirklich gesagt habe!«

»Sie meinen, dass Sie auf der spießigsten Veranstaltung aller Zeiten von Dingen, die zwischen den Beinen baumeln, gesprochen haben?« Ich kann nicht anders, als breit zu grinsen.

»Scheiße, habe ich.« Nancy blickt sich um, um zu überprüfen, ob sie jemand von baumelndem Gehänge hat reden hören. Dann schaut sie wieder zu mir. »Und jetzt habe ich auch noch *Scheiße* gesagt.«

»Ich verrate es keinem.« Ich zwinkere ihr zu.

»Sie haben recht.« Entschlossen leert sie ihr Champagnerglas und nickt.

»Womit?«

»Das hier ist die spießigste Veranstaltung aller Zeiten.« Ihre

Brust hebt sich mit einem seufzenden Atemzug. »Und wissen Sie was? Mein ganzes Leben ist eine spießige Veranstaltung!« Ihre Augen werden von einem bedauernden Schleier überzogen.

»Warum ändern Sie es nicht?« Ich lege ihr eine Hand auf den Arm. »Sie könnten einen anderen Weg einschlagen.«

»In meinem Leben gibt es nur einen Weg.«

Ihre Worte zupfen an einer meergrünen Erinnerung, die mich in dieser Sekunde durchzuckt wie ein Blitz. Livia hat exakt das Gleiche gesagt. *In meinem Leben gibt es nur einen Weg.* Und mir wird die Tragik, die das Leben in dieser Welt mit sich bringt, schmerzlich bewusst.

»Das mag sein«, sage ich, weil ich weiß, dass es nichts bringen würde, es abzustreiten. Nancys Augen werden rund. »Aber wie wäre es, wenn Sie nur für eine Nacht, eine einzige Nacht, ein anderes Leben leben?« Der Vorstoß ist gewagt. Das ist mir klar. Vielleicht hält sie mich gleich für völlig bescheuert. Vielleicht aber auch nicht.

»Und wie soll das gehen?« Abenteuerlust duelliert sich in ihren Augen mit der Vernunft.

»Ich kann es Ihnen zeigen, wenn Sie wollen.«

Ein schiefes Lächeln auf meinen Lippen. Ein Funkeln in ihren Augen.

»Okay.« Das Funkeln wird zu einem aufgeregten Feuerwerk. »Lassen Sie uns von hier verschwinden und für eine Nacht ein anderes Leben leben.« Sie schüttelt ungläubig den Kopf. »Ahhhh. Ich kann nicht glauben, dass ich das wirklich tue.«

Ich auch nicht, Nancy. Ich auch nicht. Dennoch strecke ich ihr meine Hand hin. »Komm.«

Nancys Finger schließen sich um meine. Wir verlassen den Empfang und gehen raus in die Nacht. Und plötzlich weiß ich, dass ich es schaffen werde.

Die Frage ist nur, ob ich es noch schaffen will.

7. KAPITEL

MESSERWORT UND BACKSTEINHERZ

NICOLAS

Ich lasse das benutzte Kondom in den Mülleimer fallen und starre auf mein eigenes Spiegelbild. *Wer bist du?* Was für eine dumme Frage. Als ob sich meine Reflexion auf einmal à la Schneewittchen selbstständig machen und mir eine Antwort auf diese Identitätskrise geben könnte.

Jap, ich stecke in einer Krise. Bin völlig lost. Verloren, weil Livia vielleicht das erste Zuhause war, das ich jemals hatte. Denn als ich mit Nancy Young geschlafen habe, war da nur der drängende Wunsch, es wäre Livia, und mit der Kraft einer Atombombe ist mir klar geworden, dass ich sie liebe.

Ich liebe Livia Hohenburg. Eine Zielperson, die nie mehr hätte sein dürfen und die jetzt alles, alles, alles ist.

Fuck.

Ich bin am Arsch.

Also stehe ich hier und starre mein Spiegelbild an. *Wer bist du?* Raphael Ketterbrink gegen Tom Hauser gegen Nicolas Steiner. Mit bebenden Fingern kralle ich mich am Waschbecken fest. In meinem Kopf fahren Gedankenzüge um die Wette, nur um kurz darauf in einen Crash zu geraten.

»Tom?«, ruft Nancy vom Bett aus ins Badezimmer und bringt damit das Brummen und Dröhnen in meinem Kopf zum Schweigen.

»Bin gleich da.«

»Deine Mom ruft an.« Ich höre Schritte. Eine Sekunde später steht sie neben mir und hält mir mein iPhone hin. *Mama ruft an.* Schweres Blei füllt meine Brust.

»Macht sie das öfter?« Nancy hebt verwirrt eine Augenbraue. »Dich um vier Uhr nachts anrufen?«

Ja, wäre die richtige Antwort. *Ja, sie ruft mich oft nachts an, um herauszufinden, ob ich den Plan erfolgreich durchgezogen habe.*

»Sie macht sich bestimmt Sorgen, weil ich nicht nach Hause gekommen bin«, lüge ich. »Wir sind zusammen hier in New York.«

Nancy nickt und geht wieder ins Schlafzimmer. Ich starre mein Handy an. Der Anruf bricht ab. Kaum eine Minute später blinkt eine Nachricht auf dem Sperrbildschirm auf.

Hast du es geschafft? Ich kann meinen Kontakt bei der *New York Times* nicht mehr lange hinhalten. Sie wollen das Ganze morgen bringen!

Die Gedankenzüge nehmen erneut Fahrt auf. Sie rattern und rattern und knallen gegen meine Schädeldecke. Schweiß sammelt sich in meiner Hand und das iPhone droht mir aus den Fingern zu rutschen. Eine Push-Benachrichtigung taucht am oberen Bildschirmrand auf.

Livia Hohenburg erstmals seit sechs Monaten zurück auf dem roten Teppich!

Bisher konnte ich es nicht übers Herz bringen, den Google-Alert zu deaktivieren. Mit bebenden Fingern tippe ich auf den Klatschartikel und scrolle zu dem Bild. Mein Herz sackt einen Meter tiefer, als ich sie sehe.

Strahlend schön. Leuchtend und stark. Ich suche in ihren Augen nach dem Schmerz, den ich in ihr hinterlassen habe, aber ich kann nichts finden. Das bedeutet gar nichts. Livia Hohenburg ist eine Meisterin der Täuschung, eine grandiose Schauspielerin, und ich bin durch dieses Foto allein nicht in der Lage herauszufinden, was wirklich in ihr abgeht.

Als ich mich nicht sofort melde, schickt meine Mutter *???* und dieses Mal setzen meine Finger zu einer Antwort an.

Nein. Das war leider nichts.

Ich schalte das Handy aus und gehe zurück ins Schlafzimmer zu Nancy.

Sie lächelt mir zu, als ich mich neben sie lege. »Danke für diesen Abend. Wirklich.« Ich lächle zurück. »Und danke, dass ich mich dir anvertrauen konnte. Es hat so gutgetan, mal über den ganzen Scheiß zu sprechen, den Alfred so abzieht.«

»Kein Problem.«

»Du sagst das doch niemandem, oder?«

»Nein. Deine Geheimnisse sind bei mir sicher.«

»Hallo?«, rufe ich in das Airbnb, das meine Mutter und ich seit einigen Wochen gemietet haben. »Ich bin wieder da. Hab Kaffee und einen Bagel von dem grimmigen Typen unten vor dem Haus dabei!« Müde ziehe ich mir die Schuhe aus und stelle das Frühstück auf den Küchentresen. »Hallo?«

»Hallo, Schatz.« Meine Mutter kommt aus ihrem Schlafzimmer. Ihre Lippen sind ein schmaler Strich. Ihr Blick geht an mir vorbei.

»Kaffee?« Ich reiche ihr einen der Becher.

»Nein danke. Ich werde nach New Jersey fahren und selbst versuchen Alfred Young ein Geständnis zu entlocken.« Mit mehr Wucht, als nötig wäre, stopft sie das Mini-Diktiergerät in ihre Handtasche.

»Es tut mir leid …«, sage ich, doch das tut es eigentlich nicht.

»Ja. Das hoffe ich.« Sie verschränkt die Arme vor der Brust. »Diese Sache war sehr wichtig für mich.«

»Ich weiß.« Ein Stich bohrt sich durch meine Haut und verharrt irgendwo zwischen Magen und Herz.

»Langsam frage ich mich wirklich, was mit dir los ist. Du scheinst den Fokus verloren zu haben, Raphael.« Missbilligend schüttelt sie den Kopf. »Wir tun diese Dinge, um denjenigen zu helfen, die es selbst nicht können. Die von irgendwelchen stinkreichen Männern wie Scheiße behandelt werden.« Ein *So wie ich* schwingt so deutlich zwischen den Worten mit, als hätte sie es geschrien.

»Ich weiß.« Aus einem Stich werden hundert und ich wappne mich für das, was ich jetzt sagen werde. »Manchmal weiß ich nicht, ob das, was wir tun, wirklich das Richtige ist. Ob es das wert ist, dass Unschuldige verletzt werden.«

»Wie meinst du das?« Die Mimik meiner Mutter verändert sich und ich glaube, einen Hauch Panik in ihren Augen aufblitzen zu sehen.

»Na ja«, druckse ich herum. »Nancy Young wäre öffentlich *vernichtet* worden … Aber sie kann doch nichts dafür, dass ihr Mann so was abzieht.«

»Das ist nicht dein Ernst.« Ungläubig weiten sich ihre Augen. »Diese Frau erstickt fast an Privilegien. Selbst wenn sie ›vernichtet‹ wird«, sie malt Gänsefüßchen in die Luft, »kann sie sich die Tränen mit Hundertdollarscheinen trocknen und in der Karibik warten, bis die Presse ein neues Thema gefunden hat.«

»Nur weil sie reich ist, heißt das nicht, dass sie nicht verletzt werden kann.« Meine Stimme ist laut und mein Ton durch das

Messer in meiner Brust geschärft. Ich kann nicht anders, als an Livia und all ihren Schmerz zu denken, den sie vor der Welt versteckt hat. Vor allen außer vor mir.

»Ich frage mich, wie lange das noch so weitergehen soll.«

»Was meinst du?« Ihre Stimme zittert.

»Dieses Leben. Wir rennen von A nach B, von Pontius nach Pilatus, und kommen nie wirklich an. Ich bin vierundzwanzig, Mama. Ich habe keine Freunde, kein Zuhause, studiere an einer Fernuni etwas, worin ich mit größter Wahrscheinlichkeit nie arbeiten werde, und das auch noch unter falschem Namen. Nachts versuche ich irgendwelche Ehefrauen von irgendwelchen wichtigen Leuten um den Finger zu wickeln, in der Hoffnung, sie geben mir nach dem Orgasmus den Schlüssel zu ihrem Bankschließfach oder so.« Erst jetzt bemerke ich, dass ich schreie. Dass ich die Worte, die mich wie Messer zerschneiden, herausgeschleudert habe. »Das ist kein Leben.«

Für einen Augenblick sagt niemand von uns etwas. Meine Mutter fasst sich mit Daumen und Zeigefinger an die Nase und atmet schwer. Schließlich hebt sie den Kopf und schaut mich an.

»Schatz, ich verstehe, dass du frustriert bist.« Ein trauriges Lächeln umspielt ihre Lippen. »Ich verstehe, dass ein junger Mann wie du vielleicht mehr von diesem Leben will.«

Mehr von diesem Leben. Meergrüne Augen.

»Aber denk doch daran, was wir uns alles aufgebaut haben. Die ganzen Möglichkeiten, finanziellen Mittel und Kontakte, die wir jetzt haben.« Mit kalten Fingern umfasst sie meine Oberarme und sieht mir fest in die Augen. »Das kann doch nicht alles umsonst gewesen sein. Wir können noch so viel tun, so viel erreichen.«

»Aber …«, versuche ich mich gegen ihren stechenden Blick zu wehren.

»Bitte«, unterbricht sie mich flüsternd. »Ich kann das noch nicht aufgeben. Es hält mich am Leben, nach allem, was …« Der

Rest des Satzes hängt unausgesprochen zwischen unseren Gesichtern. Nach allem, was ihr angetan wurde. Von reichen Männern. Sie räuspert sich. »Es hilft mir, nicht durchzudrehen.«

Ich will etwas sagen. Will die Messerworte wieder auf sie feuern, doch sie werden in meiner Kehle zu winzigen, unbedeutenden Nadeln.

»Und ich brauche dich doch. Ich brauche dich so sehr.« Ihre Hand berührt jetzt meine Wange. »Wir zwei gegen den Rest der Welt, oder?«

»Wir zwei gegen den Rest der Welt«, höre ich mich sagen. Mein Herz wird zu einem Backstein, der in meinen Bauch fällt und alles zerquetscht. Meine Organe und meine Rebellion.

»Gut.« Meine Mutter schultert ihre Handtasche und schnappt sich einen der Bagel.

»Ich weiß noch nicht, wann ich zurück bin.« Sie winkt zum Abschied. »Die Bauarbeiten vom hauseigenen Fitnessstudio sind übrigens fertig. Der Concierge hat eben eine Mitgliedskarte vorbeigebracht, liegt in meinem Schlafzimmer. Ich denke, ein bisschen Sport tut dir gut.«

Ich nicke nur und sie schließt die Tür hinter sich. Ich bleibe mit meinem Backsteinherzen zurück. Galle sammelt sich auf meiner Zunge und mein Kopf dröhnt. Plötzlich kommt mir das Neunzig-Quadratmeter-Apartment auf der Upper West Side viel zu eng vor. Die Wände schreien mich an, kommen immer näher und wollen mich genauso zermalmen wie das Backsteinherz. Ein Sturm tobt in meinem Inneren. Livias Kummer, mein Kummer, Mamas Kummer. Der Kummer der ganzen Welt erdrückt mich und ich bin für jeden einzelnen verantwortlich.

Raus. Ich muss hier raus und irgendwie den Kopf frei bekommen. Meine Beine rennen in das Schlafzimmer meiner Mutter. Wo ist diese Scheißkarte fürs Fitnessstudio? Ich kann sie nirgendwo auf dem Schreibtisch sehen. Wie im Wahn durchwühle ich die Schubladen.

Bis mir etwas in die Hände fällt. Nicht die Zugangskarte fürs Fitnessstudio, nein.

Übertragung der Geschäftsanteile von Tanja Steiner an …

Ich muss den Namen zweimal lesen, weil ich es einfach nicht glauben kann. Aber da steht er.

Schwarz auf weiß. Ein Name, der da nicht stehen kann und der alles verändert.

Und der Sturm in meinem Kopf wird zu einem Tornado. Die Gedanken der letzten Monate wirbeln umher, werden zu einem reißenden Strudel.

Und dann, plötzlich, löst sich alles in Luft auf.

Übrig bleiben meergrüne Vulkanaugen.

8. KAPITEL

EISERNE MIENE HINTER EISERNEN TÜREN

LIVIA

»Name des Untersuchungshäftlings?«, fragt eine streng guckende Frau mit schnarrender Stimme.

»Hohenburg.« Ich beobachte, ob sich bei dem Namen in ihrer Eismiene etwas ändert. Ein *Oha, das muss die Tochter des Bürgermeisters sein* oder ein kurzes Innehalten. Aber nope. Sie nickt nur, ohne mit der Wimper zu zucken, und tippt auf einer klappernden Tastatur herum. Ich vergrabe meine Hände tiefer in den Taschen meines Mantels und zittere leicht. Keine Ahnung, ob es die drückende Stimmung ist, die mich so frösteln lässt, oder ob einfach irgendwo ein Fenster offen steht.

»Waren Sie schon mal in der Justizanstalt?«

»Ja.« *Leider.*

»Dann wissen Sie, dass Sie dem Gefangenen keine Gegenstände übergeben dürfen?« Sie schaut mich nicht an, sondern hämmert weiter auf der Tastatur herum.

»Keine Waffe, kein Handy, kein Feuerzeug, keine Medikamente, keine Bücher und kein Essen.« Mittlerweile kenne ich die Vorschriften auswendig.

»Und kein Bargeld«, ergänzt sie und reicht mir meinen Personalausweis, den ich ihr zuvor aushändigen musste. »Okay. Sie können rübergehen. Sie haben dreißig Minuten.«

Das Zittern und das mulmige Gefühl intensivieren sich, wie jedes Mal, wenn ich durch die Justizanstalt gehe. Vorbei an kahlen Wänden und grimmig dreinblickendem Personal, durch dicke eiserne Türen und die Schleuse. Wie immer, wenn ich hier bin, habe ich das Gefühl, schlechter Luft zu bekommen. Als würde sich die Ausweglosigkeit, die in den Augen der Gefangenen lebt, mit jeder Minute, die ich hier verbringe, auf mich übertragen.

Mein Vater sitzt an einem grauen Tisch. Er trägt einen schlichten schwarzen Pullover und eine graue Hose. Ich werde mich nie daran gewöhnen, ihn in dieser Umgebung zu sehen. Ich erkenne auch in seinem Blick eine Spur der Ausweglosigkeit, aber auch noch die mir bekannten Ich-bin-unbesiegbar-Vibes.

»Hallo, Livia.« Er nickt und schenkt mir ein Lächeln, als ich mich vor ihn setze.

»Hi.«

»Schön, dass du da bist.«

»Klar.«

»Ich habe gesehen, dass du in der Oper warst. *Schwanensee.*« Zufrieden nickt er. »Sehr gut, sehr gut. Ich freue mich, dass du so schnell eine Möglichkeit gefunden hast, die neue Strategie umzusetzen.«

Er kommt direkt zur Sache. Kein »Wie geht's dir?«, kein »Wie kriegst du es hin, vor Panik und Einsamkeit nicht völlig durchzudrehen?«. Obwohl ich auf diese Fragen wohl ohnehin keine Antwort hätte.

»Ja, genau«, sage ich deshalb nur schlicht.

»Es lastet jetzt nun mal alles auf deinen Schultern, Livia.«

»Ich weiß«, sage ich, aber nicht: Keine Ahnung, wie lange ich es noch aushalte, unter dem Gewicht nicht zusammenzubrechen.

»Das ist sicher nicht einfach. Ich bin wirklich stolz auf dich, nach allem, was passiert ist …«

Nachdem uns beiden das Herz rausgerissen und zerquetscht wurde? Ich ringe mir ein Lächeln ab. »Also, du hast nichts von ihnen gehört?«

Etwas im Gesicht meines Vaters verändert sich. »Nein. Und das wird auch so bleiben.«

»Das heißt, du versuchst nicht sie zu finden? Sie mit irgendwelchen Privatdetektiven aufzuspüren? Du kannst sie doch nicht einfach damit durchkommen lassen.« Ich starre ihn fassungslos an. Das kommt mir alles unglaublich merkwürdig vor. Dieses Mutter-Sohn-Betrüger-Duo nimmt unser halbes Vermögen und er will nicht nach ihnen suchen?

»Obwohl wir den Hauptanteil an der *Hohenburg Immogroup* verloren haben …« Er räuspert sich. *Verloren.* So kann man es auch nennen. »… haben wir bisher keine Drohungen oder Forderungen von der Hauptanteilseignerin erhalten, wodurch die Firma vorerst handlungsfähig bleibt. Wir arbeiten daran, dass es so bleibt. Das ist das Wichtigste. Es wäre also gut, wenn wir jetzt nach vorne schauen und damit abschließen.«

»Damit abschließen?« Das kann doch nicht sein Ernst sein. Mein Vater, Alexander Hohenburg, ehemals der mächtigste Mann Wiens, wird um sein halbes Vermögen betrogen und will damit abschließen? »Fünf Monate im Knast und du laberst wie ein meditierender Mönch? Wir können sie doch unmöglich damit davonkommen lassen! Es muss doch irgendeine Möglichkeit geben, sie zu finden und zur Verantwortung zu ziehen.«

»Das reicht.« Mit strenger Miene hebt er die Hand, bevor ich mich weiter in Rage reden kann. »Livia. Es wird schon genug geredet. Das Ganze darf niemals an die Öffentlichkeit oder …« Er hält inne und wägt die folgenden Worte ab, da Gespräche in der JVA nie ungestört sind, »… an andere Stellen geraten.« Seine Stimme hat einen bedrohlichen Unterton angenommen.

»Okay. Und warum nicht?«

»Akzeptier das bitte. Sonst könnte die Geschichte wirklich übel für mich ausgehen.«

»Schlechter als gerade?«, rutscht es mir raus. »Ich will dir ja nicht zu nahe treten, aber wir sind gerade im Gefängnis.« Dann geht mir schlagartig ein Licht auf. »Ahhh, sie hat was gegen dich in der Hand. Also Tanja. Sie hat irgendwas, das deine Lage *noch* schlechter machen könnte.«

Natürlich. So muss es sein. Wie sonst hätten Nicolas und Tanja über so viele Jahre hinweg das gleiche Ding durchziehen können? Schließlich haben sie Leute übers Ohr gehauen, die nicht gerade mittel-, sondern eher skrupellos sind. Sie müssen etwas über ihre Opfer in Erfahrung bringen, das sie so angreifbar machen würde, dass sie nicht nach ihnen suchen. Ich unterdrücke ein Kichern. Denn der Gedanke, dass der große Alexander Hohenburg gerade mit einem Sextape oder Ähnlichem erpresst wird, ist der Hammer.

»Lass uns bitte zurück zur PR-Strategie kommen.«

Ha, er ignoriert meine Aussage. Ich habe also ins Schwarze getroffen.

»Das Ballett war ein guter Anfang, aber wir brauchen mehr von dir, Livia.«

»Was meinst du?«

»Der Name Hohenburg muss zurück in die Presse, aber mit einem anderen Ton. Ich hoffe, wir verstehen uns.«

Sein vorwurfsvoller Blick sticht mir direkt in den Magen. Mit *anderer Ton* ist wohl offensichtlich »Hör auf dich in der Presse als sexbesessene Schlampe darzustellen« gemeint. Unter seinen stechenden Augen beginnen meine Hände erneut zu zittern.

»Wir brauchen mehr Persönlichkeit, mehr, was die Leute mitnimmt und sie davon ablenkt, wie es gerade um mich bestellt ist.«

»Aha.«

»Meine Berater sagen, das könnte sich günstig auf die öffentliche Haltung auswirken.«

»Okay, und was heißt das für mich jetzt genau?«

Er beugt sich etwas weiter vor. »Livia, deine Instagram-Geschichten von Kaffee und Schnee sind ja ganz nett, reichen aber noch nicht aus. Du musst der Presse mehr geben, worüber sie schreiben kann. Ich muss dir da jetzt einfach vertrauen können.«

Ich schlucke und fühle mich auf einmal furchtbar klein. Geschrumpft unter all dem Ballast, der auf mir liegt.

»Okay. Ich versuch's.« *Für Nora,* füge ich in Gedanken hinzu. Dafür, dass sie die Chance auf eine Familie hat.

»Sehr schön. Ich bin wirklich stolz auf dich. Ich weiß, dass diese ganze Situation dich sehr belasten muss, und ich finde, dass du das wirklich gut machst.« Er steht auf. »Dann sehen wir uns in vier Wochen.« Zum Abschied nickt er mir einmal zu, dreht sich dann um und bedeutet einem Wärter, dass der Besuch beendet ist.

Ich bleibe noch für einige Sekunden auf dem Stuhl sitzen, starre auf eine kahle Wand und frage mich, wie ich all das schaffen soll.

VIENNA SPOTLIGHT

Livia Hohenburg ist zurück. Und wie sie das ist. Nach der *Schwanensee*-Premiere letzten Samstag kündigte die hübsche 21-Jährige an, nun wieder häufiger in der Öffentlichkeit zu sehen zu sein. I'm back, Vienna!, so die Caption ihres aktuellen Instagram-Posts, der sie samt Freundin Victoria Everhofen beim Shopping im ersten Bezirk zeigte. Ob die High-Society-Prinzessin hier ihre Garderobe für die kommende Saison ersteht? Wir dürfen gespannt sein.

Alle Fragen, die den Veruntreuungsskandal um ihren Vater betreffen, schmettert Hohenburg jedoch rigoros ab. »Wer mir hier nur folgt, um auf Neuigkeiten über meinen Vater zu geiern, kann gleich wieder abzischen«, stellt sie in ihrer Instagram-Story klar. Okay, wir haben verstanden, Hoheit – doch gibt es im Leben von Livia Hohenburg auch so genug zu sehen.

Gerüchten zufolge bandelt das It-Girl aktuell tatsächlich mit Lukas Winter an. Die zwei wurden vergangene Woche bereits zweimal zusammen gesehen, einmal romantisch über den Prater spazierend und Zuckerwatte naschend. Ein anderes Mal führte der neureiche Start-up-Gründer seine Angebetete in ein Sternerestaurant aus. Sollten die beiden sich wirklich als Wiens neues Traumpaar entpuppen, würden sie die Herzen einiger Menschen brechen.

Wir bleiben dran.

9. KAPITEL

KÖRPERNACKT UND SEELENVERHÜLLT

LIVIA

Die Limousine stoppt abrupt an einer Ampel, sodass ich in den Gurt geworfen werde.

»Verzeihen Sie.« Claus hebt entschuldigend eine Hand. »Frau mit Kinderwagen voraus.«

»Die sollten Sie wirklich nicht umnieten.« Ich grinse in den Rückspiegel und widme mich wieder meinem iPhone.

King and Queens

Bennet: Livia?? Hast du wirklich was mit Lukas Winter?? Du weißt schon, dass der Kerl ein absoluter Nemo ist und wir uns von solchen Leuten fernhalten? Der datet dich nur, um bekannt zu werden.

Livia: Vielen Dank.

Victoria: Versuch's gar nicht erst, Bennet. Livia fährt jetzt die Oberflächlichkeitsschiene.

Livia: Das tue ich nicht. Ich brauche gute Publicity. Das ist alles. Und er ist perfekt dafür. Wohlhabend, aber noch so unbekannt, dass er zu ein paar langweiligen Dates nicht Nein sagt.

Bennet: Ich glaube eher, dass der Typ völlig durchgeknallt ist. Pass auf dich auf.

Ich hebe den Blick und gucke für einige Sekunden in den Verkehr. Ich *passe* auf mich auf. Indem ich mit Menschen wie Lukas Winter rumhänge, tue ich das mehr als jemals zuvor.

Victoria: Das mit der Presse scheint jedenfalls zu funktionieren. Du bist gerade auf einer Bushaltestelle direkt vor mir. Hier, guck.

Victoria hat ein Foto gesendet.

Ich tippe auf die Einmalansicht und schaue in mein eigenes Gesicht, das auf einer elektronischen Werbetafel prangt. Ich halte rosa Zuckerwatte in den Händen und grinse völlig behämmert in die Kamera. Das Ganze ist ein Fake. Und es wundert mich ehrlich gesagt, dass niemand das merkt.

Livia: Wow. Ganz toll.

Victoria: Warum tust du dir das an, Liv?

Livia: Mein Vater will, dass meine Presse »einen anderen Ton« bekommt. Ist wohl besser für ihn in seiner Lage.

Bennet: Ah, die Sache mit dem verrückten Flittchen. Hab ich auch gelesen.

Victoria: Das ist so ein Slutshaming. Ich könnte ausflippen.

Livia: Leider weiß mein Vater nicht, was Slutshaming ist. Er sieht nur, dass ich gerade nicht das Vorzeigetöchterchen bin, das er braucht.

Bennet: Dein Vater hat aus dem Knast eine Fake-Beziehung mit 'nem Nemo inszeniert? Also Alexander überrascht mich immer wieder.

Livia: Nein, du Pflaume. Lukas und ich kannten uns vorher schon.

Bennet: Ach ja. Von dem »Kennen« habe ich auch gelesen.

Livia: 😂😂😂😂

Victoria: Liv, wo bist du eigentlich?

Für einen Moment überlege ich, ob ich lügen soll, aber sie würden es ohnehin rauskriegen.

Livia: Auf dem Weg zum Donau-Ufer. Lukas schmeißt eine Party auf einer Jacht.

Bennet: Eine Jachtparty im Januar. Nemos lassen auch keine Gelegenheit aus, um ihren Reichtum zur Schau zu stellen. Du wirst dir den Arsch abfrieren, Livia.

Victoria: ...

Bennet: Meine Güte, wird Zeit, dass ich zurück nach Wien komme. Wenn Livia Hohenburg auf eine Nemo-Party geht, muss ordentlich was schieflaufen.

Livia: Vic, da muss man solche Geschütze auffahren, damit der Herr geruht sich mal wieder blicken zu lassen.

Victoria: Traurig. Einfach traurig.

Bennet: Wartet ab, wenn ihr seht, was ich euch aus Berlin mitgebracht habe.

Livia: Oh, ein Stück Berliner Mauer?

Bennet: Was? Nein. Warum sollte ich das tun? Warum willst du ein wertloses Stück Beton?

Livia: Bennet, der Baumeister! Bitte trag dabei einen gelben Helm.

Bennet: Du hast sie nicht mehr alle.

Victoria: Ich will auch eins.

Bennet: Ich komme doch nicht zurück.

»Wir sind da. Donau-Ufer.«

Ich schrecke vom Handy auf und schaue mich um. Ups. Wir sind tatsächlich schon da. Ich überprüfe mein Make-up und meine Frisur. Sitzt alles. Natürlich.

»Ich melde mich, wenn ich zurückwill, aber es wird ein paar Stunden dauern.«

Claus nickt, steigt aus und öffnet mir die Tür. Eiskalter Januarwind zerrt an mir. Ich ziehe den Schal über mein Kinn und die beige Mütze weiter über meine Ohren. *Fuck,* ist das kalt. Schneeregen bleibt in meinem Haar hängen und schmilzt auf meinen Wangen. Im Schutz der Dunkelheit gehe ich das Ufer entlang auf eine hell erleuchtete Jacht zu. Gejohle und Gekreische dringt über das glitzernde Wasser zu mir herüber.

»Frau Hohenburg, eine Frage bitte.« Ich wirble herum und sehe einen dick angezogenen Mann auf mich zukommen. Perfekt.

»Ja, bitte?« Zwar tue ich etwas genervt, bin aber eigentlich froh, dass ich auch das hier für die *neue PR-Strategie* nutzen kann.

»Ist das die neue Jacht von Lukas Winter?« Er deutet auf das Boot direkt vor uns, auf dem in dieser Sekunde der Bass aufgedreht wird.

»Das stimmt.«

Das Gesicht des Reporters erhellt sich augenblicklich. »Und Sie sind eingeladen?«

»Ich bin eingeladen.« Ein neckisches Zwinkern in seine Richtung. Soll er da hineininterpretieren, was er will.

»Freuen Sie sich auf den Abend?«

»Ich freue mich immer, wenn ich Lukas sehe.« So, das sollte nun wirklich reichen, um die Gerüchte weiter am Brodeln zu halten. Mein Vater wird sich freuen. Mir wird ein bisschen übel.

Ich wende mich ab. »Livia Hohenburg«, sage ich bibbernd zu den zwei bärenartigen Securitymännern, die rechts und links vor der Gangway postiert stehen. »Man erwartet mich.«

Sie brummen beide und lassen mich passieren.

»Liviaaaaa!« Eine mir völlig unbekannte junge Frau springt mir fast auf den Arm, als ich den Innenraum des Boots betrete. Der Song *Prada* dröhnt aus den Boxen. Es ist dunkel, bunte Lichter zucken im Takt des Beats über die Einrichtung.

»Ich habe Lukas echt nicht geglaubt, dass er dich kennt, aber du bist hier.« Das Girl, das jetzt wie ein Flummi auf und ab hüpft, strahlt.

»Ja, das bin ich.«

»Ist die Jacht nicht krass?« Staunend, als wäre sie nicht schon mindestens ein paar Minuten hier, lässt sie ihren Blick über die Einrichtung schweifen.

»Sehr krass.«

So krass wie alle Jachten. Tatsächlich ist dieses Modell nicht ganz so beeindruckend ausgestattet wie andere, auf denen ich gewesen bin.

Eine in blaues Licht getauchte Bar, auf der ein oberkörperfreier Mann steht und Tequila in die offenen Münder mehrerer Frauen schüttet, die kichernd vor ihm stehen. Helle Möbel, die schon jetzt von undefinierbaren Flecken übersät sind. Dunkler Holzboden, auf dem circa ein Dutzend Menschen tanzen. Hinter der langen Fensterfront blinkt der Prater in seinen immer bunten Lichtern.

»Ich bin Melanie, Lukas' Cousine«, schreit mir das unbekannte Girl ins Ohr.

»Hi, Melanie.« Ich bemühe mich um ein Lächeln. »Gott, ist das heiß hier drinnen.«

Melanie kichert. »Wir haben die Heizung aufgedreht, damit es sich wie eine Poolparty anfühlt.«

Alles klar. Ich unterdrücke ein Augenrollen und nicke nur.

»Komm, ich bring dich zu Lukas.« Sie zieht mich mit sich und steuert auf den großen runden Pool zu, der, ebenfalls beleuchtet, am Bug des Schiffes untergebracht ist.

»Livia!« Mehrere Kerle, die ich alle noch nie gesehen habe, grölen meinen Namen.

»Schwing deinen heißen Hintern hier rein. Das hier ist eine Poolparty, kein Après-Ski.« Der letzte Satz kommt von Lukas, dessen Pupillen große schwarze Pfützen sind. »Ich hoffe, dass du einen Bikini unter den vielen Schichten versteckt hast.« Er lacht.

»Hoffentlich einen knappen«, schreit ein anderer und greift zu einer Flasche Champagner, die er an seine Lippen setzt.

Melanie kreischt und springt in den Pool. Ich verharre für einige Sekunden und lasse die Szene auf mich wirken. Die Blicke der Nemos, die meinen Körper hoch und runter wandern, und ich, die genau das will: die Livia-Hohenburg-Show abziehen und spüren, dass es funktioniert.

»Keinen knappen Bikini«, höre ich mich sagen, während ich mir meine Mütze vom Kopf ziehe und auf ein cremefarbenes Sofa werfe. Enttäuschte Buhrufe folgen auf meine Aussage. Ich grinse und werfe Schal, Mantel, Pullover und Bluse hinterher.

Sie wollen mein Licht? Sie wollen meinen Körper? Dann gebe ich ihnen beides.

»Gar keinen Bikini.« Der Rest meiner Kleidung landet unter tosendem Geschrei auf dem hellen Stoff, bis ich nackt vor ihnen stehe.

Elegant lasse ich mich ins Wasser gleiten. Lukas zieht mich sofort auf seinen Schoß.

»Du machst mich echt fertig, Liv.« Seine Hände beginnen über meinen Körper zu wandern.

»Nenn mich nicht so.« Zumindest daran hat sich nichts geändert. Ich sehe auf. Schaue in der Spiegelung des Fensters in mein eigenes Gesicht. Wahrscheinlich würde es niemand außer mir selbst bemerken, aber ich sehe die Spuren, die die zurückliegenden Ereignisse auf meiner Fassade hinterlassen haben, ganz deutlich. Ich bin eine blassere, stumpfere Version meiner selbst. Immerhin sitze ich nackt auf einem Nemo.

Quatsch, du warst schon immer die, die du jetzt bist, und wolltest es nur nicht wahrhaben, schleicht sich eine Stimme in meinen Kopf.

Halt die Fresse, schreie ich die Stimme stumm an. »Darf ich mal?« Ich deute auf den Kerl mit dem Champagner in der Hand.

»Du darfst alles, was du willst.« Ein schmieriges Grinsen verzieht seine Lippen, aber er reicht mir die Flasche. Schnell trinke ich ein paar Schlucke und bringe so die Stimme zum Schweigen.

Vielleicht hat sie recht. Vielleicht ist es in meiner Welt nicht möglich, *mehr* zu sein. Vielleicht kann Livia Hohenburg nur ihr Name und ihr Körper sein. Und vielleicht muss ich das ein für alle Mal akzeptieren.

Ich wende mich Lukas zu und drücke meine Lippen auf seine.

Er stöhnt auf und zieht mich enger auf seinen Schritt. Ich versuche mich fallen zu lassen. In den Kuss, in seine Arme fallen, in seine Zunge und seinen Atem, der sich mit meinem vermengt.

Ich küsse diesen Mann. Nackt in einem Whirlpool. Aber fühle absolut nichts. Mein Herz liegt irgendwo im Marianengraben, in zehntausend Metern Tiefe unter mehreren Tonnen Wasser. Und diesem Nemo meine Zunge in den Hals zu stecken, wird es sicher nicht an die Oberfläche zurückholen.

Genau so soll es sein.

»Livia.« Lukas' Stimme ist heißer, dunkler als zuvor. »Livia, wir müssen aufhören oder willst du, dass ich dich hier vor all meinen Freunden ficke?«

Ich unterbreche den Kuss und schaue ihm in seine verhangenen Augen, in denen unverhohlenes Verlangen wächst. Sie erinnern mich an sommergraue Augen, die schwarz geworden sind. Das Loch in meiner Brust klafft bei den Gedanken an ihn weiter auseinander. Ich will das nicht. Ich will nicht mehr an ihn denken müssen. Ich will diesen Schmerz nicht mehr ertragen müssen!

Also küsse ich Lukas wieder und versuche so die beschissenen Erinnerungen zum Schweigen zu bringen. Das Loch für wenige Minuten zu füllen. Ich dränge meine Zunge in seinen Mund. Presse mich an ihn. Warte darauf, dass die Lust alles andere ausschaltet. Lukas keucht in meinen Mund. Seine Finger vergräbt er in meinem nassen Haar.

»Hast du Lust, mit zu mir zu kommen?«, bringe ich irgendwann hervor. *Hast du Lust, mich eine Nacht vor der Einsamkeit zu bewahren?*

»Zu dir?« Leicht verwirrt sieht er zu mir hoch. »Aber hier sind echt viele gute Schlafzimmer.«

»Ich will trotzdem zu mir.« Ich muss dahin, wo die Erinnerungen wohnen, damit ich es irgendwann schaffe, sie auszulöschen. »Also?«

Wenige Minuten später landen wir bei Claus auf der Rückbank, der die Trennwand hochfahren lässt, sobald die Autotüren zuschlagen.

Ich sitze breitbeinig auf Lukas. Die Lust rauscht durch meinen Körper, zieht alles mit sich, was ich nicht spüren will. Nie wieder spüren will. Seine Finger öffnen gierig die Knöpfe meiner Bluse. Sein Blick ist hitzig und leckt über meine Haut wie Flammen. *Alles soll brennen,* flehe ich innerlich. Jede einzelne Stelle meines Körpers, an der Nicolas mich berührt hat, soll verbrennen. Lukas' Finger umfassen meinen BH. Seine Lippen küssen hungrig den Ansatz meiner Brüste und ich kann nur hoffen, dass sie so die Erinnerung ausradieren, wie Nicolas' Lippen dasselbe getan haben. Jede seiner verflucht liebevollen, verflucht zarten Berührungen ist zu einer schmerzhaften Wunde geworden und ich bete, dass die Lippen anderer Männer sie zu Narben verwandeln, wenn ich das hier nur oft genug tue.

»Shit, wir sind da.« Mit bebenden Fingern und pochendem Schritt lege ich mir den Schal um, ziehe meinen Mantel wieder an und klettere von ihm runter.

Nur damit wir wenige Minuten später im Aufzug wieder übereinander herfallen. Er drückt mich gegen die Wand des Lifts, umklammert meinen Hintern und hebt mich hoch. *Ja, ja, ja.* Nur noch vier Stockwerke, dann werde ich ihn voll und ganz spüren. Dann werde ich vergessen. Die Tür öffnet sich.

Wir atmen schwer und stolpern in den Flur.

Unsere Mäntel fallen zu Boden. Mein Schal und mein Pullover auch. Seine Hände finden wieder meine Brüste. Meine seinen Gürtel.

Ich kann nicht mehr.

Ich brauche mehr.

Mehr Feuer. Mehr Lust. Mehr von allem hier, damit endlich alles von *ihm* verschwindet.

Mit offener Bluse und offener Hose bahnen wir uns den Weg durch die Küche ins Wohnzimmer. Gleich werden wir auf dem

Sofa landen. Gleich werden wir es endlich tun. Gleich werde ich kommen und ihn endlich, *endlich* vergessen.

Gleich.

»Hallo, Livia.«

Ich schreie auf. Wirble herum.

Schreie noch mal.

Es muss eine Halluzination sein. Ich muss völlig den Verstand verloren haben. Denn da sitzt jemand auf dem Sofa, dessen Existenz in dieser Wohnung *unmöglich* ist.

Jemand, den ich seit sechs Monaten aus meinem Herzen ausbrennen will.

Jemand mit einem beigen Flanellhemd, dunklen Haaren und sommergrauen Augen.

Nein.

Nein, das kann nicht sein.

Ich stecke in einem meiner Träume und werde jede Sekunde aufwachen. Wie vom Blitz getroffen stehe ich da. Halb nackt und mit den Spuren brennender Lippen auf den Wunden, die er mir zugefügt hat.

Ich kann mich nicht bewegen. Meine Füße hat jemand am Boden festgetackert. Ich will mich auch gar nicht bewegen. Denn wenn ich es tue … ist das hier kein Traum. Dann ist es bittere Realität.

Und für die Realität bin ich nicht stark genug.

»Livia?«

Mein Name, ausgesprochen von einer Stimme, die für mich eine Lebensmelodie war, bevor sie zum Lied des Todes wurde.

»Livia?«

Die Stimme ist jetzt vorsichtiger, besorgter. Und in dieser Sekunde klafft jede einzelne Narbe wieder auf.

Ich schreie und diesmal höre ich nicht damit auf.

10. KAPITEL

ZART WIE FAUSTSCHLÄGE

NICOLAS

»Du Scheißkerl! Du arroganter, beschissener Scheißkerl!« Livias meergrüne Iriden stehen in Flammen. Ihre Fäuste sind vor Anspannung geballt.

Fuck, ist sie wütend.

Fuck, ist sie schön.

Obwohl ich in ihren Zügen sehe, dass sie kurz davor ist, mir eine reinzuhauen, kann ich nicht anders, als zu bemerken, wie verflucht hinreißend sie aussieht. Wie krass mein Herz beim Anblick ihrer Vulkanaugen eskaliert. Und dass jeder Zweifel an meiner Entscheidung zurückzukommen sich in diesem Augenblick verflüchtigt.

Ich stehe auf und hebe die Hände. »Livia. Es tut mir –«

Sie lässt mich nicht ausreden, sondern sprintet die wenigen Meter auf mich zu. Ihre Fäuste treffen meine Brust. Sie schlägt zu, wieder und wieder, doch ich wehre mich nicht.

Von ihr berührt zu werden ist viel zu gut. Ihr nah zu sein ist viel zu gut. Auch wenn sie mich gerade vermöbelt.

»Verpiss dich!« Ihre Faust trifft meinen Oberarm. Ihr Haar fällt ihr ins Gesicht.

»Du dreckiger Hund!« Der nächste Schlag landet in meinem Magen. Aber sie so nah zu spüren, dass mir ihr Geruch nach Vanille-Shampoo, Chanel N°5 und Chlor in die Nase steigt, wirkt betäubender als Ibuprofen.

»Was wagst du es, hier aufzutauchen, nach allem, was du mir angetan hast?« Ein Hieb gegen meinen Brustkorb. Ein Zorninferno in ihren Vulkanaugen. »Du beschissener Wichser!«

Ich frage mich, ob diese Flüche und Beschimpfungen mich mehr verletzen sollten. Überhaupt wieder ihre Stimme zu hören, reicht für diesen Moment. Ihre Berührungen reichen für diesen Moment, auch wenn sie wild um sich schlägt.

»Du verfickter Hurensohn! Du …« Sie ringt nach Luft, hält für den Bruchteil einer Sekunde inne und sucht offenbar nach der nächsten Beleidigung, die sie mir an den Kopf werfen kann.

»Arschloch?«

Ich erschrecke mich zu Tode und suche hektisch den Raum ab. Dann fällt mein Blick auf einen blonden Kerl, der lässig am kalten Kamin steht und uns angafft, als wären wir die Hauptattraktion eines ziemlich weirden Zirkus.

»Satansbraten?«, schlägt er weiter vor und schmunzelt belustigt.

»Satansbraten?«, wiederhole ich skeptisch und schaue ihn mit hochgezogenen Augenbrauen an. Livia – offensichtlich ebenfalls überrascht von Blondies Existenz – verharrt weiter in ihrer Starre. »Das ist die bekloppteste Beleidigung, die ich je gehört habe. Wer bist du? Meine Oma?«

»Was ist an Satansbraten auszusetzen?« Blondie verschränkt die Arme vor der Brust.

»Keine Ahnung … alles?«

»Ich finde Satansbraten cool.« Blondie zuckt mit den Schultern.

»Na dann.« Was will dieser Kerl hier?

»Halt die Fresse, Nicolas!« Mit beiden Händen drückt sie gegen meine Brust und schubst mich von sich. Ich taumle einige Schritte zurück, kann einen Sturz aber verhindern.

»Ach, so heißt du ja gar nicht. Sorry, bei den fünfzig Identitäten, die du mir vorgemacht hast, habe ich leider deinen wirklichen Namen vergessen.«

»Fünfzig Identitäten? Livia, wer ist dieser Kerl?« Blondie sieht auf einmal gar nicht mehr belustigt aus.

»Das Gleiche wollte ich auch fragen«, entfährt es mir. Dieser Typ geht mir mittlerweile ziemlich auf die Nerven. Vor allem jetzt, wo er ihr sachte über den Rücken streicht. »Deine Hose ist offen.« Ich deute auf seine Jeans und Übelkeit wabert in meinem Magen.

»Und nenn mich bitte einfach wieder Nick.« Dieser Name war der erste, der sich seit Ewigkeiten nach mir angefühlt hat.

Livia weicht ein paar Schritte zurück und schließt für eine Sekunde die Augen. Offenbar muss sie sich sammeln, was angesichts dieser völlig abgedrehten Situation kein Wunder ist.

Ich habe mir eine Woche darüber Gedanken gemacht, ob ich zurückkommen *will*. Ob ich dieses Leben, das meine Mutter und ich führen, zurücklassen und sie verraten kann.

Mir wird schlagartig klar, dass ich eindeutig zu wenig darüber nachgedacht habe, ob ich zurückkommen *kann*. Ob Livia mich noch will. Was angesichts ihrer Prügelattacke ziemlich bescheuert war.

Zum ersten Mal seit einer sehr langen Zeit hatte ich keinen Plan. Es gab nur eine Entdeckung, ein schmerzendes Herz und dann eine überstürzte Flucht.

Fest steht jedoch, wenn es einen Plan gegeben hätte, hätte dieser sicher nicht diesen eindeutig zu attraktiven Kerl beinhaltet, der eindeutig zu lässig den Arm um ihre Schulter legt. Und wenn es einen Plan gegeben hätte, wäre Livia sicher nicht halb nackt gewesen.

Shit, sie ist halb nackt. Die Tatsache habe ich aus irgendeinem unerklärlichen Grund verdrängt, als sie auf mich eingekloppt hat. Doch jetzt, wo ich es weiß, kickt es so richtig. Es macht mich *wahnsinnig*, sie so zu sehen. So wütend. So verletzt. So nackt im Arm eines anderen.

Ich zwinge mich woanders hinzuschauen. Zu Boden. Dahin, wo all das liegt, was wir hätten sein können.

»Raus.« Ihre Stimme zerschneidet die Stille wie ein scharfer Säbel. Tränen glitzern in ihren Augen und auch das kickt. Aber auf andere Art und Weise. Auf eine schlechtere.

»Livia, bitte.« Ich ertrage es nicht, sie so zu sehen. Ich ertrage nicht zu sehen, wie kaputt ich sie gemacht habe. Es wird eine Möglichkeit geben, es wieder hinzukriegen. Sie wieder hinzukriegen. Das muss es einfach.

Ich wusste, dass sie mir nicht gerade vor Freude um den Hals fallen würde. Aber in der verklärten, vermutlich deutlich überromantisierten Vorstellung unseres Wiedersehens kamen irgendwie weniger Schläge vor. Und weniger blonde Kerle. Dafür eine Chance auf eine Erklärung.

»Ich –«, versuche ich es erneut.

»Raus!« Ein dunkles Zischen aus ihren perfekten Herzlippen. Leise, fest und beinahe bedrohlich. »Raus oder ich rufe die Polizei. Das sollte ich vielleicht eh tun, bei der ganzen Scheiße, die du abgezogen hast.« Sie nickt langsam. »Ja, ich muss die Polizei rufen. Du hast unser halbes Vermögen auf dem Gewissen!«

»O Gott. Wirklich?« Blondie reißt schockiert die Augen auf. Der Typ macht mich krank.

»Hör zu, ich …« Ich bemühe mich jegliche Anspannung, jegliche Angst aus meiner Stimme zu verbannen. Ruhig. Ganz ruhig. »Bitte, ich hab was gefunden … ich …«

»Was gefunden?« Das Zischen wird zu einem ungläubigen Kreischen. »Du hast was *gefunden* und tauchst hier einfach wieder auf? Als hättest du mich nicht fast ein halbes Jahr belogen?!« Völlig außer sich schüttelt sie den Kopf, sodass ihre Locken zu blonden Peitschen werden. »Was juckt es mich, was du gefunden hast? Was juckt mich überhaupt irgendwas, das du machst? Die Polizei wird sich damit schon auseinandersetzen und dann ist mir auch egal, was du und deine kranke Mutter gegen meinen Vater in der Hand habt.«

Plötzlich bekomme ich Panik. Wenn Livia sofort die Polizei ruft, war's das. Ich muss ein Vollidiot sein, weil diese Option in meinem offenbar recht beschränkten Hirn bisher überhaupt nicht zur Debatte stand. In Windeseile gehe ich meine Möglichkeiten durch, bis sich eine Chance durch meine Gehirnmasse in mein Bewusstsein drängt. Eine einzige, eine riskante. »Okay, hör zu.« Ich gehe einen Schritt auf sie zu.

»Stopp! Wage es nicht, sie anzufassen!« Der blonde Typ stellt sich mir in den Weg. Seine Hose ist immer noch offen und es bringt mich um zu wissen warum. »Soll ich ihn festhalten, während du die 133 wählst?«, wendet er sich an Livia.

»Komm runter, Blondie.« Ich verdrehe die Augen. »Das hier ist nicht *Mission Impossible.*« Langsam dehnt sich die Anspannung der letzten Monate, die Wut auf mich und mein Leben und der quälende Wunsch, die Zeit zurückzudrehen, in mir aus wie ein riesiger Ballon. »Wer ist dieser Kerl, Livia?«

»Das geht dich einen Scheiß an.« Verengte Augen. Katzenfauchen. Sogar ihre Hände werden zu Katzenkrallen, mit denen sie mir mit Sicherheit am liebsten das Gesicht zerkratzen würde.

»Schon gut, schon gut.« Zum zweiten Mal hebe ich meine Hände als Zeichen meiner Ergebung. Gott, das Ganze hier hat wirklich was von *Mission Impossible.* »Deine Surferversion von Tom Cruise kann chillen.« Ich werfe Blondie einen vernichtenden Blick zu. »Ich werde mich stellen. Der Polizei.«

»Hä?«, sagen Livia und der Kerl unisono.

»Ich habe etwas herausgefunden.«

»Ja, das sagtest du bereits. Und ich sagte bereits, dass es mir egal ist.«

»Ist es nicht. Vertrau mir.«

Bei meiner Bitte bricht sie in höhnisches, schreiend hohes Gelächter aus. »Vertrauen. Dir. Das ist der beste Witz, den ich seit sechs Monaten gehört habe.«

»Ich kann ihn immer noch festhalten, Livia.«

»Halt endlich die Fresse, Blondie!« Mein Nervenkostüm ist mittlerweile zum Zerreißen gespannt und dieser Typ macht es nicht gerade einfacher, die Fassung zu bewahren.

»Hör auf so mit meinem Freund zu reden!«, fährt sie mich an. Ein Satz wie ein Speer, der mich einmal durchbohrt.

»Deinem Freund?«, wiederhole ich eine Spur zu perplex. »Ich dachte, du … ähm … hast nur unverfängliche Männergeschichten.« Zumindest laut den Meldungen, die bis vor Kurzem durch die Klatschpresse gewandert sind.

»Stalker.« Sie brennt mich mit Blicken nieder. Und doch ist da etwas, ein Funken, ein Hoffnungsfunken, der den Speer in meiner Brust ein wenig erträglicher macht.

»Soll ich die Polizei rufen?«, mischt sich Blondie schon wieder ein. Meine Güte, kann der Typ nicht einfach verschwinden?

»Nein, warte«, sagt Livia bestimmt.

»Wirklich?«, fragen ich und der Kerl zeitgleich.

»Ja.« Sie verschränkt die Arme vor ihrer kaum bedeckten Brust und reckt das Kinn. »Ich muss völlig bescheuert sein, aber du hast zehn Sekunden.«

Zehn Sekunden. Zehn Sekunden, die mir die Welt bedeuten. Zehn Sekunden, die ein ganzes Leben verändern werden.

»Okay.« Ich schlucke. »Könnte dein … äh … Freund vielleicht gehen?«

»Nein. Lukas bleibt.«

Lukas also … Der Speer dringt noch tiefer ein. »Von mir aus.«

»Also?« Sie sieht mich verächtlich an. »Was hast du für unfassbar wichtige Nachrichten?«

Plötzlich bin ich nervös, weil ich weiß, dass das, was ich gleich sagen werde, ihre Trümmerwelt zu Staub zerfallen lassen wird. Ich atme ich aus, wappne mich für die Wortbombe, die kurz davor ist, vom Himmel zu fallen.

»Kommt da noch was?« Offensichtlich genervt von meinem Zögern schnalzt sie mit der Zunge. »Oder soll ich doch gleich die Polizei rufen?«

»Nein. Warte.« Ich lasse ein letztes Mal Luft in meinen Bauch und wieder hinausrauschen.

»Ja?«

»Es geht um deine Mutter.«

Die Bombe fällt. Livias Gesicht nimmt schlagartig die Farbe des Schnees an, der vor den Fenstern vom Himmel fällt.

»Meine Mutter ist tot«, sagt sie bestimmt.

»Das ist es ja …« Ich schließe die Augen und die Wortbombe explodiert auf Livia Hohenburgs Weltentrümmer. »Ich glaube, sie lebt.«

LIVIA

»Ich glaube, sie lebt.«

Die fünf Silben flattern durch den Raum auf mich zu. Mein Gehör hat sie registriert. Mein Verstand nicht.

»Was?«, frage ich nach, weil ich mir sicher bin mich verhört zu haben.

»Deswegen bin ich hier. Ich habe Grund zur Annahme, dass deine Mutter nicht vor sechs Monaten gestorben ist.« Seine Worte treffen meinen Brustkorb wie eine Abrissbirne. Rippen zersplittern und stechen in das Gewebe meines Herzens. Ich kriege keine Luft mehr. Sterne tanzen wie Schneeflocken vor meinen Augen.

»Livia, alles okay? Scheiße.« Eine warme Hand umfasst meine Taille. Gerade noch rechtzeitig, bevor meine Beine unter mir nachgeben. Lukas hält mich fest. »Komm, setz dich.« Er bringt mich zur Couch. Nicolas, oder wie auch immer er heißt, steht unschlüssig herum.

»Willst du ein Glas Wasser?«, fragt Lukas jetzt besorgter, als ich es ihm zugetraut hätte. Vielleicht habe ich mich in ihm getäuscht und er ist anständiger als erwartet. »Livia? Wasser?«, wiederholt er. Eigentlich will ich eine Flasche Wein und eine Line Koks, um diesen ganzen Albtraum zu vergessen.

»Ja. Danke«, sage ich trotzdem. Die neue Livia macht so was nicht mehr. Die neue Livia stellt sich den Situationen und trinkt Wasser statt Schnaps. Mein Fake-Freund springt auf, geht in die Küche und kommt kaum eine Minute später mit einem Glas zurück. Nicolas steht weiter einfach rum und starrt mich an.

Das kühle Wasser hilft mir wieder klarer zu denken. Die Schneesterne sickern aus meinem Blickfeld.

»Ist das wieder eins deiner Spielchen?«, spreche ich aus, was die einzig logische Erklärung für diese Situation sein kann. »Bist du zurückgekommen, um mich wieder zu verarschen? Wenn du mich für so beschränkt hältst, dass du denkst, ich falle ein zweites Mal drauf rein, hast du echt eine schlechte Menschenkenntnis.«

»Das ist kein Spiel und ich halte dich doch nicht für beschränkt.« Nicolas schüttelt den Kopf und zieht etwas aus der Innentasche seiner Jacke. »Hier. Ich habe das hier gefunden.« Er reicht mir einen zerknitterten Zettel.

»Was ist das?« Mit bebenden Fingern stelle ich das Wasserglas auf den marmornen Beistelltisch und greife nach dem Papier.

»Eine notarielle Beglaubigung der Übertragung der Geschäftsanteile der *Hohenburg Immogroup* an …«

»Meine Mutter.« Ich erkenne ihre Unterschrift sofort. Ich suche in der wirbelnden Masse an Gefühlen, die beim Anblick des

Namens *Melody Hohenburg* in mir herumwirbeln, nach etwas, woran ich mich festhalten kann. Die Schneesterne tanzen wieder, diesmal einen wilden Tango mit einer ganzen Kompanie an Emotionen, und ich kriege keine davon zu fassen.

»Wer sagt mir, dass das keine Fälschung ist?«, bringe ich in dem Versuch hervor, das Chaos in meinem Kopf und meinem Herzen irgendwie zu ordnen.

»Es ist notariell beglaubigt, aber du kannst es prüfen lassen. Ich habe es so bei meiner Mutter gefunden.« Er sieht mich an und für einen Zeitfetzen versinke ich im hellen Grau seiner Augen. Vergesse die Lügen und die Brutalität, die jedes *Wir* in einen tiefen Schlund geworfen haben. Dann fällt mir alles wieder ein und ich suche in seinem Blick nach Anzeichen genau dieser Lügen. Nach Anzeichen, dass das hier wieder nur eine Intrige und ich eine Schachfigur in seinem Spiel bin.

»Okay. Gehen wir davon aus, dass dieses Dokument echt ist, meine Mutter wirklich irgendwo quicklebendig herumspringt und jetzt ein paar Millionen mehr auf dem Konto hat. Was soll ich mit dieser Information anfangen?« In meiner Kehle wächst ein Tennisball und drückt Salz in meine Augen. »Ich habe mit meiner Mutter abgeschlossen«, sage ich bestimmt und schlucke einmal heftig gegen den Ball an. »Sie hat mich verlassen, ist gestorben und ich habe sie betrauert. Fertig. Sie interessiert mich nicht mehr.«

Nicolas zögert, bevor er antwortet. »Ich glaube, dass mehr hinter dieser Sache steckt. Mehr als ich bisher angenommen habe. Das hier war größer als meine vorherigen Aufträge.«

»Aufträge.« Ich wiederhole dieses hässliche Wort, das auf meiner Zunge einen Geschmack nach vergammeltem Essen hinterlässt. Das alles war ein Auftrag. *Ich* war ein Auftrag. Ich greife nach dem Wasserglas und stürze weitere Schlucke hinunter, um den Gammelgeschmack von meiner Zunge zu waschen. Jemand räuspert sich neben mir, aber es ist nicht Nicolas.

Lukas – dessen Anwesenheit ich angesichts der sich überschlagenden Ereignisse schon wieder vergessen hatte – scheint sichtlich mit der Situation überfordert. Ich kann es ihm nicht übel nehmen.

»Ist es okay, wenn du jetzt gehst?« Ich schenke ihm ein leichtes Lächeln, denn er hat sich wirklich gut geschlagen dafür, dass dieser Abend so gar nicht nach unseren Vorstellungen verlaufen ist. »Ich kriege das hier alleine hin.«

»Bist du dir sicher?«

»Ja.« Ich nicke. Mir bleibt nicht verborgen, dass Nicolas grinst. »Danke, dass du da warst.« Vielleicht liegt es an seinem Grinsen, vielleicht an dem Blick, mit dem er Lukas beäugt, vielleicht liegt es auch einfach daran, dass ich den Verstand verloren habe. Aber ich küsse Lukas zum Abschied auf die Lippen.

»Schreibst du mir später noch mal, damit ich weiß, ob ich doch noch die Polizei rufen soll?«, fragt er, nachdem wir uns wieder voneinander lösen.

»Mach ich.«

Lukas nickt und geht mit einem letzten skeptischen Blick Richtung Aufzug.

»Du kannst hier warten«, sage ich kühl zu Nicolas und rapple mich auf. »Ich ziehe mir was über. Du bist gerade wohl der letzte Mensch auf dieser Welt, dem ich es gönne, mich in Unterwäsche zu sehen.«

Ich blitze ihn an. Seine Mundwinkel heben sich und ich kann sehen, dass er kurz davor ist, etwas zu sagen. Aber er bleibt still.

»Okay.«

Einen Augenblick später komme ich in meinem übergroßen Norwegerpulli zurück ins Wohnzimmer.

»Wenn du denkst, dass ich dich in dem Ding weniger heiß finde, liegst du leider falsch.« Das Flackern in seinem Blick verrät mir, dass er die Wahrheit sagt. Das alles verwirrt mich.

»Spar dir deine Sprüche für deinen nächsten Auftrag. Bei mir sind sie verschwendet«, pfeffere ich zurück. »Also. Nicolas Steiner oder wie auch immer du heißt …«

»Bitte nenn mich einfach wieder Nick.«

Als ob ich tun würde, worum er mich bittet. »Also, Nicolas …« Ich grinse gehässig. »Tun wir mal so, als würde ich dir glauben. Tun wir mal so, als würde meine Mutter wirklich noch leben, und tun wir mal so, als würde ich dir nicht am liebsten den Hals umdrehen und dich im Knast verrotten lassen. Was willst du?«

»Ich will dir helfen herauszufinden, was es mit der ganzen Sache auf sich hat. Irgendwas stimmt hier nicht.«

»Aha, und was veranlasst dich zu dieser Annahme?«

»Normalerweise sucht meine Mutter die Zielpersonen selbst aus.«

Zielperson. Wieder so ein eklig schmeckendes Gammelwort.

»Und?«

»Und ich dachte, dass es auch dieses Mal so wäre. Während unserer ganzen Zeit hier dachte ich, dass es nur um Geld geht. Nur um die Firmenanteile und darum, deinen korrupten Vater zu entmachten. Sorry …« Er beißt die Zähne zusammen und schluckt.

»Wer seid ihr? 'ne schlechte Kopie von Robin Hood?«

»So in etwa«, gibt er zu. »Aber dieses Mal war es anders. Anscheinend waren wir auch nur Schachfiguren, nur dass ich das nicht wusste.« Er steht auf, geht zu einer großen Reisetasche und wühlt darin herum. Schließlich zieht er eine Mappe hervor. »Hier.«

»Was ist das wieder?« Ich greife danach.

»Die habe ich auch bei meiner Mutter gefunden.«

Mit wummerndem Herzen schlage ich sie auf und sehe mein eigenes Gesicht. Ein Foto, das mit einer Büroklammer an ein Dokument geheftet ist, welches mit *Auftragsbeschreibung und genaues Vorgehen* betitelt ist. Daneben ein Bild meines Vaters und sogar eins von Nora. Ich fange an zu lesen.

Zieldefinition: Übertragung der Mehrheitsanteile der Hohenburg Immogroup und der Vermögensanteile
Auftraggeberin: Melody Hohenburg
Auftragsausführende: Lena Ketterbrink, Raphael Ketterbrink
Pseudonyme: Tanja Steiner, Nicolas Steiner

Zielperson 1: Alexander Hohenburg
Alter: 59
Beruf: Politiker (amtierender Bürgermeister Wiens), Unternehmer
Zugang: Alexander Hohenburg hat einen narzisstischen Persönlichkeitsanteil. Geben Sie ihm das Gefühl, der Retter in der Not zu sein. Seien Sie ein Rohdiamant, den er schleifen kann. Alexander will eine Frau, die als Schmuckstück an seiner Seite fungiert und ihm täglich dafür dankbar ist. Er muss das Gefühl haben, Sie kontrollieren zu können. Ihr Handeln und Ihr Aussehen. Gleichzeitig dürfen Sie es ihm nicht zu leicht machen, sondern sollten ihm mitunter das Gefühl geben, »gezähmt« werden zu müssen. Sonst langweilen Sie ihn. Weitere Ausführungen und konkrete Handlungspläne auf Seite 5.

Zielperson 2: Livia Hohenburg
Alter: 20 Jahre
Beruf: Studentin an der Universität Wien
Zugang: Livia wirkt auf ihr Umfeld stark und kühl. Dahinter verbirgt sich jedoch eine tiefe Unsicherheit. Sie ist es gewohnt, diese zu verstecken. Lassen Sie sich nicht von der Fassade blenden und bringen Sie sie dazu, diese fallen zu lassen. Provozieren Sie sie, geben Sie ihr das Gefühl, dass ihre gewohnten Verhaltensmuster nicht funktionieren. Erst wenn sie das Gefühl hat, dass ihre verletzliche Seite ge-

sehen wird und unversehrt bleibt, wird sie Ihnen vertrauen. Weitere Ausführungen und konkrete Handlungspläne auf Seite 11.

Ich klappe die Mappe zu, schaue zu Nicolas. »Was willst du von mir? Warum zeigst du mir das? Bin ich dir noch nicht kaputt genug?« Alles dreht sich. Meine Hände zittern. Kalter Schweiß sammelt sich auf meiner Stirn. »Bist du gekommen, um dir auch noch den letzten Rest von mir zu nehmen?«

»Was? Nein! Ich bin zurückgekommen, weil … weil …«

»Warum? Willst du mich ein weiteres Mal nach Strich und Faden verarschen?«

»Nein, ich –«

»Was, Nicolas?« Ich hebe den Kopf, versuche statt Hilflosigkeit alles, was ich an Verachtung aufbringen kann, in meinen Blick zu legen.

»Das mit uns hat vielleicht falsch angefangen, aber ist zu etwas Echtem geworden.« Seine Worte wabern durch mich hindurch, stechen in meinen Magen und brennen in meinen Augen.

»Und du denkst wirklich, dass ich das glaube?« Die aufkeimende Hoffnung in mir wird sofort von Gehässigkeit zerschmettert.

»Warum sollte ich sonst zurückgekommen sein?« Seine Stimme überschlägt sich. »Warum, Livia?«

»Sag du es mir.«

»Ich bin verdammt noch mal zurückgekommen, weil ich dich nicht vergessen konnte. Nicht in Mexiko, nicht in New York, nicht mal, als ich mit Nancy …« Er hält inne.

»Wer ist Nancy?«, frage ich sofort, obwohl ich weiß, dass die Antwort schmerzhaft wird.

»Niemand, sie ist …« Er atmet aus und greift sich an die Nasenwurzel, um sich zu sammeln.

»Wer. Ist. Nancy.« Meine Worte sind abgehackt und eiskalt.

»Sie ist … sie war die nächste Zielperson.«

Der Boden wankt unter meinen Füßen. *Die nächste Zielperson, wie du auch eine warst.* Ich schaue auf das Dokument in meinen bebenden Händen.

Zielperson 2: Livia Hohenburg

Eine von vielen. Ein naives Dummchen, das sich ihm hingegeben hat, damit er es ausnutzen konnte. Wie Nancy. Wie wahrscheinlich Hunderte vor mir.

Der Boden unter meinen Füßen wird zu einem unbändigen Ozean. Das unsägliche Auftragspapier segelt zu Boden. Ich gehe zwei Schritte zurück.

Und übergebe mich auf den Teppich.

11. KAPITEL

NEBEL, NEBEL, FINSTERNIS

LIVIA

Ich will dir helfen, Livia. Es tut mir leid. Alles. Ich kann dir nicht sagen, wie sehr. Ich will dir helfen herauszufinden, was deine Mutter im Schilde führt. Da stimmt irgendwas nicht. Ich bin der Einzige, der das kann. Und ich will das mit uns wieder hinkriegen. Aber du entscheidest. Ich warte bis morgen um 22 Uhr. Wenn du nicht kommst, stelle ich mich der Polizei.

Mittlerweile ist es vier Uhr früh. Ich habe keine einzige Sekunde geschlafen, sondern tigere seit Stunden in unserem Apartment auf und ab.

Du entscheidest. Du entscheidest.

In meinem Kopf herrscht dichter Nebel. Absolut kein Durchblick mehr.

Diese Mappe und das, was darin geschrieben steht. Mein Herz verscherbelt an einen Betrüger, den meine eigene Mutter angeheuert hat. Meine *tote* Mutter. Mein Vertrauen ein bloßer Auftrag. Wofür das alles? Warum hat meine Mutter ihren Tod vorgetäuscht und mich, ihre eigene Tochter, aus dem Verborgenen heraus manipuliert? Oder ist das doch alles nur ein Spiel von Nick, um noch mehr aus mir herauszuquetschen?

Argh. Ich kralle die Finger in mein Haar und stöhne frustriert. Da sind tausend Fragezeichen und kein einziges Ausrufezeichen oder ein einzelner Punkt.

Als würde es irgendetwas bringen, laufe ich durch die gesamte Wohnung. Durch Papas leeres Zimmer, durch Noras leeres Zimmer, die ich schlagartig so schmerzhaft vermisse, dass ich es direkt wieder verlassen muss.

Schließlich lande ich in meinem und bleibe vor dem Klavier stehen, das ihr gehört hat und seit Monaten unberührt ist.

Wer bist du wirklich?, frage ich gedanklich, als würde meine Mutter am Klavier sitzen und mir antworten können. Als würden ihre schlanken Finger über die Tasten tanzen und *Clair de Lune* spielen. *Was hast du nur vor? Was soll das alles?*

Keine Antwort.

Ich warte bis 22 Uhr. Noch achtzehn Stunden. Ich habe noch achtzehn Stunden, um mich zu entscheiden.

Was soll ich tun? Nicolas vertrauen? Schon wieder? Wie naiv, wie blöd wäre ich das zu tun, nachdem ich die Worte in der schwarzen Mappe gelesen habe, die meine Würde zerfetzt haben.

Aber die Polizei rufen ist auch keine Option, oder? Mein Vater hat immerhin ziemlich deutlich gemacht, dass er nicht will, dass irgendwas davon an die Öffentlichkeit gerät, und dass ich so getan habe, als wäre mir das egal, war nur ein Bluff.

Was. Soll. Ich. Tun?

Die Wände des Apartments scheinen näher zu kommen. Die Luft wird immer dicker und dicker. Das Klavier als Mahnmal meines Verlustes steht da und hält mir die Verkommenheit meines Lebens vor Augen.

Ich muss hier raus. Ich halte es keine Minute länger in diesem luftleeren Raum aus, der mir jede Lebenskraft raubt. Ohne noch einmal darüber nachzudenken, schlüpfe ich in Mantel, Stiefel und Schal und springe in den Aufzug.

Eiskalter Wind trifft meine Wangen wie hundert kleine Nadelstiche. Immerhin hat es aufgehört zu schneien. Es ist still in der Innenstadt. Wien scheint zu schlafen. Das Knacken des Schnees unter meinen Fußsohlen ist das einzige Geräusch, das sich in der Dunkelheit verliert.

Ich habe keinen Schimmer, wohin ich gehen soll. Die alte Livia hätte sich zu irgendeinem Club aufgemacht, hätte sich bunte Pillen eingeworfen und sich ins Delirium gesoffen, damit sie den Schmerz nicht spürt, der mit ihrem Leben verwoben ist.

Du weißt, dass das nichts bringt, ermahne ich mich selbst. *Nach dem Delirium wachst du auf und der ganze Schmerz hat an Power gewonnen.* Ich atme tief durch. Okay, die Option Zudröhnen ist abgelehnt. Also irre ich ziellos durch die leeren Wiener Gassen, begegne Menschen, die nach Hause kommen, und Menschen, die zur Arbeit aufbrechen.

Wien ist anders bei Nacht. Weniger strahlend, weniger aufgeregt. Dafür echter. Und wie so oft sehe ich mich selbst darin.

Ich gehe am Stephansdom vorbei und werfe ihm einen wütenden Blick zu, weil Vic dort in wenigen Wochen Ja zu Clément sagen wird. Vic. Der Gedanke an meine beste Freundin beschert mir einen Hitze- und Kälteschauer zugleich. Hitze, weil Vic in vielem so viel klüger ist als ich. Weil Vic sich von meiner Kratzbürstigkeit nicht aufhalten lässt. Kälte, weil Vic den Kampf gegen die Fesseln ihres Lebens auf- und sich ihrem Schicksal hingegeben hat.

Plötzlich weiß ich, wo ich hinwill, zu *wem* ich jetzt will, und renne los.

Das Fassade des *Sacher* wird von mehreren Scheinwerfern erhellt. Die Flaggen verschiedener Länder flattern geräuschvoll im Eiswind. Ich schaue auf die Uhr. 4:45 Uhr. Es ist früh, *zu* früh, und die alte Livia hätte mit Sicherheit nicht ihre beste Freundin aus dem Bett geklingelt, sondern alles mit sich selbst ausgemacht, bis sie daran erstickt wäre. Aber die alte Livia gibt es nicht mehr.

Ich nicke Moni, der Rezeptionistin, zu, die mich angesichts der Uhrzeit verwundert anschaut.

»Herr von Traun ist nicht in seiner Suite.« Sie lächelt mich bedauernd an. Sie denkt, dass ich zu Leander will, weil die alte Livia regelmäßig zu nachtschlafender Zeit ins *Sacher* eingefallen ist, um mit ihm in eine andere Welt zu fliehen.

Leander flieht immer noch. Nur ohne mich.

»Ich möchte zu Frau Everhofen. Ist sie da?«

Monika schaut mich skeptisch an. »Ist sie, aber …« Ihr Blick zuckt zur großen Uhr an der Wand, dann wieder zu mir.

»Bitte, es ist ein Notfall.«

Sie seufzt und schaut mich großmütterlich an. »Na gut.«

»Danke, Moni.« Erleichtert lächle ich sie an.

Mit schnellen Fingern tippt sie auf ihrem Telefon herum und hält es sich dann für eine gefühlte Ewigkeit ans Ohr.

»Monika, was zur …«, höre ich Vics verschlafene Stimme am anderen Ende, die durch die Stille der Lobby hallt.

»Frau Hohenburg ist hier und wünscht Sie zu sehen.«

»Frau Ho…« Es knackt in der Leitung, kurz darauf raschelt es. »Ach du Scheiße. Schicken Sie sie hoch.«

»Sie können –«

»Schon gut«, unterbreche ich die Rezeptionistin. »Ich hab's gehört. Danke!« In schnellen Schritten gehe ich an ihr vorbei, steige in den Aufzug und drücke die Vier.

Mit hastigen Schritten gehe ich durch einen langen, mit Teppich ausgelegten Flur und bleibe dann vor der Tür zu Vics Suite stehen. Ich will die Hand zum Klopfen heben, als diese schon aufgeht und ich in Vics geweitete Augen starre.

»Scheiße, Liv, was ist los?«

»Ich … ich …«, stammle ich und kriege das Chaos in meinem Kopf nicht zu fassen.

»Hey, ganz ruhig. Alles wird gut.« Meine Freundin tritt aus dem Türrahmen und zieht mich in ihre Arme. Augenblicklich breche ich zusammen, halte dem Ballast der letzten Stunden, Wochen, Monate und Jahre nicht mehr stand. Tränen sprudeln unentwegt aus mir hervor. Schluchzer überschlagen sich, und wenn Vic mich nicht halten würde, würden meine Beine mit ziemlicher Sicherheit unter mir versagen. Für einen langen Zeitraum sagt sie nichts. Ich sage auch nichts, sondern weine, weine, weine im Türrahmen ihrer Suite.

Irgendwann schaffe ich es, mich wieder einzukriegen, und wir fallen auf das schneeweiße Sofa. Vic drückt mir eine Tasse Tee in die Hand und sieht mich aufmunternd an.

Ich hole tief Luft, dann spreche ich das Unmögliche aus.

»Nicolas ist wieder da. Und meine Mutter ist nicht tot. Sie steckt hinter dieser ganzen Betrügersache, keine Ahnung warum. Aber er, also Nicolas, will mir helfen herauszufinden, was das alles soll, und wenn ich das nicht will, stellt er sich selbst der Polizei, aber das kann ich nicht zulassen, weil mein Vater mit einem Sextape oder so erpresst wird.«

Vics Reaktion fällt genau so aus, wie ich es mir vorgestellt habe. Ihre Kinnlade ist am Boden. Ihre Augen sind so groß wie die von Bambi und jegliche Erwiderung bleibt ihr in der Kehle stecken. Plötzlich springt sie wie von der Tarantel gestochen auf und geht mit langen Schritten auf ihren Schreibtisch zu.

»Was machst du?«, frage ich sie perplex.

»Was denkst du wohl? Das Ganze übersteigt ganz offensichtlich unser beider Fassungsvermögen. Wir brauchen Hilfe.« Sie entsperrt ihr iPad, tippt auf Bennets Namen und ruft ihn per FaceTime an. Es klingelt fast genauso lang wie gerade eben bei Monika, dann erscheint plötzlich Bennets verstrubbelter Haarschopf auf dem Bildschirm.

»Wenn nicht gerade dein Haus abfackelt, Victoria, bringe ich dich um.«

»Hier brennt nichts, aber wir haben einen Notfall ähnlichen Ausmaßes.«

»Hi, Bennet. Hast du schon eine Mauer für uns zertrümmert?« Ich winke in die Kamera.

Bennet setzt sich im Bett auf und reibt sich über die Augen. »Was ist los?«

Vic sieht zu mir und ich wiederhole das, was ich vorhin gesagt habe. Bennet reagiert anders als Vic, jedoch nicht weniger intensiv.

»Ich bring den Wichser um. Der Scheißkerl soll mir noch ein Mal unter die Augen treten und ich kann für nichts garantieren.«

Vic nickt grimmig. »Lass mal einen Auftragskiller engagieren.«

»Wo ist Leander, wenn man ihn braucht? Ich wette, der kennt einen.« Bennet nickt entschlossen. »So wie der gerade drauf ist, legt er Nicolas vermutlich persönlich um.«

»Leute«, unterbreche ich meine Freunde. »Ich liebe euch für euren Tatendrang und eure … äh … Mordlust, aber das bringt mich gerade nicht weiter.«

»Sorry.« Bennet guckt zerknirscht.

»Okay.« Vic nimmt einen Schluck Tee und setzt sich aufrechter hin. »Was sind die Fakten?«

Die Fakten, wiederhole ich stumm und versuche etwas Handfestes aus dem nebligen Dunst meines Hirns herauszufischen.

»Ich habe ein notariell beglaubigtes Dokument mit der Unterschrift meiner Mutter.« Sehr gut. Das ist etwas Handfestes. Mit kalten Fingern ziehe ich das Papier aus meiner Tasche und lege es auf den Glastisch. »Es wurde vier Wochen nach ihrem … ähm … Tod ausgestellt.«

Vic und Bennet sehen mich beide schockiert an, dann räuspert sich Erstere.

»Alles klar, Beweisstück A. Was noch?«

»Das Auftragsblatt, das meine Mutter an Tanja und Nick beziehungsweise Lena und Raphael Ketterbrink ausgehändigt hat.« Mit spitzen Fingern ziehe ich die schwarze Mappe hervor, als könnte sie mich mit einem Virus infizieren. Vic greift danach und liest laut vor, was ich schon weiß. Mit jedem Satz wird sie blasser und ihre Augen größer.

»O Gott, Livia …«, sagt sie, als sie das erste Blatt fertig gelesen hat.

»Ich könnte kotzen«, wirft Bennet ein.

»Jep. Das hab ich auch gemacht. Voll auf den Sechzehntausend-Euro-Teppich. Der Fleck geht nie wieder raus.«

Meine Freunde sehen mich mitfühlend an.

»Und was schlägt er jetzt vor?« Vic legt mit zitternden Fingern die Mappe aufgeschlagen auf den Tisch. »Also Nicolas.«

»Er hat mir den ganzen Kram gegeben.« Mit dem Kopf nicke in Richtung der Beweisstücke. »Und will mir helfen herauszufinden, was das alles zu bedeuten hat.«

»Aha.« Vom iPad kommt ein skeptisches Brummen.

»Strange. Warum will er das?« Vic beißt nachdenklich auf ihrer Unterlippe herum.

»Ich hab keine Ahnung.« Wenn ich das wüsste, wäre ich einen großen Schritt weiter. »Vielleicht doch ein schlechtes Gewissen.«

»Tsss.« Dieses Mal ein scharfes Zischen aus Richtung von Bennets iPad-Kopf.

»Kommen auch noch sinnvollere Beiträge von dir oder versuchst du es weiter mit undefinierbaren Lauten?« Genervt wendet sich Vic ihm zu.

»Woher soll dieser Typ auf einmal ein schlechtes Gewissen haben? Wenn ich es richtig verstanden habe, machen er und seine Gangster-Mom diese Sache seit Jahren. Aus meiner Sicht gibt es zwei Möglichkeiten.«

»Jetzt bin ich aber gespannt.« Vic verdreht die Augen. »Hau raus, Bennet.«

Er räuspert sich. »Option A: Er spielt immer noch ein falsches Spiel und verfolgt irgendeinen Plan, den wir bisher nicht blicken.«

Bei seinen Worten wird mir kalt. »Und die andere Option, du Superhirn?«

»Er hat sich in dich verliebt und will dir wirklich helfen, um etwas wiedergutzumachen.«

»Und welche der Optionen hältst du für wahrscheinlicher?« Sterne tanzen vor meinen Augen und mir wird plötzlich wieder furchtbar übel.

»Keine Ahnung. Aber egal was du tust, du solltest verdammt vorsichtig sein, Liv.«

Ich nicke langsam.

»Okay. Lasst uns mal die Optionen durchgehen«, fordert Vic uns auf, erhebt sich und holt einen Block und einen Kuli aus einer der Schreibtischschubladen. Außerdem schiebt sie sich eine große Brille auf die Nase, die sie nur in absoluten Ausnahmefällen trägt.

»Sexy Sekretärinnen-Look, Vic. Ich finde, du solltest das Ding nicht immer verstecken.« Ich knuffe sie in die Seite. »Du siehst heiß aus.«

»Clément hasst diese Brille.«

»Clément hat keine Ahnung und sollte mal sein Maul halten«, sage ich.

»Das ist doch jetzt egal.« Meine Freundin klickt einmal mit dem Kuli und sieht mich herausfordernd an. »Also. Was hat Nick genau gesagt?«

Ich atme einmal aus und dränge die Kälte zurück, die dabei ist, mein Innerstes mit Frost zu überziehen. *Fokus, Livia. Fokus.* »Er meinte, dass er bis heute Abend um zehn in einem Hotel auf der anderen Seite der Donau wartet.«

»Alter, der Kerl chillt sein Leben in 'nem Hotel. Wahrscheinlich auf den Nacken deiner Familie«, wirft Bennet schockiert ein und vergräbt den Kopf in den Händen.

»Zu mir sagte er, dass er unser Geld nicht hat. Das sei bei seiner Mutter Tanja oder Lena oder wie auch immer.«

»Sagt er. Ob's stimmt, wissen wir nicht.« Vic notiert: *Geld vermutlich bei Tanja – Nicks Konten überprüfen.*

»Also«, fährt Bennet fort. »Der Typ hockt in irgendeinem Schuppen … und?«

»Und sagt, wenn ich mich bis zehn nicht bei ihm gemeldet habe, stellt er sich selbst der Polizei«, erkläre ich.

Vic schreibt: *Wartezeit bis 22 Uhr, dann Polizei???*

»Mhm.« Bennet schaut in die Ferne. »Könnte halt sein, dass er einfach wieder abhaut, wenn du nicht kommst. Aber das ergibt alles keinen Sinn.«

Vics Augenbrauen ziehen sich immer weiter zusammen. »Wir können das ja mal durchspielen.« Mit dem Kuli tippt sie irgendwo auf ihrem Block herum. »Also: Wenn er sich selbst stellt oder wir ihn sofort der Polizei übergeben, was würde dann passieren?«

»Ist es nicht eh komisch, dass noch keiner der anderen … äh … Betroffenen jemals die Polizei gerufen hat? Wie konnten die so lange damit durchkommen?«, fragt Bennet berechtigterweise.

»Sie haben was gegen meinen Vater in der Hand. Vielleicht weiß sie irgendwas, das ihn fertigmachen würde. Also noch fertiger …« Ich lache kurz und hohl auf.

»Ja, das könnte sein. Menschen aus unserer Welt haben viel zu verlieren, vor allem ihren Ruf und ihre Integrität.« Konzentriert hypnotisiert Vic ihre Notizen. »Um das zu bewahren und die Fassade aufrechtzuerhalten, würden die meisten, wenn nicht alle der oberen Zehntausend, lieber verbergen, dass sie auf eine Betrügermasche reingefallen sind und ihr halbes Vermögen an eine Heiratsschwindlerin verloren haben.«

»Unsere Welt ist so ekelhaft«, sage ich und meine es genau so.

»Das stimmt. Aber zurück zum Thema. Also, Polizei ist keine Option.« Nervös klickt sie wieder mit dem Kuli. »Was würde passieren, wenn wir Alexander direkt mit ins Boot holen? Der muss doch Leute haben, die so was diskret regeln.«

»Hm«, überlege ich. »Er hat sicher Mittel und Wege, mit Nicolas' Aussagen Tanja zu finden und unser Geld zurückzuholen.«

»Das klingt erst mal gut«, sagt Bennet. »Und deine Mutter?«

»Auch da hat er sicher irgendwelche Leute, die herausfinden können, was genau es damit auf sich hat«, sage ich und nicke langsam. Auch wenn ich mir sicher bin, dass er meiner Mutter gegenüber nicht gerade gnädig sein wird. *Ich vermisse es, eine Familie zu haben,* hallt Noras Stimme in meinem Kopf wider. Wenn mein Vater das Ganze übernimmt, ist die Aussicht auf eine Familie ziemlich finster.

»Dein Vater könnte das regeln.«

»Mein Vater könnte das regeln.« Meine eigenen Worte hallen in meinem Kopf nach. Ich könnte die Sache aus der Hand geben und ihn die Kontrolle übernehmen lassen. Ich könnte die Sache vergessen und einfach wieder Livia Hohenburg sein. Die Königin der Wiener High Society. Das It-Girl. Die Herzensbrecherin. Die, mit der man entweder tauschen oder die man ficken will. Ich könnte weiter BWL studieren und das Imperium meiner Familie erst retten und später übernehmen. Ich würde weiter an den Fäden meines Vaters hängen und auf seiner Bühne tanzen.

Und die Chance – wie klein sie auch sein mag – auf eine Familie verstreichen lassen.

»Liv? Alles okay?« Vic legt mir behutsam eine Hand auf die Schulter.

Ich schüttle den Kopf. »Nein.« Kaum hat die Silbe meinen Mund verlassen, weiß ich, was ich tun muss. »Ich will das selbst machen. Ohne meinen Vater.« Ein einziges Mal will ich die Kontrolle haben. Ein einziges Mal will ich entscheiden. Ich hole tief Luft. »Ich weiß nicht, was hinter alldem steckt. Ich habe keine Ahnung, was für einen irren Plan meine Erzeugerin verfolgt.« Mit jedem Buchstaben, den meine Lippen formen, wird mein Herz entschlossener, die Kälte weniger schneidend. »Aber ich will alles tun, um zu retten, was von meiner Familie übrig ist.« Das bin ich Nora schuldig. »Vielleicht gibt es eine Erklärung für das alles. Vielleicht hatte meine Mutter ihre Gründe oder so.«

»Verstehe.« Ein leises Lächeln schleicht sich auf Vics Lippen. »Denk nur daran, dass man manchmal auch gar nicht finden will, was man sucht.«

»Hä?«, fragt Bennet.

»Es kann sein, dass mehr dahintersteckt. Dass deine Mutter gute Gründe für ihr Verhalten hatte.« Dann schluckt sie. »Es kann aber auch sein, dass sie ein geldgeiles Miststück ist, das sich nur euer Vermögen unter den Nagel reißen wollte.« Bei den Worten gräbt sie die Zähne in ihre Unterlippe.

»Ich weiß.« Ich schlucke. »Aber ich bin so lange davongelaufen.« Und doch haben mich meine Schattenmonster immer wieder eingeholt.

Damit ist jetzt Schluss.

Livia Hohenburg bleibt jetzt stehen und stolziert geradewegs in die Finsternis.

Koste es, was es wolle.

VIENNA SPOTLIGHT

Love is in the air? Love is in the snow!
Seit Wochen kursieren Gerüchte, dass Start-up-Gründer Lukas Winter und High-Society-Sternchen Livia Hohenburg auf das Wintermärchen des Jahres zusteuern. Gestern Abend wurde Livia auf frischer Tat dabei ertappt, wie sie eine Jachtparty Winters besuchte, nur um diese kurz darauf gemeinsam mit ihm wieder zu verlassen. Die beiden Lovebirds konnten ganz offensichtlich nicht die Finger voneinander lassen. Sie küssten sich so heiß und innig, dass trotz der Minusgerade akute Verbrennungsgefahr bestand (siehe Bild auf Seite 2). In der Limousine soll es Augenzeugen zufolge nicht weniger hot weitergegangen sein, weshalb es niemanden wundern dürfte, dass Livias Wagen geradewegs zum Neuen Markt fuhr und vorm Apartment der Hohenburgs parkte.
Hach. Ist Liebe nicht schön? Vor allem, wenn man wie die Tochter von Skandalbürgermeister Alexander Hohenburg eine schwere Zeit hinter sich hat. Wir können der 21-Jährigen nur wünschen, dass ihr Herz bei Lukas Winter in guten Händen ist.

12. KAPITEL

SPIEGLEIN, SPIEGLEIN AN DER WAND, WER HAT MICH WIRKLICH IN DER HAND?

NICOLAS

Diese Pension ist ein Zuckerwatte-Barbie-Albtraum. Welcher Geschmacksverirrte dachte, dass es eine gute Idee wäre, alles in fucking Pastell einzurichten? Ich betrachte die rosa Bettdecke und starre die hellblauen Wände um mich herum an, in der Hoffnung, sie mögen in Flammen aufgehen. Leider war diese Absteige die einzige, die so kurzfristig verfügbar und halbwegs bezahlbar war.

Erschöpft gehe ich ins mintgrün gestrichene Bad. Ich ziehe mein Handy aus der Jeans, lege es auf die Ablage neben dem rosa Seifenspender und werfe einen Blick darauf. Kurz nach acht. Noch vierzehn Stunden. Noch vierzehn viel zu kurze Stunden, die Livia Zeit hat, um über den weiteren Verlauf meines Lebens zu entscheiden.

Livia.

Es war heftig, sie wiederzusehen. Es war heftig, wie ihr Geruch durch meine Nervenbahnen direkt in mein Hirn schoss und mein logisches Denkvermögen außer Kraft setzte. Es war heftig, ihre lauten Gefühle zu hören, und es war heftig, wie klar ihr kaputtes Herz sich im Meergrün ihrer Augen widerspiegelte. Das Wissen, dass ich derjenige bin, der es zerschmettert hat, war ebenfalls heftig. Nur auf eine viel schlechtere Art und Weise.

Mit pochendem Puls hypnotisiere ich das Gelb-Rot-Grün-Blau des Google-Icons auf meinem Home-Bildschirm. *Tu es nicht. Lass es,* beschwöre ich mich selbst und scheitere kläglich. Mit bebenden Fingern tippe ich auf die Suchmaschine und gebe *Livia Hohenburg Freund* in die Leiste ein. Unter *News* finde ich einen gerade mal vier Stunden alten Artikel eines Klatschmagazins.

Love is in the snow. Brennende Galle kriecht meine Kehle hinauf. Ich überfliege den Artikel. Start-up-Gründer Lukas Winter. Das ist der Kerl. Der viel zu attraktive Surfertyp, der gestern Abend viel zu lässig an der Wand gelehnt und mich angeglotzt hat. Ein neureicher BWL-Heini also, ihr Vater wird begeistert sein. Das Brennen in meiner Kehle verwandelt sich in emporzüngelnde Flammen, als ich das Foto antippe.

Livia und Blondie, wie Schneeflocken um sie herumtanzen, während er ihr die Zunge in den Hals steckt. Ob sie glücklich ist? Ob *er* sie glücklich macht? Das Bild ist zu verpixelt, um das aus ihren Augen lesen zu können. Und ich hasse mich dafür, dass ich es hasse, dass ein anderer Typ für ihr Glück verantwortlich sein könnte. Nach allem, was ich ihr angetan habe, sollte ich Gott dafür danken, dass sie sich überhaupt noch mal auf jemanden eingelassen hat. Ich sollte mich für sie freuen.

Tue ich aber nicht. Ich stehe in diesem abscheulichen Barbie-Bad und werde von Hass auf Lukas Winter und Hass auf mich selbst *zerfressen.*

Ich lasse meine Kleidung achtlos zu Boden fallen und steige in die Dusche, halte mein Gesicht in den heißen Strahl und hoffe, das Wasser spült die grässlichen Gefühle weg. Durch die Duschwand fixiere ich den dunklen Bildschirm meines Handys.

Scheißschnee. Scheiß-Lukas-Winter. Scheiß-Ich.

Der schwarze Bildschirm leuchtet plötzlich auf und zeigt einen Anruf an. Ich kneife die Augen zusammen und versuche durch die Wassertropfen den Anrufer zu erkennen.

Lena Ketterbrink.

Meine Mutter.

Mit den Händen halte ich mich an der Duschwand fest, um nicht auszurutschen. Ich wusste, sie würde anrufen. Ich wusste, dieser Moment würde kommen. Mit wackligen Beinen steige ich vorsichtig aus der Dusche, wickle mir ein Handtuch um die Hüften und atme einmal entschlossen durch, bevor ich den Anruf annehme.

»Hi.«

»Raphael? Gott sei Dank!« Die Stimme meiner Mutter rauscht durch mein Trommelfell und sammelt sich in meinem Magen. »Wo bist du? Ich komme aus New Jersey zurück und du bist weg. Hast du eine Ahnung, wie viel Angst ich hatte?«

Schuld baut sich in mir auf und ich weiß nicht, was ich ihr antworten soll. *Sorry, Mama, ich musste in einer Nacht-und-Nebel-Aktion verschwinden, ohne mich zu verabschieden, weil ich sonst nie die Kraft gehabt hätte zu gehen?*

»Mir geht's gut«, sage ich also nur.

»Mir aber nicht! Wo bist du?«

In mir zieht sich alles zusammen, als ich die Wahrheit über meine Lippen bringe. »In Wien.«

»IN WIEN?«, kreischt sie hysterisch.

»Ja.«

Schockiert schnappt sie nach Luft. »Doch nicht etwa bei ihr? Das kannst du nicht ernst meinen.«

Ich versuche mich von ihrem emotionalen Ausbruch nicht anstecken zu lassen. »Ich habe die Dokumente zur Übertragung der Firmenanteile gefunden.«

Sie schweigt, aber ich kann deutlich vernehmen, wie sich ihre Atmung beschleunigt.

»Was hat es damit auf sich? Lebt ihre Mutter noch?«

»Raphael, ich …«

»Was verschweigst du mir?« Auf meiner Zunge liegen Millionen Fragen. »Warum wurden die Anteile der *Hohenburg Immogroup* an eine tote Person überschrieben? Was ist mit dem Vermögen passiert? Hast du es wirklich an eine Stiftung übergeben oder hast du mich dahingehend auch belogen?«

Am anderen Ende der Leitung wird es wieder still.

»Hallo?«, frage ich deshalb und schaffe es immer schlechter, meine eigenen Emotionen aus meiner Stimme zu verbannen.

»Du hast mich alleingelassen, um zu deiner reichen Schlampe zurückzugehen?«, bringt sie dann schlagartig hervor, meine Fragen ignorierend. »Nach allem, was wir durchgemacht haben, lässt du mich im Stich?«

Im Stich. Ich lasse sie im Stich. Der Schuldklumpen in meinem Inneren wächst und wächst. »Mama, es tut mir leid, ich –«

Ein Schluchzen unterbricht mich. »Du lässt mich allein.«

»Bitte, sag mir die Wahrheit. Haben wir den Hohenburg-Coup als Auftrag einer Drittperson durchgezogen, ohne dass ich es wusste?«

»Ich … ich … Bitte komm zurück. Ich brauche dich doch.« Ihr Flehen sticht in meinem Magen.

»Beantworte meine Frage.« Mit jedem ihrer Worte wird es schwieriger, die Fassung zu bewahren.

»Warum?« Zorn glimmt in ihrem Ton auf. »Damit du alles an deine Wiener Bonzenschlampe weitertragen kannst?«

»Sprich nicht so von ihr.«

»Ich kann es nicht glauben.« Laute, herzzerreißende Schluchzer dringen aus dem Handy. »Du lässt mich für sie im Stich. Nach allem, was wir durchmachen mussten. Nach allem, was ich für dich getan habe, lässt du mich ernsthaft im Stich.«

»Nein, ich … Mama, es tut mir …« Die Schuldgefühle lähmen meine Zunge.

»Komm zurück. Bitte. Ich kann nicht ohne dich.«

Mit aller Kraft versuche ich das aufkeimende Mitleid zurückzudrängen. »Beantworte mir meine Fragen.«

»Das kann ich nicht.«

»Warum nicht?«

Sie schnieft. »Ich flehe dich an zurückzukommen. Ich weiß doch nicht, was ich ohne dich tun soll.«

»Das geht nicht, ich –«

»Wie stellst du dir das vor? Glaubst du ernsthaft, dieses reiche verzogene Gör verzeiht dir?«

»Ich weiß es nicht.« Nach gestern Abend stehen die Chancen nicht gerade gut. »Ich habe ihr gesagt, dass sie mich ausliefern oder mir eine Chance geben kann.«

Aus irgendeinem Grund lacht meine Mutter höhnisch ins Telefon. »Sie wird dich niemals ausliefern. Dafür habe ich gesorgt. Wenn sie das tut, liefere ich ihren Vater aus. Und Mädchen wie Livia würden sich nie gegen ihre Eltern stellen.«

Natürlich hat sie etwas gegen die Hohenburgs in der Hand. Sie hat immer gegen irgendjemanden was in der Hand.

»Umso besser«, sage ich, obwohl ich mir noch nicht sicher bin, ob das meine Chancen bei ihr erhöht oder minimiert.

»Diese Leute werden dich trotzdem niemals akzeptieren. Du wirst nie einer von ihnen sein. Du gehörst nicht nach Wien.«

Vielleicht nicht, denke ich. *Vielleicht hat sie recht.* Ich hebe den Kopf, schaue in den Spiegel und bin abgefuckt. Von meiner Mutter, von der Scheiße, in der ich stecke, von dem Chaos in meinem Kopf und am allermeisten von mir selbst.

»Komm zurück. Wir kriegen das hin.«

Meine Finger verkrampfen sich um mein Handy und ich bin kurz davor, es in mein abgefucktes Spiegelbild zu schmettern.

»Du wolltest doch nicht so werden wie er und jetzt bist du auf dem besten Weg!«

Der Satz trifft mich wie eine Betonfaust in den Magen. Wie

er. Mein Vater. Die fünfzig Prozent DNA. Alles, was ich nie sein wollte.

»Was hast du dir dabei nur gedacht?«

Scheiße, ja. Was habe ich mir dabei gedacht? Klar, ich komme mal eben zurück nach Wien, lasse alles zurück, was ich jemals hatte, lasse meine Mutter im Stich und alles ist wie vorher? Livia verzeiht mir und wir sind ein glückliches Pärchen bis ans Ende unserer Tage? *Wow.* Wie dumm und naiv kann man sein?

»Du gehörst doch zu mir«, flüstert meine Mutter, als hätte sie meine Gedanken gehört. »Wir zwei gegen den Rest der Welt.«

Ich seufze. Vielleicht wäre es wirklich einfacher, besser, zu meiner Mutter zurückzukehren. Für sie da zu sein. Ich denke an das Lukas-Winter-Knutschfoto und den hasserfüllten Blick, den Livia mir zugeworfen hat.

»Ich weiß nicht mehr, wohin ich gehöre«, antworte ich wahrheitsgemäß. »Ich weiß nicht mehr, was ich will.«

»Dann komm zurück und wir finden es gemeinsam raus. Bitte.«

Meine Standhaftigkeit bröckelt. Meine Mutter braucht mich. Außer mir hat sie niemanden und ich lasse sie im Stich.

Ein lautes Klopfen zerfetzt meine Überlegungen. Vor Schreck fahre ich so heftig zusammen, dass mir das Handy beinahe aus der Hand rutscht.

»Sag mir, was mit Livias Mutter passiert ist. Lebt sie?«, frage ich hastig.

Es klopft wieder. Adrenalin rauscht durch meinen Körper.

»Ich sage dazu gar nichts. Dann würde ich dir nur noch einen Grund geben, bei ihr zu bleiben.« Das Hämmern an der Tür wird eindringlicher. Die Stimme meiner Mutter ebenso. »Bitte, mein Schatz. Bitte lass mich nicht im Stich.«

Ich erwidere nichts. Was soll ich tun? Ich schaue mich wieder im Spiegel an und warte vergeblich auf eine Antwort. Zurück zum Vertrauten oder vorwärts ins Unbekannte?

»Raphael?«, fragt meine Mutter.

»Nicolas?«, höre ich *sie* vor der Tür.

Wer zum Teufel will ich sein?

Erinnerungen rauschen durch meinen Schädel. Der traurige Schatten im Blick meiner Mutter, der nur dann für kurze Zeit verschwindet, wenn wir einen Treffer gelandet haben. Meine weinende, gebrochene Mutter, die nur ich zusammenhalten kann. Dann Livia. Livia, wie sie meinen Namen haucht. Lachfältchen neben Vulkanaugen, für mich, wegen mir. Livia, wie sie ein *fucking* Flugzeug fliegt. Livia, die …

Ohne ein weiteres Wort lege ich auf, weil ich mich entschieden habe und es anders nicht schaffe.

Mit langen Schritten gehe ich über das dunkle Parkett auf die Zimmertür zu. Meine Hand schwebt für eine Sekunde über der Klinke. Sie ist rosa. Natürlich.

Hinter dieser Tür wartet entweder eine Chance, auf die ich kaum zu hoffen wage, oder mein Verderben.

Mein Verderben. Wow. Dramatischer geht's wohl nicht. Mit einem Ruck öffne ich die Tür und dahinter steht …

Livia.

Mein Herz flattert in seinem Knochenkäfig wie ein durchgeknallter Vogel.

»Du bist hier.« Ich muss es einmal aussprechen, weil ich es sonst selbst nicht glaube. Aber es ist wahr. Sie steht direkt vor mir und starrt auf meinen nackten Oberkörper.

»Musstest du wieder so einen affigen Auftritt hinlegen?« Verächtlich deutet sie auf das Handtuch, das alles ist, was ich am Körper trage.

»Ich war duschen.«

»Ach, du warst duschen?«, wiederholt sie sarkastisch. »Darauf wäre ich nicht gekommen. Ich dachte, in dem Aufzug tapezierst du die Wände.«

»Das wollte ich als Nächstes machen.« Ich versuche mich an

einem Lächeln in der Hoffnung, dass sie es erwidert. Tut sie nicht.

»Nettes Zimmer.« Sie deutet auf die Pastellhölle hinter mir. »Von meinem Geld bezahlt?« Ihre Augen werden zu schmalen Schlitzen.

»Wir spenden immer das meiste von dem, was wir bekommen, und behalten nur einen winzigen Bruchteil für uns. Denkst du echt, ich würde in dieser Einhornkotze schlafen, wenn ich das Hohenburg-Vermögen zur Verfügung hätte?«

Sie ignoriert meine Bemerkung. »Ach ja, das Konto in der Schweiz.«

»Wie bitte?«

Sie winkt ab. »Egal. Okay, du Betrügerarschloch«, holt sie aus. *Autsch.* »Wir haben einen Deal. Du hilfst mir herauszufinden, was meine verkorkste Mutter im Schilde führt.«

Ich kann nur nicken.

»Schluss mit den Spielchen. Wir wissen beide, dass ich dich nicht an die Polizei ausliefern kann, weil deine kranke Mutter irgendwas gegen meinen Vater in der Hand hat und du ganz genau weißt, dass ich meinen Vater nicht einfach ans Messer liefere. Aber solltest du irgendeine Scheiße abziehen, finde ich einen anderen Weg, um dich fertigzumachen. Vertrau mir.«

Die Drohung brodelt in ihren Vulkanaugen. In meinem Bauch blubbern dennoch Glücksblasen, weil ich eine Chance habe, es wieder hinzukriegen. Wie klein sie auch sein mag.

»Ist klar.«

»Um eins ganz deutlich zu machen: Ich mache das hier für mich. Nur für mich. Weil ich Antworten finden will. Das hier.« Mit dem Zeigefinger deutet sie zwischen uns hin und her. »Wird nie wieder passieren. Ich werde dir nie wieder vertrauen. Also versuch es gar nicht erst.«

Die Glücksblasen werden zu schweren Klumpen, aber ich stimme zu. »Okay.«

»Gut. Wir treffen uns morgen Abend. Ich schicke dir die Adresse.«

»Warum treffen wir uns nicht einfach bei dir? Oder hier?«

In ihren Augen glimmt für einen Sekundenbruchteil etwas auf. Ein dunkler Schimmer.

»Weil ich es sage.« Sie blinzelt und der Schimmer verschwindet wieder. »Also, morgen 21 Uhr, verstanden?«

»Verstanden.«

Ohne ein weiteres Wort wirbelt sie herum, stolziert in kniehohen Stiefeln den Flur entlang und biegt um eine Ecke.

Ich schaue ihr hinterher und denke an den dunklen Schimmer, der mir gesagt hat, dass noch nicht alles verloren ist.

13. KAPITEL

RIP WILD VICKY

LIVIA

»Ich bin froh, dass du wieder da bist.« Ich schließe Bennet so fest in die Arme, dass ich fast sicher bin seine Rippen knacken zu hören.

»Ich bin nur zurück, um dir wieder bessere Gesellschaft zu ermöglichen als Lukas Winter und die anderen Nemos. Da bin ich ehrlich!«

Noch während der Umarmung trete ich ihm gegen das Schienbein.

»Aua.« Bennet lässt mich los und mustert mich einmal, dann schaut er plötzlich betreten drein. »Liv. Es tut mir leid, dass ich so viel unterwegs war in letzter Zeit. Ich hätte für dich da sein müssen und für Vic. Ich hätte …«

»Ist schon gut.« Ich knuffe ihn in die Seite. »Wenigstens einer von uns kann das tun, was er möchte. Wann öffnet der Club in Berlin?«

»Im März und ich sag es euch, so was habt ihr noch nie gesehen.« Seine Augen leuchten so stark, dass jegliche Enttäuschung, jegliche Wut, die sich in mir angestaut hat, weil er so lange weg war, verpufft.

»Ich freue mich schon, wenn du uns zur Einweihungsfeier einlädst.«

»Wann kommt Vic?« Er tritt von einem Bein aufs andere. »Es ist scheißkalt hier.«

»Sie müsste gleich da sein. Dass sie zu ihrer eigenen Brautkleidanprobe zu spät kommt, sagt auch alles, oder?« Ich unterdrücke ein Augenrollen.

»Warum genau machen wir dieses Theater nächste Woche noch mal?« Bennet schüttelt verständnislos den Kopf.

»Heute sind wir unter uns. Vic zeigt uns die vier Kleider, die für sie angefertigt wurden, und wir helfen ihr bei der Entscheidung.«

»Und nächste Woche?«

»Nächste Woche …« Ich muss einmal schlucken, weil ich das alles so bescheuert finde. »Nächste Woche hat ihre Mutter eine Reporterin engagiert, die das Ganze begleitet. Victoria Everhofen hautnah bei der Wedding-Dress-Auswahl.«

»Um Gottes willen.«

»Jep.« Ich zucke mit den Schultern.

»Also heute nur wir drei, kein Lukas?«

»Nein, du Hirni. Und hey, für einen Nemo ist er eigentlich ganz nett.«

»Wer ist nett?« Vic kommt, begleitet von einer runden blonden Frau mit Brille, auf uns zu. Sie hat dunkle Ringe unter den Augen und sieht ziemlich blass aus.

»Lukas Winter. Ich glaube, Livia mag ihn.« Bennet grinst breit und nimmt Vic kurz darauf in die Arme. »Ich habe euch verrückte Hühnchen doch vermisst.«

»Das wollen wir auch schwer hoffen«, nuschelt Vic in seine Daunenjacke hinein. Als sie schließlich wieder daraus hervortaucht, deutet sie auf ihre Begleitung. »Das ist Janinka. Die persönliche Assistentin von Topdesignerin Lucinda Ley.« Der Unterton, mit dem Vic den Namen ausspricht, würde wohl jedem anderen verborgen bleiben, aber ich kenne Vic zu gut. Ich höre das Ungesagte, das zwischen den Silben mitschwingt. *Meine Mutter hat diese Frau engagiert. Ich hätte lieber selbst ein Kleid entworfen, ein wildes, ausgefallenes Wild-Vicky-Kleid, statt eine Designerin auszuwählen, die für Eleganz und Tradition steht.*

Ich werfe Vic einen mitfühlenden Blick zu, während Bennet Janinka die Hand schüttelt. Sie schließt uns die Tür auf und bedeutet uns einzutreten. Einen Schritt später stehen wir in einem großen, wenn auch ziemlich leeren Bridal-Showroom. Dunkler Samtteppich erstreckt sich unter vereinzelten Auslagen mit Diademen und Ohrringen. An den Wänden hängen riesige Leinwände, die alle Lucinda Ley zeigen. Die Frau hat offenbar ein ziemliches Geltungsbedürfnis. Statt riesiger Tüllberge auf Kleiderstangen befinden sich hier nur einige wenige Kleider auf Puppen drapiert, die im Raum stehen wie Statuen.

Jedes dieser Kleider ist wunderschön. Keines sieht aus, als würde es Vics Namen schreien. Meine beste Freundin wird noch eine Spur blasser, als ihr Blick über die edlen Roben wandert.

»Folgen Sie mir«, sagt die Assistentin und stolziert zielstrebig in einen weiteren Raum. »Die Gäste können sich dorthin setzen.« Mit einem Finger, an dem ganze sechs Ringe stecken, deutet sie auf eine riesige hellgraue Couch. »Und Sie …« Ihr Blick fällt auf Vic, die mir plötzlich unfassbar klein vorkommt. »… können sich gleich hinter dem Vorhang ausziehen.«

Vics Augen werden bambigroß, als sie das Podest sieht, das mehr Ähnlichkeit mit einer Bühne hat. Ein Sockel steht vor einem riesigen Spiegel und wird von mehreren Strahlern beleuchtet.

»Alles verstanden?«, fragt Janinka unüberhörbar genervt.

»Ja«, sage ich, weil Vic keinen Ton rausbekommt.

»Gut. Dann hole ich erst mal den Champagner.« Sie verschwindet.

»Vic«, sage ich behutsam. »Wir müssen das hier nicht tun. Wir können jetzt gleich Nils nehmen und nach Alaska abhauen.«

»Da ist es viel zu kalt und außerdem steige ich in kein Flugobjekt, das von dir gesteuert wird.« Sie ringt mit ihren Mundwinkeln um ein Lächeln.

»Dann eben woandershin. Von mir aus mit 'nem Linienflug«, schlägt Bennet vor, doch Vic strafft die Schultern und fasst sich einmal an die Nasenwurzel.

»Nein, nein. Ich kriege das hin.«

»Okay.« Ich glaube ihr nicht. Doch ich weiß auch, dass es nichts bringt, sie vom Gegenteil überzeugen zu wollen. »Können wir was tun?«

Sie überlegt für einen Moment. »Lenkt mich einfach ab. Redet von was anderem als dieser Hochzeit. Ist euch schon aufgefallen, dass Leander seit einer Woche offline ist? Das ist doch alles merkwürdig …«

Bennet und ich tauschen einen Blick. Was sollen wir darauf erwidern? *Mensch, Vic, Leander hält es nicht aus, täglich Headlines über deine Hochzeit zu lesen?* Das würde sie nur noch verrückter machen.

»Ja, ist echt komisch«, sage ich deshalb vage.

»Erzähl noch mal von deinem Besuch bei Nicolas aka der Wichser«, fordert Bennet mich auf und versucht damit ganz offensichtlich das Thema zu wechseln.

»Na ja, so viel gibt's da nicht zu erzählen. Ich hab geklopft und er hat die Tür aufgemacht. Oh, warte … er war nackt.«

»WAS?« Bennet und Vic sehen gleichermaßen schockiert aus.

»Na gut, fast nackt. Er kam aus der Dusche und hatte ein Handtuch um.«

»Und?«, fragt Bennet.

»Was, und?«

»Und hat es was mit dir gemacht?«

»Was meinst du?«

»Liv …« Vic setzt sich auf das breite Sofa. »Du hast diesen Typen geliebt. So richtig geliebt.«

»Er hat sich dann zwar als betrügerisches Schwein entpuppt, aber das heißt ja nicht, dass die Gefühle deswegen einfach weg sind.« Bennet setzt sich neben sie und meine Freunde schauen jetzt beide erwartungsvoll zu mir hoch.

»Genau«, ergänzt Vic. »Die Gefühle sind vielleicht noch da. Nur sind sie jetzt ungeheuer schmerzhaft.«

Ich weiß nicht, was ich darauf erwidern soll, und betrachte deswegen ein weiteres übergroßes Portrait von Lucinda Ley.

»Auch die Anziehung ist nicht einfach weg. Sie ist manchmal noch da, aber statt Schmetterlinge im Bauch macht sie eher Hornissen, die einem in einer Tour ins Herz stechen.«

»Vic, du solltest dir dringend überlegen ins Poetry-Slam-Game einzusteigen.« Ich werfe meiner Freundin einen belustigten Blick zu.

»Ich meine es ernst.«

»Das weiß ich …« Kurz ringe ich mit meinem Stolz, dann gebe ich nach und lasse mich zwischen sie in die Polster fallen. »Und du hast recht.«

Bennet und Vic legen beide einen Arm um mich.

»Es tut scheiße weh, ihn zu sehen. Es tut scheiße weh, dass ich ihn immer noch will. Es tut scheiße weh, dass er mir nicht einfach egal sein kann, und diese Sache mit meiner Mutter überfordert mich auch. Was soll das alles? Soll ich mich freuen, dass sie vielleicht noch lebt? Oder ist das nur noch eine Masche, um mich fertigzumachen? Ich tue das, um meine und Noras Familie zu retten, und könnte sie dabei noch mehr kaputtmachen als ohnehin schon.« Mein Herz wird beinahe erdrückt von all dem Ballast. Ich vergrabe das Gesicht in meinen Händen und tauche so für einige Sekunden in den Fragezeichensee ab, in den sich mein Leben verwandelt hat. »Ich habe das Gefühl, dass mir die Kontrolle entgleitet, je mehr ich versuche sie zu übernehmen …«

»Liv, ich bin so stolz auf dich.« Bennet drückt mir einen Knutscher auf die Wange.

»Wieso?«

»Früher hättest du uns so was niemals gesagt. Jetzt bist du ehrlich und zeigst dich verletzt. Das finde ich richtig stark.«

»Dieses In-sich-Reinfressen ist deutlich schwieriger geworden, seit ich nicht mehr jeden zweiten Abend feiern gehe.«

»Schwieriger, aber gesünder«, sagt Vic weise.

Ich lächle sie an. »Ich hoffe, dass mein Leben wieder etwas Klarheit bekommt, wenn ich bei der Sache mit meiner Mutter und irgendwie auch der Sache mit Nicolas mehr Durchblick habe.«

Bevor meine Freunde zu einer Antwort ansetzen können, schwingt die Tür auf und Janinka kommt, beladen mit einem Tablett, wieder zu uns. Sie stellt es auf dem cremefarbenen Tisch ab.

»Champagner und Naschereien für die Gäste.« Das Lächeln, das sie uns zuwirft, wirkt ziemlich gekünstelt.

»Vielen Dank«, sage ich dennoch und schnappe mir von einer mit Schokofrüchten, Gebäck und Pralinen bestückten Etagere eine Erdbeere.

»Sie sind ja noch angezogen.« Streng sieht Janinka Vic an.

»Ähm … ja, sorry.« Zerknirscht schaut sie auf die Sektflöten und die Snacks.

»Wir wollten zuerst mit der Braut anstoßen. Das erlauben Sie doch.« Bennet schenkt der Designerassistentin sein charmantestes Lächeln.

»Natürlich«, sagt sie, doch ihre Lippen werden seltsam schmal. »Dann tun Sie das bitte und entkleiden sich danach.«

»Mach ich«, sagt Vic leise.

»Ich werde schon mal die Kleider holen, solange Sie noch …«, sie macht eine umfassende Bewegung mit der Hand, »… beschäftigt sind.« Mit deutlich genervter Miene stolziert sie wieder aus dem Raum.

»Man sollte doch meinen, dass jemand, der sich den ganzen Tag mit Hochzeiten auseinandersetzt, besser gelaunt ist.« Ich werfe der Tür, durch die Janinka gerade gegangen ist, einen bösen Blick zu.

»Vielleicht ist die selbst unglücklich verliebt und jedes dieser Kleider erinnert sie an das, was sie nie haben wird.«

»Mein Gott, Bennet. Lass mich doch einfach mal von dieser Frau abgefuckt sein.« Ich verdrehe die Augen und greife nach einem Champagnerglas.

»Also. Auf Vic.«

»Auf Vic.« Wir stoßen an. Vic lächelt, doch ihre Hand zittert.

»Ich sollte mich wirklich umziehen. Sonst lässt Janinka ihren Liebeskummer weiter an mir aus«, sagt sie stöhnend und leert ihr Glas in einem Zug. Sie wirft sich noch eine Praline in den Mund, denn steigt sie auf das Brautpodest.

»Yes, Baby. Strip für uns! Wuhu«, johle ich.

»Träum weiter, Hohenburg.« Sie zieht eine Grimasse und zieht die Vorhänge zu.

»Liv?« Bennet rutscht näher an mich heran.

»Hm?«

»Du passt auf dich auf, oder?«

»Was meinst du?«

»Na ja, ich traue diesem Wichser Nicolas kein Stück. Auch nicht, wenn er jetzt wieder da ist und einen auf Wiedergutmachung macht.« Er beißt sich auf die Unterlippe.

Ich lache einmal hohl auf. »Denkst du, dass *ich* ihm vertraue? Das ist so was von vorbei, Bennet. Das schwöre ich dir. Dieser Typ hat mit mir gespielt, als wäre ich eine von Vics Barbies.«

»Nichts gegen meine Barbies«, kommt es empört vom Vorhang.

»Ich mein ja nur, wegen der Sache mit den Hornissen und Schmetterlingen.« Bennet zieht die Augenbrauen zusammen.

»Mach dir keine Sorgen«, versuche ich ihn zu beruhigen und nippe an meinem Champagner.

»Mhm … was ist aber, wenn er *wirklich* hier ist, weil er dich liebt und dich zurückhaben will?«

»Dann spielt es keine Rolle. Es würde nichts ändern. Er wird mich nie zurückbekommen.« Wird nur noch Zeit, dass mein Herz diese Tatsache auch begreift.

»Gut.« Ein beschützerischer Ausdruck erscheint auf seinem Gesicht, der irgendwie süß ist. »Ich will nicht, dass dich noch mal jemand so verletzt.«

»Wird er nicht. Kann er gar nicht.« Meine Worte klingen selbstsicherer, als ich mich fühle. »Ich werde ihm keine Chance geben, mich zu verletzen.« Ich nicke einmal heftig, wohl in der Hoffnung, jeden Zweifel, jede kleine Baby-Hornisse aus meinem Kopf zu schütteln. »Dieses Mal habe ich die Kontrolle. Dieses Mal halte ich die Fäden in der Hand.«

»Die Fäden zu was?«, ruft Vic zu uns herüber.

»Die Fäden, die an seinem Herzen hängen. Die Fäden, die an allem hängen … keine Ahnung … aber ich entscheide. Nicht er.«

»Oha, die Fäden, die an seinem Herzen hängen, wie poetisch«, kommentiert Bennet belustigt.

»Voll!«, stimmt Vic zu. »Vielleicht sollten wir uns diese Sache mit dem Poetry-Slam wirklich mal überlegen, Liv.«

»O Gott, bitte nicht. Das würde meinem eiskalten Image schaden.« Denn genau so will ich sein. Will ich für ihn sein. Eiskalt. Knallhart. Spiegelglatt.

Keine Risse. Keine Gefühle. Kein Echtsein.

Nur das leuchtende Livia-Licht, das mich schon so oft vor Messern bewahrt hat, die mein Herz zerschneiden wollten. Das Livia-Licht, das ich bei ihm ausgeschaltet habe, um ihm meine Schatten zu zeigen, was mich schlussendlich kaputtgemacht hat.

Schattenzerfressen und herzzerschnitten.

Nein. Das wird nie wieder vorkommen.

»Ich habe die Kontrolle«, wiederhole ich ein bisschen kontextlos und rufe meine innere Armee auf den Plan, um die zwei Rebellen zu vernichten, die einfach keine Ruhe geben wollen.

Rebell Nummer 1: mein dummes, hornissenbefallenes, geschundenes Herz, das wie verrückt gehüpft ist, als ich im Sommergrau von Nicolas' Augen versunken bin, und das sich von dieser Kontrollsache überhaupt nicht beeindrucken lässt.

Rebell Nummer 2: das unstillbare Verlangen, das jede meiner Zellen zum Vibrieren gebracht hat, als er halb nackt und tropfnass vor mir stand.

Dieser Krieg ist noch nicht vorbei, aber ich werde ihn gewinnen.

»Frau Everhofen, sind Sie nun bereit?« Ich höre Janinkas Stimme, sehe aber nur eine Tonne weißen Stoff, der auf einer bleifarbenen Kleiderstange auf Rollen an uns vorbeigeschoben wird.

»Ja«, kommt es abgehackt aus der Kabine. Ich drücke jeden Gedanken an Nicolas, an mein Herz und mein Verlangen in die hinterste Ecke meines Kopfes und konzentriere mich auf Vic. Sie braucht mich jetzt.

»Sehr gut. Dann starten wir mit dem ersten Kleid. Es ist Lucindas Favorit und auch der Ihrer Mutter.«

Na bravo.

Janinka trägt weiße Handschuhe und nimmt behutsam eines der Kleider vom Bügel. »Eine ausladende Prinzessinnenlinie aus Seidensatin. Trägerlos und schlicht. Keine Verzierungen, dafür eine Schleppe von vier Metern.«

Ich begutachte das Kleid. Es ist schön, doch hat überhaupt keine Ähnlichkeit mit dem Kleid, das Vic und ich einst nach zu viel Weißwein entworfen haben. Vics Kleid war sexy und aufregend. Mit einem spektakulären Rücken und einem Schnitt, der ihren Wahnsinns-Po betont.

Dieses Kleid ist … zahm.

Janinka verschwindet hinter dem Vorhang. »Ist es das erste Mal, dass Sie ein Brautkleid tragen?«

Auch wenn ich es nicht sehen kann, weiß ich, dass Vic nickt.

Es raschelt, dann das Zurren eines Reißverschlusses, anschließend Stille.

Eine gespenstische Stille.

»Würden Sie mich einen Augenblick mit meinen Freunden allein lassen?«, höre ich die leicht erstickt klingende Stimme meiner Freundin.

»Selbstverständlich. Die Anprobe eines Brautkleids ist immer etwas ganz Besonderes.«

Wow, wo kommt der verständnisvolle Ton denn plötzlich her? Janinka tritt aus der Umkleide, lächelt uns zu und lässt uns allein.

»Vic?«, frage ich alarmiert. »Alles okay?«

Statt einer Antwort rattert der Vorhang über die Leiste und gewährt uns freie Sicht auf Vic, die in einem Stoffmonstrum steckt und …

… weint.

Ich weiß sofort, dass es keine Freudentränen sind.

Schluchzend steht sie da. Bennet und ich springen auf und schließen sie in die Arme. Für einige Minuten halten wir uns einfach nur fest.

Denn in dieser weißen, eleganten Sekunde wird uns allen gleichermaßen etwas bewusst.

Wild Vicky liegt mausetot in einem Sarg aus Seidensatin.

14. KAPITEL

HÖHENFLUG MIT ABSTURZGEFAHR

LIVIA

»Aber du wolltest mir doch ganz viele Bilder von den hübschen Kleidern schicken!« Nora, die viel zu dicht an der Kamera von Tante Britts Handy steht, schüttelt frustriert den Kopf.

»Ich weiß, Knödel, aber Vic ging es nicht so gut.« Ihr ging es sogar ziemlich beschissen. »Aber bald zieht sie die Kleider noch mal an. Dann mache ich ganz viele Fotos. Versprochen!«

»Na gut.« Meine Schwester nickt zufrieden. »Wo fährst du hin?«

Offenbar hat sie am Hintergrund erkannt, dass ich nicht zu Hause, sondern in meiner Limousine sitze. »Ich treffe mich mit jemandem«, sage ich ausweichend. Wie soll ich ihr auch erklären, was genau ich vorhabe?

»Mit wem?«

»Kennst du nicht.« Ich hasse es, sie anzulügen.

»Du lügst.« Und offenbar bin ich auch ziemlich miserabel darin.

»Du hast recht, aber ich kann gerade nicht darüber reden, Norilein. Alles ist gut. Versprochen.«

Skeptisch begutachtet sie mich über die Kamera und kneift

dann streng die Augen zusammen. »Aber nicht wieder Quatsch machen.«

Schuld kriecht durch meine Venen, weil ich zu oft *Quatsch* gemacht und meiner Schwester mit meinen Eskapaden im letzten Jahr viel zu viel zugemutet habe.

»Ich mach keinen Quatsch. Ich treffe mich mit jemandem am Riesenrad auf dem Prater. Wir essen gemeinsam in einem der Gourmetrestaurants.«

»Ah, ich weiß.« Zufrieden nickt sie. »Wir waren da mal mit Mama.«

Etwas kratzt bei der Erinnerung an meinem Herzen. »Genau.«

»Du hast gesagt, es ist Touristenabzocke.«

»Habe ich nicht.« Verdammt. Warum vergessen Kinder nie etwas?

»Doch, hast du!« Wieder durchbohrt sie mich mit einem Blick, der für ihr Alter viel zu prüfend und skeptisch ist. »Warum gehst du dahin? Wenn du denkst, es ist Abzocke?«

Weil mich niemand in einer Tourifalle wie dieser erwarten würde. Es ist der beste Ort für ein Gespräch mit deinem Ex-Stiefbruder, weil wir allein und ungestört reden können. Warum so ein Aufwand? Warum ich mich nicht einfach bei mir zu Hause mit ihm treffe? Weil ich mir und meinen Hornissen nicht traue und es deshalb nicht zu ungestört sein darf. Neutraler Boden für ein neutrales, sachliches Gespräch. Natürlich sage ich nichts davon laut.

»Äh, Livi?«

»Ja?«

»Warum gehst du dorthin?«

Ach ja. »Ich gebe der Sache noch mal eine Chance.«

»Aha.« Der prüfende Blick bleibt, aber anscheinend hat sie keine Lust, mich auszufragen. »Ist Claus auch da?«

»Na klar.« Ich drehe meinen Handybildschirm. »Er fährt, wie immer.«

»Hallo, Claus!«, ruft Nora unserem Fahrer zu.

»Hallo.« Dieser hebt die Hand, konzentriert sich jedoch weiterhin fest auf die Straße. Ich muss schmunzeln und drehe das Handy wieder zu mir.

»Wie ist der Winter bei Tante Britt in den Bergen?«

»Gut. Es macht Spaß, dass ich jeden Tag Ski fahren kann.« Sie lächelt, aber an diesem Lächeln stimmt was nicht.

»Klingt toll! Und sonst?«

Nora seufzt und sieht plötzlich so unsäglich traurig aus, dass ein tonnenschweres Gewicht auf meiner Brust landet. »Ich vermisse dich und Papa.« Sie zögert kurz, aber spricht dann doch aus, was in ihr vorgeht. »Und Tanja. Ich weiß, sie ist eine doofe Kuh und hat unser Geld geklaut. Aber ich vermisse sie trotzdem. Ihre Waffeln waren gut und sie konnte schön vorlesen.«

Das Gewicht auf meinen Rippen zerquetscht mich. Es ist nicht fair. Es ist einfach nicht fair, dass ein siebenjähriges Mädchen in kurzer Zeit von zwei Bezugspersonen verlassen wurde. Außerdem sitzt eine im Knast und eine andere wurde vom Gericht wegen ihrer Drogeneskapaden als ungeeignet für ihre Vormundschaft erklärt. Nope, das ist alles nicht fair.

»Ich komme bald zu euch und dann backen wir den ganzen Tag Waffeln und ich lese dir so lange vor, wie du willst. Okay?«

Nora nickt, aber der traurige Schatten in ihren Augen verschwindet nicht.

»Mach's gut, Knödel! Ich muss auflegen. Wollen wir morgen früh noch mal telefonieren und dabei *Bibi und Tina* gucken?«

»Au ja!«

»So machen wir's.« Zum Abschied schicke ich einen Luftkuss in die Kamera und beende schließlich den Anruf.

Sofort überfällt mich die Stille, die die drängenden Gedanken in meinem Kopf schreien lässt. Ich schaue an mir herunter. Das schwarze, eng anliegende Versace-Kleid endet kurz vor meinem Knie. Meine Füße stecken in brandneuen Boots von Moncler und um meinen Hals und an meinen Ohren baumelt mein

Weihnachtsgeschenk von Papa. Ein zusammengehöriges Set von Tiffany, bezahlt aus Zelle 420. Mein Outfit ist purer Protz, purer Reichtum und hilft mir dabei, nicht völlig auszuflippen. Eine Uniform, die mit einer Haltung, einem Lächeln und einer ganz bestimmten Wortwahl verknüpft ist. Sie verleiht mir Kontrolle und Kontrolle ist genau das, was ich in einer chaotischen Situation wie dieser brauche.

Du sieht absolut heiß aus, hat Bennet geschrieben, als ich vor einer Stunde ein Foto meines Outfits in unseren King-and-Queens-Chat gepostet habe. Vic hat das Ganze mit mehreren Flammen-Emojis bestätigt.

Heiß. Ich sehe absolut heiß aus. Nur leider, leider hat Nicolas nie interessiert, wie ich aussehe. Zumindest hat er mir das gesagt. Könnte also genauso eine Lüge sein wie alles andere, was er mir aufgetischt hat.

Der Wagen hält schließlich.

»Wiener Prater.« Claus steigt aus, um mir die Tür zu öffnen. Mein Herz pumpt schnelles Blut durch meine Adern. Unter meinem offenen Haar bildet sich ein Schweißfilm. *Ruhig bleiben, Livia,* ermahne ich mich selbst. *Du hast dein Licht. Du hast die Kontrolle.* Ich greife nach meiner Handtasche, verabschiede meinen Chauffeur und gehe im Schutz der Nacht und des Getümmels der vielen Touristen auf das blinkende Riesenrad zu.

»Livia Hohenburg«, nenne ich am Empfang meinen Namen. »Ich habe den *Waggon for 2* reserviert. Für mich und meine … Begleitung.«

Ruhig, aber in der Öffentlichkeit. Keine Gefahr, von Handykameras eingefangen und an die Presse verkauft zu werden. Keine Gefahr, dass mein Hormoncocktail mich zu Dingen überredet, die völlig hirnrissig wären. Der Plan ist klar. Ich habe Bennets Stimme deutlich im Ohr, als wir auf der Rückfahrt vom Brautmodengeschäft alles durchgegangen sind. Ich lasse mir nicht in die Karten schauen.

»Sie können durchgehen. Ihre Begleitung ist schon da und bereits eine Runde gefahren.« Die in weißer Bluse und roter Fliege gekleidete junge Frau deutet auf den langen Gang, der zum Eingang führt. »In circa fünf Minuten können Sie einsteigen.«

»Vielen Dank«, sage ich höflich und nähere mich der Plattform. Mit jedem Schritt, den ich auf die Waggons zugehe, beschleunigt sich mein Puls. In meinem Kopf herrscht ein Wirrwarr aus Erinnerungen, Ängsten und Überlegungen, was ich als Erstes sagen könnte, ohne dass ich auch nur eine davon zu fassen kriege. Ich beobachte die großen roten Waggons, wie sie näher kommen. Leute steigen ein und aus. Ein Mann mit dicker Pudelmütze zeigt seiner Begleitung begeistert Fotos von »Wien bei Nacht von oben« auf seinem Handy.

»Der nächste ist Ihrer.« Ein freundlicher Herr, auch in Weiß und mit Fliege, deutet auf einen heranfahrenden Waggon. Die Türen öffnen sich und aus den Lautsprechern dröhnt *Wir sind alle über vierzig*. Erschrocken mache ich einen Schritt zurück. Locker zehn Frauen *über vierzig* kreischen und fordern lauthals eine Flasche Sekt. Ein einziger Kerl mit grauen, schulterlangen Haaren sitzt zwischen ihnen. »Eine Flasche Sekt für mich. Und was trinkt ihr?« Er bricht in so dröhnendes Gelächter aus, dass ich mich wundere, dass der Waggon nicht aus den Angeln gerissen wird.

»Das … ähm … ist nicht meiner«, sage ich an den jetzt nicht mehr so freundlich dreinblickenden Mitarbeiter gerichtet. »Also nicht mein Waggon. Ich habe den *for 2*.« Nicht den For-zehn-Frauen-in-der-Midlife-Crisis.

Zwei Kellner eilen an mir vorbei und bringen schnell die so dringend benötigten Flaschen Sekt. Ich kann nicht anders, als die Augen zu verdrehen. Der Song endet. Der Kerl lacht. »Ladys, jetzt kommt unser Song! *Sie liebt den DJ*.« Ein heiseres Lachen, gefolgt von erneutem aufgedrehten Kreischen.

»Frau Hohenburg, schön, Sie zu sehen. Mein Name ist Helena

und ich bin heute Ihre Bedienung.« Eine blonde Frau mit Brille und einem gequälten Lächeln begrüßt mich. »Verzeihen Sie die Verwechslung. Der nächste Waggon ist tatsächlich der *for 2*«.

Endlich schließen sich die Türen zu meiner persönlichen Hölle und das Riesenrad setzt sich in Bewegung.

»Ihre Verabredung ist schon da.«

Meine Verabredung.

Die Hornissen erwachen bei diesen Worten. Der näher kommende Waggon verschwimmt vor meinen Augen. Alles, was ich wahrnehme, sind die piksenden Stacheln in meiner Brust, das Blutrauschen in meinen Ohren und das Hämmern in meinen Handgelenken. *Ich nehme dann doch den mit den Schlagerbräuten,* will ich am liebsten schreien, bleibe aber still.

»Fahren Sie eine Runde, dann komme ich gleich zu Ihnen, um die Bestellung aufzunehmen. Sie haben das vegetarische Menü gewählt?«

Irgendwie schaffe ich es zu nicken. Die Türen öffnen sich. *Kontrolle. Behalt die Kontrolle! Spiel diese verdammte Rolle, wie du es immer getan hast.* Und die Rolle ist ein kühles Lächeln. Ein gehobenes Kinn. Ein selbstbewusster Gang. Die Rolle ist eine lückenlose Lichtfassade. Ohne Schattenflecken. Ohne Risse.

»Hi.«

Eine Silbe. Zwei Buchstaben. Unzählige Katapulte, die auf meine Mauer schießen. Ich brauche alles, was ich an Kraft habe, damit sie nicht bröckelt.

»Hallo.« Ich schaue an ihm vorbei, schaue überall hin, nur nicht in seine Augen. Diese Augen, die von Anfang an meine Mauern zu Glas haben werden lassen. Aber auch das war ja Fake. Alles nur Fake. Jede Erinnerung, jedes Herzstolpern, jedes Wort, das sich wie eine vernichtende Wahrheit angefühlt hat, war FAKE.

Ich betrete das Innere des Waggons und lasse mich auf den blauen Samtstuhl fallen. Ich schaue überall hin, nur nicht in seine Augen. Weißes Tischtuch, gedimmtes Licht, zwei hohe brennende Stabkerzen, poliertes Besteck und ein Strauß Trockenblumen. Die Waggontür schließt sich. Kurz darauf setzt sich das Riesenrad wieder in Bewegung. Wir gewinnen langsam an Höhe. Der Prater mit all seinen bunt blinkenden Lichtern erstreckt sich unter uns. Eine beleuchtete Achterbahn steht neben einem Freefall-Tower. Karussells und Buden in strahlenden Farben.

»Schön, oder?«

Ich riskiere einen Blick zur Seite und sehe, dass er ebenfalls auf die Lichter unter uns starrt.

»Ja, ganz toll«, erwidere ich sarkastisch und wende das Gesicht wieder ab.

»Warum hast du diesen Ort ausgesucht?« Ich spüre seinen brennenden Blick auf mir.

»Wollte ich schon immer mal machen.«

»*Du* wolltest unbedingt mal Riesenrad fahren?« Er klingt belustigt. »Auf dem Prater?«

Ich ignoriere die Frage. Aus bekannten Gründen.

»Wie geht's dir?«, fragt er dann. »Hast du dir das mit dem Musikstudium noch mal überlegt?«

Die Fragen sind neue Kugeln, die auf mich abgeschossen werden.

Jetzt sehe ich ihn doch an. Dunkles Haar im Kerzenlicht. Eine schwere Melancholie, die in seinen Iriden wohnt und meine Vernunft verkümmern lässt, je länger ich mich von ihnen einnehmen lasse. »Ist das dein Ernst? Du kommst nach sechs Monaten und einer Milliarde Lügen her und fragst ›Wie geht's dir?‹, als wären wir bei *First Dates* oder so?« Die Frage nach dem Musikstudium lasse ich unbeantwortet.

»Ich wollte nur –«

»Kommen wir zur Sache. Zu der *einzigen* Sache, für die wir hier sind«, sage ich so bestimmt, dass ich hoffe, auch mein eigenes Herz wird davon überzeugt.

»Warte, Liv.« Er klingt sanft.

»Nenn mich nicht so.« Ich zwinge meine Augen, wieder in die Nacht vor dem Fenster zu sehen. Weg von der Melancholie.

»Okay, sorry.« Obwohl ich ihn nicht ansehe, höre ich, dass er schluckt, höre seine Gedanken stolpern und ihn zögern. »Also, ich …«, beginnt er schließlich, doch erneut versagt mitten im Satz seine Stimme.

»Ja?«

»Es tut mir leid, Livia. Alles.«

»Das sagtest du bereits. Oft«, gifte ich.

»Ich fühle es *oft*. Ich …«

Wieder unterbricht er sich, tastet mit seinen Augen vorsichtig über mein Gesicht, zieht meinen Blick an. Und jetzt schaue ich nicht weg, sondern suche in den mir einst so vertrauten Zügen nach der Lüge, die mir beim letzten Mal verborgen blieb. Er ist gut. Sehr gut. Denn ich sehe keine Spur Unehrlichkeit. Nur Schmerz und Bedauern und Schuld. Mein Blick wandert über jeden Zentimeter seiner Haut.

Seine Lippen.

Sein Haar.

Seine Hände.

Mein Herz.

Es wird zu einem Kolibri und schlägt mit wilden Flügeln gegen meine Rippen. Völlige Eskalation.

Stopp! Ich wende mich ab. Der Kolibri stirbt und landet als Vogelleiche in meinem Bauch. Ich musste ihn killen, diesen hibbeligen und viel zu vertrauensseligen Minivogel, der sich von Nicolas schon zu oft hat täuschen lassen.

»Es ist zu viel passiert«, höre ich mich selbst sagen. Es sind Rotweinkonflikte und Limousineneskapaden passiert. Wutanfälle und Kicherküsse und heimliche Berührungen. Maskenrisse. Maskensprengungen. Tränen und Klaviermusik. Höhenflüge und Abstürze. All das ist passiert. All diese Erinnerungen, die hell waren und mit einem Schlag finster wurden.

»Ich weiß und das tut mir –«

»Lass es.« Ich ertrage diese Worte nicht, die so warm klingen, aber sich so kalt anfühlen. »Also.« Entschlossen straffe ich die Schultern und öffne meine Handtasche. »Ich habe alles mitgebracht, was ich über den Tod meiner Mutter habe. Hast du mit deiner Mutter gesprochen?«

»Ich hab's versucht …«

Cordula Grün wird laut. Ich sehe auf. Oh, wir haben bereits eine Runde hinter uns gebracht und die Ü40-Truppe ist wieder im Sekt-Bestellmodus. Nicolas und ich schweigen. Warten darauf, dass das Ding sich erneut bewegt und wir unsere Bestellungen aufgeben können.

»Was darf ich Ihnen bringen?«, fragt Helena endlich, als die Partycrew versorgt wurde. »Wir haben einen neuen Rotwein auf der Karte, der hervorragend mit dem Büffelmozzarella des ersten Gangs harmoniert. Trocken mit einer Note von Brombeeren und schwarzen Kirschen.«

»Klingt gut. Ich nehme ein Glas.« Dann haben meine Finger und meine Lippen wenigstens was Besseres zu tun, als sich zu wünschen, *ihn* zu berühren.

»Ich auch«, sagt Nicolas zu meiner Überraschung.

»Dann bringe ich eine Flasche.« Helena nickt zufrieden und lässt uns wieder allein.

»Weißt du, was so eine Flasche kostet?«

»'ne Menge, nehme ich an. Aber diese Sache mit den schwarzen Kirschen hat mich überzeugt.« Ein Grinsen zupft an seinen Mundwinkeln, das ich nicht erwidere.

»Was soll das? Ich dachte, du hältst einen guten Wein für überprivilegierte Scheiße? Oder war das auch gelogen, um mich ›zu provozieren und meine Echtheit hervorzukitzeln‹?«, zitiere ich aus dem Auftragsblatt, das so ekelerregend war, dass sich die Worte in meinem Gedächtnis eingenistet haben.

»Nein, natürlich nicht.« Er reibt sich einmal über die Stirn.

»Ich habe keine andere Identität angenommen … na ja, doch schon, aber ich …« Wieder stammelt er herum und bringt mich damit völlig zur Weißglut. »Aber ich habe mich echt gefühlt, okay? Ich war … ich *bin* Nicolas Steiner. Mehr als ich jemals jemand anders war. Es war nicht alles eine Lüge. Eigentlich war fast nichts davon eine Lüge. Der Anfang schon, aber mit jedem Tag in deiner Nähe wurde die Lüge wahrer. Macht das irgendwie Sinn? Glaubst du, ich würde sonst hier sitzen? Glaubst du, ich hätte den einzigen Menschen in meinem Leben, der mir jemals wichtig war, zurückgelassen, um zu dir zurückzukommen?«

Die Frage schwebt zwischen uns und saugt uns ein wie ein schwarzes Loch.

»Ich würde dir gerne glauben.« Es ist die Wahrheit, die über meine Lippen schleicht. »Das würde ich wirklich. Aber ich weiß nicht, ob ich das je wieder kann …«

»Das verstehe ich. Aber ich höre nicht auf dich vom Gegenteil überzeugen zu wollen und ich habe eine Menge Durchhaltevermögen.«

»Na dann. Viel Glück.«

»Ich meine es ernst, Livia.«

Jede Erwiderung vertrocknet in meinem Mund. Ein Gedanke schleicht sich aus meinem Herzen in meinen Kopf. Ein gefährlicher Gedanke wie ein Lichtschalter. Es könnte sein. Es könnte wirklich sein, dass Nicolas mich liebt und zurückgekommen ist, um mein Vertrauen zurückzugewinnen. Der Gedanke fühlt sich schön an und es ist verlockend, diese Vorstellung zu inhalieren, mich von ihr einnehmen zu lassen.

Doch nur einen Sekundenbruchteil später ist da ein anderer Gedanke. Ein Soldaten-Gedanke. Das alles könnte auch wieder ein Spiel sein. Ein verfluchtes Spiel, dessen Regeln ich nicht kenne. Und egal welche Hintergedanken, welche nebulösen Intentionen Nicolas Steiner auch zu haben scheint.

Es zählt nur, dass wir dieses Mal nach meinen Regeln spielen.

15. KAPITEL

SCHWARZE KIRSCHEN AUF HERZLIPPEN

NICOLAS

»Ich hoffe, der Wein schmeckt Ihnen!«, sagt die freundliche Kellnerin und lässt die dunkelrote Flüssigkeit in ein bauchiges Glas laufen.

Er wird mit ziemlicher Sicherheit zum Kotzen schmecken. »Ganz bestimmt«, sage ich trotzdem. Sie stellt den Dekanter auf einen Beistelltisch neben uns und verabschiedet sich dann wieder.

»Ich werde Ihnen in der nächsten Runde …« *Cordula Grün, du hast mich tanzen geseh'n,* schallt aus dem Waggon neben uns. Sie räuspert sich, »… den ersten Gang servieren«, beendet sie den Satz mit einem entschuldigenden Lächeln.

»Okay, danke, Helena.« Livia nickt der Bedienung zu und die Türen schließen sich wieder. Sie nippt an ihrem Wein. Schwarze Kirschen auf Herzlippen. Der Impuls, meinen Mund auf ihren zu drücken. Schnell nehme ich auch einen Schluck, in der Hoffnung, er dämpft die Impulsblitze ab, die durch meinen Körper schießen.

Uargh. Ich verziehe das Gesicht. Dieses Zeug schmeckt widerlich.

»Schmeckt's dir nicht?«

»Doch, doch.«

»Warum guckst du dann, als hättest du gerade den Urin von Donald Trump getrunken?«

»Warum gerade seinen Urin?«

Sie zuckt mit den Schultern. »Keine Ahnung, ich glaube nicht, dass er gut bekömmlich ist …«

»Ist der Urin von *irgendwem* gut bekömmlich? Gibt's da was, das ich wissen sollte?«, frage ich mit gespieltem Schock. »Ich habe bisher nur von der Verschwörungstheorie gehört, dass es einen auserwählten Kreis von Superreichen gibt, die sich treffen, um das Blut irgendwelcher Kinder zu süppeln.«

»Ja, aber die haben mich nicht aufgenommen. Deswegen habe ich 'ne Konkurrenzvereinigung gegründet.« Sie muss ihre Lippen fest zusammenpressen, um ein Grinsen zu unterdrücken.

»So hätte ich es auch gemacht.« Ich nicke versonnen. »Und wie läuft das so ab? Batteln sich die Blutsbrüder regelmäßig mit den Pipischwestern?«

»Hin und wieder, ja. Im Sommer gibt es dann das alljährliche Festival der Körperflüssigkeiten. Die Speichellecker kommen auch.«

Ein haltloses Lachen kitzelt in meinem Hals. »Ah, vielleicht kann ich mich denen anschließen. Dann mache ich dich fertig.«

»Noch mehr als jetzt, meinst du?« Jegliches Lachen, jegliches Grinsen fällt in sich zusammen. Dieser Schlagabtausch war nicht mehr als eine kurze Zeitreise in einen vergangenen Moment. Alles, was uns bleibt, ist der zerfetzte Bruchteil einer glücklichen Erinnerung.

Livia seufzt. »Also noch mal zurück.« Ihre Mimik wird kühl. »Hast du mit deiner Mutter gesprochen? Wie ist das Ganze denn überhaupt abgelaufen?«

Mist, genau vor der Frage hatte ich ziemlichen Schiss, weil die Antwort darauf ziemlich ernüchternd ist. »Ich habe es versucht, aber sie weigert sich mir Informationen zu geben.«

Ich ziehe mein Handy aus der Tasche, öffne den Chat mit meiner Mutter und reiche Livia das Telefon.

Mama: Du fehlst mir so.

Mama: Ich flehe dich an. Komm zurück!

Mama: Ich kann nicht ohne dich leben.

Ich: Sag mir, was du über Livias Mutter weißt.

Mama: Es macht mich unendlich traurig, dass du mich verlassen hast.

Mama: Was soll ich jetzt ohne dich tun?

Livias Augen weiten sich beim Lesen. Dann schaut sie mich mit hochgezogenen Augenbrauen an. »Du weißt, dass das komplett krank ist? Sie ist eine erwachsene Frau. Du bist ihr Sohn. Nicht ihr Ehemann.«

»So einfach ist das nicht.« Sie weiß nicht, wie unser Leben bisher abgelaufen ist. Wie sehr meine Mutter mich gebraucht hat und wie sehr es mir jedes Mal wehtut, diese Nachrichten zu lesen.

»Hast du nie mal darüber nachgedacht, ein eigenes Leben zu führen? Du bist dreiundzwanzig.«

»Vierundzwanzig. Ich hatte im November Geburtstag.«

»Noch schlimmer.« Keine Glückwünsche, aber das hätte mir klar sein müssen. »Also?«

»Nein.« Ich räuspere mich. »Wir haben immer zusammen … ähm … gearbeitet.« Und jetzt habe ich sie verlassen, obwohl sie immer wieder betont hat, wie sehr sie mich braucht. Wir waren ein Team und ich habe aus uns zwei Einzelkämpfer gemacht. Schuld zerquetscht meinen Magen und ich muss das Handy schnell in meine Jackentasche gleiten lassen, um ihre flehenden Nachrichten nicht mehr zu sehen.

»*Gearbeitet.*« Ihre linke Augenbraue wandert ihre Stirn hinauf. »Menschen hintergehen und betrügen nennst du Arbeit?«

Ich weiß nicht, was ich darauf erwidern soll. Sie kämpft mit ihren Gesichtsmuskeln, damit diese an Ort und Stelle bleiben. Damit ich nicht sehe, wie sehr es sie verletzt. Aber ich sehe es doch. Ich sehe es immer.

»War irgendwas von dem, was du mir gesagt hast, wahr? Diese ganze Story über deine Mutter, deinen Vater und diesen Kerl, der sie missbraucht hat?«

»Es war alles wahr.« Es kostet mich Kraft, diese vier Worte auszusprechen und dabei weiter die Tür meines inneren Tresors zuzudrücken, in den ich all die schwarzen Erinnerungen gestopft habe. »Das war der Anfang.« Diese reichen Männer, die glauben, Geld gäbe ihnen die Erlaubnis, über sämtliche Grenzen zu spazieren.

»Der Anfang von was? Dieser Robin-Hood-Sache?«

Ich nicke langsam. »Ja. Meine Mutter hat sich geschworen, nie wieder von einem Mann, der zu viel Geld hat, abhängig zu werden. Stattdessen wollte sie den Spieß umdrehen und das hat sie geschafft.«

»Das hat sie wohl.« Ein Schatten fällt über ihre Augen, bevor sie ihn mit einem provokanten Lächeln zurückdrängen kann. »Und du? Warum machst du bei alldem mit?«

Die Frage trifft mich unvorbereitet in die Magengrube. Ich brauche eine Sekunde, um mich zu sammeln. »Ich habe nie etwas anderes gekannt. Es gab immer nur meine Mutter und mich und unsere Pläne.« Und die verflixten fünfzig Prozent DNA, die mir eine Scheißangst machen und die ich mit jeder Masche, mit jedem Coup versucht habe aus meiner Genetik zu löschen. *Du wolltest nie werden wie er und bist gerade auf dem besten Weg dahin.* Hastig greife ich nach dem Weinglas und trinke einen großen Schluck.

»Anscheinend sind wir beide Geiseln unserer Vergangenheit«, sagt Livia traurig.

»Ja, vielleicht sind wir das.« Ich halte ihren Blick, weil das *Wir* in ihrem Satz so intim klang. So verbunden. So nach Es-ist-noch-nicht-alles-verloren. Ein trauriges Lächeln umspielt ihre Lippen. Ein schmaler Riss in ihrer kühlen Fassade. Ein warmes Kribbeln unter meiner Haut.

»Gut.« Sie wendet den Blick ab. »Hast du sonst irgendwas, das uns weiterbringen könnte?«

»Nur das Auftragsblatt …«, gebe ich zu und merke selbst, wie hohl das klingt. Ich komme nach allem, was geschehen ist, zurück, biete ihr meine Hilfe an und habe quasi nichts. Wow. Klasse gemacht. Richtig durchdacht, dieser Plan.

»Kommt es öfter vor, dass ihr einen Auftraggeber habt?«

»Nein. Das ist das erste Mal … Glaube ich zumindest. Ich habe es ja nur durch Zufall herausgefunden. Also wer weiß …«

»Wer weiß …? Bisher sind deine Beiträge ziemlich nichtssagend, Nick.« Sie schüttelt missbilligend den Kopf, doch mir ist nicht entgangen, dass sie mich Nick genannt hat. Auch wenn es vermutlich ein Versehen war.

»Na dann. Immerhin habe ich einige Dokumente dabei.« Sie holt einen Schnellhefter aus ihrer Tasche und legt ihn auf ihren Beinen ab, die nur in einer Strumpfhose stecken.

O Gott, ihre Beine.

Die Impulsblitze sind back und der drängende Wunsch, sie um meine Hüften zu spüren. Mein Schwanz zuckt. Na großartig. Ich versuche mich von den Bildern in meinem Kopf abzulenken, indem ich in ihr Gesicht schaue. In ihre Lava-Augen. Auf ihre Herzlippen.

Hilft nur bedingt.

»Hier sind die Sterbeurkunde meiner Mutter und die Dokumente zur Nachlassverwaltung.«

»Zeig mal.« *Gib mir etwas anderes als deine Beine und deine Lippen, auf das ich mich konzentrieren kann.* Sie reicht mir den Hefter. Unsere Finger berühren sich nicht. Und ich hasse, dass es so ist. »Hast du irgendwas geerbt?«

»Meine Mutter hatte kein richtiges Testament und kein richtiges Vermögen.«

»Sie war eine Hohenburg und hatte kein Vermögen?«

»Bevor sie meinen Vater kennengelernt hat, war sie Primaballerina und kam aus nicht gerade rosigen Verhältnissen.«

»Nicht?«

»Nein. Sie ist gebürtige Slowakin und in Bratislava aufgewachsen.«

»Krass, das wusste ich nicht.«

»Tja, schlecht recherchiert, Mr Undercover.«

Ich ignoriere ihre Bemerkung, auch wenn sie wie ein Dolch durch meine Haut schneidet. »Und sie hatte trotzdem kein eigenes Vermögen? Immerhin hat sie ja Alexander geheiratet.«

»Mein Vater stand schon immer drauf, seinen Frauen einen teuren Lifestyle zu finanzieren.«

»Und sie damit abhängig zu machen«, ergänze ich. Selbst meiner Mutter hat er ausgeredet zu arbeiten und ihr stattdessen eine Kreditkarte auf seinen Namen gegeben. Nur wusste er nicht, dass wir einige andere Konten haben …

»Meine Mutter wollte immer mehr sein als die Frau an der Seite von Alexander dem Großen. Und sie wollte, dass ich mehr bin …« Der Rest des Satzes bricht ab und fällt vor unsere Füße.

»Okay. Also hast du nichts geerbt?«

»Nein.«

»Hat irgendjemand was geerbt?«

»Nur mein Vater. Es gab ein paar Immobilien, die auf den Namen meiner Mutter liefen, damit wir nicht obdachlos sind, sollte mein Vater Insolvenz anmelden müssen.«

»Mhm.« Ich blättere weiter. »Das ist der Totenschein?«

Sie nickt.

Unschlüssig lasse ich meinen Blick über die Zeilen wandern. »Todesursache: Ersticken durch Wasser in der Lunge«, lese ich vor. »Und hier unter *weitere Angaben zur Todesart* ist *natürlich* angekreuzt.« Ich hebe den Blick. »Sie wurde ertrunken aus der Donau gezogen. Das hört sich alles andere als natürlich an.«

»Hm.« Livia schluckt.

»Hast du dir das nie angeschaut? Dich nie gefragt, warum es keine weiteren Ermittlungen gab?«

»Nein. Ich war zu beschäftigt damit, angesichts der zurückliegenden Ereignisse nicht völlig durchzudrehen. Meine Schwester ist weg, mein Vater im Knast und der Kerl, den ich …«, sie macht eine kurze Pause, »… mochte, hat mich verarscht und verlassen.« Mich trifft ihr wütend funkelnder Blick. »Da hatte ich weiß Gott keinen Kopf dafür, einen auf Tatortkommissarin zu machen.«

»Hey, es tut mir leid.«

»Sie wurde eingeäschert, ich habe getrauert und war auch ehrlich gesagt froh, dass ich mir um diesen Teil meines Lebens keine Gedanken mehr machen musste.«

»Und jetzt willst du es? Dir Gedanken machen, meine ich?«

Für eine Sekunde hält sie inne und atmet aus. »Ich will retten, was von meiner Familie übrig geblieben ist.« Für einige wenige Herzschläge wirkt sie unglaublich zerbrechlich. Dann werden ihre Züge wieder kühl und sie nimmt entschlossen einen Schluck Wein. »Die Sache mit der Stiefmutter habe ich probiert und es hat nicht besonders gut funktioniert. Also, was steht da noch?«

Ich versuche den Stich, den mir ihre Worte versetzen, zu ignorieren. »Leichnam identifiziert nach Angaben Dritter.« Misstrauisch hebe ich den Kopf. »Hast du den Leichnam je gesehen?«

»Nein. Ich war außer Gefecht gesetzt, falls du dich erinnerst.«

Ach ja, die Sache mit der Überdosis. »Und dein Vater?«

»Hat sich um die Einäscherung gekümmert und ist dann im Knast gelandet.«

»Hat er die Leiche identifiziert?«

»Soweit ich weiß, nicht. Das ging alles ziemlich schnell mit der Hochzeit und der Verhaftung und so.« Livia beißt sich nachdenklich auf die Unterlippe.

»Jaja, ich weiß.« Ich lehne mich in dem breiten Sessel zurück. »Also weder du noch jemand aus deiner Familie hat den Leichnam deiner Mutter gesehen. Wer zum Geier hat ihn dann identifiziert?«

»Ich habe keine Ahnung.«

Zum zweiten Mal lese ich den Totenschein und bleibe dieses Mal an einem Namen hängen.

»Dr. Jeremias Frey. Kennst du den?«

»Er hat diesen Schein unterschrieben. Es mag überraschend sein, aber auch ich kann lesen«, erwidert sie schnippisch und schaut demonstrativ zur Seite.

Ich ignoriere ihren trotzigen Tonfall. »Aber du hast diesen Namen noch nie zuvor gehört?«

»Nein.«

»Dann müssen wir bei ihm anfangen. Wir müssen rauskriegen, wer die Leiche identifiziert hat und warum man dich und deinen Vater seit sechs Monaten davon fernhält.«

»Okay.« Sie nickt. »Wenn wir diesen Jeremias zum Reden kriegen, wissen wir, ob meine Mutter wirklich noch lebt oder ob jemand anderes hinter dieser Sache steckt.«

»Ich kümmere mich darum«, sage ich und versuche es mit einem zaghaften Lächeln. Es prallt an ihrer kühlen Fassade ab wie ein Tennisball an einer Mauer.

»Ja, das hoffe ich. Bisher hast du ja noch nichts beigetragen, was mich davon abhält, dich auszuliefern.«

Ihr messerscharfer Blick trifft auf meinen. Ich erkenne die brutale Enttäuschung, den Zorn und die Drohung darin. Aber, kaum sichtbar und doch vorhanden, auch dieses ganz bestimmte Schimmern, das mir sagt: *Es gibt noch etwas anderes, was mich davon abhält, dich auszuliefern.*

LIVIA

Achtlos lasse ich meine Handtasche neben mir auf den Boden fallen, kicke meine Schuhe von den Füßen und gehe durch das dunkle Wohnzimmer. Niemand ist hier, der auf mich wartet. Niemand ist hier, der die Einsamkeit ein wenig erträglicher machen könnte. Noras Lachen und die Wärme ihrer Präsenz fehlen mir schlagartig so sehr, dass ich vor Schmerz aufkeuchen muss. Was würde ich für eine Möglichkeit geben, die Zeit zurückzudrehen.

Mit einem dumpfen Gefühl in der Magengegend schleiche ich wie eine Fremde durch dieses Apartment. Allein mit meinen Gedanken. Allein mit den Hirngespinsten, die so oft in diesen Einsamkeitsmomenten erwachen. Hirngespinste, die ich nicht haben sollte, die keine Sehnsucht und kein Herzklopfen in mir wachsen lassen sollten.

Nick und ich. Ohne diesen Moment vor sechs Monaten. Ohne Lügen und ohne Kleidung. Mit ganz viel Nahsein.

Mein Blick fällt auf die Tür neben meiner.

Geflüsterte Flüche.

Geflüsterte Namen.

Geflüsterte *Ich-sehe-dich*s.

STOPP! NEIN!

Mit aller Kraft reiße ich mich von Nicolas los und mit ihm von allem, was mein Herz und einen Punkt zwischen meinen Beinen zum Pochen bringt.

Die vergangenen Stunden haben mich viel zu stark aufgewühlt, als dass ich schlafen könnte. Also laufe ich ziellos im Penthouse umher. Das macht es nur schlimmer. Jeder Zentimeter dieses Apartments schreit mir entgegen, wie *fucking* allein ich bin. Was für ein tödlicher Strudel dieses Leben ist. Ich schwimme und schwimme und versuche irgendwie einen Tag länger den Kopf über Wasser zu halten, nicht in die Tiefe gerissen zu werden.

Es lastet nun mal alles auf deinen Schultern, Livia. Die Worte meines Vaters hängen wie ein tonnenschwerer Klotz an meinem Bein, machen das Schwimmen unerträglich, und doch ist er der Letzte, den ich noch habe.

Ich vermisse dich. Nora, die ich im Stich gelassen habe.

Es tut mir leid, Liv. Nicolas' Worte, die sich wie ein Rettungsring anfühlen und gleichzeitig mein Todesstoß sein könnten.

Vic, die ich mit jedem Tag mehr verliere, weinend im Brautkleid.

Die Show, die ich täglich abziehe. Für die Presse, für die High Society und für mich, weil ich keine Ahnung habe, was passieren würde, wenn ich damit aufhöre.

Und schließlich meine eigene Mutter.

Ich finde mich in meinem Zimmer wieder. Vor dem schwarzen, verstimmten Klavier, dessen Tasten nicht mehr von meinen Fingern berührt wurden, seit meine Mutter einfach eines Morgens weg war. Halt suchend fahre ich über das dunkle Holz. Auf der Notenablage steht ein gerahmtes Foto. Es zeigt sie und mich, wie wir an dieser Stelle sitzen und ein Lied aus *Der Nussknacker* spielen. Ich bin vielleicht acht oder neun.

Mit bebenden Fingern nehme ich es in die Hand, betrachte mein breites Lächeln und wie liebevoll meine Mutter mich ansieht. Die Erinnerung an diesen Tag fühlt sich wie jede andere entwertet an. Besudelt von der Zerstörung, die meine Mutter in meinem Leben angerichtet hat.

»Wer bist du wirklich?«, frage ich das Bild. »Was hast du vor?«

Keine Antwort. Natürlich nicht. Wir sind ja nicht bei *Harry Potter.*

Eine Träne tropft auf das Foto. *Oh.* Ich habe gar nicht mitbekommen, dass ich weine. Aber jetzt kann ich nicht mehr damit aufhören. Der Schmerz der vergangenen Monate, der vergangenen Jahre, bricht ungehindert aus mir hervor. Ich falle auf den Teppich. Schluchzend und völlig erbärmlich liege ich da. Um mich herum und in mir nichts als vernichtende Dunkelheit.

Ich will hier raus. Raus aus der einen und rein in eine andere Dunkelheit. Ich will mich zudröhnen und mich in einem Mann verlieren, um diesen Schmerz zu vergessen. Aber nicht mal das kann ich. Es tut weh. Es tut so scheiße weh, zu wissen, dass es keinen Ausweg aus diesem Leben gibt. Dass ich jeden Tag aufwachen und schwimmen werde.

Bis ich irgendwann doch

ertrinke.

16. KAPITEL

VERLORENE JUNGS

NICOLAS

»Jeremias Frey. Dr. Jeremias Frey«, wiederhole ich in mein Handy. Ich bin der festen Überzeugung, dass ich diesen Namen in meinem Leben nicht mehr vergessen werden. In siebzig Jahren, wenn ich dement und senil in einem Seniorenheim vor mich hin vegetiere, werde ich diesen Namen noch in meinen weißen Bart nuscheln und mich dabei vor und zurück wiegen.

»Und der soll hier mal gearbeitet haben?«, fragt die gelangweilte Rezeptionistin des Franziskus-Spitals.

»Das frage ich Sie.« Mein Geduldsfaden ist in den letzten vier Tagen sehr, sehr spröde und fein geworden.

»Aha. Haben Sie schon mal was von Datenschutz gehört?«

Ja, tatsächlich! So circa dreihundertmal. Immer wenn ich diese Frage gestellt habe.

»Verzeihen Sie, ich kann nichts für Sie tun.« Ohne ein weiteres Wort von mir abzuwarten, legt sie auf. Frustriert lasse ich mich in den breiten Sessel meiner Suite fallen. Ich komme einfach nicht weiter. Angespannt wippt mein Knie auf und ab. Ich starre auf den schwarzen Bildschirm meines Handys.

Keine WhatsApp-Nachricht von meiner Mutter. Seit zwei Wochen kein einziges Lebenszeichen. Ich vermisse sie. Ich vermisse sie mehr, als ich es mit vierundzwanzig tun sollte. *Anscheinend sind wir beide Geiseln unserer Vergangenheit,* hat Livia gesagt. Geiseln. Gefangene. Abhängige.

Ich weiß, dass sie recht hat. Zwar trage ich keine Fesseln mehr, doch in den dunklen Momenten sehne ich mich in die Geiselhaft zurück. Weil sie einfacher war. Es gab einen klaren Weg. Ein perfekt funktionierendes System.

Jetzt bin ich ein großer ERROR. Es gibt keinen vernünftigen Plan. Es gibt nur Livia. Doch das mit uns wieder hinzubiegen, ist weit davon entfernt, perfekt zu funktionieren.

Mit den Daumen tippe ich rhythmisch auf dem Display herum. Mein Sperrbildschirm blinkt auf und zeigt sie und mich am Abend des *Dance Against Cancer Balls*. Der letzte Abend, bevor alles zerbrach. Ich finde mich selbst dermaßen peinlich, weil ich den Sperrbildschirm – außer an dem Abend mit Nancy – nie geändert habe. Aber ihn zu ändern, wäre einer Kapitulation gleichgekommen.

Zum millionsten Mal tippe ich den Namen, der mit meinen Hirnströmen so fest verschweißt ist, in das Google-Suchfeld und weiß doch schon, was kommen wird.

Ein Uniabschlussfoto von 2019, seine Doktorarbeit zu einem komplexen medizinischen Thema, das ich nicht checke, und ein vollkommen leeres LinkedIn-Profil.

Kein Instagram. Kein TikTok. Kein Facebook.

Plötzlich bleibt mein Blick an einer Headline von ORFSport hängen. *Jeremy Fry – Lassen Sie mich durch, ich bin Boxer.*

Jeremy. Ich scrolle hoch. Ah, offenbar habe ich mich vertippt. Wobei mein Muskelgedächtnis mittlerweile eigentlich stark genug sein sollte.

Lassen Sie mich durch, ich bin Boxer. Etwas sirrt durch mich hindurch und erweckt die Hoffnung, die sich schon vor zwei Tagen schlafen gelegt hat. Während sich die Seite auf meinem Handy aufbaut, verdoppelt sich mein Puls. Der Artikel ist bereits drei Jahre alt. Als Erstes vergrößere ich das Foto.

Ich sehe einen jungen, ziemlich verschwitzten Typen, der eine Faust in die Luft streckt, die in einem schwarzen Boxhandschuh steckt.

Jeremy Frey ist ein Phänomen. Tagsüber rettet er einem Patienten nach dem anderen das Leben. Nachts dominiert er die Boxkampfszene Wiens. Zum zweiten Mal in Folge gewinnt er die Wiener Stadtmeisterschaften im Fliegengewicht.

»Wir sind alle superstolz auf Jeremy!«, sagt Trainer und Leiter der *Boxing Boys Vienna*, Stefan Tölz. »Trotz seiner Herkunft hat er so viel erreicht.«

Wenn Tölz von der Herkunft Freys spricht, meint er eine Wohngruppe in der Nähe des Keglerplatzes, in der er aufgewachsen ist, nachdem er vom Jugendamt in Obhut genommen wurde. Eigentlich standen die Sterne für den heute 28-Jährigen also nicht besonders gut. Doch zum Glück gab es die *Boxing Boys Vienna*, die sozial schwachen Jugendlichen einen Zufluchtsort bieten.

»Die *Boxing Boys* haben mich davor bewahrt, an die falschen Leute zu geraten. Sie haben Potenzial in mir gesehen und mir gezeigt, dass ich alles schaffen kann, wenn ich hart genug arbeite«, so Frey in einem Interview. Hart genug arbeiten, das tut Frey täglich, wenn er als Notarzt im Universitätsklinikum arbeitet.

Ich lese den Artikel ein weiteres Mal. Ein boxender Arzt aus sozial schwachen Verhältnissen, der fast so heißt wie der Arzt, der Melody Hohenburgs Totenschein unterschrieben hat. Es könnte eine Sackgasse sein. Ein bloßer Zufall. Wahrscheinlich ist es das. Aber meine aktuelle Situation strotzt nicht gerade vor Optionen.

Was habe ich groß zu verlieren? Nur die Liebe meines Lebens. Was soll da schon schiefgehen?

Warum muss es in Boxstudios immer so verdammt dunkel sein? Gehört das zum krassen Gangsterimage dazu? Im gesamten Gebäude findet man kein bisschen Tageslicht. Der schwarze Boden und die rauen Backsteinwände werden lediglich von Halogenstrahlern und einigen Spotlights erhellt.

»Hier haben wir einen kleinen Fitnessbereich.« Jan, der Mitgründer der *Boxing Boys Vienna,* der mich in Empfang genommen hat, deutet auf drei Hantelbänke mit dazugehörigen Gewichten. »Die meisten unserer Jungs kriegen nicht mal die Stange hochgestemmt, aber es macht Spaß, sie dabei zu beobachten, wie sie es versuchen.« Er lacht einmal auf. »Dann merken sie meistens ganz schnell, dass sie doch gar nicht so harte Macker sind, wie sie glauben.«

»Hier kommen also vor allem Kids aus der Gegend her?«

»Jap. Das Studio wird durch Spenden finanziert. Die verlorenen Jungs haben hier einen Ort, wo sie Sport machen und einfach abhängen können. Viele kommen gar nicht zum Boxen her, sondern nur weil es hier besser ist als zu Hause.« Er lächelt, doch es wirkt ernst.

»Die verlorenen Jungs?«

»Wie die aus *Peter Pan.*«

»Ah.« Ich nicke. »Also kommen nur Jungs her?«

»Nein, nein. Wir haben einige Girls, die den Möchtegern-Rockys regelmäßig zeigen, was sie draufhaben.«

»Das glaube ich sofort«, erwidere ich grinsend und stupse einmal gegen einen Boxsack. »Ihr habt echt eine gute Ausstattung.« Ich deute auf einen von drei Boxringen, die leicht erhöht in der Mitte des Raumes stehen. Zwei Männer mit schwarzem Gesichtsschutz tänzeln voreinander herum, bis der eine dem anderen ziemlich fest in die Magengrube schlägt.

»Mittlerweile ja«, erklärt Jan. »Angefangen haben wir mit drei ausrangierten Boxsäcken und einer Handvoll zerschlissener Handschuhe für die Kids, aber seit einem Jahr haben wir einen neuen Sponsor, der ziemlich viel in das Studio investiert und es ordentlich auf Vordermann gebracht hat.«

»Echt richtig cool.« Anerkennend nicke ich.

»Und du willst einen Artikel über das Studio schreiben?«

»Ähm … ja, genau.« Kurz ist mir der Vorwand entfallen, den ich mir ausgedacht habe, um von Jan eine Privatführung zu bekommen. »Sag mal«, setze ich an, um endlich die Frage zu stellen, die der eigentliche Grund für das Ganze hier ist. »Hier hat doch auch Jeremy Frey trainiert, oder?«

»Jer? Ja, der hat hier angefangen!« Etwas leuchtet in seinen Augen auf, das ich schwer einordnen kann. Stolz, Begeisterung, aber auch ein Hauch Bedauern. »Er war einer der ersten Jungs, die hergekommen sind, und er hat es weit gebracht.«

»Das habe ich gelesen. Weißt du zufällig, ob Jeremy nur ein Spitzname ist?«

»Na ja.« Jan schmunzelt. »Er heißt eigentlich Jeremias. Aber damals mit vierzehn dachte er wohl, dass Jeremy auf der Straße deutlich mehr Eindruck macht. Jeremias klingt aber auch wirklich eher nach Messdiener als nach Graffiti, oder?« Kopfschüttelnd lacht er einmal auf. »Mittlerweile nennt ihn niemand mehr so, glaube ich, doch für uns ist er immer der kleine Gangster Jeremy geblieben.« Etwas verändert sich in seiner Mimik. Sein Lächeln wirkt plötzlich gequält.

»Was ist aus ihm geworden?«, frage ich nach. »Boxt er noch?«

»Ich glaube nicht …«

»Was ist mit ihm p-« Bevor ich den Satz beenden kann, hallt eine aufgebrachte Stimme von kahlen Betonwänden wider. Eine Stimme, die ich glaube zu kennen und doch nicht zuordnen kann.

»*Nicolas?!*«

Wie vom Blitz getroffen fahre ich herum. Mein Blick bleibt

an einem der Kerle hängen, die im Ring stehen und sich bis vor wenigen Sekunden noch fast den Schädel eingeschlagen haben. Einer von ihnen nimmt den Gesichtsschutz ab.

Ich erkenne ihn sofort. Dunkles, verschwitztes Haar. Markantes Kinn. Eine gerade Nase und eine kleine Narbe oberhalb der geschwungenen rechten Augenbraue.

»Leander von Traun.« Keine Frage. Eine Feststellung. »Was machst du denn hier?«

»Verpiss dich oder ich ruf die Polizei!« Mit einem Satz springt er vom Ring auf den Boden und kommt mit schnellen Schritten auf mich zu. Eine Hand steckt noch in einem Boxhandschuh, die andere ist ebenso zur Faust geballt.

»Hey, warte, ich …« Ich weiche einen Schritt zurück. In Leanders blauen Augen tobt die Wut.

»Du erlaubst es dir, dich in meinem Studio blicken zu lassen?« Er bleibt nur wenige Zentimeter vor mir stehen.

»Moment, das ist *dein* Studio?« Verwirrt schaue ich zu Jan, der völlig verdattert zu uns herübersieht und sich vermutlich fragt, wie es dazu kam, dass der nette Reporter auf einmal kurz davor ist, Opfer einer Schlägerei zu werden.

»Ich bin der Hauptsponsor und deswegen entscheide ich jetzt, dass du dich verpisst.« Er sieht mich hasserfüllt an. »Hau ab! Oder ich breche dir jeden einzelnen deiner verräterischen Knochen.«

»Du bist wütend und das verstehe ich«, versuche ich die Situation irgendwie zu entschärfen.

»Wütend ist gar kein Ausdruck. Weißt du, was du ihr angetan hast? Weißt du, in welche verfluchte Hölle du sie geschickt hast?« Seine Atmung wird abgehackter. An seiner Kehle pocht eine Ader.

»Ja, Mann, das weiß ich. Ich weiß, dass ich ein dreckiges Stück Scheiße bin, okay?«

»Besser hätte ich es nicht ausdrücken können.«

Mein Rücken prallt gegen eine Wand. Leander versperrt mir den Weg.

»Aber ich bin zurückgekommen. Ich bin zurückgekommen, um es irgendwie wieder hinzukriegen.« *Auch wenn das gerade alles andere als gut läuft,* schiebe ich in Gedanken hinterher.

»Wieder hinkriegen? In welcher Welt lebst du?«

Offenbar in einer, die einen ähnlichen Realitätsbezug hat wie Narnia oder das Land, wo die Glücksbärchis leben.

»Ich habe ihr wehgetan. Das habe ich gecheckt, okay?« Aus dem Augenwinkel sehe ich, wie Jan sich so unauffällig wie möglich verdrückt. »Deswegen bin ich hier. Sie weiß, dass ich zurück bin. Wir …« Gott, wie soll ich das erklären? »Wir … ähm … arbeiten da an einer Sache.«

»Einer Sache?« Leander hebt skeptisch beide Augenbrauen, weicht aber keinen Millimeter zurück.

»Ja, wir …« Ich seufze. »Ey, können wir uns irgendwo hinsetzen?« Seine Ich-hau-dir-gleich-aufs-Maul-Haltung fängt langsam an ungemütlich zu werden.

»Setzen? Willst du vielleicht noch eine Tasse Tee und ein Stück Kuchen, du Pisser?«

»Nein.« Ich atme geräuschvoll aus. »Ihre Mutter ist nicht tot. Also wahrscheinlich. Wir wissen es noch nicht genau.«

In Leander beginnt es zu arbeiten. Das sehe ich sofort. Seine Stirn wird von Falten überzogen und sein Blick ist nicht mehr ganz so von Mordlust erfüllt.

»Und was hast du damit zu tun?«, fragt er schließlich.

»Das weiß ich auch noch nicht so genau. Ich weiß, Mann, das klingt alles sehr verwirrend. Ich helfe ihr aber gerade dabei, das herauszufinden.«

Leander nickt langsam und scheint zu überlegen. »Wir sollten uns setzen«, sagt er dann plötzlich und entspannt seine Haltung.

Ach, auf einmal. Ich unterdrücke ein Augenrollen, um nicht wieder den Knochenbrecher-Modus in ihm zu wecken. Er dreht sich um, stolziert auf den Boxring zu, der mittlerweile leer ist. Offenbar haben alle anderen angesichts der Eskalation so schnell es ging die Flucht ergriffen. Er nimmt sich eine Wasserflasche, die in einer Ecke des Rings steht, und trinkt einen Schluck. Dann wirft er sie achtlos zu Boden und lässt sich gleich daneben fallen. Ich stehe noch immer an Ort und Stelle und weiß nicht, was ich tun soll.

»Was ist? Brauchst du 'ne Extraeinladung?« Leander schaut genervt zu mir herüber.

»Ich warte noch auf den Tee und den Kuchen«, gebe ich zurück und klettere kurz darauf ebenfalls zu ihm auf die Anhöhe.

»Vorsichtig. Ganz vorsichtig.« Mein Gegenüber verengt die Augen wieder zu Schlitzen. »Noch habe ich nicht entschieden, was ich mit dir mache, du Penner.«

»Sorry.«

»Also? Was ist jetzt mit dieser komischen Story von Livias Mutter?«

Ich nehme mir ein paar Sekunden, um meine Gedanken zu ordnen, dann erzähle ich ihm, so gut ich kann, die ganze verrückte Geschichte. Ich erzähle von meiner Mutter, von diesem verfickten Auftrag, von meiner Entscheidung zurückzukommen, dem Deal mit Livia und von Jeremy beziehungsweise Jeremias Frey. Zu meiner Überraschung unterbricht er mich kein einziges Mal, sondern hört mir aufmerksam zu, bis ich geendet habe.

»Also du und deine Mom zieht dieses Betrügerding schon jahrelang durch?«, fragt er schließlich.

»Kann man so sagen, ja.«

»Hm.« Betretenes Schweigen. Ich fahre nervös über den rauen Boden. »Ich kenne Jeremy nicht persönlich. Den Laden hier habe ich erst seit dem Sommer übernommen. Vorher war mein Vater der Hauptsponsor, aber der hat das Ganze nur zur Geldwäsche genutzt.«

»Oh … ähm … ja.« Meine üblichen Bemerkungen, die ich auf

so ein Verhalten eines überprivilegierten Bonzen gemacht hätte, spare ich mir.

»Er ist ein Arsch. Mein Vater. Er sitzt im Knast, wusstest du das?«

»Ja«, sage ich schlicht. »Livia hat es mal erwähnt. Als wir noch …« Ein *Wir* waren.

»Ich hoffe, dass der Knast das Arschlochgen aus ihm rausholt, aber große Hoffnungen mache ich mir nicht.« Er stößt ein hohles Lachen aus. »Ich habe die *Boxing Boys* mit Geld überschüttet, in der Hoffnung, es würde sich irgendwie gut anfühlen, wo doch sonst alles so scheiße ist.«

»Hat's geklappt?«

»Mal mehr, mal weniger.« Leander lächelt schief. »Auf jeden Fall kenne ich Jeremy nur vom Hörensagen, aber wenn ich es richtig im Kopf habe, ist er ziemlich abgestürzt. Spielsucht, Schulden, die ganze Kacke.«

Ich lasse seine Worte durch meinen Kopf wandern, bis sie eine Erkenntnis freisetzen. »Er brauchte also dringend Geld, wenn er so tief in der Scheiße steckte.« Mein Herz verdoppelt mal eben seine Schlagzahl. »Und wer Geld braucht, ist bestechlich.«

»Jap, das könnte passen.« Auch in Leanders Kopf scheinen sich einige wenige der vielen Puzzleteile zusammenzufügen. »Vor allem, wenn man vor allen verbergen will, dass man in der Scheiße steckt, weil man ja *der Junge aus dem Ghetto es geschafft hat.*« Er fährt sich einmal durch die Haare, dann fällt mir plötzlich was ein.

»Warum hat dir Livia eigentlich nicht selbst davon erzählt? Ich dachte, ihr seid *befreundet.*« Befreundet oder auch: *hatten jahrelang eine Affäre.*

Er zögert erst und seufzt dann. »Vielleicht warst du nicht der Einzige in letzter Zeit, der Livia durch die Hölle hat gehen lassen. Vielleicht sind wir beide ein mieses Stück Scheiße.«

»Kann sein.«

Stille. Keine betretene mehr, sondern eine nachdenkliche.

»Ich bin abgehauen. Kurz nach dir.«

»Abgehauen?«

»Jap, ich feiges Arschloch habe es nicht ertragen zu sehen, wie die Frau, die ich liebe, die Frau eines anderen wird. Klingt völlig erbärmlich.«

Ich bin baff. Wann hat diese Konversation sich von »Ich verprügle dich, bis du nicht mehr laufen kannst« zu »Ich schütte dir mein Herz aus« entwickelt? Prüfend sehe ich ihn an. Ich entdecke den brennenden Schmerz in seinen Augen und bin mir plötzlich sicher, dass Leander von Traun sehr allein ist.

Dass es keine Menschen gibt, mit denen er über diese Sache reden kann, weil er sie alle von sich gestoßen hat.

»Du meinst Vic«, sage ich deshalb in die Stille hinein. Wieder eine Feststellung und keine Frage.

»Ja, meine Fresse, ich meine Vic.«

»Echt scheiße …« Dass ich auf einmal auf dem Boden eines Boxrings sitzen und Ober-Bad-Boy Leander von Traun von seiner großen Liebe reden hören würde, hatte ich bei meiner Tagesplanung wirklich nicht auf dem Zettel.

»Sie hätte mich wahrscheinlich gebraucht, Livia, meine ich.« Er schluckt so hart, dass sein Adamsapfel in seiner Kehle hüpft. »Allein wegen der Sache mit ihrem Vater. Wer hätte sie da besser verstehen können als ich? Wir haben jetzt beide kriminelle Knastväter.«

Ich nicke nur und bin mir plötzlich nicht mehr sicher, ob Leander mit mir oder mit einem strengen Teil von sich selbst spricht.

»Aber leider, leider bin ich ein ziemlich beschissener Freund, der lieber nach Saint-Tropez abhaut, in der Hoffnung, Sex mit französischen Models könnte irgendwas verändern …«

»Lass mich raten. Es hat nicht funktioniert.«

»Nein, verdammt, es hat nicht funktioniert.«

»Und deswegen bist du wieder hier? Statt weiter dieses Ding mit den Models durchzuziehen?«

»Sie hat mir geschrieben.«

»Wer?«

»Vic.« Er reibt sich über die Stirn und starrt auf einen Punkt zwischen seinen Sportschuhen. »Sie hat immer wieder und wieder geschrieben, dass sie sich Sorgen macht und ich mich melden soll und all so einen Kram.«

»Und?«

»Und nachdem das Ficken und Saufen und Highsein nichts gebracht hat, hatte ich plötzlich die völlig wahnwitzige Idee zurückzukommen, um sie doch noch für mich zu gewinnen.«

»Oh.« Offenbar bin ich nur noch in der Lage, einsilbige, inhaltslose Antworten von mir zu geben, aber diese ganze Leander-von-Traun-der-Heartbroken-Boy-Situation überfordert mich maßlos. Zurückgekommen, um um das Herz einer unerreichbaren Frau zu kämpfen. Das kommt mir bekannt vor.

»Ja. Oh. Ich bin gelandet und das Erste, was ich sehe, ist sie.«

»Vic?« Wieder nur eine Silbe. Wow, ich sollte darüber nachdenken, eine Lebensberatungsstelle zu eröffnen.

»Natürlich Vic. Also nicht sie persönlich, aber ein Bild von ihr auf einer bescheuerten Werbetafel am Flughafen. In einem Hochzeitskleid.«

»Shit.«

»Jap. Dann wusste ich nicht, was ich tun soll. Ich bin ganze vier Stunden am Flughafen geblieben und wusste einfach nicht, wo ich hinsoll. In die Villa meiner Eltern? Wo mein Vater …« Er beendet den Satz nicht und ich frage nicht nach. »Oder zurück ins *Sacher*, in meine Suite. Unter einem Dach mit … ihr …« Ein schmerzhafter Ausdruck überfällt seine Augen. »… und ihm.«

»Also bist du hierhergekommen? Zu den *Boxing Boys*?«

Leander nickt. »Die *Boxing Boys* sind ein Hafen für die verlorenen Jungs …«

»Ja, wie bei *Peter Pan*.«

»Genau. Und ich war ziemlich verloren.« Er macht eine kurze Pause. »Eigentlich bin ich es noch immer.«

Ich nicke verständnisvoll, weil ich es tue – ihn verstehen. »Ich weiß, was du meinst.«

»Wirklich? Das kann ich mir kaum vorstellen.« Er schaut mich skeptisch an.

»Ich habe mein Leben lang dieses – wie hast du es genannt? – Betrügerding durchgezogen. Ich bin mit meiner Mutter um die Welt gereist, um etwas Gutes zu tun.«

»Etwas Gutes? Glaubst du diesen Stuss selbst?«

»Es hat sich immer so angefühlt.« Und das hat es mir leichter gemacht, die andere Hälfte meines Ichs zu verdrängen. »Aber jetzt bin ich hier. Ohne meine Mutter, ohne einen Plan, und versuche Livia davon zu überzeugen, dass ich mich verändern kann und will.«

»Aha.« Leander zuckt mit den Achseln. »Und wie willst du dich verändern?«

»Was meinst du?«

»Alter, du hast anscheinend die letzten zwanzig Jahre deiner Mutter am Rockzipfel gehangen und jetzt rennst du Livia hinterher. Wär's nicht mal 'ne Idee herauszufinden, was du so im Leben anstellen willst? Nur du?«

Ich weiß, was ich vom Leben will, würde ich gerne erwidern. Tue ich aber nicht, weil es eine Lüge wäre. Ich habe absolut keine Ahnung. Jahrelang war die Antwort auf diese Frage: 1. Für meine Mutter da sein und 2. Anders sein als mein Vater. Jetzt, da ich beides nicht besonders gut hinkriege, stehe ich vor einem ziemlich großen Nichts.

»Und wo wohnst du jetzt? Doch nicht hier im Studio«, frage ich, um den Fokus wieder von mir abzulenken.

Er verdreht die Augen. »Ich bin vielleicht lächerlich und ziemlich lost, aber immer noch ein von Traun.« Seufzend rappelt er sich wieder hoch und steht auf. »Ich habe ein Apartment hier um die Ecke gekauft. Aber diese Gegend ist nicht gerade der Ort, wo man mich vermuten würde. Deswegen kann ich ziemlich ungestört herumlaufen.«

»Ach so.« Natürlich hat Herr von Traun sich mal eben ein Apartment gekauft. Wahrscheinlich hatte er das Geld irgendwo rumliegen.

»Was ist, wollen wir los?« Fragend sieht er mich an.

»Ähm, wohin?«

»Zu Livia. Wir müssen einen Plan machen.«

»Was für einen Plan?«

»Jeremias Frey?« Genervt schüttelt er den Kopf. »Also bei deiner Auffassungsgabe wundert es mich, dass du diese Betrügermasche so lange durchziehen konntest, ohne im Knast zu landen.«

»Oh, ja, stimmt.« *Sorry, Bro, dass ich angesichts deines Heartbreaks und meiner Perspektivlosigkeit nicht so schnell geschaltet habe.* Innerlich verdrehe ich die Augen. »Und wie willst du das anstellen?«

»Der Kerl war spielsüchtig, Mann«, sagt er, als würde ich das Offensichtliche nicht begreifen.

»Das weiß ich. Wahrscheinlich hat Melody seine Schulden bezahlt, um ihn dazu zu kriegen, ihren Totenschein zu fälschen. Und?«

»Meine Fresse, Nick. Man merkt, dass du wenig Ahnung von unserer Welt hast.« Missbilligend schnalzt er mit der Zunge. »Ein spielsüchtiger Mensch hört nicht auf zu spielen, nur weil er keine Schulden mehr und vielleicht ein höheres Budget hat.« Leander grinst schelmisch. »Er spielt nur in besserer Gesellschaft.«

17. KAPITEL

SCHLEIERLACHEN

LIVIA

»Ein Wellnesstag ist kein Junggesellinnenabschied!« Ich stemme bestimmt die Hände in die Seiten und schüttle vehement den Kopf.

»Hä? Natürlich! Louisa aus meinem Yogakurs hat für ihren JGA eine gesamte Therme gemietet«, widerspricht Vic.

»Okay. Aber Yoga-Louisa ist nicht Wild Vicky …«

Meine Freundin sieht mich mit traurigen Augen an. Das »Ich bin es auch nicht mehr« ist so deutlich zu hören, als hätte sie es geschrien.

»Diese eine Nacht können wir noch mal Wild Vicky und Living Livia sein.« Während ich überlege, gehe ich in unserem Wohnzimmer auf und ab. »Vielleicht zum letzten Mal …«, füge ich dann etwas ernster hinzu.

»Liv. Wir können nicht –«

»Jaja, schon klar«, unterbreche ich sie. »Wir können vielleicht nicht ganz so sein wie früher … Aber auf gar keinen Fall machen wir einen Saunatag! Das bist du einfach nicht, Vic.«

»Ist ja gut.« Sie hebt die Arme über den Kopf und scheint sich zu ergeben. »Aber keine Stripper oder so.«

»Für wen hältst du mich?« Entrüstet verschränke ich die Arme vor der Brust. »Ich bin Livia Hohenburg und nicht die Kopie einer amerikanischen RomCom. Lass mich nur machen. Mir fällt schon was ein!«

»Okay …«, stimmt sie zu, doch ihre Miene sieht alles andere als überzeugt aus. »Wie lange muss das Zeug noch einwirken?«

Das Zeug ist eine tief reinigende Kohlemaske, die Vic angesichts ihrer morgigen Brautkleidreportage aufgetragen hat. Ich greife nach der großen Tube. »Bestimmt noch so zehn Minuten.«

»*Argh.*« Sie stöhnt. »Das Zeug juckt tierisch und ich habe ständig den Drang, mir ins Gesicht zu fassen. Ich hasse so was.«

»Sagt die, die vor nicht mal einer Minute eine Therme mieten wollte.«

Vic schneidet eine Grimasse, wodurch die angetrocknete Maske bröckelt und feiner Kohlenstaub auf ihr cremefarbenes Wollkleid rieselt. »Ach, Scheiße. Jetzt sehe ich aus wie eine Bergarbeiterin.«

»Total. Jeder auf der Straße wird sich wundern, wo du deine Stirnlampe und deinen Helm gelassen hast. Victoria Everhofen, die fleißige Bergarbeiterin. Glückauf!« Ich muss kichern.

»Haha.« Vic streckt mir die Zunge raus. Wieder rieselt feiner Kohlenstaub von ihrem Gesicht auf sie herunter. Mein Kichern wird zu lautem Gelächter.

»Psst«, macht sie plötzlich.

»Was?«

»Der Aufzug kommt.«

Ich verstumme. Tatsächlich. Das leise Sirren des Lifts ist deutlich zu vernehmen. »Ich erwarte niemanden.« Kopfschüttelnd gehe ich in den Flur. »Wenn das so weitergeht, muss ich Heinz feuern. Der Mann hat offensichtlich den Verstand verloren.«

»Guck mal in meiner Handtasche«, ruft Vic in den Flur. »Da müsste irgendwo noch Pfefferspray drin sein.«

»Mein Gott, so verwirrt wird Heinz doch jetzt auch nicht sein, dass er jemanden reinlässt, der einen Raubüberfall begeht, oder?«

Das Geräusch des Aufzugs kommt näher.

»Man kann nie wissen.«

Hektisch greife ich in Vics Bottega-Handtasche und ziehe eine Spraydose hervor, die ich fest umklammere. Die Aufzugtüren öffnen sich. Ich halte das Spray mit dem Finger auf dem Abzug vor mich.

»Liv, du weißt schon, dass du uns mit Haarspray bedrohst?« Jemand tritt aus dem Lift und legt belustigt den Kopf schief. Jemand, den ich seit dreieinhalb Monaten nicht gesehen und den ich doch schmerzlich vermisst habe. Dreieinhalb Monate, die seine Augen seltsam glanzlos gemacht und das kindliche Grinsen von seinen Lippen gestohlen haben.

»Leander«, hauche ich ungläubig.

»Hi, Liv.« Er hebt unbeholfen die Hand. *Klong*. Das Spray – was auch immer es für eins war – fällt zu Boden und ich falle ihm in die Arme.

»Wir haben uns Sorgen gemacht, du Blödmann.« Ich halte ihn fest. Er hält mich fest. Wie wir es immer getan haben. Am Abgrund getanzt und uns aneinandergeklammert, wenn wir hinuntergestürzt sind.

»Leander?« Vics Stimme klingt genauso ungläubig wie meine. Sie ist aufgestanden und steht völlig verloren in der Tür. Mit Kohlenstaub auf Gesicht und Kleidung.

»Vic.« Leander löst sich von mir. Seine Augen bekommen einen Hauch des Glanzes zurück, als er sie sieht. Er schluckt hart. Dann scheint ihm die Realität wieder einzufallen. Ein Schleier fällt über sein Gesicht. Ich sehe es sofort, aber vielleicht bin ich die Einzige. Weil ich genau weiß, wie es ist, eine Maske über die eigene Verletzlichkeit zu legen.

»Sag mal, bist du unter die Minenarbeiterinnen gegangen?« Er deutet lachend auf Vics Gesicht. Kein echtes, sondern ein Ich-bin-unverwundbar-Lachen.

»Siehst du!« Vic wendet sich an mich. »Ich habe doch gesagt, dass ich voll den Bergarbeiterlook trage.« Auch sie kommt auf Leander zu und schließt ihn in die Arme. Er schließt die Augen. Wahrscheinlich atmet er ihren Duft ein und stellt sich für diesen abgebrochenen Realitätssplitter vor, alles wäre anders.

Jemand räuspert sich und ich fahre herum. Da steht noch eine Person im Aufzug, die ich auch nicht erwartet habe und deutlich weniger willkommen heiße.

»Was willst du hier?« Verengte Augen, ein spöttisches Mustern, ein eiskalter Gesichtsausdruck. Das ist mein Schleier. Nur hat er bei ihm leider nie funktioniert.

»Wir wollen was mit euch besprechen«, sagt Nicolas vage und tritt in den Flur.

»Aha. Na dann.« Ich funkle ihn böse an. »Und weil du was mit mir besprechen willst, kommst du einfach mal eben ohne Einladung hier rein. Schon wieder.« Wütend verschränke ich die Arme vor der Brust. »Darf ich fragen, wie du es immer schaffst, dir unrechtmäßig Zutritt zu verschaffen? Dann werde ich die Security dieses Gebäudes darum bitten, das Sicherheitsproblem zu beseitigen.«

»Heinz hat offenbar nicht mitbekommen, dass ich nicht mehr …« Er räuspert sich verlegen. »Hier wohne.«

»Ach soooo, und dann kann man einfach auf meine Privatsphäre scheißen?« Tatsächlich habe ich nie die Kraft gefunden, dem Portier von Tanjas und Nicolas' Verschwinden und dem Betrug zu erzählen. Dann wäre alles so wahr geworden. Und mal ehrlich, damit, dass er aus heiterem Himmel wieder zurückkommt, hätte man ja nicht rechnen können.

»Es tut mir leid. Ich war es irgendwie einfach gewohnt. Kommt nicht wieder vor.«

Ich lasse mich nicht dazu herab, ihm zu antworten, und wende mich stattdessen an Leander. »Wie kommt's, dass du ihn«, ohne mich umzudrehen, deute ich auf Nicolas, »dabeihast? Hast du das Memo nicht bekommen, dass wir ihn hassen? Er hat unser halbes

Vermögen und die Firma meines Vaters gestohlen, falls du es vergessen hast.«

»Ich weiß, aber ich dachte, ihr hättet da einen Deal am Laufen und deswegen wäre die Sache mit dem Hass vorübergehend pausiert.«

»Aha«, erwidere ich schnippisch. »Und deswegen seid ihr jetzt beste Freunde, oder was?«

»Nein.« Leander rollt mit den Augen. »Aber wir haben einen Plan.«

»Einen Plan.«

»Jap.« Selbstzufrieden grinst er. »Ohne mich läuft hier offenbar nichts, deswegen wird es Zeit, dass ich langsam mal die Führung übernehme.« Er wackelt verschwörerisch mit den Augenbrauen. »Ich hoffe, ihr habt morgen noch nichts vor.«

»Wieso?«, fragt Vic und ich weiß, dass sie an diesen schrecklichen Brautkleidanprobetermin mit der Presse denkt.

»Weil morgen Starlight Night im Palais Esterházy Casino ist.« Als wäre der Rest selbsterklärend, stolziert er an uns vorbei ins Wohnzimmer. Vic und ich tauschen einen Blick. Ich weiß nicht, worauf er hinauswill.

»Du solltest dir aber das Zeug aus dem Gesicht wischen, Everhofen. So lassen die dich da mit Sicherheit nicht rein.« Mit gerecktem Schleierkinn grinst er Vic zu und lässt sich auf das breite Sofa fallen. »Worauf wartet ihr? Wollen wir jetzt einen Plan schmieden?«

»Und ihr glaubt jetzt, ihr seid *Die drei ???*, oder was?«, frage ich belustigt und setze mich neben ihn.

»Ja, nur mit besseren Klamotten.« Leander nickt begeistert. »Ich bin Justus Jonas, weil ich *obviously* der Klügste hier bin.«

»Ist klar.« Ich verdrehe die Augen.

»Nick ist Bob Andrews.«

»Recherchen und Archiv.« Nicolas salutiert und setzt sich auf den breiten Ohrensessel neben dem Kamin.

»Und du, Livia, kannst Peter sein. Der hat zwar keine besonderen Skills, aber ist halt auch irgendwie dabei.«

»Na, vielen Dank auch.«

»Und wer bin ich? Der nervige Papagei?«, fragt Vic und setzt sich vor mich auf den Teppich.

»Bei deinem Look könntest du höchstens als Rubbish-George durchgehen. Der obdachlose Typ, der Mülltonnen durchwühlt und alle paar Folgen gegen Kleingeld superwichtige Informationen rausrückt, mit denen die coolen Kids«, er deutet auf Nicolas, sich selbst und mich, »dann den Fall lösen.«

»Haha. Megalustig«, sagt Vic beleidigt. Leander bricht in lautes Gelächter aus. »Wow, Leander. Ein nerdiger *Die-drei-???*-Ultra zu sein ist nicht ganz so cool, wie du denkst.« Vic streckt ihm die Zunge raus, steht aber dabei auf und verschwindet ins Bad.

Das laute Gelächter verstummt sofort. Leander braucht es gerade nicht mehr.

Denn lautes Gelächter übertönt ein schreiendes Herz.

VIENNA SPOTLIGHT

Fast kann man sie schon hören, die Hochzeitsglocken bei den Everhofens. Nicht einmal drei Wochen müssen wir uns noch gedulden bis zu dem Event des Jahres. Victoria Everhofen heiratet ihre große Liebe Clément Bellegarde. Tragen wird die hübsche Hotelerbin ein Kleid von Lucinda Ley, das eigens für sie angefertigt wurde. Welches genau, bleibt natürlich noch ein Geheimnis, oder?

Nein, nicht so richtig. Denn bei einem exklusiven Wedding-Dress-Shooting zeigte Everhofen bereits die zur Auswahl stehenden Modelle (hier klicken für den Artikel: Say Yes to Which Dress? Victoria Everhofen beim Brautkleidshopping). Für welches sie sich schlussendlich entschieden hat, werden wir erst am 3. Februar erfahren, wenn sich die Türen zum Stephansdom öffnen und die Braut auf den Altar zuschreitet. »Sie sind alle traumhaft schön. Ich werde mich niemals entscheiden können«, so Everhofen im Interview. Auch Trauzeugin und beste Freundin Livia Hohenburg ist da offensichtlich keine Hilfe. »Vic sieht in jedem dieser Kleider umwerfend aus. Vielleicht muss sie sich einfach viermal umziehen«, schlägt diese lachend vor.

Wer Hohenburg zur Hochzeit begleiten wird, ist noch nicht bekannt. Zuletzt wurde das It-Girl beim wilden Knutschen mit Lukas Winter gesichtet und wer weiß, vielleicht würden die beiden es schon bald offiziell machen. Wenn da nicht Leander von Traun plötzlich wieder auf der Bildfläche erschienen wäre, der – so vermuten die Follower der High-Society-Prinzessin – die Partyexzesse hinter sich gelassen hat, um Livias Herz zurückzuerobern. Schaut man sich die Kommentarspalte auf dem Instagram-Profil der 21-Jährigen an, scheinen #teamleander und #teamlukas nahezu gleichauf zu sein.

Eine kleine Minderheit glaubt an eine Lovestory mit ihrem ebenfalls zurückgekehrten Stiefbruder Nicolas Steiner, der dabei beobachtet wurde, wie er mit von Traun das Hohenburg-Apartment betrat. Er und Livia werden liebevoll Licolas geshippt. Doch die Stimmen, die den Gerüchten glauben, Nicolas und seine Mutter hätten den Hohenburgs übel mitgespielt, werden nicht leiser.
Spätestens auf dem eine Woche nach der Hochzeit stattfindenden Opernball werden wir wohl Klarheit erlangen. Aber eins steht fest: Eine High-Society-Prinzessin, ein neureicher Unternehmer, ein Bad Boy, ein verbotener Stiefbruder, eine (fast) royale Hochzeit und ein Showdown auf dem Ball – das alles klingt schon jetzt nach dem Drama des Jahres.

18. KAPITEL

SOMMER UND ASCHE

LIVIA

Vier Menschen steigen aus einer langen Stretchlimousine. Vier Menschen, die mit selbstsicheren Schritten über einen roten Teppich auf den Eingang des Palais Esterházy zulaufen. Acht Augen wandern über die gelb-weiß gestrichene, mit Scheinwerfern beleuchtete Fassade und die schwarz-goldenen Lettern, die über dem Eingang prangen und das Mondlicht reflektieren. *Casino Wien.* Vier Menschen, die ein gemeinsames und doch jeder sein eigenes Ziel verfolgen.

Einer trägt einen perfekt sitzenden schwarzen Smoking und ein gefährlich charmantes Grinsen und hofft in der blinkenden Spielwelt seine große Liebe zu vergessen, die nächsten Monat heiratet.

Eine trägt ein elegantes, aufregendes Abendkleid in Mitternachtsblau und lächelt so breit, wie sie kann, damit niemand bemerkt, dass die Brautkleidanprobe, die wenige Stunden zurückliegt, ihr einmal mehr vor Augen gehalten hat, in was für einem Käfig sie steckt.

Eine zieht die Blicke auf sich und ihr atemberaubendes Kleid, das eng anliegend ihre Kurven betont, hilft die Scherben ihres Lebens und ihr gebrochenes Herz vor der Welt zu verbergen.

Und der Letzte – er steigt hinter den anderen aus dem Wagen und scheint der Gruppe nicht wirklich zugehörig zu sein. Er trägt ebenfalls einen Smoking, der ihm verboten gut steht, und ein breites Herzstolper-Lächeln. Ich sehe ihn von der Seite verstohlen an und versuche hinter seinem selbstsicheren Gang und seinen wachsamen Augen zu sehen, was er verbergen will. Aber Nicolas Steiner ist und bleibt ein unlösbares Mysterium.

»Schönen guten Abend, Herr von Traun.« Ein Portier steht am Eingang und begrüßt erst Leander, dann uns andere mit einem höflichen Nicken. »Wir freuen uns, dass Sie und Ihre Begleiter den heutigen Abend bei uns verbringen. Wir wünschen Ihnen eine erfolgreiche Starlight Night.«

»Vielen Dank«, sagt Leander und geht zielstrebig an ihm vorbei.

»Bennet wird uns wieder was vorheulen, weil er nicht dabei ist.« Vic knufft mir in die Seite.

»Selbst schuld«, erwidere ich erbarmungslos. »Was fliegt er auch schon wieder nach Barcelona?«

»Was genau ist jetzt der Unterschied zwischen der Starlight Night und einem normalen Casinoabend?«, fragt Nicolas plötzlich niemand Bestimmten. Ich ignoriere ihn. Das macht alles ein wenig leichter. Denn eigentlich ist es verdammt schwer. Jeder Schritt, den er tut, jedes Wort, das er sagt, und jedes verdammte Lächeln, das er mir schenkt, ist eine weitere Granate, die eine glückliche Erinnerung zerbombt.

Um ihn nicht ansehen zu müssen, schäle ich mich aus meinem Mantel und reiche ihn einer Garderobiere.

»Die Gästeliste, mein Guter«, beantwortet Leander an meiner Stelle. »Bei der Starlight Night läuft alles ein bisschen anders. Höhere Einsätze, strengere Türsteher, teurere Klamotten.«

»Also ein Abend, bei dem die Türen für die Normalsterblichen verschlossen bleiben, damit die High Society unter sich sein kann?«, fragt Nicolas mit unverhohlener Abscheu nach.

Boom. Wieder eine Bombe. Wieder eine Erinnerung zersprengt. Wieder unzählige Splitter, die sich in meinen Brustkorb bohren.

»Ganz genau.« Leander zwinkert ihm zu und lässt sich von dem Ekel in Nicolas' Miene offenbar so gar nicht beeindrucken.

»Vic, sagst du der netten Dame von der Garderobe noch, dass sie Snowflake auch genügend Wasser gibt?« Ich drehe mich mit ernster Miene zu meiner Freundin. Alles ist besser, als die Verurteilung in Nicolas' Augen zu sehen, die mich einst glauben ließ, dass es einen Ausweg aus meiner Bedeutungslosigkeit gibt.

Am Ende bin ich doch zurückgefallen in mein immerwährendes Schwarz.

Zukunftsschwarz, Vergangenheitsschwarz und Jetzt-Schwarz.

»Wie bitte?« Die Frau an der Garderobe reißt angesichts meiner Bemerkung leicht panisch die Augen auf.

»Hören Sie nicht auf diese Verrückte«, beschwichtigt Vic sie und reicht ihr ihre weiße Hundefelljacke.

»Kraulen Sie ihn ruhig zwischendurch. Das mag er besonders.«

»Ähm …?« Ein erneuter verängstigter Blick in meine Richtung, dann ein fragender in Vics.

»Entschuldigen Sie. Meine beste Freundin hat leider keine Ahnung von High Fashion und hält sich stattdessen für unfassbar lustig.« Sie schüttelt missbilligend den Kopf und zieht mich dann von der Garderobe weg, bevor ich die Mitarbeiterin weiter mit Fütterungs- und Kuschelanweisung eines Kleidungsstücks verunsichern kann.

»Okay. Also holen wir uns Chips?« Leander klatscht einmal in die Hände.

»Wir sind nicht zum Spielen hier«, erinnert Vic ihn streng.

»Das ist alles eine Sache der Tarnung. Wie komisch wäre es, an einem Casinoabend nur herumzustehen und andere beim Spaßhaben anzuglotzen? Also wäre ich ein spielsüchtiger Arzt mit Dreck am Stecken, würde ich das verdächtig finden.« Ihm scheint das Ganze aus irgendeinem Grund richtig Spaß zu machen. Vielleicht hilft einem Sohn der Elite das Spinnen einer Intrige besser über ein gebrochenes Herz hinweg als Partys und Drogen.

»Meine Güte, dann holen wir halt welche.« Meine beste Freundin gibt sich dieser zweifelhaften Logik offenbar geschlagen. Grinsend hake ich mich bei ihr unter und versuche Nicolas' Blick auszuweichen. Wir gehen durch einen mit grünem Teppich ausgelegten Flur und holen an der Ausgabe Chips, deren Wert ins Sechsstellige geht.

»Yes!« Leander lässt die Münzen in einem schwarzen Samtsäckchen klimpern. »Spielgeld.«

Mein Blick zuckt zu dem, den ich eigentlich versuche zu ignorieren. *Spielgeld.* Ich sehe sofort, was so ein Wort mit ihm macht. Sein Kiefer verspannt sich merklich und seine Gesichtsmuskeln verziehen sich, als hätte er in eine Zitrone gebissen. Nur für eine Sekunde, dann scheint seine Mimik sich wieder zu lockern.

»Hier.« Leander drückt ihm ebenfalls ein gefülltes Säckchen in die Hand. »Geht auf mich.«

Nicks Augen weiten sich, als er den schweren Beutel anhebt. »Leander, das kann ich nicht …«

»Ich kann den Verlust verkraften und ich will nicht, dass wir hier unangenehm auffallen.«

Nicolas nickt nur und starrt auf die Chips in seiner Hand. Ich glaube zu wissen, was sich in seinem Kopf abspielt.

Das ist ekelhaft. An einem Abend so viel Geld zu verspielen, von dem eine fünfköpfige Familie locker ein Jahr leben könnte. Wie verblendet und realitätsfern kann man sein?

Er hebt den Kopf und sieht mich an.

Ich sehe seinen Schmerz, der sich mit meinem verbindet und in rasender Geschwindigkeit in meiner Brust ausbreitet.

Er wollte so nicht sein. Nicht so wie wir. Verblendet und realitätsfern. Und doch steht er hier zwischen uns und hält eine halbe Million Euro zum Zocken in der Hand.

Ich wollte so nicht sein. Nicht mehr. Ich wollte mit ihm eine andere werden und bin doch dieselbe geblieben.

Die verblendete Königin einer realitätsfernen Welt.

Der Schmerz unter meinen Rippen verdoppelt sich und saugt die Luft ein, die ich zum Atmen brauche.

»Habt ihr alle euer Geld?«, fragt Leander in die Runde. »Ja? Dann let's go!«

Ich reiße meinen Blick von Nicolas' Augen los und schaffe es, meine Lungen wieder mit Sauerstoff zu füllen.

Den Raum mit den in Neonfarben leuchtenden Spielautomaten lassen wir links liegen und steuern direkt auf den großen Saal zu, in dem ein Tisch neben dem anderen steht. Ich scanne die vielen Menschen, die in langen Abendkleidern und eleganten Smokings an den Tischen sitzen und sich durch den Adrenalinkick beim Poker oder Black Jack endlich mal wieder spüren. Viele der Gesichter erkenne ich von Empfängen, Galas oder Bällen wieder und mit mindestens einem Drittel der Anwesenden habe ich schon mal stinklangweiligen Small Talk geführt.

An der hinteren Seite des Raumes erkenne ich drei große Roulettescheiben, die sich drehen und über Gewinn und Verlust mehrerer Einfamilienhäuser entscheiden, die für die Anwesenden gerade mal so viel wert sind wie ein Wocheneinkauf.

Das Mobiliar ist etwas in die Jahre gekommen. Eher altmodisch und klassisch elegant. So wie Wien eben ist. Verschnörkelt, beständig und traditionell.

»Lasst uns erst mal an die Bar gehen und uns einen Überblick verschaffen.« Leander geht zielstrebig voraus. Wann wurde er eigentlich zum Anführer dieser ganzen Mission ernannt? Trotzdem widerspreche ich nicht, denn ich brauche dringend einen Drink, um irgendwie diesen Abend zu überstehen.

»Vier Kir Royal, bitte«, sage ich an den Barkeeper gewandt und beobachte einen grauhaarigen Mann mit Monokel dabei, wie er *All In* geht.

»Ich wette, der Kerl spürt sich gerade mehr als an jedem anderen Abend im Jahr.« Nicolas ist meinem Blick gefolgt und beobachtet jetzt ebenfalls den Monokel-Typen dabei, wie er all seine Chips in die Mitte schiebt. »Vorstandssitzungen und Nachtmittagstee mit seiner gelangweilten Ehefrau geben nicht ganz denselben Adrenalinkick wie ein Pokerspiel.«

»Das ist Friedrich Lestermann. Ihm gehört eine großer Erotikversandhandel, den er zusammen mit seinem Ehemann betreibt. Außerdem ist er bekannt für seine verruchten Kink-Partys.« Ich grinse ihn süffisant an.

»Ernsthaft?« Er starrt jetzt völlig unverhohlen den Kerl an und scheint seine Menschenkenntnis ziemlich infrage zu stellen.

»Tja.« Ich schnalze arrogant mit der Zunge. »Sein Leben ist vermutlich interessanter, als du denkst. Nicht jeder ist so, wie er auf den ersten Blick zu sein scheint. Ich dachte, das hättest du mittlerweile gecheckt.«

Er schüttelt den Kopf, glotzt weiter mit zusammengezogenen Augenbrauen den Kerl an und versucht sich vermutlich vorzustellen, wie der Spießer vom Dienst Dildos und Analplugs in Kisten packt und verschickt.

»Willst du ihm sagen, dass Lestermann in Wirklichkeit nur eine Versicherung und eine viel zu jung geratene Frau hat?«, haucht Vic mir zu und kichert leise.

»Auf keinen Fall«, raune ich zurück und muss ebenfalls ein Kichern unterdrücken.

»Hat ihn schon jemand gesehen?«, fragt Nicolas schließlich mit gedämpfter Stimme in die Runde. Er hat uns allen ein veraltetes Foto eines Zeitungsartikels übers Boxen gezeigt, der uns helfen soll Dr. Frey zu erkennen. Wir schütteln die Köpfe.

»Vielleicht kommt er gar nicht.« Ich zucke mit den Schultern und lasse meinen Blick weiter über die Menschenmenge streifen.

»Er wird kommen.« Leander nimmt mit einem selbstbewussten Lächeln sein Glas entgegen und trinkt einen Schluck. »Ich habe genug Zeit mit Menschen wie ihm verbracht. Ich weiß, wie die ticken.«

»Alles klar, du großer Psychoanalytiker.« Ich nippe an meinem Drink und genieße es, die Bläschen meine Kehle hinuntergleiten und in meinem Magen prickeln zu lassen. »Und was machen wir jetzt?«

»Wir amüsieren uns.« Sein Mund verzieht sich zu einem breiten Lächeln.

»Dafür sind wir nicht hier«, widerspricht Vic wieder.

»Aber, Vic. Die Tarnung …« Ich stoße ihr mit dem Ellenbogen in die Seite.

Nicolas hält sich weitgehend aus den Gesprächen raus und scannt nur wieder und wieder die Designerkleider, Hyaluronlippen und meterhohen Türme aus Spielchips.

»Es gibt mehr als einen dieser Räume«, erklärt Leander. »Wir sollten uns aufteilen. Wer weiß, vielleicht hängt Jeremy, sorry, Jeremias irgendwo an einem der Nebentische rum und wir kriegen nichts davon mit. Kann ja sein.«

»Hm. Da ist was dran …«, gibt Vic zähneknirschend zu.

»Sag ich doch.« Er nickt zufrieden. »Komm, *Ever,* gehen wir nach nebenan?«

»*Ever?* So hast du mich noch nie genannt.«

»Irgendwann ist immer das erste Mal.« Er zwinkert ihr zu und ich werfe ihm einen warnenden Blick zu.

Ever wie Everhofen, wie forever, wie ganz sicher nicht *Leander und Vic forever.* Ich suche seinen Blick. *Was soll das werden? Flirtest du gerade mit ihr? Sie heiratet in drei Wochen!,* schreie ich ihm still entgegen, doch Leander ignoriert mich geflissentlich.

»Vic und ich könnten näher am Eingang spielen und haben so genau im Blick, wann der Kerl auftaucht.«

»Nein.« Oh, das war ich. Das Wort kam schneller über meine Lippen, als ich darüber nachdenken konnte. Aber Vic und Leander in einem Raum heißt gleichzeitig Livia und Nicolas in dem anderen Raum.

Alleine.

Nope, auf keinen Fall.

»Livia, wir haben das doch besprochen.« Leander leert sein Glas und stellt es mit einem Hauch zu viel Kraft auf den Tresen. »Er darf dich nicht zuerst sehen, weil leider jeder noch so gesichtsblinde Mensch checkt, dass du und deine Mutter verwandt seid. Er würde sofort wissen, dass was im Busch ist.«

»Dann geh du mit Nick…olas«, füge ich die zwei Silben schnell hinzu, die ihm sagen sollen: *Du bist kein Freund und es ist nicht wie früher.*

»Das geht auch nicht. Wir brauchen Victoria. Sie wird die Hotelerbinnenkarte ausspielen und Jeremias und mich scheinbar zu einem Spiel herausfordern. Mich kennt er ja von den *Boxing Boys* und wird mit Sicherheit nicht abschlagen. Er braucht das Gefühl, dass bei einem Spiel mit uns richtig viel zu holen ist.«

»Ich weiß, ich weiß.« Immerhin haben wir den Plan unzählige Male durchgesprochen. »Ihr überredet ihn zu einem Privatspiel, setzt ihn fest und holt dann mich und ihn dazu.« Ich mache eine undefinierbare Handbewegung in Nicolas' Richtung

»Richtig. Du machst einen auf traurige Tochter einer vermeintlich Verstorbenen, die unbedingt Antworten braucht, und wenn das nicht klappt, zeigt Nick ihm die gefälschte Todesurkunde und sagt, dass er sich bei der Polizei stellen und dann sowieso alles rauskommen und unser kleines Doktorchen hinter Gitter landen wird.«

Ich schaue zu Nicolas, der bei der Aussicht auf seine eigene Haftstrafe nicht mal mit der Wimper zuckt.

»Außerdem hat es den wunderbaren Nebeneffekt, dass diese Menschen dich und ihn nach sechs Monaten wieder zusammen sehen und ihr so tun könnt, als wäre bei den Hohenburgs alles in bester Ordnung.« Vic wirft mir einen entschuldigenden Blick zu.

Alles in bester Ordnung. Ich weiß nicht, ob mein Leben schon mal weniger in Ordnung war als jetzt gerade.

»Ist ja schon gut«, gebe ich mich ihren zweifelsohne besseren Argumenten geschlagen. Dass ich nicht mit Nicolas alleine bleiben kann, weil meine Gefühle sonst am Rad drehen, klingt daneben tatsächlich ziemlich erbärmlich.

»Perfekt. Dann komm, Ever.« Leander zwinkert mir zum Abschied zu und legt dann eine Hand auf Vics Rücken. Ich versuche noch mal ein deutliches *Reiß dich zusammen* in meinen Blick zu legen, aber er grinst nur weiter wie ein Honigkuchenpferd auf Speed.

Sie verlassen den Raum und lassen mich mit dem zurück, der mein Herz zerfetzt hat wie ein tollwütiges Tier. Mein Blick klammert sich an der schwarzen Johannisbeere in meinem Drink fest, um nicht von ihm in den Bann gezogen zu werden.

»Du siehst wunderschön aus heute«, durchbricht er unser Schweigen.

»Danke«, sage ich zur Johannisbeere, die unschuldig in meinem Champagner herumdümpelt.

»Livia?«

»Hm?« Ich drehe mich doch zu ihm. Ein brutaler Fehler, denn jetzt nimmt sein Blick mich gefangen. Sommergrau, einst ein leuchtendes Feuer, das mich zum Glühen gebracht hat, bis alles von mir verzehrt war. Übrig blieb nur Aschegrau.

Sommer oder Asche? Mitreißendes oder Niederreißendes Feuer? *Wer bist du?*

Ich schwimme im ungreifbaren Grau seiner Augen und finde keine Antwort auf die Frage. Plötzlich sind wir allein. Nick und ich. Nicht wirklich, denn im Raum sind noch circa hundert weitere Menschen, aber es fühlt sich trotzdem so an. Als wären da wieder nur wir. Nur er und ich und schmerzhaftes Verlangen, das uns gleichzeitig auseinanderreißt und zueinander zieht. Sommer und Asche. Leidenschaft und Loslassen.

»Ich weiß, dass das alles völlig irre ist.«

Ich sehe, dass sich seine Lippen bewegen, aber seine Worte brauchen einige Sekunden, bis sie mein Hirn erreichen. Er fährt sich einmal durch die Haare, als ich es nicht zustande bringe, eine Antwort zu formulieren. Sie geraten etwas durcheinander, werden zu einem haltlosen Chaos, das nichts mit *bester Ordnung* zu tun hat.

»Stimmt. Völlig irre alles.« Ich nehme einen weiteren Schluck von meinem Kir Royal, einfach nur, um mich von meinen Fingern abzulenken, die unbedingt auch durch seine Haare wuscheln wollen. Ich sollte etwas sagen. Ich muss etwas sagen, um diesen Moment zu torpedieren und die Kontrolle zurückzuerlangen.

»Ist das dein Anzug? Oder hast du ihn dir von Leander geliehen? Ich muss zugeben, dass ich es immer noch sehr verwirrend finde, dass ihr zwei auf einmal BFFs seid. Zumal er und ich …« Ich halte mitten im Satz inne. »Aber wahrscheinlich war dir das immer egal.« *Gut so,* rede ich in Gedanken mit mir selbst. *Sprich die unleugbaren Tatsachen aus, um deinen verkümmerten Verstand wieder auf Vordermann zu bringen. Du warst ihm egal und bist es noch immer. Du warst Mittel zum Zweck. Nicht mehr, nicht weniger.*

»Es ist mein Anzug. Er ist maßgeschneidert.«

»Aha. Sieht ganz okay aus.« Oder auch verdammt heiß. Seine Schultern wirken noch breiter, sein Oberkörper noch muskulöser und dann dieses Lächeln. Es ist einfach unfair.

»Leander und ich sind keine BFFs«, fährt er fort. »Wir verstehen uns nur besser als gedacht. Und was die andere Sache angeht …« Er sieht mir jetzt direkt in die Augen. Grauer Nebel, der mich langsam verschlingt und jeden meiner Gedanken in einen undurchsichtigen Dunst zieht. »Es war mir nicht egal. Es ist mir nicht egal. Leander ist mir nicht egal. Dieser BWL-Blondie ist mir nicht egal. Ehrlich gesagt bringt es mich um, zu wissen, dass du und irgendein anderer Kerl …« Seine Worte knicken ab.

»Was?« Ich trete näher an ihn heran, zwinge mein Gesicht starr und kühl zu bleiben, um mir nicht anmerken zu lassen, dass mein Herz sich mit der Roulettescheibe um die Wette dreht. »Ficken?« Das harte Wort teilt seinen Nebel.

Er schluckt. »Nein.« Seine Finger machen wieder die Wuschelhaarsache. »Dass du und ein anderer … das haben, was wir hatten.«

Haben wir nicht, könnte ich sagen. Das habe ich mit niemandem. Aber damit wäre ich raus aus dem Kontrollmodus und käme rein in den Verletzlichkeitsmodus.

»Es killt mich, Livia.«

Ich zucke zusammen, als ich eine Berührung auf meinem Unterarm spüre. Seine rauen Fingerspitzen auf meiner nackten Haut. Ein sachtes Streichen, das kaum spürbar sein dürfte, ich aber sehr, *sehr* deutlich spüre.

Unsere Blicke, unsere Seelen schwimmen gemeinsam in einem Sommergrauenmeer. Da ist keine Asche. Nur ein brennendes Inferno direkt unter der Wasseroberfläche. Jedes Neuron meines Nervensystems ist darauf getrimmt, jetzt einen Schritt nach vorne zu gehen, ihn zu küssen und in einem hungrig schwarzen Meer zu versinken.

»Tut es das wirklich? Dich killen?« Meine Stimme ist ein angekratztes Flüstern. Denn ich würde ihm so gerne glauben, dass alles *echt* war. Dass ich vielleicht doch mehr war als ein Bauernopfer in einem zu großen Spiel.

»Ja.« Er nickt kaum merklich und macht wieder diese kaum spürbare, aber doch *total* spürbare Handbewegung. Die Neuronen senden Impulse, die mich dazu bringen, ihn berühren zu wollen, ihn zu küssen, ihm zu vertrauen. Er soll meinen Namen noch einmal flüstern und alles wiedergutmachen.

Nur ein einziges Neuron scheint direkt mit dem Vernunftzentrum meines Gehirns und den Scherben meines Herzens verbunden zu sein. *Du kannst ihm nicht vertrauen*, flüstert es. *Du kannst nicht riskieren noch mal so tief zu fallen. Denn ein zweites Mal wirst du nicht wieder aufstehen.*

»Denkst du wirklich, dass ich auf diese Nummer reinfalle? Dass ich es zulasse, dass du wieder so mit mir spielst?« Ich tauche nicht ab, sondern bleibe für immer, immer, immer an der sicheren Oberfläche. »Wenn du das glaubst, bist du naiver, als ich dachte.«

Ich reiße den Blickkontakt ab, ziehe mit einer energischen Bewegung mein Handgelenk zurück und wirble herum.

»Wo willst du hin?«

»Ich verzocke mein Geld, um mich mal wieder zu spüren.«

19. KAPITEL

BIG BLUFF ODER ALL IN?

NICOLAS

Ohne sich noch mal zu mir umzudrehen, steuert Livia auf einen Pokertisch zu, von dem sich soeben zwei Männer erheben. Was war das gerade? Für einen kurzen Augenblick habe ich *sie* gesehen. Frei und verletzlich. Hingebungsvoll und schmerzerfüllt. Für einen kurzen Augenblick hat sie mir Einblick in ihr Innenleben gewährt. Nur um einen Wimpernschlag später wieder alles hinter eiskalten Mauern zu verbergen.

Ich folge ihr an vielen Tischen vorbei in einen Nebenraum. *VIP-Bereich* steht auf der schweren Holztür. Natürlich muss es immer noch exklusiver, noch elitärer sein. Hier ist es dunkler. Die wenigen Tische werden nur von schwach glühenden Schirmlampen erhellt, die Livias Haut in goldenes Licht tauchen. Gott, an ihre Schönheit werde ich mich nie gewöhnen.

Am Tisch sitzen neben einem Dealer vier Männer, alle im Anzug und mit Whiskeygläsern neben den Stapeln aus Chips. Einer von ihnen hält eine Zigarre zwischen Daumen und Zeigefinger und bläst den Qualm in die Tischmitte.

»Entschuldigen Sie, dürfte ich Ihnen vielleicht Gesellschaft leisten?«, fragt Livia.

Drei der Männer sowie der Mitarbeiter des Casinos schauen mit leicht verwirrter Miene erst zu Livia, dann zu mir. Einer – der mit der Zigarre – glotzt ihr auf die Brüste und lächelt so dreckig, dass ich den Impuls habe, ihm die beschissene Zigarre aus der Hand zu reißen und auf einem seiner gierigen Augen auszudrücken.

»Fräulein Hohenburg, wie schön, Sie zu sehen.« Der Mann links von dem Gaffer räuspert sich. »Hier zusammen mit Ihrem Stiefbruder.« Er nickt in meine Richtung. *Ach ja*, die Sache mit den Stiefgeschwistern hatte ich in letzter Zeit irgendwie verdrängt. Für die Öffentlichkeit sind wir das vielleicht. Aber unter uns sind wir … ja, was?

Ein Ex-Paar? Diese Bezeichnung kommt mir viel zu nichtssagend vor für das, was wir waren und sind. Und außerdem hat der Schimmer, der eben in Livias Vulkanaugen aufgeglommen ist, ganz klar gezeigt, dass dieses *Ex* noch lange nicht feststeht.

»Sind Sie sicher, dass jemand wie Sie an einem Pokertisch richtig aufgehoben ist?«, fragt der gaffende Typ jetzt und hebt den Blick von Livias Ausschnitt. Der Casinomitarbeiter schaut demonstrativ woandershin und mischt unbeholfen einen Stapel Karten. *Jemand wie Sie?* Verwirrt sehe ich mich um, dann verstehe ich. An den meisten Tischen sitzen Anzugträger mit den gleichen Whiskeygläsern und Zigarren in der Hand. Frauen sehe ich keine. Ah, doch. Eine hübsche junge Frau sitzt auf dem Schoß eines spielenden Mannes und klatscht in diesem Moment begeistert Beifall, weil der Kerl unter ihr offenbar eine Runde gewonnen hat.

Keine einzige sitzt mit am Tisch und ist eine ernst zu nehmende Gegnerin.

Ekel kriecht von den erwartungsvollen Augen des Mannes, der seinen Blick erneut auf Livias Brust gerichtet hat, in meine Glieder. Was für ein sexistischer, patriarchaler Dreck. In Livias Augen erkenne ich die gleiche Abscheu. Als sie den Kopf zu mir dreht, spricht ihr Gesicht Bände. *Das ist meine Welt. Die, in der du mich zurückgelassen hast. Eine hoffnungs- und ausweglose Welt. Ich bin die Königin dieser Stadt, und doch ist mein Platz auf dem dreckigen Schwanz eines Mannes, der die Macht hat. Welcome back.*

Ihre Unterlippe bebt für den winzigen Bruchteil einer Sekunde. Ein Fassadenriss, der sofort durch ein breites Lächeln zugekleistert wird. Jeder Zentimeter ihres Körpers zeigt mir, dass sie aufgegeben hat. Dass sie sich der Welt, in der sie lebt, gefügt und jede Rebellion für immer unterdrückt hat. Es tut weh, das zu sehen. Es tut weh zu sehen, wie sie sich wieder diesem gaffenden Kerl und Co zuwendet und die Lippen öffnet, um etwas zu sagen. Ein *Sie haben recht* vielleicht. Oder ein *Ich kann mich ja auf Ihren Schoß setzen*. Allein die Vorstellung macht mich krank. Aber ich kenne Livia gut genug, um zu wissen, wie schicksalsergeben sie sich fühlt.

Wie hoffnungslos sie ihr Leben sieht.

Also sage ich etwas. Etwas Bescheuertes, aber Hoffnungsstures.

»Sie spielt. Gegen mich. Heads-up.« Ich lasse keinen Raum für Fragen oder Widersprüche, sondern grille Glotz-Typ mit meinen Blicken. »Spricht irgendwas dagegen?«, frage ich den Dealer, der noch immer Karten von der einen in die andere Hand fallen lässt und sich mit hoher Wahrscheinlichkeit wünscht unsichtbar zu sein.

»Hm?« Er hebt den Kopf und sieht mich etwas erschrocken an.

»Spricht irgendwas dagegen, dass Livia Hohenburg und ich gegeneinander spielen? Gibt es hier festgeschriebene Zugänge, die eng mit dem Gehänge zwischen unseren Beinen verknüpft sind?« Ich lächle breit und tue so, als wäre dies eine völlig normale Frage. Der Ausschnitt-Glotzer neben mir räuspert sich verlegen. Ich beachte ihn nicht. »Und erklären Sie mir doch bitte«, frage ich weiter nur an den Dealer gerichtet, der sich sichtlich unwohl in dieser Situation zu fühlen scheint. »Gibt es irgendwelche Extrapunkte, wenn man einer Frau ungeniert auf die Titten starrt, als wäre sie ein Zootier?«

»Wie bitte? Also … ähm …« Louis, wie ich jetzt dem Namensschild entnehme, das an seinem roten Jackett befestigt ist, stammelt vor sich hin.

»Schon gut.« Der eklige Gaffer erhebt sich plötzlich. »Wir wollten ohnehin an die Bar gehen.« Seine Anzugfreunde nicken, räumen ihre Chips ein und brummeln Dinge vor sich hin wie: »Unerhört«, »stellt uns dar, wie …«, »das wird ein Nachspiel haben«, »Was darf man denn überhaupt noch?«

Nachdem sie endlich den Rückzug angetreten haben, bricht Livia in schallendes Gelächter aus. »Ich kann nicht glauben, dass du vor *dem* Wiener Kaufhaustycoon gerade über Gehänge geredet und dann sein Gegaffe exposed hast. Bah, den Kerl fand ich schon immer unausstehlich, aber ich habe mich nie getraut …« Sie beendet ihren Satz nicht, aber ich weiß auch so, was sie sagen wollte. Einen Aufstand gegen einen Mann dieses Kalibiers anzuzetteln, ist in Livia Hohenburgs Auftreten wohl eher nicht vorgesehen.

»Er hat es verdient. Ich würde ja sagen, dass es ihm vielleicht eine Lehre war, aber davon ist wohl eher nicht auszugehen. Oder, Louis?« Ich wende mich an den Dealer.

»Oh, ähm … wahrscheinlich nicht.« Er läuft rosa an.

»Deinen Job stelle ich mir auch ziemlich eklig vor. Den ganzen Tag hier zu stehen und diesen sexistischen Säcken dabei zuzusehen, wie sie mir nix, dir nix Geld in die Tonne werfen, das das eigene Jahresgehalt übersteigt.«

Louis nickt nur, doch in seinen Augen verändert sich etwas.

»Also, was ist, Steiner?« Livia setzt sich und legt ihren vollen Beutel vor sich auf dem Tisch ab. »Bereit zu verlieren?«

In ihren Augen flackert etwas auf. Etwas, das auf mich überspringt und sich als heißes Glühen in meiner Brust sammelt. Dort und … dreißig Zentimeter tiefer. Es ist unfassbar, dass ein hungrig-herausfordernder Blick ausreicht, um mich hart werden zu lassen. »Bereit.« Das Wort kommt gepresst und eine Spur zu dunkel über meine Lippen. Ich setze mich schnell, bevor sie merken kann, was für eine Wirkung sie auf mich hat. »Aber glaub ja nicht, dass ich dich gewinnen lasse.«

»Als ob ich das nötig hätte. Diesmal kenne ich die Regeln des Spiels.«

»Aber mein Pokerface ist ziemlich gut.«

»Das weiß ich, Steiner. Dafür habe ich meine Methoden, um ein Pokerface zum Einsturz zu bringen.« Sie beißt sich einmal auf die Unterlippe. Weiße Zähne graben sich in dunkelrot geschminkte Herzlippen und allein das, diese kleine Regung, lässt meinen Atem schneller werden und plötzlich bin ich mir sicher, dass wir dieses Mal nach ihren Regeln spielen.

»Ich schreibe Vic, dass sie mich anrufen soll, wenn sie uns brauchen.« Stimmt, der eigentliche Anlass dieses Abends ist irgendwann zwischen dem Gaffer und der brennenden Luft verloren gegangen. Sie zieht ihr iPhone aus der Tasche, tippt kurz darauf herum und legt es dann neben sich auf den Tisch.

»Louis?« Sie dreht sich zu dem Dealer. »Wäre es für Sie in Ordnung, wenn Sie mich und meinen Stiefbruder allein lassen?«

Gute Idee. *Sehr* gute Idee. Die Anwesenheit dieses nervösen Kerls kann ich gerade so gar nicht gebrauchen.

»Natürlich.« Sichtlich erleichtert verlässt er den Raum, nachdem Livia ihm ein Trinkgeld in die Hand gedrückt hat, das er sich nach dieser völlig verrückten Situation wirklich verdient hat.

»Was ist dein Einsatz?« Ich halte Livias Blick und drehe einen lila Chip auf dem Tisch, der umgerechnet einen Wert von fünfhundert Euro hat.

Sie wirft vier lila Chips in die Mitte – zweitausend Euro – und sieht mich herausfordernd an. Ich zucke angesichts der viel zu hohen Summe nicht einmal mit der Wimper, sondern werfe das Doppelte daneben. Big Blind und Small Blind.

Livia greift nach dem Stapel Karten, den Louis eben mehr als gut genug gemischt hat, und gibt jedem von uns zwei.

»Wer sagt mir, dass du das Spiel nicht mit irgendwelchen Tricks manipulierst?«

Sie grinst. »Du wirst mir wohl vertrauen müssen, Nicolas.« Wieder dieser Blick, wieder dieser Hunger, wieder drückt sich mein Schwanz fordernd gegen meine maßgeschneiderte Anzughose.

»Das habe ich immer getan und werde es immer.« Ich strecke die Hand aus und streiche sanft über ihre. Weil jeder Zentimeter zwischen uns, jede Sekunde ohne eine Berührung mir körperliche Schmerzen bereitet.

»Ich habe es auch und werde es nie wieder tun.« Sie zieht die Hand weg und legt drei Karten vom Stapel auf den Tisch, den Flop.

Herzacht, Kreuzass, Herzvier.

Sie begutachtet nun ihre Holds und lächelt. Entweder sie hat gute Voraussetzungen oder blufft. Ich suche in ihrem Gesicht nach den Anzeichen ihrer Schauspielkünste, die sie so oft benutzt, dass sie ihr mittlerweile in Fleisch und Blut übergegangen sein müssten.

Ich selbst habe eine Herzfünf und eine Herzsieben. Nicht schlecht. Wenn noch eine Sechs kommt, habe ich eine Straße. Livia beobachtet mich mit leicht verengten Vulkanaugen, aber ich zwinge jeden meiner Gesichtsmuskeln zu erstarren.

»Heiß hier drinnen, oder?« Mit einer geschwungenen Handbewegung wirft sie ihr Haar zurück und streicht mit der Hand einmal über ihren Nacken.

Erinnerungen schießen durch meinen Kopf. Erinnerungen an meine Lippen auf dieser einen Stelle ihres Halses. An Keuchen und Gänsehaut und Finger, die sich in ihr Haar krallen. Mein Mund wird trocken.

Sie grinst, als sie sieht, was allein diese Bewegung in mir auslöst. Was *sie* in mir auslöst.

»Warst du in letzter Zeit fliegen? Mit Nils?«

»Warum?«

»Ich weiß nicht, ich muss oft an unseren Flug denken. An dich und …« Das Ende des Satzes lasse ich mit Absicht zwischen uns in der Luft hängen, in der Hoffnung, auch bei ihr eine Flutwelle von Erinnerungen ausgelöst zu haben. Und dieses Mal lässt sie es geschehen. Ein weiteres Mal strecke ich die Hand aus und berühre ihre. Mit fest verankertem Blick male ich mit meinem Zeige- und Mittelfinger Kreise auf ihren Handrücken. Kreise, wie ich es schon mal getan habe. Nur an einer anderen Stelle ihres Körpers. In einem anderen Leben.

Fingerkreise auf zarter Haut.

Gedankenkreise im Kopf.

Rosa Kreise auf Wangenknochen.

Ihre Lider flattern.

»Ich verdopple«, flüstert sie und wirft weitere Chips vor sich. Ihre Hand bleibt unter meiner.

»Ich gehe mit.« Kreisende Finger, flatternde Lider.

Nachdem ich meinen Einsatz in die Mitte gelegt habe, deckt Livia die Turn-Card auf. Eine Sechs. Ich habe schon jetzt eine Straße, aber zwei Karten kommen noch. Mit meinen kreisenden Fingern tippe ich auf Livias Handgelenk und zeige somit, dass sie dran ist, ich den Einsatz aber nicht erhöhe.

Livia nickt und fixiert mich mit ihrem Blick. Sie sucht nach einem Zeichen, einem Zucken der Mundwinkel, einem ängstlichen Huschen der Pupillen, aber ich weiß, dass sie nichts finden wird, denn ich bin gut in diesen Dingen. Anderen etwas vorzumachen, mir nicht in die Karten schauen zu lassen. Vielleicht bin ich *zu* gut.

Ich decke die River-Card auf. Ein Herzass. Ich habe also einen Flush. Das fünfthöchste Blatt.

Ich schaue zu Livia, in ihre lustverzerrten Vulkanaugen, und überlege. Plötzlich schießt eine Idee durch meinen Kopf, die sich nicht so schnell abschütteln lässt. Sie ist dumm und viel zu riskant. Aber wenn sie funktioniert, würde ich einen Zwischensieg erlangen. Nicht in diesem Spiel. Sondern in dem, das wirklich zählt. Doch wenn sie nicht funktioniert …

Ich scanne Livias Gesicht, ihre geschwungenen Wimpern und ihre Herzlippen und fälle eine Entscheidung.

»Lass uns volles Risiko gehen!«

»Was meinst du?«

»Livia«, ich lege ein sanftes Lächeln auf meine Lippen. »Geld hat bei uns nie eine Rolle gespielt. Also lass uns nicht damit anfangen, um etwas zu spielen, das uns beiden nichts bedeutet.«

»Aber ging es dir nicht immer genau darum? Um Geld?« Sie beugt sich über den Tisch und durchbohrt mich mit ihrem Blick.

»Ursprünglich vielleicht. Aber bei dir und mir, in unserem Spiel, ging es doch um mehr, oder?« Ich beuge mich ihr entgegen, schmecke fast ihren Atem auf meinen Lippen.

»Ja. Es ging um meine Wahrheiten und deine Lügen«, sie flüstert, doch ich höre die Verletzlichkeit, die zwischen ihren Silben schwingt.

Meine Wahrheiten und deine Lügen. Und doch so viel mehr. Wahrheiten, Lügen, Herzen, Grenzen, Fesseln, Masken, Seelen.

»Und vielleicht haben wir beide das Spiel verloren.« Meine Worte streichen über ihre Herzlippen. Meine Finger kreisen über ihre Haut. Ihre Wimpern flattern.

»Was willst du von mir, was du nicht schon hast?«, fragt sie dann. Ein leises Wispern, das einen Schmerz in sich trägt, der mir durch Mark und Bein kriecht.

»Ich will etwas, das wir verloren haben. Ich will einen Moment, der nur uns gehört. Einen Kuss.«

»Einen Kuss?«

»Eine Chance.« Ich hole zitternd Luft, denn jetzt kommt der riskante Teil dieses irrwitzigen Plans.

»Und wenn ich gewinne?«

»Dann höre ich ein für alle Mal auf es zu versuchen. Dann sind du und ich Geschichte. Dann helfe ich dir in dieser Sache mit deiner Mutter und sonst nichts.« Ich schlucke einmal hart. »Wenn du gewinnst, Livia, höre ich auf, um dich zu kämpfen.«

In ihr arbeitet es. »Machst du mir wieder was vor, Nick?«, fragt sie unvermittelt. *Nick, nicht Nicolas.* »Bluffst du?«

Furcht im Meergrün ihrer Iriden. Eine unerschütterliche Sorge davor, sich mir auch nur einen Schritt zu nähern, aus Angst, ich könnte sie ein weiteres Mal in Stücke reißen.

»Nein«, sage ich deshalb bestimmt. »Dieses Mal nicht. Ich gehe All In.«

20. KAPITEL

FASSADENSCHMELZENDES FEUER

LIVIA

»Ich gehe All In.«

All In. Wenn ich gewinne, ist es vorbei. Schluss – aus – finito. Genau das habe ich gewollt, oder? Dass er mich in Ruhe lässt und mich einfach mein Leben leben lässt.

Mein Leben. Ein bitterer Geschmack sammelt sich auf meiner Zunge. Mein Leben, das eine Endlosschleife aus Abenden wie diesen ist. Nur ohne ihn. Dafür mit Männern, die mir auf die Titten starren. Mit Menschen, die mit Geld um sich werfen, als wäre es wertloses Konfetti. Mit Floskeln und Fakeness.

Ich gehe All In.

Ich will nicht, dass er aufgibt. Aber ich sollte es wollen.

Ich will ihn küssen. Aber ich sollte das *nicht* wollen.

Gewinne oder verliere ich gerade? Spielen wir noch das gleiche Spiel oder hat er wieder die Regeln geändert, ohne dass ich es bemerkt habe?

Ich schaue auf meine Karten. Werde ich mit ihnen gewinnen und dann alles verlieren? In mir schleudern Gefühle umher, so gegensätzlich, so verwirrend, dass vor meinen Augen alles verschwimmt.

»Livia?« Nick hebt fragend die Augenbrauen. »Gehst du mit.«

Gehe ich mit? Wenn ich Nein sage, zerbröckelt meine Mauer, die ich mühsam Stein für Stein wieder aufgebaut habe.

Also kann ich nicht anders und sage: »Ja.« Mein Puls hämmert in meinen Ohren. Die beiden Karten in meiner Hand rutschen mir durch die schwitzigen Finger.

Gewinnen oder verlieren?

Er oder ich?

Verliert er mich?

Ein zweites Mal.

Ein für alle Mal.

Ich kann nicht atmen. Die Anspannung schlingt sich um meinen Brustkorb und drückt fest zu.

Nicolas atmet einmal aus und dreht dann seine Karten um. Er hat einen Flush.

Ich starre auf meine Karten. Eine Piksechs und ein Ass. Ich habe ein Full House. Mein Blatt ist höher als seins.

Ich habe gewonnen.

Freude sollte auf mich regnen und den Schmerz der letzten Wochen endlich abwaschen. Aber da ist kein Freudenschauer.

Nur Eiseskälte.

Ohne die Karten umzudrehen, schaue ich zu ihm. Schaue in das mir so vertraute Sommergrau, das vor Angst dunkler zu werden scheint. Wenn ich mein Blatt zeige, ist es vorbei. Wir sind vorbei. Endgültig.

Mein Herz tut mit jedem Schlag ein bisschen mehr weh. Es schreit und tobt und will das Ende nicht wahrhaben.

Meine Lippen weigern sich es auszusprechen. *Ich habe gewonnen. Du kannst gehen.* Sechs Worte, wie die Sechs in meiner Hand.

Ich schaue zu Nick.

»Du hast einen Flush«, sage ich. »Das ist ein gutes Blatt.«

Graue Panik.

Und dann sagen meine Lippen, was mein Herz ihnen befiehlt. »Du hast gewonnen.« Ich lege meine Karten verdeckt auf den Tisch. Mein Kopf ist leer. Ich bin leer. Bis auf den quälenden Impuls, ihn zu spüren, der in diesem Augenblick die Kontrolle übernommen hat.

Graues Verlangen. Ich stehe auf.

Graues Verlangen. Ich setze mich vor ihn auf den Tisch.

Graues Verlangen. Ich spreche das aus, was mein Herz will, seit er vor einer Woche plötzlich wieder vor mir stand.

»Küss mich.«

»Bist du sicher? Ich dachte, du hast einen Freund.«

Will er jetzt ernsthaft rumdiskutieren? Ich glaub's nicht. »Er ist nicht mein Freund. Wir tun so für die Presse, also was ist jetzt?« Ich recke herausfordernd das Kinn. »Küss mich.«

Grau wird zu Schwarz.

Er steht auf und zieht mich an sich. Unsere Münder prallen aufeinander. In meinem Inneren löst sich etwas, das monatelang in Ketten lag. Ketten, die jetzt zu Staub zerfallen und mit ihnen jegliche Kontrolle. Der Kuss ist haltlos und chaotisch. Wie wir.

Seine Lippen müssen über tausend Grad heiß sein und ich weiß, dass ich gerade dabei bin, mich zu verbrennen. Es ist mir egal. In dieser Sekunde ist mir alles egal. Auch die anderen Casinogäste an den Tischen im VIP-Bereich und die Tatsache, dass er mein Stiefbruder ist. Es ist mir scheißegal.

»Fuck, Livia«, bringt er hervor und umfasst meine Taille, um mich noch enger an sich zu ziehen. Meine Beine schlingen sich um seine Hüften und ich spüre ihn hart an meiner Mitte. Ein Keuchen verliert sich in seinem Mund. Hände in seinem Jackett.

Spielchips und Karten fallen zu Boden und mit ihnen jede meiner Hemmungen. Ich stöhne in den Kuss hinein, presse mich an ihn und an seine Härte, spüre seine Hände überall. Rücken, Taille, Nacken, Haare, Brüste, Beine. Jeder Zentimeter wird von Nicks Fingern berührt und in Brand gesetzt.

Und es ist doch nicht genug. Zwischen meinen Beinen pocht es verlangend. Mehr. Ich will, brauche, giere nach mehr von ihm. Jede seiner lodernden Berührungen brennt die Winterkälte aus mir heraus, bis ich buchstäblich in Flammen stehe und … *lebendig* bin.

Nach sechs langen verlorenen Monaten bin ich zum ersten Mal wieder mit mir verbunden.

Unsere Zungen spielen, tanzen und kämpfen gleichermaßen miteinander. Nick zerrt am Träger meines Kleides. Ein Knurren vermischt sich mit meinem Wimmern.

Livia Hohenburg fickt Stiefbruder in VIP-Bereich, könnte die Headline morgen lauten und es könnte mich nicht weniger jucken. Ich ziehe ihn mit den Beinen noch näher an mich, spüre ihn nah, so nah an meiner pulsierenden Mitte, dass ich glaube vor Lust zu fallen. *Auseinanderzufallen.*

»Livia, ich …« Verzerrte, abgehackte Worte an meinem Hals, geformt von heißen Feuerlippen. »Scheiße, ich …«

My cards are on the table, yours are in your hand.

Taylors Stimme dringt zu mir hindurch und überschüttet mich mit Eiswasser. Mit der Wucht eines Faustschlags wird mir klar, was ich hier gerade tue. Wo und vor allem mit wem.

Ich zucke zurück, erstarre für einen Moment und sehe mich dann hektisch um.

And I will block out these voices of reason in my head.

Ah, mein iPhone liegt auf dem Boden. So wie meine Würde. Ich stoße Nicolas von mir, er taumelt zurück und sieht mich erschrocken an. In einer schnellen Bewegung springe ich auf, gehe in die Hocke und greife nach meinem Handy, das unentwegt *Foolish One* von sich gibt und mir meinen Absturz mit jedem Ton unerbittlich vor Augen hält.

And the voices say, »You are not the exception
You will never learn your lesson«

Tränen sammeln sich in meinen Augen. Wie konnte ich das

zulassen? Wie konnte ich alles, was ich mir aufgebaut habe, so schnell niederreißen? Ich fühle mich nackt. Bloßgestellt und verhöhnt von mir selbst. Jeder Ziegelstein, den ich mühsam um meine verletzte Seele gemauert habe, wurde gerade von mir selbst eingerissen. Wie schwach und dämlich von mir. Wie ungeheuer lächerlich.

Vics Name blinkt auf dem Bildschirm auf. Mit zitternden Fingern greife ich danach und entsperre mein Handy.

»Ja?« Ein schwaches, würdeloses Krächzen.

»Liv? Scheiße, warum reagierst du nicht auf meine Nachrichten?«

Weil ich mich kurz vergessen habe. Mich, meine Prinzipien und mein gebrochenes Herz.

»Wir haben gespielt«, erwidere ich und brauche unmenschliche Kräfte, um die Tränen nicht in meine Stimme sickern zu lassen.

»Alles klar.« Beinahe höre ich ihr Augenrollen und die Skepsis darin. »Dann hört jetzt mal auf zu spielen. Es ist wahr, hörst du? Sie lebt. Deine Mutter lebt.«

»Meine Mutter lebt«, wiederhole ich leer und tonlos. Nicht in der Lage, es tatsächlich zu begreifen.

»Der Doktor hat schneller geredet, als wir vermutet haben, und zugegeben den Totenschein gefälscht zu haben.«

»Meine Mutter lebt.« Es ein zweites Mal auszusprechen, sorgt auch nicht dafür, dass ich die Tragweite dessen wirklich begreife.

»Ja.«

»Meine Mutter … lebt.« In meinem Hirn müssen irgendwelche Synapsen einen Kurzschluss erlitten haben.

»Ja, Liv. Ist alles okay?« Sorge vibriert in Vics Stimme. »Wo bist du? Lass uns abhauen.«

»Okay. Ich komme.« Ohne die Frage nach meinem Zustand zu beantworten – ich wüsste ohnehin nicht, was ich dazu sagen sollte –, lege ich auf. Zu keiner Bewegung fähig verharre ich in meiner Position am Boden. Eine Träne tropft auf den Teppich. Sie versickert im grünen Gewebe und die Erkenntnis in meinem Bewusstsein.

Meine Mutter, meine tot geglaubte und betrauerte Mutter, lebt.

Ich war eine Figur in einem Spiel, dessen Regeln ich nicht kenne.

Schon wieder.

Ein Tornado aus Gefühlen braut sich in meinem Inneren zusammen. Er drückt gegen Augen, Herz, Kopf und Bauch und ist nur einen kurzen Moment der Unvorsichtigkeit davon entfernt, alles zu verwüsten. Alles mit sich zu reißen.

Nicht jetzt. Nicht hier. Nicht vor ihm.

Mit der freien Hand wische ich mir also übers Gesicht und ziehe mir dann die Träger meines Kleides wieder über die Schultern. Ich gebe mir noch drei Sekunden und zwei Atemzüge, um den Tornado aus meinem Gesicht zu verbannen. Dann drücke ich den Rücken durch, lasse meine Gesichtsmuskeln erstarren und meine Lippen schmal werden.

»Wir müssen los«, bringe ich hervor, als ich mich aufrichte. Ich recke das Kinn und werfe mein offenes Haar über die Schulter.

»Warte, Livia, ich …«

Doch ich wirble herum und lasse mich von meinen High Heels aus dem Raum tragen. Vorbei an den runden Augen unserer Zuschauer, weg von ihm und seinem fassadenschmelzenden Feuer auf die bittere Realität zu.

Ab jetzt unangreifbar statt ungezügelt.

Eiseskälte statt brennender Hingabe.

Ich werde die Spielmacherin sein statt der Spielfigur.

21. KAPITEL

NICK-NAMES

LIVIA

»Ich find's immer noch so krass, was deine Mutter da abzieht.« Vic schiebt sich ein Stück Käsekuchen in den Mund und schüttelt schockiert den Kopf.

Ich kann nur nicken, denn so ganz sind die Vorkommnisse der Casinonacht noch nicht in mein Hirn vorgedrungen. Und das, obwohl das Ganze schon drei Tage her ist.

»Und ich finde es krass, dass ihr mich nicht mitgenommen habt ins Casino«, wiederholt Bennet zum fünften Mal heute und verengt zum fünften Mal beleidigt die Augen.

»Du warst nicht da. Was können wir dafür, wenn du wieder sonst wo unterwegs warst, um irgendeine Fabrikhalle in einen Club zu verwandeln?« Vic zuckt gelassen mit den Schultern.

»Martha, sag du doch auch mal was.« Bennet wendet sich an die Besitzerin der *Keksmonarchie*, unseres Lieblingscafés.

Sie steht mit einer großen Kaffeekanne neben unserem Tisch und schüttelt den Kopf. »Was soll ich da sagen, mein Junge?«

»Ja, Bennet. Was soll sie da sagen?« Ich blicke ihn belustigt an. »Weniger Cluberöffnungen, mehr Casinoabende mit Freunden. Es liegt an dir.«

»Noch Kaffee, Livia?« Martha hebt fragend die Kanne, von der ein himmlischer Geruch ausgeht. Ich nicke.

»Immer macht ihr die coolen Sachen ohne mich …«, motzt Bennet weiter, nachdem Martha sich den anderen Gästen zugewandt hat, und verschränkt die Arme vor der Brust.

»Meine Güte, du beleidigte Leberwurst.« Ich knuffe ihm spielerisch in die Seite. »So cool war es gar nicht.«

Cool ist tatsächlich die letzte Beschreibung, die ich diesem denkwürdigen Abend geben würde. Die letzten drei Tage habe ich damit verbracht, mein Leben zu hinterfragen und mich selbst für meine Disziplin zu hassen, um die es ganz offensichtlich nicht besonders gut bestellt ist. Vielmehr macht sie einen Abflug sonst wohin, sobald meine Hormone ein wenig aufdrehen. Dann heißt es *Tschüssikowski, have fun*. Und mein Vorhaben, Nicolas nie wieder einen Angriffspunkt zu bieten, ihn nie wieder in meine Nähe zu lassen, nimmt sie gleich mit. Aber ich muss nur durchhalten. Irgendwann werden auch meine Hormone verstehen, dass Nicolas Steiner ein Wichser ist.

Beiläufig scrolle ich durch meinen Insta-Feed und sehe die vielen #teamleander- und #teamlukas-Anhänger, die sich dort in den Kommentaren versammeln. Bis auf eine kleine Mini-Gruppe, die mir und Nicolas den Shipname *Licolas* gegeben hat und die niemand wirklich ernst zu nehmen scheint, ist unser Kuss wie durch ein Wunder nicht an die Öffentlichkeit geraten und dabei soll es bitte bleiben. Ich habe es nicht einmal über mich gebracht, meinen Freunden von meinem Ausrutscher zu erzählen. Sie würden meine Zurechnungsfähigkeit zu Recht anzweifeln und mir immer wieder sagen *Pass auf dich auf, Livia* und *Lass dich nicht einwickeln*. Als ob ich das nicht selber wüsste …

Licolas … #teamleander … #teamlukas

»Liv, träumst du?«, holt Vic mich zurück in die *Keksmonarchie*.

»Ja, von dir.« Ich zwinkere ihr zu. »Du heiße Schnitte.«

»Nichts anderes habe ich erwartet.« Sie grinst und nimmt einen Schluck Kaffee. »Ich sehe es übrigens anders.«

»Was?«

»Na ja, ich fand diese Sache im Casino schon cool. Echt schade, dass du das verpasst hast, Bennet.«

»Du bist so ein Biest.« Unser Freund funkelt Vic so böse an, dass wir kichern müssen. »So ganz verstehe ich es immer noch nicht«, sagt er dann nachdenklich. »Was genau hat dieser Arzt jetzt gemacht?«

Ich antworte sofort. »Meine wunderbare Mutter hat seine Spielschulden gezahlt und ihm obendrauf noch locker eine halbe Million überwiesen, bei der ich keine Ahnung habe, woher sie so viel Geld hat.« Ich schüttle den Kopf. »Aber jedenfalls hat die Summe anscheinend ausgereicht, um ihn davon zu überzeugen, die nächste unbekannte Leiche fälschlicherweise als ihre zu identifizieren.« Egal wie oft ich es ausspreche, es klingt immer gleich verrückt.

»Und das haben einfach alle geglaubt? Irgendwie kommt mir das alles zu einfach vor.« Bennet nippt nachdenklich an seinem großen Braunen. »Deine Mutter war doch keine Unbekannte. Hätte man da nicht genauer hingucken können?«

»Tja, die Polizei hat eine identifizierte Leiche und damit einen abgeschlossenen Fall wahrscheinlich mit Kusshand genommen. Eine Sache weniger, um die man sich kümmern muss.« Vic zuckt mit den Achseln.

»Und dein Vater, wollte er die Leiche nicht identifizieren? Es ging immerhin um seine Ex-Frau. Die Mutter seiner Kinder. Da würde jeder normale Mensch doch sicher hingehen wollen.« Schockiert schüttelt Bennet den Kopf.

»Ich habe ihn gestern am Telefon gefragt, wie das abgelaufen ist.« Bei der Erinnerung an unser Gespräch wird mir schlecht.

»Und?«

»Er sagte, dass er keinen Kopf dafür hatte, weil ich erst verschwunden und dann im Krankenhaus war. Aber ich glaube, dass er mit Absicht nicht genau hingeschaut hat. Schließlich hat es ja allen gut in den Kram gepasst. Mein Vater konnte diese Betrügerin heiraten und musste sich nicht mehr mit Scheidungsanwälten herumschlagen. Außerdem klingt *Ehefrau von Alexander Hohenburg tot aufgefunden* doch deutlich schöner als *hat sich aus dem Staub gemacht und ihre Familie zurückgelassen*«, gebe ich zu bedenken und schlucke eine sich anbahnende Übelkeit herunter. »Da macht man kein Fass auf, wenn man nichts trinken will. Ich wette, das war ihr klar.«

»Hä? Sicher, dass der Spruch so geht?« Bennet sieht skeptisch zu mir.

»Was?«

»Der mit dem Fass? Das sagt man doch nicht so. *Man macht kein Fass auf, wenn man nichts trinken will.*«

»Nicht?«

Bennet und Vic schütteln den Kopf.

»Egal.« Ich winke ab. »Ich konnte auch keine Leiche identifizieren, weil ich bekanntermaßen mit einer Überdosis im Krankenhaus lag. Ich gebe zu: Nicht mein bester Moment.«

»Und als du wieder raus warst, war die Leiche schon weg«, ergänzt Bennet.

»Jap, eingeäschert. Angeblich der Wille meiner Mutter. Die Asche haben wir dann zusammen auf der Donau verstreut.« Bei dem Gedanken an die Gedenkfeier, die meine Freunde auf die Beine gestellt haben, ätzt erneut Galle in meiner Kehle.

»Wessen Asche das wohl war?« Vic schaut nachdenklich auf die gemusterte Tapete hinter mir.

»Tja. Das werden wir wohl nie erfahren.« Und eigentlich will ich es auch gar nicht wissen. »Auf jeden Fall wissen wir jetzt, dass meine Mutter noch lebt und irgendwas im Schilde führt.«

»Das ist echt heftig, Liv.« Bennets Augen werden groß. »Ich bin wirklich beeindruckt, wie locker du das alles aufnimmst.«

Ich kann nichts erwidern. Denn ich bin weit davon entfernt, *locker* zu sein. Eigentlich stehe ich ziemlich unter Strom, zwinge mich aber jeden Tag, jede Stunde und Minute mich nicht von der Welle begraben zu lassen. Denn vielleicht würde ich dann ertrinken und noch einmal im Krankenhaus landen.

Oder sterben.

»Und das alles hat dieser Arzt euch einfach so verraten?«

Vic lacht auf. »Fast. Leander hat ihm ziemlich zugesetzt und mehr als überzeugend dargestellt, dass es nicht gut für unseren Doktor ausgehen würde, jetzt zu lügen.« Ihre Augen leuchten, als sie den Vorfall schildert.

»Du hast eindeutig zu viel Spaß an dieser ganzen Sache, Vic.« Ich schnalze missbilligend mit der Zunge. »Was habt du und Leander eigentlich getrieben, bis die Sache mit Jeremias losging? Oder soll ich dich jetzt auch *Ever* nennen?«

»Ach, nichts weiter. Gespielt eben.« Ihre Antwort ist so betont gleichgültig, dass ich sofort weiß, dass mehr dahinterstecken muss.

»Gespielt. Mhm.« Wenn ihr *Spiel* auch nur annähernd Ähnlichkeiten mit dem von Nicolas und mir hatte, will ich nicht in ihrer Haut stecken.

»Ever?«, fragt Bennet nach und blickt verständnislos zu Vic, deren Wangen sich erst zartrosa, dann verräterisch dunkel verräterrot färben.

»So nennt Leander sie seit Neustem.« Ich werfe meinem Freund einen vielsagenden Blick zu.

»Okaaaaay.« Er dehnt das a in die Länge, sodass wir freie Sicht auf den zerkauten Schokokuchen zwischen seinen Zähnen haben.

»Bennet, erst schlucken, dann reden«, ermahnt Vic ihn streng.

Er verdreht die Augen, tut aber wie ihm geheißen. »Und was hat das zu bedeuten?«

»Nichts, das ist doch typisch Leander …«, lenkt sie ab und guckt zur Seite.

»Wirklich? Ich hätte romantische Spitznamen jetzt nicht gerade zu seinen typischen Verhaltensweisen gezählt.« Ich wende mich an Bennet. »Hast du von Leander schon mal einen süßen Spitznamen bekommen? Vielleicht Hawkeye oder so?«, spiele ich auf seinen Nachnamen Falk an.

»Nein, nicht, dass ich wüsste.« Er grinst und lässt den Blick auf Vic gerichtet. »Du, Livia? Vielleicht Highcastle oder HighHigh?«

»Nur Königin, und das war ganz sicher nicht zärtlich, sondern eher spöttisch gemeint.« Auch ich schaue meine beste Freundin durchdringend an.

»Was starrt ihr denn die arme Victoria so an?« Martha steht plötzlich neben uns und hebt leicht pikiert den Zeigefinger.

»Ein Mann, der nicht ihr Verlobter ist, nennt sie seit Kurzem *Ever*«, erklärt Bennet. »Weißt du? Wegen ihres Nachnamens …«

»Oha.« Die runde Cafébesitzerin nickt und setzt sich auf den freien Stuhl neben Vic. »Das ist 'ne ernste Sache.«

»Gar nicht!«, widerspricht Vic.

»O doch! Kurz vor meiner Hochzeit mit einem Mann, der fast Ehemann Nummer zwei geworden wäre, ist mir was Ähnliches passiert.«

»Erzähl!« Sechs Augen sind jetzt auf Martha gerichtet, die es wie immer sehr zu genießen scheint, uns eine ihrer Geschichten zu erzählen, die ihrem mehr als wilden Leben entsprungen sind.

»Es waren nur noch wenige Tage, bis ich vor den Altar schreiten sollte, als Marlon plötzlich wieder auf der Bildfläche erschien und mich völlig durcheinanderbrachte. Er war schon damals ein sehr bekannter Schauspieler in Hollywood gewesen, aber wir kannten uns aus den Fünfzigern.«

»Warte.« Bennet hebt die Hand. »Du meinst aber nicht Marlon Brando?«

»Wer ist das?«, fragt Vic.

»Der Pate!«

»Ah, oh … nie gesehen.«

»Ist das dein Ernst?« Bennet sieht sie fast so entrüstet an wie Martha.

»Ich auch nicht«, gebe ich zu.

Bennet stöhnt. »Martha, falls du zwei Freundinnen für mich hast, die einen besseren Filmgeschmack vorweisen können, bin ich offen dafür.«

»HEY!«, sagen Vic und ich gleichzeitig.

Bennet wirft uns Luftküsse zu und wendet sich dann wieder an die Cafébesitzerin. »Also, wie ist es mit Marlon *fucking* Brando weitergegangen?«

Sie lächelt verschmitzt. »Wir kannten uns wie gesagt aus den Fünfzigern. Damals war ich Praktikantin am Set von *Endstation Sehnsucht* und er einer der Hauptdarsteller.«

»Natürlich warst du auch noch Filmpraktikantin.« Vic schüttelt fassungslos den Kopf. »Das hätten wir uns auch denken können.«

»Marlon und ich begannen sehr schnell eine heimliche Affäre am Set. Dieser Mann war einfach …«

»Lass mich raten: *halleluja?*«, frage ich.

»Ja, so kann man es sagen. Nach Abschluss der Dreharbeiten haben wir uns aber aus den Augen verloren. Er hatte die nächste Rolle und mich zog es raus aus L.A. und zurück nach Wien, wo ich dann den Michel kennenlernte.«

»Der war aber kein Schauspieler, den ich kennen müsste, oder?«, wirft Vic ein.

Martha lacht. »Nein, nein. Der Michel hatte eine kleine Bäckerei und hat mir alles über Kuchen beigebracht, was ich noch heute weiß. Ich war sehr in ihn verliebt und habe sofort Ja gesagt, als er um meine Hand angehalten hat.

»Bis der Pate wieder vor der Tür stand.«

»Genau. Es waren nur wenige Tage bis zu meinem großen Tag, als es plötzlich klingelte und Marlon vor mir stand. *Martha-Mallow, ich kann dich einfach nicht vergessen,* hat er gesagt und es war wieder um mich geschehen.« Ein träumerischer Ausdruck taucht in ihren runzligen Gesichtszügen auf.

»Marshmallow?«, wiederholt Vic verwirrt.

»Nein, Victoria.« Martha rollt mit den Augen. »Martha-Mallow. Mallows sind Malven, Blumen mit rosa Blüten, so wie meine Haare damals.« Sie reibt sich einmal über die grauen Löckchen.

»Du hattest mal rosa Haare? Das ist so cool, Martha. Ich sollte das echt auch mal machen. Würde beim Opernball in vier Wochen ordentlich Aufsehen erregen.«

»Machst du eh nicht, Liv.« Bennet wirft mir bei dieser Idee einen strengen Blick zu und richtet seine Aufmerksamkeit dann wieder auf Martha. »Was ist dann passiert?«

»Er hat mich dazu gebracht, die ganze Sache mit der Hochzeit noch mal zu überdenken. Wir hatten einen wundervollen Sommer in der Toskana, bis er heim zu seiner eigenen Verlobten gegangen ist.« Sie seufzt. »Bereut habe ich es trotzdem nie. Es war richtig, mit ihm zu gehen. Sonst hätte ich mich vielleicht immer gefragt, wie es geworden wäre. Also …« Sie zwinkert in Vics Richtung. »Sei vorsichtig, Victoria. Ein Spitzname ist nie nur ein Spitzname.«

Vic sagt nichts, aber die steile Falte zwischen ihren Augenbrauchen verrät, dass es in ihr arbeitet.

»So, Kinder, ich muss mal weitermachen. Leider seid ihr ja nicht die einzigen Gäste.« Martha steht auf, winkt zum Abschied und geht zu einem der anderen Tische.

»Diese Frau macht mich wirklich fertig.« Ich blicke der kleinen, runden Omi hinterher, deren Erlebnisse mehrere Bücher füllen könnten.

»Sie ist der Hammer. Mittlerweile würde es mich nicht mehr wundern, wenn sie auch mit Elvis Presley im Bett war oder Kaiserin Sisi.« Vic, die offenbar dankbar ist, dass Leanders *Ever*-Spitzname kein Thema mehr ist, grinst breit.

»Himmel, Vic, dann wäre sie jetzt über zweihundert Jahre alt.« Bennet schlägt sich die Hand vor die Stirn.

»Ich sag ja, dass mich *nichts* mehr wundern würde.«

»Wir haben dem Doc übrigens noch einen Kontakt zur Spielsuchtberatungsstelle hergestellt«, erkläre ich Bennet, um das Thema abzuschließen. »Der Kerl braucht wirklich dringend Hilfe.«

»Gute Idee.« Bennet schiebt sich das letzte, für seinen schmalen Mund etwas zu große Kuchenstück in den Mund. »Und wie geht's jetzt weiter?«

»Was meinst du?«

»Mit deiner Mutter und so. Hast du deinen Vater bei eurem Gespräch mit den … neusten Entwicklungen … konfrontiert?«

»Nein, und das habe ich auch nicht vor. Wenn mein Vater davon Wind bekommt, wird er völlig ausflippen und die Sache selbst in die Hand nehmen wollen.«

»Und das wäre schlechter als eine Gruppe Möchtegerndetektive in den Zwanzigern?« Bennet zieht skeptisch die Augenbrauen zusammen.

»Ja«, sage ich bestimmt. »Wenn mein Vater sich der Sache annimmt, wird er es auf seine Weise tun. Auf eine verschlossene, sehr geheime Alexander-Hohenburg-Weise. Dabei spielt es keine Rolle, dass er im Knast sitzt.« Ich seufze einmal tief. »Wenn mein Vater mit von der Partie ist, werde ich vielleicht nie herausfinden, was genau es mit der Sache auf sich hat.«

»Ich dachte, eure Beziehung hat sich verbessert seit deiner … nennen wir es Auszeit im Krankenhaus«, spielt Bennet auf meine Überdosis im letzten Jahr an.

»Schon.« Es stimmt. Mein Vater und ich hatten an meinem Krankenhausbett, umgeben von Monitoren, Schläuchen und der Angst, einander zu verlieren, vielleicht zum ersten Mal ein wirklich gutes Gespräch. Wir haben versucht den jeweils anderen zu verstehen und doch sind wir weit davon entfernt, ein Verhältnis auf Augenhöhe zu führen. »Papa würde die Sache regeln und die Details vor mir verbergen«, erkläre ich deshalb. »So ist er einfach.« Gedankenverloren nehme ich einen Schluck Kaffee. Auch wenn es vernünftiger wäre, meinen Vater in alles einzuweihen, weiß ich, dass ich diese Sache selbst machen muss. Dass ich ein einziges verfluchtes Mal die Kontrolle behalten muss.

»Verstehe.« Vic lächelt traurig.

Für einige Sekunden essen wir schweigend Kuchen und versinken in unseren Gedanken. »Und am Samstag ist diese Pre-Wedding-Party?«, fragt Bennet dann plötzlich und sofort verdunkelt sich Vics Miene.

»Ja«, brummt sie und stochert in ihrem Kuchen herum. »Mit zweihundert Gästen. Meine Eltern haben offensichtlich den Verstand verloren.«

»Ach du Scheiße.« Das Ausmaß dieser ganzen Sache war mir irgendwie noch nicht richtig bewusst.

»Du sagst es. Ich bin froh, dass du da bist, Liv. Wenigstens auf dich kann ich zählen.« Sie wirft Bennet einen so bösen Blick zu, dass dieser sich fast an dem Kaffee verschluckt, den er gerade an seine Lippen geführt hat.

»Du kommst nicht?« Enttäuscht schaue auch ich unseren Freund an.

»Ich kann nicht.« Bennet beißt entschuldigend die Zähne aufeinander.

»Wow. Das überrascht mich jetzt«, gebe ich sarkastisch zurück. »Und sich dann wieder in einer Tour über seine FOMO beschweren, alles klar.«

»Hey, ihr seid fies. Ich habe den Barcelona-Trip extra auf dieses Wochenende verschoben, damit ich *nächstes* Wochenende freihabe.« Vielsagend blitzt er mich an, bevor er sich eine weitere Gabel Kuchen in den Mund schiebt. »Also chillt mal.«

»Wieso? Was ist nächstes Wochenende?«, fragt Vic verwundert.

»Rede nicht immer mit vollem Mund!«, sage ich an Bennet gerichtet und hoffe, dass Vic das Thema wieder vergisst.

»Hallo? Was ist nächstes Wochenende?« Sie schaut fragend zu mir. Na super.

»Nichts. Nichts ist am Wochenende!« Ich werfe Bennet einen strengen Blick zu.

»Ah, es geht um meinen JGA.« Sie grinst breit.

Ich stöhne. »Klasse, jetzt ist es keine Überraschung mehr. Danke, Bennet.«

»Ach, ich finde es eh besser, wenn ich mich ein bisschen darauf vorbereiten kann. Also, was ist geplant? Eskalation im *Sapphire*? Ein Stripkurs?« Ihre Augen schimmern vor Vorfreude.

»Na ja, ich dachte, du wolltest es etwas ruhiger. Diese Pre-Wedding-Sache wird sicher anstrengend genug.« Ich stoße einen tiefen Seufzer aus. »Also ich gebe dir nur einen Tipp: Zieh Badekleidung an und nimm ein Handtuch mit.«

Das vorfreudige Schimmern wird durch ein enttäuschtes Flackern ersetzt. »Oh … Wellness … Das … ähm … ist schön.«

»Ich dachte mir, dass es dir gefällt. Du hast es dir ja *ausdrücklich* gewünscht.« Ich gebe alles, um mir nicht anmerken zu lassen, dass Vic gerade volle Kanne in meine Falle getappt ist. »Soll ich etwas früher kommen und wir schmeißen uns noch was ein, damit der Abend lustiger wird?«

»Hä?«

»Bei diesem Vor-Hochzeitsmist deiner Eltern morgen.«

»Oh.« Ihr Gesicht verdunkelt sich. »Liv, du hast doch versprochen, dass du keine …«

»… meine Güte, Frau Oberwachtmeisterin.« Ich rolle mit den Augen. »Das war ein Scherz.«

»Oh. Gut. Ich meine ja nur.«

»Was ist denn auf dieser Party genau geplant? Ich muss zugeben, dass ich die Einladung nur überflogen habe.«

Vic lässt ihren Kopf wie einen schweren Stein auf den Tisch

fallen. »Das Ganze ist so was von durchgeplant wie …« Sie überlegt. *Unser aller Leben?* »Keine Ahnung, sehr durchgeplant auf jeden Fall. Feuerwerk, ein Musikact, sterbenslangweilige Reden von den Bellegardes und meinen Eltern und als wäre das noch nicht genug, werden auch noch Bilder aus Mamas Kunstsammlung versteigert.«

»Na großartig.« Mit einer Hand streiche ich über Vics Rücken. »Hattest du irgendeinen Einfluss auf das alles? Immerhin ist die Party anlässlich *deiner* Hochzeit.«

»Ich durfte aussuchen, wohin das Geld der Auktion gespendet wird.«

»Und?«, fragt Bennet interessiert.

Von ihr kommt nur ein unverständliches Brummen.

»Vic? Hallo?«

Sie seufzt und hebt den Kopf. »*FreeWings*, okay? Und jetzt macht bitte kein großes Ding draus.«

Wir machen *selbstverständlich* ein großes Ding daraus.

»Leanders Stiftung für traumatisierte Kinder aus Gewaltfamilien?« Bennet prustet los. »Das ist wirklich sehr …«

»… großzügig von dir … *Ever.*«

Ich kann mich gerade noch an der Serviettenkugel vorbeiducken, die Vic nach mir wirft.

»Sei du bloß ruhig. Denk ja nicht, dass mir nicht aufgefallen ist, dass du Nicolas wieder bei seinem *Nick*-Name nennst.« Sie wirft eine weitere Serviettenkugel. »Also sei vorsichtig, denn ein Spitzname ist immer mehr als nur ein Name.«

Ich weiß, Vic. Ich weiß.

VIENNA SPOTLIGHT

In der Sacher-Dynastie wurde schon immer viel gefeiert und das hat sich bis heute nicht geändert. Und so dürfte es niemanden wundern, dass auch die Everhofens es sich nicht nehmen lassen, anlässlich der Hochzeit ihrer einzigen Tochter Victoria ordentlich auf die Torte, äh, die Sahne zu hauen. Zur heutigen Pre-Wedding-Party im Marmorsaal des berühmten Hotels ist nur die Crème de la Crème der globalen High Society geladen. Es werden nicht nur die Champagnerkorken für das Brautpaar knallen, außerdem wird Kunst aus Frau Everhofens persönlicher Sammlung versteigert.
Natürlich ist auch Trauzeugin und Bride's-best-friend Livia Hohenburg mit von der Partie, die ihre Follower und Followerinnen auf Instagram bereits über ihr Outfit abstimmen ließ. Das Gewinnerkleid ist schwarz, elegant und dennoch hot, hot, hot.
Was genau unter den vielen Kronleuchtern des Marmorsaals passiert, erfahren Sie morgen bei *Vienna Spotlight*, denn zu unser aller Freude darf unsere Reporterin den Abend journalistisch begleiten. Let's get the party started.

22. KAPITEL

PHANTOMSCHMERZ – PHANTOMHERZ

LIVIA

»Wow. Deine Eltern wissen, wie man protzt.« Beeindruckt gehe ich über den edlen Marmorboden des Saals.

»Protzen ist das richtige Wort.« Vic wirft einer Leinwand am Ende des Raums einen genervten Blick zu. Sie zeigt abwechselnd ziemlich gestellte Fotos von ihr und Clément.

»Du siehst jedenfalls wunderschön aus.« Ich lächle sie an. »Wie Schneewittchen mit deinem dunklen Haar, dem roten Lippenstift und dem weißen Kleid.« Und irgendwie schon sehr, sehr brautmäßig.

»Das ist nicht weiß, sondern rosé.« Sie streicht einmal über das Satinkleid, das ein wenig über ihre Oberschenkel reicht. »Und ich habe hier gar nichts gewählt. Das Kleid wurde mir heute Morgen gebracht.«

»Was ein Service.« Meine Stimme trieft vor Sarkasmus.

»Und du siehst heiß aus, wie immer. Sind das Flammen?« Sie kommt einen Schritt näher auf mich zu und überprüft die goldenen Trageriemen unterhalb meiner Schulterblätter.

»Irgendjemand muss ja das Feuer in diese schnarchige Veranstaltung bringen.« Ich zwinkere ihr zu, auch wenn der Rest meines Versace-Kleides ziemlich wenig mit Feuer zu tun hat. Der schwarze Jerseystoff ist schlicht und eng anliegend.

»Victoria, Schätzchen, meine allerherzlichsten Glückwünsche.« Eine bildschöne Frau, deren Alter aufgrund mehrerer Schönheitseingriffe unmöglich zu bestimmen ist, kommt auf uns zu. Überschwänglich küsst sie die Luft rechts und links von Vics Wangen.

»Vielen Dank.« Ein halb höfliches, halb trauriges Lächeln erscheint auf Vics Lippen, das sie jedoch nur einen Wimpernschlag später zu einem breiten Strahlen werden lässt. Sie beherrscht dieses Spiel mindestens so gut wie ich.

»Sind Sie schon aufgeregt, meine Liebe?« Eine Spur ihres Lippenstifts bleibt am Champagnerglas hängen, nachdem sie einen Schluck genommen hat.

»Und wie. Man heiratet schließlich nur einmal im Leben.«

»Ach, sagen Sie das nicht so schnell.« Die Frau kichert. Vic stimmt ein und mir ist plötzlich übel. »Ich bin bereits zum dritten Mal verheiratet, also wer weiß, vielleicht sehen wir uns in ein paar Jahren auf Ihrer nächsten Hochzeit.«

O Gott, bitte nicht. Noch einmal stehe ich diesen ganzen Zirkus nicht durch. Ich brauche jetzt schon alles an Selbstbeherrschung, die ich aufbringen kann, um Vic nicht täglich davon zu überzeugen diese Hochzeit abzublasen. Aber das wäre verdammt übergriffig, weswegen ich still dabei zusehe, wie meine beste Freundin ins Verderben rennt.

»Das hoffe ich aber nicht.« Vic zwinkert der Frau zu. »Clément und ich sind wirklich sehr glücklich.«

Ich unterdrücke ein Augenrollen. *Glücklich.* Glücklich sind vor allem Vics Eltern, weil sie ihre Tochter an den reichsten Hotelerben Frankreichs verkauft haben.

»Entschuldigen Sie mich bitte«, sagt sie endlich und zieht mich von dieser Frau weg.

»Wer war das? Ich glaube, ich habe sie noch nie gesehen.«

»Ich habe keine Ahnung.« Verbittert lässt sie ihren Blick über die vielen Männer im Anzug und Frauen in Cocktailkleidchen wandern. »Eigentlich kenne ich nur einen Bruchteil dieser Leute. Einige sind Freunde von den Bellegardes aus Frankreich. Andere irgendwelche Menschen aus Österreich, vor denen meine Eltern angeben wollen.«

Wie aufs Stichwort läuft Elisabeth Everhofen auf High Heels und in einem hellblauen Spitzenkleid an uns vorbei. Hinter ihr ein Gefolge aus Frauen, die allesamt an ihren Lippen hängen, als würde Vics Mutter Jesus Konkurrenz machen, indem sie Gottes Botschaft verkündet. »Ihr ahnt nicht, wie glücklich Karl und ich darüber sind, dass wir doch noch das Vienna Ballhaus für den Hochzeitsempfang bekommen konnten. Es war ein bisschen Überzeugungsarbeit nötig, aber es wird sich lohnen.«

»Du kannst dich so glücklich schätzen, Elli.« Eine ihrer Jüngerinnen schließt zu ihr auf. »Ich wünschte, unser Theo wäre schon bereit sich zu binden, aber der tobt sich noch in Harvard bei den Amerikanerinnen aus.« Sie seufzt. »Aber so sind die Männer eben, was?« Allgemeine glucksende Zustimmung.

»Komm, ich brauche dringend was zu trinken.« Die Farbe ist aus Vics Wangen gewichen. Sie winkt einem der vielen Kellner zu, die mit vollen Tabletts zwischen uns herumschwirren. »Hier.« Sie nimmt ein Glas von einer jungen Kellnerin entgegen und reicht es mir. Ihr eigenes leert sie in einem Zug.

»Muss ich das jetzt auch exen?«, frage ich und hebe eine Augenbraue. Vic erwidert nichts.

»Danke«, sagt sie an die Kellnerin gerichtet, stellt ihre leere Champagnerflöte wieder auf das Tablett und nimmt sich gleich eine weitere.

»Sie sind die Braut?«, fragt die Bedienung und hebt einen Mundwinkel zu einem schiefen Grinsen.

»Ja. Ich bin die Braut.«

»Verstehe. Wenn Sie was Härteres brauchen als das, sagen Sie jederzeit Bescheid.«

»Machen wir.« Ich zwinkere ihr zu und nehme mir vor ihr am Ende des Abends einen Haufen Trinkgeld zu geben. »Danke, Jenny.«

»Was machen deine Eltern, wenn die Hochzeit vorbei ist?«, gebe ich zu bedenken. »Dann wissen sie nichts mehr mit sich anzufangen.«

»Ihnen fällt bestimmt was ein, wie sie mich weiter kontrollieren können.« Resigniert stupst Vic gegen einen der vielen goldenen Luftballons, die überall an den Seiten befestigt sind.

»Schlecht sieht's hier aber wirklich nicht aus.« Mein Blick wandert über den hellen Holzboden und die dunkle Bar, vor der einige edle Barhocker postiert sind. Das Licht ist gedimmt, wodurch das Gesicht jedes Einzelnen in einen goldenen Schimmer getaucht scheint.

»Wir können über hundert Gäste einladen, Karl«, äfft Vic den blasierten Ton ihrer Mutter nach. »Der Innenraum ist groß genug und die Gäste aus Frankreich können in unseren Suiten nächtigen. Ist das nicht wundervoll?«

»Ja. Absolut wundervoll.« Ich nehme einen Schluck Champagner.

Für einige Sekunden schweigen wir und hören nur dem Geschnatter der Eingeladenen und unseren eigenen Gedanken zu, die sich an einen anderen Ort, in eine andere Stadt und in ein anderes Leben träumen.

»Und gleich findet hier noch eine Auktion statt?«, durchbreche ich die Stille und das Chaos in unseren Köpfen.

»Ja«, erwidert Vic mit finsterer Miene. »Komm mit. Die Stücke stehen in der Schönbrunner Lodge.« Wir gehen durch die Menge. Ich gebe mein Bestes, kann die Blicke aber nicht ignorieren, die dabei an mir kleben bleiben. *Oh, die kleine Hohenburg, dass die sich hierhertraut, nach dem, was ihr Vater sich alles geleistet hat.*

Ich lasse sie an meiner spiegelglatten Fassade abrutschen und folge Vic selbstbewusst nach vorn.

»Hier.« Circa ein Dutzend Bilder und Skulpturen stehen auf Sockeln in einer Reihe. Ich bleibe vor dem ersten stehen.

»Bisschen Ägypten-Vibes oder?« Mit der halb leeren Champagnerflöte deute ich auf eines der Gemälde.

Vic nickt. »Ich glaube, das sollen Hieroglyphen oder so sein.«

»Wie witzig wäre es, wenn der Künstler in den Zeichen irgendwelche obszönen Beleidigungen versteckt hätte und es niemals jemand merkt.«

»Stell dir mal vor.« Vic kichert bei dem Gedanken. »Das da«, sie deutet auf ein undefinierbares Schlangendings, »bedeutet eigentlich ›ihr Schweinebacken‹.«

»Und das da bedeutet«, ich nicke zu etwas, das entfernte Ähnlichkeit mit einem Geldsack hat, »›Ihr Kapitalistenschweine habt keine Ahnung von Kunst‹.«

»Victoria? Darf ich Ihnen und Ihrem Verlobten einige Fragen stellen?«

Vic und ich fahren vor Schreck zusammen. Vor uns steht eine Frau in Hosenanzug und einem merkwürdigen Ding in der Hand, das Ähnlichkeiten mit einem Walkie-Talkie hat.

»Verzeihen Sie, Lisa-Marie Gruber – *Vienna Spotlight*. Ich berichte exklusiv über den Abend und die gesamte Hochzeit.« Sie lächelt höflich. »Monsieur Bellegarde wartet bereits.«

»Ich komme.« Vic leert ihr Glas und strafft die Schultern. *Entschuldigung*, formen ihre Lippen noch nonverbal, als sie der Reporterin mit dem Diktiergerät, wie mir jetzt klar wird, aus dem Raum folgt.

Ich bleibe allein vor den Bildern zurück. Bin jetzt ungeschützt den Blicken der Menschen und dem gehässigen Getuschel ausgesetzt und versuche alles, um sie weiterhin an mir abprallen zu lassen.

»Frau Hohenburg.« Ein Mann im Alter meines Vaters kommt

auf mich zu. Ich glaube, ihn schon einmal gesehen zu haben, kann mich aber beim besten Willen an keinen Namen erinnern. Sein Gesichtsausdruck hat etwas Raubtierhaftes, bei dem ich mich binnen eines Herzschlags unwohl fühle.

»Guten Abend.« Feste Stimme, gerader Rücken, leichtes Lächeln.

»Wie unerwartet, Sie hier zu sehen.« Er bleibt einen Hauch zu nah vor mir stehen und ich kann nicht zurückweichen, da ich sonst gegen das Hieroglyphen-Schweinebacken-Kunstwerk gestoßen wäre.

»Unerwartet?« Ich halte seinen Blick. »Ich bin die Trauzeugin. So unerwartet kann meine Anwesenheit also nicht sein.«

Überraschung tritt in seine Augen. »Wirklich?«

»Es scheint Sie zu verwundern, Herr …«

»Ahlmann. Ich bin vor einigen Jahren mit meiner Firma nach Innsbruck gegangen und war ein Freund Ihres Vaters.« *War.* Er war ein Freund meines Vaters. »Ich hätte nicht gedacht, dass die Everhofens Sie als Trauzeugin in Betracht ziehen, nach allem, was *geschehen* ist.« Der Unterton in seiner Stimme lässt wenig Raum für Spekulationen darüber, was er von mir und meiner Familie hält.

»Ich kenne Victoria seit fünfzehn Jahren und bin dankbar ihr in dieser Sache eine Unterstützung sein zu können.« *Als ob irgendein Skandal um meine Familie unserer Freundschaft etwas anhaben könnte, du aufgeblasenes Arschloch.* »Und jetzt entschuldigen Sie mich.«

Ohne auf eine Antwort zu warten, gehe ich unter den Blicken, die mich wie Pfeile durchbohren, an ihm vorbei zurück in den Marmorsaal auf die Bar zu. Obwohl ich kaum ein Drittel der Menschen kenne, wird es mit jeder Sekunde schwerer, die Feindseligkeit zu ertragen.

»Jenny?«, frage ich die nette Bedienung von vorhin. »Ich bin zwar nicht die Braut, aber kriege ich trotzdem was Stärkeres?«

Sie grinst. »Gin Tonic?«

»Viel Gin, wenig Tonic.«

Kaum eine halbe Minute später steht der Drink vor mir und ich schiebe Jenny einen Zweihunderteuroschein zu, den sie mit großen Augen entgegennimmt.

»Danke.« Ehrfürchtig streicht sie darüber und steckt ihn sich anschließend in die Hosentasche.

»Bonsoir.« Ein dunkelhaariger Typ in einem royalblauen Anzug gesellt sich zu mir. Gott, bitte nicht. Ich ertrage nicht noch eins dieser Gespräche.

»Bonsoir«, erwidere ich deshalb halbherzig.

»Genießen Sie den Abend?« Der französische Akzent ist nicht zu überhören. Vermutlich einer von Cléments Freunden aus Paris. Sein Lächeln ist so aufrichtig, dass ich mir sicher bin, dass der Name Hohenburg und alles, was mit ihm verbunden ist, noch nicht bis nach Frankreich durchgedrungen ist.

»Sehr«, antworte ich also. »Und Sie?«

»Jetzt, wo ich neben einer *femme très belle* sitze, schon.«

Alles klar. Von ihm bekomme ich also keine Sie-ist-unsere-Todfeindin-Vibes, sondern die guten alten Ich-will-sie-ficken-Vibes. Großartig. Ich lächle nur und nehme einen großen Schluck von meinem Drink.

»Wie heißen Sie, *beauté*?« Seine Hand liegt plötzlich auf meinem Rücken und seine Absichten klar in seinem Blick. Ich mustere ihn. Er sieht ziemlich gut aus, keine Frage. Dunkles Haar, breite Schultern und eine kleine Narbe, die seine linke Augenbraue in zwei Hälften teilt und ihn dadurch einen Hauch weniger nach Unternehmersöhnchen aussehen lässt. Und hey, *Fick mich* ist immer noch besser als die Abneigung, die mir von überall entgegenschlägt.

»Annabelle«, stelle ich mich vor. Keinen Bock mehr, Livia Hohenburg zu sein. Keinen Bock darauf, dass er mich googelt und mich genauso ansieht wie die anderen.

»Annabelle«, wiederholt er meinen Fake-Namen und streichelt mir weiter über den Rücken. »Und weiter? Irgendwas sagt mir, dass ich Sie kennen müsste, *ma belle Annabelle.*« Ein ungenierter Blick auf meinen Ausschnitt und ich ekele mich vor mir selbst, weil ich das genieße. Weil ich es genieße, dass er meinen Körper will und ich so mein Innerstes verschlossen halten kann. »Sind Sie nicht mit den Pinaults verwandt?« Seine Hand wandert einige Zentimeter tiefer und stoppt erst kurz vor meinem Po.

Nope, eher nicht. Ich schüttle still den Kopf.

»Ich könnte schwören, dass ich Sie kenne. Sind Sie Schauspielerin?« Der Kerl lacht einmal heiser auf und zwinkert mir zu. Ein Gedanke schießt durch meinen Kopf und lässt sich nicht mehr aufhalten.

»Oh, ich glaube nicht, dass wir uns kennen. Ich bin nur eine Freundin von Jenny«, lüge ich und deute auf die Bedienung, die jetzt ein gefülltes Tablett vom Tresen nimmt, um es unter den Gästen zu verteilen. »Verraten Sie uns nicht, aber sie hat mich reingeschmuggelt.«

Sofort verändert sich etwas in seiner Körperhaltung. Das Verlangen in seinem Blick weicht purem Entsetzen. Seine Hand löst sich von mir und er geht einen Schritt zurück. Eine böse Ahnung flammt in mir auf und wird mit jeder Sekunde, in der er schweigt und mich *so* ansieht, zu einer Gewissheit.

»*Pardon,* ich muss jetzt gehen. Ich werde da vorne …«, er zeigt irgendwo an das andere Ende des Raumes, »… erwartet.« Und mit diesen Worten haut er ab. Ohne sich auch nur ein einziges Mal umzudrehen.

Ein fauliger Geschmack breitet sich auf meiner Zunge aus und mir wird einmal mehr klar, wie verflucht oberflächlich diese Welt ist. *Sobald du nicht mehr Livia Hohenburg, sondern eine stinknormale Jenny bist, die sich auf diese Veranstaltung geschlichen hat, interessierst du niemanden mehr.*

Ich wende mich nach links und betrachte mein Spiegelbild in

einem der Fenster. Sehe eine Maske, die ich mit jedem Tag mehr hasse.

Ohne die ich anscheinend ein Nichts bin.

Der faulige Geschmack auf meiner Zunge intensiviert sich. Hoffnungslosigkeit frisst sich durch meinen Magen und der Drang, hier und jetzt davonzurennen, wächst ins Unermessliche.

Plötzlich geht das Licht aus. Geigenmusik ertönt. Ein einzelnes Spotlight ist auf eine Violinistin ausgerichtet, die sich ihren Weg durch die Menge bahnt und eine ruhige Melodie spielt. Dann werden es zwei, dann drei. Ich höre *Ahhhs* und *Ohhhs* von den Gästen. Ich fühle nichts außer Leere.

»Guten Abend, liebe Freunde, liebe Familie.« Nachdem die Streicher geendet haben, begrüßt Karl Everhofen die Gäste. Vic steht neben ihm, Cléments Arm um ihre Taille geschlungen. »Wir freuen uns außerordentlich, Sie hier in unserem Hotel begrüßen zu dürfen, um die Vereinigung zweier Familien zu feiern.« Er nickt den Bellegardes zu, die vor ihm stehen und strahlen. »Also hoch die Gläser.«

Ich seufze und hebe wie alle anderen im Saal mein Gin-Tonic-Glas.

»Auf Victoria und Clément. Auf das Brautpaar.«

»Auf das Brautpaar«, ertönt es von überallher.

»Auf das Brautpaar«, wiederhole ich verbittert und stürze den Gin Tonic runter.

»Noch einen bitte.« Jenny, die in dem Moment auf dem Weg zum Tresen wieder an mir vorbeikommt, nickt.

Nach der Rede beginnt die Versteigerung der Kunstwerke. Eine Auktionatorin mit grauen Haaren und strengem Blick tritt nach vorn. Sie erinnert mich an McGonagall aus *Harry Potter* und hat, wie es sich gehört, einen Hammer in der Hand. Die Gäste heben die Hände, als das Hieroglyphenbild präsentiert wird. Dreihunderttausend. Vierhunderttausend. Bei einer halben Million hämmert McGonagall, was das Zeug hält. *Verkauft.*

Applaus brandet auf. Ich klatsche nicht, sondern stehe nur da. Leer, leblos und abgespalten.

Ich will hier weg, denke ich. *Aha, und wo willst du hin?,* fragt eine spöttische Stimme in meinem Kopf. *Nach Hause? Haha, guter Witz. Im einsamen Apartment wird es dir ganz bestimmt besser gehen, ist klar.*

Also ertrage ich still die Leere, meine bloße Existenz. Jenny versorgt mich mit weiteren Drinks, die nicht wirklich helfen.

Bei Gin Tonic Nummer vier ist die Auktion vorbei und das Streichquartett wird für eine weitere Nummer angekündigt. Sie spielen eine sterbenslangweilige Melodie. Ich schaue auf mein Handy. Noch nicht mal 21 Uhr, zu früh, um zu verschwinden.

»Hey, Liv.«

Mir entfährt ein Schreckenslaut. Ich wirble herum und schreie noch mal. Zum Glück kriegt es niemand mit, denn der Schrei verliert sich mit dem Gefiedel der Streicher, die gerade zum Crescendo ansetzen.

Er steht vor mir. Einfach so. Ohne Vorwarnung steht er hier und sieht mich auf eine Weise an, wie es niemand sonst tut. Mein Herz reagiert sofort und hüpft mir in die Kehle. Dummes Herz, das offensichtlich nicht mitbekommen hat, dass Nicolas es in Stücke gerissen hat. Dummes, dummes Phantomherz.

»Sorry, ich wollte dich nicht erschrecken.«

»Was machst du hier? Du bist nicht eingeladen!« Er ist der Letzte, den ich jetzt sehen will. *Oder der Einzige.*

»Ich wollte dich sehen.« Himmel, diese Augen sind einfach unfair.

»Ich dich aber nicht!«, sage ich deshalb hart. Es fühlt sich an wie eine Lüge, ist aber das einzig Vernünftige, was ich jetzt hervorbringen *muss.* Er grinst und seine Augen werden eine Spur heller. *Sehender. Kribbelnder.*

»Verschwinde, Nicolas«, blaffe ich ihn an und gebe alles, um dieses bescheuerte *Sehen* mit meinem Blick niederzubrennen.

»Psssst«, macht ein älterer Mann gut zwei Meter vor mir und schüttelt wütend den Kopf. *Sorry, Opa, dass meine Gefühle dich beim Lauschen dieser musikalischen Darbietung stören.*

»Hau ab!«, raune ich also leiser, aber mit nicht weniger Entschlossenheit.

»Okay, okay. Wenn du das wirklich willst.« Er hebt beide Hände. »Sieht nicht gerade aus, als hättest du hier eine Menge Spaß.« Er fängt meine Flammen auf und funkelt in gleicher Stärke zurück. Ich versinke im Grau, Grau, Grau. Versinke in diesem Blick, der alles sieht und mich vergessen lässt, dass ich ihn hasse.

Als ich ihm keine Antwort gebe, lächelt er wissend. Schnell reiße ich den Blickkontakt ab, recke das Kinn und wende mich den Geigern zu. In meinen Handgelenken pocht mein Puls. Vor Wut, weil er so blöd gegrinst hat. Nur vor Wut.

»Können wir bitte kurz reden?«, fragt er und ich spüre seine Präsenz in meinem Rücken. Er ist nah, so nah, dass ich bei seinen Worten seinen Atem auf meiner Haut spüren kann. *Er ist nicht nah genug,* sagt mein vom Sommergrau geblendetes Phantomherz.

Ich ignoriere seine Frage. »Wie bist du hier reingekommen?« *Fokus nach vorne. Nur nach vorne. Scheiß drauf, was hinter dir passiert.*

»Wie bitte?« Erneut streift seine Stimme meine Wange. Ich kann ihn spüren. Ich kann ihn überall spüren, und das obwohl er mich nicht mal berührt.

Und *fuck,* ich will, dass er es tut. Ich will es so sehr und mit jedem Takt, den die Streicher spielen, wird es schwerer, dagegen anzukämpfen.

»Liv?« Die Musik ist offenbar so laut, dass er mich nicht versteht, wenn ich nach vorne spreche. Umdrehen und wieder von seinen Augen hypnotisiert werden kommt aber auch nicht infrage. Also mache ich einen Schritt nach hinten, lehne meinen Kopf an sein Schlüsselbein, damit er meine Antwort trotz des hohen

Gesangs versteht. Mein Rücken berührt seine muskulöse Brust und mein Po seinen … Ich muss schlucken. Ein verlangendes Ziehen baut sich zwischen meinen Beinen auf.

Nein.

Nein, nein, nein. Warum lässt mein verräterischer Körper mich so im Stich? Warum schafft seine Nähe es, die Leere in mir zu füllen? Das ist nicht fair.

»Wie bist du hier reingekommen?«, wiederhole ich und versuche die Hormone, die gerade in mir Samba tanzen, zu ignorieren.

»Livia.« Er lacht leise. Schönes Lachen. Schönes Sprudeln in meinem Bauch. Schönes Verlangen zwischen meinen Beinen. Alles schön. Alles besser als Leere. »Es war jahrelang mein Job, mich auf Veranstaltungen wie diese zu schleichen.«

Sein heißer Atem streicht über meine Haut. *Mein* Atem geht schneller.

Argh. Nein. Stopp. Zum Teufel mit seinem Lachen und dem warmen Kribbeln, das es auf meiner Haut hinterlässt. Und zum Teufel mit den FSK-18-Gedanken, die mein Blut mehr und mehr zum Kochen bringen. Gott, mir ist so heiß.

Ich lenke meinen Blick wieder auf die Performance, bringe es aber nicht über mich, mich von ihm zu lösen. »Ach ja, ich habe kurz vergessen, dass du ein hinterhältiges Arschloch bist.« Gut so. Vielleicht hilft es, es laut auszusprechen. Vielleicht kapiert mein Körper, dass seine Reaktion gerade absolut unangemessen ist. Auch wenn das Feuer in meinem Inneren eine angenehme Abwechslung zur eiskalten Leere ist.

»Das stimmt nicht, ich …«

»Was machst du hier, Nicolas?«

»Sorry, was?« Erneut verschluckt die Musik meine Worte. Ich kann nicht anders, als mich noch näher an ihn zu drücken.

»Was machst du hier?«, wiederhole ich und kann nicht mehr klar denken. Ich spüre ihn an meinem Po. *Hart.* Die Begierde pulsiert so heftig in meinen Adern, dass alles vor mir verschwimmt.

Nein, nein, nein, hör auf mit der Scheiße, Livia. Aber die Worte der Vernunft reichen nicht aus, um meine Beine dazu zu bewegen, Abstand zwischen uns zu bringen.

»Ich wollte dich sehen.« Seine Stimme ist zu rau, seine Nähe zu vertraut, mein Herz zu stolpernd, meine Lust zu überwältigend.

»Warum?«, keuche ich und gebe alles, um gegen den Teil von mir anzukämpfen, der nur daran denken kann, von ihm geküsst und angefasst zu werden. Der Teil, der seit Tagen immer schwerer wird zu ignorieren.

»Liv.«

Etwas daran, wie er meinen Namen ausspricht, berührt mich. Tief im Inneren. Gänsehaut von außen.

»Ja?«

»Darf ich dich berühren?« Zarte Finger auf meinem nackten Arm. Ich muss schlucken, will seine Hand wegschlagen und ihn mit scharfen Worten niedermachen.

Aber ich kann nicht.

Wie könnte ich auch, wenn sich doch jede meiner Zellen genau danach sehnt? Die Haut unter seinen rauen Fingern vibriert und strahlt Wärme dahin aus, wo sonst nur vernichtendes Nichts herrscht.

»Warum wolltest du mich sehen?«

»Weil ich es ohne dich nicht aushalte.« Seine Finger tanzen weiter. Meine Hormone auch. »Denkst du, der Kuss im Casino hat mich kaltgelassen? Denkst du allen Ernstes, ich könnte seitdem länger als eine Minute an etwas anderes als dich denken?«

Der Kuss.

Dieser hungrige, schmerzhaft schöne Kuss.

Meine Lippen prickeln bei der Erinnerung. Sie sehnen sich nach seinen. So wie sich alles in mir nach allem von ihm sehnt. Alles, alles, alles.

Nein, stopp. Du musst aufhören, versucht sich die Vernunft immer wieder aufzubäumen. Das Licht im Saal wird jetzt rot und verrucht. Das Quartett spielt eine tiefe, leicht bedrohliche Melodie, die Nicks Nähe mit jedem Geigenton nur noch spürbarer macht. Ich versuche mich auf die in Schwarz gekleideten Tänzer zu konzentrieren, die jetzt durch den Saal springen. Meine Güte, Vics Eltern haben wirklich den Verstand verloren. Wenn jetzt noch ein Elefant und ein dressierter Löwe reinkommen, würde es mich auch nicht mehr wundern.

Guck die Tänzer an, Livia. Konzentrier dich nur darauf.

Es funktioniert nicht. Sie flimmern und werden zu einem Nebel aus Bedeutungslosigkeit.

»Woher soll ich wissen, dass das nicht alles wieder nur ein Spiel ist?« Meine Stimme fragil, kurz davor, in sich zusammenzubrechen.

Er lacht wieder dieses Lachen.

Und wieder dringt das Geräusch in mich ein. Bringt alles zum Brennen und alles durcheinander.

»Oh, Liv, wenn du wüsstest, was für eine Wirkung du auf mich hast.«

Shit, ein leises Wimmern verlässt meine Lippen, doch ich bin mir sicher, dass er es gehört hat. Meine Kontrolle hat den Geist aufgegeben. Wurde niedergerungen von diesem Lachen, diesen Worten, diesen Händen, der Erektion an meinem Hintern und den Hirngespinsten in meinem Kopf.

»Wenn du wüsstest, wie sehr du *mich* in der Hand hast. Nicht umgekehrt.« Er hat den Weg zu meiner Taille gefunden. Mit dem Daumen streicht er über den Stoff meines Kleides. Mehr Brennen. Mehr Flammen. Weniger Leere.

Meine Lider flattern und ich muss kurz die Augen schließen. Seine Hände wandern jetzt meinen Körper entlang. Streichen über Taille und Hüften. Aber erreichen nicht den pulsierenden Punkt, der sich schmerzlich nach seiner Berührung sehnt.

»Mich interessiert meine Wirkung auf dich nicht.« Eine Lüge, die ich sofort selbst entlarve, als ich mich fordernd an seiner Härte reibe. Nick holt scharf Luft und ich kann mich nicht umdrehen. Wenn ich mich jetzt umdrehe und in seine dunklen, lustverzerrten Augen schaue, bin ich verloren.

»Versteh mich nicht falsch. Ich meine damit nicht deinen Körper. Also auch.« Er zieht mich enger an sich, lässt ein Keuchen über meinen Hals kriechen, bei dem sich mein Unterleib vor Verlangen zusammenzieht. »Dein Körper macht, dass ich mich völlig vergesse, dass ich wahnsinnig werde bei dem Gedanken, was ich hier und jetzt mit dir tun könnte.«

Das zu hören, ihn zu spüren, ihn *so* zu spüren, macht mich wahnsinnig.

»Aber, Liv.« Verlangen umschlingt meinen Namen. »Ich habe deine Seele gesehen und die ist so viel heftiger, so viel anziehender als dein Körper.«

Jemand stöhnt auf und mit Schrecken stelle ich fest, dass ich diejenige bin.

»Psssst«, kommt es wieder von vorne.

Mein Atem geht schnell. Ich will ihn.

Nicht.

Ich darf ihn nicht wollen.

»Lass mich in Ruhe!« Das Gesagte wird aus meinem Mund katapultiert.

»Willst du das wirklich?« Er löst sich von mir. Seine Stimme ist kratzig und genauso lustverzerrt wie meine. Die aufgerichteten Spitzen meiner Brüste drücken hart gegen mein Kleid.

Mein Körper macht sich selbstständig und reckt sich ihm fordernd entgegen. Ich will ihn spüren. Ich will seinen Schwanz spüren, der sich hart gegen den Stoff meines Kleids drückt. Lust pulsiert heftig zwischen meinen Beinen und ich unterdrücke ein Keuchen.

»Ich bin für dich, für uns zurückgekommen, aber wenn du willst, dass ich gehe, dann gehe ich.«

Ich drehe mich zu ihm. Das helle Grau seiner Augen wird so dunkel wie seine Maske und ich sehe blankes Begehren.

Ja, will ich sagen. Ich will aufhören. Ich muss aufhören. Denn eigentlich hasse ich ihn. Ich hasse ihn und will, dass er verschwindet.

Eigentlich.

Denn gleichzeitig will ich, dass er bleibt und mich weiter so ansieht. Mir wird schwindelig, denn in mir tobt eine blutige Schlacht.

»Nein«, höre ich mich sagen. »Geh nicht.«

Die Geigen spielen einen letzten Ton. Applaus wird laut.

Und ich gebe auf.

Denn brennendes Feuer schlägt eiskalte Leere.

»Nick.«

»Ja?«

»Fass mich auf der Stelle an.«

NICOLAS

»Fass mich auf der Stelle an.« Ihre Finger schließen sich um mein Handgelenk. Sie zieht mich aus dem Raum voller Menschen hinaus in einen dahinter liegenden Gang. Wir rennen an einigen Türen vorbei, biegen um eine Ecke, öffnen eine weitere Tür und stolpern in ein im Dunkeln liegendes Zimmer. Der Mond taucht das breite Bett in weißes Licht.

Ich bin sicher, dass ein Zimmer in diesem Hotel ziemlich beeindruckend ist, aber gerade könnte mich die Einrichtung nicht weniger jucken.

Die Tür fällt hinter uns ins Schloss. Die Geräusche der Party werden abgedämpft. Ich presse sie an die Wand, unsere Gesichter nur Millimeter voneinander entfernt, unser Atem haltlos und schnell. Livias Gesicht im Licht des Mondes fegt jeden zusammenhängenden Gedanken aus meinem Kopf.

Vor Lust brodelnde Vulkanaugen.

Geweitete Pupillen.

Leicht geöffnete Herzlippen.

Ihre Brust, o Scheiße, ihre Brust …

»Liv, das habe ich so vermisst.«

Wir sehen uns an. Keuchend und zitternd. Dann, mit der Kraft einer Explosion, prallen unsere Münder aufeinander. Unsere Zungen drängen gierig in den Mund des anderen. Atem, Stöhnen und Wimmern vermischen sich. Finger vergraben sich in Haut. Wahnsinnig und wild und *wahnsinnig wild*. Ich halte das Stöhnen nicht mehr zurück, halte nichts mehr zurück.

»Nick, bitte fass mich an«, ächzt sie flehend in meinen Mund und sie meinen Namen so ausstoßen zu hören, macht mich scharf. Macht mich auf eine Weise scharf auf sie, die nicht mehr aushaltbar ist. Ein tiefes Grollen rollt meine Kehle hinauf. *Livia* ist in meinem Kopf. Sie zu spüren, zu sehen und alles von ihr zu berühren, der einzige Gedanke, der einzige drängende Wunsch, der in meinem Kopf noch vorhanden ist und jeden meiner Nerven vibrieren lässt. Ich lasse los, gebe mich dem hungrigen Verlangen hin und tue, was sie fordert.

Mit fahrigen Fingern zerre ich am Reißverschluss ihres Kleides, zerre an den Trägern und an dem schlichten schwarzen BH.

Oh, fuck. Livias Brüste liegen frei. In Wirklichkeit. Nicht in den Fantasien, die ich mir so oft zusammengesponnen habe. Stürmisch umfasse ich sie, fahre mit den Fingern über ihre rosa Nippel, die sich bei meiner Berührung hart meinen Handflächen entgegenstrecken. Das hier kann nicht echt sein. Gleich werde ich aufwachen und feststellen, dass ich wieder nur geträumt habe.

Ein tiefes Stöhnen entfacht ein hitziges Brennen in meinen Adern. Kein Traum. Definitiv kein Traum.

»Leise«, ermahne ich sie. »Wer weiß, wer da draußen rumläuft.« *Außerdem macht mich diese Heimlichtuerei unglaublich an.*

Ich senke meine Lippen wieder auf ihre. Ersticke ihr Stöhnen. Ihre Nägel krallen sich in meine Schultern, während unsere Zungen miteinander tanzen, miteinander kämpfen. Schließlich lasse ich von ihren Lippen ab und bahne mir stattdessen einen Weg zu ihren immer härter werdenden Brustwarzen. Meine Zunge umspielt sie neckisch, bis ich nicht anders kann, als verlangend daran zu saugen. Livia reagiert mit einem erstickten Keuchen, dann wieder ein lusterfüllter Schrei.

»Fuck, fuck. Leise, Liv.« Ich halte ihr mit einer Hand den Mund zu. In meiner Hose wird es unerträglich eng. Am Rande meiner Wahrnehmung höre ich die erneut anschwellende Musik. Ich ringe nach Luft, als meine Hand von ihren Brüsten ablässt und ein ganzes Stück nach unten rutscht. Mit den Fingerkuppen streiche ich über die nackte Haut ihres Oberschenkels.

Sie stöhnt in meine Hand und spreizt fordernd die Beine.

»Bitte«, fleht sie durch meine Finger. Ich lasse meine Hand sinken.

»Bitte, was?«, frage ich sie mit einem Grinsen und verharre vor ihrer Mitte, male zarte, *zu* zarte Kreise auf ihre Haut. Sie windet sich und sie zappeln zu lassen, kostet mich alles, was ich an Selbstbeherrschung aufbringen kann.

»Mehr. Ich brauche mehr, Nick.« Nick, nicht Nicolas. Die eine Silbe aus ihrem Mund geht in ein Stöhnen über und macht mich völlig fertig.

»Hast du eine Ahnung, wie oft ich an das hier denke?« Ich lasse von ihren Beinen ab und streiche stattdessen über ihren Mund. »Wie oft ich an deine Lippen denke und mir vorstelle, sie würden …« Das Ende des Satzes füllt ein ersticktes Keuchen aus ihrem Mund. Ich lasse einen Finger in ihren Mund gleiten. Sie saugt daran. Ihre Lider flattern. Mein Schwanz zuckt und ich wünschte, er wäre an der Stelle meines Fingers.

Shit. Allein die Vorstellung turnt mich dermaßen an, dass ich laut stöhnen muss. Jetzt ist es ihre Hand, die sich auf meine Lippen legt.

Ich gleite aus ihrem Mund, was ihr ein vernichtendes Wimmern entlockt. Stattdessen umklammere ich ihre Handgelenke und fixieren sie über unseren Köpfen. Jeder Rest Kontrolle sickert aus ihrem Blick, als sie sich gierig und zügellos an meiner Erektion reibt. Der beinahe schmerzerfüllte Laut, den sie dabei ausstößt, bringt mich fast um den Verstand.

Wieder küssen wir uns wie zwei Ertrinkende und ich fahre mit einer Hand in ihren Slip.

»Gott, bist du feucht.« Ich bin sicher, dass meine Hose jeden Augenblick platzt. Keuchend fahre ich mehrere Male durch ihre Nässe.

Das hier ist Wahnsinn. Mehr als Wahnsinn. Es ist das, wovon ich seit einem halben Jahr fantasiere. Nein, es ist besser. Liv so zu sehen, sie wegen mir so zu sehen …

»Nick.« Wieder diese flehende Silbe aus ihrem Mund. Ich kann nichts erwidern. Wahrscheinlich kann ich nie wieder etwas sagen. Muss ich auch nicht. Ich muss nur mit zwei Fingern in sie eindringen.

Vor Lust verdreht sie die Augen, während ich hart in sie stoße. »Jaaa«, wimmert sie und tropft auf meine Haut. Unstillbares Verlangen peitscht durch meinen Körper. Jeder Funken Selbstbeherrschung, der noch in mir glimmt, wird erstickt. Ich küsse sie, sauge an ihrem Hals, lasse meine Finger tief, tief, tief in ihr versinken. Ihre Beine zittern. Wir keuchen, flehen, fluchen den Namen des anderen. Sie reckt sich gierig meinen Fingern entgegen. Wir lösen uns auf. Werden eins mit der Dunkelheit. Werden eins miteinander.

»Scheiße, Liv. Ich …« Nur Impulse. Keine Kontrolle. »Liebe dich.«

Schlagartig versteift sie sich.

Fuck, fuck, fuck.

»Was?« Schock weitet ihre Augen. »Sag mal, hast du sie noch alle?« Ich ziehe mich aus ihr zurück, versuche ihren Blick zu deuten. »So was sagt man doch nicht einfach so. Vor allem nicht du.«

»Aber ich meine es so.« Jetzt ist es auch egal. Jetzt kann ich direkt volles Risiko gehen. Warum jetzt noch bluffen, wo doch alle Karten bereits auf dem Tisch liegen? »Ich liebe dich, Livia Hohenburg, alles von dir. Was glaubst du, warum ich zurückgekommen bin?«

Sie starrt mich wortlos an. Meine Brust zieht sich schmerzhaft zusammen. *Sag etwas. Komm schon, sag etwas.*

Dann öffnen sich ihre Lippen. »Wichser.« Sie stößt mich von sich. »Was glaubst du, wer du bist? Du kommst hierher, nach *allem,* was du getan hast, und meinst, hier einen auf Liebesgeständnis machen zu müssen?«

Der Zorn in ihrer Stimme bohrt sich durch meine Rippen.

»Es ist die Wahrheit.«

»Und ich habe dir hundertmal gesagt, dass ich dir nie wieder glauben werde. Egal worum es geht. Das Ding ist durch.« Mit einem Ruck zieht sie den Saum ihres Kleides runter und die Träger über ihre Schultern.

»Ich sehe doch, dass es dir scheiße wehtut, das zu sagen. Ich sehe, dass du lügst. Es ist nicht vorbei.« *Oder? Bitte sag, dass es nicht vorbei ist!*

»Und ob es das ist. Hast du dich mal umgesehen?« Sie brüllt jetzt ohne Rücksicht auf irgendwas. »Sieht das hier aus wie ein Leben, das es zulassen würde, eine Beziehung mit einem Hochstapler anzufangen, der sich mein halbes Vermögen unter den Nagel gerissen hat? Wir sind in dem berühmtesten Hotel des Landes und jeder Einzelne hier hasst mich. Wenn meine Familie noch irgendeine Chance auf Rehabilitation haben soll, dann ganz sicher nicht mit jemandem wie dir.«

»Scheiß doch auf diese Menschen!«, brülle ich jetzt ebenso. »Was kümmern die dich? Du musst dieses verdammte Leben nicht auf diese Weise leben!«

»Falsch. Muss ich und will ich.« Sie greift nach dem am Boden liegenden BH. »Ich will das hier. Und dich will ich nicht. Für einen netten Fick hat's gereicht. Aber das ist alles.« Blitze schießen förmlich aus ihren Augen und verbrennen jegliche Hoffnung, die ich noch hatte. »Ich werde jetzt gehen. Und wehe, du fasst mich noch ein einziges Mal an.«

Sie wirbelt herum und stürmt davon.

Ich bleibe allein in der Finsternis.

23. KAPITEL

O TRÄUMERIN, DU DUMME NUSS

LIVIA

Livia Hohenburg ist seit gestern offiziell die beklopptteste Person dieser Stadt, potenziell dieses Landes. Auf die ganze Welt bezogen würde ich mich eher im Mittelfeld sehen, denn wenn ich mir den ein oder anderen Machthaber angucke, gewinnt er schon noch im direkten Wer-ist-bescheuerter-Vergleich. Aber das ist auch alles. Seit ich gestern Nacht nach Hause gekommen bin, suche ich in meinem offenbar ziemlich unterbelichteten Hirn nach einer Erklärung für mein Verhalten. Aber da ist nix. Bin ich so dermaßen untervögelt, dass die bloße Anwesenheit eines Mannes ausreicht, um mich völlig den Verstand verlieren zu lassen?

Nein, gebe ich mir selbst die Antwort. Ich bin alles andere als untervögelt … Nur mit keinem der vielen Männer war es so wie mit ihm. So welterschütternd. So allesverzehrend. So haltlos. So wild. So süß.

Jap. Ich bin völlig übergeschnappt.

Missmutig ziehe ich die Wolldecke über meine Beine und schaue aus dem Fenster meines Erkers. Dicke Regentropfen klopfen an mein Fenster. Wien unter mir ist eine einzige graue, neblige Suppe. In meinem Kopf herrscht graue, neblige Suppe.

Grau.

Grau wie seine beschissenen Augen, die mich einfach nicht loslassen. Ich bin schwach geworden. Mehr als schwach. Ich habe so ungefähr alles verraten, was ich mir vorgenommen hatte, nur weil er so … *er* war. Argh. Ich stoße einen frustrierten Seufzer aus.

Mein Handybildschirm leuchtet auf.

King and Queens

Victoria: @Livia? Wo warst du gestern auf einmal? Ich habe mir Sorgen gemacht.

Kurz überlege ich zu lügen, dann entscheide ich mich für die Wahrheit. Schlimmer kann es ja nicht mehr werden.

Livia: Ich habe ihn geküsst.

Die Reaktionen fallen genauso schockiert aus wie erwartet.

Bennet: Ihn??? Reden wir von dem, dessen Name nicht genannt werden darf?

Victoria: Lord Voldemort?

Bennet: Nein, du Pflaume. Nicolas natürlich.

Livia: Ja.

Victoria: Ja zu Voldemort oder zu Nicolas?

Livia: Alter, Vic.

Bennet: Wie

Bennet: ist

Bennet: das

Bennet: passiert?

Bennet: 😱😱😱😱😱😱😱😱😱😱😱😱😱😱😱😱😱

Ja, Bennet. Wie ist das passiert? Wenn ich das wüsste, wäre ich einen großen Schritt weiter.

Livia: Ich weiß es nicht. Er war plötzlich da.

Victoria: Auf meiner Pre-Wedding-Party????

Livia: Ja, mein Gott, auf deiner Party. Er war da und plötzlich waren wir in einem der Zimmer.

Bennet: Okaaaaay. Ich habe da so eine Ahnung, was passiert ist. 🍆🍆

Ich atme tief ein und beginne zu tippen. Besser das Pflaster mit einem Ruck abreißen.

Livia: Also eigentlich haben wir uns im Casino schon geküsst, aber da war es Teil eines Spiels. Jetzt noch mal und er hat mich berührt (auf die schmutzige Weise).

Bei der Erinnerung daran, wie sehr ich es genossen habe, wird mir wieder unerträglich heiß. Das kann doch echt nicht wahr sein.

Livia: Ich habe keine Ahnung, was in mich gefahren ist.

Bennet: Wow.

Victoria: Holy shit.

Livia: Ich weiß, ich bin dumm.

Bennet: Du bist nicht dumm, du liebst ihn. Auch wenn er dir wehgetan hat.

Du liebst ihn. Wie ironisch das ist.

Livia: Das hat er auch gesagt.

Victoria: Was? Dass du ihn liebst?

Livia: Dass er mich liebt.

Mein Herz macht tausend Purzelbäume, wenn ich den Gedanken zulasse, dass er das tatsächlich ernst meinen könnte. Bis die Vorstellung zerplatzt und mein Herz ebenso.

Bennet: Oha. Wie geht's dir damit?

Livia: Gute Frage … Was ist, wenn er wieder nur mit mir spielt?

Und viel schlimmer, was, wenn nicht? Was, wenn er wirklich zurückgekommen ist, weil er mich will? Gibt es für uns überhaupt eine Chance? Irgendeinen wahnwitzigen Ausweg?

Mein iPhone zeigt einen eingehenden Anruf an. Ich erkenne die Nummer sofort. *O nein.* Mein Herz beginnt zu rasen, aber nicht auf die gute Art. Eher auf die Ich-kriege-Panik-Art. Ich atme einmal tief durch und nehme den Anruf an.

»Ja?«

Es knackt, dann eine automatisierte Ansage, die ich schon unzählige Male gehört habe. »Eingehender Anruf aus der Justizanstalt Wien-Josefstadt. Möchten Sie den Anruf annehmen?«

Nein, will ich nicht. »Ja«, sage ich dennoch.

»Livia? Hier spricht dein Vater.«

Als ob ich das nicht wüsste. Würde ich mehr als eine Peron kennen, die mich aus dem Knast anrufen könnte, sollte ich dringend meinen Personenschutz überdenken. Ich verdrehe die Augen und verbanne den Sarkasmus aus meiner Stimme, als ich antworte.

»Hi. Was gibt's?« *Ach, ich wollte mal so hören, wie es dir geht. Das mache ich ja ständig. Haha, nein.* Alexander Hohenburg ruft immer nur an, wenn er was von mir will oder um mich zurechtzuweisen. Manchmal auch beides.

»Denkst du, nur weil ich gerade …«, er stockt, »… nicht bei dir wohne, kannst du einfach machen, was du willst?«

Na also, ich wusste es. »Wieso?«

»Hast du ernsthaft geglaubt, dass ich nicht mitkriege, was du da treibst?«

Mein Herzschlag vervierfacht sich. Hat er mitbekommen, dass ich nach meiner Mutter suche? Zuzutrauen wäre es ihm. Dabei habe ich ihm mit Absicht nichts davon erzählt. Weil mein Vater – und es tut weh, das zuzugeben – nicht gerade zu den Menschen gehört, denen ich bedingungslos vertraue.

»Äh, was meinst du?« Ich versuche jedes verräterische Zittern aus meiner Stimme zu verbannen.

Es raschelt. »Ich zitiere: *Eine kleine Minderheit glaubt an eine Lovestory mit ihrem ebenfalls zurückgekehrten Stiefbruder Nicolas Steiner. Er und Livia werden liebevoll* Licolas *geshippt.*«

Scheiße. »Du weißt doch, dass die Klatschblätter nur Mist schreiben, Papa«, versuche ich ihn zu beruhigen.

»Aha. Also stimmt es nicht, dass er zurück ist?« Die Skepsis in seiner Stimme springt mich förmlich durch das Handy an.

»Nein«, versuche ich diese so gut ich kann zurückzudrängen.

»Gut.« Er scheint mir offenbar zu glauben, denn er wirkt erleichtert. »Hätte mich auch gewundert. Warum sollte er das tun, nach allem, was er von uns bekommen hat?«

Ja, das ist wohl die Frage aller Fragen.

»Sollte er doch kommen«, fährt mein Vater fort, »aus welchen Gründen auch immer, tust du erst mal nichts. Du rufst nicht die Polizei.«

Ach ja, die Sextape-Sache. »Und was soll ich stattdessen tun? Ihm einen Tee anbieten?« Oder ihn auf einem Pokertisch küssen? Mich von ihm im *Sacher* fingern lassen?

»Du rufst mich an. Ich kümmere mich darum.«

»Du kümmerst dich? Papa, das klingt, als hättest du einen Auftragskiller auf Kurzwahl.«

»Mein Gott, Livia. Für wen hältst du mich?« *Das willst du sicher nicht wissen.* »Vertrau mir einfach. Ich werde die Sache regeln.«

Genau das ist das Problem. Du regelst und ich bleibe im Dunkeln.

»Mhm«, mache ich deswegen so unverfänglich wie möglich.

»Wie läuft's in der Uni?« Er wechselt das Thema so unvermittelt, dass ich einen Moment brauche, bis ich die Frage kapiert habe.

»Ähm … top.« Gelogen. Wahr wäre: Ich war seit zwei Wochen nicht mehr da, bin durch eine Klausur gefallen und habe zwei weitere nicht angetreten. Aber das zuzugeben, würde eine mittelschwere Katastrophe auslösen. »Sind ja jetzt Semesterferien.« Wenigstens das stimmt.

»Sehr schön. Ich bin wirklich stolz auf dich. Ich weiß, dass diese ganze Situation dich sehr belasten muss, und ich finde, dass du das wirklich gut machst. Ich vertraue dir.«

Die Hand, die mein Handy umklammert hält, beginnt plötzlich zu zittern. »Ich gebe mein Bestes.«

»Ich weiß. Das mit der neuen PR-Strategie und diesem Lukas Winter läuft wirklich gut. Ich danke dir.«

In meiner Kehle sammeln sich einhundert Frösche. »Papa?«

»Ja?«

»Wir kriegen das hin, oder? Du kommst wieder und wir werden wieder eine Familie.« Meine Stimme bricht.

»Wir sind auf einem guten Weg.«

»Okay.«

Er legt auf, ohne sich zu verabschieden.

Ich starre auf mein Handy. Der Chat mit Bennet und Vic ist noch immer offen.

Victoria: Irgendwie glaube ich, dass er dieses Mal die Wahrheit sagt. Kannst du ihm denn verzeihen?

Ich bin wirklich stolz auf dich. Ich danke dir. Die Stimme meines Vaters hallt noch immer in einem unbändigen Echo in meinem Ohr wider. *Ich vertraue dir.*

Ich liebe dich. Noch eine Stimme, die sich in meinem Gedächtnis eingenistet hat.

Zwei Stimmen. Herz gegen Kopf. Vergangenheit gegen Zukunft. Sie schreien und kreischen und nehmen mir die Luft zum Atmen. Mein Blick fällt auf mein Klavier, auf Mamas Klavier, und ich denke an eine Zeit, in der ich wirklich geglaubt habe, dass ich dieses Leben verlassen kann, um irgendwann Musik zu studieren. Dass es irgendein Schlupfloch gibt.

Dann meldet sich eine dritte Stimme zu Wort. Eine, die die anderen zum Schweigen bringt. *Ich vermisse es, eine Familie zu haben, Livia.*

Wie dumm ich gewesen bin. Eine realitätsferne Träumerin.

Denn es gibt ein Schlupfloch. Nur glatte, einwandfreie Fassaden und eine kleine Schwester, die ihr Leben noch vor sich hat.

Livia: Es spielt keine Rolle, ob ich ihm verzeihe. Ihr wisst genauso gut wie ich, dass es niemals dazu kommen wird, dass Nick und ich glücklich in den Sonnenuntergang reiten.

Zeit, mit dem Träumen aufzuhören.

24. KAPITEL

TRAUZEUGIN (LIVIA'S VERSION)

LIVIA

»Hast du zwei Handtücher? Einen Bikini?«, frage ich Vic und schultere meine eigene Sporttasche.

»Alles dabei!«

»Dann können wir los.« Ich halte ihr die Tür der Limousine auf und lasse Vic einsteigen. »Claus? Abfahrt.«

»Sehr gern, Frau Hohenburg.« Mein Chauffeur nickt einmal und wir lassen das *Sacher* hinter uns.

»Na, freust du dich schon auf ein bisschen Entspannung und Massagen bei Kerzenlicht?« Ich reiche ihr einen Flyer rüber.

»Candlelight Evening im Vienna Spa«, liest sie vor und bemüht sich um ein Lächeln.

»Als ich das gesehen habe, dachte ich mir sofort, dass das genau das Richtige für dich ist.«

»Ja, voll. Ich freue mich.«

Ich kneife die Lippen zusammen, um mein Grinsen zu unterdrücken. »Bennet treffen wir dort. Wir machen uns zu dritt einen ganz gemütlichen Abend. Die Hochzeit wird schließlich stressig genug.«

»Mhm, da hast du recht.«

»Hier.« Aus meiner Tasche ziehe ich zwei kleine Flaschen. »Alkoholfreier Sekt. Ich dachte, so können wir anstoßen, ohne später in der Sauna unsere Gesundheit zu gefährden.«

Sie greift danach. »Gut, dass du mitdenkst.«

»Auf die Braut!« Wir stoßen an und trinken jede einen Schluck. Vics Hautton hat mittlerweile die Farbe des Schnees angenommen, der draußen unentwegt vom Himmel fällt.

Mein Handy vibriert in meiner Hosentasche.

Bennet: Alles ist vorbereitet. Wann seid ihr da?

Livia: In 20 Minuten. Sie ahnt nichts ...

Bennet: Sehr gut! Das wird mega! 🔥🔥🔥

Vic sieht während der Fahrt meist nachdenklich aus dem Fenster und ich belasse es dabei, weil ich so die Chance gering halte, mich doch noch zu verplappern.

»Vienna Spa«, verkündet Claus irgendwann und bringt den Wagen zum Stehen.

»Los geht's! Ab in die ruhige Wohlfühlatmosphäre.« Ich springe aus dem Wagen und hake mich bei Vic unter. Die Therme liegt eher abgelegen, umgeben von Wald und wenigen Häusern. Gemeinsam gehen wir auf den beleuchteten Eingang zu. Ich glaube, einen Bass in meinem Bauch vibrieren zu spüren, aber lasse mir nichts anmerken, sondern gehe zielstrebig an dem leeren Empfangstresen vorbei.

»Liv, hier ist ja niemand.«

»Stimmt. Komisch.« Eigentlich nicht komisch. Eher genau nach Plan, denn ich selbst habe das Personal für den heutigen Abend nach Hause geschickt und durch eigenes ersetzt.

Wir gehen in die Umkleide und hängen unsere Mäntel in einen Spind.

»So.« Ich ziehe ein enges weißes Kleid aus meiner Sporttasche und halte es Vic hin. In schwarzen Buchstaben prangt auf ihrer Brust: *The Bride – (Vic's Version)*

Erstaunt weiten sich ihre Augen. »Was ist das?«

»Dein Outfit. Zieh einen Bikini drunter oder lass es bleiben, je nachdem, wie *wild* du heute drauf sein willst ...«

»Wa...«

»Na«, unterbreche ich sie sofort, als sie etwas erwidern will. »Bitte keine weiteren Fragen!«

»Okay.« Verdattert zieht sie sich das Kleid über einen knappen schwarzen Bikini. Ich trage ein weißes T-Shirt über meinem, auf dem *Trauzeugin (Livia's Version)* steht.

»Deine Wertsachen kannst du mir geben oder hier im Spind einschließen.« Ich werfe meinen Schmuck, mein iPhone und meine Uhr in einen wasserdichten Beutel. Vic reicht mir ihr Zeug kommentarlos, schaut mich aber weiter mit großen Bambi-Augen an.

»Komm.« Wir verlassen die Umkleide und gehen durch den Flur auf eine große Schwingtür zu, die den Eingang zum Spa-Bereich markiert.

Die Musik dringt jetzt laut an unsere Ohren und ist nicht mehr zu ignorieren. Vic muss ahnen, dass dieser Abend nicht ganz so entspannt und relaxt wird wie angekündigt.

»Bereit?«, frage ich sie, bleibe vor der Schwingtür stehen und lächle meine beste Freundin breit an.

»Ähm, ich glaube schon.« Ihre Augen leuchten aufgeregt. »Bereit!«

»Dann lass uns feiern, Wild Vicky.«

Ich öffne die Tür. Vic kreischt sofort auf und schlägt sich beide Hände vors Gesicht. Ihr Blick fällt zuerst auf die riesigen Boxen, die am Beckenrand aufgestellt sind. Ein DJ steht auf einer Anhöhe und ist gerade dabei, einen verrückten Mix aus *Flowers* von Miley Cyrus und *Für dich schiebe ich die Wolken weiter* zu mixen.

»Nein.« Sie wirbelt zu mir herum. »Nein, Liv, das ist …«

»Ein Junggesellinnenabschied in einer Therme«, antworte ich und muss gegen Yvonne Catterfelds Engelsstimme anbrüllen. »Ich habe das Ganze nur ein bisschen aufgepeppt.«

»Das sehe ich.« Mit runtergeklapptem Kiefer dreht Vic sich wieder um und starrt auf die vielen feiernden Menschen, die sich im Wasser und auf einer im Pool liegenden Plattform befinden, auf das riesige Neonschild *Wild Vickys JGA* und die übergroße Diskokugel, die sich an der Decke dreht und das bunte Farbenspiel der LEDs und Partylaser reflektiert.

»Dahinten ist die Bar.« Ich deute auf eine Stelle weiter links, hinter der vier Barkeeper stehen und Cocktails mixen. »Der Drink des Tages heißt *Intoxication* und ist eine Hommage an Cléments Detox-Grünkohlsmoothies. Ist zwar auch grün, schmeckt aber deutlich besser«, stelle ich lachend klar. »Aber auch sonst stehen hier eigentlich überall Drinks rum.« Mit dem Finger zeige ich auf unzählige Champagnerkübel, die in der gesamten Therme verteilt sind. »Wenn du dahinten um die Ecke gehst, beginnt die *Dark Area.*« Verschwörerisch zwinkere ich ihr zu. »Viele Whirlpools, viele Go-go-Stangen, dafür keine Tabus.«

»Scheiße.« Tränen glitzern in ihren Augen und ehe ich michs versehe, umarmt sie mich so fest, dass meine Rippen knacken.

»Freust du dich?«, nuschle ich in ihr Haar.

»Ja«, sagt sie nur schlicht, aber ich weiß es auch so.

»Ich weiß, du wolltest Wellness«, erkläre ich, als sie mir wieder etwas Luft zum Atmen gibt. »Aber Wellness kannst du dein ganzes Leben noch machen. Heute Nacht können wir Wild Vicky und Living Livia sein.« Wehmut packt mich unvorbereitet. »Vielleicht zum letzten Mal.«

»Und nicht zu vergessen: Bold Bennet!« Unser bester Freund kommt auf uns zu, mit nichts an außer einer sehr knapp bemessenen Badehose, die nicht gerade viel Raum für Fantasie lässt, und nimmt uns ebenfalls in die Arme.

»Leute, ihr seid wirklich …« Vic schnieft.

»Die besten Freunde der Welt?«

»Einzigartig?«

»Nicht zu übertreffen?«

»Ja, alles davon.« Sie drückt uns beiden einen dicken Knutscher auf die Wange und zieht die Nase hoch.

»So, genug geweint!« Bennet stemmt die Hände in die Hüften, dreht sich um und nickt dem DJ zu. Die Musik geht aus.

»Ladies and gentlemen: Sie ist soeben eingetroffen. The Bride, the one and only Wiiiiild Vicky!!!!!« Die Menge tobt und jubelt.

Ein Scheinwerfer ist plötzlich auf uns gerichtet. Vic strahlt von einem Ohr zum nächsten. *Don't Cha* von den Pussycat Dolls dringt aus den Boxen.

»Ziehen wir eine Show ab.« Ich umfasse Vics Hand. Bennet steht zu ihrer anderen Seite. Gemeinsam stolzieren wir auf die Party. Fallen lachend ins Wasser. Fallen in die Nacht.

Vielleicht zum letzten Mal.

25. KAPITEL

DR. VON TRAUN

NICOLAS

Mit jedem Tag beginne ich diesen Pastell-Barbie-Albtraum mehr zu hassen. Alles ist so hell und bunt und passt damit so gar nicht zu meinem Gemütszustand. Ich liege auf der rosafarbenen Couch, starre in einen Fernseher und habe bis gerade versucht einen Whiskeyfleck aus dem beigen Teppich zu rubbeln. Es läuft *Haus des Geldes*, aber eigentlich gucke ich nicht richtig hin.

Mein Handy blinkt auf. *Zeit für ein BeReal.* BeReal. Mein einziger Kontakt auf dieser App ist Leander. Ich ignoriere die Push-Benachrichtigung und scrolle stattdessen durch den Chat mit Livia.

Die letzten Nachrichten waren bloß Orgakram wie Treffpunkt, Abholzeit und so weiter. Auch den Kuss, mein verfluchtes Liebesgeständnis und alles, was davor abgelaufen ist, hat sie mit keinem Wort erwähnt. Vielleicht wird sie mir niemals verzeihen. Diese Ultimaten und der ganze Scheiß bringen nichts. Sie muss es *wollen*.

Ich Vollhonk dachte, dass sie es tun würde. Irgendwann. Schließlich hätte sie gewonnen. Als Livia nach unserem Spiel Hals über Kopf den VIP-Room des Casinos verlassen hat, habe ich mir ihre Karten angeschaut. Sie hatte ein Full House und Full House schlägt Flush. Ich hätte sie ein für alle Mal aufgeben müssen. Sie hätte mich nicht küssen müssen. Sie hat gewonnen und doch so getan, als hätte sie verloren. Damit sie *mich* nicht verliert, davon bin ich überzeugt. Genau das hatte ich mir erhofft, als ich den Einsatz vorgeschlagen habe. Sie sollte selbst erkennen, dass sie mich noch nicht gehen lassen kann. Es hat funktioniert und das bedeutet, dass ich eine Chance habe. Dass wir noch eine Chance haben.

Zumindest bis ich Idiot ihr letzte Woche, vernebelt vor Geilheit und Glück, meine Liebe gestanden habe. Was auch immer mich da geritten hat.

Ich will dich nicht. Für einen netten Fick hat's gereicht. Aber das ist alles. Halte dich verflucht noch mal aus meinem Leben raus.

Diese Erinnerung hat mich die letzten drei Tage völlig um den Verstand und um den Schlaf gebracht. Es ist vorbei. Oder? Hat sie das nur gesagt, um sich nicht verletzlich zu machen?

Ich glaube, mein Kopf explodiert. *Für einen Fick hat's gereicht.* Es killt mich zu glauben, dass ich nur ein bedeutungsloser Fick in einer dunklen Kammer für sie war.

Lieber drehe ich vor meinem inneren Auge die Zeit zurück. An eine Stelle, bevor ich ihr meine Liebe gestanden habe, als wäre ich komplett hirnverbrannt. Nein, es ist viel schöner, an das *Davor* zu denken. Es ist noch nicht vorbei. Wir sind noch nicht vorbei.

Ihr Stöhnen an meinem Hals.

Ihre Lippen heiß an meinen.

Ihre Nägel, vergraben in meinem Rücken.

Das hungrige Flackern ihrer Vulkanaugen.

Ich kriege eine Latte. Wie viel zu oft in den vergangenen Tagen, aber ich wehre mich nicht, sondern springe mitten rein in den Fantasiesee. In den Livia-und-ich-haben-Sex-See.

Gehauchte Wort. Vanilleduft in blondem Haar. Wie ferngesteuert öffne ich meine Jeans und umklammere mit der rechten

Hand meinen Schwanz, mit der anderen ziehe ich ein Taschentuch aus einer Box auf dem Couchtisch. Was wäre passiert, wenn ich nicht dieses verfickte *Ich liebe dich* gesagt hätte? Hätten wir es getan? In dieser dunklen Ecke, hinter diesem komischen Teppich? Ich kann nicht anders, als mir genau das vorzustellen. Lust rauscht durch mich hindurch und pulsiert in meiner Hand.

Ja, Nick, sagt Fantasie-Livia.

»Fuck, Livia«, sage ich im Reallife.

Es ist so echt, so spürbar. Ihre perfekten Brüste unter meinen Fingern. Die fordernde Art, wie sie ihren Po auf meinem Schwanz bewegt. Ein Stöhnen bahnt sich seinen Weg aus einem tiefen Winkel meines Körpers hervor und verliert sich an den kitschigen Pastellwänden des Zimmers. Meine Hand fährt an meinem Schwanz auf und ab, wird schneller und schneller. Erinnerungsblitze schlagen in mich ein. Erinnerungen an Kaminfeuer, ans Sich-fallen-Lassen und Auf-jede-erdenkliche-Weise-nackt-Sein. An Livia ohne Maske, ohne Mauer, ohne blendendes Licht. An Livia, die sich mir hingibt und mir vertraut. Mir ihre von so vielen Menschen zerfetzte Seele *an*vertraut.

Ich komme.

Ich komme so heftig, so bahnbrechend und markerschütternd, wie ich es nur tue, wenn ich in diesen See eintauche. Vor meinen Augen blinken die restlichen Lichter der Erinnerungsblitze und ich ringe nach Luft, lasse die Augen geschlossen. Denn wenn ich sie öffne, kann ich mich diesem Hello-Kitty-Zimmer und meinem Versagen nicht länger entziehen. Ich würde feststellen, dass ich weder im Casino noch im *Sacher* noch in unserer kleinen Waldhütte bin. Dass ich all das Vertrauen, das Livia mir geschenkt hat, zu Sägespänen zerhäckselt habe. Also verharre ich noch einige Sekunden in meinem Fantasiesee, der so viel schöner ist als die beschissene Realität.

Es klopft.

Ich zucke vor Schreck zusammen und reiße die Augen auf. Beschissene Realität. Schreckliches Zimmer. Offene Hose. Ein weiteres Klopfen an der Tür.

»Ähm … Sekunde!« Ich knülle das Taschentuch in meiner Hand zusammen und stopfe es in meine Hosentasche.

Es klopft ein drittes Mal. Dieses Mal mit Nachdruck.

»Ich komme ja schon.« Meine Güte, wer hat denn um diese Zeit so ein dringendes Anliegen? Ich schließe meinen Hosenknopf und gehe mit schnellen Schritten in den Flur.

Als ich die Tür öffne, glaube ich kurz, wieder in irgendeiner abgedrehten Fantasie zu stecken.

»Dein Hosenstall ist offen.« Vor meiner Tür steht Leander von Traun. Er sieht etwas mitgenommen aus, was vermutlich an der zu zwei Dritteln geleerten Whiskeyflasche liegt, die er in einer Hand hält.

»Äh, hi.« Ich hebe die Hand. »Was machst du hier?«

Er deutet mit der Flasche auf meinen Schritt. »Ich kann deine Eier sehen.«

»Du übertreibst.« Schließlich trage ich Boxershorts. Trotzdem ziehe ich den Reißverschluss hoch. »Also, was willst du?«

»Dachte, wir könnten ein bisschen abhängen.« Er schwankt leicht, was er gerade noch überspielen kann, indem er sich lässig gegen den Türrahmen lehnt.

»Abhängen.« Ich versuche noch immer diese Situation zu begreifen, aber *nope*, ich check's nicht. Leander von Traun steht vor meiner Tür, offensichtlich betrunken, und will mit mir *abhängen*.

»Yes.« Er deutet mit dem Zeigefinger auf mich. »Du, ich und deine Minibar.« Ohne einen Widerspruch meinerseits zuzulassen, schiebt er sich an mir vorbei und geht ins Wohnzimmer. »Mein Gott, wohnst du hier oder Hello Kitty?« Angewidert stupst er mit dem Fuß gegen ein am Boden liegenden hellblaues Kissen.

»Ich hasse es auch.«

»Erzähl niemandem, dass ich hier war.« Mit der Jacky-Flasche in der Hand zeigt er bedrohlich auf mich. »Das schadet meinem Ruf.«

Ich verdrehe die Augen. »Das wäre natürlich eine Katastrophe.«

»Du hast noch viel zu lernen, Steiner.« Er lässt sich in die rosa Polster fallen und grinst plötzlich. »Habe ich dich bei etwas Wichtigem unterbrochen?« Feixend deutet er auf die offene Packung Taschentücher, dann wieder auf meinen Schritt. »Aha. Daher die offene Hose.«

Ich erwidere nichts.

»Braucht dir nicht peinlich sein. Masturbieren ist sehr wichtig für die Gesundheit der Hoden.« Er nickt weise.

»Okay, Dr. Sommer. Ist alles okay bei dir?« Mein Interesse daran, mich weiter mit ihm über den gesundheitlichen Zustand meines Körpers unter der Gürtellinie zu unterhalten, hält sich in Grenzen.

»Vooooll. Mir geht's top und meinen Hoden auch.« Er öffnet die Flasche Jacky und nimmt einen Schluck.

»Das freut mich, erklärt aber nicht, was du hier zu suchen hast.«

»Ich dachte nur, dass du bestimmt heute freihast.«

»Frei.« Wow, scharf kombiniert. Ich habe jeden Tag *frei*.

»Genau! Du bist mit Sicherheit auch nicht auf dieser Junggesellinnenparty von Vic.«

Aha. So langsam fange ich an zu verstehen.

»Ist die heute?«

Er nickt. »Vor drei Stunden gestartet. Fette Party im Vienna Spa.«

»Diese Kombi hinterfrage ich jetzt einfach mal nicht.« Ich lasse mich neben ihn auf das Sofa fallen. »Aber sind bei solchen Veranstaltungen nicht eigentlich nur Frauen eingeladen?«

»Eigentlich ja.« Ein weiterer Schluck Jacky wandert seine Kehle hinunter. »Aber Livia hat was Ultrakrasses aufgefahren und die halbe High Society eingeladen. Die ganzen Leute aus der Schule damals.«

»Und dich nicht?«, frage ich verwirrt.

»Doch, schon, aber irgendwas hat mir gesagt, dass es besser wäre, da heute nicht aufzutauchen. Vic, die Braut … du weißt schon.«

»Verstehe.«

»Und deswegen …« Er legt eine Kunstpause ein. »Machen wir heute was zusammen. Denn du bist der einzige Loser, den ich kenne, der nicht eingeladen wurde.«

»Na, vielen Dank auch.« Ich reibe mir einmal über die Stirn und gehe meine Optionen durch. Möglichkeit A: weiter hier herumsitzen und herausfinden, ob ich in diesem Zimmer noch etwas finde, das ich nicht hasse. Möglichkeit B: mich mit Leander betrinken und abhängen. Möglichkeit C: existiert nicht, weil mein Leben absolut jämmerlich ist.

»Okay«, gebe ich mich also geschlagen und stehe auf, um mir selbst einen Drink aus der Minibar zu holen. »Aber du zahlst!«

»Klaro.« Zufrieden grinst er.

»Hier.« Ich reiche ihm einen Whiskey on the rocks. »Im Glas ist doch etwas stilvoller als aus der Flasche.«

»Guter Mann. Prost!« Unsere Gläser klirren aneinander.

»Sag mal …« Leander lässt die Eiswürfel im Glas kreisen. »Was machst du eigentlich den ganzen Tag? Hängst du nur in diesem Zimmer rum?«

»Jap. So traurig es klingt.«

»Sieht nicht gerade nach einem gemütlichen Zuhause aus.« Leander kickt skeptisch gegen den kitschigen Couchtisch.

»Nichts an diesen fünfzehn Quadratmetern fühlt sich auch nur ansatzweise nach einem Zuhause an«, stimme ich zu. »Obwohl ich, wenn ich ehrlich zu mir selbst bin, keine Ahnung habe, wie sich ein Zuhause anfühlen sollte.«

»Feel you, Bro.« Er tätschelt meine Schulter und nippt an seinem Drink.

»Mein Zuhause waren immer nur ich selbst, meine Mutter und der Coup, den wir zu dem Zeitpunkt verfolgt haben. Jetzt habe ich nichts mehr davon. Keinen Coup, keine Livia und meine Mutter ignoriert meine Nachrichten.« Wow, wenn man es so betrachtet, klingt das alles mehr als jämmerlich. »Gut, ich habe mich selbst. Aber ich bin ziemlich weit davon entfernt, *mir selbst mein bester Freund zu sein* oder *in mir zu ruhen.*« Ich versuche mich an einem Grinsen. Es klappt nicht, denn eigentlich finde ich mich selbst gerade ziemlich scheiße.

»Und früher?«

»Hast du mir auch nur eine Sekunde zugehört?«

»Nein, ich meine, bevor du zurückgekommen bist. Was hast du da so gemacht, wenn du nicht gerade irgendwen abgezogen hast?«

»Äh, nichts so wirklich. Also doch …« Dieses Gespräch ist irgendwie unangenehm. »Ich habe fotografiert und meine Bilder ausgestellt, aber nur, wenn es die … äh … Umstände zugelassen haben.«

»Hm.« Leander legt den Kopf schief. »War es das, was du wolltest? Dieser Gangsterlifestyle?«

»Es war das Einzige, was ich kannte.« Schnell nehme ich zwei große Schlucke meines Drinks. Wenn Leander weiter solche Fragen stellt, werde ich mehr davon brauchen.

»Warum das alles?«

»Was meinst du?«

»Warum habt ihr, du und deine Mutter, diese Sache abgezogen? Ist ja jetzt kein gängiges Hobby. Heiratsschwindelei.«

Ich weiß nicht, was ich darauf antworten soll, also nehme ich einen weiteren Schluck und zucke nur mit den Schultern.

»Komm schon, Alter. Sonst können wir uns auch gerne über unsere letzte Prostatauntersuchung austauschen.« Sein Mund verzieht sich zu einem schelmischen Grinsen. »Du gehst doch zur Vorsorge? Das ist nämlich wichtig.«

»Leander. Ich rede mit dir über nichts, was diesen Bereich betrifft.« Ich beschreibe einen Kreis, der so ziemlich den gesamten Bereich vom Bauchnabel bis zu den Knien einschließt.

»Dachte ich mir. Also, hau raus.«

»Was?«

»Warum deine Mutter und du so ein crazy Leben geführt habt.«

Ich seufze, antworte aber doch. Die Gefahr, dass er sonst gleich anfängt über Vorhautbändchen und Erektionsstörungen zu reden, ist mir dann doch zu groß. »Mein Vater war ein sehr großes Arschloch. Ein Bonze wie du. Wie ihr alle irgendwie.«

»Okay, und was war mit ihm? Deinem Vater?«

»Meine Mutter war seine Haushälterin, er hat sie geschwängert, gedroht, sie umzubringen, und dann vor die Tür gesetzt. Schlussendlich war meine Geburt der Grund, dass meine Mutter ein ziemlich verficktes Leben hatte. Ich bin es ihr irgendwie schuldig, verstehst du? Also ich war es …«, korrigiere ich mich und schaue nicht ihn, sondern den Fleck auf dem Teppich an.

»Was schuldig?«

»Sie hatte genug und wollte sich an Menschen wie meinem Vater rächen. Das hat ihr geholfen bei den vielen traumatischen Ereignissen in ihrem Leben nicht durchzudrehen und ich habe mitgemacht. Außerdem ist es ein echt beschissenes Gefühl, zu fünfzig Prozent aus Arschlochgenen zu bestehen. Ich glaube, meine Mutter hatte immer Angst, dass ich so werde wie mein Vater. Also habe ich ihr mit jedem Coup bewiesen, dass ich das Gegenteil von ihm bin. Und mir selbst irgendwie auch.« Ich halte inne. Okay, meine komplexe Psyche lässt sich doch einfacher zusammenfassen als erwartet. »Das war's«, schließe ich ab und nippe an meinem Drink. »Zufrieden, Dr. Sommer?«

Leander sieht mich erst skeptisch an und bricht dann in so

lautes Gelächter aus, dass Whiskey über den Rand seines Glases schwappt und auf dem Teppich landet.

»Was ist so lustig?«, frage ich etwas patzig, denn mit Gelächter auf die tiefsten Beweggründe meines Handelns zu antworten, ist irgendwie … uncool.

»Glaub mir, das, was du da machst, hilft überhaupt nicht gegen diese Schuldgefühle oder die …«, er malt Anführungszeichen in die Luft, »… ›fünfzig Prozent Arschloch-DNA‹. Ich kenne mich da aus. Meine DNA besteht aus ähnlich viel versautem Material. Mein Vater sitzt im Knast, falls du dich erinnerst. Außerdem hat er mich regelmäßig vermöbelt und mir die Schuld am Tod meiner Mutter gegeben.«

Stille.

Ich starre Leander an und weiß, dass ich irgendwas darauf antworten sollte. Aber mein Sprachzentrum verweigert den Dienst. *Vermöbelt und mir dir Schuld am Tod meiner Mutter gegeben.* Die Worte hallen in meinem Kopf nach.

»Wie ist sie gestorben, deine Mutter?«, frage ich schließlich. »Aber du musst nicht antworten. Wir können auch über diese Prostatasache reden, wenn es dir hilft.« Ich zucke mit den Schultern und schenke ihm ein schiefes Lächeln.

»Vielleicht nächstes Mal.« Er lächelt zurück. Seine Augen sind plötzlich glasig, als er tief Luft holt. »Bootsunfall auf unserer Jacht. Ich war vier und bin reingefallen. Sie hinterher, mit dem Kopf auf einem Stein aufgeschlagen und sofort tot. Mein Vater hat mich aus dem Wasser gezogen, auf den toten Körper meiner Mutter gezeigt und gesagt …« Er verstellt die Stimme und spricht dunkler. »… das ist deine Schuld, Junge!«

»Fuck, das tut mir leid.«

»Jap.« Er leert sein Whiskeyglas in einem Zug. »Danach wurde ich von zig Nannys erzogen und locker einmal im Monat von ihm verkloppt. Ich habe mich nie gewehrt, weil ich ja wusste, dass ich's verdient habe. Schließlich bin ich schuld daran, dass meine Mutter gestorben ist. Wenn ich nicht so dumm gewesen und ohne Schwimmflügel ins Wasser gefallen wäre …« Der Rest des Satzes bricht ab. »Und weißt du, was das Kranke ist?« Ein neuer Schwall Jacky landet in seinem Glas. »Als mein Vater in den Knast gekommen ist, dachte ich: Yes, endlich bin ich frei.«

Ich nicke.

»Aber Spoiler: Bin ich nicht. Klar, ich werde nicht mehr vermöbelt und so, aber die Schuldgefühle und der Selbsthass bleiben. Egal wie weit du wegrennst« Er hebt das Glas. »Auf die Arschloch-DNA.«

»Auf uns.« Wir stoßen ein weiteres Mal an.

»Und was hilft dann?«, frage ich schließlich. »Gegen die Schuldgefühle.«

»Die Antwort willst du sicher nicht hören, aber du musst dich mit dir selbst auseinandersetzen. Vor dir selbst kannst du nicht davonlaufen. Das meinte auf jeden Fall mein Therapeut und ich glaube, dass er recht hat.«

»Du machst eine Therapie?« Irgendwie hat der Leander von Traun, der hier vor mir sitzt, nichts mit dem gemeinsam, den ich geglaubt habe zu kennen.

»Jap, seit Livia damals aufgehört hat mit mir zu … äh … schlafen, sorry.« Leicht zerknirscht sieht er mich an.

»Schon gut.«

»Okay, also Livia und ich haben, nachdem mein Vater in den Knast gewandert und ihre Mutter abgehauen ist, viel Zeit miteinander verbracht. Und damit meine ich, dass wir richtig viel gevögelt haben.«

»Übertreib's nicht.«

Er grinst. »Aber es hat kurzfristig geholfen. Party machen, Drogen nehmen und danach … äh … noch einen *Kaffee trinken.*« Wieder kichert er angesichts meiner verdrießlichen Miene. »Und dann kamst du und sie wollte nicht mehr. Außerdem tauchte Vic immer öfter mit diesem Franzosen in Wien auf.«

»Mit dem sie sicher auch Kaffee trinkt«, ärgere ich ihn zurück.

»Mein ganzes Leben, das ohnehin schon nicht gerade geordnet war, fiel in sich zusammen, also suchte ich mir professionelle Hilfe«, sagt er, meine Spitze ignorierend.

»Hat es geholfen?« Ich muss an seine Exzesse in Südfrankreich denken, die jetzt nicht gerade für psychische Stabilität sprechen.

»Es ist ein Anfang. Wenn du zwanzig Jahre kaputt warst, kannst du dich nicht in einem halben Jahr wieder reparieren.«

»Verstehe.«

»Ich habe eine Traumatherapie gemacht und weiß jetzt, dass ich nicht schuld am Tod meiner Mutter bin. Dass Kinder nie Schuld am Verhalten ihrer Eltern haben und auch nicht für sie verantwortlich sind.« Während er das sagt, sieht er mich eindringlich an, als wolle er mir sagen: *Begreif das doch auch.* »An den ganzen Themen mit meinem Vater arbeiten wir noch. Ich versuche bald mit meinem Therapeuten zum ersten Mal wieder in die Villa zu gehen.«

»Ah.« Mir geht ein Licht auf. »Ich habe mich immer gefragt, warum du in einer Suite im *Sacher* wohnst.«

»Ich bin einen Tag nach der Verhaftung meines Vaters dort eingezogen. Zu Hause habe ich eine Panikattacke nach der nächsten bekommen. Im *Sacher* …«, er hält kurz inne und sieht plötzlich etwas beschämt aus, »… hatte ich das Gefühl, ihr nahe zu sein.« Er vergräbt das Gesicht in den Händen. »Scheiße, ich höre mich an wie ein absoluter Creep. Ich schwöre, wenn du das irgendwem erzählst, bringe ich dich um. Glaub mir, ich kenne Leute für so was.«

»Tue ich nicht.« Und ich meine, was ich sage. »Ich find's wirklich stark.« Auch das meine ich bitterernst. Dann fällt mir etwas ein. »Hast du deswegen diese Stiftung gegründet? Für traumatisierte Kinder?«

»*FreeWings*, genau. Ich hatte keine Lust mehr, mit dem Geld meines Vaters Dinge zu finanzieren, die er gut finden würde.«

»Echt cool.«

»Aber jetzt zu dir.« Er lehnt sich zurück und mustert mich prüfend.

»Zu mir?«

»Jap, ich sag's, wie es ist, mein Lieber, aber dein Leben läuft gerade auch nicht gerade gut, oder?«

»Muss das sein?«, stöhne ich. »Ich würde sonst doch noch mal auf die Sache mit der Hodenkrebsuntersuchung zurückkommen.«

»Keine Chance.« Kopfschüttelnd starrt er mich weiter an. »Also, was willst du?«

»Dieses Gespräch beenden.«

»Nein, du Dummkopf. Vom Leben.«

»Hast du es ein bisschen konkreter?«

»Na ja, bisher hast du für deine Mutter gelebt. Und jetzt?« Leander legt den Kopf schief und hebt die Augenbrauen.

Ich überlege. »Dafür, Livia davon zu überzeugen, mir noch eine Chance zu geben?«

»Genau.« Er macht eine Fingerschnipsgeste in meine Richtung. »Und das ist Bullshit.«

»Hat dir das dein Therapeut gesagt?«

»Auch, aber ich finde, es liegt auf der Hand.« Zur Untermalung streckt er mir seine offene Handfläche entgegen.

»Tut es das?«

»Hundertpro. Du musst dich mit deinen innerpsychischen Prozessen auseinandersetzen und herausfinden, wer du bist und was du willst.«

»Innerpsychische Prozesse.«

»Mhm.« Er nickt heftig. »Aktuell lässt du dein Handeln von deiner Vergangenheit und deinen negativen Grundannahmen bestimmen statt von deinen Zielen und Werten.«

»Du stellst mir aber jetzt gleich keine Rechnung für ein ›Mein Weg zur Selbstliebe‹-Seminar, oder?«

»Ich denk noch drüber nach«, erwidert er, ohne zu zögern. »Was ist das für ein Summen?« Er blickt sich um.

»Was? Oh … mein Handy.« Auf dem Wohnzimmertisch vibriert mein Mobiltelefon und droht durch die Bewegung jeden Augenblick von der Kante zu rutschen. Ich greife danach und drehe es um.

Als ich erkenne, wessen Name auf dem Display steht, setzt mein Herz für mehrere Schläge aus. Mama.

Ich sehe zu Leander und denke an all das weise Zeug, das er gerade gesagt hat. Er nickt mir auffordernd zu.

»Hallo?«, nehme ich den Anruf an.

»Hallo, Schatz. Wie geht's dir?« Es ist merkwürdig, nach so langer Zeit wieder ihre Stimme zu hören.

»Es geht.«

»Kommst du bald zurück?« Ein Schluchzer schwappt aus dem Handy in mein Ohr. »Ich brauche dich hier.«

Mein Blick zuckt zu Leander, der mich eindringlich ansieht. *Kinder sind nie für ihre Eltern verantwortlich.* Ich schlucke gegen die aufkeimenden Zweifel an und räuspere mich.

»Hör zu, Mama. Du bist mir wichtig, sehr sogar.« Ein skeptisches Augenbrauenheben von Leander, aber ich mache eine beschwichtigende Geste mit der Hand.

»Du mir auch, mein Schatz. Du bist das Wichtigste auf der Welt für mich. Ohne dich bin ich …«, setzt sie an und ich muss sie unterbrechen, um die Kraft für das Folgende aufzubringen.

»Stopp. Ich weiß, dass du mich brauchst und dass wir jahrelang nur uns hatten. Und genau aus diesem Grund musst du mir jetzt alles sagen, was du über diese Sache mit Livia weißt.« Mein Puls hämmert in meiner Kehle.

»Das kann ich nicht. Wer sagt mir, dass du dann nicht bei ihr bleibst?« Sie weint jetzt herzzerreißend ins Telefon.

»Wenn du es mir nicht sagst, wirst du nie wieder was von mir hören.«

Stille.

Leanders Mund klappt im selben Moment auf, in dem meine Mutter nach Luft schnappt.

»Schatz, das kannst du nicht –«

»Entweder du sagst mir jetzt alles, was du weißt, oder du verlierst mich.« Ich weiß nicht, woher ich die Entschlossenheit nehme, die meine Stimme fest werden lässt. »Endgültig.«

»Raphael, bitte, ich –«

»Entscheide dich!«

Sie schluchzt ein weiteres Mal ins Telefon und wimmert leise vor sich hin. Als ich trotzdem nicht zurückrudere, höre ich sie schlucken und Luft holen.

»Gut. Dann hör mir zu.«

26. KAPITEL

GEDANKENLEICHTE, LEBLOSE PUPPE

LIVIA

»Nie ohne mein Team!« Vic hopst, bewaffnet mit einer Flasche Wodka, auf dem Pool-Plateau auf und ab, als sich der Song ändert und Bonez MC und RAF Camora in ohrenbetäubender Lautstärke aus den Boxen dröhnen. »Liiiiv!«, schreit sie in meine Richtung und winkt mich fordernd zu sich heran. »Du bist mein Team!« Die Wildheit und ihre brennenden Fesseln leuchten auf jedem Zentimeter ihrer Haut. Vic ist klitschnass, aber strahlt und ist eine Version ihrer selbst, die sie viel, viel zu lange verdrängt hat. Ihr Haare fliegen, das weiße Kleid ist zu einer durchsichtigen zweiten Haut geworden, das freie Sicht auf ihre Brust gewährt, da ihr Bikinioberteil irgendwann in den letzten zwei Stunden den Abflug gemacht hat.

Die Party ist völlig eskaliert. Leere Champagnerflaschen schwimmen im Pool, Pillen werden eingeworfen wie Smarties. Hüllen und Hemmungen sind gleichermaßen gefallen. *Wir* sind gefallen. Wir alle. Denn Nächte wie diese sind die einzige Möglichkeit dafür. Fallen, loslassen, frei sein. Morgen früh muss jeder Einzelne hier wieder aufrecht stehen.

»Jetzt kooooomm!« Vic imitiert das Werfen eines unsichtbaren Lassos, mit dem sie mich aus dem Wasser fischen will. Ich kreische laut auf, tue so, als würde mich ihr Seil packen, und schwimme die wenigen Meter auf das Plateau zu. Das Wasser ist ein glitzerndes Farbenmeer und ich bin leicht – sorgenleicht, gedankenleicht, mauerleicht. Vielleicht zum letzten Mal.

»Mund auf!« Vics glasige Augen tanzen vor meinen, als ich meine Oberarme auf den Rand des Pools lege, während sie über mir steht. Ein dunkles Feuer lodert in ihren Augen, das ich so sehr vermisst habe, dass ich vor Freude schreien möchte. Oh, ich schreie wirklich, merke ich gerade. Ich kreische und lache und werfe den Kopf in den Nacken, damit Vic mir Wodka in den geöffneten Mund schütten kann. Brennende Flüssigkeit rinnt meine Kehle hinab. Sie schmeckt nach Freiheit und sammelt sich als Hitzeball in meinem Bauch.

»Komm hoch, du Schluckspecht.« Bennet schüttelt lachend den Kopf, hält mir eine Hand hin und zieht mich aus dem Wasser. Vic leert die Flasche, in der nur noch eine Pfütze war, wirft sie achtlos auf den Beckenrand und umschlingt mich und Bennet.

»Nie ohne mein Team«, singt sie laut und hüpft.

»Nie ohne mein Team!« Bennet und ich springen auch.

»Wuhuuu«, machen die Feiernden und feuern uns an. Vic und ich tanzen erst mit Bennet, dann zu zweit. Unsere Hüften kreisen, unsere Brüste springen. Mein Herz auch.

»Wollt ihr?« Einer der Gäste, ich glaube, er war früher in meinem Mathekurs, streckt uns aus dem Pool eine Hand mit Pillen entgegen, aber ich schüttle den Kopf.

»Liv?« Vic legt mir ihre Hände auf die Schultern und sieht mich ernst an.

»Ja?«

»Ich werde dich jetzt küssen. Einfach so. Weil ich dich scheiße lieb hab.«

Ich kriege einen Kicheranfall. »Ich warte schon lange darauf, dass du das sagst«, bringe ich dann hervor. Nur einen Wimpernschlag später liegen ihre Lippen auf meinen. Die Menge flippt aus.

»Immer macht ihr die coolen Sachen ohne mich«, höre ich Bennet, als sich Vics Zunge in meinen Mund schiebt und sie ihre Finger in mein Trauzeuginnen-T-Shirt krallt. Ich muss so in den Kuss hineinlachen, dass ich das Gleichgewicht verliere und nach hinten taumle. Ich merke erst, dass ich falle, als ich schon auf der Wasseroberfläche aufschlage. Prustend kämpfe ich mich hoch.

»Ich wusste, dass ich umwerfend bin.« Vic zuckt mit den Schultern und dreht sich dann zu Bennet um. »So, und jetzt du.« Er packt sie und legt sie nach hinten, wie in einem alten Hollywoodfilm. Sie kreischt und strampelt, als er ihr einen fetten Knutscher auf die Lippen drückt.

»Hilf mir mal raus«, fordere ich einen tätowierten Typen auf, den ich mit ziemlicher Sicherheit noch nie gesehen habe.

»Immer gerne.« Er umfasst meine Hüften und wirft mich beinahe zurück auf das Plateau, auf dem meine besten Freunde sich für ihren filmreifen Kuss gerade abklatschen. Ich kriege mich nicht mehr ein vor Lachen und bleibe kichernd liegen. Die Diskokugel über mir dreht und dreht sich.

»Bodyshoooots«, schreit Vic plötzlich und hüpft mit so viel Schwung auf und ab, dass der Boden unter mir bedrohlich wankt. »Huiiiii«, macht jemand. Oh, jemand bin ich. Aber es ist wirklich lustig, hier zu liegen und Vic so zu sehen und zu wackeln und an die Blinke-Diskodecke zu gucken und das Kleid hochzuziehen, damit Wodka in meinen Bauchnabel gefüllt werden kann.

»Nicht so doll zappeln!« Vic verteilt den Großteil des Schnapses, den sie auf einmal wieder in der Hand hat, auf meinem Körper und nicht in meinem Nabel. Und *Gott*, das ist so witzig, dass ich vor Lachen vielleicht sterbe.

»Wer will zuerst?«, ruft Vic in die Menge. »Einen Bodyshot von niemand Geringerem als Livia *fucking* Hohenburg!«

Die Menge kreischt. Plötzlich sind da die Lippen von irgendjemand Fremdem auf meinem Bauch. »Fuck, das kitzelt«, kreische ich, als sie den Schluck aus meinem Bauchnabel saugen.

»Wer ist der Nächste?«, schreit Vic wieder. »Ein Shot fünfzig Euro. Überweisung per PayPal.«

Alle wollen. Jeder einzelne Partygast will Alkohol von Livia Hohenburgs Körper lecken und von Vics, die sich kurz darauf neben mich legt. Die vielen *Intoxication*-Drinks der letzten Stunde haben jegliches Ekelgefühl ausgeschaltet. Es ist mir völlig schnuppe, wie viele Lippen mit kratzigen Bärten und schlängelnden Zungen über meinen Körper wandern. Die Zungen kitzeln. Die Lichter tanzen. Ich habe *the time of my life*, weil morgen wieder *the time of living death* ansteht.

Irgendwann werden die Shots zu Lines, die von meinem Bauch gezogen werden, und auch das ist mir schnuppe. Eigentlich ist mir alles schnuppe. Ich liege nur rum, lache und lasse Menschen meinen Körper betatschen. Bin eine hübsche Puppe ohne Herz. Also alles wie immer.

»Hey, Livia. Darf ich auch mal?« Eine Stimme, nah an meinem Ohr, die sich irgendwie gegen das Geschreie, die Musik und das Geplansche der anderen durchsetzt und mir vage bekannt vorkommt.

»O mein Gott!« Ich setze mich auf. Die Umgebung verschwimmt. Ein Sternenschauer fällt in mein Blickfeld. *Huch*, ich brauche einen kurzen Augenblick, um meine Augen scharf zu stellen und die Sterne verblassen zu lassen. »Ahhhh, du bist wirklich gekommen!« Stürmisch umarme ich niemand Geringeren als Lukas Winter, der in einer schwarzen Badehose vor mir kniet und mich angrinst. Seine hohen Wangenknochen sind leicht gerötet, seine Pupillen geweitet.

»Hab ich doch gesagt und, Alter!« Er blickt sich beeindruckt um. »Das ist die fetteste Party, auf der ich je war.« Seine Augen weiten sich, als er die Dark Area entdeckt. »Gibt sie ihm gerade wirklich einen Bl…?«

»Willkommen in der Wiener High Society. Shot?« Ich greife nach der Flasche Wodka, von deren Inhalt nach der Bodyshot-Eskapade nicht mehr viel übrig geblieben ist.

»Klar.« Grinsend greift er danach. »Wir haben auf meiner Jacht auch schon Party gemacht, aber das hier ist wirklich next Level.« Es wackelt wieder unter uns, weil jemand in hopsenden Schritten auf uns zurennt.

»Lukas Winter. Ich raste aus. Bist du es wirklich?« Vic lässt sich neben ihn fallen und glotzt ihn an wie einen Alien. »Ein Nemo auf meinem JGA. Wie abgefahren.«

»Ein was?«

»Ach, nichts.« Ich werfe Vic einen warnenden Blick zu.

»Du bist die Braut, nehme ich mal an.«

»Psssst.« Sie drückt ihm einen ausgestreckten Zeigefinger auf die Lippen. Dabei schielt sie leicht. »Wir sagen das böse B-Wort nicht!«

»Okay, okay.« Entschuldigend hebt er die Hände. »Ich dachte nur, wegen der Schrift auf deinem Kleid.« Leicht belustigt deutet auf das *The Bride*.

Vic schaut nach unten und nickt langsam. »Stimmt. Das Ding muss weg.« Ohne auch nur eine Sekunde zu zögern, zerrt sie an dem nassen Stoff und zieht ihn sich schließlich über den Kopf. »Scheiß auf die Braut, scheiß auf diese beschissene Hochzeit! Heute Nacht bin ich wild und frei.« Dann schleudert sie es über ihren Kopf und wirft es zu den Feiernden im Wasser.

Lukas sieht gleichermaßen schockiert und restlos begeistert aus. »Frei trifft es gut, würde ich sagen.«

Ich muss wieder kichern. »Vic«, rufe ich ihr zu. »Vic!«

»Was?«

»Du bist nackt.«

Sie schaut nach unten und scheint ihre *wilden und freien* Brüste erst jetzt zu bemerken »Oh … ups. Na ja.« Ein schelmisches Grinsen schleicht sich auf ihr Gesicht. »Ich bin nackt.«

»Das sehen wir, du Luder«, sage ich.

»Mhm …« Sie legt den Kopf schief und zuckt dann mit den Schultern. »Aber dann ist ja alles klar.«

»Was denn?«

»Nacktsein heißt, dass wir jetzt in die Dark Area gehen und tanzen wie versaute Stripperinnen.« Ohne ein weiteres Wort springt sie ins Wasser und schwimmt zum Beckenrand.

»Das ist die natürliche Schlussfolgerung.« Lukas nickt.

Ich muss schon wieder kichern und nehme einen großen Schluck Wodka. In meinem Kopf herrscht ein herrlich betäubender Nebel. Keine Zweifel, keine Mauern oder Fesseln. Nur Impulse, gegen die ich nicht ankämpfe. »Sehe ich auch so. Los, wir machen es.«

»Was?«

»Da rübergehen und tanzen wie versaute Stripperinnen.« Meine Lippen tun einfach, was sie wollen.

»Okay.« Er schluckt. Sein Adamsapfel hüpft. Ich sehe ihm direkt in die Augen. Lasse meine Hände machen, was sie wollen, und jetzt wollen sie den Knoten meines Bikinioberteils lösen, es unter meinem T-Shirt hervorziehen und es von sich schleudern. *Wild und frei.* Entfesselt und gelöst. Die Impulse übernehmen das Kommando. Die quälenden Gedanken haben Pause. Mein Körper wird jetzt nur noch von nassem weißem Stoff bedeckt. Lukas fixiert mich, inhaliert mich, berührt jeden Zentimeter meiner Haut mit Blicken.

»Fuck«, sagt er.

Fuck, denke ich auch, denn mein treuloses Herz sehnt sich nach anderen Augen, nach sommergrauen Augen, die mich auch so angesehen haben und doch anders. Tiefer. Unter die Haut gehender. Weniger wie eine hübsche, herzlose Puppe. Mehr wie Livia.

Verficktes, dummes Herz. Es muss ihn endlich vergessen. Ihn und seinen schrecklichen Ich-sehe-deine-Seele-Blick.

»Komm!« Ich springe ins Wasser und hoffe, dass das Chlor-

Champagner-Gemisch die Erinnerungen an ihn aus meinem Herzen spült. Es klappt semigut. »Ich muss dich unbedingt Bennet zeigen, äh, dich vorstellen.«

»Okay.« Er folgt mir durch das Wasser auf die andere Seite des Pools. Gemeinsam gehen wir den Beckenrand entlang und steuern auf den hinteren Bereich zu. Er legt eine warme Hand auf meinen nassen Rücken und es fühlt sich gut an. Jede Berührung wird mein Herz vergessen lassen. Zumindest rede ich mir das ein. Und falls das nicht hilft …

»Ich will noch was trinken«, sage ich zu ihm und nicke zur Bar. Ich brauch mehr Impulse, mehr fühlen, mehr fallen. Weniger Gedanken, die mir wehtun.

»Was darf es sein?«

Ich ignoriere die Barkeeper und greife stattdessen selbst nach einer Flasche Korn, die hinter dem Tresen steht. »Habt ihr Brause?«, frage ich ihn dann doch.

»Was?«, brüllt der Barkeeper mich an.

»Habt ihr Brause?« Das letzte Wort schreie ich in sein Ohr.

»Ah.« Er scheint mich verstanden zu haben, nickt und reicht mir drei Brausetütchen. Ich gebe sie an Lukas weiter.

»Was hast du damit vor?«

Ich schaue ihm direkt in die Augen. »Ich schulde dir noch einen Bodyshot.« Mir wird warm, als sich sein Blick verdunkelt, wenn auch nicht warm genug. Aber das kommt schon noch. Ganz sicher. Eine blonde Strähne fällt ihm in die Stirn und ich strecke die Hand aus, um sie ihm aus dem Gesicht zu streichen. Blond ist viel besser als Braun. Fand ich schon immer.

»Bist du bereit?« Ich trete näher an ihn heran. Die Spitzen meiner Brüste berühren seinen Oberkörper und unsere Blicke verhaken sich miteinander. Seine Augen sind blau. Ein schönes, helles Karibikblau. Ich zwinge mein Bewusstsein sich auf die Karibik zu fokussieren und dränge jeden Gedanken an Regenwolken zurück. »Bereit ins Verderben zu gehen?«

»Mit dir gehe ich überallhin.« Ein kaum hörbares dunkles Kratzen in seiner Stimme. Seine Finger streichen über meine Wange. Sein Daumen über meine Lippen. Mein Herz beginnt zu flattern. Gut so. Die Impulse bringen mich dazu, sein Handgelenk zu umfassen und ihn mit mir zu ziehen. Rein ins Dunkel, rein ins Verderben.

In der Dark Area ist die Luft prickelnder, aufgeladener, die Musik ist lauter. Wenige Lichtquellen lassen jeden, der sich hier aufhält, zu einem düsteren Phantom seiner selbst werden. Menschen küssen sich, tanzen, trinken, schlafen miteinander und berühren sich selbst. Ich entdecke Bennet mit einem Kerl in einem der versteckteren Whirlpools und bin froh, dass es zu dunkel ist, um unter die Wasseroberfläche gucken zu können.

»Ah, da ist deine Freundin.« Lukas deutet auf Vic, die sich umringt von einigen Bewunderern an einer Stange dreht und ihre Hände über ihren Körper wandern lässt. »Wow, sie kann echt gut tanzen.«

»Das konnte sie schon immer.« Sie hat es nur lange nicht mehr getan.

»Irgendwie strange, dass sie bald heiratet. Sie wirkt nicht wie jemand, der bereit ist sich niederzulassen.«

»Hey!«

»Hab ich was Falsches gesagt?«

»Wir sagen das H-Wort nicht!«

»Oh, ups … ich dachte, das B-Wort.« Er lacht einmal auf.

»Wir reden einfach über nichts, was dieses blöde Thema angeht«, stelle ich klar. »Eigentlich reden wir über nichts außer über heute Nacht.« Denn morgen müssen wir alle zurück ins Gefängnis. Jeder in sein eigenes.

»Das finde ich gut.« Er tritt nah an mich heran, damit ich ihn trotz Doja Cat, deren Stimme aus den Boxen schallt, verstehe. »Wollen wir da rein?« Ohne mich aus den Augen zu lassen, nickt er zu einem der Pools, der gerade frei geworden ist. »Wir zwei haben's irgendwie mit Whirlpools, was?« Er grinst frech und ich grinse zurück. Auf dieser Party ist *in den Whirlpool gehen* ein Code für es *tun*. Das weiß er und ich weiß es auch.

Ich trete noch näher an ihn heran. »Das will ich auch.« Ich will ein kribbeliges Gefühl im Bauch und Lust zwischen den Beinen. Ich will, dass seine Hände mich berühren und die Erinnerung an Nick, das Casino und das *Sacher* übermalen. Ich will, dass sie alles auslöschen und mich nie wieder schwach werden lassen.

Gemeinsam steigen wir in das blubbernde Wasser, stellen die Flasche Korn und die Brausetütchen neben uns. Seine Hände umfassen meine Taille und er zieht mich auf sich. »Ich habe dich vermisst.«

Ich schmecke die vier Worte auf meinen Lippen, so nah ist er. Um uns Nebel und Musik und das Gefühl, nur diese eine Nacht zu haben und dass sonst nichts mehr zählt. Seine Hände wandern über meinen Hintern. Ziehen mich enger an ihn.

»Ich dich auch«, hauche ich. Es ist halb Wahrheit, halb Lüge. Wahrheit, weil ich es vermisst habe, meine Gedanken ausschalten zu können. Nur meine Hülle zu sein, die alles leichter macht. Lüge, weil Lukas Winter mir sonst ziemlich egal ist. »Weißt du, wie lange ich auf das hier gewartet habe?«, flüstere ich und hoffe, dass mein Herz nicht merkt, dass ich lüge.

»Ich auch, Liv.« Wieder hüpft sein Adamsapfel, weil er bei meinen Worten, bei den zarten Bewegungen, die ich auf ihm mache, heftig schluckt. Seine Erektion drückt sich hart gegen meine Mitte, die nur von einem Bikinihöschen bedeckt ist. Ich warte auf ein verzehrendes Pochen, das meinen Körper überfällt, und auf den drängenden Wunsch, ihn in mir zu spüren.

»Du bist so heiß, weißt du das?« Lukas beginnt meinen Hals zu küssen. *Ja, weiß ich,* würde ich gerne sagen. *Aber es muss doch mehr geben als das,* würde ich gern sagen. Aber ich bleibe still. Denn eigentlich weiß ich doch, dass es für mich eben nicht mehr gibt als das.

Ich stöhne in sein Ohr, weil ich weiß, dass ihm das gefallen wird, und reibe mich an seinem Schwanz.

»Fuck, Livia.« Er lässt von meinem Hals ab, schaut mich feixend an und spielt mit meinem im Wasser umherschwebenden T-Shirt. »Wie war das mit der Brause und den Bodyshots?«

Ich ringe mir ein Grinsen ab. »Stimmt, ich schulde dir ja noch was.« Mit ausgestrecktem Arm greife ich nach der Schnapsflasche, dabei fällt mein Blick auf zwei Männer, die am Eingang zur Dark Area stehen und mit purem Entsetzen die Szenerie anglotzen.

Nein.

Das kann nicht wahr sein.

Ich erstarre. Sein Blick findet meinen. Da sind Schock und Hilflosigkeit in seinen sommergrauen Augen, genau wie in meinem Herzen. Nein, nein, nein. Er soll verschwinden. Er hat hier in Gottes Namen nichts verloren.

Aber er verschwindet nicht. Er kommt direkt auf mich zu.

»Nicht sein Ernst.« Lukas, der die Veränderung in meinem Gesichtsausdruck bemerkt haben muss, hat sich ebenfalls umgewandt. »Der Typ muss mir auch jedes Mal die Nummer versauen.«

27. KAPITEL

BRAUSESPEERE

LIVIA

»Warte hier. Ich komme gleich wieder. Versprochen«, sage ich zu Lukas und steige aus dem blubbernden Wasser. Es ist so dunkel, dass Nicks Körper nur ein Schatten ist, dessen Umrisse mit der Umgebung verschmelzen. Ein Schatten, dem ich jetzt ordentlich die Meinung sage. Ohne Rücksicht auf … irgendwas. *Los, ihr Impulse, do your thing.* Ups, ich stolpere leicht. Eigentlich wollte ich entschlossen und selbstbewusst auf ihn zu stolzieren, shit. Nicht wie ein versoffenes Partygirl.

Aber du bist ein versoffenes Partygirl, sagt eine fiese Stimme in meinem Kopf. Ach ja, stimmt. Dann scheiß drauf.

»Was wollt ihr hier?«, blaffe ich ihn und Leander an, der neben ihm steht, aber nicht zu mir, sondern zur Braut schaut, die sich halb nackt und sinnlich an der Stange hinter mir dreht.

Nicolas schaut nicht zu Vic, sondern zu mir. Ich straffe die Schultern und recke provozierend das Kinn. Wenn schon versoffenes Partygirl, dann richtig. Das nasse T-Shirt klebt an meinem nackten Oberkörper. Meine Nippel pressen sich hart dagegen und Nick bemerkt es sofort. Er sieht meinen Körper und doch mehr. Das macht mich wahnsinnig.

Ich fange seinen Blick auf und entdecke ein Meer aus Gefühlen. Sie alle sind wir. Sie sind, was von uns übrig geblieben ist.

Zorn und Hingabe.

Angst und Sehnsucht.

Brennendes Verlangen und abgrundtiefer Schmerz.

Ich schaue weg und kämpfe gegen das an, wogegen ich in letzter Zeit zu häufig verloren habe.

»Ich habe gefragt, was ihr hier macht«, blaffe ich die beiden an.

Schweigen.

»Hallo?«

Leander ignoriert mich, starrt nur weiter Vic an. In seinen Augen ein ähnlicher Ausdruck wie bei Nick.

»Ihr seid nicht eingeladen.« Ich zwänge mein Gesicht in die Maske, die jedes Gefühl, jegliche Verletzlichkeit verbirgt.

»Ich bin eingeladen.« Leander dreht sich nun doch zu mir, hebt einen Finger und deutet auf sich. Er schwankt leicht. Na super.

»Seid ihr betrunken?«

»Nicht mehr als du, Königin. Heißes T-Shirt übrigens.« Er hebt die Hand zum High Five, aber ich klatsche nicht ein.

»Haut ab.«

Nick ignoriert meinen Rausschmiss. »Ich muss was mit dir besprechen. Allein.«

»Jetzt nicht. Ich bin beschäftigt, falls du das nicht bemerkt hast.« Meine Maske grinst gehässig.

Nick wirft Lukas einen vernichtenden Blick zu. »Meine Mutter hat sich gemeldet.«

»Aha«, sage ich völlig unbeeindruckt.

»Wir haben endlich neue Informationen.«

»Oh, ihr habt neue Informationen«, äffe ich ihn nach. »Und da dachtet ihr, dass ihr mal eben auf dem Junggesellinnenabschied meiner besten Freundin auftaucht und hier einen Plan schmiedet, oder was?« Die Aussicht auf neue Informationen sollte mehr in mir auslösen, als es gerade der Fall ist.

»Okay, ich gebe zu, dass der Zeitpunkt …«, setzt Nicolas an und schaut Hilfe suchend zu Leander, der sich jedoch wieder ausgeklinkt hat, um 'ne Runde in Vics Dirty Partyland abzutauchen.

»Verpisst euch oder lasst es bleiben.« Ich zucke so betont gleichgültig die Schultern, wie ich es trotz meines tobenden Herzens hinbekomme. »Ich werde jetzt weiterfeiern. Da wartet ein ziemlich heißer Kerl auf mich im Whirlpool.« Ich wende mich um.

»Warte, Liv.« Nicolas umfasst mein Handgelenk. »Bitte, Liv.« Er sieht mich aus schmerzerfüllten Augen durchdringend an. *Hör auf,* scheint er still zu flehen. *Komm da raus. Komm zu mir.* Mein Herz stimmt zu. Es tobt und schreit, dass ich Lukas sofort links liegen lassen und in seine Arme fliehen soll. »Tu es nicht.« Er zieht mich näher zu sich, streicht sanft mit dem Daumen über meine Lippen. Sieht mehr, mehr, mehr. Alles wird unscharf außer sein Gesicht. Alles wird still außer die Trommeln in meiner Brust. Alles wird bedeutungslos außer das *Mehr* im Sommergrau.

»Nick, ich …«

»Bitte. Lass uns gehen.«

Ich will es. Mit ihm gehen und ihn küssen und in seinen Armen einschlafen und hören, wie er Klavier spielt, und mehr sein als Livia Hohenburg. Ich will das alles so sehr.

Aber ich kann es nicht.

Denn das alles hier ist nicht echt. Es sind Phantomgefühle eines Herzens, das noch nicht in der Realität angekommen ist. Er wird mich verletzen, mich fallen lassen, wie er es schon einmal getan hat, und das werde ich nicht riskieren. Das verräterische Ding unter meinen Rippen ist nur zu blöd es zu kapieren.

»Nein.« Meine Stimme ist hart und eiskalt. Ich gehe ruckartig einen Schritt zurück. »Das mit dir letzte Woche war ja ganz nett, aber jetzt brauche ich mehr, sorry.« *Bam, bam, bam.* Worte, die ich wie Speere auf ihn abfeuere, um ihm ein für alle Mal klarzumachen, dass Schluss mit den Spielchen ist. *Tschüssikowski.* Ich steige aus und verbrenne den kläglichen Phantomrest, der noch von uns übrig ist.

»Wenn du bleiben willst, bleib. Wenn du gehen willst, geh. Wenn du zuschauen willst, wie ich gleich von meinem Freund gefickt werde, mach es. Es interessiert mich nicht, Nicolas.« Mehr Feuer für mehr Asche.

»Willst du das wirklich?« Ein letzter Hoffnungsschimmer durchzieht seine Iriden. Und alles in mir will *Nein* schreien.

»Ja«, sage ich trotzdem. Weil es nicht anders geht. Weil alles andere nur wieder meine Mauern sprengen würde, die ich mühsam Ziegelstein für Ziegelstein wieder errichtet habe. »Verpiss dich.« Und damit versetze ich ihm – uns – den Todesstoß.

Dieses Mal hält er mich nicht auf, als ich mich umdrehe. Mit seinen Blicken im Rücken steige ich zurück in den Whirlpool und klettere auf Lukas' Schoß. Nicolas steht da und bewegt sich nicht. Starrt mich einfach an. Also schenke ich ihm nur einen herablassenden Blick. Kühl, arrogant und unnahbar.

»Du bist zurück.«

»Natürlich.« Ich lächle Lukas Winter an, ignoriere den Stich in meiner Brust.

»Ein Glück.«

Du wirst mir nicht mehr wehtun. Nie wieder, steht auf jedem Zentimeter meiner Haut geschrieben, den Lukas in dieser Sekunde erneut zu küssen beginnt. Nicolas weicht zurück und mein Herz zieht sich vor Schmerz zusammen. Aber da muss es jetzt durch, dieses dumme Ding.

»Ich will dich«, bringe ich hervor, um jeden zweifelnden Phantomgedanken von mir zu schieben.

Und dann küsse ich Lukas. Heftig und zügellos. Heiße Lippen, heiße Zungen, heiße Hände, die über meine Haut wandern. Sein Keuchen verschwindet in meinem Mund und ich keuche in seinen. Ich stöhne und vergrabe meine Hände in seinem Haar. *Siehst du, Nick?,* schieße ich in Gedanken zu ihm rüber. *Siehst du, dass der Kuss im Casino und das Fummeln im* Sacher *nichts bedeutet haben? Dass* du *mir nichts mehr bedeutest?*

»Zieh mich aus«, fordere ich. *Zieh mich aus, damit er versteht, dass er nur einer von vielen war.* Lukas lässt sich nicht zweimal bitten und zerrt mir das weiße T-Shirt über den Kopf. Es landet mit einem Klatschen auf dem Sandsteinboden.

»Fuck«, stößt er aus, als ich oberkörperfrei auf ihm sitze. Und dann noch mal, als ich mich zu *Schwarzes Herz* auf seinem Schritt bewege. Er stöhnt und wirft den Kopf in den Nacken. Ich schaue zu Nick. *Ich wollt nur, dass du liebst, nicht mehr,* singt Ayliva.

Mehr Feuer. Ich brauche mehr Feuer, um alles zu verbrennen.

Ich greife nach den Brausetütchen. Lukas sieht mich aus großen Augen an, während ich eins davon aufreiße. »Brause-Bodyshots«, sage ich und zwinkere ihm zu.

Ich hoffe, Nicolas sieht es auch. Mein freches Ich-bin-so-locker-und-betrunken-Zwinkern. Der Inhalt des Tütchens landet auf meinem nassen Schlüsselbein. Es klebt und prickelt. Lukas folgt mir mit seinem Blick, in dem sich Gier und Verlangen spiegeln.

»Jetzt du. Erst lecken, dann ein Schluck Korn und dann im Mund vermischen. Schmeckt mega.«

Er nickt und leckt langsam die Brause von meiner Haut. Dann schütte ich ihm Schnaps in den Mund und lache, lache, lache. *Yeah, das ist so funny. Ich hab so Spaß.* Nicolas' Blicke versuchen immer wieder durch meinen eisernen Schleier aus Lachen, Trinken, Stöhnen und Küssen zu stechen, aber sie prallen ab wie Gummibälle.

»Lecker.« Lukas grinst, legt den Kopf zurück und streut jetzt Brausepulver auf seine Lippen. Ich küsse sie, lecke und stürze mehr Schlucke Schnaps als notwendig herunter. Der Pool wird zu einem Karussell. Bunte Sterne tanzen auf der Wasseroberfläche und in meinem Kopf. Nichts ist mehr von Bedeutung. Nur eins: unverletzbar, unkaputtbar und stark zu sein. Wegen *ihm.*

Lukas streut jetzt Pulver auf meine Nippel. Als er mit der Zunge darüberstreicht, stöhnt er verlangend. Ich hebe den Kopf, schaue zu Nicolas. *Hör auf,* scheint er mir zuzurufen. Aber sorry, ich höre nicht auf. Ich fange gerade erst an. Das hier ist mein Leben, meine Welt. In diesem Spiel bestimme ich die Regeln. Ich ziehe eine Show ab, von der mein Leben abhängt.

Ich werfe den Kopf in den Nacken, stöhne und fluche und lasse zu, dass Lukas' Hände mich berühren. Nicolas muss glauben, dass es echt ist, um mich nie wieder verletzen zu können. Um zu kapieren, dass wir keine Zukunft haben und er sich sein *Ich liebe dich* sonst wo hinstecken kann.

Also mache ich weiter.

Als Ayliva *Ich wart nicht mehr. Verbrenn dich und dein schwarzes Herz* singt, sind Lukas' Finger in mir. Er bewegt sie schnell und rhythmisch. Ich lasse mein Gesicht aussehen, als wäre ich außer Rand und Band. Als wären da nur Lust und Lukas. Kein Nick in meinem Kopf, kein Wunsch, es wären seine Finger. Nein.

Nicolas' Blicke stechen und schießen und prallen immer wieder ab. *Guck doch,* denke ich. *Schau mir doch dabei zu, wie ich von diesem Nemo gefingert werde und so tue, als würde ich kommen. Guck doch.*

Begreifst du endlich, dass Licolas tot ist? #teamlukas hat gesiegt. Ich habe gesiegt.

Und wir beide sind nichts als stinkende, rauchende Asche.

28. KAPITEL

VULKANASCHE UND SCHULDMONSUN

NICOLAS

»Und ich soll Sie immer noch nirgendwo hinfahren?« Der Taxifahrer sieht mich über den Rückspiegel mit jedem Mal, das er die Frage stellt, verwirrter an. Aber wie zuvor schüttle ich nur den Kopf. Er zuckt mit den Schultern, schaut noch eine Spur verständnisloser und beginnt wieder auf seinem Handy herumzutippen.

Wahrscheinlich schreibt er: *Stehe vor dem Vienna Spa und habe seit über einer Stunde einen Kerl auf der Rückbank, der nicht losfahren will. Ich sag's dir: Mit dem stimmt was nicht.* Und damit hätte er recht. Mit mir stimmt etwas nicht. Warum sollte ich sonst um vier Uhr nachts in der Dunkelheit herumstehen und das Taxameter ins Unermessliche laufen lassen, während die Liebe meines Lebens gerade vor meinen Augen …

Bam. Bei der Erinnerung trifft mich eine Faust in den Magen. Wie ihre leicht geöffneten Lippen von der riesigen Zunge dieses BWL-Heinis abgeschlabbert wurden.

Wie ihre Hände sich durch die Boybandfrisur von Blondie gewühlt haben. *Bam,* nächster Gedanke, nächster Schlag.

Der lustverzerrte Ausdruck, mit dem sie ihn, und der abschätzige, mit dem sie mich angesehen hat. *Bam.*

Seine Finger auf ihren Brüsten. Bam.

Seine Lippen auf ihrem Hals. Bam.

Ihr Stöhnen in seinem Ohr.

Bam.

Bam.

Bam.

Ich schaue aus dem Fenster in die eiskalte Nacht. Was mache ich noch hier? In Wien. Warum bin ich nicht längst abgehauen, um meinen Arsch zu retten? Ich könnte einfach zu meiner Mutter zurück. Zurück zu Raphael Ketterbrink und in mein altes Leben. Denn dieses hier ist offensichtlich vorbei.

Was willst du vom Leben?, höre ich Leanders Stimme in meinem Kopf. Und mein Schweigen, das darauf folgte, weil ich keinen blassen Schimmer habe. Ich bin nicht mehr Raphael Ketterbrink. Ich bin aber auch nicht Nicolas Steiner. Ich bin ein Niemand ohne Plan, ohne Ziel und ohne eine Zukunft.

Ich bin verfickt verloren.

»Gehört die scharfe Braut zu Ihnen?«

»Wie bitte?« Ich beuge mich nach vorn, um den Taxifahrer besser zu verstehen.

»Da vorne taumelt jemand rum. Sieht mitgenommen aus.« Er deutet mit gelben Zigarettenfingern aus dem Fenster. »Ist das nicht die Tochter des Bürgermeisters? Ach, nee … Ex-Bürgermeister.« Sein Bauch wackelt, als er ein heiseres Lachen ausstößt, aber da bin ich schon aus dem Taxi gesprungen.

»Livia?«, rufe ich gegen den schweinekalten Wind. Ich sehe eine Person in einer weißen Felljacke mit nassen Haaren und nackten Beinen, die sich zu mir umdreht.

»Oh, du bist noch hier.« Sie taumelt auf mich zu.

»Was machst du hier draußen? Scheiße, du wirst locker morgen krank sein.«

»Ich musste da raus. Luft.« Sie wankt leicht. »Ich wusste nicht, dass du noch … äh … da bist.«

Das wollte ich auch gar nicht sein, aber ich habe leider keine Ahnung, was ich will.

»Livia, hast du was genommen?« Prüfend suche ich in ihrem Blick nach Anzeichen irgendwelcher Drogen.

»Du meinst *Intoxication*?« Sie kichert.

»Livia«, sage ich jetzt ernster. »Hast du was eingeworfen?«

»Nahein. Komm runter.« Vehement schüttelt sie den Kopf und fällt dabei fast auf das Kopfsteinpflaster. Ich kann sie gerade noch festhalten. »Ich nehme keine Pillen mehr, aber …« Sie hebt einen Finger. »Aber, ich habe vieeeel *Intoxication* getrunken und Schnaps und noch mehr Schnaps.« Ihre Fingerspitze landet auf meiner Nasenspitze. »Aber Alkohol ist auch eine Droge, weißt du? Das darf man nicht verharmlosen!«

Ich versuche sie wieder auf die Füße zu stellen, aber sie wankt so bedrohlich, dass ich mich nicht traue sie ganz loszulassen. »Liv. Was machst du hier?«, frage ich noch mal.

»Ich mag es hier. In deinen Armen.« Sie lächelt breit und schielt dabei etwas. Ich weiß nicht, was ich dazu sagen soll. Vor gerade mal einer Stunde war sie noch im Whirlpool mit diesem Kerl. Hat mich angesehen und wusste, dass es mir scheiße wehtut. Und jetzt ist sie hier und labert was von meinen Armen.

»Kommst du mit zu mir?«, fragt sie dann auch noch und bringt mich völlig aus der Fassung.

»Was? Warum?«

»Klavierspielen und einschlafen. Bitte.« Ihr betrunkenes Grinsen weicht einer bebenden Unterlippe.

»Wie bitte?«, wiederhole ich, weil das alles so bizarr ist, dass mein Kopf nicht mitkommt.

»Komm mit nach Hause.« Eine eiskalte Hand schließt sich um meine.

Ich kann nicht anders, als sie anzustarren. Ihre schielenden

Augen, ihre nassen Haare, ihre nackten Beine und diese riesige Felljacke, in der sie zu verschwinden droht.

»Livia.« Ihr Name schmeckt nach Bedauern.

»Nick.« Ihre Eisfinger zupfen an einem Ärmel meines Mantels.

»Livia.«

»Nick?«, sie gluckst. »Wollen wir das noch länger machen oder können wir jetzt gehen?«

Meine Arme halten sie, weil ich nicht weiß, was ich sonst machen soll. Sie lächelt und vergräbt ihre rote Januarnase in meinem Hals. Ihr Haar riecht nach Chlor und Rauch.

Es ist schön, sie zu spüren, zu halten, sie einzuatmen. Alles in mir will JA schreien, mit ihr gehen, Klavier spielen, einschlafen vielleicht mit ihr schlafen.

Natürlich will ich das.

Und trotzdem …

»Nein.« Der Entschluss verlässt meine Lippen, bevor ich ihn wirklich treffen konnte. »Ich werde jetzt gehen. Allein.« Meine Stimme ist so kalt wie ihre vorhin. »Ich kann das so nicht mehr.«

»Was?« Sie befreit sich aus meiner Umarmung, schwankt erneut, bleibt aber stehen. »Was kannst du nicht mehr?« Wütend funkelt sie mich an. Lava in den Vulkanaugen. »Dass ich nicht *mehr* bin?« Sie lallt nicht länger, sondern spricht klar und deutlich. »Tja, dein Pech. Ich habe nie was anderes behauptet. Ich habe immer gesagt, dass ich nur Livia bin. Versoffen und kaputt.« Eine Schneeflocke landet auf ihrer bebenden Unterlippe. »Das erträgst du wohl nicht mehr.«

»Nein, ich …« Ich zittere. Ich weiß nicht, ob vor Kälte oder vor Schmerz, weil es dieses Mal endgültig ist. »Ich ertrage nicht mehr zu sehen, dass WIR kaputt sind, Livia. Du hast vor nicht mal einer Stunde diesen Kerl, deinen Freund, gefickt.« Jetzt mache ich einen weiteren Schritt zurück und spucke ihr den Schmerz der letzten

Stunden vor die Füße in den Staubschnee. »Denkst du ernsthaft, das lässt mich kalt? Nach allem, was ich dir letzte Woche gesagt habe? Denkst du ernsthaft, ich würde sagen ›Ach ja, kein Thema, lass uns nach Hause fahren, damit ich für dich Klavier spielen kann‹?«

Ihre Augen werden groß wie Radkappen. »Er ist nicht mein Freund und er hat mich nicht wirklich … er hat nur …« Ihre Worte knicken ab.

»Hä?«

»Lukas. Er ist nicht mein Freund, wir haben nur so getan für die Pre-«

»Das ist mir scheißegal, Livia!«, brülle ich. »Ich bin kein Spielzeug, das du herumschubsen kannst, wie es dir passt.«

Sie lacht ein hohes, schrilles Lachen. »Du bist der Letzte, der sich darüber beschweren darf, herumgeschubst zu werden!«

»Kannst du dir auch nur annähernd vorstellen, wie beschissen es sich anfühlt, bei deinem Liveporno in der ersten Reihe zu sitzen?«

Ihre Wangen werden dunkel, dunkelrot. »In etwa so beschissen, wie eines Tages nach Hause zu kommen und festzustellen, dass die Liebe meines Lebens ein verfickter Betrüger war, der mich sitzen gelassen hat?« Auch sie schreit jetzt.

»Und das tut mir leid! Wenn ich irgendwas davon rückgängig machen könnte, würde ich es tun.«

»Das kannst du aber nicht!«

»Ich weiß, und das macht mich fertig, glaub mir. Aber ich …« Ich zwinge meinen Atem einmal meine Lungen zu fluten, um Zeit zu haben, meine Gedanken zu ordnen. »Aber ich bin zurückgekommen, oder? Ich habe alles hinter mir gelassen, um es irgendwie wieder hinzukriegen. Das mit uns wieder hinzukriegen, aber vielleicht …« Ich stocke.

»Vielleicht was?« Ihre Stimme ist nur noch ein gebrochenes Krächzen.

»Vielleicht muss ich endlich akzeptieren, dass das aussichtslos ist. Ich dachte, nach der Sache im Casino, als du dich dagegen entschieden hast, mich aufgeben zu lassen, hätten wir noch eine Chance.«

»Du wusstest, dass ich eigentlich gewonnen hätte? Du wusstest es die ganze Zeit?«

»Ich habe es vermutet und auf Risiko gespielt.«

»Und das ist das Problem, Nicolas Steiner oder wer auch immer du bist. Die Spielchen hören nicht auf. Wir kriegen es nicht hin. Wir werden einander nie verzeihen und vertrauen können.« Sie schaut zu Boden.

»Und ohne Vertrauen … sind wir nichts«, sage ich tonlos und weiß in dieser Sekunde, dass es die bittere Wahrheit ist. Ich wende mich dem Taxi zu. »Ich habe Leander alles gesagt, was wir von meiner Mutter erfahren haben. Das war's, Liv.«

Mit einem letzten Blick in ihre ~~hoffnungssturen~~ hoffnungsleeren Augen steige ich ein.

Kein Vulkan. Kein Brodeln. Kein Feuer.

Nur Rauch.

Und in dieser Sekunde weiß ich: Es ist vorbei.

»So, Kollege, das macht 183,70 Euro.« Der Taxifahrer deutet grinsend auf das Taxameter. »Das ewige Herumstehen und der Umweg über die *Sugarland Pension* kostet.«

»Schon gut.« Wie ferngesteuert ziehe ich meinen Geldbeutel aus meiner Jeans und reiche ihm zweihundert. »Stimmt so.«

Ohne sich zu bedanken, nimmt er das Geld entgegen, offensichtlich froh, mich endlich los zu sein.

Flughafen Wien leuchtet in weißen Buchstaben über dem großen Gebäude, auf das ich jetzt zusteuere. Im Gehen ziehe ich mein Handy aus der Tasche, entsperre es und tippe auf den Namen meiner Mutter, in der Hoffnung, dass sie jetzt rangeht.

Es klingelt einmal, zweimal, dreimal.

»Raphael?« Ihre verschlafene Stimme ertönt am anderen Ende der Leitung. Ich suche in mir nach irgendeinem Gefühl und finde nichts als Leere.

»Hi«, sage ich tonlos.

»Ist noch was? Ich habe dir alles gesagt, was ich weiß. Hast du eine Ahnung, wie spät es ist?«

Ich schaue auf eine der vielen Uhren in der Flughafenhalle. »Hier ist es 6:30 Uhr, aber ich habe ja keine Ahnung, wo du bist. Also nein, ich weiß nicht, wie spät es bei dir ist.«

»Buenos Aires und halb zwei«, sagt sie müde.

Buenos Aires. Argentinien. Mit schnellem Blick studiere ich die Anzeigetafel, über der *Departures* steht.

»Der nächste Flug geht in vier Stunden.«

Augenblicklich schnappt sie nach Luft. »Heißt das etwa, du kommst zurück? Heißt das, es ist vorbei?« Sie klingt so happy, dass ich kotzen könnte.

»Es ist vorbei.« Es auszusprechen, fühlt sich ähnlich an wie kotzen.

»Buenos Aires wird dir gefallen, mein Schatz! Es ist wunderbar warm hier und das Essen ist wirklich unglaublich lecker.« Ihre Stimme überschlägt sich fast. Als ob mich das Essen interessieren würde. Als ob mich irgendwas interessieren würde. Ich antworte nicht. »Hast du ihr alles erzählt, was ich dir vorhin gesagt habe?«

Ihr. Livia.

»Ich habe es aufgeschrieben und ihrer Freundin zukommen lassen.« *Zu einem richtigen Gespräch kam es nicht mehr, da sie zu beschäftigt damit war, mit Blondie rumzumachen.* Galle kriecht meine Kehle hinauf und kitzelt an meinem Gaumen. »Aber ich glaube, es ging ihr eigentlich nie wirklich um diese Sache«, bringe ich hervor.

»Wie meinst du das?«

»Ihr Leben ist so …« Ich suche in meinem schwarzen Hirn nach den passenden Worten.

»Bonzig-abgefuckt? Das hätte ich dir auch vorher sagen können.«

»Ja, so in etwa.« Ich, unser Deal, diese ganze Suche diente nur dazu, ihrem Leben einen Sinn zu verleihen, den es sonst nicht zu geben scheint. Doch da bin ich jetzt so was von raus. Mit langen Schritten gehe ich auf den Austrian-Airlines-Schalter zu.

»Es beruhigt mich, dass du zur Vernunft gekommen bist.«

Vernunft. Ich lache lautlos auf. Ich würde es eher Ausweglosigkeit nennen.

»Jetzt kann endlich alles so werden wie früher! Ich habe schon jemanden im Auge«, berichtet sie euphorisch.

»Du oder haben wir wieder einen Auftraggeber, den du mir verheimlichst?«, frage ich bissig. Am Schalter ist keine Menschenseele zu sehen, also lasse ich mich auf einem der schwarzen Stühle im Wartebereich nieder.

»Willst du mir das jetzt ewig vorhalten?«

»Was? Dass du mich belogen hast? Dass ich dachte, wir täten etwas Gutes, wir in Wahrheit aber nur Marionetten waren?« Ich lasse die Ereignisse der letzten Stunden in meine Stimme fließen.

»Ich habe immer nur unser Bestes gewollt. Du bist derjenige, der mich im Stich gelassen hat, schon vergessen?« Ihre Schluchzer klingeln in meinen Ohren. »Du wusstest, dass ich dich brauche. Du wusstest, dass ich ohne dich nicht richtig leben kann, und du bist trotzdem gegangen.«

Schuld regnet auf mich nieder und sickert durch meine Haut. Ich habe sie alleingelassen. Es ist meine Schuld. Alles meine Schuld.

»Du wolltest nie so werden wie er und hättest es doch fast so weit kommen lassen«, legt sie noch einen drauf und aus dem Schuldregen wird ein Monsun.

»Wie er? Wie mein Vater?« Die fünfzig Prozent Arschloch-DNA, vor der ich mein Leben lang davonlaufe?

»Richtig.« Der Schuldmonsun flutet meine Lungen und ich glaube zu ertrinken. »Lass uns das alles hinter uns lassen, okay? Komm zurück zu mir und wir machen einfach da weiter, wo wir aufgehört haben. Dann wird alles wieder gut.«

Wir machen da weiter, wo wir aufgehört haben. Der Satz hallt in meinem Kopf wider. *Dann wird alles gut.*

Alles gut. Ich muss nur hier weg. Nur davonlaufen, wie immer, und alles wird wieder gut. Ich beobachte eine Austrian-Airlines-Mitarbeiterin dabei, wie sie sich an den Schalter setzt und sich am PC zu schaffen macht.

»Wir zwei gegen den Rest der Welt.« Die Stimme meiner Mutter ist verzerrt durch den andauernden Regen, der mir die Sicht nimmt.

Die Worte eines anderen kämpfen sich durch das Wasser in meinen Verstand. *Die Schuldgefühle und der Selbsthass bleiben. Egal wie weit du wegrennst.* Mit der Kraft eines Blitzeinschlags wird mir die Bedeutsamkeit dieser Worte klar.

Ich starre auf die Airline-Mitarbeiterin, auf meinen Koffer und auf die Aussicht, erneut das Land zu verlassen, statt anzukommen.

»Ich kann nicht mehr davonlaufen.« Der Satz hat die Kraft, den Monsun zu einem leichten Nieselregen werden zu lassen.

»Wovon sprichst du?« Panik verzerrt ihre Stimme.

»Ich liebe dich. Das werde ich immer. Aber ich muss mein Leben klarkriegen. Ich bin so verfickt verloren und das will ich nicht mehr.« Jede Silbe, die ich über die Lippen bringe, ist tonnenschwer und gleichzeitig entlastend.

»Du verlässt mich also wieder?«

»Ich verlasse dich nicht. Ich gehe meinen eigenen Weg, wie es in einer angemessenen Mutter-Sohn-Beziehung sein sollte.«

»Und wo führt der hin, dein Weg?«

»Ich habe keine Ahnung. Aber es wird Zeit, dass ich es herausfinde.«

»Du hast mich verarscht. Du hast gesagt, dass du zurückkommst, wenn ich dir alles sage, und das habe ich getan, verdammt noch mal!«, kreischt sie. »Und jetzt lässt du mich wieder im Stich. Willst du doch so werden wie dein kranker Vater?« Obwohl sich mein Herz bei ihren Worten schmerzhaft zusammenzieht, bemühe ich mich ruhig zu bleiben und mir immerwährend vor Augen zu halten, was Leander mir gesagt hat.

»Ich bin nicht wie er und ich bin auch nicht für dich verantwortlich. Sondern nur für mich!«

Die Antwort ist ein erneutes Schluchzen.

»Ich werde dich immer lieben. Du bist meine Mutter. Aber ich muss aufhören mit diesem Kram.«

Bevor sie etwas darauf erwidern kann, bevor sie es wieder regnen lässt und ich erneut ertrinke, lege ich auf.

Nur um augenblicklich eine andere Nummer zu wählen.

Es klingelt sekunden-, minuten-, vielleicht jahrelang. Dann endlich.

»Alter, hast du sie noch alle?«

»Ich brauche deine Hilfe.«

VIENNA SPOTLIGHT

Hot, hotter, Sauna?
Fast, denn der Junggesellinnenabschied der Braut des Jahres, Victoria Everhofen, fand dieses Wochenende im Vienna Spa statt. Trauzeugin und unser Lieblings-It-Girl Livia Hohenburg hat es sich nicht nehmen lassen, die gesamte Therme zu mieten und den Wellness- in einen Partytempel zu verwandeln. Die Details sind streng geheim und Fotos von der brisanten Party sind zu unser aller Bedauern nicht nach außen gedrungen. Trotzdem versorgt *Vienna Spotlight* euch mit pikanten Informationen.

1. Das Spa ist unseren Informationen zufolge aufgrund von »Bauarbeiten« bis nächste Woche geschlossen. Wir können uns also denken, dass es mehr als wild zugegangen sein muss und das Mobiliar von unseren High-Society-Sternchen ordentlich in Mitleidenschaft gezogen wurde. Hach, da hätten wir gerne Mäuschen gespielt.
2. Gerüchten zufolge kam es zu einem heißen Kuss zwischen Livia und … Victoria höchstpersönlich. Wer weiß, vielleicht nimmt diese Geschichte noch eine Wendung, die wirklich niemand erwartet hätte, und das neue Glamourpärchen heißt am Ende Lictoria.
3. Gegen diese Theorie spricht jedoch, dass vor Ort auch Lukas Winters Limousine gesichtet wurde. Glaubt man den Followern, sind Lukas und Livia bereits in einer festen Beziehung. Leute, die zwei wurden doch schon vor Wochen beim Knutschen erwischt. #teamlukas hat gesiegt, auch wenn ihr das alle nicht wahrhaben wollt, so @littlesunshine, eine von Livia Hohenburgs Followerinnen.

Fest steht jedoch, dass der große Tag von Victoria Everhofen und Clément Bellegarde bereits vor der Tür steht, und wir können es schon jetzt kaum erwarten. Um euch und uns die Wartezeit bis nächste Woche etwas zu verkürzen, haben wir einen Newsletter mit Liveticker eingerichtet (hier klicken: ForEverhofen – Die Sacher-Prinzessin heiratet).

29. KAPITEL
WOLKENWAHRHEITEN

LIVIA

Obwohl wir mittlerweile über den Wolken sind und die Sonne in den Privatjet scheint, sind meine Arme mit Gänsehaut überzogen. Keiner von uns sagt etwas. Die Anspannung in der Luft kann man beinahe schmecken. Vic trägt eine große Sonnenbrille und nippt vorsichtig an ihrem Wasser. Leander sitzt ihr gegenüber und scrollt durch den *Vienna-Spotlight*-Artikel, der heute Morgen erschienen ist, und sieht dabei aus, als würde er gerne aus diesem Flugzeug springen. Aus Bennets Airpods dringt Måneskin.

Ich starre auf den leeren Sitz vor mir. Der, auf dem *er* sitzen würde. Wenn er gekommen wäre. Ist er nicht. Wir haben auf dem Rollfeld gewartet. Ich habe gewartet und gebetet, dass er es nicht ernst gemeint hat. Hat er aber und tief in meinem Inneren wusste ich das.

Ich habe es verdrängt, seit ich vom Spa nach Hause gekommen und in ein leeres, einsames Bett gefallen bin. Ich habe es verdrängt, als Vic und die anderen am nächsten Tag plötzlich vor der Tür standen. *Wir müssen nach England. Wir müssen einen Plan machen,* haben sie gesagt und ich habe genickt und verdrängt, dass Nick weg ist. Dann habe ich wieder eine Nacht geschlafen und mir weiter jeden Gedanken an ihn verboten.

Jetzt sitze ich in mehreren Kilometern Höhe und mir ist so übel, als wäre ich gerade erst vom Feiern gekommen. Ich überlege allen Ernstes von der Tüte neben meinem breiten Sitz Gebrauch zu machen.

»Hättet ihr euch nicht einen anderen Tag für diese Mission aussuchen können? Einen, an dem ich mehr als zwei Stunden Schlaf bekommen und keinen Mörderkater habe?«, durchbricht Bennet das Schweigen und steckt die Kopfhörer zurück in ihr weißes Case.

»Bennet, wir anderen hatten einen Tag Regeneration und haben nicht auch noch die zweite Nacht durchgemacht.« Vic schüttelt missbilligend den Kopf.

»Na ja, du und Livia seht auch nicht gerade aus wie das blühende Leben. Alles okay bei euch?«

Ich schaue zu Vic. Oh, er hat recht. Sie ist ziemlich blass. Ihre Lippen sind eingerissen und die Ringe unter den Augen dunkellila.

»Ja«, sagt sie trotzdem und auch ich nicke nur. Offenbar haben wir beide keine Kraft zu reden.

Bennet kramt in seiner braunen Ledertasche und zieht eine Plastikflasche hervor, die er kritisch beäugt. »Glaubt ihr, diese Anti-Kater-Drinks helfen wirklich oder machen es nur schlimmer?«

»Zieh lieber eine Line.« Leander zuckt unbeteiligt mit den Schultern. Er sieht ebenfalls ziemlich mitgenommen aus. Bravo, offensichtlich ist niemand hier fit.

»Nein danke.« Bennet wirft ihm einen genervten Blick zu, schraubt den Deckel seiner Flasche ab und nimmt einen Schluck. »Jap, schmeckt ekelhaft.« Er verzieht das Gesicht, nimmt aber noch einen Schluck. »Also, wo genau fliegen wir noch mal hin?«, fragt er dann grinsend.

»Meine Güte, Bennet. Du beschwerst dich immer, dass wir dich nicht mit ins Casino genommen haben, und passt dann nicht richtig auf, wenn wir einen neuen Plan durchgehen.« Vic schnalzt mit der Zunge.

»Sorry.« Er guckt zerknirscht. »Als ihr das Ganze gestern Nachmittag durchgegangen seid, war ich noch halb im Delirium.«

»Ich wünschte, ich wäre es noch immer …«, brumme ich.

»Was?«

»Ach, nichts.«

»Wir fliegen zum Newquay Cornwall Airport«, erklärt Vic genervt.

»Himmel, du klingst immer noch wie eine Kettenraucherin, du Partygirl.« Bennet gluckst. Vic zieht eine Grimasse. »Aber okay. Cornwall.« Bennet nickt. »Und … äh … warum noch mal?«

»Wegen Nicolas' Mutter«, sagt Leander.

Nicolas. Die drei Silben seines Namens donnern durch meinen Kopf und zerren Bilder von vorgestern Abend hervor, die mir unerbittlich die Verdorbenheit meines Lebens vor Augen halten.

Ich im Whirlpool.

Lukas' Hände auf meinem Körper.

Bitte, Livia. Tu es nicht, Livia.

Sommergrau in seinen Augen.

Aschegraue Überreste.

Ein Kampf gegen Phantomgefühle und Herzensschreie.

Unerreichbares Vertrauen, unerreichbare Vergebung.

Und schließlich: *Das war's, Liv.*

Auch drei Silben. Die sich wie ein Sieg anfühlen sollten. Die sich anfühlen sollten, als hätte ich *ihn* besiegt. Doch nichts könnte sich mehr nach Verlieren anfühlen.

»Liv?« Die sechs Augen meiner Freunde sind auf mich gerichtet.

»Äh, was?«

»Du warst schon mal auf Marigold Manor, oder?«, fragt Leander.

»Ach so, ja. Als Kind mit meiner Mutter.« *Fokus, Livia. Weg von Nick, zurück ins Hier und Jetzt.* Auch wenn ich nicht genau weiß, warum ich das überhaupt tue. Denn eigentlich ist mir der ganze Scheiß ziemlich egal.

»Warum fliegen wir da jetzt hin?« Bennet schaut schon wieder verständnislos.

»Weil Nicks Mutter ihn endlich zurückgerufen hat«, erklärt Vic genervt.

»Die Gangster-Mom?«

»Ja. Die Gangster-Mom.« Vic seufzt. »Sie ist ja die, an die der Auftrag gestellt wurde.«

»Der Auftrag, bei dem es um die Vernichtung der Hohenburgs ging, verstehe.«

Ich werfe Bennet nur einen skeptischen Blick zu und schüttle den Kopf. *Vernichtung* trifft es ziemlich gut.

»Genau der«, fährt Vic fort. »Und Nicks *Gangster-Mom* hat jetzt angerufen und erklärt, dass der Auftrag von einem anonymen Mann kam, mit dem sie nur einmal telefoniert hat. Danach hatten sie immer nur schriftlich per Kurier Kontakt. Livias Mutter kam erst ganz am Ende auf den Plan, als es um die Übertragung der Anteile ging.«

»Und sie hat davor und auch danach nicht genauer nachgefragt?« Bennet schüttelt den Kopf.

»Nein.« Vic zuckt mit den Schultern. »Solange die Summe stimmt, schaut man da wohl nicht so genau hin. Wahrscheinlich wollte sie auch nicht tiefer in die Sache hineingeraten als nötig.«

Bennet schnaubt. »Also hatte sie nur einmal direkten Kontakt zum Auftraggeber?«

»Genau. Sie hat nur eine Nummer bekommen, an die sie zweimal wöchentlich den aktuellen Stand per SMS geschickt hat.«

»Per SMS«, wiederholt Leander mit hochgezogenen Augenbrauen. »Alter, die haben aber schon mitbekommen, dass wir mittlerweile Internet haben? Irgendwie habe ich mir das Ganze etwas durchdachter vorgestellt und nicht, als hätte jemand zu viel *Haus des Geldes* geguckt.«

Vic kichert. »Pass auf, es wird noch verrückter. Auf jede SMS hat sie bloß ein *Okay* als Antwort bekommen. Das war das Zeichen, dass alles nach Plan läuft und so.«

»Was für eine innovative Idee.« Leander verdreht die Augen. »Und wenn sie kein *Okay* bekommen hat? Dann hieß das, dass etwas nicht stimmte und sich Nicolas und seine Gangster-Mami in Gefahr befanden?«

»Ganz genau.«

»O Gott.« Leander reibt sich über die Stirn. »Das ist nicht *Haus-des-Geldes*-Niveau, sondern eher *Die drei ???*. Also nicht falsch verstehen, ich liebe *Die drei ???*.«

»Wissen wir.«

»Aber in der Realität muss es doch mehr Möglichkeiten geben als eine SMS, meine Güte.«

Ich kann nicht anders, als zu grinsen. Fühlt sich komisch an. Als wären meine Lippen diese Bewegung nicht mehr gewohnt.

Vic lächelt ebenfalls. »Na ja«, fährt sie dann fort. »Auf jeden Fall wurde ihr eine Adresse in England genannt, bei der sie sich melden sollte, sollte irgendwann kein …«

»… ultrawichtiges Okay mehr kommen, verstanden.« Bennet nickt. »Und zu dieser Adresse sind wir gerade unterwegs.«

»Genau. Bei der Adresse handelt es sich nämlich nicht um irgendein Haus, sondern um Marigold Manor – The Royal Equestrian Estate. Ein Gestüt, wo Liv hier«, sie deutet auf mich, »bereits in der Kindheit mit ihrer Mutter war. Das ist mit ziemlicher Sicherheit kein Zufall.« Vic nimmt ihre Sonnenbrille ab und lässt sie an einem Bügel hin und her schwingen.

»Marigold Manor. Irgendwas klingelt da.« Bennet lehnt sich in seinem Sitz zurück »Irgendwas mit Pferderennen?«

»Richtig.« Vic, die schon wieder viel zu viel Spaß an dieser Sache zu haben scheint, nickt. »Es gibt je eins im Winter und im Sommer. Und rate, was heute stattfindet?« Sie klatscht deutlich zu euphorisch für meinen Katerkopf in die Hände. »Das Winterrennen, genau. Die perfekte Möglichkeit, um sich da mal umzuhören.«

»Okay. Ich bin auf jeden Fall falsch angezogen.« Bennet schaut skeptisch auf seine Jeans und seinen Norwegerpulli. »Mann, hätte ich das gewusst, hätte ich einen ultracoolen Hut aufgesetzt.«

»Bennet, du *hast* es gewusst. Du hast nur nicht zugehört.« Vic verschränkt die Arme vor der Brust und schüttelt den Kopf.

»Ist ja gut. Ich werde trotzdem einer der besser aussehenden Männer sein.« Er streckt ihr die Zunge raus. »Apropos Männer, wo ist eigentlich Nick? Er hat doch mit dieser Sache überhaupt erst angefangen.«

Autsch. Ein scharfer Schnitt zieht sich einmal durch meinen Brustkorb.

»Weg«, antwortet Leander überraschenderweise und schaut zu Boden.

»Wie, weg?« Bennet durchbohrt mich mit Blicken.

Ich muss gegen die Säure anschlucken, die meine Kehle hinaufkriecht und droht meine Stimme zu verätzen. »Er hat recht. Nicolas Steiner ist weg.« Es tut so weh, diese Tatsache auszusprechen, dass ich aus dem Fenster schauen muss, um meine Tränen zu verbergen.

Betretenes Schweigen.

»Und, ähm …« Vic, der ich das alles schon erzählt habe, als sie plötzlich mit diesem Brief von ihm vor mir stand, räuspert sich. »Wie finden wir das?« Sanft streicht sie mit einer Hand über meinen Arm.

»Ich weiß es nicht. Gut, schätze ich. Er war ein Arsch.« Jedes meiner Worte fühlt sich an wie eine bodenlose Lüge. Scheiß-Phantomgefühle. Dummes, verblödetes Herz.

»Stimmt.« Bennet nickt langsam. »Er hat dich das gesamte letzte Jahr belogen. Wir hätten ihm nie trauen können, oder? Wer weiß, was er dir jetzt wieder angetan hätte.«

Ich nicke. »Mein Vater hätte eh nicht zugelassen, dass da je wieder irgendwas gelaufen wäre, nach allem, was war.«

»Stimmt. Es ist gut, dass er weg ist.« Vic legt den Kopf auf meine Schulter.

»Bullshit.«

Wir alle drei zucken zusammen und wenden uns Leander zu.

»Ihr labert Bullshit«, wiederholt er und schaut keinem von uns in die Augen.

»Was meinst du?«, fragt Bennet und wirkt leicht gereizt. »Du weißt doch, was er Livia angetan hat!«

»Ja und?«

»Wie, und? Er hat mir ein Jahr vorgemacht jemand anderes zu sein, nur um mit seiner verfickten Mutter sein Konto vollzumachen.« Völlig fassungslos starre ich Leander an, der unbeeindruckt die Schultern hebt.

»Weiß ich doch alles. Aber er ist zurückgekommen, oder? Er hat alles hinter sich gelassen, seine Mutter zurückgelassen, von der er noch nie getrennt war, und ja, ich weiß, dass das creepy klingt. Aber für ihn war es ein Riesending. Er hatte nur sie. Sie ist seine Familie und die hat er für dich verlassen.«

»Er hat nur Spielchen gespielt. Jedes verdammte Mal, wenn wir uns gesehen haben.« Ich werde laut, nur um nicht zuzulassen, dass Leander vielleicht recht hat. Dass Nick seine Familie für mich aufgegeben hat und ich ihn beim Versuch, meine zu retten, geopfert habe.

»Und du? Warst du immer ehrlich zu ihm? Hast du ihm immer gesagt, was du fühlst und die«, er malt Anführungsstriche in die Luft, »›offene Kommunikation‹ gesucht?«

Nein, lautet die ehrliche Antwort. Ich bin die Queen der Spielchen. Ich denke an *Don't fuck my house,* an Mission Milka-Praline, an Strippen im *Sapphire*, an Lügen beim Pokern und Fummeln im Whirlpool. Aber mir bleibt jede Erwiderung im Hals stecken.

»Dachte ich mir«, interpretiert Leander mein Schweigen richtig. »Ihr zwei seid beide nicht besonders gut darin, über eure Gefühle zu sprechen.«

»Er hat mich monatelang belogen, Leander.« Meine Stimme zittert jetzt bedrohlich.

»Ich weiß und das war richtig scheiße, schon klar. Aber er liebt dich wirklich.«

»Wie kannst du das wissen?« Meine Stimme ist leise und wird fast vollständig von den Triebwerken des Flugzeugs übertönt. In ihr verwoben die Angst vor der Antwort.

Leander zieht etwas aus seiner Manteltasche hervor.

»Hier.« Er reicht mir ein zusammengefaltetes Papier. Ich greife danach. Es ist dick und an den Ecken ziemlich verknittert. Mit bebenden Fingern und bebendem Herzen falte ich es auseinander. Es ist ein Foto. Ein Foto von mir.

Ich sitze auf meiner Fensterbank, die Hände um eine Tasse Kaffee gelegt. An meiner Lippe ist etwas Milchschaum. Meine Wimperntusche ist verschmiert und an meiner Schläfe steht mein Haar merkwürdig ab. Die Sonne scheint in mein Gesicht und ich habe die Augen geschlossen. Ein Lächeln auf meinen Lippen. Es ist ein rohes, glückliches, echtes Lächeln.

»So hat er dich gesehen, Livia.« Leanders Worte formen sich zu einem Ball, der sich in meiner Kehle festsetzt. Ich starre das Foto an, starre mich und das echte Glück an. Ich erinnere mich nicht daran, wie dieses Foto gemacht wurde. Es muss im Sommer gewesen sein. Bevor …

»Er liebt dich. Aber nicht nur die eine Version von dir, von der du selbst denkst, dass sie und *nur* sie liebenswert ist. Er liebt das ganze Paket.«

Bennet und Vic bleiben beide still. Dass Leander von Traun auf einmal von Liebe redet und Fotos herumzeigt, hat ihnen offensichtlich vorübergehend die Sprache verschlagen.

»Woher hast du das?«, frage ich schließlich.

»Er hat's mir gezeigt, als ich Freitag bei ihm war, und dann habe ich es mitgehen lassen.«

»Aha, und warum?«

»Keine Ahnung, ich war besoffen und er hat echt 'ne Menge riskiert und vielleicht wollte ich dir irgendwie zeigen, dass …« Er bricht ab.

»Was?«

Er holt tief Luft. »Dieses Leben, das wir führen … wir alle.« Er deutet auf uns vier. »Es hat uns so sehr im Griff, dass wir glauben, keine andere Wahl zu haben, als diesen einen Weg zu gehen, der für uns vorgesehen ist, und der ganze Scheiß.« Leander schaut auf den mit dunkelblauem Teppich ausgelegten Flugzeugboden. »Vielleicht war es dumm, aber ich dachte, dass wenigstens *du* es schaffst.«

Ich bemerke, dass Vic neben mir unruhig wird.

»Was schaffst?«, fragt Bennet jetzt.

»Es muss so nicht sein.« Leanders Stimme wird lauter, eindringlicher. »Du musst nicht Livia Hohenburg sein. Die unnahbare, unverletzbare Eiskönigin, die sich vor den Augen ihrer großen Liebe von jemand anderem fingern lässt.«

»Das habe ich getan, damit Nicolas mich in Ruhe lässt und mich nicht noch mal so zerstört.« Auch ich werde jetzt ungehalten, weiß aber nicht, ob ich mit Leander oder mit dem Foto in meiner Hand rede.

»Wirklich? Oder hast du es getan, weil du denkst, dass er in diesem eingezwängten, vorgeplanten Leben sowieso keine Rolle spielen kann? Jetzt ist er weg und du musst dich nicht mehr damit auseinandersetzen, dass ein Leben mit ihm nicht in die Zukunft von Livia Hohenburg gepasst hätte und du ihn sowieso nicht haben kannst.«

Pling. Das Anschnall-Zeichen geht an. Aber niemanden juckt es. Vic, Bennet und ich sitzen nur da, wie vom Blitz getroffen, und lassen zu, dass Leanders Worte auf uns einprasseln.

»Aber weißt du was? Scheiß auf die Zukunft! Mach dein eigenes Ding. Du musst nicht wegrennen. Du musst die Menschen nicht von dir stoßen. Du darfst verzeihen und lieben und *fucking* glücklich sein.«

Vic neben mir bewegt sich und rutscht auf ihrem Sitz hin und her. »Und wenn sie das nicht kann?«, schleudert sie zurück. »Wenn Livia zu viel Angst hat, um einen anderen Weg zu gehen? Wenn zu viel auf dem Spiel steht?«

Leanders Augen verengen sich. »Was bitte ist mehr wert als Glücklichsein?«

Bennet und ich tauschen einen Blick. Irgendwie habe ich das Gefühl, dass es hier nicht mehr um mich geht.

»Es ist eh zu spät«, mische ich mich also wieder ein, weil Vic und Leander mit ihren Blicken sonst gleich ein Loch in die Flugzeugwand schießen. »Er ist weg, okay? Es spielt keine Rolle mehr.«

Es surrt, als das Fahrwerk ausgefahren wird.

»Aha, hat er das gesagt?« Es ruckelt. Mein Bauch wird von einem unangenehmen Achterbahn-Kribbeln gepackt.

»So in etwa, ja.« Die Endgültigkeit in seinem Blick war eindeutig. Das Flugzeug setzt auf dem Boden auf und rast über die Landebahn.

»Aber ich sag dir eins, Livia. Ich habe schon oft gedacht, dass mein Leben völlig sinnlos ist und es eh nichts bringen würde, dagegen anzukämpfen«, sagt Leander jetzt ruhiger, aber mit einer unüberhörbaren Melancholie in der Stimme. »Ich habe mich einfach dem dreckigen Schicksal hingegeben und mich jeden Morgen mehr gehasst.« Leander hält meinen Blick und verzieht die Lippen zu einem gebrochenen Lächeln. Unsere schwarzen Herzen waren einander schon immer sehr ähnlich. Das Flugzeug kommt langsam zum Stehen.

»Und jetzt ist es anders?«, frage ich und versuche mich an einem Lächeln, was mit ziemlicher Sicherheit nicht weniger gebrochen ist.

»Jetzt habe ich verstanden, dass es nie zu spät ist, für das Glück und die Liebe zu kämpfen.«

»Alter, Leander. Du haust aber nicht bald nach Thailand ab, um irgendeiner Sekte beizutreten, oder?«, lacht Bennet.

Ich lache nicht.

Und Vic auch nicht.

30. KAPITEL

PUPPEN AN GOLDENEN SCHNÜREN

LIVIA

Eiserne Lettern prangen auf einem hohen Torbogen, den wir in dieser Sekunde passieren. *Marigold Manor – The Royal Equestrian Estate.*

»Liv, ich glaube, du hast nie erzählt, dass du mal hier warst.« Vic sieht sich um und schaut auf die weiten, mit Frost überzogenen Wiesen, die sich neben unserem Wagen erstrecken.

»Das war vor Noras Geburt«, erkläre ich. »Meine Mutter und ich waren hier bestimmt einmal im Jahr. Ich habe es geliebt.« Vor uns taucht das beeindruckende Gestüt auf. Weiße, efeuberankte Fassaden, steinerne Pferdestatuen vor den edlen Stallungen und ein großer Springbrunnen auf dem Vorplatz. Als Kind war das der Moment, in dem ich auf dem Sitz unruhig auf und ab gehopst bin, weil endlich der Zeitpunkt gekommen war, auf den ich mich seit Wochen gefreut habe. Ich bin völlig euphorisch aus dem Auto gesprungen und sofort in den Pferdestall gerannt.

Als der Wagen heute hält, steige ich statt mit Euphorie mit einem drückenden Gefühl in der Magengegend aus. Ich sehe mich um.

»Netter Laden«, höre ich Bennet hinter mir sagen.

»Mhm.« Nichts hat sich verändert. Es riecht nach Heu und nach Leder. Ein Reiter mit glänzenden Stiefeln geht an uns vorbei und wirft uns einen misstrauischen Blick zu. Die Gebäude sind alt, aber nicht baufällig oder in die Jahre gekommen, sondern wirken auf gewisse Art königlich. Als würden die Mauern jeden Sturm und jeden Krieg überdauern und nur noch stärker daraus hervorgehen.

Nichts hat sich verändert.

Und doch hat sich alles verändert.

»Miss Hohenburg, wie schön, dass Sie nach all den Jahren den Weg zu uns zurückgefunden haben.« Ein grauhaariger Mann kommt strahlend auf uns zu und streckt eine behandschuhte Hand aus. Er spricht Englisch mit einem herrlichen britischen Akzent. »Und mein herzliches Beileid zum Tod Ihrer Mutter.« Mitleid durchzieht die kleinen Fältchen neben seinen Augen.

Vielen Dank, aber eigentlich sind wir uns ziemlich sicher, dass meine Mutter einen verrückten Plan verfolgt und quicklebendig irgendwo herumspringt, danke. Das sage ich natürlich nur in Gedanken.

»Ich freue mich auch«, erwidere ich stattdessen. »Vielen Dank, dass es so spontan geklappt hat und Sie uns trotz der kurzfristigen Anfrage für das Snowflake Race einquartieren können.« Ich schüttle lächelnd die Hand von Theo Geller, dem Verwalter der Zimmer und Bungalows, die auf Marigold Manor angemietet werden können. Als ich ihn gestern Nachmittag angerufen habe, ist er fast ausgeflippt vor Freude. *Natürlich, natürlich,* hat er gerufen. *Es wäre uns eine Ehre, wenn Sie uns für das Rennen einen Besuch abstatten, nach all den Jahren.*

»Für Sie hätten wir auch noch spontan angebaut.« Auch das hat er gestern schon gesagt. Er zwinkert mir zu und winkt dann einen blonden Kerl heran, der einige Meter hinter ihm steht und die Hände hinter dem Rücken verschränkt hat. »Brian? Das Gepäck.«

Der Typ nickt einmal und schnappt sich zwei der kleinen Handgepäckskoffer.

»Darf ich Ihnen meine Freunde vorstellen?«, frage ich. »Das sind Bennet Falk, Leander von Traun und Victoria Everhofen.«

»Herzlich willkommen. Es ist uns eine große Ehre, dass Sie heute unser alljährliches Snowflake Race besuchen.« Theo nickt geschäftig und dreht sich um. Wir folgen ihm. Gehen am Hauptgebäude und an einem großen Reitplatz vorbei, wo bereits einige Jockeys ihre Pferde aufwärmen. Ich sollte mein iPhone zücken und eine Instagram-Story machen. Ich sollte die PR-Strategie verfolgen. Aber jetzt irgendeinen Filter auszuwählen und einen Boomerang von einem völlig belanglosen Motiv zu machen, kommt mir so falsch vor, dass ich es einfach lasse. Zum Teufel mit der PR-Strategie. Zum Teufel mit allem.

»Sag mal, hast du Angst vor Pferden?«

Ich wende mich Bennet zu, der die Frage grinsend an Leander gerichtet hat. Dieser hält großen Abstand zu dem Zaun, der den Reitplatz begrenzt.

»Pferde sind ultraunheimlich, okay?«, erwidert dieser. »Sie sind größer, als sie sein sollten, und können dir jederzeit mit den Hufen in die Weichteile kicken.« Er wirft einem Schimmel, der jetzt samt Reiter auf uns zukommt, einen vernichtenden Blick zu. Vic kichert.

»So«, sagt Theo schließlich, als wir vor einem kleineren Gebäude stehen bleiben. »Wir haben zwei Suiten für Sie reserviert. Es wird Ihnen an nichts fehlen.« Wir treten in einen mit rotem Teppich ausgelegten Flur. »Das Rennen beginnt in zwei Stunden. Sie haben also noch genug Zeit für einen Rundgang über das Gelände, um alte Erinnerungen aufzufrischen.« Er lächelt großväterlich und überreicht mir zwei Schlüssel. »Wann waren Sie zuletzt hier, meine Liebe?«

Ich nehme einen der Schlüssel entgegen und gebe den anderen an Bennet weiter. »Puh, das muss fast zehn Jahre her sein.«

»O ja. Aber ich weiß es noch, als wäre es gestern gewesen. Einmal wollten Sie unbedingt auf dem Heuboden schlafen.«

»Bei *Bibi und Tina* haben die das auch gemacht«, sage ich zu meiner Verteidigung.

»Sie hat sich nicht davon abbringen lassen und einen halben Tag damit verbracht, Bettzeug, Lichterketten und Kuscheltiere da hochzuschleppen.« Er lächelt. »Ihre Mutter hat sich dann irgendwann erbarmt und mit ihr dort übernachtet.«

Bei der Erinnerung bildet sich ein Kloß in meiner Kehle. Ich höre das Lachen meiner Mutter, ihre Stimme, wie sie mir aus *Wendy*-Comics vorgelesen hat und wie wir aneinandergekuschelt auf einem staubigen Heubett eingeschlafen sind, das das komplette Gegenteil unseres Wiener Lebens war. Es ist eine helle, glückliche Erinnerung. Ein in Licht getauchter Moment, den meine Mutter und ich geteilt haben und der in dieser Sekunde von der Dunkelheit der Gegenwart überschattet wird.

»Theo?« Bei der Frage, die jetzt kommt, beginnt mein Herz heftiger zu schlagen. »War sie in den letzten Jahren hier? Meine Mutter?« Ich beobachte ihn genau, mustere jede seiner Falten und die Art, wie sein Lächeln einige Millimeter verrutscht. Dabei weiß ich echt nicht, warum ich das hier noch mache. Was erhoffe ich mir davon, meine Mutter zu finden? Ist sie nicht auch nur ein weiterer Mensch, der mich verarscht hat?

»Melody?« Er räuspert sich. »Nein, ich glaube nicht …«

»Hatten Sie sonst in irgendeiner Form Kontakt? Hat sie sich mal gemeldet?«

Er schluckt. »Nein, tut mir leid.«

»Und hat sie –«

»Entschuldigen Sie, Miss Hohenburg, aber ich muss jetzt wirklich gehen. Das Rennen beginnt in wenigen Stunden. Wenn Sie etwas brauchen, finden Sie in Ihrer Suite ein Telefon, womit Sie den Zimmerservice erreichen können.« Er hebt die Hand, um sich zu verabschieden. Ich öffne den Mund und will unbedingt noch etwas sagen, aber Theo spricht weiter, bevor ich dazu komme. »Ich wünsche Ihnen einen wundervollen Aufenthalt auf Marigold Manor!«

Ehe ich ihn aufhalten kann, macht er auf dem Absatz kehrt und geht mit schnellen Schritten aus der Tür.

»Wir sind uns einig, dass das ein sehr merkwürdiger Auftritt war, oder?« Vic sieht ihm stirnrunzelnd hinterher.

»Hundertpro. Hier stimmt was nicht«, pflichtet Bennet ihr bei. »Okay.« Er klimpert mit dem Schlüssel in seiner Hand. »Ich schlage vor, dass wir alle uns jetzt fresh machen und uns pferderennenmäßig umziehen. Dann gehen wir raus und befragen die Leute. Glaubt mir, Angestellte plaudern immer.«

»Wir *befragen* die Leute«, wiederhole ich kopfschüttelnd. »Wenn wir gleich auch noch Fingerabdrücke nehmen, schreie ich.«

Leander pfeift leise die Titelmelodie von *Die drei ???*.

»Komm, Vic.« Ich betrete die Suite, die genauso aussieht, wie ich die Räume auf Marigold Manor in Erinnerung habe. Moderner Landhausstil. Ein Himmelbett mit karierter Bettwäsche und kleinen Schokopferdchen auf den Kissen unter einer holzvertäfelten Decke. Schwere hellblaue Vorhänge vor weißen Sprossenfenstern.

Die liebevolle und detailreiche Einrichtung erinnert mich an eine gewisse Waldhütte, in der ich vor über einem halben Jahr die schönste Nacht meines Lebens verbracht habe. *Die schönste Nacht deines Lebens und am Ende doch nichts wert*, sagen die Schattenmonster. Ein brennender Schmerz läuft durch meine Venen. Wie kann er gleichzeitig meine hellste und finsterste Erinnerung sein? Bevor die Gedanken mich vollends einnehmen, drehe ich mich entrüstet zu Vic um.

»Was zur Hölle war das im Flieger?«

»Was meinst du?« Sie scheint sich auf einmal sehr für ein blau-weiß kariertes Kopfkissen und die kleine Schokolade darauf zu interessieren.

Ich rupfe ihr die Süßigkeit aus der Hand und beginne selbst die Alufolie abzuknibbeln. »Ähm, Leander? *Du musst was riskieren und für dein Glück kämpfen?* Ich bin mir ziemlich sicher, dass er damit nicht mich gemeint hat.«

»Doch, natürlich, er meinte –«

»Vic!«, unterbreche ich sie energisch. »Komm schon. Was ist da los?« Ich setze mich auf die Kante des Himmelbettes und schaue sie so erwartungsvoll an wie möglich.

Sie seufzt und setzt sich neben mich. »Ach, ich weiß auch nicht.« Für eine Sekunde schließt sie die Augen, dann rückt sie mit der Wahrheit raus. »Ich war am Freitag nicht ganz ich selbst.«

»Oder du warst endlich mal wieder *völlig* du selbst. Kann man so oder so sehen.« Ich stupse sie in die Seite und grinse.

»Ich habe überhaupt nicht mehr nachgedacht, Liv. Und …« Ihre Stimme beginnt zu beben.

»Und?«

»Und … dann stand Leander plötzlich vor mir und hat mich so angeschaut. So, als würde er mich sehen, verstehst du? Als würde er mehr sehen als die Sacher-Prinzessin.«

Ich verstehe das besser, als du dir vorstellen kannst, denke ich. Meine Gedanken wandern zu dem Foto, das jetzt in meiner Jackentasche steckt. Mein Herz krampft.

»Na ja«, fährt sie fort und vergräbt ihr Gesicht in dem Kissen, das sie noch immer in der Hand hält. »Ich bin ein Monster, Liv.« Ihre Stimme wird durch den Stoff abgedämpft. »Irgendwas ist mit mir passiert. Ich bin völlig durchgedreht, habe null Komma null über die Konsequenzen nachgedacht. Ich war …«

»Frei?«

»Völlig bescheuert trifft es eher.« Sie stöhnt.

»Victoria Everhofen«, sage ich streng. »Was hast du gemacht?«

»Es gab einen Moment. Zwischen Leander und mir. So einen Augenblick, in dem eigentlich nichts passiert ist. Nur ein Blick und ein ›Du bist großartig, Ever‹. Dieser Name. Argh.«

»Ich verstehe gar nichts mehr. Du machst hier so einen Aufstand wegen eines Blicks und eines Spitznamens?«

»Nein.« Sie lässt das Kissen sinken und sieht mich verzweifelt an. »Der Moment mit dem Blick und dem Spitznamen ist schon etwas länger her.«

»Lass mich raten. Es war im Casino.«

»Ja, im Casino. Aber es hat mich nicht mehr losgelassen. Ich habe ständig daran gedacht. In Momenten, in denen ich es *wirklich* nicht sollte.«

»Und? Gedanken sind erst mal nur Gedanken.«

»Ja, aber dann stand er da, vorgestern im Spa, und hat mich wieder so angesehen und ich war diese dunkle, zügellose Version von mir und dann …«

»Dann?«

»Haben wir getanzt, uns geküsst und es in seiner Limousine getan.«

Mir klappt die Kinnlade runter.

»Fuck, fuck, fuck.« Vic vergräbt wieder ihr Gesicht in den Händen und beginnt haltlos zu zittern. »Das ist noch nicht alles.«

»Nicht? Was kommt denn jetzt noch?«

»Ich habe die Nacht bei ihm verbracht und den Tag gestern auch. Wir haben … geredet und gelacht und …«

»… ich kann's mir denken.«

»Scheiße, Liv.« Tränen um Tränen rollen über ihre Wangen. »Ich heirate nächstes Wochenende! Wie konnte ich Clément so etwas antun? Ich muss es ihm sagen, oder?«

Ich bin immer noch dabei, das eben Gehörte zu verdauen. Leander und Vic hatten Sex. Damit habe ich nicht gerechnet. »Willst du ihn denn immer noch heiraten? Also Clément?«

Sie schluchzt. »Das muss ich. Es ist alles geplant. Ich kann doch jetzt keinen Rückzieher machen. Es gibt keinen Ausweg.«

»Es gibt immer einen Ausweg.« Ich streichle ihr über den Rücken und versuche meine Stimme so klingen zu lassen, als würde ich glauben, was ich da von mir gebe. »Du musst das nicht tun.«

»Doch!«, erwidert sie energisch. »Jetzt fang du nicht auch noch damit an. Du weißt genauso gut wie ich, dass es eben *keinen* Ausweg gibt. Dass ich *keine* Wahl habe!«

Wie gerne würde ich ihr sagen, dass das nicht stimmt. Wie gerne würde ich ihr Mut zusprechen und beteuern, dass Leander recht hat und wir nicht den uns vorgegebenen Weg gehen müssen. Aber das wäre gelogen. Ich denke an meinen Vater und daran, dass ich ohne Livia Hohenburg nichts bin, außer verloren. Also halte ich Vic nur fest, lasse ihre Tränen in meine Bluse laufen.

»Hast du mit ihm gesprochen? Mit Leander meine ich? Weil, Vic ...« Ich muss meine Worte überlegt wählen. »Ich glaube, er mag dich wirklich. Und zwar schon lang.«

Sie richtet sich auf und wischt sich über das Gesicht. »Ich weiß«, bringt sie dann hervor. »Er hat es mir gesagt und mir einen Brief geschrieben. Heute Morgen.«

»Leander von Traun. Schreibt Briefe. Ähm, ist das hier 'ne schräge *Black-Mirror*-Folge?«, versuche ich diese verrückte Situation irgendwie aufzulockern.

Vic lacht einmal leise auf. »Es war nur ein Brief. Der schönste, den ich jemals bekommen habe.«

»Nur als kurze Zwischenfrage: Wie viele Briefe bekommst du in der Regel?«

Sie lacht wieder. »Ach, jetzt hör schon auf.« Mit blassen Fingern reibt sie sich die schwarzen Tränenspuren vom Gesicht. »Also du wusstest es?«, fragt sie dann und sieht mich ernst an. »Dass er mich liebt?«

»Ja«, sage ich schlicht. »Ich vermute es schon eine ganze Weile.«

»Scheiße.«

»Hast du mit ihm geredet?«

»Auf dem Weg zum Flughafen, ja.« Sie schluckt. »Ich habe ihm gesagt, dass da etwas ist, zwischen uns. Und dass diese Nacht und der Tag bei ihm vielleicht die schönsten meines Lebens waren.«

»Oh.« Ich vermute, dass das nicht alles war.

»Aber …«

Und ich behalte recht.

»… ich muss Clément heiraten. Ich werde nächsten Samstag in einem schrecklichen weißen Kleid vor dem Altar stehen und Ja sagen.«

»Fuck, das hat ihm den Boden unter den Füßen weggerissen.«

Vic greift nach einem Taschentuch und schnäuzt sich die Nase. »Ja. Aber er versteht einfach nicht, wie es ist … wie *wir* zu sein. Wie es ist, in dieser Welt eine Frau und die einzige Erbin des ach so wichtigen Vermögens zu sein. Es geht nicht anders.«

Ich weiß, dass sie recht hat. Wir hängen an goldenen Schnüren und leben unser Leben als Marionetten auf der großen Bühne vor vernichtendem Publikum. Wir studieren BWL. Nicht Musik oder Modedesign. Wir heiraten den, der im Skript als Bräutigam vorgegeben ist. Wir machen Insta-Storys und haben Fake-Beziehungen für die Pressestrategie. Wir sind den Puppenspielern untergeben. Auch wenn diese im Gefängnis sitzen. Ohne die goldenen Schnüre hätte ich Nick vielleicht verziehen und nicht den einzigen Menschen aus meinem Leben gejagt, den ich je aufrichtig geliebt habe. Wenn ich mehr wäre als eine Marionette auf der Bühne, die sich Wiener High Society nennt, wenn ich die glückliche Livia von Nicks Foto wäre, hätte es vielleicht eine Chance gegeben.

Eine Chance für mich. Eine Chance für ihn und mich.

Aber ich bin nicht Foto-Livia.

Ich bin Puppen-Livia und muss das Stück zu Ende spielen.

31. KAPITEL

FESSELSTIMMEN

LIVIA

»Wow. Ihr seht scharf aus.« Bennet nickt anerkennend. »Ihr solltet öfter Hüte tragen.«

Mein Blick zuckt zu Leander, der ganz offensichtlich versucht sich nicht anmerken zu lassen, wie sehr ihn Vics dunkelroter Fascinator und die dazu passenden Lippen aus der Bahn werfen. Wie perfekt sich ihr schwarzes Samtkleid an ihren Körper schmiegt und wie lang ihre Beine durch die schwarz-transparente Strumpfhose aussehen. Ich bemerke sie trotzdem. Die Sehnsucht nach einer anderen Realität, die in seinem Blick aufglimmt.

»Ihr seht auch nicht schlecht aus. Bennet, wo hast du den Zylinder her? Ich dachte, du wärst nicht vorbereitet?«, ärgere ich ihn betont locker, um der Luft zwischen Vic und Leander etwas ihrer Spannung zu nehmen.

»Leander hatte zwei dabei.«

»Äh, na klar. Hat man ja immer. Zwei Zylinder, einen Zauberstab und ein weißes Kaninchen. Man kann nie wissen, wann Hogwarts einen Brief schickt.«

»Äh, was?« Meine drei Freunde schauen mich an, als hätte ich den Verstand verloren.

»Nichts«, winke ich ab. »Wollen wir dann? ›Die Leute befragen‹?« Etwas belustigt mache ich Anführungsstriche in die Luft.

»Okay, let's go.« Vic nickt und hakt sich bei mir unter. Das dunkle Rot ihres Mantels bildet einen starken Kontrast zu meinem cremefarbenen über dem weißen Wollkleid. Wie Blut auf Schnee. Wie Engel und Teufel. Obwohl wir uns das mit dem Engel wohl beide für eine sehr lange Zeit abschminken können.

Wir treten aus dem Hotelanbau und gehen den gepflasterten Weg entlang zur Rennbahn. Auf dem großen Vorplatz stehen mehrere Dutzend weiße Zelte und Pavillons auf dem gefrorenen Boden, darunter Männer und Frauen mit extravaganten Hüten und blasierten Mienen und mit Champagnergläsern in der Hand.

»Der müssen bei dem Wetter doch die Zehen abfrieren«, flüstert Vic mir zu und deutet auf eine schlanke, dunkelhaarige Frau in einem kurzen Kleid und schwarzen Peeptoes, die die Minusgrade eisern weglächelt und einen Chihuahua auf dem Arm hält.

»Na ja, sie hat ja …«

»Wenn du jetzt wieder sagst, dass dieser Hund mit meinem Hermès-Mantel verwandt ist, kündige ich dir die Freundschaft.« Sie sieht mich streng an.

Ich kneife die Lippen zusammen und schlucke meine Erwiderung, die ziemlich genau das beinhaltet hätte, hinunter.

»Gott, ich bin so froh, dass wir uns für die Stiefel entschieden haben.« Vic wirft der Frau einen schockierten Blick zu.

»Eigentlich echt schön hier«, sage ich und lasse meinen Blick über die Lichterketten, Eisskulpturen und Schneeglöckchen schweifen.

»Ach ja, du warst ja selbst noch nie hier. Nur im Sommer, stimmt's?«

Ich nicke. Ein Presseteam mit Kamera und weißem Puschelmikro rennt an uns vorbei und murmelt irgendwas von »the royal family«.

»Ähm, haben die gerade gesagt, dass die Royals hier sind?« Bennet reißt die Augen gleichermaßen aufgeregt und begeistert auf. »Ich schwöre, wenn Meghan Markle hier ist, bleibe ich hier und werde Dinge mit ihr tun.«

Leander runzelt die Stirn. »Ich dachte, du stehst auf Kerle.«

»Tue ich, aber für Meghan würde ich drüber hinwegsehen. Vielleicht kann ich sie überreden, einen Strap-on –«

»Bennet!« Vic hebt die Hand. »Wir sind hier auf einem edlen Pferderennen, also hör auf *so* über ein Mitglied der Krone zu reden.« Bennet zieht eine Grimasse. »Außerdem denke ich nicht, dass sie hier erwünscht sind, nach allem, was sie sich geleistet haben. Also sie und Harry.«

»Nein. Stopp.« Unser bester Freund bleibt schockiert stehen. »Sag nicht, dass du Team William und Kate bist. Das kann ich nicht akzeptieren.«

»Aha.« Vic funkelt ihn an. »Und was willst du jetzt machen? Ich finde, Meghan und Harry haben sich scheiße verhalten. Und jetzt?«

»Das nimmst du zurück, Everhofen!« Bedrohlich deutet er mit einem Finger in Richtung Vics Hut.

»Nö.«

»Ich check gar nichts.« Verwirrt sieht Leander zwischen den beiden hin und her. »Von wem redet ihr?«

Bennet will schon zu einer Erklärung ansetzen, als ich die Hand hebe. »Könnt ihr euren Klatsch bitte mit dem *Spotlight* oder der *Bunten* fortsetzen? Wir haben hier wichtigere Dinge zu tun.« Streng funkle ich die beiden an.

»Ach, auf einmal interessiert sie sich für die Mission.« Bennet zwinkert mir zu.

»Nicht wenn du Mission dazu sagst, als wärst du irgendein Ninja«, gebe ich zurück. »Aber ja, vielleicht sollten wir mal anfangen.« Irgendwas muss ich tun, sonst bleibt mir schließlich nichts und ich drehe vielleicht durch.

»Gut, okay.« Vic scheint zu überlegen. »Ihr zwei« – sie deutet auf Bennet und Leander – »mischt euch unter die Gäste und fragt irgendwelche bibbernden reichen Frauen, ob sie Melody Hohenburg kennen.«

»Äh, Vic, wer hat dich jetzt zum ersten Detektiv ernannt? Wir hatten das anders besprochen.« Leander verschränkt die Arme vor der Brust.

»Klappe, von Traun«, sage ich bestimmt. »Meine Mutter, meine Mission, ich habe das Sagen und wir machen es so, wie Vic gesagt hat.«

»Ist ja schon gut. Komm.« Er schnappt sich Bennet und gemeinsam gehen sie, wohl nicht ganz zufällig, auf eines der Zelte zu, in denen die Wetten platziert werden können.

»Und wir?«, frage ich an Vic gerichtet.

»Wir fragen eher die Reiter und das Personal. Wenn es in England so läuft wie in Wien, wissen die viel mehr als die *ach so wichtigen* Gäste.« Sie grinst und gemeinsam gehen wir über den endlos erscheinenden Platz. Vorbei an schwarzen Kutschen, unzähligen britischen Flaggen und weiteren Zelten, die Restaurant, Kleidungsgeschäfte und Wettbüros beherbergen.

»Das Ganze hier ist viel größer als erwartet.« Meine beste Freundin sieht sich staunend um.

»Das im Sommer ist noch größer.«

Wir betreten eines der Zelte. Ein Hut größer und ausladender als der andere. Neben uns stehen zwei Frauen, die sich über den Fascinator einer anderen lustig machen. *Hat sie den aus dem Secondhandshop? Man sieht ganz klar, dass der kein Original ist.* Gackerndes Lachen. Ein *Kling*, als die Champagnergläser aneinanderstoßen. Ein merkwürdiges Gefühl wächst in meinem Bauch.

»Weißt du, was ich krass finde?« Vic beobachtet eine Gruppe Männer in Fracks und Zylinder, die laut über etwas lachen. Zwei von ihnen haben eine Zigarre in der Hand. Einer trägt ein goldenes Opernglas um den Hals gehängt. Der Vierte schiebt sich gerade ein Lachshäppchen in den Mund. »Das hier ist England und wir sind auf einem Pferderennen.«

»Sehr krass.«

»Lass mich doch ausreden.« Sie räuspert sich. »Das hier ist so anders als Wien und doch überhaupt nicht. Weißt du, was ich meine?«

»Ja«, sage ich schlicht. »Eigentlich ist nur die Kulisse anders. Aber trotzdem ist es nur irgendein Event für reiche Menschen, die sich mal wieder spüren, weil sie einen krasseren Hut als Frau Müller haben.«

»Psst.« Vic hält sich den Finger vor den Mund. »Nicht, dass uns jemand hört.«

»Quatsch. Hier kann niemand Deutsch und selbst wenn, das Schöne an dieser Welt ist, dass uns vermutlich die meisten nicht kennen.«

»Stimmt auch wieder. Entschuldigen Sie?« Vic spricht einen der Barkeeper auf Englisch an und lächelt. »Sie kennen nicht zufällig eine Melody Hohenburg?«

»Wen?« Der Barkeeper guckt verwirrt und öffnet hektisch eine Flasche Wein.

»Melody Hohenburg. Ihre Mutter.« Sie nickt zu mir.

»Was? Nein.« Er schüttelt genervt den Kopf.

Wir fragen noch einen Kellner, später zwei Pferdepfleger und eine Frau mit einem Klemmbrett, der wir keinen spezifischen Zweck zuordnen konnten. Doch niemand hat den Namen Melody Hohenburg je gehört. Niemand zuckt auch nur mit der Wimper. Auf jeden nachdenklichen Gesichtsausdruck folgt ein entschuldigendes Lächeln und ein »Ich kenne keine Melody Hohenburg«.

Ich sollte enttäuschter sein. Ich sollte in jedem einzelnen Misthaufen nach einem Hinweis suchen. Ich sollte mehr tun, als die Hände in meinem cremefarbenen Mantel zu vergraben und zu hoffen, dass der Schatten meines großen Huts den in meinem Gesicht überdeckt.

Aber diese ganze Sache mit meiner Mutter ist mir erstaunlich gleichgültig. In mir drin ist einfach kein Platz mehr für noch mehr Gefühle.

»Meine Damen und Herren, bitte nehmen Sie Ihre Plätze ein. Das Rennen beginnt in wenigen Minuten«, hallt es plötzlich aus den Lautsprechern.

»Na komm, wir wollten uns mit den Jungs am Platz treffen. Hoffen wir, dass die nicht ihr halbes Vermögen verwettet haben.«

Wir gehen auf den Eingang der Rennbahn zu, aber ich kriege von meiner Umgebung kaum noch was mit. Ich bin furchtbar erschöpft. Von allem.

»Habt ihr was?«, frage ich Leander und Bennet, die schon auf unseren Plätzen sitzen.

Sie schütteln den Kopf.

»Wir auch nicht. Die Frau ist ein Phantom.« Vic lässt sich auf dem Platz neben Bennet fallen. Mir entgeht nicht, dass sie sich bewusst gegen den zu Leanders Rechten entschieden hat.

»Bitte erheben Sie sich für Prinzessin Anne«, kommt es aus den Lautsprechern. Jubel wird laut. Eine glänzende schwarze Kutsche wird von vier Schimmeln über den Rasen gezogen.

»*Die* wolltest du flachlegen, Falk? Die Frau ist fast achtzig!« Leander kneift die Augen zusammen, um die Dame in der Kutsche besser sehen zu können.

»Nein, du Hirni. Das ist sie nicht.«

Die britische Nationalhymne wird von einer Blaskapelle zum Besten gegeben. Die Menschen um uns herum singen ergriffen mit. Eine Flagge so groß wie ein Haus wird gehisst. *Was für ein Zirkus,* würde Nick sagen und dann würde er angeekelt gucken. Und ich verstehe ihn.

Die Reiter und Reiterinnen kommen einzeln mit ihren Pferden eingeritten und werden vorgestellt. Bennet und Leander halten ihre Wettscheine in den Händen und warten auf ihre Favoriten.

»Und mit der Nummer elf: Aiven Audley auf Secret!« Ein brünetter Reiter auf einem schwarzen Pferd wird von der Menge bejubelt.

»Uh, auf den habe ich gewettet. Go Aiven!«, ruft Bennet und klatscht in die Hände.

»Ich fasse es nicht.« Vic blitzt ihn an. »Wir sind doch nicht zum Spaß hier.«

»Ich konnte nicht anders. Der Kerl sieht superheiß aus. Ich musste ihn einfach supporten.« Bennet zuckt mit den Schultern. Leander schaut etwas teilnahmslos in die Leere.

»Er ist von der *Horse Weekly* zum Hottest Rider of the Season gekürt worden«, mischt sich eine blonde Frau mit rotem Lippenstift und einem schrecklichen giftgrünen Fascinator ein. Sie erinnert mich auf schräge Weise an Rita Kimmkorn aus *Harry Potter*. »Rennen sind eigentlich nicht seine Paradedisziplin, aber heute tritt er an, weil sein verstorbener Vater auch immer dieses Rennen geritten ist.« Alles klar, sie *redet* auch wie Rita Kimmkorn. »Und ich habe gehört, dass er sogar die grüne Seidenjacke seines Vaters trägt. Ist das nicht herzzerreißend?« Sie seufzt theatralisch und ich glaube, mich gleich übergeben zu müssen.

»Entschuldigen Sie bitte …« Vic wendet sich lächelnd an Rita. »Sie scheinen sich hier ja sehr gut auszukennen.« So kann man es auch nennen. »Kennen Sie zufällig eine Melody Hohenburg?«

Rita legt den Kopf schief und scheint zu überlegen. »Nein, Schätzchen, tut mir leid.«

»Hm.« Wir vier zucken nur mit den Schultern und schauen wieder auf die Rennbahn. Die Reiter und Reiterinnen sind jetzt in ihren Startboxen. Die Stimmung ist aufgepeitscht. Die Menge schreit, jubelt, johlt.

Jedes Geräusch, jede Emotion dringt wie durch Watte zu mir durch. Ich bin so müde. So leer. So abgefuckt von diesem Getue.

Das war's Liv. Immer wieder höre ich seine Stimme. *Das war's Liv.* Sie fasst zusammen, was ich immer schon wusste. Ein Ende ohne Ausweg. Die Stimmen von Nick, Leander und meinem Vater schlingen sich um meine Gelenke und zerren an mir. Nehmen mich ein und rauben mir jede Luft zum Atmen. Jeden Raum für *mich.*

Ich stehe regungslos in der Menge der vielen Zuschauenden. Unzählige Hüte reihen sich an Pelzmäntel und Kaschmirschals. Rita brabbelt weiter über die verstorbenen Eltern dieses Reiters. Manche haben goldene Ferngläser um den Hals und beobachten die Jockeys, die gleich um die Wette galoppieren und auf die sie vermutlich einen ekelhaft hohen Betrag gewettet haben. Das alles hier ist so egal. So verflucht scheißegal. Der Geschmack nach Galle verteilt sich in meinem Mund. Eine Frau weiter hinten lacht wie die wiehernden Pferde vor uns. Das Getose in meinem Kopf wird lauter. Die Gedankenfesseln enger. Sie schlingen sich um meine Brust und ziehen. Ich ringe nach Luft, presse die Lippen zusammen und gebe alles, um irgendwie aufrecht stehen zu bleiben. Aus den Lautsprechern dröhnen weitere Namen, die bejubelt werden.

In meinem Kopf dröhnt es ebenso. Nick, Leander, Papa. Bedeutungslosigkeit.

Sie nehmen mich ein, sie zerren und zerren, bis es mich

zer   reißt.

32. KAPITEL

CRY WITH ME RIVER

LIVIA

»Darf ich mal durch?«, sage ich schärfer als beabsichtigt zu Rita Kimmkorn. Aber ich kann nicht mehr. Ich kann diesen Zirkus nicht mehr ertragen.

»Liv, was ist los?« Vic sieht mich besorgt an.

»Ich muss kurz raus.«

»Soll ich mitkommen?«

Ich schaffe es gerade so, den Kopf zu schütteln, und schiebe mich an der Klatschnudel vorbei, die empört mit der Zunge schnalzt und murmelt, dass das Rennen doch jede Sekunde beginne. *Sorry, Rita, aber das Rennen ist mir so unglaublich schnuppe, das kannst du dir nicht vorstellen.*

Auf dem Vorplatz ist es jetzt deutlich leerer. Angestellte in roten Jacketts wuseln herum und sammeln den Müll auf, den die Reichen hinterlassen haben. Sie wischen über Tische und stellen Champagnergläser auf Tabletts, um sie später neu zu befüllen. Alles wird perfekt hergerichtet, damit es in einer halben Stunde von der feinen Gesellschaft wieder besudelt werden kann. *So wie von dir,* schießt es mir durch den Kopf und brennt in meinem Magen. *Immerhin bist du eine von ihnen.*

Fieberhaft und tränenblind laufe ich über den gefrorenen Rasen, über das Kopfsteinpflaster. Vorbei an Wiesen und Reitplätzen. Vorbei an Kutschen und Hallen. Die Tränen lassen die glänzenden Fassaden von Marigold Manor und jede glückliche Erinnerung daran zerfließen.

»Na, hören Sie mal, junge Dame.« Ein Mann mit Monokel und Zylinder springt entrüstet zur Seite, weil ich ihn sonst gnadenlos umgerannt hätte.

»Sorry«, bringe ich irgendwie hervor und fühle mich immer noch eingesperrt. Mein Leben zerquetscht mich. Meine Rippen zersplittern und stechen in mein Herz.

Ich wünschte, er wäre bei mir. Ich wünschte, er könnte mir einen Ausweg bieten. Ich wünschte, ich wäre die von dem Foto.

Ist er nicht.

Kann er nicht.

Bin ich nicht.

Und der Schmerz, der sich bei dieser Erkenntnis in meiner Brust ausbreitet, bringt mich beinahe um.

Hektisch sehe ich umher. Suche eine Zuflucht, ein Versteck, wo ich zusammenbrechen kann. Wo ich den Schmerz kurz gewinnen lassen kann. Mein Blick fällt auf ein Gebäude am Rand der Stallungen und meine Beine rennen los.

Der Geruch von Futter und Heu steigt mir in die Nase. Hier ist es dunkler, staubiger, ruhiger. Es ist über zehn Jahre her, dass ich in der Scheune gewesen bin, wo sich Stroh- und Heuballen stapeln. Das letzte Mal hatte ich hier einen vollkommenen Moment aus Lichterketten, Gutenachtgeschichten und Schlafsäcken. Jetzt komme ich zurück und könnte nicht unvollkommener sein.

Ich lasse meine Handtasche achtlos zu Boden fallen. In meinem Kopf hämmern die Gedanken, reißen die Stimmen. Mein Hut streift einen Holzbalken. Das Ding muss weg. Dieses Ungetüm, das mich als Mitglied eines Vereins ausweist, in den ich nie wollte. Wie von Sinnen zerre ich an dem Ding. Er bewegt sich nicht. Zu festgesteckt mit Haarnadeln. Mit bebenden, fahrigen Fingern ziehe ich eine nach der anderen heraus. Blonde Strähnen fallen in meine schwitzige Stirn. Es ziept wie Hölle, aber scheißegal. Endlich, endlich segelt der Hut zu Boden.

»Du blödes Scheißding«, schreie ich ihn an und trete nach ihm, sodass er wie eine Frisbeescheibe in einen Heuhaufen fliegt.

»Ja, gib's ihm.«

Ich erschrecke mich zu Tode und wirble herum. Eine blonde, junge Frau in Arbeitsklamotten und einer Schubkarre in den Händen steht in der Tür.

»Sag Bescheid, wenn du Hilfe brauchst. Diese Hüte machen schon viel zu lange, was sie wollen. Nieder mit ihnen!« Sie macht eine Siegerfaust und lässt dabei die Schubkarre fallen. »Oh, shit. Weinst du?« Ihre Augen weiten sich. »Ey, sorry, das habe ich nicht gesehen.«

»Schon gut.« Ich versuche mich an einem Lächeln und wische mit dem Ärmel meines Wollkleides über mein Gesicht. Mascaraschwarz auf Engelsweiß. Und eine Menge Rotz.

»Du ruinierst dir dein teures Kleid.« Sie kommt auf mich zu und zieht aus einer der vielen Taschen ihrer Jacke eine Packung Taschentücher. »Hier. Da sind deine Körperflüssigkeiten besser aufgehoben als in einem Viertausend-Pfund-Kleid von Chanel.«

»Danke.« Ich putze mir die Nase. »Du kennst dich gut aus.«

»Hab lange in Paris gelebt. Da kriegt man einiges mit.« Ein Schatten fällt über ihren klaren Blick und ich bekomme das Gefühl, ich sollte lieber nicht weiter nachfragen. »Ich bin River.« Sie grinst. Der Schatten in ihrem Gesicht verflüchtigt sich.

»River«, wiederhole ich. »Das ist ein wunderschöner Name.«

»Meine Eltern haben einen Knall. Meine ältere Schwester heißt Storm. *I mean,* was sind wir? Elfen aus irgendeinem Zauberwald?«

»Solange dein Bruder nicht Mountain oder Thunder heißt …«

»Ocean. Er heißt Ocean.«

»Nicht dein Ernst.« Ein Schmunzeln mischt sich unter meine Schluchzer.

»Leider doch.« Sie stöhnt und lässt sich auf einem der Heuballen nieder. »Aber immerhin hat es dich zum Lachen gebracht …?« Sie sieht mich fragend an.

»Oh, ach so, ich bin Livia.« Gott, ich habe mich so daran gewöhnt, dass die Menschen meinen Namen kennen, dass ich nicht daran gedacht habe, mich vorzustellen. Wie unangenehm überheblich kann man sein?

»Irgendwie kommst du mir bekannt vor.« River mustert mich prüfend. Ich sehe zu Boden und sage nichts. Was soll ich ihr auch erklären? *Klar, du kennst mich, weil ich aus einer reichen Familie komme und mich für so wichtig halte, dass ich einen Lifestyle-Insta-Kanal habe. Oh, oder kennst du mich durch meinen Vater? Der sitzt im Knast.*

»Dein Akzent ist auf jeden Fall deutsch, oder?«

»Österreichisch.«

»Hm.« Sie scheint zu überlegen, winkt aber kurz darauf ab. »Na ja, egal, ich komm nicht drauf.«

Ein Glück.

»Also, Livia. Willst du mir erzählen, was der Hut dir angetan hat? Ist zwar unwahrscheinlich, aber vielleicht kann ich dir helfen.«

»Das ist ziemlich kompliziert.« Ich denke, das Wort umschreibt meine aktuelle Situation ziemlich gut.

»Kann ich mir vorstellen. Ich habe selten jemanden gesehen, der aus unkomplizierten Gründen einen Hut verprügelt.«

Wieder entschlüpft ein Lachen meinen Lippen und das tut verdammt gut.

»Familie, Liebe oder Geld?«, fragt sie. »Die meisten Probleme sind auf eins davon zurückzuführen.«

»Alles zusammen.«

»Autsch. Dann ist es tatsächlich kompliziert.«

Wie zur Bestätigung schniefe ich in das Taschentuch. Wir schweigen für einige Sekunden. River rupft Strohhalme aus dem Ballen unter uns.

»Ich stelle mir dein Leben anstrengend vor.«

Erstaunt schaue ich sie an. »Aber du weißt doch gar nichts über mein Leben.«

Sie deutet auf den Hut im Heu und dann auf das Taschentuch in meinen Händen. »Aber ich weiß, wie es ist, in einer Welt zu leben, die sich alle als glamourös und unfassbar toll vorstellen. Aber wenn du mittendrin bist, ist der Glamour eigentlich ziemlich oberflächlich und man selbst am Ende ziemlich allein.« Der Schatten ist wieder auf ihrem Gesicht.

Ziemlich baff nicke ich, denn ich habe selten jemanden so über meine Welt sprechen gehört. Was sie wohl damit meint? Wie ihre Welt wohl aussieht? Denn irgendwas sagt mir, dass sie sich nicht auf Marigold Manor bezieht.

»Okay, offenbar ist das doch nicht so kompliziert.« Ich lache und bin erleichtert, als sie es erwidert. »Ich sollte in meine Suite zurückgehen, bevor das Rennen vorbei ist. Nicht dass mich noch jemand ohne Hut erwischt und ich einen mittelschweren Skandal auslöse.« Mit minimal leichterem Herzen springe ich auf. »Danke für das Taschentuch und …« Den Rest des Satzes lasse ich in der Luft hängen.

»Kein Thema.« River geht zurück zu ihrer Schubkarre, um einen Sack Futter darauf zu hieven. »Du kriegst das alles hin, okay?«

»Okay«, antworte ich und komischerweise fühlt es sich nicht ganz wie eine Lüge an.

»Willst du deinen Hut nicht mitnehmen?«

»Bist du verrückt? Das Ding kann mir gestohlen bleiben. Behalt ihn, wenn du willst.«

»Nice. Danke. Für den kriege ich bestimmt noch sechshundert Pfund bei eBay.«

»Win-win-Situation.« Ich winke einmal zum Abschied und will schon durch das große Scheunentor treten, als River mich zurückhält.

»Moment! Ich weiß jetzt, warum du mir so bekannt vorkommst!«

Bitte nicht, denke ich. *Bitte sei cool und verkaufe keine Story an die Presse, wie Livia Hohenburg wahnhaft auf einen Hut eintritt.*

»Ja, okay, ich mache ein bisschen Instagram, aber das ist wirklich –«

»Hä? Wieso Insta?«

Jetzt verstehe ich überhaupt nichts mehr.

»Also ich kenne dich nicht von Insta, aber werde dich hundertpro später stalken, jetzt, wo du es verraten hast.«

»Nicht?«

»Nein. Du siehst aus wie Penelope. Wirklich. Die Ähnlichkeit ist heftig. Ich verstehe nicht, warum ich erst jetzt draufgekommen bin.«

»Ich kenne keine Penelope. Ist das auch ein Name aus eurer Feenfamilie?«

»Nein.« River tritt einen Schritt zurück und schaut mich von oben bis unten an. »Ich schwöre, du sieht original aus wie eine jüngere Version von Penelope Adler.« Entgeistert schüttelt sie den Kopf.

»Und wer soll das sein?«

»Auch eine Österreicherin. Aus Wien, glaube ich«, erklärt sie. »Sie kommt seit Jahren her. Meistens an den Wochenenden mit ihrem Lover, aber in letzter Zeit öfter allein. Groß, blond, so hübsch, dass es unfair ist.«

»Okay, warte.« Ich habe eine Eingebung, und wenn ich richtigliege, wäre das mehr als krass. Mit nervösen Fingern ziehe ich mein iPhone hervor und scrolle kurz durch die Fotogalerie. Dann tippe ich auf ein Bild und halte es ihr vor die Nase.

»Ist das deine Penelope?«

»Ja!«

Mein Herz flattert wild in meiner Brust. Da ist sie. Eine erste Spur.

»Also kennst du sie doch?«, fragt River.

»Nein, also ja, denn das ist nicht Penelope Adler, sondern meine Mutter, Melody Hohenburg. Und sie ist vor fast zwei Jahren verschwunden.«

»O mein Gott.« Rivers Lippen formen sich zu einem runden O. »Sie war locker vor zwei Monaten oder so noch hier.«

Das Flattern in meiner Brust wird zu einem heftigen Paukenschlag. Meine Mutter war hier. Nachdem sie mich verlassen und ihren *fucking* Tod vorgetäuscht hat.

»Und was macht sie hier so?«, frage ich.

»Was die meisten hier machen. Urlaub.«

»Urlaub?« Meine Mutter hat ihre Familie verlassen, um Urlaub auf dem Bauernhof zu machen? Anspannung schießt in meine Hände und lässt meine Finger mein Handy zusammendrücken.

»Also ehrlich gesagt hatten wir vom Stallteam immer die Theorie, dass sie hier Liebesurlaub mit ihrem Liebhaber verbringt.«

Liebhaber. Das Wort krallt sich mit spitzen Klauen in meiner Brust fest. Ich tippe erneut auf meinem Handy herum.

»Dieser Liebhaber war aber nicht dieser Mann, oder?« Ich zeige ihr ein Bild von meinem Vater. Nur um ganz sicherzugehen.

River wirft einen Blick darauf und schüttelt den Kopf. »Nee. Also vom Typ her ähnlich. Gleiches Gewinnerlächeln, gleicher Bonzenvibe. Aber der ist es nicht.«

»Wie lange genau kommt meine Mutter schon hierher?«

»Puh, ich würde sagen, es hat so vor fünf Jahren angefangen. Ich war dann ja auch länger weg, weil ich in Paris war, und nur unregelmäßig hier.«

Fünf Jahre. Meine Mutter hatte seit fünf Jahren eine Affäre und ich habe nichts davon mitbekommen. »Und dann kam sie öfter allein?«

»Genau. Die Gerüchteküche hat natürlich gebrodelt. Max von der Schmiede ist sich sicher, dass ihre Affäre aufgeflogen ist und sie zu Hause rausgeschmissen wurde … Oh, sorry. Ich rede über deine Mutter.« Sie guckt zerknirscht. »Habe nicht richtig nachgedacht.«

»Sie ist nicht aufgeflogen.« *Soweit ich weiß*, füge ich in Gedanken hinzu. »Und sie ist nicht rausgeflogen, sondern abgehauen. Das kannst du Max ausrichten.«

»Mache ich«, erwidert sie grinsend. »Gib mir mal deine Nummer. Wenn es dir irgendwie hilft, dein Leben zu *ent*komplizieren, versuche ich herauszufinden, wann genau sie hier war, und schicke dir die Daten.«

»Ähm … danke.« Ich reiche ihr mein Handy und sie fügt sich als neuen Kontakt hinzu. »Habt ihr irgendwelche Fotos von ihr? Von Events oder sonst was?«

River schüttelt den Kopf. »Sie ist einmal völlig ausgeflippt, weil jemand sie für die Homepage fotografieren wollte, und hat was von Datenschutz gefaselt.«

Wahrscheinlich wollte sie nicht mit ihrem Lover im Internet stehen, sondern in Ruhe rumvögeln. Der Gedanke jagt einen Kälteschauer über meinen Rücken.

Ich verabschiede mich von River und bedanke mich noch einmal. Dann gehe ich den Weg zurück zur Suite. Einen Weg, den Mama und ich Hunderte Male Hand in Hand beschritten haben. Die Erinnerungen an diese Zeit scheinen so wenig zu den Ereignissen der letzten Stunden, Tage und Monate zu passen, dass in meinem Kopf ein Kurzschluss entstehen und ich tot umfallen müsste.

Statt eines Kurzschlusses ist da endlich die Antwort auf die wichtigste all meiner Fragen. Ich weiß jetzt, wer Melody Hohenburg wirklich ist.

Ein selbstsüchtiges Miststück.

33. KAPITEL

PRADAKONFETTI UND PANZERGLASSCHERBEN

LIVIA

Die Absätze meiner Stiefel hallen in der Finsternis des Apartments und der meines Herzens wider. Ich weiß nicht, wie spät es ist. Mitten in der Nacht auf jeden Fall. Der Mond taucht die hellen Vorhänge in einen silbrigen Schleier. Wenigstens ist er immer da, auch wenn man ihn nicht sieht. Er ist treu. Mondtreu.

Okay, ich bin noch betrunkener, als ich dachte. Mondtreu. *Wow. Livia, langsam, aber sicher wirst du crazy.* Vielleicht wäre es besser gewesen, in England zu bleiben, statt Hals über Kopf das Gestüt zu verlassen. Ich konnte da nicht bleiben. In England, auf diesem Hof, in dieser Suite. Für die anderen war es okay. Auf dem Flug habe ich eine Flasche Rotwein gekillt. Leander zwei. Ist kacke und ich weiß das. Aber sonst wäre ich durchgedreht. Noch mehr als jetzt.

Der Alkohol wabert zwischen meinen Schläfen. Zieht Gedanken in die Länge und wirbelt sie durcheinander, ohne dass ich auch nur einen zu fassen kriege. Ich bleibe leicht schwankend im Wohnzimmer stehen. Mein Kopf dröhnt. Meine Hände schwitzen. Meine Handtasche fällt mit einem leisen *Klong* auf das Parkett. Vor mir die Türen und erdrückende Stille. Niemand, der auf mich wartet. Niemand, in dessen warme Umarmung ich mich flüchten kann. Keine Nora. Nur kalte, kalte Einsamkeit, die durch meine Haut in meine Glieder kriecht.

Das ist das Ende.

Alle Fragen sind gestellt. Nick ist weg. Meine Mutter offiziell eine herzlose Bitch, die ihre Familie für ihren Lover verlassen hat.

Alles auf Anfang. Alles beim Alten.

Bilder zucken in Endlosschleife durch meinen Kopf. Bilder von allem, was ich in letzter Zeit getan habe, um mein Herz hinter undurchdringlichem Panzerglas am Leben zu erhalten. Um irgendwie die Kontrolle in meinem fremdbestimmten Leben zurückzuerlangen.

Ich schaue auf meine Zimmertür. Daneben eine andere Zimmertür. *Seine* Zimmertür. Jetzt nur noch eine Tür.

Das war's, Liv.

Er ist weg.

Das ist das Ende.

Das Ende von Nick und Livia.

Nicht seine Tür. Nie wieder seine Tür. Immer nur eine Tür *Tür.* Genau das habe ich doch gewollt, oder? Ich wollte alles dafür tun, dass Nick mir nie wieder etwas antun kann, mich nie wieder verletzen kann. Ich *habe* alles dafür getan und es geschafft. Er ist weg. Er kann mich nie wieder kaputtmachen. Nie wieder.

Ich suche in mir nach etwas, das sich ganz und heil anfühlt. Aber da ist nichts.

Nur Trümmer und Asche.

Was, wenn ich etwas beschützen wollte, was es nie gab? Was, wenn ich Angst davor hatte, alles zu verlieren, und dabei das Einzige verloren habe, was ich wirklich wollte?

Ich weiß nicht, was ich tun soll. Weiß nicht, wo ich hinsoll. Die Stille und die Einsamkeit kommen näher, werden zu den altbekannten Schattenmonstern, die mir hämisch zuflüstern, wie bedeutungslos ich bin. Wie bedeutungslos mein Leben ist.

Es ist 5:30 Uhr. Die weißen Zahlen meines Handybildschirms stechen in meinen Augen. 5:30 Uhr und ich stehe verloren und hilflos im Flur herum. Unfähig weiterzugehen, weil jeder Schritt nach vorne mich so viel Kraft kostet, als würde ich durch einen See aus dickem Kleister waten. Und wenn ich dann an am sicheren Ufer bin, merke ich, dass es nur eine Sandbank war und dahinter ein ganzes Kleistermeer auf mich wartet.

Ich tippe auf eine ungelesene Nachricht von Nora, die ich bewusst nicht geöffnet habe, aus Angst, sonst zusammenzubrechen. Aber wenn ich ehrlich bin, bin ich das schon längst.

Nora: Livi, ich kann so schlecht schlafen. Immer wenn ich im Bett liege, kommen so viele Gedanken und dann habe ich auf einmal ganz schlimm Angst. Tante Britt versucht lieb zu mir zu sein. Aber ich will nicht mehr bei Tante Britt sein. Ich will nach Hause. Kannst du mich bitte nach Hause holen?

Mein Herz schlägt mit einem dumpfen Geräusch in meinem Magen auf und jagt Übelkeit meine Kehle hinauf.

Ich kann nicht mehr.

Nora geht es schlecht. Mein Vater sitzt im Knast und meine kranke Mutter hat ihre sechsjährige Tochter für eine Fickbeziehung verlassen. Alles ist außer Kontrolle und jeder meiner kindischen Versuche, irgendwas zu ordnen, indem ich meine Mutter finde, war von vornherein zum Scheitern verurteilt.

Die Schattenmonster brüllen in meinem Kopf. Nehmen die Stimmen von Nora, meinem Vater, Nick und schließlich mir selbst an.

Ich will nach Hause.

Es lastet jetzt nun mal alles auf deinen Schultern.

Das war's, Liv.

Ohne Vertrauen sind wir nichts.

Warum kann ich nicht ein Lied anmachen, das Nick durch die Wände hört und ihm begreiflich macht, wie es mir geht, wenn ich es selbst nicht sagen kann? *What Was I Made For?* vielleicht, weil ich so verloren und ziellos und ganz und gar gebrochen bin. Oder *you're on your own kid,* weil ich so allein bin und es schon immer war. Warum können die Akkorde und Lyrics nicht durch die Wände zu ihm fliegen? Warum kann er nicht kommen und für mich Klavier spielen und mir Geborgenheit schenken? Warum?

Weil er weg ist. Weil du ihn vergrault hast, als Lukas Winter im Whirlpool deine Brüste abgeleckt hat, geben mir die Schattenmonster die Antwort. *Weil du jeden vergraulst.*

Um mich nichts als Stille.

In mir nichts als Geschrei.

Ich halte das nicht aus. Diese erdrückende Einsamkeit. Die kreischenden Gedanken und die niederschmetternde Hilflosigkeit. Ich. Halte. Das. Nicht. Mehr. Aus.

Also drehe ich durch. Ich raste aus und es ist mir egal. Ich will nur, dass es aufhört.

Meine Füße treten die Tür zu meinem Zimmer auf. Ich renne fast in den Raum und blicke mich hektisch um. Da, das gerahmte Foto von Mama und mir auf der Notenablage.

»Du Miststück«, schreie ich das Bild an. »Was habe ich dir getan, dass du mich so kaputtmachst? Was habe ich euch allen getan?«

Mit voller Kraft schleudere ich das Bild an die gegenüberliegende Wand. Es prallt ab und landet zersplittert auf dem Boden, doch es war ohnehin nie mehr als das – eine nicht zu reparierende Erinnerung.

»Fick dich!«, brülle ich und pfeffere ein weiteres Foto an die Wand.

Es tut gut. Es tut so unbeschreiblich gut, alles rauszulassen.

Mehr. Ich brauche mehr.

Wie von selbst rennen meine Beine in mein Ankleidezimmer.

Zerren jedes ihrer Kleider, die ich aufbewahrt habe, heraus. Außer Kontrolle, mit Nägeln, Zähnen und schließlich einer Schere, reiße ich einen Stoff nach dem anderen kaputt. Schleudere sie durch die Luft und stoße ein wahnwitziges Lachen aus.

Fetzen von Valentino, Prada und Chanel fliegen wie Konfetti um mich herum. Ich will alles von ihr zerstören. Sie auslöschen, ausbrennen aus meinem Kopf. Knöpfe fallen zu Boden, als ich mit beiden Händen an einer Bluse zerre.

Mein Blick zuckt zu einem goldenen Garderobenständer, der mit Schals und Mützen behängt ist. Ich springe auf, werfe alles runter und nehme den Ständer in die Hand. Er ist schwer. Perfekt. Ich lasse die Stofffetzen hinter mir und steuere auf das zu, was mich täglich an die Person erinnert, die ich nie sein werde.

Das Holz des Klaviers kracht und splittert unter meinen Hieben. Ich lache und weine gleichzeitig. »Ich hasse dich!«, schreie ich und schlage mit dem Ständer Mal um Mal auf das Klavier ein. Dieses Mal auf die Tasten.

C, D, Fis, G. Disharmonie und Chaos hallt von den Wänden wider. Chaos überall und das ist besser als das Chaos in mir.

Ich fluche und schlage und trete auf das Klavier ein. Keine Ahnung, wie lang. Vielleicht Minuten oder Stunden oder Jahre. Irgendwann hängen tonnenschwere Gewichte an meinen Gelenken, aber ich höre noch immer nicht auf.

Ich bemerke erst, dass meine Beine versagen, als ich das kühle Holz schon unter mir spüre. Ich verliere den Halt. Obwohl ich doch nie welchen hatte. Alles dreht sich. Alles ist Verzweiflung und Pradakonfetti und Panzerglasscherben und Holzsplitter und Erinnerungsasche.

Meine Hände, meine Beine, meine Rippen beben. Ich krümme mich zusammen. Ziehe die Knie an die Brust und lasse Tränen auf das Parkett tropfen.

Ich bin endgültig am Boden.

Am nächsten Morgen hämmern tausend Presslufthämmer in meinem Kopf und mein Rücken fühlt sich an, als wären besagte Hämmer zuvor mit ihm beschäftigt gewesen. Ich kratze das bisschen Kraft zusammen, das ich in mir finden kann, und rapple mich auf.

Ich liege auf einem Trümmerhaufen. Es ist alles kaputt. In mir drin und außerhalb. Nur Bruchstücke und Fetzen, ohne die Chance, wieder zusammengeklebt zu werden. Mit beiden Fingern reibe ich mir über die geschwollenen Augen und schiebe einige Holzsplitter beiseite, die direkt neben mir liegen.

Ich ziehe die Knie an die Brust und begutachte das Resultat meines gestrigen Aussetzers. Jap, ich habe mein Zuhause in ein Schlachtfeld verwandelt und bin offiziell durchgeknallt. Auf dem Boden verteilt sind Stofffetzen, Holzsplitter, Glasscherben und … Ich stutze. Was ist das? Zwischen allem, was ich in Schutt und Asche gelegt habe, blitzt etwas auf, das nicht so recht zu den anderen Sachen passen will.

Auf allen vieren krabble ich einige Meter nach vorne und greife danach.

Hm. Ein zusammengeschnürtes Bündel Papier. Ich wende es einmal und erkenne, dass es sich um Briefe handelt. Mit Sicherheit mindestens zwanzig Stück. Ein ungutes Gefühl macht sich in meinem Magen breit. Kein Absender. Kein Empfänger. Nur weiße, angelaufene Umschläge. *Sie gehörten ihr und sie wollte sie in ihrem Klavier verstecken.* Das ist glasklar. Aber von wem sind sie? Von diesem Kerl, mit dem sie heiße Liebeswochenenden auf Marigold Manor verbracht hat?

Meine Hände beginnen zu zittern, als ich die braune Schnur vom Papier löse und den ersten Brief öffne. Kurz schleicht sich der Gedanke in meinen Kopf, dass ich hier gerade eine Grenze überschreite. Schließlich hat meine Mutter diese Briefe nicht ohne Grund vor uns geheim gehalten.

Come on, sage ich zu mir selbst. *Meine Mutter ist wahrscheinlich der Mensch mit den meisten Geheimnissen dieses Landes. Sie hat mich verlassen und dann ihren verdammten Tod vorgetäuscht. Sie ist es mir mehr als schuldig.*

Also ziehe ich den ersten Brief vom Stapel und beginne zu lesen.

03. Januar 2014

Meine Daisy,

Dir heute auf diesem Neujahrsempfang zu begegnen und Dich nicht berühren zu dürfen, hat mich beinahe umgebracht. Es schmerzt mich bis ins Unermessliche zu sehen, dass er Dich ansieht und herumreicht wie ein wertvolles Schmuckstück. Nur dafür da, ihn zum Strahlen zu bringen. Kaum mehr als ein Statussymbol. Ich schreibe Dir, damit Du nie vergisst, dass Du mir die Welt bedeutest und heller strahlst als die Sonne. Und wenn wir uns in ein paar Wochen vereinen, werde ich Dich in jeder Sekunde daran erinnern.

In Liebe
Jay

Holla, die Waldfee. Ich lasse den Brief sinken. Also wer auch immer dieser Jay ist, er hat deutlich zu viel Zeit mit Goethe oder Shakespeare verbracht. Schnell überfliege ich die Zeilen ein weiteres Mal. *Er.* Dabei kann es sich nur um meinen Vater handeln, denn er hat es meistens ziemlich gut hinbekommen, andere für sich strahlen zu lassen. Aber wer ist Jay? Ihr heimlicher Liebhaber, klar, aber wer verbirgt sich hinter dem Namen? Denn obwohl meine Mutter heißt wie eine Disney-Prinzessin, ist Daisy nicht ihr richtiger Name.

Ich falte den Brief wieder zusammen und ziehe einen anderen aus dem Stapel. Dieses Mal weiter hinten. Ich schaue aufs Datum. *22. Juni 2014.* Der andere Brief wurde also circa ein halbes Jahr vor diesem geschrieben.

> Liebste Daisy,
> ich kann nicht aufhören an diese Nacht zu denken. Diese Nacht, in der Du unserer Anziehung endlich nachgegeben und Dich mir hingegeben hast.

Okaaaay, über den sexuellen Part dieser Beziehung wollte ich definitiv nichts lesen. Mit zusammengekniffenen Augen überfliege ich den restlichen Brief und muss mehrere Male ein Würgen unterdrücken, da ihr Liebhaber mehr als detailliert beschreibt, wie meine Mutter sich ihm *hingegeben* hat. Angewidert schiebe ich den Stapel von mir.

Ich starre auf das Chaos um mich herum, spüre das Chaos in mir drin. Meine Mutter war eine dreckige Lügnerin, die mich und Nora mit großer Wahrscheinlichkeit für ihre Affäre verlassen und dann zwei Hochstapler auf uns angesetzt hat, um sich obendrein selbst zu bereichern. Ab heute ist Melody Hohenburg für mich gestorben.

Ich rapple mich hoch und gehe mit schweren Schritten ins Bad. Im Spiegel taucht eine graue, eingefallene Frau mit stumpfen Haaren und tiefen Augenringen auf. Ich betrachte die Person, zu der ich geworden bin, und fasse einen Entschluss.

Meine Mutter ist tot. Endgültig.

Nick ist weg. Endgültig.

Es fehlt nicht mehr viel, dann bin ich es auch.

Es wird Zeit, dass ich das rette, was von Livia Hohenburg übrig geblieben ist.

VIENNA SPOTLIGHT

Wien ist weiß. Nein, nicht weil es seit Tagen schneit, sondern weil die ganze Stadt im Hochzeitsfieber ist. Monatelang haben wir gewartet und heute ist es endlich so weit. Victoria Everhofen heiratet ihren Clément Bellegarde. Die Hochzeitsgäste, unter ihnen die Crème de la Crème der Promi-Welt, tummeln sich bereits seit gestern in den angesagtesten Hotels der Stadt, um morgen die Bänke des Stephansdoms zu füllen. Aber auch wir Normalsterbliche müssen nicht darauf verzichten, das Spektakel live und in Farbe zu erleben. Denn vor einigen Tagen wurde überraschend angekündigt, dass die gesamte Zeremonie auf der Homepage der Everhofen Hotel Company gestreamt wird. Also, Mädels, ladet eure Freundinnen ein, kauft Popcorn und macht euch auf einen Tag voller Herzklopfen und Freudentränen gefasst. Das Programm, das ebenfalls auf den Social-Media-Plattformen der Familie zu finden ist, verspricht jedenfalls einiges.

12:00 – Die Gäste treffen ein und laufen über den roten Teppich in die Kirche.
12:40 – Ankunft der Familien Everhofen und Bellegarde.
12:45 – Die Braut und ihre Trauzeugin Livia Hohenburg fahren in einer Kutsche vom Hotel Sacher zum Stephansdom.
12:55 – Der Bräutigam und sein Trauzeuge werden in der Kirche erwartet.
12:59 – Die Braut trifft an der Kirche ein.
13:00 – Der Gottesdienst beginnt.
13:45 – Das Jawort wird gesprochen.
14:00 – Das frisch vermählte Brautpaar fährt zurück zum Hotel Sacher, wo im Anschluss ein Empfang für die dreihundert engsten Freunde und Familienmitglieder gegeben wird.

Danach endet der Livestream zu unser aller Bedauern, auch wenn wir natürlich liebend gern bei den anschließenden Festlichkeiten dabei wären.

»Gönnt dem Brautpaar ein wenig Privatsphäre«, sagt Livia Hohenburg im Interview mit einem Augenzwinkern. Das Geheimnis, wer die High-Society-Prinzessin nun auf die Hochzeit begleiten wird, ist auch endlich gelüftet und gerechnet hätte damit wohl niemand. »Ich werde allein kommen und mich voll und ganz auf meine Aufgaben als Trauzeugin konzentrieren. Dafür brauche ich keinen Mann«, präsentiert sich Hohenburg selbstbewusst.

Auch auf die Frage, ob ihre beste Freundin schon aufgeregt sei, hat Livia eine Antwort für uns: »Vic ist die Ruhe selbst. Sie weiß, was sie tut, und ist sich sicher, dass der Tag genau so verlaufen wird, wie sie es sich vorgestellt hat.«

Da geht es der Braut offenbar anders als dem Rest von Wien, denn wir alle könnten aufgeregter nicht sein. Ran an die Bildschirme! (Hier klicken für: Die Braut, die sich traut – LIVESTREAM zu dem Event des Jahres)

34. KAPITEL

BRIDE-BROKEN

LIVIA

Vic ist NICHT die Ruhe selbst. Vic ist vielmehr ein absolutes Wrack. Ich bin offensichtlich auch eins, wenn man den Haufen aus Kleiderfetzen und Klavierholz betrachtet, der seit einer Woche in meinem Zimmer herumliegt, aber ich muss für meine beste Freundin stark sein.

Heute ist der vielleicht wichtigste Tag in Vics Leben. Nicht der schönste. Potenziell der schlechteste. Aber auf jeden Fall der wichtigste. Und ich muss sie festhalten, damit sie nicht fällt.

»Ich habe es dir circa hundertmal gesagt, wir können das Ganze hier und jetzt abbrechen«, sage ich auf ihrem Bett sitzend. Vic läuft in ihrer Suite auf und ab. Sie trägt einen beigen Seidenbademantel, der hinter hier herweht wie ein Superhelden-Cape. Nur, dass der Rest von Vic alles andere als superheldenmäßig aussieht. Eher Braut-mäßig, gebrochen-mäßig.

Ihr Haar und Gesicht wurden bereits von einem vierköpfigen Stylistenteam bearbeitet. Sie sieht schön aus. Nahezu makellos. Mit dezentem Make-up und einer schmalen Tiara, die auf den leichten Wellen ihres dunkelbraunen Haars thront, das ihr mittlerweile bis auf die Schultern reicht.

»Du siehst aus wie eine Prinzessin«, hat ihre Mutter gesagt und dabei ein Freudentränchen verdrückt. Vic hat ihr zugelächelt und genickt und ich konnte als Einzige ihre Gedanken hören. *Ich hasse Prinzessinnen. Ich wollte nie eine Prinzessin sein. Ich wollte frei sein und mein Ding machen, aber führe ein Leben wie fucking Rapunzel in ihrem beschissenen Turm.*

Und vielleicht bin ich auch die Einzige, die die Blässe durch die Puderschicht auf ihren Wangen sieht genau wie den panischen Schimmer in ihrem Blick, den lange, geschwungene Wimpern nicht verdecken können.

»Habe ich dir erzählt, dass ich vor dem Jawort eine Instrumentalversion von *Lover* hören wollte?«, fragt Vic plötzlich und Resignation lässt ihren Blick stumpf werden.

»Lass mich raten, deine Eltern fanden die Idee eher so mittel?«

»Sie fanden die Idee völlig beschissen. *Taylor Swift ist nicht traditionell und klassisch genug für eine Everhofen-Hochzeit.*« Sie äfft den blasierten Ton ihrer Mutter nach.

»Deine Eltern haben wirklich keine Ahnung.« Ich versuche mich an einem Grinsen und lege ihr eine Hand auf die Schulter. »Vic. Das eben war kein Scherz. Ein Wort von dir und ich bringe dich von hier weg.«

Sie wendet sich ab und deutet durch den Vorhang nach draußen. »Es geht nicht. Schau dir die ganzen Menschen an.«

»Ja und? Wen jucken andere Menschen? Es geht um dich.«

Sie seufzt und schließt den Vorhang wieder. »Trotzdem. Es geht nicht. Alles ist vorbereitet. Es gibt ein Kamerateam, Livia.«

»Und?«

»Nichts und. Es geht nicht. Ich muss das jetzt durchziehen, sonst …«

»Sonst?«

»Sonst stürze ich ab«, flüstert sie mit gebrochener Stimme und ich kann nichts darauf erwidern. »Gott, mir ist so schlecht«, sagt sie dann und wird tatsächlich noch eine Spur blasser.

»Okay, okay.« Ich stehe auf und lege ihr meine Hände auf die Schultern. »Ich bin bei dir. Über den ganzen Tag bin ich bei dir.« Ihre Atmung wird ein wenig ruhiger und sie schließt für einen Moment die Augen. »Wenn du es jetzt durchziehen willst, kannst du das schaffen. Du kannst gleich dieses Kleid anziehen.« Ich nicke zu dem Brautkleid, das auf einem Bügel an einer Kleiderstange hängt und bedrohlich weiß leuchtet.

»Ich kann dieses Kleid anziehen«, wiederholt Vic, offenbar in der Hoffnung, es könnte sie mantralike beruhigen.

»Du kannst gleich in diese Kutsche steigen und all den hirnverbrannten Leuten zuwinken.«

»Ich kann in diese Kutsche steigen.«

»Gut.« Ich drücke ihre Schultern fester. »Du kannst den Weg zum Altar entlanglaufen.«

»Ich kann den Weg zum Altar entlanglaufen.«

»Du kannst Ja sagen zu dem Mann, den du liebst.«

Stille.

Vic öffnet die Augen. Mein Gesicht spiegelt sich in einem Tränenschleier.

»Vic?«

Sie erwidert nichts. Starrt mich nur an, dann öffnen sich ihre Lippen.

»Ich … liebe ihn nicht.« Ein leises Wispern, zittrig und stockend.

»Vic, du …«

»Ich liebe ihn nicht.« Kein Wispern mehr. Nur eine handfeste Tatsache, die alles verändern könnte, aber nichts verändern wird. »Ich dachte, ich tu's. Ich dachte, ich liebe ihn, aber …« Sie schüttelt den Kopf. »Ich glaube, ich habe mir eingeredet, dass ich ihn liebe. Dass ich ihn irgendwann lieben werde. Dass das Feuer irgendwann kommt. Aber gerade wird mir klar, das wird nie passieren.«

Sie steht nur da, in einer Schockstarre ausgelöst von ihrer eigenen Erkenntnis.

»Scheiße, Vic, okay. Was machen wir jetzt?«, frage ich absolut überfordert. Vic bewegt sich immer noch nicht, schaut durch mich hindurch, schaut in eine Zukunft, die so anders ist, als sie es sich erträumt hat.

»Vic? Was machen wir jetzt?«, wiederhole ich meine Frage.

»Nichts. Es gibt keinen Ausweg. Ich werde …« Der Rest des Satzes verendet zu unseren Füßen. Sie dreht sich um, stürmt ins Bad und kotzt sich die Seele aus dem Leib.

NICOLAS

Goldene Wasserhähne. Nach allem, was geschehen ist, bin ich zurück in einem Marmorbad mit hässlichen goldenen Wasserhähnen. Reiche Menschen haben irgendeine Obsession mit den Dingern. Oder generell mit hässlichem, unnötigem Kram.

Die Symphony Suite im *Ritz-Carlton* ist klassisch und edel und für jemanden wie mich viel zu luxuriös. Dunkler Holzfußboden, dunkler Esstisch, auf dem eine gläserne Vase mit einem Strauß weißer Rosen steht. Die Polstermöbel sind grau-beige und stehen vor einem riesigen Flachbildfernseher mit – *surprise* – goldener Soundanlage.

Wenn es nach mir ginge, wäre ich auch mit einem heruntergekommenem Airbnb zufrieden gewesen, aber Leander hat es sich in den Kopf gesetzt, mich hier einzuschleusen. Bestechung des Personals inklusive.

Er hatte recht, als er gesagt hat, dass ich mal klarkriegen muss, was ich so vorhabe im Leben. In *meinem* Leben. Nur ist das mit dem Klarkriegen gar nicht so einfach, wenn sich der Brustkorb anfühlt, als hätte ein wildes Tier darin herumgewühlt. Er ist auch der Einzige, der weiß, dass ich noch in Wien bin, und musste mir schwören, dass er es niemandem, vor allem einer ganz bestimmten Person nicht, verrät. Mein Herz zieht sich beim Gedanken an sie schmerzhaft zusammen. Laut Kalender bin ich jetzt seit einer Woche in diesem feuchten Bonzen-(Alb)traum von Hotelzimmer gefangen. Eine Woche ist es her, seit Livia und ich … was? Schluss gemacht haben? Klingt falsch, irgendwie. Zu pubertär, zu unbedeutend für das, was wir waren, und so, wie ich mich jetzt fühle. Am Boden und verloren. Vor allem verloren.

Sieben Tage. Und mein Kopf, mein Bauch und vor allem mein Herz kriegen es einfach nicht geregelt. Manchmal denke ich, dass ich immer noch in diesem Taxi sitze und warte, dass etwas passiert. Manchmal stehe ich wieder vor diesem Pool. Manchmal küsse ich sie auf Pokertischen und in Waldhütten. Manchmal fliegen wir gemeinsam mit Nils vor allem davon.

Mein Handybildschirm leuchtet auf. Ich Vollidiot muss es endlich schaffen, den Google-Alert auszustellen. Vielleicht hängt der Teil meines Hirns, der für so etwas zuständig ist, auch noch in der Waldhütte herum statt in der Realität.

Livia Hohenburg kommt allein zur Hochzeit des Jahres. Wir erklären warum.

Ach ja, die Hochzeit. Irgendwie hatte ich verdrängt, dass die heute stattfindet. Ich tippe auf den Artikel. Das Ganze wird gelivestreamt? Die Leute sind alle so irre.

Seufzend öffne ich WhatsApp und tippe eine Nachricht an Leander.

Nick: Bist du okay? Gehst du hin?

Ich schaue auf die Uhr. 11:30 Uhr. Laut des Zeitplans, der in dem Artikel erwähnt wird, müsste er in einer halben Stunde *eintreffen*.

Leander hat ein Foto gesendet

Ein Spiegelselfie taucht auf meinem Handy auf. Leander in einem maßgeschneiderten Anzug. Jap, der Typ ist wirklich so heiß, dass es unfair ist.

Nick: Sobald du in diesem Livestream auftauchst, werden deine DMs explodieren.

Leander: Tun sie jetzt auch schon. Was soll man da machen …

Nick: Wie geht's dir?

Eigentlich eine ziemlich bescheuerte Frage. Seine große Liebe heiratet einen anderen Mann und er muss in der ersten Reihe sitzen.

Nick: Okay. Dumme Frage. Warum tust du dir das an?

Leander tippt. Hört wieder auf. Tippt wieder.

Leander: Knallharte Konfrontation. Ich muss mal langsam klarkommen. Bringt ja nichts, immer einer realitätsfernen Wunschvorstellung hinterherzurennen.

Nick: Wem sagst du das …

Stöhnend rolle ich mich vom Bett und krame in meinem Rucksack nach meinem Laptop. Knallharte Konfrontation? Okay, dann werde ich mir diesen Livestream jetzt geben und mein Herz, meinen Kopf und meinen Schwanz zwingen im Hier und Jetzt anzukommen.

Willkommen zur Vermählung von Clément Bellegarde und Victoria Everhofen. Der Livestream beginnt in 5 Minuten.

Geschwungene Buchstaben auf burgunderrotem Hintergrund. Ich lehne mich zurück und schicke Leander ein Foto.

Nick: Pass auf. Wenn du popelst, kriege ich's mit.

Leander: 😂😂😂

Der Schriftzug verschwindet. An seiner Stelle sind jetzt eine blonde Moderatorin und ein glatzköpfiger Mann zu sehen, jeder mit einem Mikro in der Hand.

»Guten Morgen, Wien!«, sagt die Frau und strahlt in die Kamera.

»Herzlich willkommen, liebe Zuschauerinnen und Zuschauer, zur Hochzeit des Jahres.« Der Glatzkopf nickt bedächtig. »Die Sacher-Prinzessin Victoria Everhofen heiratet ihren französischen Hotelprinzen Clément Bellegarde. Eine fast royale Traumhochzeit.«

»In wenigen Minuten treffen die ersten Gäste ein und wir freuen uns, sie durch den Tag begleiten zu dürfen. Mein Name ist Katrin Schunck und ich bin Journalistin bei *Vienna Spotlight*.«

Journalistin. Ich schnaube. So kann man diese Klatschmäuler auch nennen.

»Und bei mir ist Markus Heunagel. Adelsexperte und High-Society-Profi. Kein Skandal bleibt vor ihm verborgen. Er kennt sie alle, die Geheimnisse unserer Stars und Sternchen.«

Das wage ich stark zu bezweifeln. Ich werfe dem Glatzkopf einen skeptischen Blick zu. Die zwei fachsimpeln noch einige Minuten über die Designerin des Hochzeitskleides und die Kennenlerngeschichte des Brautpaars. Dann fällt zum ersten Mal *ihr* Name und mein Herz sackt einige Zentimeter tiefer.

»… Livia Hohenburg. Die Trauzeugin kommt alleine, Markus.« Die *Spotlight*-Tante richtet sich fragend an den Experten. »Was hältst du für den Grund dieser Entscheidung?«

Allein. Sie kommt allein.

»Livia selbst hat gesagt, dass sie sich auf ihre Aufgaben als Trauzeugin konzentrieren will.« Heunagel nickt bedächtig.

»Eigentlich wurde sie doch mehrmals mit dem Start-up-Gründer Lukas Winter gesehen. Warum, denkst du, begleitet er sie nicht?«

Das würde ich auch gerne wissen, schließlich waren sie sich letztes Wochenende im Whirlpool noch ziemlich nah. Die Erinnerung an diesen Abend brennt ein Loch in meinen Magen.

»Lukas hat an diesem Wochenende einen geschäftlichen Termin in Innsbruck. Die Millionen verdienen sich ja nicht von allein.« Der Glatzkopf lacht und die Moderatorin gackert mit. »Außerdem sind die beiden nach all den Skandalen um die Hohenburgs gewiss noch nicht bereit ihre Beziehung offiziell zu machen. Ich für meinen Teil denke, dass Livia ihrer besten Freundin an ihrem großen Tag nicht die Show stehlen wollte.«

Beziehung. Whirlpool-Fick-um-mich-zu-zerstören würde ich es eher nennen. Das Loch in meinem Magen vergrößert sich zu einem Krater.

»Oh, die ersten Gäste kommen!« Aufgeregt deutet die Frau auf eine lange Limousine, die jetzt unter Jubelschreien vorfährt. Leander steigt aus. Natürlich muss er der Erste sein und einen großen Auftritt hinlegen.

»Hier sehen wir Leander von Traun. Ebenfalls ohne Begleitung.«

Leander winkt einmal der Menge zu und lächelt sein charmantes Lächeln. Da schießt ein Gedanke durch meinen Kopf. Ich greife nach meinem Handy.

> **Nick:** Du ziehst aber keine Scheiße ab, oder? Du bist nicht da, weil du hoffst, sie noch umstimmen zu können, oder?

Doch von Leander kommt keine Antwort mehr.

35. KAPITEL

GEBROCHEN, GEFALLEN, GESPRUNGEN

LIVIA

Es ist merkwürdig, Vic jetzt so lächeln und winken zu sehen. In diesem weißen Kleid. In dieser Kutsche. Mit diesem zarten Schleier über dem Gesicht, der die Tatsache verbirgt, dass sie vor einer Stunde noch kotzend und weinend auf dem Boden des Badezimmers und dem der Tatsachen aufgeschlagen ist. *Ich liebe ihn nicht.* Ihre bebende Stimme hallt in meinen Ohren wider.

Gebrochen.

Gefallen.

Gestorben.

Nichts davon passt in die heile, heile Hochzeitsszenerie, die sich um uns herum aufbaut. Die Kutsche fährt vom *Sacher* zum Stephansdom. Sechs weiße Pferde ziehen uns über die Philharmonikerstraße, die extra abgesperrt wurde. Rot-weißes Flatterband raschelt zu unseren Seiten. Die ganze verfluchte Stadt tut so, als wäre das hier ein Staatsbesuch und keine Hochzeit.

Ich liebe ihn nicht. Ich liebe ihn nicht. Ich liebe ihn nicht.

Dass sie jetzt trotzdem hier sitzt und lächelt und winkt, zeigt nur einmal mehr, wie verloren sie ist.

Ich lächle auch. Vielleicht nicht ganz so strahlend, vielleicht nicht ganz so überzeugend. Aber ich wette, dass es keine Sau merkt. Dass keiner Menschenseele auffällt, dass Livia Hohenburg innerlich leer ist. Weil es niemandem auffallen *will.*

Die Kutsche fährt Richtung Albertinaplatz.

Menschen schreien, jubeln, halten österreichische Flaggen in die Luft, als wäre Vic Sisi 2.0. Ich könnte kotzen. Mache ich natürlich nicht. Stattdessen lächle und lächle und winke und winke ich.

Irgendwann lasse ich eine Hand sinken, umschließe stattdessen die von Vic und drücke sie fest. *Wir kriegen das hin.*

Sie drückt zurück. *Ich weiß.*

Obwohl es nur knapp siebenhundert Meter vom *Sacher* bis zum Stephansdom sind, kommt mir die Fahrt unendlich lang vor und doch nicht lang genug. Irgendwann kommen die Pferde zum Stehen. Die spitzen Türme der Kirche ragen vor uns in einen wolkenverhangenen Himmel. Der Jubel ist ohrenbetäubend laut.

Es ist so weit.

»Frau Hohenburg? Bitte.« Neben mir wird die Tür geöffnet und ein Mann im Anzug hält mir die Hand hin. Ich ergreife sie und klettere so elegant wie möglich aus der Kutsche. Der gepflasterte Boden ist mit einem dunkelroten Teppich ausgelegt. Kameras klicken. Mehrere Klatschreporter stehen hinter dem Flatterband und rufen mir zu. Ich entdecke das Kamerateam, das dieses Spektakel live ins Internet überträgt.

Ob er zusieht?, frage ich mich ganz plötzlich und hasse mich dafür. Ob er die Leere hinter meinem Dauergrinsen sieht? *Nein,* gebe ich mir selbst die Antwort. *Er sieht gar nichts, weil er mit Sicherheit Besseres zu tun hat, als im Scheißinternet eine Scheißhochzeit zu gucken.*

Die Menge wird laut. Vic ist aus der Kutsche gestiegen. Ich helfe ihr dabei, den Schleier zu ordnen. Sie sieht mich an und ich kann nicht anders, als sie in die Arme zu schließen. Die Paparazzi und Zuschauer seufzen auf. Aber ich tue das nicht für sie, sondern für uns.

»Ich bin bei dir, Vic. Für immer.« Ich flüstere es ihr ins Ohr, gut versteckt hinter meiner Hand, weil es völlig bekloppte Leute da draußen gibt, die uns unser Gespräch sonst von den Lippen ablesen und mit Untertiteln auf TikTok hochladen könnten.

»Das hier ändert nichts«, flüstert sie zurück. »Wir sind füreinander da. Für immer.«

Es beginnt leicht zu regnen. *Die Wolken weinen mit uns,* denke ich und wische mir eine Träne vom Gesicht, die bei Vics Worten begonnen hat über meine Wange zu rollen. *Livia Hohenburg verdrückt Freudentränen,* werden die Magazine schreiben. Aber es sind keine Freudentränen.

Vic winkt ein letztes Mal in die Menge und schaut dann zur hohen Tür des Doms. Ich gehe voraus, lächle Vics Vater zu, der am Eingang steht und Vic den Arm hinhält. Meine Finger umklammern den Strauß Ranunkeln, dessen Existenz ich fast vergessen hätte. Ich werfe meiner besten Freundin einen letzten Blick zu und gehe dann in Richtung Altar. Allein. Wie immer allein.

Streicher spielen irgendein klassisches Lied. Unzählige Köpfe drehen sich zu mir. Unzählige Augenpaare glotzen mich an. Und ich hasse das alles so sehr, dass ich die Blumen auf den Boden werfen und schreien möchte.

»Hey«, haucht mir Bennet zu, als ich den Platz neben ihm erreicht habe. »Wie geht's ihr?«

»Gut«, sage ich schlicht. Lippenlesen und so. Aber ich schaue Bennet eindringlich an, sodass er auch so versteht, dass *gut* gleich *beschissen* ist. Leander, der neben Bennet steht, starrt teilnahmslos in die Leere.

Die Musik verändert sich. Aus den zarten Streichern wird ein ganzes Orchester. Der Hochzeitsmarsch von Mendelssohn erklingt. Traditionell und klassisch. Nicht *Lover,* weil Taylor Swift eben nicht traditionell und klassisch genug ist.

Die Flügeltüren öffnen sich wieder. Ein Raunen geht durch die Menge, als Vic in ihrem ausladenden Prinzessinnenkleid den ersten Schritt auf den Altar zugeht. Eine sieben Meter lange Schleppe bedeckt das Schachbrettmuster des Kirchenbodens. Begeisterung leuchtet in den Mienen der Gäste auf. Ehrfurcht und Bewunderung. Überall. Nur nicht in der ersten Reihe. Hier schauen zwei Menschen dabei zu, wie ihre wilde beste Freundin von einem Käfig in den nächsten läuft. Und ein dritter, wie er seine große Liebe ein für alle Mal verliert.

Clément strahlt. Vics Lippen sind ebenfalls zu einem Lächeln verzogen, das nicht ihre Augen erreicht. Als das Brautpaar sich ansieht und sich die Hände reicht, stößt Leander ein Geräusch aus. Es ist ein leiser, kaum wahrnehmbarer Schmerzenslaut. Aber Vic hat ihn gehört, da bin ich sicher. Sie zuckt kurz zusammen, dreht sich jedoch nicht um. Ich starre nur auf ihren Hinterkopf und hoffe auf ein Wunder. *Jesus, Buddha, Schicksal. Kann irgendwer da oben bitte etwas machen, damit der Wahnsinn hier ein Ende hat? Komm schon, Jesus,* schiebe ich nach, da sein Eingreifen angesichts der Umgebung wohl am wahrscheinlichsten ist.

Natürlich passiert nichts. Vermutlich hat nicht mal Gott die Eier, gegen die Wiener High Society anzutreten.

Die Zeremonie zieht an mir vorbei, ohne dass ich viel davon mitbekomme. Der Pfarrer begrüßt die Gäste. Ein Kinderchor singt. Klassische Klaviermusik wird von einem Pianisten mit weißem Bart geklimpert. Wir stehen auf, setzen uns wieder.

Das Lächeln ist auf Vics Lippen festzementiert. Sie spielt alles mit, spielt eine perfekte Rolle. Mein Blick huscht immer wieder zu Leander, der jedes Mal blasser, jedes Mal kleiner aussieht. Der Pfarrer hält eine flammende Predigt über die Liebe, über das Gefühl, in einem Menschen ein Zuhause gefunden zu haben, und über die Liebe zu Gott.

Tränen brennen immer wieder in meinen Augen. Ich lasse sie

laufen, weil alle, die hier sitzen, ohnehin so verblendet sind, dass nichts außer Freudentränen für sie in Betracht kommt.

»Gott ist bei Ihnen. Er ist der Gott Ihres Lebens und Ihrer Liebe. Er heiligt Ihre Liebe und vereint Sie zu einem untrennbaren Lebensbund. Ich bitte Sie zuvor, öffentlich zu bekunden, dass Sie zu dieser christlichen Ehe entschlossen sind.« Der Pfarrer schaut Vic und Clément aufmunternd an.

Jetzt kommt der Höhepunkt.

Oder der Tiefpunkt. Wie man's nimmt.

Bennet drückt meine Hand.

Leander keucht.

Vic dreht das Gesicht zu uns und ihr Blick findet meinen. *Hilf mir,* scheinen ihre Augen zu flehen. *Hilf mir, damit ich das hier hinkriege, ohne abzustürzen.*

Ich versuche alles, was ich am liebsten schreien würde, in meinen Blick zu legen. Erneut ertönt Klaviermusik und eine Idee durchzuckt mich, rauscht durch meine Adern und vibriert in jeder meiner Zellen. Ich traue mich nicht über das Was-wäre-wenn nachzudenken, denn dann würde mich der Mut verlassen. Also nicke ich Vic zu und lasse mich von meinen Louboutins zum Flügel tragen. Das laute Echo meiner Absätze hallt von den hohen Domwänden wider.

Das hier gehört nicht zum Protokoll. Das hier gehört nicht zum Repertoire der Livia-Hohenburg-Puppe, die an Fäden hängt. Das hier bin ich und ich tue es für Vic.

Die stechenden, schockierten Blicke der Hochzeitsgesellschaft durchbohren mich. Niemand sagt etwas. Draußen vor den Bildschirmen werden die Leute nicht wissen, was abgeht, und mit offenen Mündern den Livestream verfolgen, weil Livia Hohenburg sich verflucht noch mal nicht an die Regeln hält.

»Darf ich?«, frage ich den steinalten Pianisten, der eine erschreckende Ähnlichkeit mit Gandalf aufweist, und deute auf den Samthocker.

»Ähm, verzeihen Sie bitte, ich …« Etwas hilflos schaut er zum Pfarrer, dann zum Brautpaar.

Vic lächelt und dieses Mal ist es echt. Sie nickt und Gandalf erhebt sich – nicht ohne missbilligend den Kopf zu schütteln.

Ich lächle meine beste Freundin mit all meiner Liebe für sie an und lasse mich auf den Hocker sinken. In einer sanften Bewegung streichen meine Fingerkuppen einmal über die weißen Tasten. Zwei Jahre ist es her, dass sie einem Klavier irgendwelche Töne entlockt haben. Ich schließe die Augen. Lege meine Hände auf die Klaviatur und atme einmal tief durch.

Zaghaft und leise spielen meine Hände die ersten Akkorde. *We could leave the Christmas lights up 'til January.* Die Töne von *Lover* fluten den Raum. Niemand scheint auch nur einen Atemzug zu nehmen, mein Herz klopft und meine Finger beginnen zu tanzen. Tränen rollen über meine Wangen und dennoch kann ich meine Lippen nicht davon abhalten zu lächeln. Das Lied, die Musik werden von meinen Händen aufgesogen und nehmen jeden Winkel meines Körpers, meiner gesamten Seele ein. Gott, habe ich das vermisst. Mit jedem gespielten Ton schießt eine weitere Erinnerung durch meinen Kopf. Meine Mutter, mein Vater, Nora, Vic und ich und Nick. Immer wieder Nick. Es ist, als würde er neben mir sitzen und lächeln und sagen: *Siehst du, Liv? Du kannst doch mehr sein.* Als würden unsere dunklen Seelen miteinander tanzen und dabei auf wundersame Weise diesen strahlend hellen Rhythmus erschaffen.

Irgendwann öffne ich die Augen und schaue direkt in die von Vic. Nick und all die anderen Erinnerungen lösen sich schlagartig auf und nur sie bleibt. *Das ist für dich,* singen die Töne. Ein freier Moment in einem gefangenen Leben.

Irgendwann endet das Lied, aber ich spiele leiser weiter und nicke ihr zu. *Du schaffst das. Ich bin bei dir.* Vic nickt ebenfalls und wendet sich dem Pfarrer zu.

Dieser räuspert sich. »Ich bitte Sie nun, öffentlich zu bekunden, dass Sie zu dieser christlichen Ehe entschlossen, sind«, wiederholt er seinen letzten Satz, den die meisten aufgrund meiner ungeplanten Showeinlage wahrscheinlich vergessen haben.

Das Brautpaar hält sich an den Händen und schaut sich tief in die Augen. Meine Finger spielen und spielen.

»Also frage ich Sie, Clément Jean Bellegarde: Sind Sie hierhergekommen, um nach reiflicher Überlegung und aus freiem Entschluss mit Ihrer Braut Victoria den Bund der Ehe zu schließen? Dann antworten Sie bitte mit Ja.«

»Ja«, sagt Clément. Laut und deutlich und voller Überzeugung.

»Wollen Sie Ihre Frau lieben und achten und ihr die Treue halten alle Tage ihres Lebens?«

»Ja.«

»Dann frage ich nun Sie, Victoria Jolanda Everhofen: Sind Sie hierhergekommen, um nach reiflicher Überlegung und aus freiem Entschluss mit Ihrem Bräutigam Clément den Bund der Ehe zu schließen? Dann antworten Sie ebenfalls mit Ja.«

Gleich wird sie antworten. Nur durchs Spielen kriege ich es hin, nicht völlig durchzudrehen. Sie wird Ja sagen, dann ist es vorbei. Ich schaue sie an wie jeder Einzelne in diesem Raum und warte darauf, dass diese eine, alles verändernde Silbe ihren Mund verlässt.

Die Sekundenbruchteile dehnen sich zu Stunden

zu Tagen

zu Jahren.

Gleich wird sie es sagen. Gleich wird sie …

Aber Vic sagt nichts. Meine Finger versteifen sich und ein letztes Fis erklingt. Die Stille breitet sich in Windeseile zwischen den Sitzreihen aus. Sie schaut weg von Clément, erst zu mir, dann zu …

Etwas in ihren Gesichtszügen verändert sich. Sie öffnet die Lippen und sagt etwas.

Auch nur eine Silbe, auch alles verändernd.

»Nein.«

Es ist nur ein Hauchen, nur ein wackeliges Flüstern. Aber es schlägt ein wie eine Bombe. Die Menge wird unruhig. Köpfe drehen sich fragend umher. Hände werden schockiert vor offene Münder geschlagen. Geflüster wird laut. *Hat sie wirklich Nein gesagt? O mein Gott, das wird sie ruinieren. So eine schöne Braut, leider völlig durchgeknallt.* Mein Herz flattert und ich schaue staunend zu meiner besten Freundin, die jetzt ihre Hände von Cléments gelöst hat.

»Victoria!« Ein helles, aufgebrachtes Quietschen. Ihrer Mutter fällt alles aus dem Gesicht. Das Getuschel wird lauter. Clément weiß nicht, wie ihm geschieht, und guckt Hilfe suchend zum Pfarrer, als könnte der irgendwas an dieser Situation verändern.

»Ähm, wie bitte? Frau Everhofen?« Der Geistliche kratzt sich etwas hilflos am Kopf.

»Nein«, wiederholt sie jetzt und schaut Leander direkt in die Augen. Sein Blick ist schockiert, sein Mund leicht geöffnet, als könnte er wie wir alle nicht glauben, was hier passiert.

»Victoria!« Wieder das schrille Kreischen ihrer Mutter. »Das meinst du nicht ernst. Du weißt nicht, was du da sagst.«

»Ich weiß ganz genau, was ich sage.« Sie richtet sich an ihre Eltern. Ihre Stimme ist klar und schwebt für jeden hörbar über das Kirchenschiff. »Ich sage Nein. Ich heirate heute nicht.«

Ihre Eltern werden beide kreidebleich. Ihre Mutter schwankt leicht und muss sich an der Lehne der Bank festhalten. Ihr Vater schüttelt unentwegt den Kopf, wie ein trauriger Wackeldackel, der das alles nicht wahrhaben will.

»Clément, es tut mir leid.« Vic lächelt den völlig verdatterten Bräutigam bedauernd an. »Aber ich will nicht mehr Angst vor dem Absturz haben. Also springe ich jetzt.«

Und dann sprintet sie los.

Die Sieben-Meter-Schleppe weht hinter ihr her. Sie rennt den Gang entlang auf die riesige Flügeltür zu, der Freiheit entgegen, und lacht. Lacht aus vollem Herzen. Wild und ungezähmt, wie Wild Vicky es eben ist.

Die Tür fällt krachend ins Schloss. Niemand bewegt sich. Die Elite Wiens befindet sich in Schockstarre. Ich kann nicht anders, als zu grinsen.

»Worauf wartest du, Alter?« Bennet hat sich offenbar gefangen und verpasst Leander, der wie zu Stein erstarrt dasteht und Vic nachschaut, einen Seitenhieb.

»Jetzt mach schon. Hinterher.« Damit erwecke ich ihn zum Leben.

»Hat sie gerade wirklich … hat sie …?«

»Ja, hat sie. Also los!«

Das ehrlichste Lächeln, das ich je auf seinem Gesicht gesehen habe, breitet sich auf seinen Lippen aus und nur einen Wimpernschlag später rennt er los.

Ich schaue ihm nach. Stolz schwillt in meiner Brust an und Glück und noch etwas anderes, das ich nicht greifen kann.

»Sie ist so mutig«, sagt Bennet leise, während um uns herum die Welt untergeht.

»Sie ist unglaublich«, stimme ich zu. »Sie hat sich befreit. Sie hat einen Ausweg gefunden.« *Sie ist gesprungen, statt am Abgrund zu warten.* Die Wahrheit trifft mich unvorbereitet, aber da ist kein mich umnietender Schmerz, sondern eine bahnbrechende Erkenntnis.

Und auch ich renne los.

36. KAPITEL

GLÜCKSGESCHMACK-WORTE

NICOLAS

»Nein.«

Warte, was? Ich setze mich in meinem viel zu großen Kingsize-Bett auf und rutsche näher an den Laptop heran. Hat sie gerade wirklich …?

»Nein«, wiederholt Vic jetzt deutlicher. Mir klappt der Mund auf. Den Gästen in der Kirche auch. Ich kann nicht fassen, was da gerade passiert. Ich habe mich doch eben erst von Livia am Klavier und ihrer so heftig präsentierten Verletzlichkeit erholt. Und jetzt das?

Eine Frau in der ersten Reihe – ich glaube, es ist Vics Mutter – wird völlig hysterisch. Die Moderatoren, die alles mit einem Voiceover für den Stream kommentiert haben, stammeln unbeholfen herum.

»Die Braut, sie …«

»Äh … was … äh …«

Die Kamera weiß nicht, wo sie hinschwenken soll. Sie zoomt zu Vic, zu ihren Eltern, zu Clément, der aussieht, als würde er gleich in Ohnmacht fallen. Er tut mir echt leid. Dann fängt sie Livia ein. *Fuck*, sie ist so unfassbar schön. Dieses dunkelblaue Kleid, ihre langen glänzenden Haare, doch am schönsten ist das pure, unverstellte Lächeln, das sie versucht zu verbergen. Und da ist Leander, der regungslos zu Vic schaut.

»Clément, es tut mir leid«, höre ich Vic wieder sagen und dann rennt sie. Rennt in einem Affenzahn und mit lautem Gelächter den Gang entlang.

Ich starre auf den Bildschirm. Was zur Hölle?

»Die Braut läuft aus der Kirche. Markus, damit habe ich nicht gerechnet«, sagt die Moderatorin verblüfft. *Ich auch nicht*, gebe ich ihr recht.

Die Kamera filmt random Gäste und Clément, der allein vor dem Altar steht und mit dem Pfarrer diskutiert. Plötzlich kommt es zu einem weiteren Aufschrei in der (ehemaligen) Hochzeitsgesellschaft.

»Oh, ist das Leander von Traun, der der Braut hinterherläuft?«, fragt Markus, der High-Society-Experte.

Oh yes, das ist er. Ich grinse in mich hinein und mache eine Siegerfaust.

»Liebe Zuschauerinnen und Zuschauer, die Ereignisse im Stephansdom überschlagen sich. Nach der Braut ist nun auch Leander von Traun aus der Kirche geflohen.« Die Reporterin räuspert sich unbeholfen. »Wir wissen nicht, was genau hier vor sich geht.«

Aber ich weiß es. Victoria Everhofen hat sich kurz vor knapp entschieden, das Spiel nicht mehr mitzuspielen. *Game Over.* Und dabei haben wir alle gedacht, das wäre gar nicht möglich.

»Da regt sich noch etwas«, sagt die Moderatorin plötzlich. »Das ist doch …«

Livia!

Ich springe so schnell vom Bett auf, dass ein goldenes Kissen auf den Boden rutscht. Livia rennt den Gang entlang. Mein Herz rast hinter meinen Rippen, als ich den Ausdruck auf Livias Gesicht sehe.

Die Fassade ist weg.

Die Mauern gesprengt.

Was übrig bleibt, ist ein brutal ehrliches Lächeln und schlagartig weiß ich, dass ich mich getäuscht habe. Sie ist nicht verloren.

Und vielleicht sind wir es auch nicht.

LIVIA

Der Regen peitscht mir ins Gesicht, sobald ich aus der Kirchentür trete. Eigentlich müsste ich in meiner dünnen Jacke ziemlich frieren, aber ich bin zu euphorisiert, um irgendwas davon mitzukriegen.

Die Schaulustigen kreischen. Mehrere Finger deuten auf mich. *Mit so einer Show hättet ihr wohl nicht gerechnet, was?* Hektisch schaue ich mich um. Suche nach einer Tonne weißen Stoffs, aber sehe sie nirgendwo.

Eine Windböe packt mich, zerrt an meinen Haaren, sodass zerzauste Strähnen mir die Sicht nehmen. Wo zur Hölle ist Vic? Und wichtiger: Wo ist Leander? Ich bin mir sicher, dass er weiß, wo Nick steckt.

Kameras klicken. Morgen werde ich auf den Klatschseiten dieser Stadt auftauchen. Mit vom Regen zerlaufenem Make-up und einer völlig ramponierten Frisur. Es juckt mich nicht. Es ist mir tatsächlich vollkommen egal und das fühlt sich wahnsinnig gut an.

»Livia!«, kreischen die Reporter. »Livia, was ist passiert?« und: »Livia, was hat Ihre Freundin jetzt vor?«

Mein Blick zuckt zu einer besonders laut schreienden Journalistin, und ohne über die Folgen nachzudenken, renne ich auf sie zu. Ihre Augen weiten sich und einen Herzschlag später habe ich ein Mikrofon vor der Nase.

»Livia, können Sie uns und den Zuschauenden –«

»Nein«, unterbreche ich sie. »Ich habe keine Zeit für Ihre dämlichen Fragen.« Gott fühlt sich das gut an, so mit ihr zu reden. Die Reporterin schluckt und schaut mich verdattert an. »Wo ist Vic hingelaufen? Haben Sie das gesehen?«

Sie glotzt nur mit offenem Mund.

»Hallo?« Ich habe für dieses Gestarre und Gestammel absolut keine Geduld. »Wohin ist die Braut verschwunden? Sie ist vor nicht mal zwei Minuten hier raus. Sie kann unmöglich weit weg sein.«

»Limousine«, bringt sie leise hervor.

»Limousine? Wo?«

Mit einem bebenden Finger deutet sie die Straße runter auf eine Menschentraube. Jetzt, wo ich genauer hinsehe, erkenne ich, dass sie einen schwarzen Wagen umzingeln.

»Danke.« Ich lächle sie an, ziehe mir daraufhin meine Pumps von den Füßen und drücke sie ihr in die Hand. »Ist Größe 38. Vielleicht passen sie Ihnen.«

Dann renne ich. Ich sprinte barfuß mit Vollspeed den Stephansplatz entlang. Durch Pfützen über Pflastersteine. Mit Regen überall auf meiner Haut und einem Freiheitsgefühl darunter.

Menschen rufen mir zu, große Kameralinsen sind direkt auf mich gerichtet und trotzdem renne ich weiter, immer weiter.

»Darf ich mal durch?«, schreie ich, als ich die Menschentraube erreiche. »Machen Sie verflucht noch mal Platz!«

Tatsächlich springen die Leute beiseite. »Das ist Livia Hohenburg«, höre ich sie murmeln.

»Ja, das bin ich, also gehen Sie mir jetzt aus dem Weg.« Endlich erreiche ich den Wagen, der wie ein Stück Fleisch von einer Schar Fliegen befallen ist.

Ich klopfe ans Fenster. »Ich bin's. Macht auf.«

Winterjacken und darin steckende Körper rücken mir auf die

Pelle. »Sie macht gleich die Tür auf«, höre ich. »Ist da jetzt echt die Braut mit ihrem Lover drin?«

Ich wirble herum. »Wenn irgendjemand von Ihnen auch nur einen Funken Anstand hat, gehen Sie jetzt alle zwei Schritte zurück und lassen mich mit meiner besten Freundin reden. Und wenn nicht, kann ich für nichts mehr garantieren.«

Die Leute weichen zurück. Ich hämmere wieder an die Scheibe.

»Jetzt macht die Scheißtür auf.«

Die Limousinentür öffnet sich daraufhin einen Spaltbreit. Ich reiße daran, springe auf die Rückbank und schließe sie wieder, bevor mir einer dieser Geier folgen kann.

»Hi.« Leander empfängt mich mit dem breitesten Grinsen, das man sich vorstellen kann.

»Hi. Dein Lippenstift ist verschmiert.« Ich deute auf seinen Mund, der über und über mit rosa Farbe versehen ist.

»Liv. Was ist los?« Vic, deren Wangen verdächtig gerötet sind, sieht mich besorgt an. Ihr Kleid ist durchnässt und mit braunen Schlammflecken übersät.

»Was los ist?! Ich weiß nicht. Die Hochzeit des Jahres wurde abgesagt und meine beste Freundin ist aus der Kirche getürmt, aber was soll schon los sein?«

»Ich musste es tun.«

»Und ich bin froh darum.« Ich greife über Leanders Beine und drücke ihre Hand.

Sie lächelt. »Morgen wird die Hölle über uns hereinbrechen, was?«

»Die Hölle ist auch nicht schlimmer als das, was wir schon erlebt haben.« Leander gibt ihr einen Kuss aufs Haar.

»Wo ist er?«, frage ich geradeheraus. »Ich bin sicher, dass du weißt, wo er ist, Leander. Also spuck's aus.«

»Meinst du Nick?«

Ich rolle mit den Augen. »Nein, den Weihnachtsmann. NATÜRLICH MEINE ICH NICK.«

»Ritz-Carlton.«

»Moment.« Das kann nicht wahr sein. Ich starre ihn an. »Das Ritz-Carlton Wien? Er war die ganze Zeit hier?«

»Klar, dachtest du, er ist nach Amerika abgehauen?«

»Ehrlich gesagt ja.« Ich schüttle fassungslos den Kopf. Er ist in Wien. So nah und ich habe meinen Shit nicht geregelt bekommen. »Wie weit ist das von hier?«

»Knapp einen Kilometer.« Leander zuckt mit den Schultern. »Ich musste ihm versprechen, dir nicht zu sagen, wo er ist, aber ich hätte es trotzdem getan. Du hast nur nie gefragt, Queen.« Er zieht sein iPhone aus seiner Hosentasche, tippt darauf herum und reicht es mir. Google Maps ist geöffnet. Blaue Punkte schlängeln sich von unserem Standort zu dem Hotel in der Nähe des Stadtparks. Ein Kilometer und vierzehn Minuten zu Fuß. Vielleicht weniger, wenn ich renne.

»Na los, Liv. Worauf wartest du noch?« Vic zwinkert mir zu.

»Ja, schwing deinen Hintern hier raus, Hohenburg, oder du wirst gleich live mitbekommen, wie wir –«

»Schon gut.« Ich kichere und wende mich Richtung Limotür. »Wir sehen uns in der Hölle.«

Ich öffne die Tür, springe aus dem Wagen und werfe sie mit aller Kraft wieder zu. Der Regen verschleiert mir die Sicht. Meine nackten Füße sind angesichts der Eiseskälte mittlerweile taub. Aber es könnte mir nicht egaler sein. Ich sprinte los, raus aus der Menschenmenge, die Kärntner Straße entlang.

Ein Kilometer.

Eintausend lächerliche Meter trennen mich von ihm und jeder einzelne fühlt sich an wie zehn.

Plötzlich hält ein Taxi neben mir. »Kann ich Sie irgendwo hinfahren?«, fragt eine junge Fahrerin durch ein geöffnetes Fenster.

Ich ringe nach Luft. Der Februarwind sticht in meiner Lunge. Meine Füße schmerzen. »Kein Geld.« Ironischerweise ist das die Wahrheit. Livia Hohenburg hat gerade keinen Cent bei sich.

»Egal.« Sie lächelt. »Sie sehen aus wie jemand, der Hilfe brauchen könnte.«

»Sie meinen, ich sehe aus wie jemand, der völlig durchgeknallt ist? Haben Sie keine Angst, dass ich Sie erwürge oder so?«

»Ich glaube, eine Würgerin würde keinen Schmuck von Tiffany tragen, also gehe ich das Risiko mal ein.«

»Danke.« Ich schenke ihr ein Lächeln, springe auf den Beifahrersitz und nenne ihr die Adresse.

Sie nickt und fährt los.

Wenige Minuten später hält sie vor einem imposanten Bauwerk mit verschnörkelten Fassaden. *Ritz-Carlton* prangt in leuchtend weißen Buchstaben über dem Eingang. Eine Landesflagge flattert geräuschvoll im eiskalten Wind.

»Tausend Dank«, sage ich an die Fahrerin gerichtet. »Wenn Sie mir Ihre PayPal-Adresse geben, überweise ich Ihnen gerne etwas Geld. Oder wollen Sie die Kette?« Ich fasse mir an den Hals.

Sie lacht auf. »Schmarrn.«

»Okay«, sage ich und plötzlich wird meine Kehle ganz eng. »Dann auf Wiedersehen.« Sie nickt mir zum Abschied zu und ich öffne die Tür. Die Blicke dick eingemummelter Passanten bleiben an mir und meinem ramponierten Zustand haften. Ich versuche sie auszublenden und starre nur auf das Kopfsteinpflaster unter meinen nackten Füßen.

Mein Herz rast in meiner Brust und auf einmal zittere ich doch. Ich weiß nicht, was ich ihm sagen soll. Wie soll ich erklären, warum ich jetzt anderer Meinung bin? Wie soll er mir verzeihen, was ich im Whirlpool getan habe?

»Liv, bist du bescheuert?«

Mein Blick zuckt hoch und mein Herz setzt aus. Er steht in der Tür des Hotels. Schock im Gesicht.

»Du hast keine Schuhe an. Du wirst dir den Tod holen.« Er eilt auf mich zu, zieht im Gehen seine Jacke aus und legt sie über meine Schultern.

»Wolltest du gerade weg?«, frage ich bibbernd.

Er lacht leise. »Ich wollte zum Stephansdom. Ich habe gesehen, was passiert ist.«

Er wollte zum Stephansdom. Er hat gesehen, was passiert ist. Ich höre, was er sagt, aber ich begreife den Sinn seiner Worte nicht.

»Nick, ich … es tut mir leid, ich …« Die Kälte umschlingt meine Stimme und lässt meine Zähne klappern.

»Mir tut es leid, alles … ich … war …«, stottert er jetzt ebenfalls.

»Ich weiß.« Tränen sammeln sich in meinen Augen und vermischen sich mit den Regentropfen, die unentwegt meine Wange hinabrollen.

»Nein.« Er sieht mich an. Mit seinen sommergrauen Augen, in denen alles schwimmt, wonach sich meine geschundene Seele sehnt. Warme Hände umfassen mein Gesicht. »Ich weiß, dass ich nie wiedergutmachen kann, was ich dir angetan habe … Ich habe dein Vertrauen missbraucht, ich habe dich verlassen …« Seine Worte drohen abzuknicken. »Ich kannte nur diesen Weg, verstehst du?«

»Ist okay«, sage ich und komischerweise meine ich es so.

»Okay? Bist du bekloppt?« Er sieht mich fassungslos an. »Ich habe dein Leben zerstört, ich habe –«

»Psssst.« Mein Zeigefinger landet auf seinen Lippen. »Ich bin dir verfallen, du Idiot. Hoffnungslos, masochistisch und vielleicht ein bisschen bekloppt.« Die Worte schmecken nach Glück und ich weiß, dass sie wahr sind.

»Es tut mir leid«, wiederholt er. »Das war immer mein Weg, verstehst du? Es war einfach. Und dann bist du gekommen und hast alles durcheinandergebracht.« Er sieht mich so eindringlich an, dass mein Brustkorb mit Sicherheit gleich explodiert.

»Du auch«, gebe ich zurück. »Ich habe wirklich geglaubt, dass mein Leben vorbestimmt ist, und dann kamst du und hast Chaos angerichtet.«

Sein Blick glüht und ich glühe auch. Weil uns beiden in diesem Moment bewusst wird, dass wir, er wie ich, in einer Welt voller Dunkelheit gelebt haben. Alles finster, alles schwarz. Bis der jeweils andere kam und das Licht angeschaltet hat.

»Es macht mir eine Scheißangst«, sage ich. »Wirklich, Nick, ich habe keine Ahnung, was als Nächstes passiert, aber ich bin jetzt bereit, verstehst du?«

»Bereit, dich ins Chaos zu stürzen?« Sein rechter Mundwinkel hebt sich.

»Bereit zu springen«, sage ich und denke an Vic. »Wenn du das auch willst?«

»Heißt das, dass du mir doch vertrauen kannst? Dass du mir verzeihen kannst?« Seine Stimme ist zerbrechlich, als würde sie jeden Moment in sich zusammenfallen.

Ich schaue ihn an. Schaue in diese Augen, die ich nie vergessen konnte, und ich kenne die Antwort auf seine Frage sofort.

Nie

nie

nie

in

tausend

Jahren

hätte

ich

gedacht

… dass ich ihm doch verzeihen kann.

»Ja«, flüstere ich. »JA!«, schreie ich und dann springe ich. »Und Scheiße, ich liebe dich auch.« Noch mehr Glücksgeschmack auf meinen Lippen.

Dann Nicks Geschmack.

Er küsst mich so drängend, so befreit, dass ich glaube zu schweben. Dass ich glaube zu fliegen. Und das nach all der Zeit, in der ich glaubte zu fallen, ohne jemals aufzuschlagen.

Lippen, Zungen und immer wieder »Liv, Liv, Liv«. Ich schlinge die Arme um seinen Hals, seufze auf und erwidere seinen Kuss mit all den wunderbaren Gefühlen, die in meinem Inneren toben. Regentropfen wirbeln vom Wind gepackt um uns herum. Landen auf Haar und Haut.

Chaos, Chaos überall. Aber es macht mir keine Angst mehr.

»Ich liebe dich«, sage ich noch mal in unseren Kuss hinein. Weil es sich so großartig anfühlt. Weil es die *fucking* Wahrheit ist.

Ich verzeihe.

Ich vertraue.

Ich verlasse die Dunkelheit.

37. KAPITEL

ZWEI SCHWARZHELLE HERZEN

LIVIA

Ohne unseren Kuss zu unterbrechen, hebt er mich hoch. Raus aus dem Unwetter, rein in seine Arme. Ich kriege von unserer Umgebung nicht mehr viel mit, aber glaube, eine Treppe hoch und an einer Rezeption vorbei getragen zu werden. Es hätte auch ein Bordell oder ein Fußballstadion sein können, es hätte mich nicht interessiert. Ich schließe die Augen und vergrabe mein Gesicht an der Stelle über seinem Schlüsselbein. Seine Arme umschließen mich und geben mir den einzigen Halt, den ich jemals hatte. In jeglicher Hinsicht.

Huch. Als ich plötzlich den Boden unter meinen Füßen spüre, taumle ich. Benebelt von Nicks Nähe brauche ich einige Herzschläge, bis mein Verstand kapiert, dass ich mich in einem Hotelzimmer befinde.

»Zurück im Cinderella-Märchenschloss.« Bei seiner Anspielung auf seinen Einzug in das Hohenburg-Apartment würde ich vielleicht kichern, wenn meine Lippen nicht beinahe vibrieren würden. »Das Bad hat sogar goldene Wasserhähne.« Er grinst kurz, dann betrachtet er mich länger und Besorgnis furcht seine Stirn. »Scheiße, du zitterst ja.«

Oh, er hat recht. Ich zittere wirklich und nicht gerade wenig. Mir ist verflucht kalt, aber irgendwie ist es, als wäre die Kälte von mir abgespalten.

»Egal«, sage ich deshalb und beiße die Zähne zusammen, damit sie nicht klappern. »Ich will dich spüren.« Ich will mich in ihn hineinfallen lassen, mit ihm verschmelzen, mich ihm hingeben mit allem, was ich habe. Ich will es wirklich. Ohne Zweifel, ohne Kampf, ohne Bereuen. Nur Fühlen.

Endlich.

Ich drücke mich an ihn und presse meine Lippen auf seine. Liebe, Liebe, Liebe hüpft in meiner Brust. Er zieht mich näher, küsst mich wieder. Zart und hungrig zugleich. Seine Hände wandern über meine eisige Haut und tauen sie auf.

»Das hier ist echt, oder?«, fragt er schnell atmend in den Kuss hinein. »Dieses Mal sind wir ganz echt?«

»Wir sind echt.« Ein befreites Keuchen entkommt meinem Mund. Aber es stimmt. Da sind keine Lügen mehr. Keine Geheimnisse oder hochgezogenen Mauern.

Nick seufzt bei meiner Antwort auf und küsst mich, wenn möglich, noch inniger. Seine Zunge spielt mit meiner. Seine Hände halten mich, halten mich fest. Zwischen meinen Beinen zieht es verlangend und ich drücke mein Becken gegen seins.

»Nick, ich …«, versuche ich das, was in mir vorgeht, irgendwie in Worte zu fassen. Das hier ist anders als auf dem Pokertisch und anders als in der Kammer von Vics Verlobungsparty. Das hier ist eher ein Waldhütten-Kaminfeuer-Moment. Es geht nicht um Lust. Doch, okay, es geht auch um Lust. Aber vielmehr geht es um diesen unbändigen Drang danach, eins mit ihm zu werden. Auf jede erdenkliche Weise.

Ein Herzschlag.

Ein Hautkribbeln.

Ein brennendes Verlangen.

Ein Einander-nackt-Sehen. Ohne Kleidung, ohne Mauern.

»Aber du bist eiskalt.« Er fährt einige Male mit seinen Händen über meine Schultern.

»Mir wird gleich wärmer.« *Küss mich nur weiter und zieh mir dieses nasse Kleid aus.*

»Ich habe eine Idee.« Ein Lächeln fällt in unseren Kuss hinein und er hebt mich ein weiteres Mal hoch, dieses Mal jedoch sind meine Beine um seine Hüften geschlungen. Ich spüre ihn an meiner Mitte. Ich spüre ihn in jeder Zelle meines Körpers, der sofort mit einer ungestümen Heftigkeit darauf reagiert.

Er trägt mich nur wenige Meter durch den Raum ins Bad und setzt mich auf einem breiten Waschtisch ab – den tatsächlich ein goldener Wasserhahn ziert. Dann lässt er von mir ab, tritt einen winzigen Schritt zurück und betrachtet mich. Das Leuchten, das daraufhin in seine Augen tritt, lässt mich in Flammen aufgehen. Es ist Bedingungslosigkeit. Pure, rohe Hingabe.

»Du bist wunderschön.« Er schüttelt leicht den Kopf, als könnte er immer noch nicht fassen, dass das hier die Wirklichkeit und kein Traum ist. Ich kann es ihm nicht verdenken. Er küsst Wangen, Augen, Hals, dann wieder Lippen.

»Ich sehe komplett fertig aus«, kichere ich. »Ich bin ohne Schuhe durch den Regen gerannt.« Aber ich glaube ihm trotzdem. Weil es nicht um die klassische Schönheit geht. Es geht um mehr.

»Das macht dich nur noch schöner.« Er vergräbt seine Finger in meinem nassen, zerzausten Haar. Mein Herz klopft so laut, dass es bestimmt gleich aus meinem Brustkorb springt und auf dem grauen Fliesenboden landet.

Nicks Lippen gehen auf Wanderschaft und hinterlassen eine Spur aus heißem Prickeln auf Hals, Schlüsselbein, Brust und Bauch und schließlich fährt er in hauchzarten Berührungen über meine transparente Strumpfhose.

»Liv?« Sein Flüstern vibriert auf meiner Haut und schießt Blitze in meinen Unterleib.

Ich werfe meinen Kopf zurück und keuche. »Hm?«

»Ich will dich ausziehen. Fuck, ich will es unbedingt.«

»Dann tu es«, fordere ich und wimmere eine Sekunde später auf, als seine Küsse meinen Oberschenkel hinaufwandern. Schließlich verhakt er seine Finger im Gummibund und zieht meine Strumpfhose quälend langsam nach unten. Unter seinen dunkler werdenden Augen kocht mein Blut. Mein Atem geht stoßweise. Meine Finger verkrampfen sich am Rand der Armatur.

Er geht vor mir auf die Knie und hält meinen Blick.

Er küsst meine Waden und hält meinen Blick.

Er küsst die Innenseite meiner Oberschenkel und hält meinen Blick.

Er küsst auf brutalste Weise sanft meine Mitte und ich schaffe es nicht mehr, ihn anzusehen. Mein Kopf zuckt zurück und ich stoße einen heiseren Laut aus, der zu einem erstickten Schrei wird, als Nick über die Stelle leckt, die mich völlig wahnsinnig macht. Das Verlangen rauscht durch meinen Körper, entfesselt alles, was ich je zurückgehalten habe. Nick geht es nicht anders. Er stöhnt an meiner Mitte, stöhnt in mich hinein.

Jeder meiner Muskeln ist vor Lust gespannt. Sterne tanzen vor meinen Augen und ich verliere den Kontakt zu mir selbst. Bestehe nur noch aus Verlangen und Feuer und dem Wunsch, ihm nah zu sein. Er leckt weiter, entfacht ein Inferno und bringt mich auf den höchsten Gipfel meiner Erregung. Alles in mir sehnt sich nach Erlösung. Doch dann …

… lässt er von mir ab und richtet sich auf.

»Bitte«, flehe ich. Denn dieser Abstand zwischen uns, auch wenn es nur wenige Zentimeter sind, ist un-er-träg-lich.

Er lächelt ein vor Begehren gebrochenes Lächeln. Sieht mich wieder an. Seine Brust hebt und senkt sich in einem schnellen, unregelmäßigen Rhythmus.

Ich ertrinke im Dunkelgrau seiner Augen.

Kein Sommergrau.

Ein Ich-will-dich-mit-Haut-und-Haaren-Grau.

Ein Ich-will-alles-von-dir-auch-die-Schattenseiten-Grau.

»Nick?«, bringe ich schließlich hervor. »Ich will dich. Alles von dir. Ich will mit dir einschlafen und aufwachen und mit dir einen Ausweg aus der Scheiße finden, die mein Leben ist.« Plötzlich muss ich schlucken, denn meine Kehle und mein Brustkorb sind dieses Maß an Liebe und Zuversicht nicht gewohnt.

»Ich will herausfinden, wer ich in dieser Welt sein kann. Mit dir gemeinsam.« Nick streckt eine Hand aus und streicht mit einem Daumen über meine Wange.

»Und ich will jetzt ganz dringend mit dir schlafen«, sage ich, weil ich es keine Sekunde länger aushalte, es nicht zu tun.

»Fuck, Liv. Du ahnst nicht, wie sehr ich das auch will.«

Eine halbe Millisekunde später umfasst er in einer leidenschaftlichen Bewegung meinen Hintern und zerrt mich vom Waschtisch. Mir ist schwindelig vor Lust. Plötzlich rauscht heißes Wasser auf mich herunter und spült den Rest Kälte von meiner Haut. Ich glaube, dass er meinen Rücken an die Duschwand presst, seine Lippen mit meinen verschmolzen. Der Boden unter meinen Füßen wankt. Seine Hände fahren gierig über meinen Körper, zerren an den Trägern auf meinen Schultern und am Reißverschluss meines Kleids.

Er ist nicht länger zurückhaltend. Nicht länger sanft und quälend zärtlich. Er handelt nur noch nach den Impulsen, die uns beide in der Hand haben.

Mein haltloses Keuchen verliert sich an den Wänden des Bads, aber Nicks Erektion so nah an meiner Mitte zu spüren, lässt mich durchdrehen. Und doch ist sie nicht nah genug. Mit bebenden Fingern zerre ich am Gürtel seiner Hose, bis sie auf dem nassen Boden der Dusche landet. Genau wie sein T-Shirt, mein Kleid.

In klatschnasser Unterwäsche küssen wir uns unter dem heißen Wasserstrahl der Dusche. Hände überall, Lippen überall, Feuer überall. Ich fahre über seine Härte, entlocke ihm ein Stöhnen, bei dem beinahe meine Beine unter mir wegsacken.

Ich.

Kann.

Nicht.

Mehr.

Also kralle ich meine Nägel in seine Boxershorts und will sie endlich, endlich herunterziehen, damit uns nichts mehr trennt.

»Warte, Liv«, sagt er leise.

Warten? Nein, wieso warten? Ich will nicht mehr warten.

»Wenn du das jetzt machst, kann mich nichts mehr davon abhalten, in dich …« Der Rest des Satzes fällt zwischen uns zu Boden, so wie ich es gleich tun werde, wenn er nicht bald …

»Was machst du?«

Er tritt aus der Dusche heraus, kramt in einem Kulturbeutel, der auf dem Waschtisch liegt, und zieht eine Kondompackung hervor.

»Oh, ach ja«, sage ich. Ups, da war ja was. Er kommt mit schnellen Schritten zurück, zieht seine Boxershorts aus und rollt sich das Kondom über.

»Liv, du musst dringend diese Unterwäsche loswerden«, knurrt er. »Auch wenn du in schwarzer Spitze verdammt gut aussiehst.«

»Soll ich sie dann nicht lieber …«, ärgere ich ihn und spiele mit dem Träger meines BHs.

»Runter damit, Livia.« Er kommt näher und küsst gierig den Ansatz meiner Brüste. »Ich will dich sehen. Nein, ich *muss* dich sehen.« In einer ruckartigen Bewegung öffnet er meinen BH und schleudert ihn beiseite. Meine harten Nippel drücken gegen seine Hände. Einen Wimpernschlag später landet mein in jeglicher Hinsicht nasser Slip in der Pfütze.

Mein Becken reckt sich seinem fordernd entgegen. Ich will mich schon umdrehen, damit er endlich in mich eindringen kann, aber er hält mich zurück.

»Ich will dich immer noch sehen. Ich will dein Gesicht sehen, wenn du kommst.«

Bei seinen Worten löst sich ein Wimmern aus einem tiefen Winkel meiner Seele. Im Strahl der Dusche sinkt Nick zu Boden und zieht mich mit sich, zieht mich *auf* sich. Sein Rücken lehnt an der Duschwand und er umfasst meine Taille.

Nasse Hände auf nasser Haut.

Sommergraues und meergrünes *Sehen*.

Zwei schwarze Herzen, die gemeinsam hell werden, als ich mich endlich auf ihn sinken lasse.

»Scheiße, Liv. Ich werde keine zwei Minuten durchhalten.«

»Ich auch nicht.« Ihn in mir zu spüren, mich auf ihm zu bewegen und zu wissen, dass uns nichts mehr trennt, lässt alles in mir in die Höhe schießen. Puls, Verlangen, Atem, Hingabe.

Seine Hände gleiten zu meinen Hüften und bewegen mich auf sich. Eine turmhohe Welle aus Gefühlen rollt unerbittlich auf mich zu, ist kurz davor, mich mit sich zu reißen.

Ich will ihn ansehen. Will die brennende Liebe und die brennende Lust in seinen Augen sehen, die nur für mich ist. Doch meine Lider flattern immer wieder, halten der Ekstase nicht stand.

Blitze schießen durch mich hindurch, bis ich unter Strom stehe. Ich bewege mich schneller, der Welle entgegen, angefeuert vom Glühen in Nicks Augen. Ich glaube, dass ich vor Lust schreie, aber sicher bin ich mir nicht. Da ist nichts mehr, dessen ich mir sicher bin, außer Nicks Liebe, und das setzt alles andere außer Kraft.

»Ich liebe dich«, keuche ich deshalb, weil es die Wahrheit ist, die ich aussprechen muss, bevor sie mich von innen zerreißt.

»Und ich liebe dich, Livia.«

Meine Bewegungen auf ihm werden immer schneller, haltloser und chaotischer. Nick stöhnt. Laut. So laut, dass ich glaube mich *aufzulösen*.

Die Welle kommt und ich stöhne, schreie mit ihm.

Vor Lust.

Befreiung.

Und grenzenlosem Glück.

VIENNA SPOTLIGHT

Die Hochzeit oder sagen wir lieber Fast-Hochzeit von Victoria Everhofen wird zweifellos in die Geschichte eingehen. Denn damit, dass die Sacher-Prinzessin tatsächlich das Jawort verweigert und Hals über Kopf aus dem Stephansdom flüchtet, hätte wohl niemand gerechnet (hier klicken für: SKANDAL! Victoria Everhofen sagt Nein!).

Jetzt meldet sich die Familie des Bräutigams zu Wort. In einer Pressemitteilung heißt es: Die Familie Bellegarde bedauert den Vorfall aufs Äußerste. Wir alle stehen geschlossen hinter unserem Sohn und Bruder Clément, der in diesen Tagen Schreckliches erleben musste und nun Zeit braucht, um die Geschehnisse zu verarbeiten. Von Nachfragen ist dementsprechend abzusehen.

Die Everhofens halten sich bisher mit einem Statement zurück. Direkt nach der Flucht ihrer Tochter war der Brautmutter die Enttäuschung deutlich anzusehen. Im Gespräch mit *Vienna Spotlight* sagte sie nur »Das wird Konsequenzen haben«, bevor sie den Stephansplatz verließ.

Bisher schwebt über den Ereignissen der letzten Woche also ein großes Fragezeichen.

Warum folgte Leander von Traun der verängstigten Braut nur wenige Sekunden später? Ist er etwa der Grund für den Eklat? Und was hat Livia Hohenburg geritten, als diese ohne Schuhe durch die Wiener Innenstadt fegte?

Fragen über Fragen. Wir freuen uns jedoch, ankündigen zu dürfen, dass sowohl Victoria Everhofen als auch Leander von Traun und sogar Livia Hohenburg einem Interview zugestimmt haben.

Die Chancen stehen also gut, dass wir noch vor dem Opernball in zwei Wochen Antworten erhalten werden.

38. KAPITEL

YOU MAKE ME FEEL UNCIVILIZED, DAISY

NICOLAS

»Ich glaube, gestern war der schönste Tag in meinem Leben.« Ich lege einen Arm um Livia, die sich näher an mich kuschelt. Wir sitzen auf der Rückbank einer Limousine. Eine schwarze Wand trennt uns von Claus, der uns in dieser Sekunde über die Donau chauffiert.

»Wirklich?« Livia grinst. »Zweimal Sex und ein ziemlich scheußlicher Burger vom Room Service reichen dafür aus?«

»*Du* reichst aus. Neben dir zu liegen und zu spüren, wie du einschläfst, reicht aus.«

Ihre Wangen färben sich rosa. »O Gott.« Sie vergräbt das Gesicht in den Händen. »Wo hast du denn den Kitsch ausgegraben? Hilfe!«

»Ich kann auch weniger kitschig«, hauche ich und ziehe sie an mich. Sofort landen meine Lippen auf ihren und das wohlige Seufzen, das sie daraufhin ausstößt, kommt *definitiv* in die Top 5 der schönsten Geräusche, die ich je gehört habe. Kitsch hin oder her. Ich wünschte, der Kuss wäre endlos. Aber natürlich kommt die Limousine nach viel zu kurzer Zeit zum Stehen.

»Bereit, wieder ins Hohenburg-Apartment einzuziehen?« Livias Augen leuchten, als sie aus dem Wagen springt. Ich folge ihr mit einem mehr als dämlichen Grinsen auf dem Gesicht.

»Ach, ich weiß nicht«, ärgere ich sie. »Dieses Hotelzimmer hatte doch auch seinen Charme.«

»Alles klar.« Sie wirft mir einen spöttischen Blick zu. »Claus bringt dich bestimmt zurück. Kein Thema … Ahhh!«

Ich packe sie um die Taille und hebe sie für einige Sekunden hoch. »Man könnte mir Schloss Schönbrunn anbieten und ich würde trotzdem dich wählen.« Meine Lippen streifen ihre Nasenspitze.

»Jetzt geht das mit diesem romantischen Schnulzkram wieder los.«

»Oh yes, du wirst dich bald nicht mehr davor retten können.«

Sie hält sich zwei Finger an den Kopf und tut, als müsste sie sich erschießen. Doch das Glücksbrodeln in ihren Lavaaugen verrät sie.

Hand in Hand gehen wir durch das Foyer. »Hi, Heinz.« Ich winke mit der anderen Hand dem Portier zu, der mit einem Stapel Briefumschläge wedelt.

»Frau Hohenburg? Ich habe Post für Sie.«

Livia lässt mich los und nimmt die Briefe sowie ein kleines Paket entgegen.

»Beehren Sie uns jetzt wieder häufiger mit Ihrer Anwesenheit, Herr Steiner?«, fragt der grauhaarige Portier und nickt mir gutmütig zu.

»Er wohnt jetzt wieder hier«, sagt Livia an meiner Stelle.

»Dann willkommen zurück. Ich werde Ihr Gepäck gleich hochbringen lassen.«

»Vielen Dank.«

Wir verabschieden uns von Heinz und steuern auf den Aufzug zu, in dem Livia und ich so oft übereinander hergefallen sind, sobald sich die Türen geschlossen haben. Heute ist es nicht anders. Die Tür schließt sich leise und kaum einen Herzschlag später presse ich Livia gegen die Wand. Lippen, Hände, Haar, haltloses Keuchen. Die Briefe und das Paket fallen einfach zu Boden.

Seit sie gestern Nachmittag bei mir aufgetaucht ist, löst jede Sekunde, in der ich sie nicht küsse, körperlichen Schmerzen in mir aus.

Pling. Die Lifttüren öffnen sich. Doch anders als früher schnellen wir nicht sofort auseinander. Es gibt niemanden mehr, der uns entdecken könnte, und selbst wenn, spielt es für uns keine Rolle mehr. Sollen sie sich doch das Maul zerreißen. Ohne unseren Kuss zu unterbrechen, stolpern wir in den Flur. Schwere Winterjacken landen auf dem Boden. Obwohl wir vor nicht einmal zwölf Stunden Sex hatten, reicht dieser verschlingende Kuss, damit ich schon wieder eine Latte kriege.

»Du machst mich wahnsinnig«, bringe ich hervor und lasse meine Finger über ihren Körper wandern.

»Warte.« Ein Kichern verliert sich zwischen meinen Lippen.

»Ich will aber nicht warten«, erwidere ich trotzig. »Ich will dich.« Das entlockt ihr ein Stöhnen, so tief und grollend, dass Sterne vor meinen Augen tanzen.

»Nick«, sagt sie, hört aber nicht auf mich zu küssen. »Das Gepäck wird jeden Augenblick hochgebracht.«

Ach ja, da war ja was. Ich lasse sie los. Mein Herz protestiert sofort und zieht sich schmerzhaft zusammen, nur weil wir uns nicht mehr berühren. Livias Augen glänzen fiebrig, doch irgendwie bringt sie es fertig, die Briefe und das Paket vom Boden des Aufzugs aufzusammeln und auf den Wohnzimmertisch zu legen.

»Irgendwie habe ich das hier vermisst.« Ich mache eine Handbewegung, die das halbe Mobiliar des Wohnzimmers einschließt. »Ich habe an dieses Apartment schöne Erinnerungen.« Unsere Blicke kreuzen sich, und ohne es auszusprechen, weiß ich, dass sie wie ich an unser Spiel aus Versuchung und Ablehnung, aus Einandersehen und Sich-voreinander-Verbergen, denkt.

»Ich glaube, ich ziehe aus«, sagt sie dann unvermittelt. Seufzend schaut sie sich um und fährt mit der Hand über die Lehne des Sofas.

»Warum?«

»Das ist zwar der Ort, an dem du für mich Klavier gespielt und mich gehalten hast, bis ich einschlafe ...« Bei ihren Worten wird mir warm. »Aber auch der Ort, an dem meine Mutter mich verlassen hat. An dem ich sehr viel geweint habe. Und so einsam war wie noch nie in meinem Leben.« Ein Schlucken rutscht sichtbar ihre Kehle entlang.

»Es tut mir so leid, Liv.« Von hinten schließe ich meine Arme um ihre Taille und drücke ihr meine Lippen aufs Haar. Zu wissen, wie sie Nacht für Nacht in diese kühle, dunkle Wohnung gekommen ist und sich in den Schlaf geweint hat, jagt einen stechenden Schmerz durch meine Rippen.

»Schon gut«, haucht sie. »Aber ich glaube, ich muss raus aus dem Dunstkreis meines Vaters. Ich will was Eigenes haben.«

»Verstehe.« Mit den Daumen streichle ich über ihren Bauch.

»Eigene Wohnung, eigenes Leben.« Sie nickt entschlossen. »Ich werde BWL so was von schmeißen und dann Musik oder so studieren. Oder ich gehe erst mal reisen.«

»Okay. Komme ich auch irgendwo in deinen Plänen vor?«

»Sicher, ich brauche ja jemanden, der meinen Rucksack trägt.«

»Alles klar.« Ich schnaube. »Und was, wenn dein Vater dir den Geldhahn zudreht?«

Sie scheint kurz zu überlegen. »Also ich habe mein Treuhandvermögen, an das er eigentlich nicht rankommt. Und wenn doch, fang ich in einer Bar oder einem Café als Kellnerin an. Das fand ich schon immer cool.«

»Livia Hohenburg, die Barkeeperin. Ich sehe es vor mir.« Ich kann nicht anders, als bei der Vorstellung zu lachen.

»Jaja, mach dich nur lustig.« Missbilligend schüttelt sie den Kopf. »Du wirst schon sehen. Ich könnte auch als Straßenmusikerin auftreten und von Kleingeld, Luft und Liebe leben.«

Ich breche in lautes Gelächter aus.

Kopfschüttelnd dreht sie sich zu mir um und zeigt mit einem Finger bedrohlich auf mich. »Dir werde ich es noch beweisen!«

»Auch wenn ich zu gern sehen würde, wie du dein Keyboard in der Kärntner Straße aufbaust und ein Liedchen trällerst, kann ich dir mit ziemlicher Sicherheit sagen, dass es dazu nicht kommen wird.«

»Warum? Was Geld und Einfluss angeht, ist mein Vater ziemlich unberechenbar.«

»Nicht, wenn man Informationen über ihn hat, die ihn für eine ziemlich lange Zeit ins Gefängnis verfrachten würden.«

Livia weitet die Augen. »Heißt das, du weißt, was Tanja gegen meinen Vater in der Hand hat?«

Ich nicke. »Meine Mutter hat es mir endlich verraten. Am Abend von Victorias Junggesellinnenabschied …« Kurz muss ich gegen die Galle anschlucken, die mir bei der Erinnerung an diesen Abend die Kehle emporsteigt. »Sie hat mir die endgültigen Beweise dafür geschickt, dass dein Vater diese Sozialgelder wirklich veruntreut hat. Wenn wir die der Staatsanwaltschaft zuspielen, wird aus der U-Haft ganz schnell eine Gefängnisstrafe.«

Livia kaut nachdenklich auf ihrer Unterlippe herum. »Er hat es also wirklich getan.«

»Ja. Sorry.« Aus eigener Erfahrung weiß ich, dass es nicht so prickelnd ist herauszufinden, dass die Eltern nicht so sind, wie man es sich erhofft hat.

»Ich glaube, es ist gut, dass wir ihn in der Hand haben, auch wenn ich nicht will, dass er wirklich ins Gefängnis kommt.« Sie schluckt. »Trotz allem ist er mein Vater.«

»Ich weiß … Meine Mutter ist auch nicht gerade das, was man sich als Kind gewünscht hat, und trotzdem will ich nicht, dass sie im Gefängnis verrottet. Allein schon wegen Nora.« Ein Schatten fällt in ihre Augen und ihre Schultern sacken einige Zentimeter tiefer.

Für mehrere Sekunden schweigen wir, hängen beide in Erinnerungen fest, die uns wohl nie ganz verlassen werden.

»Wie geht's ihr?«

»Ich weiß es nicht«, seufzt sie. »Nicht so gut, glaube ich. Sie fühlt sich bei Tante Britt eigentlich ganz wohl, aber sagt immer wieder, dass sie nach Hause will.«

»Aber zu Hause gibt es nicht mehr.« Eine Feststellung, keine Frage. Denn Livia ist nicht mehr dieselbe und genauso wird ihre Familie es nie wieder sein. »Willst du das Sorgerecht für sie beantragen?«

»Das wollte ich, aber mittlerweile glaube ich, dass ich meinen Scheiß erst selbst regeln muss, bis ich für sie auf diese Weise da sein kann.« Ihre Lippen verziehen sich zu einem traurigen Lächeln. »Aber ich könnte zu ihr und Tante Britt nach Salzburg ziehen. Dann kann ich sie jeden Tag sehen.«

»Du würdest Wien verlassen?«

Langsam nickt sie. »Diese Stadt hat mir viel Hoffnung, aber auch viel Kummer bereitet. Vielleicht ist es an der Zeit, mal rauszukommen.«

»Ich würde das unterstützen«, sage ich schulterzuckend. »Wenn du abhaust, kann ich mich hier richtig breitmachen.«

»Haha.« Sie verdreht die Augen. »Ich würde dich behördlich entfernen lassen, du Mietnomade.«

»Ach, das wird dauern.« Feixend gehe ich durch den Wohnraum. »Bis dahin schlafe ich dann jede Nacht in einem anderen Bett. Oder ich baue hier im Wohnzimmer ein Matratzenlager.« Liv kichert bei der Vorstellung. »Und aus deinem Zimmer …« Grinsend steuere ich auf ihre Tür zu. »… mache ich mir …« Ich stoße sie auf und der Rest des Satzes bleibt mir bei dem Anblick, der sich mir bietet, im Hals stecken.

»Jap, davon wollte ich dir noch erzählen.« Etwas kleinlaut stellt sie sich neben mich. »Vielleicht bin ich letzte Woche ein bisschen durchgedreht.«

»So kann man es auch nennen … äh … ist das, ich meine, war das ein Klavier?«

»War es.« Livia schiebt sich an mir vorbei in den Raum, der mal ihr Zimmer war und sich jetzt in ein Schlachtfeld verwandelt hat. »Dann habe ich erfahren, dass meine Mutter diesen ganzen Zirkus mit dir und dem vorgetäuschten Tod nur veranstaltet hat, weil sie ungestört ihren Lover vögeln wollte.«

»Im Ernst?« Ich folge ihr und kicke mit dem Fuß einige Holzstücke sowie mehrere Stofffetzen beiseite.

»O ja. Melody Hohenburg hat ihre Familie für einen Mann verlassen. Es ist genau wie vor zwei Jahren. Es hat sich nichts geändert.«

»Und warum hat sie dann mich und meine Mutter angeheuert?«

»Weil sie eine habgierige Bitch ist, die in ihrem neuen Leben mit Mr Toyboy nicht auf die Annehmlichkeiten verzichten wollte, an die sie sich gewöhnt hatte. Vielleicht wollte sie auch meinem Vater noch eins reinwürgen. Ich weiß es nicht.« Mit grimmiger Miene lässt sie sich auf ihr Bett fallen. »Es ist mir mittlerweile egal. Ich habe ohnehin begriffen, dass es mein Leben nicht auf wundersame Weise in Ordnung bringt, wenn ich dieses Rätsel gelöst habe. Das muss ich schon selbst machen.«

»Das habt ihr auf diesem Reiterhof herausgefunden?«

»Auf Marigold Manor, ja. Das war offensichtlich das Liebesnest von ihr und diesem Kerl.«

Ich atme langsam aus und setze mich neben sie. »Puh.«

»Du sagst es.«

»Und wer ist der Kerl?«

»Ich habe keine Ahnung. Sie nannte ihn Jay, aber ich gehe nicht davon aus, dass das sein richtiger Name ist. Außer es handelt sich um den Frontman einer Boyband.« Sie schnaubt. »Und nicht mal das würde mich noch wundern.«

»Jay?«, wiederhole ich verständnislos.

»In ihrem Klavier war ein Stapel Briefe versteckt. Ich habe sie gefunden, als …«

»… du es zu Kleinholz verarbeitet hast?«

»Genau.«

»Und diese Briefe waren von Jay an deine Mutter?«

»Davon gehe ich aus.« Livia steht vom Bett auf, geht ins Wohnzimmer und kommt kurz darauf mit mehreren weißen Umschlägen in der Hand zurück. »Hier.« Sie reicht sie mir. »Er hat sie an eine Daisy adressiert. Wie unfassbar dämlich.«

»*The Great Gatsby.*« Ich öffne einen der Briefe und falte ihn auseinander.

»Hm?«

»Daisy und Jay sind zwei Figuren bei Fitzgerald.«

»Gibt es nicht diesen Film mit Leonardo DiCaprio? Ich glaube, den mussten wir mal in der Oberstufe gucken.«

»Ja, der Film mit Leonardo DiCaprio, du Kulturbanausin.« Ich werfe ihr einen vorwurfsvollen Blick zu. »Für eine High-Society-Prinzessin bist du, was so was angeht, erstaunlich ungebildet.«

Sie zieht eine Grimasse. »Ich mag halt lieber Fantasyromane.«

Ich beginne zu lesen.

16. 03. 2020

Daisy,

drei Nächte sind vergangen, seit wir uns das letzte Mal geliebt haben. Seitdem denke ich jede Sekunde an das Beben Deines Körpers unter meinem.

Ich sehe auf. »*Das Beben Deines Körpers.* Ach du Scheiße.«

»Sag ich doch!« Livia vergräbt ihr Gesicht in den Händen und schließt angewidert die Augen. Mit zusammengepressten Lippen lese ich weiter. Jay schwadroniert noch mehrere Zeilen lang darüber, wie er und Daisy aka Livias Mutter sich geliebt haben. Dann greife ich zum nächsten Brief und stutze.

»Moment mal. Der hier ist anders.« Das Papier ist strahlend weiß statt angelaufen und er … »Er ist an dich adressiert.« Ich reiche Livia den Umschlag, sie wirft einen Blick darauf und nimmt innerhalb eines Herzschlages seine Farbe an.

»Das ist die Handschrift meiner Mutter.« Ihre Augen werden kugelrund.

»Was?«

»Das ist ein Brief von meiner Mutter an mich«, wispert sie zitternd.

»War der auch in dem Stapel?«

Ich schüttle langsam den Kopf, ohne von dem Papier in ihren Händen aufzusehen. »Nein, der ist neu.« Sie tippt zitternd auf den Poststempel. Das Datum von vorgestern. »Heinz muss ihn mir gerade gegeben haben und ich habe sie durcheinandergeworfen.«

»Und?«

»Mach du auf.« Meine Kehle wird eng, als sie mir mit eiskalten Fingern den Umschlag reicht. Behutsam öffne ich ihn.

Der Brief ist kurz und doch reichen die wenigen Zeilen aus, damit sich mein Herz vor Angst zusammenzieht.

10. Februar, Sapphire Club, Underground.
Triff mich dort um Mitternacht. Du bist in Gefahr.

M

39. KAPITEL

HINTERM NEBEL DIE DUNKELHEIT

LIVIA

»Wie geht's dir?« Nick schließt seine Finger um meine, während wir das eiserne Tor der Von-Traun-Villa im Cottageviertel in Döbling betreten.

»Keine Ahnung.« Es ist die Wahrheit. Seit gestern Abend spielt mein Herz völlig verrückt. Es rast, fällt, bricht, löst sich auf und beginnt dann wieder von vorn mit der Prozedur. Es kommt nicht mehr hinterher. Meine Mutter hat mich vor zwei Jahren verlassen, ist vor acht Monaten gestorben und hat mir jetzt einen Brief geschickt, in dem sie mich um ein Treffen bittet und mal eben droppt, dass ich *in Gefahr* bin? Wie soll mein kleines, in Mitleidenschaft gezogenes Herz da Schritt halten?

»Ist komisch, wieder hier zu sein nach all den Jahren«, sage ich, um irgendwas zu sagen. Wir gehen durch den Garten auf die breite Steintreppe zu, an deren Ende Blumenkübel postiert sind wie Wachtürme.

»Alter. Hier ist Leander aufgewachsen?« Nick schaut ehrfürchtig auf den ausladenden Balkon, die vielen Erker und die strahlenden, beigegelben Fassaden.

»Ja, aber er lebt schon lange nicht mehr hier.«

»Ich weiß.« Er drückt einmal behutsam meine Hand. »Sein Vater scheint … kein besonders netter Mensch zu sein.« Ein trauriges Lächeln zupft an seinen Mundwinkeln und ich nehme mir vor Leander bei passender Gelegenheit danach zu fragen. »Warum treffen wir uns hier?«

Ich zucke die Achseln. »Das habe ich auch nicht kapiert. Als ich Vic und Bennet mein SOS geschrieben habe, hat sie mir gesagt, dass sie und Leander hier sind und wir auch kommen sollen.«

»Wir kriegen das hin, Liv. Zusammen. Und wenn das alles vorbei ist, starten wir noch mal von vorne.«

»Erst die Vergangenheit, dann die Zukunft«, sage ich mit fester Stimme und jetzt bin ich es, die seine Hand drückt. Das war es, worauf wir uns gestern Abend einigen konnten. Wir stehen das durch. Wir räumen auf. Zusammen. Und dann kümmern wir uns um unser beider Zukunft.

»Erst deine Eltern, dann meine«, bestätigt Nick und wird ein bisschen blass um die Nase. Es war meine Idee, seinen Vater aufzusuchen, nachdem er mir von seinen Ängsten erzählt hat, so zu werden wie er.

»Dass ihr zwei irgendwann wieder Händchen haltend herumspaziert, hätte auch niemand gedacht.«

Ich drehe mich um und sehe Bennet, der mit einem breiten Grinsen das Tor zum Vorgarten der Villa öffnet.

»Aber ich sag dir eins, Steiner.« Er stupst Nick ein bisschen fester als notwendig in die Seite. »Wenn du sie noch ein Mal verarschst, bist du tot. Das ist kein Witz.«

»Okay, okay. Komm runter. Es gibt keinen Grund, hier einen auf *The Equalizer* zu machen.«

»Das wird sich zeigen.«

Ich verdrehe die Augen und drücke meinen Zeigefinger auf die eiserne Klingel. Kurze Zeit später öffnet Vic uns die Tür.

»Hey.«

»Hey.« Ich kann nicht anders, als ergriffen zu schlucken, sobald ich meine beste Freundin sehe. Sie ist ungeschminkt, trägt ein übergroßes T-Shirt einer mir nicht bekannten Indieband und das ehrlichste Lächeln, das ich seit Jahren auf ihrem Gesicht gesehen habe.

»Hereinspaziert!« Sie öffnet Tür und wir treten ein. Es riecht so muffig wie ein Haus, in dem lange nicht gelebt wurde.

»Vic, was macht ihr hier?« Verwirrt schaue ich auf die vielen Kisten und das halbe Dutzend Müllsäcke, das sich im Flur aneinanderreiht.

»Ausmisten.« Leander tritt neben sie und legt ihr eine Hand um die Hüften. »Mein Vater wird anscheinend früher aus der Haft entlassen. Haben wir gestern Abend erfahren.«

»Ähm, okay? Und wie finden wir das?« Nick wirft Leander einen prüfenden Blick zu.

»Es ist uns scheißegal.« Er nickt zufrieden und scheint es so zu meinen. »Ever und ich holen alles aus diesem Haus, was mir oder meiner Mutter gehört hat. Danach werde ich diese verfluchte Villa nie wieder betreten und nach vorn schauen.«

Erst die Vergangenheit, dann die Zukunft, denke ich und muss lächeln.

»Alles klar, Ever.« Bennet schmunzelt und zwinkert Vic zu. »Und ihr habt uns hierherbestellt, damit wir euch beim Kistenpacken helfen?« Mit eher geringer Begeisterung beäugt er den staubigen Inhalt der Kisten. »Das ist nicht ganz die Reaktion, die ich auf Livs SOS-Nachricht erwartet hätte.«

»Nein, du Hirni.« Leander verdreht die Augen. »Wir haben nur keine Zeit, durch die halbe Stadt zu fahren, weil mein Vater offenbar schon Mitte nächster Woche entlassen wird und ich *zero* Bock habe, ihm in die Arme zu laufen.«

»Warum eigentlich auf einmal?«, frage ich an Leander gewandt. »Hatte er nicht noch mindestens zwei Jahre wegen Drogenhandels?«

Leander zuckt die Schultern. »Ich habe keine Ahnung, aber wie gesagt: Es juckt mich nicht mehr.« Er deutet auf die Säcke. »Ich hole nur meinen Kram und dann Tschüssikowski.« Sein Lächeln ist so befreit, dass mir angenehm warm wird und ich für einen Moment vergesse, warum ich hier bin.

»Setzt euch.« Vic führt uns ins Wohnzimmer, als wäre das hier ihr Haus. Ich lasse meinen Blick über die hohen Bücherregale, die edlen Polstergarnituren und die Gemälde wandern, die mit Sicherheit ein Vermögen wert sind.

»Also, Liv«, beginnt sie fragend, während acht Augen mich erwartungsvoll anblicken. »Was ist los? Was hast du für einen Notfall?«

Ich atme langsam aus und sage es dann geradeheraus. »Meine Mutter will sich mit mir treffen und sagt, ich sei in Gefahr.«

Stille.

Bennet klappt die Kinnlade herunter.

»Ich weiß nicht, wie ihr mir helfen könnt, aber ich wollte mit euch darüber reden und versuchen irgendwie das Chaos zu ordnen.«

Vic nickt langsam. Bennets Mund steht noch immer sperrangelweit offen. Nur Leanders Lippen sind zu einem breiten Lächeln verzogen.

»Sag es, Liv.«

»Was denn?«, frage ich ihn verwirrt.

Er beugt sich vor. »Du brauchst die Hilfe der *drei ???*. Darf ich Ihnen unsere Karte geben?«

Ich stöhne genervt auf. »Mann, Leander, das ist 'ne ernste Sache.«

Vic sieht ihn streng an. »Hör auf mit dem Stuss und hol uns besser etwas zu trinken. Will noch jemand ein Bier?« Sie schaut fragend in die Runde.

Bennets Blick haftet an dem ziemlich scheußlichen, wenngleich vermutlich schweineteuren Gemälde eines Elches. »Ich würde meinen Hintern darauf verwetten, dass noch niemand in diesen vier Wänden jemals *Bier* getrunken hat«, sagt er dann grinsend und fixiert weiter das Bild. »Und ich habe einen verdammt hübschen Hintern.«

»Ich nehme auch eins«, sage ich.

Leander rollt mit den Augen, steht aber auf und verlässt das Wohnzimmer.

»Okay, ich dachte, wir tragen einfach mal alle Informationen zusammen.« Ich krame in meiner Handtasche. »Das hier sind Briefe, die der Lover meiner Mutter an sie geschrieben hat.« Achtlos verteile ich sie auf dem großen Eichentisch zwischen uns. »Ich habe sie schon vor Ewigkeiten gefunden, doch nicht gedacht, dass sie von Bedeutung sein könnten, aber hey, die Informationen sind rar und ich würde schon gerne wissen, wer genau es jetzt auf mich abgesehen hat.«

Vic wirft mir einen besorgten Blick zu, nimmt einen der Umschläge in die Hand und dreht ihn hin und her.

»Hä?«, fragt Bennet, der gerade einen der Briefe auseinandergefaltet hat. »Wer sind Jay und Daisy? Und was für eine Granate war deine Mutter bitte im Bett, Liv?«

»Jay und Daisy sind zwei Figuren aus *The Great Gatsby* und zur zweiten Frage möchte ich mich nicht äußern.«

»Gatsby? Dieser Film mit DiCaprio?«, fragt Vic und zieht die Augenbrauen zusammen.

»Der Roman von Fitzgerald«, korrigiert Nick und schüttelt frustriert den Kopf. »Da fragt man sich, wer von uns auf private Bonzenschulen gegangen ist.«

»Worum geht's noch mal in dem Film, o du gebildeter Gangsterhochstapler?« Bennet streckt Nick die Zunge raus. »Und bitte erklär es interessanter als Frau Schneider damals in Englisch.«

»Grob zusammengefasst ist der Roman eine Kritik an der Konsumgesellschaft.«

»Wow, wo sind wir denn jetzt abgebogen?« Leander steht wieder in der Tür und hat fünf Flaschen Bier in den Händen.

»Erklären wir dir gleich. Hör erst zu.« Vic lächelt ihn an und nimmt ihm einige der Flaschen ab. »Nick, mach weiter.« Sie reicht ihm ein Bier.

»Also, Jay Gatsby und die wohlhabende Daisy lernten sich kennen, als Gatsby noch ein mittelloser Arbeiter war. Sie verliebten sich. Doch eines Tages musste Gatsby sie verlassen, um im Ersten Weltkrieg zu kämpfen.«

»Lass mich raten«, Vic hebt eine Augenbraue. »Sie hat den klassischen Ich-werde-auf-dich-warten-Spruch gebracht.«

»Zehn Punkte für Everhofen.« Nick grinst in ihre Richtung.

»Yes.« Vic macht eine Siegerfaust.

»Sie versprach, dass sie warten würde, tat es aber nicht, sondern heiratete den wohlhabenden, aber auch sexistischen und gewalttätigen Tom.«

»Treulose Tomate«, lässt Bennet verlauten.

»Ah!« Vic, die mittlerweile ganz rot im Gesicht ist, schreit auf und wedelt mit einem der Briefe herum. »Hier wird ein Tom erwähnt!«

»Lies vor«, fordere ich sie auf, auch wenn ich eine böse Vorahnung habe.

Liebste Daisy,
dass Dein Weg Dich heute Nacht in die kalten Arme von Tom getrieben hat, raubt mir den Schlaf. Ich weiß, dass er der Vater Deiner Töchter ist, und doch schmerzt es mich zu sehen, wie grausam er Dich behandelt.

»Scheiße, Liv, ich glaube, Tom ist dein Vater.« Meine beste Freundin sieht mich traurig an.

»Ich wünschte, ich wäre überrascht, aber mein Vater, der kalte Sexist? Jep, das ist zutreffend.« Ich stoße ein freudloses Lachen aus und trinke mehrere Schlucke Bier auf einmal.

»Mach weiter«, sage ich dann leise zu Nick.

»Okay, also Gatsby will Daisy zurückgewinnen und arbeitet sich deswegen mehr oder weniger legal zum Millionär hoch. Er lebt in einer schicken Villa wie dieser hier …« Er nimmt einen Schluck Bier und nickt dabei einmal gen Kronleuchter an der Decke. »… veranstaltet Partys und macht, was Bonzen so machen. Das ist eher euer Fachgebiet als meins.«

»Haha.« Vic verdreht die Augen. Ich stoße Nick in die Seite.

»Sorry.« Er grinst. »Auf jeden Fall macht er das alles nur, weil er seine große Liebe Daisy beeindrucken und von sich überzeugen will.«

»Der Typ scheint 'ne ungesunde Obsession mit dieser Frau zu haben.« Bennet zieht kritisch die Augenbrauen zusammen und nippt ebenfalls an seinem Bier.

»Und diese wiederum scheint 'ne oberflächliche Schnepfe zu sein«, sage ich trocken.

»Hat es geklappt?«, fragt Vic und ignoriert meinen und Bennets Kommentar geflissentlich. »Funktioniert Gatsbys Wenn-ich-rich-werde-liebt-sie-mich-Plan?«

»Zunächst ja. Sie beginnen eine Affäre.«

»Oh, there it is«, bringe ich mit einem leicht irren Lachen hervor, weil das alles hier so unfassbar verrückt ist, und deute mit dem Fuß auf die Briefe.

»Aber dann führt eins zum anderen und das Ganze eskaliert ziemlich.« Nick schluckt.

»Heißt?«, frage ich.

»Gatsby wird erschossen und Daisy bleibt bei Arschloch Tom.«

»DAS ist das Ende?« Schockiert starrt Vic ihn an.

»Ja. Es ist eine Kritik am American Dream und der oberflächlichen Reichtumsgesellschaft.«

»Irgendwie merkwürdig, dass sie sich trotz des tragischen Endes der Vorbilder dann so genannt haben, oder? Also deine Mutter und ihr Lover.« Bennet überfliegt erneut die Zeilen von unserem Jay und unserer Daisy.

»Na ja. Nicht, wenn der Beginn der Geschichte zwar gleich ist, aber sich beide nach einem anderen Ende gesehnt haben.« Vic hat ebenfalls einen der Briefe genommen und liest vor.

Auf dass wir, liebste Daisy, ein Ende in Frieden und Glück finden.

»Gott, der Kerl denkt auch, er wäre Goethe 2.0.« Bennet kichert verhalten.

»Mhm.« Nick schließt die Augen und scheint seine Gedanken zu ordnen. »Also gehen wir mal davon aus, dass der Briefeschreiber von Livs Mutter sie schon lange kennt.«

»Aber das ist kaum möglich«, widerspreche ich. »Meine Mutter war Tänzerin in Osteuropa und nur selten in Wien.«

»Deinen Vater hat sie ja auch kennengelernt«, gibt Nick zu bedenken. »Lass uns das Ganze mal durchspielen.«

»Gut.« Ich atme tief durch. »Also, meine Mutter und Mr Jay lernen sich kennen. Sie verlieben sich ineinander, doch meine Mutter entscheidet sich für Alexander Hohenburg aka Tom, das Arschloch.«

»Warum, glaubst du, hat deine Mutter das getan?«, fragt Nick.

Ich überlege.

»Sie ist in sehr armen Verhältnissen in Bratislava aufgewachsen und hat es nur dort rausgeschafft, weil sie ein Ballettwunderkind war. Sie wollte immer etwas verändern, also gesamtgesellschaftlich. Ziemlich naiv, wenn ihr mich fragt.«

»Oder gutmütig«, wirft Vic ein und lächelt mir zu.

»Deine Mutter wollte also Einfluss.« Nick steht jetzt auf und geht auf dem knarzenden Parkett auf und ab. »Das heißt, Alexander war der perfekte Mann dafür. Wohlhabend, einflussreich und ein Sprungbrett für deine Mutter, um selbst etwas tun zu können.«

Ich lache laut auf. »Wenn sie das gedacht hat, wurde sie schnell enttäuscht. Mein Vater würde es niemals dulden, dass die Frau an seiner Seite mehr ist als eine vermenschlichte Handtasche.«

»Oder ein wertvolles Schmuckstück«, zitiert Nick Jay aus einem der Briefe. »Das hat Melody dann auch gemerkt.«

Bennet setzt sich gerader hin. »Ihre Hoffnungen wurden enttäuscht. Sie war nur wieder eine hübsche Tänzerin. Nur, dass sie jetzt nicht mehr auf Bühnen, sondern auf roten Teppichen stand und dein Vater die Fäden in der Hand hielt.«

»Wie poetisch.« Vic wirft ihm einen skeptischen Blick zu. »Wer ist jetzt Goethe 2.0?«

»Melody war also unglücklich«, fährt Nick fort, ohne sich von den schnippischen Kommentaren der anderen aus dem Konzept bringen zu lassen. »Sie hat ihre Tanzkarriere aufgegeben und führte von nun an ein Leben in einem goldenen Käfig, ohne Chance, etwas zu bewirken.«

Na, willkommen im Club, denke ich.

»Plötzlich Auftritt Jay. Der Mann, den sie geliebt hat und den sie für Alexander verlassen hat.« Nick hebt einen der Briefe wie zum Beweis hoch.

»Die enttäuschte und vom Leben frustrierte Melody kann sich gegen die Gefühle, die plötzlich wieder erwachen, nicht wehren und beginnt eine Affäre mit ihm.« Bennet nickt bei jedem seiner Worte, als würden sie so weniger nach einem Netflix-Drehbuch klingen.

»Das ist ja alles schön und gut«, unterbreche ich das Geplänkel, das immer mehr einer Märchenstunde gleicht. »Aber warum ist sie dann verschwunden, hat ihren Tod vorgetäuscht und mir kriminelle Hochstapler auf den Hals gehetzt? Sorry.« Letzteres ist an Nick gerichtet.

Er überlegt und geht weiter auf und ab wie ein hungriger Tiger im Käfig.

»Weil Alexander dahintergekommen ist, und das mitten im Wahlkampf.«

Wir alle drehen uns zu Bennet um, dessen Augen auf einen der Briefe gerichtet sind. Er räuspert sich und liest vor.

Jetzt, wo Tom in den Wahlkampf eingetreten ist, wird es mit Sicherheit schwieriger, uns zu treffen, zumal es seiner politischen Karriere mehr als schaden würde, wenn jemand von uns erfährt. Trotzdem vergeht keine Stunde, in der ich Dich nicht vermisse. Irgendwann werden wir frei sein.

Dein Jay

Die politische Karriere meines Vaters. Der Wahlkampf. In meinem Kopf rattert es.

»Wann genau hat dein Vater die Wahl gewonnen?«, fragt Vic, in der es ebenfalls zu arbeiten scheint.

»Moment.« Meine Finger zittern leicht, als ich mein iPhone aus der Hosentasche krame und in der Kalenderapp herumwische. »Am 9. Oktober 2022.«

»Und wann ist deine Mutter verschwunden?«

»Am vierten Februar.«

»Deine Mutter ist also acht Monate vor der Wahl verschwunden, die den Höhepunkt der politischen Karriere deines Vaters markieren sollte?« Vic schaut mich mit riesigen Augen an.

Ich nicke. Eine Mischung aus Panik und Erwartung krabbelt meinen Rücken hinauf.

»Und sie hatte eine Affäre, die ihn genau diese Wahl hätte kosten können«, flüstere ich.

»Liv?« Nick wendet sich mir zu, die Hände vor der Brust verkrampft. »Was, wenn es gar nicht deine Mutter war, die abgehauen ist? Was, wenn dein Vater sie vertrieben hat?«

Ich kann nichts erwidern. Ich kann ihn nur anstarren und versuchen das Gesagte zu verstehen.

»Und was, wenn Melody Hohenburg mich und meine Mutter gar nicht angeheuert hat, um zu verschwinden, sondern um einen Weg zu finden, zurückzukommen?«

Nein. Mein Herz, mein Kopf, mein ganzes Ich weigert sich das zu glauben. Weigert sich zu akzeptieren, dass jede Träne, die ich um meine Mutter vergossen habe, nur das Resultat der größten Lüge meines Lebens gewesen sein könnte.

Nein. Ich schüttle immer wieder den Kopf.

Das kann nicht stimmen.

Denn wenn es stimmt, würde meine Welt wie ein Kartenhaus in sich zusammenfallen.

»Aber warum sollte mein Vater das tun? Eine verschollene Ehefrau erregt doch viel mehr Aufsehen«, klammere ich mich an meine wackeligen Kartenwände und suche ein Ass, das alles, was Nick gerade gesagt hat, außer Kraft setzen kann. »Was ist so schlimm an einer bloßen Affäre mit einer Jugendliebe? Das hätte ihm vielleicht sogar noch Sympathiepunkte eingebracht.«

»Nicht, wenn der Liebhaber deiner Mutter der größte Widersacher deines Vaters war, der immer wieder versucht hat, ihn fertigzumachen.«

Vier Köpfe drehen sich zu Leander um, der bis eben ungewöhnlich still war.

»Was meinst du damit?«, fragt Vic leise.

»Dass ich mir ziemlich sicher bin die Handschrift dieser Briefe schon mal gesehen zu haben.«

»Was meinst du damit?«, wiederholt Bennet Vics Worte, weil wir alle immer noch nicht begreifen.

»Ich meine damit, dass mein Vater nicht mal einen Monat nach dem Verschwinden deiner Mutter plötzlich verhaftet wurde.«

Mein Herzschlag setzt aus.

»Ich meine damit, dass mein Vater vor mir Sponsor der *Boxing Boys Vienna* war und Dr. Jeremias Frey ziemlich gut kannte. Es kam mir damals schon alles zu zufällig vor.«

Schweiß sammelt sich in meinen Händen und die leere Bierflasche droht mir aus der Hand zu rutschen. Meine Zunge liegt gelähmt als sinnloser Muskel in meiner Mundhöhle.

»Und ich meine damit, dass *Der große Gatsby* sein Lieblingsbuch ist.« Leander steht auf und geht zum Bücherregal hinter uns.

Unwillkürlich fange ich an zu zittern. Mein Herz hat sich wieder daran erinnert, was es zu tun hat, und schlägt dafür jetzt mit doppelter Geschwindigkeit weiter. Stumm beobachten wir Leander dabei, wie er die Regale entlanggeht und schließlich ein gebundenes Buch mit Goldschnitt herauszieht.

Er öffnet es und wird blass.

»Leander? Was ist los?« Keine Antwort. Nur ein immerwährendes Starren auf die erste Seite des Buches. Ich halte es nicht mehr aus, springe von meinem Platz auf und gehe mit schnellen Schritten auf ihn zu. Das Parkett knarzt laut in der Stille des Raumes.

»Lies.« Er drückt mir das Buch in die Hand.

Ich erkenne die geschwungene Handschrift sofort. Eine Gefühlslavine ungeahnten Ausmaßes rauscht auf mich nieder. Schneetonnen drücken auf meine Brust und drohen meine Rippen zu zerquetschen.

»Liv? Was steht da?«, kommt es vom Sofa.

Obwohl es nur wenige Worte sind, schaffe ich es nicht, sie vorzulesen.

Mein liebster Jay,

möge unser Ende glücklicher sein.

In Liebe

Daisy

Und als hätten wir es alle noch nicht längst begriffen, sagt Leander mit wackliger Stimme: »Jay ist mein Vater. Xavier von Traun.«

40. KAPITEL

~~VATERFREUDEN~~ VATERFEINDE

LIVIA

Livia: Hey River, ich hoffe du erinnerst dich noch an mich. Hier ist die verrückte Hutzerstörerin vom Winterrennen letztes Wochenende.

River: Klar erinnere ich mich. Deinen Hut hab ich für 300 Pfund verscherbelt. Noch mal danke dafür!

Livia: Kein Ding 😂

Livia: Sag mal, der Kerl, mit dem meine Mutter regelmäßig bei euch zu Besuch war … War das dieser Typ?

Livia hat ein Foto gesendet

River: Ja, genau der. Er hat mir immer ein bisschen Angst eingejagt. Wie grimmig kann man bitte gucken?

River: Obwohl er ein bisschen so aussieht wie ein älterer Bruder von McSexy aus *Grey's Anatomy*.

»Er ist es«, bestätige ich.

»Krass.« Bennet starrt mit leicht geöffnetem Mund von mir zu Leander.

»So kann man es auch nennen.« Leander seufzt und setzt sich wieder neben Vic. Ich verharre an Ort und Stelle und versuche trotz der Schneemassen auf meiner Brust Luft in meine Lungen zu befördern.

Leanders Vater ist Jay, ist der Lover meiner Mutter, ist mit hoher Wahrscheinlichkeit der Grund für ihr Verschwinden.

Sie ist nicht abgehauen. Sie wurde vertrieben. Von *meinem* Vater.

Jeder meiner Muskeln ist angespannt und doch bin ich nicht in der Lage, mich zu bewegen. Bin nicht in der Lage, irgendwas zu tun, zu denken, zu fühlen.

Mein Vater ist ein Monster. Ein narzisstischer Lügner und verfluchter Egoist. Und ich habe das immer gewusst. Ich habe immer gewusst, dass er nicht an mir und meinem Wohl interessiert ist. Ich bin nicht überrascht ich bin …

… ich habe keine Ahnung. In mir toben eine Milliarde Emotionen und gleichzeitig eine beißende Leere.

»Alles okay, Liv?« Nicks Augen sind auf mich gerichtet, während ich immer noch vor dem Bücherregal stehe. *Der große Gatsby* in der einen, mein iPhone in der anderen Hand.

»Ich weiß nicht«, sage ich also wahrheitsgemäß. »Wie fühlt man sich, wenn der eigene Vater so auf sich und seine Karriere fixiert ist, dass ihm seine Kinder am Arsch vorbeigehen?«

»Beschissen, wertlos und sehr, sehr wütend«, gibt mir Leander eine überraschend detaillierte Antwort und sucht meinen Blick.

»Glaubst du das denn?«, fragt Vic, während sie sich erhebt und auf mich zukommt. »Glaubst du, deinem Vater sind seine eigenen Interessen, seine Karriere wichtiger als die Mutter seiner Kinder?«

»Ja«, erwidere ich sofort. »Eigentlich weiß ich schon mein ganzes Leben lang, was mein Vater für ein Mensch ist.«

»Scheiße. Das tut mir leid.« Meine Freundin umarmt mich fest und lässt mich erst wieder los, als ich nach Luft schnappe.

»So richtig gecheckt habe ich es ehrlich gesagt noch nicht.« Bennet guckt verwirrt auf die Briefe vor uns, dann zu dem Buch in meiner Hand und zu Leander. »Kann mal bitte jemand das Ganze für einen Dummie wie mich erklären?« Er schaut zu Nick. »Was ist mit dir, Herr Lehrer?«

Dieser seufzt. »Aktuell gehen wir von einem hypothetischen Szenario aus.«

Bennet verdreht die Augen. »Dann erklär *das* eben.«

»Leanders und Livs Väter waren offensichtlich nicht gerade beste Freunde.«

Leander lacht bei Nicks Worten hohl auf. »Sie haben sich *gehasst,* Alter. So richtig! Da sie beide im Immobiliengeschäft konkurrierten, haben sie ständig alles getan, um den anderen zu sabotieren. Mein Vater hat sich mehrfach und vehement öffentlich gegen Alexander als Bürgermeister ausgesprochen.«

»Ah, verstehe.« Bennet nickt bedächtig. »Also war Alexander Hohenburg nicht gerade begeistert, dass seine eigene Frau mit seinem größten Erzfeind ins Bett gesprungen ist. Eine normale Affäre hätte er vielleicht verkraftet, aber dass sein größter Widersacher seine Frau … äh …« Er schaut zu mir. »… *begattet,* war dann wohl zu viel des Guten.«

»Genau«, bestätige ich. »Stell dir mal vor, es wäre ans Licht gekommen. *Ehefrau von Bürgermeisterkandidat Hohenburg mit größtem Kritiker von Traun beim Knötern erwischt.*«

»Knötern?« Bennet lacht, aber ich ignoriere ihn.

»So eine Schlagzeile hätte der Kandidatur meines Vaters das Genick gebrochen. Wenn sogar die eigene Ehefrau mit dem ins Bett geht, der ständig öffentlich gegen dich hetzt, wer kann dich dann noch ernst nehmen?«

»Alles klar, also die Lage war für Alexanders politische Karriere ziemlich beschissen«, fasst Bennet das Ganze zusammen.

»Außerdem war da auch eine Menge toxischer Männlichkeit im Spiel, wette ich«, sagt Vic. »Wie ich Männer wie Alexander einschätze, kickt es noch mal anders, wenn deine Frau mit deinem größten Konkurrenten … *knötert.*«

»Auf jeden Fall. Mein Vater ist toxische Männlichkeit in Person.« Endlich schaffe ich es, meine Beine zu bewegen, und setze mich wieder auf die Couch.

»Wir gehen also davon aus, dass Alexander die ganze Sache mit Livs Mutter und deinem Vater«, Nick deutet auf mich und Leander, »spitzgekriegt hat.«

»Oh, Scheiße. Das muss ihn rasend gemacht haben.« An Bennets Miene ist abzulesen, dass sich die Puzzleteile nach und nach zusammensetzen. »Verletzter Stolz und seine politische Karriere, die auf dem Spiel stand.« Er zieht scharf die Luft ein. »Ich hab's kapiert. Alexander musste handeln und hat Livs Mutter irgendwie dazu bekommen, die Stadt zu verlassen.«

»Ding, ding. Der Kandidat erhält hundert Gummipunkte«, sage ich sarkastisch. »Mir und meiner Schwester hat er dann das Märchen der abgehauenen Mutter aufgetischt. Klingt ja auch besser als ›meine Ehefrau hat mich mit meinem Erzfeind betrogen und muss deshalb ins Exil‹.« Bei meinen Worten bahnt sich das Bier in meinem Magen seinen Weg zurück in meine Kehle.

»Und ihr glaubt, dass er auch für die Verhaftung deines Vaters verantwortlich war?«, fragt Bennet dann an Leander gerichtet. »Um ihn zu diskreditieren und aus dem Weg zu räumen?«

»Und um zu beweisen, dass er den größeren Schwanz hat.« Vic verzieht angewidert das Gesicht.

Leander nickt. »Die ganze Sache mit der Verhaftung war schon immer komisch. Mein Vater hatte sicher viele kriminelle Dinger am Laufen, aber ein professioneller Drogenhandel? Das hat noch nie zu ihm gepasst.«

»Alexander könnte also irgendein Ding gedreht haben, damit der Erzfeind und Liebhaber seiner Frau von Traun hinter Gitter kommt und er in der Bürgermeistersache freie Bahn hat«, sagt Nick.

»Jep, klingt nach meinem Vater«, sage ich bitter.

»Ach du Scheiße.« Vic lässt sich geplättet gegen die Sofalehne fallen. »Alexander Hohenburg willst du wirklich nicht zum Feind haben.«

Und vor allem nicht als Vater, ergänze ich in Gedanken.

»Aber wie bist du dann in die ganze Sache reingeraten?«, fragt meine beste Freundin an Nick gewandt.

Er scheint zu überlegen. »Ich vermute, dass Melody einen Weg gesucht hat, zu Livia und Nora rückzukehren. Alexander wird ihr sicher mit was ziemlich Heftigem gedroht haben.«

»Klingt logisch.« Leander nickt. »Wenn man es mit jemandem wie Alexander aufnehmen will, braucht man Geld, Macht und Informationen. Das alles hat sie durch dich«, er deutet auf Nick, »bekommen. Immerhin ist sie jetzt Hauptanteilseignerin der *Hohenburg Immogroup* und hat eine Menge Kohle.«

»Und sie hat Informationen, die ihren Ex-Mann für eine ziemlich lange Zeit hinter Gitter bringen können. Sie hat also genug Mittel, um nach Wien zu ihren Töchtern zurückzukehren. Ich verwette Bennets phänomenalen Hintern, dass *das* ihr Plan war.«

»Puh.« Ich reibe mir die Stirn, als könnte mein Kopf die Informationen auf diese Art schneller verarbeiten. »Heißt das, sie steckt auch hinter der Verhaftung meines Vaters?«

»Davon gehe ich aus, ja«, sagt Nick und drückt meine Hand. »Sie musste ja Druck aufbauen, damit dein Vater gezwungen ist seine Anteile an seine neue Partnerin – meine Mutter – zu überschreiben.« Er sieht mich zerknirscht an. »Ich glaube nicht, dass dein Vater sonst so überstürzt geheiratet und seine Anteile hergegeben hätte.«

»Ahhhh.« Bennets Gesicht erhellt sich. »Deswegen hat sie auch ihren Tod vorgetäuscht. Sonst wäre das mit der Hochzeit ja gar nicht drin gewesen.«

Wir Übrigen nicken.

»*All in all* ein durchdachter Plan.« Bennet verzieht beeindruckt das Gesicht. »Aber eine Sache verstehe ich trotzdem nicht.« Angestrengt überlegend fixiert er die vielen Briefe. »Wenn ihr Plan doch so gut funktioniert hat, warum versteckt sie sich immer noch und schickt Livia kryptische Nachrichten, statt einfach bei ihr vorbeizukommen?«

Darauf hat niemand eine Antwort.

»Versteht ihr, was ich meine? Melody hat doch, was sie wollte. Geld, Macht, Informationen, blablabla. Alexander sitzt im Knast. Sie hätte schon vor Monaten zurückkommen können.«

Ich starre Bennet an. Er hat recht.

Alles hat funktioniert. Der gesamte verrückte Plan meiner Mutter hat funktioniert. Warum zur Hölle kommt sie dann nicht mit wehenden Fahnen nach Wien zurück? Was übersehen wir?

»Und warum will sie sich mit Livia im Underground des *Sapphire* treffen? Am Samstag.« Vic rauft sich erst die Haare, dann schaut sie Bennet an, dem der Club gehört. »Was findet am Wochenende im *Sapphire* statt?«

»Am Samstag ist Dark Masquerade. Eine Maskenparty im Dunkeln. Jeder ist anonym. Jeder kann tun, was er oder sie schon immer tun wollte«, erklärt er.

»Der perfekte Ort für ein Treffen mit jemandem, der sich verstecken will.« Nicks Augen brennen vor angestrengter Überlegung mit Sicherheit gleich ein Loch in den Boden. »Nur wissen wir nicht, warum sie sich noch immer versteckt.«

»Und warum zur Hölle Liv in Gefahr ist!« Vic zieht mich an sich und umklammert mich, als würde ich sonst hier und jetzt vom Sofa weggeklaut werden. Ups, stimmt ja. Diesen Part der Geschichte haben wir irgendwie zu wenig diskutiert. Ich schlucke und versuche die Angst zu ignorieren, die sich bei ihren Worten wie ein Ausschlag auf meiner Haut ausbreitet.

»Ich denke, das liegt auf der Hand.«

Mein Blick zuckt zu Leander, der ziemlich blass geworden ist.

»Mein Vater steckt dahinter.« Der Ausdruck, mit dem er mich betrachtet, jagt mir einen Schauer über den Rücken.

»Du meinst, er und meine Mutter hatten die ganze Zeit Kontakt?«

»Ich glaube sogar, dass sie diesen ganzen Plan von den engagierten Hochstaplern bis hin zu Dr. Jeremias Frey und dem vorgetäuschten Tod zusammen durchgezogen haben. Mein Vater kennt die Leute, deine Mutter konnte alles ausführen.«

»Mhm.« Mir platzt gleich der Schädel. So viel ist sicher. »Nick?« Ich wende mich ihm zu und versuche den einen Gedanken zu verfolgen, der sich aus dem Chaos herauskristallisiert hat.

»Ja?«

»Glaubst du, deine Mutter könnte bei ihrer komischen Spionageaktion auch Beweise für von Trauns Unschuld gefunden haben, die jetzt dafür sorgen, dass er freikommt?«

»Meiner Mutter traue ich alles zu.«

»Also noch mal für Dummie Bennet.« Mein bester Freund setzt sich aufrechter hin. »Livs Mutter und Leanders Daddy hatten eine Affäre. Livs Daddy hat's rausgekriegt und Melody ins Exil und von Traun in den Knast befördert.«

Wir nicken.

»Das wiederum haben die nicht auf sich sitzen lassen und gemeinsam einen Plan ausgeheckt, wie sie zurückkehren können.«

Wieder Nicken von allen Seiten.

»Unser Kumpel Nick hier und seine Gangstermutter wurden auf den Plan gerufen und haben es geschafft, Beweise, Geld und so weiter zu organisieren.«

»Respekt, Alter«, sagt Leander und wirft Nick einen halb anerkennenden, halb belustigten Blick zu.

»Also Alexander ist im Knast, Leanders Vater kommt aus dem Knast, Melody hat Macht und Kohle und gemeinsam leben sie glücklich bis ans Ende ihrer Tage. Klingt insgesamt nach einem spannenden Romance-Thriller, wenn ihr mich fragt.« Bennet grinst in die Runde. »Wenn das Ganze verfilmt wird, will ich von Jeremy Allen White gespielt werden.«

»Klappe, Bennet«, sagt Vic streng. »Das ist ja alles schön und gut, aber erklärt immer noch nicht, warum Melody sich immer noch versteckt hält, und vor allem, warum Livia IN GEFAHR ist!« Ihre Augenbrauen berühren sich fast, so eng zieht sie sie zusammen.

Leander stößt ein bitteres Lachen aus. »Mein Vater ist auch nicht gerade der Typ für die große Liebe und ›glücklich bis ans Ende aller Tage‹. Ich denke, er hat den Plan gemeinsam mit Melody durchgezogen und setzt sie jetzt, da er entlassen wird, mit irgendwas unter Druck. Er will Rache und Melody dafür benutzen. Darauf verwette ich ebenfalls Bennets hübschen Hintern.«

»Leute, langsam nimmt mein Hintern hier doch zu viel Raum ein.«

»Ich weiß nicht genau, womit er sie unter Druck setzt, aber was ich weiß, ist, dass *mein* Vater ebenfalls niemand ist, den man zum Feind haben will.« Er schluckt hart. »Und wie ich ihn kenne, und ich kenne ihn ziemlich gut, wird er vor nichts zurückschrecken, um sich zurückzuholen, was ihm genommen wurde. Durch den Skandal und die Verhaftung hat mein Vater nicht nur einen Haufen Geld verloren, weil seine Firmen an der Börse abgerutscht sind, sondern etwas, das ihm noch wichtiger ist. Seine Reputation.«

Mir wird schlagartig kalt.

»Macht Sinn«, sagt Bennet. »Niemand in Wien würde mehr mit einem verurteilten Drogenbaron zusammenarbeiten.«

»Das heißt, er hat einen Plan.« Langsam nickt Leander. »Denn mein Vater hat immer einen Plan und du, Livia, Tochter des Mannes, der ihm all das genommen hat, Prinzessin der High Society, gewollt und geliebt von jedem ...« Ein sarkastisches Grunzen verlässt meine Lippen. »… gibst, was das angeht, eine ziemlich gute Spielfigur ab.«

Vics Umarmung wird noch eine Spur intensiver und ich spüre ihre Angst in jedem ihrer angespannten Muskeln. »Was, glaubst du, hat er vor?«

»Ich habe keine Ahnung, aber fest steht, wir müssen uns etwas einfallen lassen. Es gibt nichts, was ich meinem Vater nicht zutrauen würde.«

»Er würde Liv ernsthaft was antun?« Nicks sommergrauer Blick ist von Panik getränkt.

Leander kann nur nicken und sieht verzweifelt zu mir. Die Kälte auf meiner Haut scheint sich jetzt im Raum auszubreiten und jeden meiner Freunde wie eine Decke einzuhüllen.

»Wann genau wird er entlassen?«, fragt Bennet, offenbar in dem Versuch, einen kühlen Kopf zu bewahren.

»Nächste Woche irgendwann. Wahrscheinlich Mittwoch«, antwortet Leander mit geschlossenen Augen, nachdenklich. »Deine crazy, *un*tote Mutter will sich kommenden Samstag im *Sapphire* treffen, oder?«

»Ja«, bestätige ich. »Also *vor* der Entlassung.«

Stille. Wir alle starren nur Leander an, dessen Ausdruck sich im Takt seiner Gedanken verändert, bis er schließlich die Augen öffnet. »Ich glaube, ich habe eine Idee. Einen Plan, wie du aus der Sache rauskommst.« Er schaut mit verengten Augen zu mir. »Aber er ist ziemlich riskant.«

»Schieß los, erster Detektiv«, fordere ich ihn auf. »Mich schockt nichts mehr.«

»Okay, aber zuerst muss ich dir eine Frage stellen und denk bitte richtig darüber nach.« Seine hellblauen Augen durchbohren mich. »Mein Vater ist ein gefährlicher Mann. Er schreckt nicht vor Gewalt zurück, das habe ich meine gesamte Kindheit live mitbekommen.« Ein trauriger Schimmer glänzt in seinem Blick.

»Scheiße, Leander, ich –«

»Egal«, schneidet er mir das Wort ab, bevor ich die richtigen finden konnte. »Meine komplex traumatisierte Psyche können wir gerne ein anderes Mal diskutieren.« Er hebt die Mundwinkel zu einem gebrochenen Lächeln. »Ich will nur nicht, dass du Xavier von Traun unterschätzt. Der Kerl ist ein machtbesessener Irrer ohne Skrupel und Moral.«

»Klingt nach 'nem sympathischen Kerlchen«, wirft Bennet ein und weicht einem Schlag von Vic aus.

»Livia.«

»Hm?«

»Du hast zwei Optionen. Option A: Du haust schleunigst aus Wien ab, fährst zu deiner Schwester, bringst dich aus der Schusslinie und kommst vielleicht nie wieder zurück.«

Ich will direkt etwas erwidern, als Leander erneut die Hand hebt. »Nein, denk darüber nach! Denk darüber nach, wie es dir in Wien geht, wer du hier bist und ob du hier glücklich werden kannst.«

Ich schlucke hart. »Was ist Option B?«

»Dem Kerl in den Hintern treten.«

Ich schaue zu Nick, schaue in seinen grauen Sommer und versuche auf mein Herz zu hören. Unsere geflüsterten Worte von gestern Abend hallen in meinem Kopf wider. *Erst die Vergangenheit, dann die Zukunft*. Aber auch: *Ich will einen Neuanfang mit dir, irgendwo, wo mich keiner kennt*.

Nick lächelt und plötzlich liegt die Entscheidung ganz klar vor mir.

»Ich weiß, was ich tun will.«

41. KAPITEL

LA FAMILIA

LIVIA

Ich wusste nicht, wie sehr ich das Fliegen mit Nils vermisst habe, bis ich zurück im Himmel bin. Unter uns gleiten Seen, Berge und Wälder dahin und seit mindestens dreißig Minuten will das Lächeln einfach nicht von meinen Lippen weichen.

»Alles cool?«, frage ich immer noch grinsend an Nick gerichtet, der sich beim Start – wie schon beim letzten Mal – ziemlich ängstlich aufgeführt hat.

»Voll cool«, behauptet er, doch ich sehe genau, dass sich seine Zähne nervös in die Unterlippe graben. Um ihn zu ärgern, fliege ich eine scharfe Rechtskurve. Er kreischt. Ich kriege einen Kicheranfall.

»Beeindruckend, wie *cool* du bist.«

»Haha.« Sein sarkastisches Lachen wird zu einem Stöhnen, als ich zu einem weiteren Manöver ansetze. »Letztes Mal hat mir unser Flug deutlich besser gefallen.«

»Als wir fast in ein Gewitter geraten sind?«

»Nein.« Auch wenn ich den Blick jetzt auf das endlose Blau vor mir gerichtet habe, höre ich, dass er mit den Augen rollt. »Ich meine den Teil davor und … *danach*.« Der Klang seiner Stimme lässt Hitze in meine Wangen schießen. »Trotzdem hoffe ich, dass wir dieses Mal um eine Notlandung herumkommen.«

»Davon gehe ich aus. Sieht schließlich nicht gerade nach Gewitter aus.« Tatsächlich scheint die Sonne für Februar ungewöhnlich stark, sodass mir in der engen Kabine ziemlich warm geworden ist. Könnte aber auch an Nicks Gegenwart und den pochenden Erinnerungen liegen, die mit unserem letzten Flug verbunden sind.

»Nora weiß nicht, dass du kommst?«

Ich schüttle den Kopf. »Ich will sie überraschen. Aber Tante Britt weiß Bescheid und hat mit ihr einen Ausflug zum Segelflugplatz organisiert.« Bei der Vorstellung, wie sehr meine Schwester ausflippen wird, wenn sie checkt, dass ich es bin, die aus einer der landenden Maschinen steigt, überfällt ein vorfreudiges Kribbeln meine Haut.

»Wie ist sie so?«

»Wer?«

»Diese Tante Britt. Du hast noch nie von ihr erzählt.« Seine blassen Hände umklammern den Sitz.

»Sie ist die Schwester meines Vaters, aber fast zwanzig Jahre älter. Sie war für uns immer mehr wie eine Großmutter als wie eine Tante.« Wir beginnen zu sinken und segeln über einen gefrorenen, traumhaft schönen Bergsee hinweg. Ich liebe es.

»Steht ihr euch nahe?« Nick kann offenbar nicht aufhören zu plappern.

»Sag mal, quatschst du so viel, um dich davon abzulenken, dass du Schiss hast abzustürzen?« Ich werfe ihm einen feixenden Blick zu.

»Ich? Nein …« Er räuspert sich. »Vielleicht ein bisschen.«

»Tante Britt und mein Vater haben kein besonders gutes Verhältnis«, gebe ich nach. »Und seit sie Wien vor einigen Jahren verlassen hat, um mit einem Kerl Mitte dreißig in den kanadischen Wäldern ein neues Leben anzufangen, gilt sie als schwarzes Schaf der Familie.«

»Lass mich raten, du findest sie mega.« Nick stupst mir in die Seite, nur um einen Wimpernschlag später aufzukreischen und sich mit beiden Händen wieder am Sitz festzuhalten.

»Sie ist mein Spirit Animal«, stimme ich lachend zu. »Auch wenn die Beziehung zu Mike nicht mal ein halbes Jahr gehalten hat.«

»Und jetzt wohnt sie auf einem Bauernhof in Salzburg?«

»Biohof, ja.« Ich unterbreche die Konversation, um dem Tower des Segelflugplatzes unsere baldige Ankunft mitzuteilen. Nick wird noch eine Spur blasser.

»Und warum erlaubt dein Vater, dass Nora bei ihr lebt, wenn er und die Bio-Tante sich nicht verstehen?«

Mein Bauch kribbelt auf die zweitangenehmste Art, die ich kenne, als die Landebahn unter uns auftaucht und wir direkt darauf zusteuern.

»Er hatte keine Wahl. Sie ist die einzig lebende Verwandte, die wir haben.« Bedächtig betätige ich den Hebel, sodass wir so sanft es geht auf dem Rollfeld aufkommen. Nick wimmert dennoch. *Dramaqueen.* Nils ruckelt ein bisschen, als ich die Geschwindigkeit reduziere, zu der mir vorgegebenen Position fahre und schließlich stehen bleibe.

»Oh, das muss die Bio-Tante sein.« Grinsend deutet Nick auf eine Frau mit einem orangen Seidenkopftuch und einem dicken türkisen Filzmantel. Sie winkt mit einer Hand und hält mit der anderen die von …

»Nora!« Mit einer Pudelmütze auf dem Kopf und riesigen Augen schaut meine kleine Schwester zu uns. So schnell ich kann, reiße ich mir das Headset vom Kopf und zerre an meinem Gurt. Als ich die Kabinentür öffne, rennt sie bereits über den harten, gefrorenen Boden auf mich zu. Ich springe aus dem Cockpit und sprinte ihr entgegen.

»Livi.« Ihre Stimme zu hören, sie hier direkt vor mir und nicht durchs Telefon zu hören, schenkt mir Superkräfte, die mich noch schneller auf sie zufliegen lassen. Wie ein Schraubstock umschließen sie meine Arme, als ich endlich bei ihr angekommen bin. Sie kreischt und lacht gleichzeitig und ich glaube, dass ich es auch tue.

»Gott, habe ich dich vermisst«, nuschle ich irgendwo halb über ihrem Ohr in die Wolle ihrer Pudelmütze. Tränen brennen in meinen Augen und mein Herz dehnt sich vor Wärme aus, bis es meinen gesamten Brustkorb einnimmt.

»Ich hab dich auch vermisst, Livi, aber du ziehst an meinen Haaren.«

»Ups.« Ich lasse sie nur widerwillig runter und wische mir einmal über die feuchten Augen. »Ich habe noch jemanden mitgebracht. Ich hoffe, du freust dich.« Mit dem Daumen deute ich hinter mich.

Ihre Augen werden noch eine Spur runder und ihr klappt der Mund auf. »Ist das Nick?«

»Ist er.«

Skeptisch fixiert sie ihn, während er das Gepäck aus dem Cockpit holt. »Aber ich dachte, er ist böse und hat unser Geld geklaut.« Verwirrt und mit einem Hauch Strenge im Blick schaut sie wieder zu mir.

»Das stimmt zwar, aber er hat es irgendwie wiedergutgemacht«, versuche ich Nicks und meine verquere Beziehung zu erklären.

»Das verstehe ich nicht.«

Wie sollte sie auch? So richtig verstehe ich es ja selbst noch nicht. »Ich versuche es dir später zu erklären, okay, Knödel?«

Sie umfasst meine rechte Hand und nickt dann wissend. »Bist du in ihn?«

»Was bin ich?«

»In ihn.«

»Hä?«

»Verkna-hallt.« Beinahe genervt rollt sie mit den Augen. »Das fragen in der Schule immer alle. Bist du in Jan oder bist du in Marvin?«

»Aha. Und?«

»Was und?«

»Bist du in Jan oder Marvin?«

Entsetzt zieht sie die Augenbrauen hoch. »Nein. Natürlich nicht. Aber du bist in Nicolas, glaube ich.«

»Was ist mit mir?« Nick hat uns samt Gepäck erreicht und sieht verwirrt zwischen uns hin und her. »Hey, Nora, schön, dich wiederzusehen.«

»Hm.« Meine Schwester verschränkt die Arme und mustert ihn. »Du hast gemacht, dass es Livi ganz, ganz schlecht ging.« Ihr Tonfall ist schärfer, als ich es ihr zugetraut hätte.

»Schon gut, Nora, ich …«, versuche ich sie zu stoppen, aber sie scheint nicht auf mich hören zu wollen.

»Und du hast geklaut. Von uns. Ganz viel.« Mit einem behandschuhten Finger zeigt sie jetzt bedrohlich Richtung Nicks Brust.

»Da hast du recht, Nora.« Schuldbewusst hebt er beide Hände. »Und das tut mir leid. Ich hoffe, dass du mir eine zweite Chance gibst.«

Nora sagt nichts, sondern starrt ihn nur weiter skeptisch an.

»Deine Schwester hat es auch getan.« Ein wenig hilflos nickt er zu mir.

»Klar hat sie. Ich glaube, sie ist in dich, deswegen denkt sie nicht richtig nach.«

»Was ist sie?« Verwirrung spiegelt sich in seinen Augen wider.

Nora stöhnt. »Verknallt natürlich.«

»Ach so, oh.« Er linst zu mir. »Bist du?«

»Vielleicht.« Grinsend zwinkere ich ihm zu.

»Siehst du!« Nora stemmt frustriert die Hände in die Hüften. »Deswegen denkt sie nicht logisch.«

Langsam nickt Nick. »Deshalb musst du das übernehmen, verstehe.«

»Ganz genau.«

»Okay, ich habe eine Idee.« Er streckt ihr seine Hand hin. »Die zwei Tage bei euch sind quasi eine Testphase. Du prüfst mich und entscheidest danach, ob ich eine zweite Chance verdient habe oder nicht.«

Nora überlegt kurz, sieht mich einmal fragend an, aber ergreift dann Nicks Hand und schüttelt sie. »Okay.«

»Guter Plan. Wollen wir dann los?«, frage ich und versuche ihre entschlossene Miene zu imitieren.

»JA!« Das Strahlen ist zurück in ihre Augen getreten. »Ich muss dir unbedingt Hugo vorstellen! Er ist mein neuer bester Freund!«

»Wohnt Hugo auch auf dem Biohof?«, fragt Nick, offensichtlich um ein freundliches Gespräch bemüht.

»Natürlich.« Sie verdreht die Augen. »Er ist ein Esel.«

»Ich habe ein bisschen Tonka in den Kakao gemacht.« Britt zwinkert mir zu und stellt eine dampfende Tasse vor mir ab. An ihrem Arm klimpern mehrere Armreife. »Regt die Libido an.«

Nick, der gerade einen Schluck genommen hat, hustet plötzlich. Ich muss kichern. »Danke.« Mit verschwörerischer Miene nehme ich einen Schluck. Britt zwinkert Nick zu, der sich daraufhin erneut verschluckt.

Nora scheint von dem Ganzen nichts mitzukriegen, sondern pustet heftig auf ihre Tasse. Ich sehe mich um. Wenn an der Tür nicht der Name Hohenburg stehen würde, würde niemand auf die Idee kommen, dass jemand aus unserer Familie hier wohnt. In der kleinen, rustikalen Küche passt kein Stuhl zum anderen. Die Tassen, aus denen wir trinken, hat Britt selbst getöpfert. An den Fenstern baumeln Makramee-Ornamente und jeder freie Zentimeter ist entweder mit Pflanzen, Edelsteinen oder Engelsfiguren vollgestellt.

»Verratet ihr uns jetzt den Grund für euren spontanen Besuch?« Britt umfasst ein tassenähnliches Töpfergefäß mit beiden Händen und hebt fragend eine Augenbraue. »Das heißt, ich habe geahnt, dass unerwarteter Besuch kommt, schließlich steht der Mond im Wassermann und ist diese Woche abnehmend.« Bedächtig nickt sie und nimmt einen Schluck.

Nick und ich tauschen einen Blick. Abnehmender Mond, ist klar.

»Also?«, fragt sie mit einem aufmunternden Lächeln.

»Ja, Livi, was macht ihr hier?« Über Noras Lippen prangt ein Milchbart, den sie jetzt versucht mit der Zunge zu beseitigen.

Okay. Ich atme einmal tief durch. Dann kommt jetzt wohl der ernstere Teil dieses Besuchs. Unter dem Tisch spüre ich, wie Nick seine Hand ermutigend auf mein Knie legt. Ich schaue Nora ins Gesicht, schaue in die Augen, die ich seit Monaten vermisse und die mir zeigen, dass ich die richtige Entscheidung treffe. »Ich werde Wien verlassen und zu euch nach Salzburg ziehen.«

Erst Stille. Dann ein aufgeregter Freudenschrei. Nora ist von ihrem Stuhl aufgesprungen und hopst auf und ab.

»Freust du dich?«, frage ich, obwohl die Antwort darauf ziemlich offensichtlich ist.

»Ich freue mich Faktor eine Trilliardenmilliarde doll.« Sie quietscht. »Darf sie hier wohnen? Bei uns? Bitte, Tante Britt.«

»Wenn Livia das möchte.« Sie wirft mir einen warmen Blick zu.

»Eigentlich …« Ich schlucke. »Wollte ich … wollten wir …«, mit einem Finger deute ich auf Nick, »… in ein Apartment in der Stadt ziehen. Aber du würdest dort ein Zimmer bekommen und könntest uns besuchen, wann du willst.«

Nora hört auf mit dem Gehopse. Ihr Gesichtsausdruck verändert sich schlagartig. »Was ist mit Papa?« Die Frage ist nicht mehr als ein hauchzartes Flüstern. »Musst du nicht in Wien sein, um ihm zu helfen?«

Mein Brustkorb zieht sich zusammen, da es genau die Frage war, vor der ich mich gefürchtet habe. »Ich glaube, dass es Zeit wird, dass ich meinen eigenen Weg gehe, Knödel.«

»Aber … aber was wird dann aus unserer Familie?« Angst erfüllt ihre Augen. »Wenn wir Papa alleine lassen.«

Ich suche in meinem Kopf nach einer Erwiderung, nach irgendetwas, um diesen traurigen Glanz aus ihren Augen zu vertreiben. Aber ich kann die Blockade, die plötzlich in meinem Hirn aufgetaucht ist, nicht durchbrechen.

»Komm mal her, Nora-Schatz.« Britt klopft auf ihre Oberschenkel, woraufhin meine Schwester auf ihren Schoß klettert. »Familie ist so viel mehr als Verwandtschaft. Zu einer Familie gehört Vertrauen, bedingungslose Liebe und ganz viel Wärme.« Unter dem Tisch greife ich nach Nicks Hand, die noch immer auf meinem Knie ruht, und drücke sie. »Eine Familie muss nicht immer aus Eltern und Kindern bestehen«, fährt Britt fort. »Man kann auch zu zweit eine Familie sein, als Schwestern oder als Tante und Nichten oder als Freunde. Familie sind die Menschen, die dich lieb haben. Egal was kommt.«

Nora nickt. In meinen Augen brennt es und plötzlich muss ich an meine Familie denken. Nicht an die Menschen, die ich seit Wochen versuche zu retten. Nicht an meine Mutter. Nicht an meinen Vater.

Ich denke an Nick und Nora. An Vic, Bennet und Leander. An die Menschen, die da waren und dableiben. Egal was kommt.

»Okay«, sagt Nora schließlich und lächelt. »Zieht ihr jetzt gleich ein?«

Wie gern würde ich Ja sagen und für ein paar Wochen hier zwischen den Pflanzen und Engeln und dem Tonkabohnenkakao bleiben. Wie gern würde ich Wien ab heute den Rücken kehren.

»Nein«, sage ich trotzdem. »Zuerst muss ich noch eine Sache erledigen.«

42. KAPITEL

DIE MASKEN FALLEN ... NICHT.

NICOLAS

Das Bass vibriert in meinem Magen, als wir die Treppe runter in den Undergroundbereich des *Sapphire* gehen. Ich werfe Livia von der Seite einen Blick zu und muss sofort schlucken, weil mein Mund trocken wird. Ihr schwarzer Body ist nur von einem hauchfeinen Chiffonrock bedeckt, der nicht gerade viel Spielraum für Fantasien lässt.

Aber das ist es nicht, was mich komplett durchdrehen lässt. Okay, schon auch. Sie sieht verflucht heiß aus. Aber es ist vor allem das Lächeln auf ihren Lippen, das meinen Puls in die Höhe schießen lässt. Entschlossenheit brodelt in ihren Augen, so heftig, dass die schwarze venezianische Maske es nicht verbergen kann.

»Was?«, fragt sie, als sie meinen Blick bemerkt.

Ich umschließe ihre Finger und ziehe sie an mich. »Du siehst unglaublich aus.«

»Du auch.« Ihr Lächeln wird noch echter und ich kann nicht anders. Noch auf der Treppe drücke ich sie gegen das Geländer und meine Lippen auf ihr Freiheitslächeln. Mein Herz macht eine Milliarde Saltos, mein Schwanz zuckt verlangend. Ich gewöhne mich einfach nicht daran. An dieses berauschende Gefühl, wenn wir uns nur berühren, an das quälende Verlangen. Vielleicht werde ich das nie, aber das wäre okay.

»Hey.« Sie löst sich von mir und ringt nach Luft. »So gern ich das hier vertiefen würde, wir sind nicht deswegen hier.«

»Nicht?«

»Du erinnerst dich an die Sache mit dem durchgeknallten Milliardär, der mich potenziell umlegen will, und meiner von den Toten auferstandenen Mutter?«

»Ach ja. Da war ja was.« Obwohl ich mich darum bemühe, meinen lockeren Ton ihrem anzugleichen, spannen sich meine Muskeln an. »Liv, ich will jetzt keinen auf ›ich bin der große starke Mann und muss dich beschützen‹ machen.« Denn wir beide wissen, dass sie meinen Schutz nicht braucht. »Aber sollte dir irgendjemand zu nahe kommen, kann ich für nichts garantieren.« Allein bei dem Gedanken, jemand könnte ihr was antun, entwickle ich ziemlich brutale Mordfantasien.

»Mir wird niemand zu nahe kommen. Wir haben einen Plan, schon vergessen?« Mit viel zu beschwingtem Schritt geht sie die Treppe weiter hinunter.

»Leander nennt es einen Plan«, wiederhole ich sarkastisch. »Ich nenne es grobe Handlungsideen mit potenzieller Todesfolge.«

»Mein Gott, wie kann man so dramatisch sein?« Sie verdreht die Augen. »Außerdem treffe ich hier gleich meine Mutter wieder, nachdem ich ihre Asche auf der Donau verstreut habe. Können wir uns vielleicht darauf konzentrieren, statt uns irgendwelche Horrorszenarien auszudenken?«

Shit, sie hat recht. »Sorry.« Wir bleiben vor der Tür stehen und ich suche ihren Blick. Panik hat die Entschlossenheit in weiten Teilen verdrängt. »Wie fühlst du dich?«

»Keine Ahnung. Durcheinander, schätze ich.«

Durcheinander beschreibt auch alles, was in mir vorgeht, ziemlich gut. Die Musik ist bereits jetzt unerträglich laut, und das obwohl wir noch vor den schweren Brandschutztüren stehen, an denen rechts und links ein Türsteher und eine Türsteherin postiert sind. Auch sie tragen Masken.

»Egal was ist, ich bin bei dir, okay?« Ich drücke ihre Hand ein wenig fester.

»Du bist bei mir.« Sie atmet tief durch. »Du bist bei mir.« Dann nickt sie.

»Bereit?«

»Bereit.«

Wir wenden uns den Türstehern zu. »Passwort?«

»Venezia«, sagt Livia.

Wie originell.

»Handys hier rein.« Die Frau hält uns eine schwarze Samtkiste hin, in die wir unsere Smartphones legen. Außerdem kontrolliert sie unsere Personalausweise und beschriftet die Kiste mit unseren Namen. »Die Masken müssen aufgelassen werden. Sobald Sie durch diese Tür gehen, herrscht volle Anonymität. Sie können sein, wer Sie wollen. Viel Spaß.«

Sie öffnet die Tür und die Hölle bricht über uns herein. *High for This* von The Weeknd dringt aus den Boxen und genau das scheint auch das Motto hier zu sein, wenn ich mir die Feiernden so ansehe. Die meisten Gesichter sind bis zur Unkenntlichkeit verhüllt. Hemmungslos reiben sich Körper aneinander und verschmelzen immer wieder mit dem Nebel. Lichter tanzen auf Haut. Frauen tanzen an Stangen. Meine Aufmerksamkeit wird von einer brünetten Tänzerin angezogen, die sich im Takt der Musik sinnlich an einer der vielen Stangen dreht. Eine Erinnerung flutet meine Gedanken und lässt meinen Puls rasen.

»Na? Muss ich eifersüchtig werden?«, schreit Livia, die meinem Blick gefolgt ist, gegen The Weeknd an, grinst dabei aber belustigt.

Ich lache auf. »Ich muss nur gerade an meinen letzten Besuch hier denken.«

Trotz der Dunkelheit sehe ich deutlich, wie sich ihre Wangen färben. »Nicht mein bester Moment.«

Meine Hände umfassen ihre Taille und ich spreche direkt in ihr Ohr. »Vielleicht sollte ich das nicht sagen, weil du damals echt am Boden warst und alles, aber deinen Striptease habe ich nie vergessen.«

Ich spüre, wie sie an meiner Wange lächelt, und mein Blut rauscht ziemlich schnell durch meine Adern.

Diese Frau ist mein Untergang. Oder meine Rettung.

Mit verschränkten Fingern quetschen wir uns durch die schwitzenden Körper.

»Irgendwie spooky, diese Anonymität«, brülle ich Livia zu und beobachte zwei Männer, die am Rand des Clubs gerade dabei sind, sich *kennenzulernen*. Ihre Gesichter sind hinter breiten schwarzen Masken verborgen. »Stell dir mal vor, du machst auf einmal mit deinem Chef rum oder, schlimmer, deiner Cousine oder so.«

Livia stößt mich kichernd in die Seite. »Ich find's mega! Endlich einfach nur tanzen und Dinge machen, die man machen will. Ohne diesen ganzen Mist.«

Das hätte ich mir denken können. Für jemanden wie Livia muss es der Hammer sein, mal ein paar Stunden eben *nicht* Livia zu sein.

»Wo gehen wir eigentlich hin?«

»Wir suchen Bennet. Er muss hier irgendwo sein.« Sie deutet auf die mit Leder bezogenen Sitzecken neben einem riesigen DJ-Pult, auf denen mehrere Gäste um runde Tische herumsitzen. Auf manchen stehen Kübel mit Flaschen, auf einem tanzt eine fast nackte Frau und auf dem ganz hinten zieht ein Mann einem anderen gerade eine schwarze Hose aus.

»Ah, da seid ihr ja.« Ein hochgewachsener Kerl in einem Netzoberteil steht plötzlich neben uns, das Gesicht hinter einer Schakalmaske verborgen.

»Bennet.« Livia umarmt ihren Freund, den ich jetzt auch an Körperhaltung und Haarfarbe erkenne. »Ist sie schon da?«

Er schüttelt den Kopf. »Bisher nicht. Meine Leute haben die

Anweisung, mir sofort Bescheid zu sagen, wenn Melody hier auftaucht.« Er tippt auf einen kleinen, fast verborgenen Knopf im Ohr. »Es gibt nur einen Eingang. Sie wird kommen. Es ist ja noch nicht Mitternacht.«

Dessen bin ich mir auch sicher. Genauso bin ich mir sicher, dass Melody Hohenburg diesen Club nicht zufällig ausgesucht hat, sondern dass sie ziemlich genau wusste, dass der Besitzer ein Freund von Livia ist.

»Okay, was machen wir dann solange? Wenn sie wirklich erst um null Uhr kommt, haben wir noch eine Dreiviertelstunde Zeit.« Unschlüssig blickt Livia zu mir.

»Habt ein bisschen Spaß. Hier gibt's keine Tabus.« Bennet zwinkert uns beiden zu. »Aber bleibt in der Nähe, damit ich euch finden kann, wenn sie da ist. Ich bin oben beim DJ, wenn was ist. Du packst das, Liv.«

»Alles klar.« Ich nicke Bennet zu, der sich daraufhin umdreht und zurück auf das Pult springt. Fragend wende ich mich an Liv. »Wir können uns auch einfach irgendwo hinsetzen, wenn dir das zu viel ist.« *Wenn wir einen Ort hier drinnen finden, an dem wir nicht Zeugen eines Livepornos werden.*

»Nein.« Sie schüttelt den Kopf. »Lass uns tanzen, sonst drehe ich vor Aufregung noch durch.«

Ich nicke und lasse mich von ihr zurück in die Menschenmenge ziehen.

In der Sekunde, in der Livia Hohenburg zu *tanzen* beginnt, weiß ich, dass ich verloren bin. Die Art, wie sie sich zur Musik bewegt, ist nichts anderes als pure Ekstase. Sie dabei zu beobachten, wie sie sich mit Haut und Haaren in den Song fallen lässt, ist wel-ten-er-schüt-ternd.

Vielleicht ist mein Mund aufgeklappt. Vielleicht gaffe ich sie an wie einer dieser ekelhaft ungenierten Kerle im Casino. Vielleicht kann ich aber auch nicht anders.

Ihre Augen sind geschlossen. Ihre Hände wandern ihren Körper entlang. Ihre Hüften kreisen. Sie wird Teil der pulsierenden Menge. Bis sie die Augen öffnet und mich fixiert.

Bass und Masken und Nebel und Livias Augen. Immer wieder Livias Augen, die mich gefangen nehmen und mich auf eine Weise zum Glühen bringen, die mich alles vergessen lässt. Die mich *pulsieren* lässt.

Wie ferngesteuert gehe ich auf sie zu. Angezogen von diesem verschlingenden Blick. Unsere Becken prallen aufeinander und hypnotisiert von ihren Bewegungen tanze ich mit ihr.

Ich werde hart. Kann sein, dass ich es schon die ganze Zeit war, ich habe den Kontakt zu mir selbst verloren. Nichts zählt mehr. Nichts außer der Musik und uns.

Hände streichen, kratzen, kneifen.

Lippen küssen, lecken, beißen.

Hüften reiben, kreisen, fordern.

Herzen hüpfen, hämmern, fliegen.

Dieser Moment könnte ewig andauern. Obwohl, wahrscheinlich würde ich irgendwann in meine Hose kommen und mich bis auf die Knochen blamieren. Aber wenn ich ehrlich zu mir selbst bin, ist mir sogar das egal.

Livia presst sich enger an mich. Meine Hände sind … irgendwo. Auf jeden Fall auf ihr. Wir küssen uns so gierig, so hungrig, als würden wir auf der Stelle sterben, wenn wir aufhören.

»Liv.« Jemand tippt uns auf die Schulter und wir fahren auseinander. Sterben nicht. »Sie ist da. Sie wartet in einem Separee.«

Sie? Separee? Komplett verwirrt sehe ich mich um. Dann fällt mir wieder ein, warum wir *eigentlich* hier sind.

Der Plan. Livias Mutter.

Ich schaue in ihre glasigen Augen, die offenbar ebenfalls den Grund unseres Besuchs verdrängt haben. »Denk dran: Ich bin bei dir.«

»Du bist bei mir«, wiederholt sie und wendet sich dann an Bennet. »Bring mich zu ihr. Ich will mit meiner Mutter sprechen.«

43. KAPITEL

SCHWARZER VORHANG AUF

LIVIA

»Ich glaube, ich muss das hier doch allein machen.« Die Erkenntnis trifft mich in der Sekunde, in der Bennet vor einem schwarzen Vorhang haltmacht. Dahinter sitzt meine Mutter. Meine *Mutter.* Meine abgehauene, gestorbene, wiederauferstandene, kryptische Briefe schreibende Mutter.

»Bist du sicher?« Nick sieht mich verblüfft an.

Ich nicke. »Kannst du einfach hier warten? Dann hole ich dich sofort, wenn ich dich brauche, okay?«

Die Art, wie er die Augenbrauen zusammenzieht, verrät mir, dass er es ganz und gar nicht okay findet, trotzdem nickt er.

»Hey, sie wird mich schon nicht erstechen, sobald ich da reingehe«, versuche ich sie zu beruhigen.

»Kann sie auch nicht. Meine Leute haben sie durchsucht, bevor sie reingelassen wurde.«

»Siehst du? Mir passiert nichts.«

Nick sieht noch immer alles andere als überzeugt aus, drückt mir aber nur einen Kuss aufs Haar. »Pass auf dich auf. Ich bin hier, wenn du mich brauchst.«

Ich verharre vor dem schwarzen Vorhang. Mein Herz schlägt

so schnell, als wolle es mir aus der Brust springen. Wenn ich hier durchgehe, wird sie da sein. Ich werde ihr in die Augen sehen und ihre Stimme hören können. Ich zwinge meine Lungen einen tiefen Atemzug zu nehmen. *Erst die Vergangenheit, dann die Zukunft,* rufe ich mir Nicks Worte in Erinnerung. Ich werfe ihm einen letzten Blick zu, ziehe den Vorhang beiseite und setze einen Schritt ins Separee.

»Livia.«

Sie ist es.

Auch wenn ich es schon wusste, trifft mich die Erkenntnis wie ein Faustschlag direkt in die Magengrube. Ich werde eingesogen von einem Strudel aus Erinnerungen. Lachen und Tanzen und Klavierspielen und Schmerz, Schmerz, Schmerz.

»Mama.«

Ich spreche die zwei Silben aus und schaue ihr dabei direkt in die geweiteten meergrünen Augen. Ihre Maske liegt vor ihr auf einem runden Tisch. Keine von uns sagt etwas. Ich starre sie nur eine Ewigkeit lang an, lasse meinen Blick über ihre geschwungenen Wimpern, ihre kleine Nase und ihre Lippen wandern. Meine Lippen. Herzlippen.

Sie ist am Leben und sitzt hier, kaum zwei Meter von mir entfernt. Sie sitzt hier und zieht ihre Nase kraus wie früher und streicht sich immer wieder diese widerspenstige Strähne hinters Ohr wie früher. Sie jetzt zu sehen ist …

Ja, wie? Ich suche in meinem Inneren nach einem Gefühl. Nach irgendwas, das mir in Gottes Namen verrät, was ich jetzt tun soll.

»Livia? Sag doch was, bitte.«

»Ich …« Gott, meine Stimme hört sich an, als hätte ich eine fette Erkältung. Ich räuspere mich. »Ich weiß nicht was«, sage ich wahrheitsgemäß. »Wenn du mir verraten könntest, was man zur eigenen Mutter sagen kann, die plötzlich vor einem sitzt, nachdem sie abgehauen und *gestorben* ist, wäre ich dir sehr dankbar.« Noch immer rühre ich mich nicht.

»Wenn du mir sagst, was man zur eigenen Tochter sagen kann, nachdem man … na ja … diese Dinge getan hat, wäre ich dir noch dankbarer.« Sie lächelt zaghaft. Ich schaue weg. In meinem Kopf herrscht ein heilloses Durcheinander.

»Du wolltest mit mir sprechen.« Eine handfeste Tatsache, die mir Halt gibt.

»Stimmt.« Sie nickt, presst die Lippen aufeinander und reibt sich über die Stirn. Alles an dieser Bewegung ist vertraut und gleichzeitig unglaublich fremd. »Willst du … äh … ich meine … magst du dich setzen?«

Mich setzen. Als wäre das hier eine völlig normale Situation. *Und was hast du so am Wochenende gemacht? Ach, nichts Besonderes. Ich hab mit meiner toten Mutter auf einer Maskenparty gechillt und bei dir so?*

»Komm schon, Livia. Du machst mich ganz nervös, wenn du da so herumstehst und mich anstarrst, als wäre ich …«

»Von den Toten auferstanden?«, kontere ich. »Ich will mich ja nicht zu weit aus dem Fenster lehnen, aber das letzte Mal, als das jemandem gelungen ist, ist das Ganze nicht so gut ausgegangen. Erinnerst du dich an die Sache mit der Kreuzigung?«

Sie kichert. Meine Mutter kichert. Und das Verrückte ist, ich tue es auch.

»Dann verrate es bitte niemandem.« Sie grinst mich an. »Zur Gründung einer Weltreligion fehlen mir aktuell wirklich die Kapazitäten.« Wieder lachen wir und irgendwie schaffe ich es, die vielen emotionalen Wunden, die sie mir zugefügt hat, für einen kurzen Moment zu vergessen. Irgendwie schaffe ich es, mich auf sie zuzubewegen und neben sie zu setzen.

Ein Teil von mir würde sie gerne umarmen. Ein anderer Teil will sie vermöbeln. Also tue ich nichts von beidem und bleibe einfach nur sitzen.

»Du lebst«, fange ich irgendwann mit dem Offensichtlichsten an.

»Ich lebe.«

»Aber du warst tot. Ich habe deine verfickte Asche auf der Donau verstreut. Nora hat wochenlang geweint.«

»Ich weiß.« In ihren Augen schimmert es verdächtig. »Und wenn es eine andere Möglichkeit gegeben hätte, hätte ich euch das nicht angetan.«

»Eine Möglichkeit wozu?«

Meine Mutter vergräbt ihr Gesicht in den Händen und atmet lange aus. »Ich wollte dir das alles in Ruhe erklären, wenn ich die Sache geregelt habe.«

»Die Sache mit deinem Ex-Liebhaber-Milliardär, der es jetzt auf mich abgesehen hat wie in einer billig produzierten Netflix-Serie?«

Ihre Augen weiten sich erschrocken.

»Jap, ich habe recherchiert.«

»Okay.« Sie nickt. »Dann weißt du ja, dass du schleunigst aus Wien verschwinden musst.«

»Das werde ich, aber erst will ich alles wissen. Jedes verfickte Detail.«

»Livia, ich –«

»Du kannst nicht erwarten, dass ich *mein Leben* zurücklasse ohne irgendwelche Infos.«

Für einen kurzen Augenblick schließt sie die Augen, bevor sie sich aufsetzt. »Gut, wo fange ich an?« Sie reibt sich über die Augen.

»Vielleicht mit dieser verrückten Affäre mit Leanders Vater oder soll ich ihn *Jay* nennen?« Meine Stimme klingt gehässiger, als ich es beabsichtigt habe. Aber dass simpler Ehebruch der Ursprung all dessen gewesen ist, ist wirklich schwer zu verdauen.

»Du hast die Briefe gefunden.« Scham flutet ihre Wangen, als sie zu Boden blickt.

»Ich habe die Briefe gefunden«, wiederhole ich. »Nachdem ich dein Klavier zu Kleinholz verarbeitet habe.«

»Wie bitte?« Verwirrt hebt sie den Kopf.

»Ich gebe zu, dass ich in letzter Zeit vielleicht etwas neben der Spur war«, schiebe ich betreten nach. Wenn man es genau nimmt, war ich noch nie *in* der Spur.

Meine Mutter nickt nur, scheint sich zu sammeln und holt dann tief Luft. »Xavier und ich haben uns bereits vor Jahren in Prag getroffen. Lange bevor ich deinen Vater kennengelernt habe. Wir hatten eine gemeinsame Nacht.«

»Bitte keine Einzelheiten. Die Details in den Briefen haben mir gereicht.« Jetzt bin ich die, die beschämt den Blick abwendet.

»Hör mal, ständig in den Medien von deinen Männergeschichten zu lesen, war auch nicht gerade angenehm.«

»Da dachte ich auch, du wärst tot.«

»Punkt für dich.« Sie schluckt. »Auf jeden Fall haben Xavier und ich uns nach unserer gemeinsamen Nacht wieder aus den Augen verloren und ich habe deinen Vater kennengelernt.« Ein Schatten fällt über ihr Gesicht, doch sie spricht weiter. »Ich habe mich sofort in ihn verliebt. Er war charmant, ein richtiger Gentleman, und er hatte diese ganz besondere Art an sich, mit der sich an seiner Seite alles leicht angefühlt hat.«

»Wenn man so viel Geld hat wie er, *sind* viele Dinge leicht«, erwidere ich sarkastisch.

»Das stimmt. Aber damals war ich schlichtweg beeindruckt von ihm und davon, wie er die Welt sieht. Mit was für einer Entschlossenheit er die Dinge anpackt und wie ihm einfach alles gelingt.«

»Na ja, jetzt gerade sitzt er im Knast, falls du es vergessen hast.«

»Habe ich nicht, aber darauf komme ich später zurück. Wo war ich?«

»Alexander, der tolle, einflussreiche Mann.« Ich verdrehe die Augen.

»Ah, genau. Versteh mich nicht falsch, ich hätte mich auch in ihn verliebt, wenn er irgendeinen stinknormalen Job gehabt hätte, aber bei ihm hatte ich das Gefühl, endlich etwas tun zu können. Endlich etwas verändern zu können.«

»Weil du ziemlich arm aufgewachsen bist?« Bisher scheint das *hypothetische Szenario*, das ich mit den anderen durchgesprochen habe, ziemlich exakt der Wahrheit zu entsprechen.

Sie nickt. »Ich habe nie vergessen, in was für Umständen ich aufwachsen musste, und dachte, wenn ich diesen Mann heirate, kann ich für Menschen, die so sind, wie ich es war, irgendwas verbessern.«

Ich kann ein Schnauben nicht unterdrücken. »Lass mich raten. Mein lieber Vater war von der Idee nicht ganz so angetan?«

Ein trauriges Lächeln schleicht sich auf ihre Lippen und sie nickt. »Er hat mich nie wie eine Partnerin auf Augenhöhe behandelt, sondern mich lieber herumgezeigt wie ein teures Auto oder eine wertvolle Halskette.«

»Ein funkelndes, aber niemals forderndes Juwel, dessen Glanz ihn strahlen lässt.«

»Ganz genau.«

»Ist von Taylor Swift.«

»Ich weiß.«

Unsere Blicke treffen sich und mein Herz macht einen Satz.

»Also warst du unglücklich?«

»In meiner Ehe? Ja. Mit dir? Nicht eine Sekunde.«

Mir wird warm und ich spüre fast, wie einige der noch immer blutenden Wunden in dieser Sekunde beginnen zu heilen. Ich schlucke gegen einen Tränenkloß an, der sich in meiner Kehle ausbreitet.

»Also hast du wieder was mit Xavier angefangen?«, frage ich heiser und räuspere mich.

»Wir haben uns auf einem Empfang wiedergesehen. Damals war er noch nicht verwitwet und ich ganz neu in Wien. Seine Annäherungsversuche kamen aber erst Jahre später.«

»Er hat nicht lockergelassen?«

»Ganz und gar nicht. Du hast die Briefe ja gelesen. Ich habe es lange geschafft, nicht darauf einzugehen. Er war deinem Vater verhasst und ich wollte in jeder Hinsicht loyal und treu sein.« Ein tiefer Seufzer verlässt ihre Lippen. »Aber irgendwann …«

Ich frage nicht nach, weil ich mir zusammenreimen kann, wie das Ganze abgelaufen ist. Der goldene Käfig, den mein Vater für sie gebaut hat, hat sie erstickt. Es ging nicht nur um irgendein sexuelles Abenteuer. Es ging um Selbstermächtigung und Kontrolle. Eine Affäre mit dem größten Widersacher meines Vaters hat ihr die Kontrolle zurückgegeben, die mein Vater ihr genommen hat.

»Es ging lange gut. Es ging sogar über zehn Jahre lang gut, in denen wir uns heimlich trafen.«

Ein Gedanke, scharf wie ein Skalpell, schießt durch mich hindurch. Zehn Jahre. »Ist Nora …?«

»Nein. Nora ist wie du von deinem Vater.«

Erleichtert atme ich auf.

»Aber er hat es rausgefunden, oder? Kurz vor der Wahl.«

»Du hast wirklich nicht schlecht recherchiert.« Ihr anerkennender Blick verwandelt sich nur einen Wimpernschlag später in Schmerz. »Ja, er hat es rausgefunden und ist ausgeflippt. Nicht weil ich ihn betrogen habe. Ich glaube, wenn ich ihn mit, keine Ahnung, Claus, dem Chauffeur, betrogen hätte, wäre es ihm schnuppe gewesen.«

»Untersteh dich. Claus hat Familie.« Ich werfe ihr einen halb ironisch gemeinten strengen Blick zu.

»Es ging ihm nur um diese verfluchte Wahl. Sie sollte der Beginn einer langen politischen Karriere sein. Ich glaube, Menschen mit dem Vermögen deines Vaters brauchen irgendwann Ziele, die nicht mit finanziellen Mitteln zu erreichen sind.«

»Wie Trump«, werfe ich ein.

»Genau. Und dieses Ziel wurde durch mich bedroht.« Ein angewiderter Ausdruck schleicht sich in ihr Gesicht. »Also musste ich eliminiert werden.«

»Er hat dich verjagt?«

»Er hat gesagt, er werde mir etwas antun, wenn ich nicht auf der Stelle verschwinde, und ich habe das ziemlich ernst genommen.«

Ich nicke und bin kein bisschen schockiert, dass mein Vater seine eigene Ehefrau bedroht hat. »Ich wusste, dass er euch nichts tun würde.«

Schließlich muss ja jemand das heilige Imperium übernehmen. »Uns hat er gesagt, dass du uns nicht mehr wolltest. Dass du mit einem knackigen Jamaikaner in die Karibik abgehauen bist.« Erinnerungen bahnen sich wie Gift ihren Weg durch meinen Körper und sammeln sich als flammender Zorn in meinem Magen.

»O mein Gott. Livia, das muss …« Sie unterbricht sich und knetet hilflos ihre Finger.

»Schon gut.« Ich hebe eine Hand. »Du warst also im Exil und Xavier, der die Mittel gehabt hätte, dich zu beschützen, im Knast.«

»Ich war die ganze Zeit in Österreich. Immer mal wieder in Wien, aber ich hätte dich nur in Gefahr gebracht, wenn ich zu dir oder Nora Kontakt aufgenommen hätte.«

»Verstehe.«

»Aber Xavier habe ich im Gefängnis besucht. Er hatte die nötigen Kontakte, die ich brauchte, um meine Rückkehr zu planen. Schließlich hatte er auch Interesse daran, dass Alexander gestürzt und er entlassen wird.«

»Du hast Tanja und Nick also auf den Plan gerufen, um die Hohenburg-Anteile in die Finger zu kriegen. Außerdem sollten sie auch Beweise für Xaviers Unschuld suchen, oder?« Beziehungsweise muss Nicks Mutter dies getan haben, ohne ihrem Sohn etwas davon zu erzählen. »Und es hat geklappt. Deswegen ist er früher als geplant freigekommen.«

Meine Mutter nickt. »Tanja und Nick hatten mehrere Aufträge. Sie sollten mir die *Hohenburg-Immogroup*-Anteile und Zugang zu unserem Vermögen beschaffen. Außerdem sollten sie auf dich und Nora aufpassen.« Sie verzieht die Mundwinkel zu einem zaghaften Lächeln. »Ich wollte nicht, dass du von dieser Welt genauso eingenommen wirst wie ich. Nick sollte dir helfen das zu erkennen.« *Hat er. Und wie er das hat.* »Ihr seid jetzt zusammen? Ich habe gesehen, dass er dich begleitet hat.«

Ich nicke nur.

»Vertraust du ihm?«

»Ich vertraue ihm.«

»Gut. Du brauchst Menschen, auf die du dich bedingungslos verlassen kannst.« Sie holt tief Luft. »Denn jetzt kommen wir zu dem eigentlichen Grund unseres Treffens.«

»Lass mich raten. Xavier von Traun hat sich als ähnlich großes Arschloch wie Papa entpuppt. Du solltest echt an deinem Männergeschmack arbeiten.«

Dieses Mal reagiert sie nicht mit einem Kichern. »Alexander hat ihm alles weggenommen.«

»Und jetzt wirst du erpresst und ich bin Gegenstand dieser Erpressung?«, spreche ich aus, was Leander längst vermutet hat. Sie sieht mich bestürzt an und ich stoße einen tiefen Seufzer aus. »Das sind ja traumhafte Aussichten.«

»Er hat mir versichert, dir nichts anzutun, wenn ich ihm unser ganzes Vermögen überschreibe, und das werde ich sofort tun. Aber Menschen wie er geben sich nicht nur mit Geld zufrieden, Livia. Ich glaube nicht, dass er sein Wort hält, sondern dass er dich benutzen wird, um auch seinen Ruf zu retten.« Pure Verzweiflung und rohe Angst strahlen aus jedem Zentimeter ihres Körpers, doch ich lasse mich davon nicht aus der Ruhe bringen. »Du musst aus Wien verschwinden, Livia! Am besten für immer!« Ihre Worte klingen so eindringlich, als würde mir bereits die Pistole auf der Brust sitzen.

»Hör zu.« Jetzt bin ich es, die sich gerader hinsetzt und deren Stimme von Eindringlichkeit getränkt ist. »Ich *werde* Wien verlassen.«

»Gott sei Dank.« Erleichtert lässt sie die Schultern sinken.

»Aber vorher musst du etwas für mich tun.«

»Alles.«

»Meine Freunde und ich haben einen Plan.«

»Deine Freunde?«

»Victoria, Bennet, Nick, Leander und ich.« Bei jedem ihrer Namen wird ein Stück meines Herzens von Wärme überzogen.

»Leander?« Ihre Stimme ist schrill. »Leander von Traun? Hast du mir nicht zugehört?«

»Habe ich und es ändert nichts.«

»Er ist sein Vater!«

»Und Alexander Hohenburg ist meiner. Wir sind mehr als unsere Eltern. Ich vertraue ihm.« Die drei Worte sind fest und unzerstörbar. So wie mein Vertrauen.

Meine Mutter schüttelt den Kopf, als hätte ich den Verstand verloren. »Das kannst du nicht machen, Livia. Blut ist immer dicker als Wasser. Vor allem in Wien.«

»Das Blut kann mich mal und Wien sowieso.« Ich nehme ihre Hand. Es ist das erste Mal seit zwei Jahren, dass wir uns berühren. »Mama.« Die zwei Silben treiben mir und ihr Tränen in die Augen. »Jetzt musst du mir vertrauen.«

»Aber ich –«

»Nächste Woche wird Livia Hohenburg Wien für immer verlassen«, unterbreche ich sie. Es fühlt sich merkwürdig an, das zu sagen. Gleichermaßen beängstigend wie befreiend.

»Aber nächste Woche ist zu spät! Er wird bereits am Mittwoch entlassen.«

»Ich weiß und am Donnerstag wird mein letzter öffentlicher Auftritt stattfinden.«

»Was ist am Donnerstag?«

»Der Höhepunkt der Saison. Mein letzter Tanz.«

Ihr scheint ein Licht aufzugehen. »Der Opernball.«

Ich nicke. »Der Opernball.«

VIENNA SPOTLIGHT

Eins, zwei, drei. Eins, zwei, drei.

Die Proben sind vorüber. Jeder Tanzschritt muss jetzt sitzen, denn der Höhepunkt der diesjährigen Ballsaison ist endlich gekommen. Heute öffnet die Staatsoper ihre Türen für das Event, auf das wir alle hingefiebert haben: den Wiener Opernball.

Über 150 Musiker spielen in acht verschiedenen Tanzbereichen. Absolut jeder, der etwas auf sich hält, wird heute Abend herausgeputzt über den roten Teppich laufen und die prachtvoll geschmückte Eingangshalle der Oper betreten.

Nach der Begrüßung folgt wie gewohnt der Einzug des Jungdamen- und Jungherren-Komitees. Unter ihnen befinden sich in diesem Jahr ganz besondere Debütanten. Victoria Everhofen wird, anders, als wir alle vor ein paar Tagen gedacht hätten, von Leander von Traun begleitet, dessen Vater Xavier von Traun am Mittwoch überraschend aus dem Gefängnis entlassen wird. Das Paar hat sich vor wenigen Tagen zu seiner Beziehung bekannt.

»Wir lieben uns. Ich entschuldige mich bei meinen Eltern und allen, die hart für diese Hochzeit gearbeitet haben, aber ich entschuldige mich nicht dafür, dass ich den Mann gewählt habe, den ich liebe«, so die Hotelerbin in einem Exklusivinterview, das sie, von Traun und Livia Hohenburg unserer Journalistin gegeben haben (hier klicken für den ausführlichen Bericht: <u>Everhofen und der Bad Boy. Eine Liebe über alle Grenzen hinweg</u>).

Doch das war nicht der einzige Schocker, den die drei in petto hatten. Noch immer haben wir uns nicht von der Bombe erholt, die Hohenburg im Anschluss platzen ließ. Ihr Debüt in der feinen Gesellschaft wird zugleich ihr Finale sein.

»Der Opernball wird mein letzter Auftritt in Wien sein. Ich danke der Stadt und den Menschen für alles, was sie für mich getan haben, aber es ist an der Zeit, ihnen den Rücken zu kehren und neue Wege zu gehen. Also, wer immer noch eine offene Rechnung mit mir zu begleichen hat, sollte dies besser am Donnerstag tun«, so die 21-Jährige lachend (hier klicken für: Hohenburg macht Schluss. Der Abschied einer High-Society-Prinzessin). »Es ist zu viel passiert. Mein Vater sitzt im Gefängnis, meine Mutter ist nicht mehr bei mir. Ich liebe diese Stadt und doch kann ich nicht ohne schmerzhafte Erinnerungen durch ihre Straßen gehen«, antwortet Hohenburg auf die Frage, was der Grund für ihre Entscheidung sei. Begleitet wird sie von niemand Geringerem als ihrem Stiefbruder Nicolas Steiner. Die Liebe der beiden machte Livia ebenfalls öffentlich und bereitete somit den Spekulationen um ihren Beziehungsstatus ein Ende: »Ja, wir sind ein Paar und könnten nicht glücklicher sein.«

Auch wenn es uns schmerzt, dass in Wien nun ein Sternchen weniger leuchtet, wünschen wir Livia Hohenburg für ihren Neubeginn alles Gute.

Doch vor ihrem Abgang erwartet uns die wohl aufregendste Ballnacht des Jahres. Lasset die Fanfaren ertönen, wir sind bereit!

44. KAPITEL

DIE RUHE VOR DEM STURZ

LIVIA

Der zartrosa Lippenstift liegt perfekt auf meinen Lippen, obwohl meine Hand beim Auftragen gezittert hat, als würden in meinem Badezimmer Minusgrade herrschen.

»Liv?«, höre ich Nick nach mir rufen.

»Im Bad!«

Schritte, dann öffnet sich die Tür.

»Ich kann das unmöglich anziehen. Ich sehe aus wie ein Pinguin.« Verzweifelt schaut er an sich hinunter.

»Aber ein ziemlich attraktiver Pinguin«, ziehe ich ihn auf.

»Warum kann ich keinen normalen Smoking anziehen?« Er klingt wie ein Kind an der Süßigkeitentheke.

»Weil wir debütieren und es da strenge Kleidervorschriften gibt. Lass mal sehen.« Nick posiert mit pikierter Miene. »Schwarzer Frack, weiße Weste? Check! Weiße Handschuhe und schwarze Lackschuhe?«

Er hebt beide Hände, die wie vorgegeben in weißen Handschuhen stecken. »Ich werde mich zu Tode schwitzen.«

»Check«, sage ich und ignoriere sein Gezeter. »Schwarze Socken?«

Nicht ohne die Augen zu verdrehen, zieht er einmal an seinem Hosenbein, um die schwarzen schlichten Socken zu entblößen. »Check«, sagt er mit grummeliger Stimme.

»Sehr gut, jetzt muss nur noch der Ohrring raus.«

»Was? Warum?«

»Kleidervorschrift, habe ich doch gesagt. Du bist heute ein Jungherr, Nicolas Steiner.«

»Jungherr.« Er verzieht das Gesicht, als würde das Wort nach etwas ziemlich Ekligem schmecken. »Das klingt so unfassbar spießig.«

»Ich glaube, auf dem Opernball gibt es nichts, was nicht spießig ist.« Ich zucke grinsend mit den Schultern und stecke eine weitere Haarnadel in meine Frisur. »Also raus mit dem Ohrring.«

»Du bist so fies.« Trotzdem zieht er den Stecker aus dem Ohrläppchen und legt ihn auf die Badezimmerablage.

»Nicht *ich* bin fies, sondern diese bescheuerten Regeln. Meinst du, ich finde es toll, mit einem stinklangweiligen weißen Kleid, weißen Handschuhen und einer Tiara herumzurennen?«

»Du bist diesen bescheuerten Kram doch gewohnt«, murrt er. »Für mich ist das die Hölle.«

»Und du liebst mich. Das ganze Paket.« Bei meinen Worten krabbelt eine angenehme Wärme über meine Haut.

»Das tue ich. Und wie ich das tue.« Nick schließt seine Arme um meine Taille und drückt mir einen zarten Kuss auf den Hals. »Ich liebe dich so sehr, Livia Hohenburg, dass ich für dich sogar dieses grässliche Pinguinkostüm anziehe.«

»Ein wahrer Liebesbeweis.«

»Bist du sicher, dass dieser Plan funktionieren wird?« Er klingt besorgt.

»Nein.« Ich zucke mit den Schultern. »Aber wir ziehen das trotzdem durch.«

»Ich weiß.« Seine Lippen streifen mein Ohr und jagen eine

Gänsehaut über meinen Rücken. »Ich habe einfach kein gutes Gefühl bei der Sache.«

»Was meinst du?«

Ein tiefer Seufzer entschlüpft seinen Lippen. »Bist du dir wirklich sicher, dass wir Leander vertrauen können?«

»Zu hundert Prozent«, versichere ich ihm. »Was zweifelst du überhaupt? Ich dachte, ihr seid jetzt so was wie Freunde.«

»Wir sind *so was wie Freunde* und deswegen weiß ich, wie viel Einfluss sein Daddy sein Leben lang auf ihn hatte. Was ist, wenn er es doch nicht geschafft hat, sich von ihm loszueisen?«

»Mein Vater hatte auch mein Leben lang Einfluss auf mich und ich habe es trotzdem hinbekommen, ihm den Rücken zu kehren.«

»Hat er irgendwie auf deine Nachricht reagiert?«

»Du meinst meinen Brief, den ich ihm ins Gefängnis geschickt habe? Den Ich-will-nichts-mehr-mit-dir-zu-tun-haben-du-verdammtes-Arschloch-Brief?«

Er nickt.

»Nein, und das wird vermutlich auch erst mal so bleiben.«

Ich greife zu meiner Puderquaste und mattiere ein letztes Mal meine Stirn. »Was soll er auch sagen? Ich habe ihm klipp und klar zu verstehen gegeben, dass ich über alles Bescheid weiß und auspacken werde, wenn er es wagt, noch einmal Kontakt zu mir aufzunehmen.«

»Habe ich dir schon gesagt, wie mutig ich dich finde?« Der Ausdruck in seinen Augen frisst einen Bruchteil der Angst in meinem Herzen.

Ich lächle. »Aber weißt du, was ich meine? Wir müssen nicht so sein wie unsere Eltern. Wir müssen nicht das tun, was sie verlangen. Dein Vater ist ein Arsch, mein Vater ist ein Arsch und ja, Leanders Vater ist auch ein Arsch. Ich vertraue ihm, wie ich dir vertraue.« Ihm, Vic und Bennet. Die letzten Monate haben bewiesen, dass ich nicht auf mich allein gestellt bin. Dass ich vertrauen darf und meine Freunde da sind, um mir den Rücken zu stärken. So wie ich es für sie tun würde.

»Okay.« Nick schluckt und sieht noch nicht zu hundert Prozent überzeugt aus.

»Guck nicht so kritisch. Das wird schon.«

»Ist ja schon gut.« Er zieht mich näher an sich und fährt mit einer Hand meinen Körper entlang. »Du siehst übrigens wunderschön aus.« Der Ton, den seine Stimme jetzt angenommen hat, klingt in meinem Innern nach. Ich lasse meinen Kopf gegen seine Brust sinken und genieße es, seine Finger über meine Haut tanzen zu spüren.

»Also gehen wir jetzt wirklich auf diesen Ball?«, haucht er und lässt seine Hand unter den weißen Rock meines Kleides und zwischen meine Schenkel gleiten. Ich keuche auf. Presse meinen Hintern gegen ihn.

»Wir gehen auf diesen Ball.« Ich weiß nicht, wie ich die Worte über die vor aufkeimender Lust zitternden Lippen bringe.

»Obwohl es scheiße gefährlich ist?« Mit einer schnellen Bewegung wirbelt er mich herum und sieht mich an. Dunkles Dunkelgrau, in dem ich eintauche und aus dem ich mein Leben lang nicht mehr hervorkommen will. Seine Finger lassen von der Innenseite meiner Oberschenkel ab und streichen jetzt über Hals, Wange und Haar.

»Obwohl es vielleicht *ein bisschen* gefährlich ist«, antworte ich. »Ich kriege das hin. Wir kriegen das hin. Ich bin hoffnungsstur.« Ich weiß es. Ich weiß, dass ich das schaffen kann. Mit ihm an meiner Seite und meiner *wahren* Familie im Rücken.

»Okay, du Sturkopf.« Kaum einen Herzschlag später legt er seine Lippen auf meine. Dieser Kuss ist anders. Die Art, wie Nick seine Lippen auf meinen bewegt, wie seine Zunge mit meiner tanzt. Der Kuss sagt: *Ich bin bei dir und du bist stark genug, um es mit dieser Welt aufzunehmen.* Mut und Zuversicht springen von seinen Lippen auf mich über und glühen in meinem Inneren.

»Mehr«, keuche ich und drücke mich an ihn, weil ich keinen Zentimeter Luft zwischen uns ertrage. Ich will mehr von diesen Lippen, mehr von dieser hoffnungssturen Energie, mehr von *ihm*.

Nick knurrt bei dem kleinen und doch welterschütternden Wort in unseren Kuss hinein. Meine Nägel bohren sich in seinen Frack und ich spüre ihn hart an meiner Mitte.

Obwohl seine Augen hungrig glänzen, unterbricht er uns. »Was ist mit deiner Frisur? Deinem Make-up?«

»Du denkst allen Ernstes über meine Haare nach?« Herausfordernd halte ich seinen Blick, als ich mich kopfschüttelnd auf die Knie sinken lasse. Innerhalb eines Herzschlags habe ich Anzughose und Gürtel geöffnet. Seine Lider flattern. Ich unterbreche den Blickkontakt nicht, als meine Zungenspitze sanft, sehr sanft über die Spitze seiner Erektion leckt. »Wie wichtig sind dir meine Haare jetzt, Nicolas Steiner?«

NICOLAS

»Scheiß auf deine Haare!«

Ich gehe drauf.

Ich gehe ganz sicher drauf. Livias Lippen, die sich um meinen Schwanz schließen, während in ihren Vulkanaugen das Verlangen brodelt, sind mein Todesurteil. Das hier sind meine letzten heiseren Atemzüge. Meine letzten pochenden Herzschläge.

Aber ist okay. Vollkommen okay. Wenn ich jetzt sterbe, sterbe ich als glücklichster Mann der Welt.

Ich muss mich an der Armatur des Waschbeckens festhalten. Ein dunkler, kehliger Laut hallt von den Wänden des Bads wider.

Livia saugt an mir, saugt alles aus mir heraus, was mich davon abhalten würde, jetzt mit ihr zu schlafen.

»Wie wichtig ist dir mein Make-up jetzt?« Ihre leicht geöffneten Lippen verharren vor meiner Erektion. Fuck. Das ist Folter. Mein Schwanz zuckt und hält es nicht aus, nicht mehr von ihr umschlossen zu sein. Grinsend sieht sie mich an. Mit diesem Blick, der …

»Komm hoch.« Ich schaffe es keine Sekunde, keinen weiteren Atemzug mehr, *nicht* alles von ihr zu spüren. Kaum hat sie sich erhoben, umschlinge ich sie. Hungrige Lippen, hungrige Herzen.

»Huch.« Sie stolpert fast über den Saum ihres Kleides, als ich sie durch die Tür in ihr Schlafzimmer bugsiere. Sie landet auf ihrem Kingsize-Bett und ringt nach Luft. Ich sehe sie an. Für einen kurzen Moment sehe ich sie nur an und versuche wie bei einem Foto ihre Schönheit festzuhalten. Ihre Augen, aus denen endlich die Schwere gewichen ist. Ihre Lippen, die endlich ein echtes Lachen gefunden haben. Ihr Haar, ihre Hände, jeder Zentimeter ihrer Haut, den ich jetzt beginne mit sanften Küssen zu bedecken.

Jedes Mal, wenn meine Lippen sie berühren, wimmert sie und das Geräusch lässt meinen Schwanz jedes Mal auf die schönste, schmerzhafteste aller Weisen zucken.

Fuck. Ich kann nicht beschreiben, wie sehr ich diese Frau begehre.

»Lass das Kleid an«, fordere ich und fahre mit beiden Händen die Stickerei über ihren Brüsten nach. Der Gedanke, dass sie in wenigen Stunden damit vor der Wiener High Society einen albernen Walzer tanzt, macht mich unfassbar an. Langsam schiebe ich ihr den Rock über die aufgestellten Oberschenkel und jetzt bin ich es, der nicht von ihren Augen loskommt. Der sie warten lässt, obwohl sie mir ihr Becken bereits fordernd entgegenstreckt und mich das *wahn-sin-nig* macht.

»Bitte, Nick.« Ihr Flehen macht es schwieriger, dem drängenden Verlangen in mir zu widerstehen, um nicht sofort über sie herzufallen. In Zeitlupe senke ich meinen Kopf zwischen ihre Beine und bahne mir einen Weg aus Küssen ihre Oberschenkel entlang. Livia wimmert wieder und windet sich meiner Zunge entgegen. »Scheiße, ich …« Manikürte Nägel graben sich in die Bettwäsche, weil ich ihr so nah bin, dass mein Atem über ihre Mitte streicht. »Nick, Scheiße … du … ich …«

Sachte, so sachte ich es zustande bringe, lecke ich mit der Zungenspitze über die Stelle, an der sie mich braucht.

Ihre Reaktion killt mich. Wie sie ihren Rücken durchdrückt, killt mich, wie sie aufschreit, killt mich. Fuck. Sie zu schmecken, zu spüren, wie verflucht feucht sie ist, wie sie sich mir hingibt, killt mich.

Ich kann nicht anders, als in sie hineinzustöhnen, mit meiner Zunge in sie zu stoßen und meine Hände in ihre Oberschenkel zu graben. Sterne tanzen vor meinen Augen und das unbändige Verlangen, endlich in sie einzudringen, pulsiert in jeder meiner Zellen.

»Bitte, Nick«, wiederholt sie und ich lasse von ihr ab. Sie stöhnt frustriert auf und reckt mir erneut ihr Becken entgegen.

Meine Finger beben und ich brauche mehrere Anläufe, um mir das Kondom überzuziehen. Dann fixiere ich sie, halte sie, will sie mit allem, was ich bin.

Für immer.

Ohne den Blick von ihr zu lösen, gleite ich in sie. Wie jedes Mal ist es, als würden zwei zusammengehörige Puzzleteile endlich vereint. Ohneeinander unvollendet.

Die Finger unser beider Hände umschließen die des anderen. Lippen drängen sich auf Lippen. Als würde jeder unserer Körperteile danach streben, mit dem anderen zu verschmelzen.

Meine Bewegungen in ihr sind kaum merklich. Viel zu heftig ist das Gefühl, ihr auf jede erdenkliche Art und Weise nah zu sein. Die Gefahr zu groß, dass ich keine zehn Sekunden durchhalte.

»Ich liebe dich.« Ihre Worte vermischen sich mit unserem heißen Atem. Mein Herzschlag verdoppelt, vervierfacht, verzehnfacht sich.

»Und ich liebe dich«, gebe ich zurück, obwohl diese Worte nicht ausreichen, um das, was ich empfinde, zu umfassen.

»Ich werde es schaffen, Nick. Mit dir werde ich es wirklich schaffen. Alles.«

Ich halte inne, sehe ihr in die meergrünen Augen und entdecke die Zuversicht darin. »Das wirst du.«

So wie die drei Worte meinen Mund verlässt die Selbstbeherrschung meine Muskeln. Ich stoße heftig in sie.

Und wieder.

Und wieder.

Und wieder.

Treibe uns beide immer höher, höher, höher, doch endlich ohne die Gefahr eines Absturzes. Livia stöhnt Flüche, stöhnt meinen Namen. Vor Lust verdreht sie die Augen und ich kann nicht aufhören sie anzusehen.

»Nick … ich … ich …« Doch sie braucht den Satz nicht zu beenden. Sie kommt so heftig, dass mir für einen Moment schwarz vor Augen wird. Ich kämpfe dagegen an, denn ich will keine Millisekunde von Livias Höhepunkt verpassen. Wild, ungezügelt, frei. Pulsierend zieht sich ihr Inneres um meinen Schwanz zusammen. Ich sehe den Orgasmus in ihrem Blick, höre ihn von den Wänden widerhallen und spüre ihn bebend unter mir.

Das gibt mir den Rest.

Wir geben mir den Rest.

Livia Hohenburg und Nicolas Steiner, vereint in diesem vollkommenen Moment.

45. KAPITEL

DERNIÈRE

LIVIA

»Nicolas, deine Fliege ist schief.« Leander blickt missbilligend auf Nicks Hals, als wir zu den anderen in die Limousine steigen. Ich unterdrücke ein Kichern, schließlich hatten wir nicht gerade viel Zeit, um unser lädiertes Äußeres wiederherzustellen.

»Halt die Klappe.« Vic wirft ihrem heutigen Partner einen warnenden Blick zu. »Man sieht doch, dass die zwei es gerade getrieben haben. Sei froh, dass sie nicht nackt gekommen sind.«

Claus vorne hustet einmal betreten auf und schaut betont interessiert auf den Verkehr.

»Mit diesem komischen Sexradar solltest du mal zu *Wetten, dass..?* gehen«, sagt Bennet grinsend.

»Das gibt's nicht mehr und außerdem ist Thomas Gottschalk nicht gerade der Typ, mit dem ich über Sex reden will.« Meine beste Freundin lässt sich grinsend in den ledernen Sitz zurückfallen. Dann sacken ihre Schultern plötzlich einige Zentimeter tiefer. »Ich kann noch gar nicht glauben, dass wir heute ein letztes Mal zusammen aus sind.« Ihr trauriger Blick trifft meinen. »Und dann auch noch auf einem schnarchigen Ball statt im *Sapphire*-Underground oder so.«

Ich erwidere ihren Blick und merke, dass auch mein Herz plötzlich schwer wird.

»Bist du dir auch sicher?« Vic beugt sich nach vorn und sieht mich prüfend an. »Willst du wirklich hier weg? Wien ist dein Zuhause.«

»Nein, Wien ist der Ort, an dem ich aufgewachsen bin.« Obwohl ich sie furchtbar vermissen werde, weiß ich einfach, dass meine Entscheidung die richtige ist. »Mein Zuhause ist Nora und seid ihr verrückten Nudeln.« Ich deute auf Vic, Bennet und Leander. »Und vielleicht Nick, wenn er weiter so brav Pinguinfracks anzieht und mir bei meinem Kampf gegen einen rachsüchtigen Multimillionär zur Seite steht.«

Er grinst und drückt mir einen Kuss aufs Haar. »Natürlich werde ich das. Auch wenn ich natürlich hoffe, dass so was jetzt nicht einmal im Quartal vorkommt.«

»Wiener Oper. Wir sind da.« Claus hält den Wagen an.

»Es geht los«, sage ich und muss gegen die Angst anschlucken, die sich wie kalte Hände um meinen Hals legt.

»Noch können wir das Ganze canceln.«

»Nein.« Ich befördere Luft in meine Lunge und atme lange aus. »Ich will das hier.« Meine Finger schließen sich um seine. Seine warme Hand in meiner hilft der Entschlossenheit dabei, den Weg zu mir zurückzufinden.

»Dann lass uns gehen.« Zwischen Nicks Worten höre ich ebenfalls Anspannung mitschwingen und ich sehe sie in den Mienen meiner Freunde. Vic hat eine steile Sorgenfalte zwischen ihren Augenbrauen. Leanders Blick ist ernst und Bennet knetet nervös seine Finger.

Ich schaue aus den getönten Scheiben. Beobachte die bodenlangen Kleider und Fracks der anderen Gäste. Lasse meinen Blick über die Säulen und die steinernen Mauern gleiten. Wenn wir jetzt aussteigen, wenn wir jetzt einen Fuß in den Saal setzen, gibt es kein Zurück mehr. Mein Herz springt mir bis in die Kehle.

»Liv? Bist du bereit?«, fragt Bennet und kaut auf seiner Unterlippe herum.

Ich schaue jedem von ihnen in die Augen. Erkenne die bedingungslose Liebe darin und weiß, dass meine Mutter sich geirrt hat. Ich *kann* ihnen vertrauen und mit ihnen kann ich es schaffen.

»Bereit«, sage ich. »Lasst uns gehen. Zum letzten Mal.«

Wir steigen aus dem Wagen und gehen nebeneinander auf den Eingang der Oper zu. Fünf Menschen mit Liebe im Herzen und einem Ziel vor Augen.

Die Livia-Show hat Dernière.

Es folgt ein letzter Tanz, bevor der Vorhang für immer fällt.

Die Luft auf der Hinterseite der Komitee-Treppe ist so aufgeladen, dass ich die Anspannung beinahe schmecken kann. Hundertvierundvierzig Paare, alle genauso angezogen wie Nick und ich, stehen wie Perlen aufgereiht bereit und warten, dass sie den Saal betreten dürfen. Ich drehe mich um und beobachte Claudine Naumann, die ein Jahr unter mir war und deren Gesicht die Farbe ihres Kleides angenommen hat. Einige Meter hinter ihr erkenne ich eine Mitschülerin, deren Name ich vergessen habe, die jedoch den gleichen gequälten Gesichtsausdruck aufgelegt hat.

Wehmut lässt mein Herz schwer werden, denn dieser Tag ist so anders, als Vic und ich ihn uns immer ausgemalt haben. Zwar bin ich auch jetzt nervös, aber nicht, weil ich heute in die Gesellschaft eingeführt werde. Eigentlich tue ich ja genau das Gegenteil.

Ich beobachte wieder Claudine, die jetzt von einem Bein auf das andere tippelt, und beneide sie fast. Ihre größte Sorge ist, dass sie beim Einzug stolpert oder einen Fehler bei der Choreografie macht. Sie kommt mit diesem Leben irgendwie zurecht, hat es akzeptiert und vielleicht macht es sie sogar glücklich, während ich mir zwischen all den schnatternden Debütanten vorkomme wie eine Heuchlerin. Wenn ich mir die Blicke so anschaue, die mich immer wieder treffen, bin ich auch nicht die Einzige, die das von mir denkt.

»Warum debütierst du eigentlich erst jetzt?«, holt Nick mich aus meinen Gedanken. »Kann man nicht schon mit achtzehn diesen Quatsch machen?« Der Kerl vor ihm schenkt ihm einen vernichtenden Blick, weil Nick es wagt, diese altehrwürdige Tradition als *Quatsch* zu betiteln.

»Erst war noch Pandemie, dann hat mich meine Mutter verlassen und ich hatte so gar keine Lust auf diesen *Quatsch*«, sage ich mit voller Absicht in Richtung des pikierten Typs, der jetzt missbilligend den Kopf schüttelt.

»Gott, bin ich aufgeregt.« Vic steht hinter mir und beißt sich nervös auf die Unterlippe.

»Echt?« Leander sieht sie verwirrt an. »Ich will dir ja nicht zu nahe treten, aber der Zug mit der höheren Gesellschaft ist bei dir ohnehin abgefahren, seit du vor ganz Wien einen dramatischen Ich-heirate-ihn-doch-nicht-Auftritt hingelegt hast.« Nicht ohne Genugtuung in den Augen grinst er.

»Die Gesellschaft ist mir doch scheißegal.« Wieder ein schockiertes Kopfschütteln des Kerls vor uns. »Ich bin nervös wegen der anderen Sache«, flüstert sie jetzt, damit Monsieur Wackeldackel nichts mitbekommt.

»Ach, du meinst unser Vorhaben, meinen rachsüchtigen Vater zu Fall zu bringen. Sag das doch gleich.«

»Psssst.« Vic stößt ihn unsanft in die Seite und rollt genervt mit den Augen.

Ein Reporter in Smoking kommt samt Kamerateam auf uns zu.

»O Gott, was geht denn jetzt ab?« Nick schaut verwirrt zu mir.

»Der Opernball wird jedes Jahr auf ORF übertragen und dieser Typ führt Interviews«, erkläre ich schnell und verziehe meine

Lippen danach zu einem leichten Lächeln, als der Reporter vor Vic stehen bleibt.

»Das gucken sich ernsthaft Leute im Fernsehen an?«, raunt Nick schockiert. »Diese Welt ist noch verrückter, als ich dachte.«

Wackeldackel räuspert sich verhalten.

»Frau Everhofen, mit Ihrem Erscheinen haben wohl die Wenigsten gerechnet«, haut der Reporter sofort das wohl Offensichtlichste raus. »Wie kommt es, dass Sie sich doch dafür entschieden haben zu debütieren?«

»Das Kleid habe ich schon vor Monaten anfertigen lassen und ich wollte diese Kostbarkeit nicht ungenutzt im Schrank hängen lassen. Da hängen schon zu viele weiße Kleider, die nicht richtig zum Einsatz gekommen sind.« Vic lächelt engelsgleich und ich muss angesichts ihrer Schlagfertigkeit ein Grinsen unterdrücken.

Der Reporter scheint etwas aus dem Konzept geraten zu sein und rückt, ohne Vic eine weitere Frage zu stellen, zu mir auf. »Guten Abend, Frau Hohenburg.«

»Guten Abend.« Ich nicke ihm leicht zu.

»Heute wird Ihr letzter Abend auf einer Veranstaltung wie dieser sein.«

»Das ist richtig.« *Blitzmerker.*

»Was hat Sie zu der Entscheidung bewogen, sich aus der Wiener Gesellschaft zurückzuziehen?«

»Wenn Sie mal die Presse im Genick haben, die Sie entweder über Ihren in U-Haft sitzenden Vater ausquetscht und Ihnen mit jedem Mann, mit dem Sie reden, eine Beziehung andichtet, werden Sie mich verstehen.«

Scheiße tut das gut. Diese Ehrlichkeit. Dieses Ich-sage-was-ich-denke.

»Ähm …« Der Reporter kratzt sich am Kopf. Er dreht sich kurz entschlossen zur Kamera um. »Meine Damen und Herren, es folgt in wenigen Minuten die Fanfare. Ich gebe ab an Mirjam, die im Ballsaal mit den Künstlerinnen und Künstlern im

Gespräch ist.« Mit einem missbilligenden Schnauben in meine Richtung verzieht er sich.

»Spätestens jetzt hätte ich mich in dich verknallt.« Nick sieht mich beeindruckt an und grinst.

Die Geräusche aus dem Ballsaal werden immer lauter. Mittlerweile sind mit Sicherheit alle fünftausend Gäste angekommen und haben sich in den Logen verteilt. High-Society-Sternchen und Regierungsmitglieder. Alteingesessener Geldadel und Nemos. Sie alle sind heute hier und warten gespannt darauf, dass es losgeht.

Nick zuckt vor Schreck zusammen, als in dieser Sekunde tatsächlich Blasmusik vom Orchester ertönt, die wie jedes Jahr den Abend mit der Opernball-Fanfare einläutet. Die Jungherren und Jungdamen vor und hinter uns werden schlagartig still. Jetzt geht es gleich los. Gleich treten wir in den Saal. Gleich wird sich herausstellen, ob es reicht, was wir uns ausgedacht haben. Der Wachsblumenstrauß droht mir aus den zitternden Händen zu rutschen, sodass ich ihn fester umklammern muss.

Die Fanfare endet mit einem langen Ton und geht sogleich über in die österreichische Nationalhymne. Ich weiß, dass sich jetzt jeder Gast in den Logen erhebt.

»Mein Gott, wie lange geht das Vorgeplänkel denn noch?«, fragt Nick ungeduldig.

»Jetzt spielen sie noch *Freude, schöner Götterfunken* und dann kommen wir. Kannst du die Schritte?« Anders als ich hat er die Choreografie der Debütanten nicht schon vor Jahren gelernt, weshalb wir mehr schlecht als recht im Wohnzimmer geprobt haben.

»Mehr oder weniger.« Er zuckt grinsend mit den Schultern. »Immer mit links zuerst. Das ist eigentlich alles, was ich wissen muss.«

Wackeldackel stößt einen verzweifelten Laut aus.

»Oh, jetzt geht's los«, sagt Vic. Die *Polonaise As-Dur* von Chopin ertönt und in kleinen Schritten bewegen wir uns vorwärts. Vic, Leander, Nick und ich stehen bereits an dritter Stelle und ich bin mir sicher, dass die Kommentatoren des ORF-Livestreams ihre Freude damit haben werden. *Und hier sehen wir Victoria Everhofen, die uns alle ja so enttäuscht hat, weil sie es gewagt hat, über ihr eigenes Leben zu bestimmen. Neben ihr Livia Hohenburg und ihr Stiefbruder. Bei der ist ja eh Hopfen und Malz verloren.* So oder so ähnlich wird es safe ablaufen.

Vic und ich sind innen und berühren uns nur leicht. Nick geht außen und hält sanft meine Hand. Die Gäste auf den geschmückten Balkonen schauen mit Champagnergläsern in den Händen zu uns herunter. Ich sehe die altbekannten Sätze wie Sprechblasen über ihren Köpfen schweben. Von »Ich will sein wie sie« über »Sie ist eine Schlampe aus einer kriminellen Familie« bis hin zu »Ich will sie ficken«.

Aber zum Glück weiß ich mittlerweile, dass die Meinung anderer, das von mir gezeichnete Bild nichts mit dem zu tun haben, wer ich bin. Wer ich *wirklich* bin.

Wir erreichen das Ende des Saals. Vic und ich nicken uns zu, wie es das Protokoll verlangt. *Wir schaffen das,* sagen ihre Augen, bevor wir jeweils nach links und rechts abbiegen. In der Kurve legt Nick meine rechte Hand in seine und umfasst mit der linken meine Taille. Ihn näher an mir zu spüren, tut gut und lässt mich für einen Paukenschlag des Orchesters vergessen, was wir heute noch vorhaben.

»Wenn wir in dem Tempo weiterlaufen, sind wir morgen noch nicht fertig«, flüstert Nick mir durch zusammengebissene Zähne zu und er hat recht. Mir kommt es auch vor, als würden wir uns seit Stunden durch diesen Saal bewegen.

Es dauert eine weitere gefühlte Ewigkeit, bis sich alle Jungherren und Jungdamen am Rand der Tanzfläche positioniert haben. Ich suche die Logen über mir nach Bennet ab, der heute als Einziger nicht debütiert und sich stattdessen schon mal auf die Suche nach Xavier machen sollte, um uns bestmöglich vorzubereiten. Doch in der Menge der schwarzen Smokings kann ich ihn natürlich nicht finden.

»Jetzt kommt ein Auftritt der Ballettkinder, oder?«, fragt Nick, der mit dem Ablauf nicht so vertraut ist wie ich.

»Genau.« Ein Junge und ein Dutzend Mädchen kommen herein und tanzen im Scheinwerferlicht eine Choreografie. »Nora hat hier auch mal getanzt. Sie war unendlich stolz.« Sein Daumen streicht einmal über meine Taille und ich glaube, er ahnt, wie sehr ich meine Schwester in diesem Augenblick vermisse.

Das Showprogramm scheint sich ewig hinzuziehen. Nach den Kindern der Ballettakademie kommen die Tänzer und Tänzerinnen der Kompanie, anschließend ein Kinderchor sowie eine Sängerin und ein Sänger, die lautstark eine Opernarie dahinschmettern. Mein Herz beginnt mit jeder Minute schneller zu rasen und es wird immer schwerer, einfach nur lächelnd dazustehen und die Show zu genießen.

Endlich wird es wieder hell und Applaus brandet von den Rängen auf. Ich zwinge meine Lungen zu einigen Atemzügen und lasse mich von Nick wieder in die Mitte führen.

Nach einigem Hin- und Hergeschwenke, das ihm einen gequälten Gesichtsausdruck abverlangt, sowie einer Drehung der Damen, die den frechen Namen *Damenflirt* trägt, zieht Nick mich endlich in seine Arme.

Der erste Walzer des Abends. Nick und ich fliegen über das Parkett. Seine eine Hand liegt auf meinem Rücken, die andere fest in meiner Hand. Sein Blick so voller Zuneigung mit meinem verankert, dass alles plötzlich still wird.

Die Aufregung und der haltlose Sturm, der schon so lange in mir tobt, kommen zum Erliegen. Kein Ton dringt mehr zu mir durch und meine Umgebung wird mit einem Schwarz-Weiß-Filter überzogen.

Da sind nur Nick und das Ich-bin-bei-dir in seinem Sommergrau. Und das ist *alles*. In seinen Armen tanze, schwebe, fliege ich und weiß, dass er mich auffangen wird, sollte ich jemals wieder fallen.

Wir tanzen auch noch weiter, als das Lied in ein anderes übergeht und nun alle Gäste zum Tanzen aufgefordert werden. Leander und Vic drehen sich neben uns und scheinen ähnlich abgeschnitten von der Außenwelt zu sein. Ich weiß, dass ich strahle, und es fühlt sich nicht fake an, sondern so wahr, wie ich es kaum beschreiben kann.

»Ich könnte ewig so weitermachen«, sage ich zu Nick und strahle weiter immer weiter.

»Wirklich? Mir wird langsam etwas übel von der Dreherei.«

»Weichei.«

»Außerdem bist du mir so zu weit weg.«

»Zu weit weg? Ich bin in deinen Armen«, erwidere ich, obwohl ich weiß, was er meint. Er unterbricht den Tanz und bleibt stehen, zieht mich eng an sich und küsst mich so heftig, dass mir noch schwindliger wird.

»Nah genug?«, frage ich, als sich unsere Lippen wieder voneinander lösen.

»Nicht mal annähernd.« Der dunkle Schimmer, der in seine Iriden tritt, weckt in mir den Impuls, sofort von hier zu verschwinden.

»Komm, wir machen eine Pause. Ich hab ziemlichen Durst.« Und Hunger. Einen unbändigen Hunger, von dem ich mich dringend ablenken muss. Ich winke Leander und Vic zu, die ihren Tanz ebenfalls unterbrechen und auf uns zukommen.

»Hat ihn schon jemand gesehen?«, frage ich die anderen.

»Nein.« Leander schüttelt den Kopf. »Aber er ist hier. Das weiß ich.« Sein Gesichtsausdruck verändert sich zu etwas, das ich nicht deuten kann. »Ich hol mal eine Runde Champagner.«

»Und ein Wasser bitte«, füge ich hinzu, weil mir vom Tanzen und stundenlangen Warten die Kehle ausgetrocknet ist.

»Wo zur Hölle ist Bennet?« Vic guckt sich suchend um. »Er wollte uns doch immer im Auge behalten und nach dem Einzug direkt runterkommen.«

»Nachher machen wir alles ohne ihn und er beschwert sich wieder in einer Tour. Oh, danke, das ging schnell.« Ich nehme die beiden Gläser von Leander entgegen und trinke gierig mein Wasser aus.

»Auf unseren letzten Abend mit dir, Königin.« Er wirft mir einen melancholischen Blick zu und hebt sein Glas. »Es war mir eine Ehre.«

»Meine Güte, du tust so, als ob wir uns nie wiedersehen würden«, bringe ich hervor und versuche so die Traurigkeit, die plötzlich in mir aufflammt, zu übertönen.

»Wien wird nicht dasselbe sein ohne dich.« Vic hebt ebenfalls ihr Glas. Alle vier stoßen wir an.

»Und wieder ein Moment, den Bennet verpasst«, kichere ich und nehme einen Schluck von dem Champagner.

»Was verpasse ich?«

Ich wirble herum und stehe Bennet gegenüber. »Meinen rührseligen Abschied aus unserem Leben.«

»Wie theatralisch. Du ziehst doch nur nach Salzburg. Das ist in drei Stunden locker zu erreichen.« Er grinst, zieht mich dann aber doch in seine Arme. »Ich werde dich wahnsinnig vermissen.«

»Hast du meinen Vater gesehen?«, fragt Leander Bennet, welcher den Kopf schüttelt.

»Vielleicht ist er doch nicht da.«

»Ist er. Er weiß, dass du hier bist, Liv, und dass heute dein letzter Abend ist. Das wird er sich nie und nimmer entgehen lassen.«

Also genau, wie wir es geplant haben.

»Dann sollten wir vielleicht wieder zur Tanzfläche gehen, wo er uns gut sehen kann, oder?« Nick sieht unschlüssig in die Runde. »Damit die Falle zuschnappen, kann?«

»Der Vorschlag hätte von mir kommen müssen«, grummelt Leander. »Schließlich bin ich der erste Detektiv.«

Ich verdrehe die Augen und folge den anderen durch die vielen bunten Kleider und dunklen Smokings zurück zur Saalmitte, wo sich unzählige Paare im Kreis drehen. Während ich an meinem Champagner nippe, beobachte ich die Menschen, die ich seit meiner Kindheit kenne. Freunde meiner Eltern, Politiker, It-Girls und Nemos, die ich jahrelang mit meiner Livia-Show beeindrucken wollte, um meine verletzliche Seite zu verbergen. Und wohin hat mich das gebracht?

»Es ist unglaublich.« Eine Stimme, nah an meinem Ohr. So scharf, dass augenblicklich eine Gänsehaut meinen Körper überfällt. »Du bist deiner Mutter wie aus dem Gesicht geschnitten.«

Panik windet sich wie eine Schlange meine Wirbelsäule hinauf. Wie in Zeitlupe drehe ich mich um und blicke in das Gesicht eines Mannes, das ich monatelang nicht mehr gesehen habe und das sich doch in den letzten Tagen immer wieder in meinen Kopf geschlichen hat.

Leicht ergrautes, aber volles Haar. Ebenfalls ergrauter Dreitagebart. Ein maßgeschneiderter Anzug und ein Lächeln auf den Lippen, das den Impuls in mir weckt, zu fliehen wie die Beute vor dem Löwen.

»Hi, Papa«, sagt Leander.

Vor mir steht Xavier von Traun.

Der Liebhaber meiner Mutter, den mein Vater für über ein Jahr ins Gefängnis verfrachtet hat, um ihm den Großteil seines Vermögens zu nehmen.

Der Mann, der nur hier ist, um sich zu rächen.

46. KAPITEL

DER LETZTE TANZ

LIVIA

»Und das Gesicht meiner Mutter kennen Sie gut, nicht wahr?« Ich blicke ihm direkt in die blauen Augen, die genau dieselbe Farbe haben wie die von Leander.

»Ich bin ihr das ein oder andere Mal begegnet.« Jep, so kann man es auch nennen. »Es tut mir leid zu hören, dass sie …« Er zögert. »Verschwunden ist.«

Verschwunden. Nicht tot.

Mein Blick zuckt zu Leander, dessen Ausdruck eine Ernsthaftigkeit angenommen hat, die ich selten an ihm erlebt habe. »Und was deinen Vater angeht …« Ein gespielter Seufzer verlässt seinen Mund und er beendet den Satz nicht. »Darf ich dir ein Glas Champagner holen, Livia?«

»Nein, vielen Dank.« Für wie blöd hält er mich?

»Darf ich dich dann zumindest um einen Tanz bitten? Das kannst du mir doch nicht abschlagen, oder?« Das süffisante Grinsen und das wissende Funkeln in seinen Augen jagen eine Gänsehaut über meinen Rücken. Alles in mir schreit danach, Nein zu sagen und mich schleunigst aus der Reichweite dieses Mannes zu bewegen.

»Natürlich«, sage ich trotzdem und halte ihm meine Hand hin. Er ergreift sie und führt mich auf die Tanzfläche. Ich spüre die sorgenvollen Blicke meiner Freunde auf meiner Haut und versuche gegen die Angst zu atmen, die wieder und wieder mein Herz zum Stolpern bringt.

Ruhig, Livia. Ganz ruhig. Das gehört alles zum Plan.

Xavier von Traun legt seine Hand auf mein Schulterblatt und führt mich in eine Drehung. Die Schritte sind so tief in meinem Gedächtnis verankert, dass ich mich zum Glück nicht auf die richtige Abfolge konzentrieren muss.

»Deine Mutter und ich haben uns auch bei einem Tanz zum ersten Mal gesehen. Melody und ich sind uns bereits in den Neunzigern in Prag begegnet. Sie war eine wunderbare Tänzerin.«

»Das war sie.« Ein weiteres Mal drehen wir uns und mir wird leicht schwindelig.

»Deine Mutter und ich waren gute Freunde, wusstest du das?«

Gute Freunde? Alles klar.

»Ich wusste, dass Sie sich nahestanden, ja.«

»Dein Vater und ich hingegen ...« Er unterbricht sich, um mich sanft in eine Figur zu führen. »... wir waren uns nie besonders *nahe.*«

Ich schlucke. Jetzt kommen wir zum interessanten Teil dieser Unterhaltung. »Ach nein?«, tue ich ahnungslos und versuche gegen den Schwindel anzukämpfen, der immer intensiver zu werden scheint.

»O nein. Uns verbindet eine lange Feindschaft, und dass ich ihm dann auch noch seine Frau gestohlen habe, hat ihm gar nicht gefallen.«

»Man kann einem Mann keine Frau *stehlen.*« Die Musik in meinen Ohren nimmt plötzlich einen merkwürdigen Rhythmus an.

»Jemand wie ich kann das sehr wohl, kleine Livia. Und jemand wie Alexander kann es nicht ertragen, wenn man ihm etwas wegnimmt.«

Etwas. Meine Mutter ist ein Etwas, das zum Spielball zweier reicher Sexisten wurde.

»Aber am Ende sind es so oft machthungrige Menschen wie Sie, die im Gefängnis landen. Sie sind raus und er ist drin. Ironisch, was?« Himmel, der komische Schwindel in meinem Kopf bringt mich kurz aus dem Takt.

»Alles in Ordnung?« Er lächelt ein grauenhaftes Lächeln voller falscher Besorgnis.

»Ja. Nur Champagner auf leeren Magen.« Ich konzentriere mich wieder auf die Musik und finde zurück in den Tanz.

»Wusstest du, dass Alexander die Behörden geschmiert und sie mit Fehlinformationen über meine angeblichen Drogengeschäfte versorgt hat? Er war es, der mich ins Gefängnis brachte und mir mein halbes Vermögen nahm.« Das Orchester scheint aus unerfindlichen Gründen immer schneller zu spielen, während Xavier und ich uns wie ein Tornado über die Tanzfläche bewegen.

»Vielleicht sind Sie doch nicht so unbesiegbar, wie Sie dachten.« Die Umgebung verschwimmt. Mein einziger Fokus sind die raubtierartigen Augen von Xavier von Traun.

»Und doch stehe ich hier und tanze mit dir, während er meinen Platz eingenommen hat. Es hat eine Weile gedauert, aber jetzt werde ich ihm all das antun, was er mir angetan hat. Gefängnis, Demütigung und Machtentzug.«

»Wie wollen Sie das anstellen? Sie haben sich getäuscht. Meine Mutter ist keine Figur in Ihrem Spiel. Vielmehr sind Sie eine in ihrem.«

Wir drehen uns weiter und weiter und weiter. Ein lautes verzerrtes Lachen vermischt sich mit den Streichern des Orchesters.

»Glaubst du das wirklich? Glaubst du wirklich, dass jemand wie deine Mutter dieses Spiel besser spielt als ich?« Wieder lacht er so laut, dass es mir in den Ohren klingelt. »Deine Mutter ist im Besitz der Mehrheitsanteile der Firma und des gesamten Hohenburg-Vermögens, weil *ich* es so wollte. Weil ich die Fäden gezogen habe.«

Ich kann ein Grinsen nicht mehr zurückhalten. Es funktioniert. Es funktioniert so richtig. »Das ist sie nicht.«

Sein Lachen versteinert. »Wie bitte?«

»Sie ist nicht im Besitz des Hohenburg-Vermögens. Ich bin es. Meine Mutter hat alles an mich übertragen und nicht an Sie, wie es ausgemacht war. Sie hat Sie nur benutzt.«

»Deine Mutter hat mich geliebt. Sie würde nie –«

»Das hat sie.« Ich nicke. »Doch als sie begriffen hat, dass auch Sie sie nur wegen eines Machtkampfes mit meinem Vater wollten, hat sie sich genau das zunutze gemacht. Denn sie liebt ihre Kinder mehr.«

Xavier von Traun verstummt und starrt mich für mehrere Takte einfach nur an.

Eins, zwei, drei.

Eins, zwei, drei.

Dann lächelt er plötzlich wieder.

»Du dummes kleines Mädchen. Hast du wirklich gedacht, dass ich das nicht wusste? Dass ich nicht immer über alles Bescheid wusste?« Mit einem Ruck zieht er mich enger an sich. »Und hast du tatsächlich geglaubt, dass es klug war, dich hier und heute zur Zielscheibe zu machen?«

Obwohl ich wusste, dass es so weit kommen würde, flutet eine Panikwelle mein Innerstes.

»Bist du der Annahme unterlegen, dass ich vor irgendwas zurückschrecke, um meine Rache zu bekommen und meinen Ruf wiederherzustellen? O nein …« Er schüttelt langsam den Kopf und bei der Drohung, die in seinen Worten mitschwingt, dreht sich mir der Magen um.

»Und was wollen Sie tun? Mich erpressen? Tut mir leid, aber da sind Sie ein bisschen spät dran. Denn ich habe es nicht mehr.«

»Was?«

Genugtuung breitet sich in mir aus, als ich seinen schockierten Blick sehe. »Meine Mutter hat mir das gesamte Hohenburg-Vermögen überschrieben und ich habe es in die Stiftung Ihres Sohnes gesteckt. Die Anteile an der *Hohenburg Immogroup* habe ich an einen Unternehmer aus den USA verkauft und den Erlös ebenfalls *FreeWings* zur Verfügung gestellt. Ich lasse Ihnen bei Gelegenheit gerne einen Flyer zukommen.«

»Du hast euer ganzes Vermögen meinem Sohn und seiner bescheuerten Stiftung überlassen?«

»Das habe ich. Er ist jetzt unabhängig von Ihnen und ich bin frei. Die *Hohenburg Immogroup* trägt zwar noch meinen Namen, hat aber sonst keine Verbindung mehr zu mir.« Indem ich es ausspreche, merke ich erst, wie viel leichter ich mich fühle. So sehr, dass weitere Punkte vor meinen Augen aufflimmern. Ich schlucke einmal gegen die Trockenheit in meinem Mund an und konzentriere mich wieder auf den raubtierartigen Mann vor mir. »Wenn mich die Vergangenheit eins gelehrt hat, Jay …« Für eine Millisekunde zuckt er, als ich seinen Spitznamen benutze, »… dann, dass Macht und Geld mich unglücklich machen. Ich weiß, Sie können sich das nicht vorstellen, aber ich bin bereit herauszufinden, wer ich ohne diesen ganzen Mist bin.«

»Und wer sagt dir, dass ich mir das ganze Geld nicht von meinem Sohn zurückhole?«

»Versuchen Sie es. Die Meldung, dass ich *FreeWings* mit meinem gesamten Vermögen unterstütze, geht bereits Montag an die Presse. Nehmen Sie ihm alles wieder weg und seien Sie für die Medien der Vater, der der Stiftung seines Sohnes Geld stiehlt. Leander wird nicht mehr für Sie lügen.«

»Und wenn ich dir sage, dass er es schon längst getan hat?«

Der Nebel in meinem Kopf wird immer dichter, kann den Schreck, der bei seinen Worten durch meine Glieder fährt, aber nicht abdämpfen.

»Was meinen Sie damit?«, flüstere ich und brauche zu viel Kraft für jede Silbe, da meine Zunge tonnenschwer in meinem Mund liegt.

»Es ging mir nie nur um Geld und Macht. Sondern um die dritte Säule, die man braucht, um in dieser Welt jemand zu sein. Meinen Ruf.«

Übelkeit brennt in meiner Kehle und der Nebel bahnt sich seinen Weg in sein Sichtfeld. »Ihren Ruf?«

»Dank deinem Vater kennt mich diese Stadt als kriminellen Drogenbaron. Wie zur Hölle soll ich ein Geschäft aufbauen, wenn keiner in diesem Land mehr mit mir gesehen werden möchte? Ich musste den Türsteher bestechen, um heute Abend den Saal betreten zu können.«

Mir schnürt sich die Kehle zu und ich gucke panisch umher. Die Umgebung löst sich auf. Wir drehen uns wie ein haltloser Kreisel.

»Ich brauche eine Pause. Wasser«, bringe ich hervor und versuche mich irgendwie aus seinen Armen zu winden, die mich umklammern wie ein Schraubstock.

»Ah, ich habe mich schon gefragt, wann die Wirkung endlich richtig einsetzt. Du hast es mir fast zu leicht gemacht. Bei jemandem, der vor nicht allzu langer Zeit mit einer Überdosis im Krankenhaus lag, werden die Leute bei einem Zusammenbruch wohl keine Fragen stellen.«

Die Wirkung? Zusammenbruch? Der Nebel wird zu dickem schwarzem Teer, der mit jedem Herzschlag mehr in mein Sichtfeld sickert.

»Dein Geld habe ich schon, kleine Hohenburg. Jetzt hole ich mir meine Reputation zurück und gebe Alexander den Todesstoß.«

»Aber, aber …« Eiskalter Schweiß rinnt meinen Nacken hinunter. Meine Augen versuchen einen meiner Freunde in der Menge zu erkennen. Aber es ist nur eine undurchsichtige Masse.

Ein Farbenmeer, das langsam, aber sicher verblasst. »… ich habe nichts von Ihnen angenommen.«

»Von mir nicht.« Sein Grinsen wabert vor meinen Augen und wird länger, größer und breiter, bis ich fürchte, dass er mich gleich mit seinen Zähnen verschlingt. »Aber hat Mami dir nicht beigebracht, dass in unserer Welt Blut dicker ist als Wasser und du niemandem vertrauen kannst?«

»Ich … ich …« Taumelnd versuche ich nach Hilfe zu rufen, aber meine Zunge liegt wie ein riesiger, schwerer Stein in meinem Mund. Die Schwärze wird dichter. Ich kann nichts mehr sehen und verliere den Halt.

»Liv?« Es ist Leanders Hand, die ich plötzlich auf meinem Rücken spüre. Leanders Augen, die genau wie die seines Vaters aussehen, sind voller Bedauern. »Es tut mir leid, Liv«, höre ich noch, bevor alles dunkel wird.

47. KAPITEL

FATHER AND SON

LIVIA

»Na endlich. Wurde auch Zeit.«

Die Stimme dringt aus weiter Ferne zu mir durch. Wirre Bilderfolgen rasen durch meinen Kopf. Erlebtes vermischt sich mit den Albtraummonstern der letzten Stunden und rumort in meinem Magen.

»Komm, kleine Hohenburg, mach die Augen auf. Ich habe nicht ewig Zeit.« Verzerrte Worte einer Stimme, die mir vage bekannt vorkommt. Gott, die Übelkeit wird in rasender Geschwindigkeit drückender. Ich sollte die Augen aufmachen und irgendwie aus der bleiernen Schwere auftauchen, doch es fühlt sich unmöglich an. Jemand muss meine Lider mit Panzerband zugeklebt haben.

»Das ist alles meine Schuld. Ich hätte das nie zulassen dürfen. Bitte, Livia.«

Das ist eine andere Stimme. Eine weichere, die an etwas in meinem Kopf rüttelt. Etwas, das unter einer dicken, klebrigen Masse begraben liegt und worauf ich keinen Zugriff habe.

»Komm schon, Liv.«

»Leander.« Ich spreche die drei Silben aus, bevor ich mit aller

Kraft meine Augen öffne. Die Umgebung beginnt sich zu drehen. Galle ätzt in meiner Kehle und ich schaffe es nicht mehr, sie zurückzuhalten.

»Hier.« Leander drückt mir einen Papierkorb in die Hände. Nicht eine Sekunde zu früh. Ich kotze, was das Zeug hält, und kriege dabei nur am Rande mit, dass sich ein weiterer Mann im Raum befindet. Irgendwann, ich weiß nicht, wie lange ich hier sitze und würge, komme ich wieder zu Atem.

»Sie.« Ich huste und reibe mir über meine brennenden Augen. »Was wollen Sie von mir?«

Ich starre an Leander vorbei zu seinem Vater, der mit angewiderter Miene auf mein Erbrochenes starrt. »Leander, bitte beseitige die Sauerei.«

Mit großen Augen schaue ich Leander an, der mir den Eimer aus der Hand nimmt und wortlos ins Badezimmer geht. Mit allem, was ich habe, versuche ich mich hochzurappeln und meine Umgebung zu analysieren.

»Wir sind im *Sacher*«, stelle ich mit einem kurzen Blick auf die Brokattapete und das Mobiliar fest, in der Hoffnung, sinnlose Fakten aufzuzählen, würde zumindest ein bisschen Klarheit in mein inneres Chaos bringen.

»In der Suite meines Sohnes, um genau zu sein.« Xavier von Traun nickt. »Ich bin sicher, du kannst dir denken, warum du hier bist.« Er verzieht die Lippen zu einem Lächeln, so herablassend und siegessicher, dass ich kurz davor bin, mich ein weiteres Mal zu übergeben. »Du wirst mir jetzt dabei helfen, meinen Ruf wiederherzustellen, kleine Hohenburg.«

Ich brauche eine halbe Ewigkeit, um zu verstehen, was er meint. Die Ereignisse der letzten Wochen, Tage und Stunden schwirren noch immer als lose Fragmente in meinem Kopf umher. Die Briefe. Gatsby. Der verfluchte Plan. Der Ball. Leanders Vater, der mich zum Tanz auffordert. Danach alles schwarz.

Panisch zuckt mein Blick zu Leander, der in dieser Sekunde

aus dem Bad kommt und mich offensichtlich nicht ansehen kann. »Was hast du getan?«, krächze ich.

»Ich …« Er bricht ab, schaut zu Boden, dann zu seinem Vater, der erneut auf die ekelhafteste aller Weisen grinst.

»Er hat das einzig Richtige getan und mir von eurem lächerlichen Vorhaben erzählt. Schließlich ist es auch sein Name, der von deiner Familie beschmutzt wurde.«

»Nein, das kann nicht sein. Das würde Leander niemals tun.« Ich versuche aufzustehen, aber in meinen Beinen scheint jeder Muskel verkümmert zu sein.

»Du liegst leider falsch. Er hat es getan. Er hat dich auf dem Ball außer Gefecht gesetzt und uns so die Möglichkeit gegeben, uns mal in Ruhe zu unterhalten.«

Der Ball. Einem Impuls folgend schaue ich an mir herunter und bemerke, dass ich noch immer das weiße Kleid trage.

»Liv, es tut mir so leid.« Leanders Stimme bricht.

»Du hast mich verraten. Du hast alles kaputtgemacht.« Tränen fluten mein Sichtfeld.

»Nein, du irrst dich.« Xavier von Traun kommt auf mich zu und blickt auf mich herab. »Er macht wieder ganz, was du und deine Familie zerstört habt.«

»Was wollen Sie von mir?« Ich fasse mir an den Kopf, in dem tausend Tischtennisbälle herumspringen. »Ich bin nicht mehr erpressbar. Sie haben bereits alles.«

»Und wieder irrst du dich.« Er schüttelt den Kopf und schnalzt genervt mit der Zunge. »Jeder Mensch ist erpressbar. Man muss nur bereit sein über Grenzen zu gehen.«

»Was meinen Sie damit?« Angst hat einen ganz bestimmten Geschmack, der in diesem Moment meinen Mund erfüllt. »Meine Mutter? Wollen Sie die?«

Sein höhnisches Lachen klingelt in meinen Ohren. »Als ob ich diese Schlampe noch wollen würde. Sie nutzt mir nichts mehr. Sie ist tot, schon vergessen?«

»Was wollen Sie dann? Mein Vater sitzt in Haft …« Dann fällt der Groschen und ich kriege keine Luft mehr. »Nora.«

»Deine niedliche kleine Schwester. Sie ist in Salzburg, nicht wahr?«

»Wenn Sie ihr zu nahe kommen, dann … dann …« Sterne tanzen vor meinen Augen. Mein Herz rast, als würde es die Schläge eines ganzen Lebens mal eben in einer Minute hinter sich bringen wollen. »Leander!« Ich suche den Blick meines Freundes. »Hilf mir.«

Es ist deutlich zu erkennen, dass er mit sich kämpft.

»Ich kann dir nicht helfen.« Er dreht sich von mir weg und besiegelt damit mein Schicksal.

»Was wollen Sie?« Schluchzer rollen durch meine Kehle. »Ich tue alles, um meine Schwester zu beschützen.«

»Das haben wir uns erhofft. Zumindest hat Leander mich darauf gebracht, dass sie deine Achillesferse ist. Es ist auch gar nicht schwer.« In einer viel zu eleganten Bewegung geht er durch den Raum und kommt mit einem Kleidersack zurück.

»Soll ich jetzt Modell stehen, oder was?«

»So in etwa.« Der Reißverschluss macht ein sirrendes Geräusch und kurz darauf befördert Xavier einen schlichten Rollkragenpullover und eine Jeans hervor. »Du wirst dich jetzt umziehen und dein ramponiertes Gesicht wieder vorzeigbar machen.«

»Aha, und warum?«

»In diesem Zustand hält dich jeder für eine Irre.« Mit einem Finger deutet er auf mein Outfit, auf dem Reste meines Erbrochenen kleben. Ich bin mir ziemlich sicher, dass es in meinem Gesicht nicht besser aussieht.

»Ich bin eine Irre? SIE halten mich doch in einer *fucking* Suite gefangen.«

»Vorsicht, Fräulein. Nicht in diesem Ton.« Seine Augen verengen sich zu schmalen Schlitzen. »Du wirst dich jetzt umziehen und zurechtmachen.«

»Und wozu?«

»Du wirst eine Videobotschaft aufnehmen oder eine Instagram-Story, wie mein Sohn es nennt.«

Leander macht weiter einen auf Statue und sieht zu Boden.

»Ich soll eine Insta-Story aufnehmen?«

»Richtig. Du hast angekündigt, dass du Wien verlassen wirst, und deshalb wolltest du die Gelegenheit nutzen, um endlich die Wahrheit über deine Familie herauszuposaunen.«

»Und was genau soll ich sagen?«

»Ich beziehungsweise mein Sohn haben dir einen Text vorbereitet. Du wirst erklären, dass dein Vater aus gekränktem Stolz einen unschuldigen Mann ins Gefängnis geschickt hat. Du wirst dich offiziell bei mir entschuldigen und mir als Wiedergutmachung dein Vermögen überschreiben.«

Tränen rinnen über meine Wangen.

»Sehr gut, weine ruhig weiter. Nutz das und beteuere immer wieder, dass du mit dem Wissen nicht mehr leben kannst.«

»Was passiert, wenn ich es nicht tue?«

»Du wirst es tun.« Übertrieben eifrig nickt er. »Ich weiß, wo sich deine Schwester befindet. Ich habe in dieser Sekunde jemanden, der sie genau im Auge behält. Leander hat ganze Arbeit geleistet.« Er schenkt seinem Sohn ein süffisantes Grinsen.

»Du bedrohst meine Schwester?«, frage ich zittrig nach. Leander rührt sich nicht. »Ihr kranken, ekelhaften Schweine!« Das Zittern wird zu einem fassungslosen Brüllen.

»Na, na, so ein Ausdruck von einer Hohenburg.« Missbilligend schüttelt er den Kopf.

»Hier gibt es Überwachungskameras überall. Das ist das *Sacher*. Hier kommt man nicht unbemerkt rein und raus.« Wütend funkle ich ihn an.

Xavier seufzt. »Du dummes Mädchen. Natürlich kommt man in jeden Winkel des Hotels, wenn man offiziell eine Beziehung mit der Hotelerbin führt.«

»Ist das dein Ernst?« Jetzt schleudere ich meinen Zorn auf Leander. »Du nutzt Vic aus, um mich zu entführen? Für diesen Mann?«

Mein Freund hebt den Blick. »Dieser Mann ist mein Vater und alles, was mir von meiner Familie geblieben ist.«

Ich schüttle den Kopf. »Du bist genau wie er. Genau wie all diese Menschen.« Enttäuscht lasse ich von ihm ab und wende mich seinem Vater zu. »Was versichert Ihnen, dass ich danach nicht zur Polizei und zur Presse renne und einfach aufkläre, dass Sie mich entführt und zu alldem gezwungen haben?«

»Das wirst du nicht tun. Ich werde dich überall finden. Dich und deine niedliche kleine Schwester. Mit dem Vermögen, das du meinem Sohn bereits für seine lächerliche kleine Stiftung überschrieben hast, stehen mir die Türen offen.«

»Was wollen Sie tun? Sie töten? Wollen Sie allen Ernstes ein siebenjähriges Mädchen umbringen lassen, wenn ich nicht tue, was Sie sagen?«

»Ganz genau. Jetzt spielst du mit den großen Leuten, Livia. Und die großen Leute sind bereit Grenzen jenseits der Moral zu überschreiten.« Sein Blick wird eiskalt. »Und jetzt fang gefälligst an. Ich verliere langsam die Geduld.«

Ich schaue in sein frostiges Gesicht, in das von Leander und dann in die Kamera, die wir zuvor in dieser Suite angebracht haben.

»Ich denke, das reicht«, sage ich an Leander gerichtet und grinse.

Seine Miene wird auf der Stelle weicher und auch er wendet sich der Kamera zu. »Vic? Ihr könnt kommen.«

Kaum eine Sekunde später wird die Tür zur Suite aufgestoßen und Vic, Nick und Bennet stürmen begleitet von zwei Polizisten den Raum.

»Haben Sie alles gehört?«, frage ich die Beamten.

Einer der beiden nickt. Der andere geht auf Leanders Vater

zu. »Xavier von Traun. Sie sind festgenommen wegen Freiheitsberaubung, Bedrohung und Verstoßes gegen Ihre Bewährungsauflagen.«

Leanders Vater wird blass. Mit fassungsloser Miene sieht er jedem von uns in die Augen und bleibt dann an denen seines Sohnes hängen. »Du hast mich verraten.«

Ich sehe, dass Leander schluckt, bevor er das Kinn reckt und auf seinen Vater zugeht, dem in diesem Moment Handschellen angelegt werden. »Ich wusste, dass du zu narzisstisch bist, um in Betracht zu ziehen, dass dein eigener Sohn dich nicht wie eine Gottheit verehrt.«

»Du elendes, nutzloses Stück Dreck!« Eine Ader beginnt an seiner Schläfe zu pulsieren, als Xavier von Traun seinen Sohn hasserfüllt ansieht. »Du verdienst es nicht, diesen Namen zu tragen. Du bist die größte Enttäuschung, die es je gegeben hat!«, brüllt er jetzt und ich bin mir sicher, dass er auf Leander losgehen würde, wenn die Polizisten ihn nicht zurückhalten würden. Leander weicht nicht zurück, nein, dieses Mal nicht. Er geht auf ihn zu und bleibt so dicht vor ihm stehen, dass sein Atem das Gesicht seines Vaters streicht.

»Dein Name interessiert mich nicht mehr.«

»Du bist mein Sohn!«

»Und auch das interessiert mich nicht mehr. Ich tue nicht mehr, was du von mir verlangst.«

Schock weitet die Augen seines Vaters und ich muss grinsen. Denn dass sich sein Sohn gegen ihn stellt, hat Xavier von Traun nicht kommen sehen. Genauso, wie es mein Vater nicht kommen sehen würde. Männer wie sie sind es gewohnt, die Fäden in der Hand zu halten. Vor allem im Leben ihrer Kinder. Wir haben sie durchgeschnitten. Wir alle.

Das war unser großer Triumph, unser Ass im Ärmel. Xavier von Traun, der es gewohnt war, die Puppen tanzen zu lassen, hat nicht gemerkt, dass er dieses Mal selbst an den Fäden hängt.

»Du hast das alles geplant!«, schreit er seinen Sohn an, der noch immer keinen Zentimeter zurückweicht.

»Das stimmt.« Genugtuung spiegelt sich in jeder Pore auf Leanders Gesicht wider. »Ich wusste, dass du mich brauchen würdest, um an Livia heranzukommen, und ich wusste, dass dir dein verfluchter Ruf wichtiger ist als alles andere.«

»Du hast Hohenburg dieses Mittel in den Drink gemischt. Das warst du!« Speichel landet auf Leanders Hemd.

»Hat er«, melde ich mich zu Wort. »Und ich wusste von Anfang an, dass es so kommen würde. Ich vertraue Ihrem Sohn.« Ich lächle Leander an.

»Es musste alles echt wirken, damit wir dich genau dahin bekommen, wo wir dich haben wollten.«

»In meine Suite.« Vic grinst. »Die haben wir zuvor ordentlich präpariert.« Sie deutet auf verschiedene Stellen des Raumes. »Da und da sind Kameras. Außerdem ist das Hotelzimmer mit Mikrofonen ausgestattet.«

Xavier von Traun schreit vor Wut auf. »Du. Bist. Nicht. Mehr. Mein. Sohn.«

Leander zuckt gelangweilt mit den Schultern. »Sehr gut. Denn das ist das Letzte, was ich will.« Er geht einige Schritte zurück und stellt sich neben Vic. »Ich habe meine eigene Familie.« Lächelnd sieht er zu ihr und dann zu uns anderen. »Sie können jetzt gehen«, sagt er zu den Polizeibeamten, die während des ganzen Gesprächs eher unbeteiligt herumstanden.

»Das wirst du bereuen.«

»Das glaube ich nicht. Mach's gut, Vater.«

Xavier von Traun wird aus der Suite geführt und wir fallen uns in die Arme.

Wir sind frei.

48. KAPITEL

DER SCHLEIER FÄLLT

LIVIA

»Livia, bitte sag mir, dass die Presse mal wieder einen Haufen Mist erzählt.« Martha sieht mich mehr als bestürzt an, als Bennet, Vic und ich die *Keksmonarchie* betreten.

»Kommt drauf an.« Fast traue ich mich gar nicht in ihr runzliges Gesicht zu schauen.

»Du verlässt Wien doch nicht wirklich, oder?« Das gefüllte Tablett in ihrer Hand beginnt bedrohlich zu wanken. »Du gehörst doch hierher. Prater, Sisi und dann … Livia Hohenburg.«

»Weißt du, Martha«, sage ich, bemüht mich nicht von der melancholischen Stimmung überwältigen zu lassen. »Sisi musste auch irgendwann gehen.«

»Sisi ist mit einer Nagelfeile erstochen worden. Das hast du doch nicht vor.«

»Nein, das habe ich nicht vor«, sage ich lächelnd. »Und trotzdem will ich herausfinden, wer ich ohne diese Stadt bin.«

Martha seufzt tief, nickt dann aber, als würde sie verstehen. »Dann kommt, ihr Lieben. Euer Platz ist frei.«

Wir setzen uns an unseren Tisch. Ohne auch nur einen Blick in die Karte zu werfen, bestellen wir Kaffee und Kuchen.

»Fühlt sich komisch an, dass das unser letztes Mal hier ist.« Vic pult an einer Serviette herum.

»Es ist nicht unser letztes Mal hier.« Für einen endgültigen Abschied bin ich nicht bereit. »Ich werde euch doch ständig besuchen kommen und dann wird mich nichts davon abhalten, den besten Kuchen des Landes zu futtern.« Ich lache, doch es kann den Schmerz nicht ganz übertönen, der sich seit einigen Tagen in mir breitmacht. *Wachsen tut manchmal weh*, hat Nick zu mir gesagt. Und ich weiß, dass er recht hat.

»Hast du dich entschieden, was du in Salzburg so anstellen willst?« In Bennets Augen schimmert es verdächtig.

»Ich habe mich am Mozarteum für Musikpädagogik beworben.« Es auszusprechen, macht es nicht wirklich realer. Tatsächlich fühlt es sich unfassbar unwirklich an, dass ich jetzt das tue, was ich will.

»Wow!« Vics Mund klappt auf. »Livia, das ist …« Sie streckt ihre Hand aus und legt sie auf meine. »Einfach der Hammer.«

Ich nicke. »Ich bin jetzt schon nervös.« Allein beim Gedanken, bald bei einer Aufnahmeprüfung vorspielen zu müssen, flattert mein Herz wie ein Kolibri auf Speed.

»Und Nick?«, fragt Bennet interessiert. »Was hat er vor?«

»Er ist gerade auf dem Weg nach München und will seinen Vater finden.«

»Krass.«

»Ja, ich finde ihn auch unglaublich mutig. Jetzt, da er sich der Polizei gestellt hat und die ihm für seine Mithilfe Immunität versprochen haben, traut er es sich zu, in seine Vergangenheit einzutauchen.« Bei dem Gedanken an Nick und sein Kämpferherz breitet sich eine kribbelnde Hitze in mir aus.

»Er liefert ernsthaft seine Mutter aus?« Vic staunt. »Das ist echt heftig.«

»Wieso?« Bennet dreht sich verwundert zu ihr. »Hat Leander doch auch gemacht.«

»Stimmt.«

»Außerdem liefert er sie nicht wirklich aus. Er hat lediglich alle Taten der beiden aus den letzten Jahren aufgeklärt. Suchen muss die Polizei Tanja schon selbst. Nick weiß nicht, wo sie gerade ist, und wie ich Tanja einschätze, wird sie es schon irgendwie hinkriegen, unentdeckt zu bleiben.« Ich weiß, dass es Nick immer noch mitnimmt, dass der Kontakt zu seiner Mutter abgebrochen ist. Er liebt sie. Auf eine Weise, wie wir alle unsere Eltern lieben, obwohl wir irgendwann gespürt haben, dass sie uns nicht guttun.

»Und was ist mit deiner Mutter?«, fragt Vic zaghaft.

Ja, was ist mit meiner Mutter? Obwohl Xaviers Verhaftung mittlerweile einige Tage zurückliegt und sie und ich mehrere Male telefoniert haben, weiß ich immer noch nicht, was ich fühle. Wie ich mir die Beziehung zu meiner Mutter in Zukunft vorstelle. Aber das muss ich auch noch nicht. »Sie hat sich auch bei der Polizei gemeldet und überlegt gerade, wie sie Nora das alles beibringt. Auf welche Art sie wieder Teil unseres Lebens sein kann.«

Für einen Moment schweigen wir.

»Wir haben viel erlebt. Hier in Wien. Zusammen«, sagt Bennet dann leise.

Tränen brennen augenblicklich in meinen Augen. Denn es stimmt. Wir waren füreinander da, haben uns festgehalten und losgelassen. Standen zusammen im Licht und haben die vielen Schattenmomente überdauert.

»Ihr werdet mir unendlich doll fehlen«, flüstere ich mit belegter Stimme.

»Du uns auch.« Vic scheint ebenso mit den Tränen zu kämpfen. Für eine halbe Ewigkeit sagt wieder niemand von uns etwas, sind wir doch alle zu eingenommen von den gemeinsamen Erinnerungen, die uns in dieser Sekunde fluten.

»Aber wir facetimen ganz oft und Bennet ist sowieso kaum noch in Wien«, durchbricht Vic irgendwann die Stille und wischt sich über die Augen.

Ich tue es ihr gleich und schaue fragend zu meinem besten Freund, dessen Wangen sich leicht rot färben. »Tatsächlich läuft der Club in Barcelona ziemlich gut. Ich werde dort wohl noch einen weiteren eröffnen und deswegen häufiger in Spanien sein.«

»Laber keinen Scheiß.« Vic schüttelt den Kopf. »Du bist volle Kanne in Miguel verschossen.«

»Wer ist Miguel?«

»Der Kerl, der den Club in Barca leitet, und Bennets erste feste Beziehung.« Sie grinst über beide Ohren.

»Wirklich? O mein Gott!« Überschwänglich schlinge ich die Arme um ihn und knutsche ihn auf die Wange.

»Ja, wirklich.« Nicht ohne Stolz grinst er.

»Okay, es steht fest! Vic und ich kommen im Sommer nach Barcelona. Den Kerl müssen wir uns genauer ansehen.« Ich wackle mit den Augenbrauen.

»Oh yes!«

»Bitte nicht.« Bennet stöhnt. »Wenn er euch verrückte Hühner kennenlernt, trennt er sich mit Sicherheit wieder.«

»Wer trennt sich von wem?« Martha kommt an unseren Tisch und stellt vor jeden von uns einen Teller mit Kuchen und eine dampfende Kaffeetasse.

»Miguel sich von Bennet«, sage ich und greife nach einer Gabel.

»Wer ist Miguel?«

»Bennets fester Freund aus Barcelona.« Vic grinst und schiebt sich ein übergroßes Stück Käsekuchen in den Mund.

»Wir wollen im Sommer hinfliegen und ihn überprüfen«, erkläre ich. »Kommst du mit, Martha?«

Die grauhaarige Frau lacht erst auf, zieht aber dann nachdenklich die Augenbrauen zusammen. »Spanien … hm.« Sie nickt. »Vielleicht könnte ich dann auch endlich Antonio wiedersehen. Seit seine Filme so gut laufen, ist der Kontakt ziemlich eingeschlafen.«

»Antonio?«, wiederholt Bennet kopfschüttelnd. »Lass mich raten. Du meinst Antonio Banderas und du hast mit ihm geschlafen, bevor er berühmt geworden ist.«

»Der Arme stand wirklich unter hohem Druck.« Sie seufzt. »Aber ich konnte ihm helfen, ein bisschen Dampf abzulassen.« Als wäre es das Normalste der Welt, zuckt sie mit den Schultern. »Auf jeden Fall begleite ich euch gerne nach Barcelona und überprüfe Bennets Liebschaft.«

Ein anderer Gast hebt die Hand und sie wendet sich von unserem Tisch ab.

»Die verarscht uns doch!« Vic schaut Martha mit offenem Mund hinterher. »So viel Sex wie sie kann man gar nicht haben. Vor allem nicht mit so vielen Celebrities.«

»Wenn mich das Mozarteum nicht nimmt, schreibe ich ein Buch über sie.« Ich nehme einen Schluck Kaffee.

»O ja, und ich spiele die Hauptrolle, falls es verfilmt wird.« Vics Augen leuchten.

»Und wer soll ich sein? Nur einer ihrer vielen *Liebschaften*, während du wieder den Ruhm erntest? War ja klar.« Gespielt beleidigt nippt Bennet an seinem Kaffee.

»Aber ich glaube wirklich, dass du es an diese Uni schaffen wirst, Liv.« Vic legt wieder eine Hand auf meine.

»Und wenn nicht, wirst du etwas anderes finden.« Auch Bennets warme Finger landen auf meinen.

Ich schaue sie an und nicke. Ich werde es schaffen. Ich werde meinen Weg gehen.

Kein blendendes Licht. Keine versteckten Schatten.

Nur ich.

Nur Livia Hohenburg.

Und das ist verdammt noch mal genug.

VIENNA SPOTLIGHT

VIC!, DIE NEUE KOLLEKTION VON VICTORIA EVERHOFEN, FEIERT PREMIERE AUF DER VIENNA FASHION REVOLUTION WEEK

Wir erinnern uns alle an den Moment, als in Wien die Zeit stillstand. Victoria Everhofen hat ihren Ex-Verlobten vor dem Altar sitzen lassen. Noch immer haben wir uns nicht vollständig von dem Schock erholt! Lange war es still um die Sacher-Prinzessin, doch jetzt ist Victoria zurück. Im Gepäck eine riesige Überraschung. Statt wie ihre Eltern ins Hotelgewerbe einzusteigen, hat die 22-Jährige in den letzten Wochen eine Modelinie entworfen. Und was für eine!

Schon jetzt ist die noch streng geheime Kollektion in aller Munde. Jeder in Wien will ein Teil von VIC! sein. Wir können es kaum erwarten, die Stücke auf dem Laufsteg präsentiert zu bekommen.

»Wir sind stolz auf unsere Tochter«, so die Eltern der Sacher-Erbin, die bei der Show in der ersten Reihe sitzen und somit den Gerüchten, dass bei Familie Everhofen der Haussegen schief hängt, ein Ende bereiten werden.

VIENNA SPOTLIGHT

BLINDING LIGHTS – FOTOAUSSTELLUNG VON NICOLAS STEINER KOMMT NACH WIEN

Nachdem sie in Salzburg zahlreiche Erfolge gefeiert hat, freuen wir uns anzukündigen, dass die Fotografieausstellung *Blinding Lights* von Nicolas Steiner zu Gast in Wien ist. Steiner ist uns allen bekannt, seit öffentlich wurde, dass der Partner von Livia Hohenburg in seiner Vergangenheit in eher zwielichtige Geschäfte verwickelt war. Heute hat der 24-Jährige sich gemeinsam mit Hohenburg zwar ein neues Leben in Salzburg aufgebaut, doch wird er weiterhin kontrovers diskutiert. Ist er in den Augen einiger ein moderner Robin Hood, so betrachten ihn andere als »hinterhältigen Parasiten« (Zitat Alexander Hohenburgs auf die Frage, wie er zur Beziehung seiner Tochter stehe).

Was auch immer man über Nicolas Steiner denkt, seine Ausstellung erfreut sich größter Beliebtheit. Besonders um eine Fotografie von Livia Hohenburg reißen sich die Interessenten.

VIENNA SPOTLIGHT

ALEXANDER HOHENBURG AUS UNTERSUCHUNGSHAFT ENTLASSEN

Wie geht es dem gebeutelten Politiker nach den Anschuldigungen seiner (Noch-)Ehefrau Melody Hohenburg?

VIENNA SPOTLIGHT

BOXING BOYS GEWINNEN SOZIALMARIE

»Ich bin unendlich stolz auf mein Team und meine Jungs«, so Leander von Traun bei der Verleihung des Preises für soziale Innovation.

VIENNA SPOTLIGHT

LIVIA HOHENBURG HAUT IN DIE TASTEN

Es ist still geworden um das einstige It-Girl Livia Hohenburg. Seit sie vor acht Monaten von Wien nach Salzburg gezogen ist, meldete sich die nun 22-Jährige nur selten auf ihrem Instagram-Profil @livinglivia. Bis heute. Überraschend postete sie einen Beitrag, in dem sie strahlend vor dem Mozarteum in Salzburg posiert. »Auf in ein neues Abenteuer«, schreibt sie in der Caption. »Es war immer mein Traum, Musik zu studieren, und ich bin dankbar diesen Traum nun leben zu können. Auch wenn ich Wien jeden Tag vermisse, weiß ich, dass es die richtige Entscheidung war zu gehen. Ich bin glücklich.«

ENDE

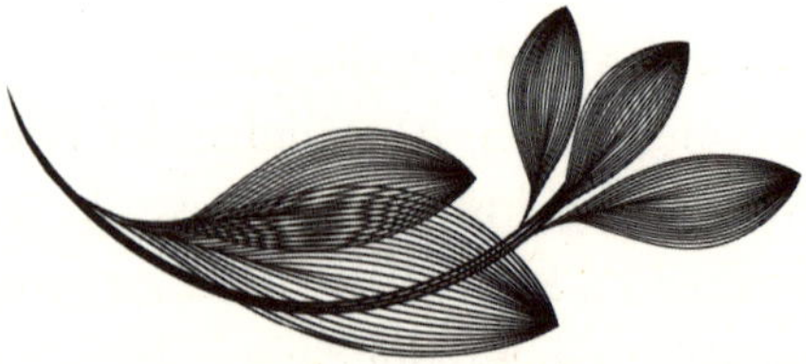

DANKSAGUNG

Livia hat Wien verlassen und wir alle sind mit ihr gegangen. Wir haben mit ihr in den dunklen Abgründen der High Society gelitten, haben ihren Schmerz gespürt und mit ihr in den Sonnestrahlemomenten gelacht. Ich danke euch allen von Herzen, dass ihr euch auf diese Reise eingelassen habt. Dass ihr einer Protagonistin mit Ecken und Kanten eine Chance gegeben und sie in eure Herzen gelassen habt. Ohne euch, liebe Leserinnen und Leser, wäre nichts hiervon möglich gewesen. Danke, Danke, Danke.

Außerdem danke ich dem wundervollen Team des Carlsen Verlags, das an diese Geschichte geglaubt und alles dafür getan hat, dass VIENNA in eure Bücherregale wandert. Ein besonders dickes Dankeschön geht an Kerstin. Für ein immer offenes Ohr, für Kaffee-Brainstorming-Dates und Mut-Mach-Worte. Außerdem danke ich Berenike für die wohl heftigste Bookbirthdayparty der Welt.

Ohne meine wundervolle Lektorin Larissa würde ich im Gedankenchaos versinken. Danke, dass du immer den Durchblick hast und mein Chaos entwirrst. Du hast bisher jede meiner Geschichten auf eine andere Ebene gehoben und ich hoffe, dass wir noch 223072053409 Lektorate zusammen machen.

Ein besonderer Dank gilt außerdem meiner Agentin Anne-Katrin. Ohne deine bedingungslose Unterstützung wäre das alles hier nicht passiert. Vielen Dank!

Danke an die Autor:innen-Tröster-Mutmacher-und-in-den-Hintern-Treter Elle, Jannik, Jenny, Toni, Ayla und Franka.

Johanna. Du bist meine liebste Krachmacherin, mein liebster Messe-Buddy und liebste Vier-Stunden-Telefonpartnerin. In dich bin ich freundschaftsverliebt.

Ein großes und kaum mit Worten zu beschreibendes Dankeschön geht an die Hamburg-Gang: Jana, Max, Enya und Daniel. Danke, dass ihr mir jeden Tag aufs Neue zeigt, was Freundschaft wirklich bedeutet.

Meine Familie ist immer immer immer da, ihr seid die heftigsten Supporter, die es gibt. Danke an Mama, Papa, Phil und Maris.

Danke an Simon. Für alles.

INHALTSWARNUNG

Diese Geschichte enthält folgende sensitive Themen:

Beschreibung von häuslicher Gewalt
Entführung
Einsatz illegaler Betäubungsmittel (KO-Tropfen)
Alkohol- und Drogenkonsum

Wir produzieren nachhaltig

- Klimaneutrales Produkt
- Papiere aus nachhaltigen und kontrollierten Quellen
- Hergestellt in Deutschland

FSC
www.fsc.org
MIX
Papier | Fördert gute Waldnutzung
FSC® C083411

Lektorat: Larissa Bendl
Umschlaggestaltung: ZERO Werbeagentur, München
Umschlagabbildung und -innengestaltung: Collage unter Verwendung von Motiven von Shutterstock / © letovsegda / © KatyArtDesign / © martinho Smart
Illustration Stadtplan: Steffen Meier, Hamburg
Satz: Pinkuin Satz und Datentechnik, Berlin
Produktionsmanagement: Gunta Lauck
Litho: Margit Dittes Media, Hamburg
ISBN 978-3-551-58541-7